FEMME EN COSTUME DE BATAILLE

ANTONIO BENITEZ-ROJO

FEMME EN COSTUME DE BATAILLE

Traduit de l'espagnol (Cuba) par
Anne Proenza

COLLECTION
AILLEURS

le cherche midi

23, rue du Cherche-Midi, 75006 Paris.

Vous pouvez consulter notre catalogue général et l'annonce
de nos prochaines parutions sur notre site Internet : cherche-midi.com

À María Cristina Benítez
et à Hilda Otaño Benítez,
toujours valeureuses.

Le préjugé qui ôtait aux femmes toute possibilité d'exercer des professions et des offices que la tradition réservait aux hommes dramatisa la vie d'une femme audacieuse et entreprenante qui, vêtue comme un homme et pourvue d'un diplôme de chirurgien, servit comme militaire en Europe tout en gardant son secret, un secret qui serait révélé à Cuba en 1823.

Lévi MARRERO,
Cuba : economía y sociedad (contribution).

Ne m'emmerdez pas avec l'histoire en matière de théâtre. Ce qui compte ici, c'est l'illusion poétique.

Alejo CARPENTIER,
Concert baroque.

Tout devra être reconstruit, inventé à nouveau.

José LEZAMA LIMA,
L'Expression américaine.

Ce qui est sûr, docteur, c'est que je ne sais plus si ça m'est arrivé à moi ou si c'est arrivé à ma petite amie, ou si je l'ai moi-même inventé. Bien que je sois sûre de ne pas l'avoir inventé. Cependant, je pense parfois que je suis en réalité ma petite amie.

Guillermo CABRERA INFANTE,
Trois tristes figures.

À bord de la goélette *Collector*

Et donc, dans trois jours tu débarqueras à La Nouvelle-Orléans. Ce sera au plus tard dans quatre jours, si le vent tombe. Tu as beau t'exhorter au courage, tu sais qu'il n'y a aucune raison d'être mieux considérée là-bas que dans les villes de Cuba. Ce que l'on sait de toi à La Nouvelle-Orléans est forcément basé sur des ragots, des rumeurs, des blagues colportés par des marins et des commerçants capables, pour se vanter, de transformer une averse en orage ou la mort d'une poule en un truculent assassinat. Dieu sait les abominations qui circulent sur toi par là-bas ! S'il y a une chose dont tu es sûre, c'est que le port sera rempli de curieux et de gens qui t'insultent. Les crachats ne manqueront pas, ni les jets de légumes pourris. Certains voudront te pincer les fesses ; d'autres te griffer le visage. Le maître ou l'esclave, le barbier, l'avocat, le cordonnier, le tailleur, tous te jetteront leurs fautes et leurs rancœurs au visage. Dans la foule, et c'est le plus triste, il y aura des femmes respectables pour te montrer du doigt sans savoir ce qu'elles font. Aveuglées par l'ignorance et les préjugés, elles verront en toi une étrangère indécente, un exemple à réprouver ; mais jamais une amie. Tu connais leurs cris accusateurs : ils t'ont poursuivie à travers tout Cuba, de Santiago à La Havane. Cette fois-ci, tu seras humiliée en anglais et même en français, dans ta propre langue. Le moment que tu crains le plus, celui qui commence vraiment à t'obséder, c'est celui du débarquement, lorsque tu feras tes premiers pas sur la jetée, offerte à tous ces regards déshabilleurs. Aujourd'hui, plus que jamais, tu ressens l'impitoyable honte d'être une femme forcée à défiler, face à un peuple excité par le spectacle annoncé, avançant vers la guillotine, la potence ou la hache du bourreau. Il est vrai que, dans ton cas, il n'a jamais été question de te donner la mort. Mais ils t'ont offensée si souvent que la perspective de devoir encore affronter la raillerie publique te paraît intolérable. Tu as vu ce que tu as vu à la guerre – les champs de bataille d'Autriche, de Russie et d'Espagne, entre autres nations. Et pourtant, tu n'arrives pas à t'habituer à l'insensibilité du genre humain, surtout lorsqu'il s'agit de gens bien éduqués. Et, bien sûr, les poètes de La Nouvelle-Orléans tiendront tout prêts leurs couplets. Désireux de briller, ils t'attendent avec impatience. Ils publieront ensuite dans les journaux leurs rimes supposées rivaliser avec celles de Sophocle ou Euripide. Pauvres diables ! Ils ne savent pas que, si tu avais vécu à l'époque classique, tes gloires et tes misères auraient sans doute mérité d'inspirer un poète tragique de renom. Mais non, maintenant que tu te souviens de tes lectures, tu vois bien que tu ne corresponds à aucun personnage du théâtre grec ; Électre, Ariane et Clytemnestre n'ont rien à voir avec toi. Seule une femme de ton siècle pourrait te comprendre. Madame de Staël, peut-être, fille de Suisses et esprit libre comme toi. Mais la baronne est morte depuis déjà neuf ou dix ans et tu ne connais personne qui pourrait te défendre de sa plume – il s'agit, cela vaut la peine de le dire, de te rendre justice devant la postérité. Ah ! si tu avais le talent de cette religieuse mexicaine dont tu as lu les œuvres en prison, quels versets immortels n'aurais-tu pas composés ! Quelles sages lettres n'aurais-tu pas écrites ! Car quelle autre femme possède ton expérience des hommes ? Quelle autre femme sait de leurs corps et de leurs âmes autant que toi ? Existe-t-il quelque part une seule femme qui fut confrontée, comme toi, à leur monde exclusif ? Mais Dieu ne t'a pas donné le don de la poésie et ce ne sera pas toi qui décriras avec élégance les hauts et les bas de ta vie. Ne te mens pas à toi-même : ton sort est scellé. Il n'y a rien à espérer. Si tu réussis à passer dans l'Histoire, ce sera en qualité de libertine ou, dans le meilleur des cas, de coupable d'une infâme imposture. Magistrats, écrivains, témoins, registres, dossiers, signatures, empreintes, tous les instruments de la jurisprudence ont servi à se liguer contre toi ; les déclarations en ta faveur ont été négligées et celles qui t'accablaient, amplifiées. Ils t'ont jugée avec urgence et détermination comme si tu étais une abominable erreur de la société, qu'il fallait rectifier immédiatement. Ton passé a été minutieusement examiné, discuté et censuré pour que ton exemple ne se reproduise jamais, un exemple bien trop dangereux pour un monde dont les idées ont régressé de cinquante ans. Ainsi, ta vérité – la seule que tu possèdes – sera enterrée avec tes os dans un quelconque cimetière de Louisiane. Et tout cela va recommencer dans trois jours, au mieux dans quatre. À l'heure où tu t'imagines une fois de plus maltraitée par la multitude, débarquant, la tête presque entièrement rasée, portant l'habit râpé que tu as hérité d'une religieuse morte de la fièvre jaune, tu sais déjà que tu ne peux pas résister davantage. Tu as atteint tes limites. À Santiago de Cuba, lorsqu'ils t'ont menacée de te promener en chemise sur un âne par la rue principale, tu voulais te suicider dans ton cachot. Dommage de ne pas l'avoir fait, Henriette ! Dommage de ne pas t'être décidée ! À l'heure où tous tes efforts et tes bonnes actions se révèlent inutiles, ton corps entier souffre de tant de nuits sans sommeil. Tu es en train d'écrire ta dernière lettre, ton dernier geste... Oui, c'est une lettre que tu t'adresses à toi-même. Sans doute ta lettre d'adieu.

*

Je prends la plume après avoir relu ce que j'ai écrit hier soir. Comme les émotions sont inconstantes ! Il suffit d'avoir la permission de sortir sur le pont, de profiter d'une magnifique matinée et d'entendre les paroles aimables du capitaine Plumet pour transfigurer tes états d'âme, même si ton corps reste lent et douloureux. Mais quelle prétentieuse tu fais, mon amie ! Crois-tu que « ces gloires et misères » dont tu te vantais hier soir – avec une rhétorique d'avocat de province – méritent d'être couchées sur le papier par quelqu'un de talent ? Si madame de Staël était encore en vie, elle ne se serait pas fatiguée à écouter ton histoire. Et même si tu étais Jeanne d'Arc ! Seules les femmes aux grands principes peuvent passer à la littérature ! L'héroïne parfaite doit se désintéresser de sa propre personne, des conséquences que pourraient avoir ses actes. Sa conduite est digne d'éloges justement parce qu'elle ne peut être ni achetée, ni déviée. Les noms de ces femmes-là méritent d'être gravés dans la pierre, pas le tien. Je te concède que tu ne manques ni de présence d'esprit, ni de persévérance. Mais même si cela te fait souffrir, tu dois reconnaître que si tu as défié la loi pendant de nombreuses années, ce fut au début par compassion, ensuite par ambition et enfin, récemment, par amour. Bien sûr, tu ne pensais pas que l'opinion publique et les tribunaux puissent te juger saine, mais tu dois admettre que c'est l'excès de confiance en toi, ta vanité, qui t'ont conduite en prison. Tu as joué et cette fois-ci tu as perdu, c'est tout.

Tu es curieuse maintenant de savoir ce qu'a écrit le maire de La Havane sur ton passeport de condamnée. De cela dépend en grande partie ton avenir à La Nouvelle-Orléans. L'année dernière, quand il visitait l'hôpital de femmes, il n'avait pas paru mal intentionné envers toi. Tu peux aussi compter sur l'appui de l'évêque Espada qui t'a montré sa sympathie. De toute façon, tu le sauras sans doute ce soir puisque le joyeux et galant capitaine Plumet – quelque chose en lui te rappelle ton oncle – vous a invitées à dîner, et c'est lui qui détient tous vos papiers. Tu parles au pluriel car tu as rencontré deux autres déportées sur le pont : une mulâtresse soupçonnée de sorcellerie et une prostituée mélancolique, toutes deux natives de La Nouvelle-Orléans. Tu ne connaissais pas leur présence à bord, mais elles savaient que tu étais là. C'est curieux ce respect qu'elles ont pour toi ! À en juger par leurs paroles, ta réputation s'est répandue parmi les dames de plus mauvaise réputation encore. Vivre pour voir ! Maintenant tu dois vaincre cette fatigue fiévreuse qui t'accable et t'arranger pour au moins paraître présentable : tes deux admiratrices t'ont procuré des vêtements, du maquillage, des chaussures et même une perruque. Depuis combien d'années ne t'es-tu pas vue en femme élégante ?

(Trois heures plus tard.) Décidément, le capitaine Plumet paraît être le reflet de ton oncle Charles : il a la même mâchoire proéminente, le nez courbé, le visage endurci, les yeux bleus brillants et cette manière désespérée de rire à gorge déployée que Charles avait adoptée les derniers jours de sa vie. C'est sans doute cela qui t'a donné le courage hier soir de lui demander de quoi écrire. Bon, mon amie, il n'y a aucun motif de te réjouir. Sur ton passeport est écrit : Enriqueta Faber-Cavent. Née à Lausanne, Suisse, 1791. Sujette du roi de France. A passé quatre années en prison à l'hôpital des femmes de La Havane. A commis les délits suivants : parjure, falsification de documents, corruption, incitation à la violence, pratique illégale de la médecine, imposture (feindre d'appartenir au sexe masculin), détournement de mineure et graves atteintes à l'institution du mariage. Interdite de résidence à Cuba et dans tous les territoires de la Couronne espagnole. Mise à la disposition des autorités de La Nouvelle-Orléans.

Tu le disais hier : ton sort est scellé. Et plus que scellé, signé par le maire avec l'approbation du gouverneur et du capitaine général. Tu as cependant quelques espérances. Plumet t'a montré une lettre cachetée dans laquelle, d'après lui, l'évêque demande à la supérieure des sœurs de la Charité de La Nouvelle-Orléans de se charger de ta personne. Cela signifie-t-il que tu devras vivre dans un couvent en revêtant l'habit religieux ? Que veulent-ils de toi ? Combien de temps faudra-t-il attendre ta liberté ? Plumet a haussé les épaules. Il ne sait rien. Il voudrait faire quelque chose pour toi, mais il a les mains liées. Il y a des années, lorsqu'il dirigeait un des bateaux de Jean Lafitte, il t'aurait cachée dans un tonneau vide et tout aurait été résolu. Mais, après la guerre, les temps ont changé. Les autorités du port sont chaque fois plus pointilleuses et la moindre irrégularité lui coûterait sa licence de capitaine. Il t'a dit cela d'une traite, comme pour se sortir d'un mauvais pas, en te poussant rapidement hors de sa chambre afin de rester seul avec Madeleine et Marie. Encore un coureur de jupons, comme ton oncle ! Au moins remercions-le pour ses bonnes intentions et son excellent dîner.

*

C'est curieux, ici, au milieu de l'océan, sur cette vieille goélette qui transporte des choses aussi prosaïques que du cuir, du tabac et du caoutchouc, tes vieux rêves de Robert reviennent. À une certaine époque, tu rêvais de lui deux ou trois fois par an. Ensuite, comme si les noms d'Enrique et d'Henri avaient effacé la vie d'Henriette, les rêves se sont espacés, jusqu'à disparaître de tes nuits. Jusque-là, le rêve de Robert était toujours le même, il variait peu. Mais cette fois-ci, en réfléchissant bien, il y a une différence importante : à l'intérieur du rêve, tu as conscience de rêver. À tel point qu'en te voyant de nouveau dans cette étrange et triste chambre, tu essayes de t'en échapper pour ne pas t'attrister lors de l'arrivée de Robert. Mais malgré tous tes efforts, tu ne peux bouger aucun de tes membres. Tout à coup, le voilà ! Son visage occupe l'ouverture sombre de la porte, attendant ton cri de surprise pour entrer timidement. Il porte, comme toujours, son brillant uniforme de hussard – culottes hongroises d'étoffe bleue, veste rouge à passementerie dorée, bonnet de peau d'ours avec large plume, hautes bottes en cuir, pelisse richement brodée accrochée à l'épaule gauche. Son sabre recourbé est attaché au poignet par un cordon de soie ; il tient la bride de Patriote de l'autre main ; la monture est couverte de peau de léopard, c'est son cheval préféré, offert par le maréchal Lannes. Subitement, Patriote se cabre, les yeux exorbités de peur. Robert essaye de le calmer, mais le cheval résiste, ne veut pas rester dans la pièce. Alors, il le laisse aller avec un geste de résignation. Lorsque Robert est apparu, tu t'es rendu compte qu'il avait grandi depuis le rêve précédent. Il t'a aussi semblé plus mince, ou peut-être était-ce une fausse appréciation en le voyant si près de son cheval. Ensuite, Robert examine les murs nus de la chambre. Son regard fouille lentement les coins sombres, inspecte les poutres du plafond, le noble chandelier en argent, observe la poussière et les toiles d'araignée figées qui couvrent les étagères de ce foyer désert. Il n'y a pas de bougies sur ce chandelier. La clarté voilée qui flotte dans la pièce ne provient d'aucune source visible de lumière. Bien que Robert t'ait regardée – ou plutôt qu'il ait promené son regard inexpressif sur toi –, il ne te remarque pas ; pour lui, tu n'es sans doute qu'un miroir ou une présence transparente. Tu sens que tu peux bouger maintenant, tu décides de te lever du lit. Avec une infinie piété, tu te diriges vers lui. Robert a tellement grandi que même en te mettant sur la pointe de tes babouches, tes lèvres atteignent à peine la croix de la Légion d'honneur qui brille sur sa poitrine. « Ah ! C'est toi ! Tu n'as pas l'impression qu'ici, à Foix, le printemps est tardif ? » En écoutant ses paroles, tu te rends compte qu'il ne sait pas qu'il est mort. Tu hésites : faut-il le lui dire ou non ? Tu décides de ne pas le faire. Quel que soit son état, il paraît ne pas souffrir. Perplexe, tu parviens seulement à le conduire par la main vers le lit. Curieusement, sa main n'est pas froide. Tu observes qu'il est rasé de près, sa moustache fière est gominée. Robert se laisse dévêtir comme un enfant – tu as encore la curiosité de voir son corps nu. Après lui avoir détaché le sabre du poignet, tu lui ôtes son bonnet et passes un long moment à déboutonner ses vêtements. Finalement, tu l'allonges en travers du lit, tu détaches ses tresses de chaque côté de son visage, tu lui retires ses bottes noires cirées et ses culottes ajustées. Son corps est intact. Il n'y a même pas trace de ses vieilles cicatrices. De son long pénis saillant qui repose lascivement sur le muscle de sa cuisse gauche émane un faible éclat d'opale. « Ah ! C'est toi ! Tu ne trouves pas qu'ici, à Foix, le printemps est tardif ? » Fin du rêve. Quand tu es sortie sur le pont, le jour se levait. Tu es habillée en femme avec la perruque de Madeleine. Demain tu débarqueras ainsi à La Nouvelle-Orléans. Évitant de penser à Robert, ce qui t'angoisse toujours, tu te distrais en observant les manœuvres des marins. Un navire est une chose complexe, même quand il s'agit de la petite et vieille goélette de Plumet. L'armature en bois, les bouts et les toiles représentent une devinette indéchiffrable. Tu supposes que chaque partie porte un nom spécifique, un peu comme les drogues d'une pharmacie. « Opiacé » pourrait être le nom de cette voile immense et profonde. Et ce petit triangle de toile qui se hisse à la proue, s'il s'appelait « eucalyptus », bon pour les affections respiratoires ? Absorbée par ce jeu, tu rencontres Madeleine. Marie, la métisse, est couchée, malade dans son lit – les deux femmes partagent la même cabine. Madeleine n'est pas jolie. Elle est plus jeune qu'elle ne le paraît. La mauvaise vie a défraîchi son visage et figé son froncement de sourcil. Elle marche comme une somnambule. Si j'avais un mot pour la décrire, ce serait : fatigue. Tu devines ses seins affaissés, son anus rendu flasque par son travail difficile : ne vit-elle pas de son corps ? Elle et Marie ont voyagé à La Havane avec l'opéra du théâtre d'Orléans. Madeleine ne chante pas, mais l'administrateur cherchait une femme cajoleuse possédant des rudiments d'espagnol et des manières désinvoltes pour distribuer les programmes aux badauds. Marie non plus ne chante pas.

Elle est venue en tant que coiffeuse de la troupe. Pourquoi ont-elles décidé de rester à Cuba ? Pour gagner de l'argent, comme toi.

La conversation est interrompue par le mousse qui a essayé hier d'entrer dans ta cabine. Celui que tu as chassé d'une gifle. « Le capitaine Plumet invite ces dames à prendre le petit déjeuner avec lui », annonce le garçon en te regardant à peine. Au moment où tu te décides à le suivre, Madeleine s'accroche à ton bras, elle a quelque chose à te dire. Sa proposition, faite rapidement et nerveusement, te laisse bouche bée. Tu savais qu'elle détestait son travail et qu'elle se dépréciait elle-même, mais il ne t'était pas passé par la tête que revêtir l'habit des petites sœurs de la Charité pouvait lui sembler merveilleux. Madeleine, simplement, voudrait être toi, troquer la maison des putains pour un couvent. « Mais pour changer de passeport nous avons besoin de l'aide de Plumet », lui as-tu répondu. « C'est déjà assuré », affirme Madeleine. « Je le lui ai acheté à bon prix, hier. En vérité, ce n'est pas un problème pour lui. Il a la charge de trois femmes, il débarquera trois femmes sur le port. » « Et Marie ? » demandai-je. « Elle est pour moi comme une sœur, sourit Madeleine. Elle me coupera les cheveux ras, comme toi. »

Ainsi, mon amie, tu débarqueras à La Nouvelle-Orléans avec un nouveau nom, Madeleine Dampierre, et les bonnes sœurs recevront une fausse Henriette Faber. Quel vaudeville ! Je nous souhaite bonne chance à toutes deux ! Naturellement, la complicité de Plumet n'est pas gratuite. Son prix est celui auquel tu t'attendais. Certains hommes sont décidément faciles à manier !

Quelques heures plus tard, tu sors sur le pont respirer l'air frais. Tu as mal à la tête, éméchée par tant de vin. La lune est pleine. Tu te penches vers le bord pour sentir les piqûres salées de la mer, et aperçois un banc de dauphins qui suit le bateau. Leurs dos lisses, baignés par la lune, paraissent d'énormes pièces de monnaie argentées qui tintent entre les vagues. Plonger. Émerger. Plonger. Émerger... Qu'est-ce que la vie sinon une succession de vagues violentes et douces ? Tu t'arrangeras à La Nouvelle-Orléans. Rien ne pourrait être pire que ce que tu as vécu lors de cette retraite de Moscou, quand, sur dix hommes qui marchaient avec toi, neuf mouraient chaque jour. Maintenant, le rêve de Robert te revient à l'esprit. Est-ce un signal ? Ah ! mon beau et lointain hussard, quelle époque que la nôtre ! Comme tu m'as manqué, comme je t'ai pleuré ! Dors tranquille dans mes rêves. Tu seras toujours avec moi. Pour le meilleur ou pour le pire, c'est à ta mort que je dois ce que j'ai été, ce que je suis et ce que je serai toujours.

Robert

1

Longtemps, les jours s'écoulèrent avec une telle lenteur qu'ils paraissaient, chacun, contenir les quatre saisons de l'année. Mais ce temps si doux semble être définitivement perdu.

La vieillesse a écourté mes nuits et je m'éveille maintenant bien avant le lever du jour. À l'heure où sous mes fenêtres, la rue, qui se devine à peine, ressemble à un énorme chat noir qui s'étire, il n'est pas rare, alors, qu'en imagination, je tente de redonner vie à mon passé. Je dessine le contour des jours, j'essaye de reproduire à grande échelle le paysage d'un événement particulier, dans lequel je m'incruste tel un brin d'herbe ; parfois j'esquisse les détails d'une figure aimée, d'un corps aimé – dernièrement c'était celui de Robert. Je les place, d'abord immobiles, puis en mouvement, sur la scène intime de mes souvenirs. Voici la première valse d'un bal de gala ou une caresse furtive dans une loge d'opéra. Plus simplement nous voilà, Robert et moi, allongés sur une des magnifiques peaux de bêtes qu'il collectionne. Nous buvons du vin près du feu, nous conversons de manière extrêmement banale.

Ce tendre exercice me captive des heures entières. L'illusion s'interrompt au moment où j'entends le valet de chambre irlandais déposer le plateau du petit déjeuner et le *New York Herald* derrière la porte de la chambre. Milly, ma fidèle secrétaire et compagne de voyage, paraît alors avec une tasse de thé fumant, une tranche de pain de seigle et un doigt de rhum blanc. C'est elle qui me sort de mes rêves. J'abandonne ce splendide automne viennois de 1805, ses feuilles dorées et ses triomphes militaires. Je chasse de mon esprit ce baiser subit qui nous a fait glisser sur les pavés gelés d'une rue de Varsovie : riant aux éclats, nous étions restés assis par terre, aux pieds du soldat de garde, jusqu'à ce que le froid, gagnant nos postérieurs, nous oblige à nous redresser... avant une nouvelle chute.

Aujourd'hui, précisément aujourd'hui, j'ai encore vu Robert dans notre appartement de Berlin. Il portait sa nouvelle peau de léopard sur l'épaule et montait les marches avec le buste incliné et la tête penchée comme s'il était accablé par le poids d'une bête en chair et en os. Il fait tout cela pour me faire rire et créer une atmosphère jubilatoire, propice à la célébration de sa promotion au grade de capitaine. Je l'entends répéter, entre une bouchée de saucisse et un verre de schnaps, qu'à l'issue de la prochaine bataille, Lannes sera obligé de lui offrir une peau de tigre. Qui sait, dit-il, si ce ne sera pas une dépouille de lion, ou encore une peau d'éléphant ? Nous refaisons l'amour pendant de longs moments, ma langue court sur son corps marqué de cicatrices, sur son inexplicable peau blanche et douce comme de la mousse.

Quelle consolation de vieille dame que de se souvenir de ces moments stupides ! Ne serait-ce cependant pas pire d'attendre la clarté cendrée de six heures du matin en comptant les moutons et les jours qu'il me reste à vivre en bonne santé ? Et surtout, comment pourrais-je écrire sur ma vie sans essayer de la reconstruire ? Ne faut-il pas tenter de rassembler, avec la colle douteuse de la mémoire, les innombrables morceaux épars de mon passé, dispersés comme ceux d'un vase de Chine jeté du haut d'un clocher ? À mon âge, je ne crains plus le ridicule. Et d'autant moins à New York, où je suis venue écouter le bruit du monde. Dans nul autre endroit, entourée d'immigrés, d'énergie et de faim, de trains, de musiques étranges et furieuses, je n'aurais pu retrouver ma jeunesse passée sur les champs de bataille européens. Il n'y a pas d'autre ville sur terre qui ressemble autant à ce que fut la Grande Armée de Napoléon, l'armée des armées, la légion des nations.

Je me laisse conduire dans les quartiers misérables où je retrouve l'odeur de la maladie, de la viande avariée mélangée aux vapeurs du bortsch, comme si je visitais les hôpitaux ensanglantés le long de la Dvina, du Dniepr, ou du Niémen... New York me va comme un anneau au doigt. Je l'ai su dès le premier jour. Ici – où le temps se conjugue au présent, où chacun court à perdre haleine, où la haine et l'amour se vivent avec la passion du soldat –, je peux enfin parler des horribles blessures que laisse la guerre : des décombres noircis, de vastes tombes anonymes, des veuves, des orphelins, des infirmes, des aveugles, sans oublier toutes les mutilations de l'âme. Bien sûr, que l'on soit en plein milieu d'une campagne militaire ou même dans cette ville effervescente, la vie réserve quelques moments magnifiques, poétiques ; des moments heureux pendant lesquels les heures s'étendent tel un drap propre sur lequel on se jette et se repose et rêve et chante et rit, oubliant un instant le sifflement de la mitraille et la rumeur de la mort. Il est temps de parler de ces moments précis, de ces instants heureux qui appartiennent à Robert et à moi.

Mais comment est-ce possible ? Je n'arrive pas à me souvenir de notre première valse. Les pas réguliers de nos pieds se rencontrent pour la première fois ; je sens la pression de nos doigts entrelacés. Dire qu'un instant auparavant nous étions si loin l'un de l'autre ! Comment ai-je pu perdre le son de la mélodie qui accompagnait ma fascination croissante pour ce lieutenant hussard au regard de mamelouk ? Sans autre salut qu'une brève inclinaison de tête, il m'avait prise par le bras, fait lever, rigide et enflammée, entre les couples qui attendaient la fin de la musique, m'enlevant ainsi de ce timide sofa de débutantes où m'avait abandonnée oncle Charles. À l'heure où j'écris ces lignes, face aux vitres gelées de ma fenêtre, je tente à nouveau de puiser dans ma mémoire les notes de cette valse. Mais, si je me vois encore danser avec Robert, c'est dans le plus lamentable des silences que je tourne comme une poupée mécanique au rythme du un-deux-trois, un-deux-trois. Dans la grande salle de la préfecture de Boulogne, décorée de façon martiale avec des drapeaux tricolores, des aigles de bronze, des bannières de régiments, des tambours, des lances croisées, le vert intense des couronnes de laurier anticipant les gloires de la nouvelle campagne, je suis entourée de tulles vertigineux, voyants. J'ai quatorze ans, et je suis intensément amoureuse, je meurs d'amour devant cette élégance étrange, ce mélange de hauteur ailée et d'harmonie animale qui me fait penser aux gravures des marbres classiques.

Je me souviens très bien, en revanche, de la musique de *Fidelio*, des voix qui s'élèvent jusqu'aux loges pendant que Robert, debout derrière mon fauteuil, enfouit ses doigts dans mes cheveux et me caresse la nuque. (Et ce n'est pas parce que le livret de cet opéra influencera plus tard ma décision de me faire passer pour un homme. Le temps d'imiter la courageuse Leonore n'est pas encore venu. Cet automne viennois est loin, bien avant la rue de Vaugirard, les études de médecine ou ce nom d'Enrique Fuentemayor. Je suis Henriette encore, tout simplement, une jeune femme éperdue d'amour qui s'offre, en douceur, telle une coupe de tokay, pour être bue à lentes gorgées, savourée, dégustée, léchée jusqu'à la dernière goutte. Pourquoi me souvenir de passages entiers de cet opéra prophétique ? Est-ce pour les mêmes raisons que j'entends encore aujourd'hui cet air russe, triste et monotone comme les steppes, fredonné par le sergent uhlan aux yeux bandés pendant que Nadejda, blottie sous ma capote, fait se dresser mes mamelons dans un hôpital gelé de Smolensk ? Mais qu'est-ce que Nadejda est venue faire là ?)

Laissons de côté cette valse irrémédiablement perdue. En revanche, je n'ai pas oublié les événements qui, l'un après l'autre, m'ont conduite, comme autant d'étapes d'un long voyage, dans les bras de Robert.

D'abord, il y eut cet interminable déjeuner offert par le docteur Larrey à oncle Charles et à ses collaborateurs dans les services médicaux de la Garde impériale. J'étais assise en face de tante Margot – et, perplexe, je la regardais engloutir avec l'adresse d'un avaleur de sabre une bouillabaisse fumante, un demi-chapon, une énorme assiette de sanglier rôti, une salade et une tarte aux framboises. À cinq heures, alors que je me demandais laquelle de mes deux robes de soirée j'allais porter, oncle Charles entra dans ma petite chambre d'auberge pour me dire, avec un geste d'impuissance, que nous n'irions pas au bal car tante Margot était indisposée. Oncle Charles semblait, et c'était rare chez lui, assez préoccupé.

– C'est probablement une simple indigestion, mais elle se plaint d'une forte douleur à l'estomac et je dois la saigner. Il fait chaud et elle est un peu congestionnée.

– Puis-je aider ? demandai-je, alarmée. Oncle Charles refusa fermement : il craignait que la vue du sang ne m'affecte. Françoise ou n'importe quelle personne de l'auberge suffirait à lui tenir la cuvette. Je ne devais pas m'inquiéter. Il prenait simplement des précautions : la plupart des Cavent étaient morts d'un problème de cœur. Il me tiendrait au courant.

Un peu plus tard, alors que mes larmes – sincèrement provoquées par la maladie de tante Margot, mais aussi parce que l'espoir d'assister à mon premier bal s'était évanoui – commençaient à sécher, oncle Charles revint, très content :

– Ma sœur se sent beaucoup mieux. Elle n'a pas voulu que je la saigne. Sa bonne nature s'est accommodée de l'indigestion et la douleur a disparu. C'était sans doute des gaz. Je l'avais avertie de ne pas manger autant. Un de ces jours, elle va vraiment nous faire peur.

La chevelure rousse de Françoise, gouvernante de tante Margot, apparut à ma porte.

– Henriette, ta tante voudrait te voir. Et vous aussi, docteur Cavent.

À ma grande surprise, tante Margot était debout, un bougeoir à la main, examinant sa langue dans le miroir de l'armoire. En nous entendant entrer, elle ajusta sa robe de chambre et se retourna.

– Je n'ai pas la langue aussi sale que tu me l'as assuré, dit-elle à oncle Charles. Les médecins exagèrent toujours ! Imagine-toi qu'il voulait me saigner !

– Tu devrais te coucher.

– Je me sens parfaitement bien. Je n'ai plus mal nulle part. Et de plus, mon corps s'est une nouvelle fois vidé... Examine, si tu veux, dit-elle en bougeant vaguement le bras vers le paravent qui occultait un des coins de la chambre. Eh bien, Henriette, ne reste pas figée devant moi comme une statue. Il commence à faire nuit, ma chérie. Tu ne crois pas qu'il est l'heure d'aller t'habiller pour le bal ? Si tu arrives tard, personne ne t'invitera à danser. D'autant que tu es grande pour ton âge et que cela intimide les jeunes officiers ! Toi, Charles, arrête d'inspecter le fruit de mes tripes ! Sors de là et va changer d'uniforme. Ta manche est tachée – de sucre ou de caca ? – dit-elle en pouffant. Prends donc exemple sur cet élégant et coquet docteur Larrey.

– Alors... tu vas mieux ? lui demandai-je en attrapant le bougeoir pendant que Françoise l'aidait à s'allonger.

– Il vaut mieux que nous restions avec toi, Margot, dit oncle Charles. Nous dînerons ici, dans ta chambre. Ainsi, nous serons sûrs que tu n'avaleras qu'un bouillon.

– Ne fais pas l'hypocrite, Charles. Tu meurs d'envie d'attraper un joli cœur avant d'aller à la guerre avec ton Empereur. Je te l'ai déjà dit, je vais parfaitement bien. Françoise va s'occuper de moi comme si j'étais une porcelaine précieuse. Elle va me lire mon roman préféré. Ah, ce coquin de Valmont. Ces époques qui ne reviendront plus ! soupira-t-elle. Alors au bal, au bal ! Il est déjà tard !

Ainsi commença la nuit. Pendant que Charles se rendait à l'hôpital pour mettre son uniforme de gala (« je serai de retour dans une heure »), je fis un baiser d'adieu à tante Margot et j'allai dans ma chambre pour m'habiller.

Ouvrant mon armoire rapidement, j'en sortis la première des robes que je trouvai. En un tour de main, j'attachai mes cheveux le mieux possible, me poudrai le nez et m'aspergeai de quelques gouttes de parfum. Jetant, enfin, un châle sur mes épaules, je rangeai un éventail dans mon sac et descendis l'escalier pour attendre mon oncle. J'étais loin d'imaginer qu'en moins de temps qu'il ne faut à un enfant pour peindre un carré, une porte, deux fenêtres et une cheminée qui fume, la vie venait d'esquisser l'espace que j'allais partager avec Robert, ce petit coin d'existence évoqué un peu plus haut.

Dès la seconde valse, je me sentis à jamais perdue dans ses yeux levantins. J'étais émerveillée : il ne se séparait pas de moi, il ne me raccompagnait pas au sofa de velours vert duquel il m'avait arrachée. Exténués, transpirants, nous nous éventions à tour de rôle, attendant que la fanfare militaire nous permette à nouveau de rapprocher nos corps. Deux ou trois fois, je cherchai des yeux oncle Charles. Il faisait la conversation au docteur Larrey, auquel il devait son grade de chirurgien-major. Tout à sa reconnaissance, il ne détournait pas son regard. Très vite, je me retrouvai avec une seconde coupe de champagne dans les mains. Je vis Robert me caresser les lèvres avec sa paume ; je perdis le compte. Trois coupes ? Quatre coupes ? Il prononça le nom d'une madame Polidor, arrivée de Saint-Domingue depuis quelques mois, et je me retrouvai face à une femme fascinante au sourire languissant et aux épaules bronzées. Je notai qu'elle tutoyait Robert et je pensai qu'il avait été son amant, bien qu'elle fût plus âgée que lui. Après s'être plainte de la chaleur, et nous avoir demandé si nous étions fatigués de danser, elle nous invita chez elle pour écouter de la musique gitane.

– Je suis venue avec mon oncle, le docteur Cavent. Nous devons partir tôt, dis-je rapidement, décidée à ne pas manquer à mon devoir de nièce.

Tout se passa très naturellement. Les musiciens étaient en train de jouer un menuet, Robert m'accompagnait vers une chaise quand Charles, apparaissant aux bras de madame Polidor, accepta l'invitation d'aller écouter les chants et violons tziganes dont il était friand. Il était tôt, à peine dix heures, me précisa-t-il.

– Dans ce cas, autant que Robert vous accompagne, dit madame Polidor en me regardant d'un air amusé. Ma maison n'est pas facile à trouver la nuit. Je suis ravie de vous avoir avec moi. Je n'ai invité qu'un petit groupe et – se tournant vers mon oncle –, pardonnez ma rudesse, docteur Cavent, les atrocités que j'ai vues à Saint-Domingue m'ont fait perdre mes bonnes manières. Je vous présente le lieutenant Robert Renaud, un bon ami à qui je dois beaucoup. Il m'a, entre autres choses, aidée à organiser mon modeste salon.

– Charles Henri Cavent, chirurgien-major. À votre service dans la garde impériale, dit mon oncle. Au fait, n'avez-vous pas servi sous le maréchal Lannes ?

– Si, dans le 9e Hussards, en campement à Étaples. Et là, je suis à Boulogne, comme officier adjoint de l'état-major général.

– Il me semble avoir entendu parler de vous, dit oncle Charles en plissant l'un de ses yeux bleus moqueurs. Très bien. Très bien. Nous allons donner une bonne raclée aux Autrichiens. Vous allez voir, nous prendrons Vienne. Ravi de votre compagnie.

Je sus immédiatement que ma vie empruntait un nouveau chemin. La ville de Foix et ses trois tours, le château de tante Margot au bord de l'Ariège, les œuvres de La Fontaine et de madame de Lafayette, les jeux avec les filles du jardinier, les fêtes villageoises, les travaux de broderie, les pique-niques dans les clairières de la forêt et mes conversations avec les fées, les joyeux voyages de la tante Margot à Toulouse et à Carcassonne, l'étude des classiques, les leçons de piano, de géographie, d'équitation, tout cela serait désormais derrière moi... En montant dans la voiture, j'eus l'impression que le passé, devenu irrémédiablement lointain, se séparait de moi, comme si un vent magique m'avait transportée à l'autre bout du monde. Je n'avais plus qu'à suivre l'aventure qui s'offrait à moi.

La maison de madame Polidor était située en dehors des murs de la ville, près d'un chemin bordé de batteries de canons et de campements suivant les dessins de la côte. Je ne sais pourquoi, j'avais dans la tête que ce serait un château. En fait, c'était une sorte de donjon à moitié détruit, entouré de monceaux de détritus, sans aucune utilité militaire, comme le fit remarquer oncle Charles. Les attelages ne pouvant parvenir à la porte, nous marchâmes dans l'obscurité entre les bivouacs des soldats et les énormes canons pointés vers la mer.

Mon désenchantement s'accrut devant la vulgarité des autres invités, chantant, riant ou s'appelant à grands cris. Je me sentais comme un poisson hors de l'eau. Qu'avions-nous en commun, moi, si timide et si peu bavarde, et ces gens insouciants ?

Robert marchait en silence. Il m'avait prise par le bras d'une manière impersonnelle comme s'il mettait à l'épreuve ses capacités de séduction. Une voix féminine l'appela avec insistance. Elle venait de derrière nous. Je restai en suspens. Je craignais qu'il ne s'en aille. Mais il ne se retourna même pas. Profitant du fait qu'oncle Charles nous précédait de quelques pas, je le remerciai en posant un instant ma tête sur son épaule. La mauvaise impression que m'avait donnée cet endroit s'évanouit quand j'entrai dans la tour.

Aujourd'hui, au moment où je revis avec nostalgie l'apparition exotique du salon de madame Polidor, je soupçonne que c'est cette salle-là qui a longtemps hanté mes songes : la pierre nue des murs, le grand chandelier d'argent sur le rebord de la cheminée, les larges poutres qui soutenaient le toit et, bien sûr, Robert. Dans mon rêve récurrent, il y avait aussi un immense lit (souvenir de mon enfance à Lausanne, quand mes parents vivaient encore ?) et un miroir. Il n'y avait en revanche ni les tapis égyptiens, ni les nombreux coussins rouges et noirs amoncelés de-ci de-là, servant de sièges – et aussi de divans – aux invités, ni les petites tables d'à peine un pied de haut sur lesquelles étaient posés des carafes de vin, des coupes et des chandeliers ; ni les tentures de soie blanche, peintes d'étranges hiéroglyphes qui contrastaient avec la pierre brune et humide ; ni la voûte massive sur laquelle étaient adossés une guitare espagnole et un encensoir d'église dans lequel brûlait une résine aromatique. Il manquait aussi Claudette, la jeune métisse, vêtue à la turque, qui, au fur et à mesure que nous entrions, murmurait nos noms pendant que sabres, manteaux, châles et pièces de vingt francs – don obligatoire pour les tziganes – tombaient automatiquement. (Je me souviens aussi : dans mon rêve, je portais des babouches.) Nous étions douze personnes, quinze peut-être en comptant madame Polidor et l'enchanteresse Claudette.

Assise entre oncle Charles et Robert – qui courtoisement commençait à remplir les coupes –, je me rendis compte que les invités n'étaient pas comme j'avais pu le croire des gens de basse condition. Cinq jeunes femmes couvertes de bijoux et vêtues à la toute dernière mode (celle lancée par l'Impératrice au printemps) étaient étendues nonchalamment sur les coussins. Les autres invités étaient tous des officiers, des hussards pour la plupart. Grâce à leurs pelisses, je reconnaissais aisément leurs uniformes. Madame Polidor reposait à la romaine, la tête inclinée dans la paume de sa main, l'avant-bras appuyé sur son coude. Je notai que son charme irrésistible provenait de ses lèvres, pleines et débordantes, même si leurs commissures légèrement tombantes soulignaient un air d'ennui. (Ah ! Maryse, ma chère Maryse ! Tu n'étais alors pour moi que madame Polidor, et j'ai du mal en me souvenant, en détaillant ta bouche, à te laisser sur la scène comme un personnage mineur, simple second rôle de cette pièce d'opéra comique que je suis en train de composer, mais pourtant, tu dois conserver cet air d'ennui, du moins pour l'instant, avant que n'arrive ton heure et que le scénario n'avance. Continuons donc avec le nom de madame Polidor.) À côté d'elle se tenait un homme aux moustaches grises, à l'allure de patriarche, qui en entrant dans la tour avait échangé des gestes de salut avec mon oncle. « Le colonel Marnot. Un ami de la campagne égyptienne. S'il ne servait pas dans la Garde, il serait déjà général », m'avait murmuré oncle Charles à l'oreille. Tout à coup, j'entendis, provenant d'en haut à ma droite, les violons qui commençaient à jouer. À Toulouse, j'avais vu des gitans. Mais ils venaient d'Espagne, traversant les Pyrénées avec des saltimbanques aragonais et catalans. Ceux qui descendaient du premier étage étaient habillés très différemment, en particulier les hommes, qui avaient les cheveux longs, des chemises larges, des gilets de cuir et des foulards de couleurs au cou. Je ne m'étais pas rendu compte que derrière les tentures il y avait un escalier, et leur entrée soudaine me surprit tant que pendant un moment je ne prêtai pas attention à la musique qu'ils jouaient.

– Je parie que ce sont des airs de Transylvanie, dit mon oncle, se révélant *connaisseur** de ces ballades geignardes, trop lentes à mon goût qui, fondues dans la pénombre, transmettaient une tristesse inconsolable et lointaine.

– Vous connaissez l'histoire des gitans, monsieur ? me décidai-je à demander à Robert.

– Leur histoire, non, mais leur vie, oui. Presque tout ce que nous savons des chevaux, de leurs conditions, de leurs manies, de leurs maladies, de leurs bons et de leurs mauvais pas, nous l'avons appris des gitans, répondit-il, didactique, en souriant.

– J'imagine qu'il y a des gitans parmi les hussards, dis-je innocemment.

– Quelle idée ! les gitans sont voleurs. Même s'il faut reconnaître que ce sont de bons musiciens et de bons chaudronniers.

– Les hussards sont une troupe d'élite, intervint oncle Charles, levant sa coupe à la santé de Robert et la vidant d'un seul trait.

Alors que j'étais en train de composer les paroles d'excuses qu'il fallait prononcer, oncle Charles regarda sa montre, se leva,

* En français dans le texte *(NDT)*.

un peu vacillant, et me dit qu'il était temps de nous en aller. « C'est dommage, mais minuit est déjà passé », ajouta-t-il en déliant les bras dans son habituel geste de résignation. Mais le destin est curieux. S'il ne s'était pas rapproché de madame Polidor, qui insistait pour que nous restions car le meilleur de la musique était à venir, ma relation avec Robert n'aurait pas dépassé la simple amourette. Au mieux, nous aurions vécu l'une de ces rapides romances qui fleurissent en temps de guerre, nourries de vers plagiés, de dessins de cœurs ornés de fleurs, ces idylles épistolaires stupides qui, à force de répéter les mêmes tendresses, finissent par ennuyer ! Oncle Charles, sans beaucoup se faire prier, se laissa tomber sur les coussins, cette fois-ci accompagné de madame Polidor. « Restons encore quinze minutes. Cela te paraît bien ? » murmura-t-il en se retournant vers moi. Qu'avais-je à répondre ? Je me tus.

Robert, qui avait cessé de me courtiser depuis que nous avions arrêté de danser, se sentit du coup en devoir de relancer ses avances pendant que moi, consternée et sans savoir que faire, je sentais sa main gauche glisser entre mes vêtements et les coussins. J'étais prête à le repousser. Mais ma volonté vacillait : les valses, le champagne, ses yeux, son port de seigneur et ces mots qui semblaient si bien appris. « Henriette, être parfait, qui a tout, beauté, grâce, jeunesse et innocence... dis-moi : que ressent-on quand on survole le monde à la hauteur des anges ? » Tant de paroles qui aujourd'hui me paraissent ridicules, mais qui, cette nuit-là, me transportaient au ciel.

Notre hôtesse ne nous avait pas menti en assurant que la veillée musicale n'avait pas encore atteint ses meilleurs moments. Fermement cramponnée à la main de Robert qui, avec tact, avait rencontré mon intimité dans les plis de mes vêtements, j'applaudissais moi aussi à l'unisson la turbulente gitane qui, s'aidant de la gaieté d'une mélodie en mode majeur, venait de descendre l'escalier, pieds nus, dans un tourbillon de jupes. Les yeux brillants de plaisir – aucune main étrangère à la mienne ne m'avait caressée jusque-là –, je me laissai prendre par la voix basse et ronflante de cette femme, dont les bras sur les hanches et les expressions sans-gêne m'auraient fait sourire une heure auparavant. Mais en suivant ses mouvements rustres, mon regard croisa celui du colonel Marnot. J'eus l'impression d'y voir une lueur d'indignation, de reproche. Robert avait évidemment laissé reposer sa pelisse sur son bras, nous cachant à moitié, mais je ne doutai pas une minute qu'il n'ait aussi signalé notre jeu secret. Le plaisir disparut d'un seul coup. Suffocante et tremblante de honte, je me levai d'une façon si soudaine que la gitane interrompit son chant. Les tentures, mon ombre, les gitans, tout paraissait voler ; les objets, les gens tournaient à toute vitesse, me donnant l'impression que je dansais une valse frénétique. Je sentis mes jambes se dérober et je me laissai aller.

Je me rendis à peine compte que je montais en voiture dans les bras de Robert. Quand je repris mes esprits, nous entrions dans la ville et oncle Charles me faisait respirer un flacon d'ammoniaque qu'il avait dans sa mallette.

– Tu a sûrement bu plus que de raison, affirma-t-il en me prenant le pouls. Ne crains rien. Je ne le dirai pas à ta tante. Pour moi, tu n'as bu qu'une seule coupe.

En entrant dans l'auberge, nous nous rendîmes compte tout de suite qu'il se passait quelque chose de grave. Françoise nous reçut avec un cri strident et accourut vers nous en agitant la tête. Tante Margot avait mal à la poitrine ; elle pouvait à peine parler ; elle l'avait envoyée chercher un prêtre.

Nous courûmes à sa chambre où, immédiatement, oncle Charles entreprit de la saigner avec l'aide de Pierre le cocher. Pendant que la cuvette se remplissait de sang, je m'agenouillai près du lit et pris la main de tante Margot. Je voyais qu'elle étouffait et j'essayai de lui faire de l'air avec mon éventail. Mais rien ne semblait l'aider. Grâce à sa constitution solide, elle résista jusqu'à l'arrivée de Françoise et du curé. Après avoir reçu les sacrements, elle tomba en transe, tout en sueur, respirant par saccades. Au lever du jour, elle cessa de respirer.

2

Milly et moi étions en train de déplacer les plantes vers la lumière et d'enlever les feuilles mortes des tiges depuis une petite demi-heure, quand le souvenir de tante Margot fit irruption avec tant d'insistance que je ressentis le besoin impérieux d'écrire ; sur elle et sur ma famille.

Il me faut bien commencer par dire que je conserve à peine le souvenir de mes parents. À chaque fois que je les évoque, leurs visages m'apparaissent flous et incomplets, semblables à des fragments de daguerréotypes que quelqu'un aurait abandonnés sous mon oreiller. Maman est assise face au miroir, elle me tourne le dos et peigne sa longue chevelure auburn ; elle me sourit avec ses yeux bleus et me fait boire une gorgée de sa tasse de chocolat ; mon père tend une main vigoureuse pour me montrer mon premier arc-en-ciel ; il lace – bien trop serré – les cordons de mes petites bottines blanches.

Je ne me souviens pas non plus de Lausanne où je suis née. Parfois, je crois apercevoir un chien au fond d'un couloir sans fin ; à d'autres moments, je vois clairement, découpés sur un mur invisible, comme s'ils flottaient, un oiseau en cage et un coucou suisse qui sont peut-être une seule et même chose ; je distingue encore un miroir debout, un grand lit avec deux oreillers blancs et aussi mon petit pot ! Rien de très palpitant !

Les années passées à Foix se sont déroulées, heureuses, entre les idées conservatrices de ma tante et la rumeur révolutionnaire clandestine colportée par les serviteurs du château. Ma tante s'efforçait, le mieux possible, de m'éduquer en me protégeant d'opinions différentes des siennes : madame Montiel (dotée d'un nez proéminent) m'enseignait le piano, le chant, la danse, la couture, l'italien et l'espagnol, l'arrangement floral et les bonnes manières ; l'abbé Lachouque dispensait sévèrement les leçons de grammaire, de latin, de grec, de mathématiques, de logique, de géographie, et guidait mes lectures ; enfin le bon capitaine Laguerre m'enseignait l'équitation et l'escrime. Mais le contact avec les filles du jardinier – nous jouions à la décapitation à côté d'un arbre mort que nous appelions la guillotine –, les discours jacobins que Pierre (à qui ma curiosité importait peu) servait dans la cuisine aux domestiques pendant que ma tante dormait, ajoutés à mes conversations passionnées avec Françoise, secrète admiratrice de Rousseau et des Philosophes, avaient suscité en moi un vague patriotisme antimonarchique qui, sans que j'ose l'exprimer, avait grandi à la manière spontanée et désordonnée d'une plante grimpante. Et, si je conserve ces idéaux aujourd'hui, c'est avec le même manque de discipline politique.

Pour le reste, mon enfance et mon adolescence appartiennent sans aucun doute à tante Margot. Tout mon amour filial aussi. En réalité, je n'aurais pu avoir de meilleure mère. J'avais beau ne pas partager, au moment de sa mort, toutes ses idées, je lui dois la plupart de mes qualités : persévérance, résistance physique et capacité à prendre des décisions dans l'adversité. De tout ce qui m'appartient, ce qui a le plus de valeur pour moi est le minuscule portrait d'elle que je porte encore à mon cou. Il n'a pas été simple de le conserver. Par trois fois, j'ai perdu les chaînes d'or auxquelles il était accroché. En 1812, lors de la terrible retraite de Moscou jusqu'au Niémen. Ensuite, en Espagne, lors de la bataille de Vitoria, quand je fus faite prisonnière. Et enfin, en prison à Santiago de Cuba, quand on me dépouilla de tous les biens que je portais. J'ouvre la petite porte du reliquaire pour saluer tante Margot, peinte par l'un des miniaturistes aquarellistes réputés de la cour de Versailles : dix-neuf ans, jeune mariée, terriblement svelte, elle arbore déjà l'expression qu'elle aura toute sa vie.

Les Cavent, famille d'industriels du Languedoc, avaient cherché refuge à Genève pour fuir les persécutions religieuses. Là, ils avaient prospéré comme fabricants de couteaux et de ciseaux. Mon grand-père maternel, Antoine-Marie Cavent, avait embrassé la foi catholique romaine – croyance abhorrée dans la cité – pour se marier avec l'héritière d'une grande entreprise textile. De cette union étaient nés ma mère, baptisée Suzanne, la tante Louise, la tante Margot et l'oncle Charles. Mon grand-père était déjà veuf et malade du cœur quand il se retrouva ruiné du fait de la concurrence des manufactures anglaises. De son immense fortune, il ne subsista que la maison dans laquelle il vivait. Les mariages fructueux dont il rêvait pour ses filles n'étant plus possibles, il les maria du mieux qu'il put avec des hommes exerçant des activités diverses : Paul Faber, mon père, propriétaire d'une modeste imprimerie à Lausanne ; Guillaume Curchet de Genève, employé dans une des banques des frères Necker, conquit Margot, et un certain Brunet, avocat à Lausanne, obtint le oui de la tante Louise, la plus belle et l'aînée des trois sœurs. Toutes ces unions furent des mariages d'amour, car les filles de mon grand-père n'avaient pour seule richesse que la solide éducation conservatrice qu'il avait su leur inculquer. Quant à oncle Charles, mon grand-père le dissuada de suivre son inclination pour la carrière militaire et le persuada d'aller étudier la médecine à Paris.

Ayant réglé la situation de ses filles, mon grand-père vendit sa maison et tous les meubles qu'elle contenait. Le jour suivant, il alla voir son gendre Curchet à la banque et déposa l'argent sur l'un des fonds que celui-ci administrait. Trente-six modestes pensions seraient versées à Charles à condition que celui-ci n'abandonne pas ses études ; le reste devait servir de dot à la première de ses petites-filles qui se marierait ; à défaut, cet argent irait au premier de ses petits-fils qui atteindrait sa majorité. Après tous ces préparatifs, Antoine-Marie Cavent se rendit dans le meilleur hôtel de Genève, y commanda un dîner pantagruélique et mourut la nuit même, dans son sommeil, de sa seconde attaque cardiaque.

Quelques semaines plus tard, la vie sociale de Curchet et de tante Margot prit un tournant inespéré. Nommé directeur général des finances de France, Jacques Necker demanda à son frère Louis de lui envoyer deux ou trois employés de confiance, dont Curchet, qui était le cousin de sa femme. Du jour au lendemain, le jeune couple se retrouva avec une maison à Paris. Grâce à la fidélité et à l'intelligence de Curchet, les jeunes époux commencèrent très vite à vivre confortablement. Dès lors, le destin de Curchet allait être lié à celui de Necker, dont la carrière financière et politique mouvementée est de notoriété publique. Après le second ministère de son protecteur, dont l'impopularité préluda à la prise de la Bastille, Curchet se retira de la vie publique et réunit tout l'argent qu'il avait gagné dans de fructueuses spéculations. Malgré son intention de retourner à Genève, il ne le fit pas, craignant les excès politiques. La capitale suisse, aussi révoltée que Paris, ne lui paraissait pas être un lieu adéquat pour vivre une existence tranquille, sans souci. L'instinct de famille l'attira dans le Languedoc. Les Curchet s'établirent d'abord à Toulouse, mais, lors d'une excursion dans l'Ariège, Margot s'éprit d'un vieux château des environs de Foix, au bord du fleuve. Curchet, qui ne lui refusait rien, le lui offrit sans se préoccuper du coût. De surcroît, il se consacra, les années suivantes, à le rénover et à embellir ses jardins ; il acheta aussi trois fermes et deux vignobles voisins qui font partie du domaine. (Nous prîmes alors l'habitude d'appeler « Foix » le château et ses terres, bien qu'il fût en dehors de la ville de Foix, située plus au sud, près de la rivière.) Oncle Charles, alors déjà diplômé en médecine, se convertit à la cause républicaine, influencé par les idées de son ami Larrey, qu'il avait connu à l'école d'anatomie de l'université. Les facultés de médecine avaient été abolies car elles étaient considérées comme des institutions « privilégiées », et l'oncle Charles exerça quelques mois à l'Hôtel-Dieu. Là, sa vocation pour la guerre se réveilla et il entra dans l'Armée du Rhin, se distinguant à la bataille de Wissembourg où il fut blessé au bras. Il allait poursuivre une remarquable carrière de chirurgien – presque toujours auprès de Larrey – qui l'emmènerait en Espagne, en Italie et en Égypte.

Tante Margot n'avait pas vu d'un bon œil la conversion politique d'oncle Charles, même si elle appréciait le fait qu'il défende les frontières de la France. Elle détestait les jacobins qu'elle avait toujours traités de « régicides de merde » et elle considérait avec un dédain capricieux le monde non latin, en particulier l'Angleterre et l'Autriche. Selon Margot, Marie-Antoinette, dont elle avait la pire des opinions, était responsable de la sanglante anarchie dans laquelle était plongée la France. De plus, ma tante ne s'habituerait jamais à ce qu'on l'appelle « citoyenne », ni à utiliser les nouveaux noms des mois du calendrier voté par la Convention. Si elle avait vécu assez longtemps, elle aurait certainement toléré – mais pas approuvé – le gouvernement de Napoléon après sa réconciliation avec l'Église et la victoire d'Austerlitz.

Selon les dires de tante Margot, il n'y eut jamais de conflit entre elle et son mari. Quand l'espoir d'une monarchie parlementaire – et c'était la seule solution qu'il voyait pour la France – s'éloigna définitivement, Curchet se désintéressa de la politique et se dédia entièrement à la protection de ses terres, que les instances locales menaçaient d'amputer, voire de confisquer. Le fait qu'il n'ait jamais soutenu le parti royaliste, ses généreuses donations de grains pour « le pain du peuple », son attitude conciliante et la cocarde tricolore qu'il portait au chapeau suffirent à contenir le radicalisme des membres du conseil de la commune.

Au moment de la chute de Robespierre et de Saint-Just, sa santé se mit à décliner. Le climat méridional ne lui avait jamais convenu et, selon ce que racontait tante Margot, « le pauvre n'arrêtait pas de tousser ». C'est alors que ma tante reçut une douloureuse lettre de sa sœur Louise : mes parents étaient morts dans l'incendie de notre maison à Lausanne et son mari s'opposait à ce que moi, une petite fille quasiment muette avec une mauvaise brûlure à la jambe, je vive avec eux.

Tante Margot, furieuse de l'insensibilité de Brunet et de la faiblesse de Louise, organisa immédiatement un voyage à Lausanne.

Combien de fois l'ai-je entendue raconter les péripéties de ce voyage à travers la France, succession de roues embourbées, d'axes rompus et de chevaux emballés ; deux fois de suite, Curchet et elle, soupçonnés d'être des aristocrates en fuite, furent sur le point d'être emprisonnés. Les privations du voyage eurent raison de la santé de Curchet et lui furent malheureusement fatales. Arrivé à Lausanne, le bonhomme se mit à cracher du sang. Il mourut peu de temps après à l'hôpital. Après les obsèques, tante Margot retourna à Foix avec moi. C'est là où, selon elle, je commençai à montrer de l'intérêt pour le monde et où j'appris à rire. Elle ne parla plus jamais de Louise, ni ne répondit à ses lettres. Quand, sept ans plus tard, elle apprit sa mort d'une syncope, je l'entendis pleurer abondamment à travers la porte de sa chambre.

*

Abattue, les yeux cernés, vêtue de deuil et assise dans la salle à manger de l'auberge face à une tasse de lait avec de l'avoine, je relisais pour la dixième fois le billet cacheté qu'une ordonnance avait remis à l'aubergiste. L'écriture de Robert était haute et claire avec des lettres droites comme des soldats à la revue. «J'ai appris la mort de madame Curchet. Je pars très rapidement et je regrette de ne pouvoir venir vous exprimer mes condoléances en personne...»

Encore une fois, je me demandais ce que je faisais là, attendant passivement qu'oncle Charles décide de mon destin; allait-il m'envoyer à Foix avec Pierre et Françoise ou me permettrait-il de le suivre à la guerre comme faisaient beaucoup de filles, d'épouses et d'amantes d'officiers supérieurs? Si j'avais suivi mes désirs, j'aurais mis mon chapeau noir, je me serais précipitée dehors et j'aurais franchi à vive allure les trois pâtés de maison qui me séparaient du cartel de Robert. Là, j'aurais dit son nom au garde et je l'aurais attendu: «Je viens pour vous remercier de votre missive, monsieur Renaud» ou mieux: «Voici mon adresse, j'aimerais beaucoup avoir de vos nouvelles.» Mais quelle adresse lui donner? Je ne savais même pas où j'allais.

Soudain, je sentis une main d'homme se poser sur mon épaule. C'était oncle Charles.

– Henriette, ma fille, j'ai pris une décision, dit-il en s'asseyant à mes côtés. Je suis désolé de ne pas pouvoir te faire plaisir, mais ce serait insensé d'accepter que tu viennes avec moi. Selon les désirs de ta tante, je suis maintenant ton tuteur et je dois veiller à ta sécurité. Et aussi à tes finances, même si de cela, je ne m'inquiète pas. Ta dot est dans une banque de Toulouse et monsieur Lebrun, l'exécuteur testamentaire de ta tante, s'occupera de l'administration des terres de Foix, qui seront à toi le moment venu. Ce qui me préoccupe vraiment est que tu viennes à la guerre avec moi. La vie à l'arrière-garde n'est pas facile. Un jour ici, l'autre là. Tout est provisoire. Il est rare de trouver un bon logement. Tu n'es pas habituée aux privations et, en plus, il faut toujours penser au pire. Supposons qu'il m'arrive quelque chose.

J'insistai, je pleurai, je suppliai jusqu'à l'indicible pour ne pas retourner à Foix. Et je ne le faisais pas seulement pour Robert, pour le voir et pour le toucher de nouveau. De fait, j'étais dans un âge passif, un âge qui se construit de rêves et de longues fantaisies, où le corps est plus prompt à imaginer qu'à agir. Je le faisais aussi pour moi. J'étais terrorisée à l'idée de rentrer seule dans cette immense maison vide, entendant l'inoubliable rire de tante Margot parcourir les appartements, ou sa belle voix de contralto m'appelant pour le petit déjeuner ; appuyée au rebord de la fenêtre, je verrais encore son corps robuste descendre de cheval avec une agilité insoupçonnable, tendre l'arc et tirer une flèche qui se figeait dans le cercle rouge de la cible ; je le chercherais, émergeant des eaux du fleuve par un après-midi oppressant d'été, avec sa chemise collée à la peau, ses muscles puissants gonflant à chaque pas, son nombril tressautant et ses cheveux gris précoces frisant comme des guirlandes.

– Oh ! oncle Charles, je ne pourrais jamais vivre seule là-bas ! suppliai-je, à genoux cette fois, en lui tenant la main et en la remplissant de larmes. Rendez-vous compte que vous êtes la seule famille qui me reste ! Votre affection n'est-elle pas tout ce que je possède sur cette terre ? Je mourrai de solitude et de tristesse. Je vous en prie, mon oncle. Vous verrez, vous n'aurez aucune raison de vous plaindre de moi.

Quel homme de cœur ne se serait rendu à ces raisons ?

Après avoir déposé une couronne de fleurs sur la tombe de tante Margot, nous laissâmes Boulogne à la hâte. Un fulgurant orage d'été eut raison de mes nerfs et mit oncle Charles de mauvaise humeur. Les rues de la ville bruissaient de soldats et de chevaux et notre attelage, chargé de malles et de sacs de vêtements, paraissait gêner tout le monde, rendant furieux à un coin de rue les musiciens d'une fanfare militaire et paralysant sur un pont le passage d'un lourd fourgon de victuailles. Je ne pouvais expliquer l'impatience irritée de ces hommes qui, interrompus dans leur marche par notre attelage, nous regardaient d'un air furieux en nous menaçant du poing. « Je suis fatigué d'attendre, fatigué de tout, ronchonnait oncle Charles. On ne traversera plus la Manche. L'Empereur a changé ses plans. S'il ne l'avait pas fait, tu serais en chemin pour Foix. Je ne t'aurais certainement pas emmenée en Angleterre. En réalité, ni toi, ni ta tante n'auriez dû sortir de Foix, murmura-t-il en regardant le siège où Margot avait l'habitude de s'asseoir. Bien sûr, j'avais besoin d'argent, mais elle aurait pu me l'envoyer par son avocat. »

Je me rendais compte que les paroles d'oncle Charles étaient moins destinées à moi qu'à lui seul. « C'est cette stupide gravure qui l'a fait venir. J'en suis sûr. La première chose qu'elle m'ait demandée en arrivant, c'était si le chantier du tunnel était terminé. (Mon oncle se référait à une gravure populaire qui représentait la Grande Armée envahissant l'Angleterre par mer, par air grâce à une flotte d'aérostats, et par terre, à travers un tunnel creusé sous la Manche.) Elle ne voulait pas manquer ce spectacle absurde, idéalisé par un maudit graveur pour séduire les gens modernes, comme elle. Et ensuite, cette façon désordonnée de manger, et tu vois... » Oncle Charles continuait, en réalité il parlait seul, tentant de décharger sa conscience du poids de la faute. Je le comprenais parfaitement, car moi aussi je me sentais coupable. Il était tourmenté : pendant qu'il batifolait avec madame Polidor au son des violons tziganes, le cœur de tante Margot s'était une dernière fois emballé.

*

Que puis-je raconter de cette implacable marche qui nous mena à la fin de l'été jusqu'à Strasbourg ? Pour commencer, oncle Charles avait dû réintégrer son hôpital ambulant et je ne le voyais quasiment plus – selon la nouvelle réglementation, les seules femmes autorisées à accompagner les troupes étaient les blanchisseuses et les cuisinières. Pendant ces quatre semaines, je n'ai jamais dormi dans un lit, et je me trouvais particulièrement chanceuse quand je pouvais m'allonger sur une botte de foin, sans me dévêtir, entourée de personnes étrangères dans une grange quelconque. La plupart du temps, je passais la nuit dans la carriole de tante Margot, Françoise et moi nous installant le mieux possible entre les sièges tandis que Pierre se faisait une place sur le toit, à la belle étoile, entre nos bagages.

De temps en temps, quand nous rencontrions un fleuve – et nous avons passé l'Oise, la Meuse et la Moselle –, nous pouvions enfin nettoyer la couche de sueur et de poussière qui nous couvrait visage et corps, et laver notre linge dans des eaux troubles. Nous avions beau frotter draps et chemises, leur apparence terreuse était impossible à blanchir. Les paysans avaient rarement autre chose à nous vendre que du pain, du fromage et du fourrage pour les chevaux ; tout cela était hors de prix. Par chance, nous avancions entre la voiture de l'épouse d'un colonel grenadier et celle de la joviale famille italienne d'un ingénieur des fortifications inscrit à l'état-major de la garde impériale. Quelquefois, pour nous distraire, nous nous rendions visite et partagions avec allégresse les fausses rumeurs qui couraient. On disait que les Autrichiens du général Mack avaient trouvé en envahissant la Bavière une population qui, pour exprimer son dégoût, ne leur avait pas adressé la parole et avait même refusé de répondre à leurs questions ; on donnait pour certain que Villeneuve avait vaincu une escouade anglaise dans les eaux espagnoles et aussi que pour une obscure raison polonaise, rien n'allait plus entre les Russes et les Prussiens. Quand nous lisions à voix haute des chapitres de *Paul et Virginie* ou de *Delphine*, nous partagions aussi les rares sucreries que nous avions emportées : un délicieux confit de chocolat à moitié fondu par la chaleur, un morceau de sucre, un caramel à la réglisse, une très rare tasse de thé, un morceau de gâteau mouillé dans du vin. Ce n'était pas facile de trouver de l'eau et du lait frais, de sorte que nous avions tous mal à l'estomac, surtout Françoise et Silvana, la petite sœur de madame Grimaldi. « Notre voiture est remplie de soldats fiévreux. Si cela continue ainsi, six ou huit mille hommes seront malades quand nous arriverons au Danube », disait mon oncle, taciturne, sans descendre de cheval, en inclinant la tête pour me parler à travers la fenêtre de la voiture. Il nous apportait un morceau de jambon ou de viande pour dîner et s'en allait reprendre sa place, une demi-lieue en amont.

Je ne sais pas quelle était la position exacte de notre voiture dans la colonne. Mais celle-ci ne devait pas être à la traîne. À l'occasion d'un arrêt dans une côte, j'avais pu monter au poste de Pierre et regarder derrière nous : une véritable armée de femmes s'étendait à perte de vue ; elles voyageaient en voitures, carrioles, fourgons, chevaux, mules, ânes et même à pied ; beaucoup d'entre elles s'éloignaient du chemin pour faire leurs besoins, et leurs robes et chapeaux coloraient les champs jaunes couverts de foin sec comme autant de fleurs d'été.

Un soir où nous étions en train de griller sur la braise un miraculeux poulet que Pierre avait acheté dans une ferme, oncle Charles arriva très content. Les troupes campaient autour Strasbourg. Elles attendaient que l'Empereur arrive de Saint-Cloud pour reprendre la marche. Il y aurait deux jours d'hommages et de célébrations. Grâce à la générosité du docteur Larrey, il avait trouvé un logement dans la maison d'un horloger. « Je dormirai dans l'atelier et toi dans la chambre au-dessus. La voiture ne pourra pas y accéder », dit-il en pointant son bras vers le chemin congestionné. « Tu iras sur mon cheval. Je viendrai te chercher au lever du jour. Je vais d'abord saluer un ami. » En partant, il ajouta : « Quel hasard, la vie ! Devine avec qui tu devras partager ta chambre ? Madame Polidor en personne ! Je suppose que tu n'y vois aucun inconvénient. C'est une femme intelligente et éduquée sur laquelle tu peux compter. J'ai entendu dire que c'était une fameuse chanteuse d'opéra. »

Il n'y avait évidemment ni hasard ni coïncidence. J'apprendrai vite que lors de ses chevauchées nocturnes, oncle Charles avait rencontré la voiture de madame Polidor, et qu'ils avaient depuis maintenu une étroite relation.

*

La modeste maison de l'horloger – un vieillard nommé Simon Levi, qui me reçut avec une voix haute et chantante – me parut être le plus somptueux des palais. Après avoir avalé une énorme salade d'œufs et de légumes, je me lavai des pieds à la tête avec du savon et de l'eau chaude, j'enfilai une chemise propre à l'apparence terreuse – et je me précipitai au lit. J'étais si fatiguée que j'avais beau me retourner entre les draps, je n'arrivais pas à trouver le sommeil. À ce moment-là, une étrange chanson, à peine audible à cause du bruit de la rue, s'engouffra dans l'escalier en colimaçon qui reliait la boutique au premier étage, et parvint à mes oreilles. Je n'arrivais pas à en comprendre les paroles, mais je reconnus la voix singulière de l'horloger. Je supposai qu'il chantait en réparant le mécanisme d'une des nombreuses montres que j'avais vues en bas. Je l'imaginais, travaillant la tête inclinée, les lunettes à loupes fixées sur le front, le bonnet de soie noir couvrant à moitié ses cheveux blancs, sa voix sortant de sa barbe comme une source intarissable. Je me concentrai sur la chanson et tombai peu à peu dans un rêve où tante Margot et moi flottions au-dessus des tours de Strasbourg entre les escadrilles d'aérostats, les anges aux énormes ailes de plumeaux et les voitures volantes.

Je me réveillai le lendemain, sursautant au son des salves de canons et des cloches. « Napoléon est entré dans la ville » : la voix provenait du sol, près du lit. C'était madame Polidor, allongée complètement nue sur un matelas et se servant pour oreiller d'un tas d'habits. « Hier soir, quand je suis entrée, tu dormais tellement bien que je n'ai pas voulu te réveiller, ajouta-t-elle avec un sourire en me tutoyant comme si nous nous connaissions depuis toujours intimement. Maintenant, nous devons nous habiller et nous préparer le plus vite possible. Ton oncle viendra nous chercher à la nuit tombante, mais avant je voudrais vérifier où se sont installés quelques-uns de mes amis, en particulier Robert. Je sais qu'il est à Strasbourg. »

Toutes les réserves que je pouvais avoir envers cette femme disparurent immédiatement. Sa personnalité au charme vibrant et chaleureux, l'aura puissante émanant de son corps toujours beau, démantelèrent l'armure de principes rigides avec lesquels je protégeais d'habitude ma timidité. Le fait qu'elle fût nue devant moi ne semblait pas lui importer. Assise dans le lit, je l'observais en train d'ouvrir sa valise, de sortir un fer à repasser et une robe de mousseline bleue. Je n'avais jamais vu personne bouger les bras et les mains avec autant d'élégance naturelle. Alors qu'elle mettait à chauffer les charbons du brasier, je lui demandai si elle connaissait bien Robert.

– Je l'ai connu l'année dernière. Je l'apprécie beaucoup. C'est un gentleman, ce qui est rare aujourd'hui. Un homme d'honneur.

– A-t-il une maîtresse ? osai-je demander.

– Quel hussard n'a pas de maîtresse ? Elle s'appelle Corinne. Ils vivaient déjà ensemble quand Claudette et moi sommes arrivées au campement de Boulogne. Je leur ai rendu visite une fois. Un modeste appartement de deux pièces près du cartel de cavalerie. L'entente ne doit pas être facile entre les deux. Ils ont des goûts très différents, dit-elle en étendant sa robe sur le lit.

– Si j'avais su... murmurai-je, désenchantée.

– Ma chérie, les hommes célibataires ont en général une amante, une amie câline ou quelqu'un avec qui ils aiment dormir. Si l'existence de Corinne te préoccupe, je te garantis que tu es plus jeune et plus jolie. En plus, dernièrement, les choses ne devaient pas aller si bien entre eux. Pense qu'il est venu seul au bal de Boulogne. Surtout, tu es ici et, que je sache, elle ne l'a pas accompagné. Toutes les femmes ne sont pas disposées à suivre leur homme à la guerre.

Je gardai le silence un instant pour savourer les derniers mots de Maryse : « suivre leur homme à la guerre ». C'est l'usage du possessif « leur » qui me fascinait ; je ne l'avais jamais entendu appliquer de femme à homme. Cela me faisait rire de penser que Robert pouvait être « mon » homme.

– De quoi ris-tu ? demanda Maryse étonnée. Il y a une minute, tu étais prête à pleurer.

– Ne fais pas attention. Je suis idiote.

Il avait suffi d'un bon bain, de vingt heures de sommeil, de savoir que Robert était seul dans la ville, et de la conviction que j'avais suivi « mon homme » à la guerre pour que je me sente aussi joyeuse qu'un mois auparavant. Pensant au calendrier, je me rendis compte que mon anniversaire était peut-être déjà passé.

– Quel jour est-on ? demandai-je à Maryse (il m'est impossible de continuer à l'appeler madame Polidor).

– 4 de vendémiaire répondit-elle, touchant le fer pour voir s'il était déjà chaud.

– Hier, c'était mon anniversaire. Qui pouvait deviner que je le passerais à dormir ? Tante Margot m'avait promis un grand bal dans son château.

– On le fêtera aujourd'hui. Il y a fête dans toute la ville.

– Tu oublies que je suis en deuil, dis-je en montrant ma robe noire mal coupée.

– Qu'importe ! Je ne vais pas t'emmener au bal, mais je parie que ta tante serait contente de te voir passer un bon moment après quatre semaines d'enfermement dans sa voiture. Ne crois pas, dit-elle dans un geste d'ennui, que cela ne me coûte pas d'avoir laissé Claudette en chemin. Mais il fallait bien que quelqu'un conduise la voiture. Pauvre petite. À propos, quel âge as-tu ? Dix-sept ans, dix-huit ans ?

– Est-ce vrai que j'ai l'air d'avoir cet âge-là ? dis-je, flattée parce que cela me faisait sentir femme. Je viens d'avoir quinze ans.

Maryse leva le fer à repasser et me regarda fixement. Les coins de ses lèvres, un peu tombés, descendirent un peu plus et son visage se changea en un masque de tragédie. Ses yeux devinrent humides et une larme coula sur sa joue.

– Que t'arrive-t-il ?

– Rien, rien, je me suis brûlé un doigt, dit-elle d'une voix un peu enrouée en portant l'index à sa bouche. Donne-moi ta robe, ajouta-t-elle. Je la repasserai pendant que tu te peignes. Il faut se dépêcher.

En me préparant, je me demandais quel était ce si triste souvenir qui avait troublé son humeur. Je ne connaîtrais la raison de ces pleurs que bien plus tard.

En tout cas, jamais je n'oublierai l'expression de Robert quand, une heure plus tard, nous nous sommes retrouvés dans le café à la mode face au canal. Sérieux et indécis, il me regardait par-dessus sa pinte de bière comme s'il n'arrivait pas à reconnaître cette jeune fille aux vêtements noirs trop amples – le voyage m'avait volé une bonne partie de mes fesses –, souriant bêtement à la porte. En voyant Maryse, enfin, il fut capable de réagir, mais il le fit si maladroitement qu'en se mettant debout, sa chaise bascula et il trempa son uniforme de bière.

La nuit fut parfaite. Le dîner dans la salle à manger pleine à craquer de l'hôtel. Maryse et Charles qui se prenaient par le bras, marchant devant nous dans les rues illuminées. La tour de la cathédrale couverte de torches s'élevant vers le ciel comme une flamme effilée. Et Robert, toujours didactique, m'indiquant le lieu où l'on disait que Rouget de Lisle avait composé la Marseillaise. Plus tard, alors que nous nous promenions le long du canal, nous prîmes le temps de nous raconter un peu de nos vies. Je lui parlai de mon grand-père, de l'incendie au cours duquel mes parents périrent et de mon adoption par tante Margot ; je lui parlai de Foix, de la beauté des vallées d'Ariège et de haute Garonne, de la majesté des Pyrénées. Robert, bien sûr, ne me parla pas de Corinne. Il mettait toute son attention à m'expliquer les raisons qui avaient motivé un duel entre lui et un certain capitaine Varga, six mois auparavant. « Que pouvais-je faire d'autre que le gifler, Henriette ? Chacun doit protéger son honneur de cavalier, ne crois-tu pas ? Ne va pas penser que j'adore les duels ; ce n'est pas non plus pour le jeu. Ce sont des choses qui arrivent, des événements qui nous entraînent malgré nous. »

Finalement, Varga avait dû abandonner le combat à cause d'une blessure à l'épaule, et la chose s'était réglée de manière satisfaisante devant les différents témoins. Est-ce que j'approuvais sa conduite ? « Bien sûr, monsieur, une conduite... homérique », répondis-je, romantique, l'imaginant avec son épée seul face aux murs de Troie. J'étais enchantée de l'entendre décrire sa collection de peaux de bêtes, d'apprendre comment il les emmenait, enroulées, d'un endroit à l'autre. « Nous allons bientôt envahir la Russie, Henriette. Si vous me permettez, je vous ramènerai un souvenir. Préférez-vous un bonnet d'hermine ou de martre zibeline ? Ah ! si un jour nous pouvions parvenir jusqu'aux forêts africaines ! Imaginez, les panthères, les léopards, les tigres, les lions... Tout cela à vos pieds, Henriette. Et même des cornes de rhinocéros et des défenses d'éléphants », ajouta-t-il en se moquant de sa propre passion pour les animaux exotiques. En nous entendant rire derrière eux, Maryse et oncle Charles se retournèrent. Je vis dans leurs sourires qu'ils approuvaient notre relation et je me sentis heureuse.

Vers dix heures, Napoléon se présenta à une fenêtre du palais de la ville. C'était la première fois que je le voyais. Une étole lui barrait la poitrine. À la lueur du chandelier que tenait un de ses serviteurs, il était difficile de distinguer les traits de son visage, mais à voir comment il saluait avec son chapeau, il semblait de bonne humeur. La multitude de soldats et de paysans qui passait devant l'édifice le reconnaissait et je mesurai combien sa popularité était grande. « Vive l'Empereur ! » criaient-ils tous. « Vive l'Empereur ! » criait Robert, rempli d'un enthousiasme sincère. « Vive l'Empereur ! » avais-je fini par crier moi aussi, plus par imitation que par conviction. La foule commença à nous entourer et immédiatement nous fûmes poussés jusqu'à la grille du palais. Les cris de « Vive l'Empereur ! » étaient ensorceleurs et continuèrent bien après le départ du maître de la France. Séparés d'oncle Charles et de Maryse, nous restions là, sans rien dire, au milieu du bruit et des gens. Je crus sentir, derrière moi, sa main contre mon corps. Mais à voir ensuite ses mains m'entourer la taille, je compris que ce n'était pas sa main qui se serrait contre moi. Proche de l'évanouissement, envahie par le plaisir, je tournai à moitié la tête et me laissait baiser largement.

En me souvenant de cette nuit-là, je me rends compte que ce n'est pas à Robert seulement que j'offris mon corps. Ma virginité – comme celle de milliers de femmes françaises, autrichiennes et russes – fait partie des premières pertes de cette campagne militaire ; pertes modestes, certes, et, pour certaines, désirables, mais pertes quand même au registre des vierges, qui, aussi bien dans les hameaux que dans les cités, est gardé en mémoire par les moines et les religieuses, les curés et les bonnes sœurs. Car de la même manière que la nature régule les animaux en leur donnant des chaleurs, l'instinct de conservation qui guide l'espèce humaine génère des désirs charnels chez les nations en guerre. À un débit de tant de milliers de morts correspond un crédit de tant de milliers de naissances. Je ne suis qu'un chiffre de cette simple statistique.

Je dois m'expliquer mieux. La dernière chose que je veuille faire est de réduire l'importance de Robert dans ces pages. Je ne dis pas que c'est la guerre qui fit que je l'aimai. Je pense que je serais tombée amoureuse de lui en temps de paix ou en n'importe quelles circonstances. Je dis cependant que si nous nous étions connus avant la guerre, je ne l'aurais pas, cette nuit-là, à Strasbourg, suivi docilement à la porte de son cartel, je ne me serais pas assise à califourchon sur son cheval, ni n'aurais consenti à ce qu'il me jette comme un fardeau sur un tas de foin puant, ni ne lui aurais permis de me déflorer, vêtue de deuil, à la belle étoile au milieu de la nuit, dans la banlieue de la ville. Non pas que cela m'ait coûté de le faire. Au contraire. Ce fut surtout la conclusion d'un jour inoubliable, mes quinze ans, ma première bouchée d'amour ; j'avais déjà, pendant le voyage à Strasbourg, commencé à vivre un peu comme un soldat, et senti l'imminence de la bataille. En y repensant, cette nuit-là, je n'ai pas seulement couché avec Robert, mais aussi avec la guerre.

Quand nous sommes rentrés à la maison de l'horloger, oncle Charles et Maryse étaient en train de nous chercher. Notre aventure avait été si brève que les rues étaient encore illuminées et pleines de monde, et même le bon Simon Levi, à la porte de son magasin, bavardait avec une voisine, une femme qui tenait dans ses bras un chat gris endormi. Après les présentations de rigueur, Robert me prit par le bras et nous nous éloignâmes de quelques pas.

– Je suis désolé pour ce qui s'est passé, Henriette. J'ai dû perdre la tête, dit-il avec une voix basse de circonstance. Il était terriblement ridicule avec cette expression de mauvais acteur et, comme si cela ne suffisait pas, le bout de ses moustaches hérissées par mes baisers renforçait cet aspect ridicule.

– Moi aussi, répondis-je pour dire quelque chose.

En réalité, je ne voulais qu'une chose : qu'il s'en aille. Je me sentais terriblement troublée, je voguais dans une espèce de limbes, hors de la réalité ; j'étais aussi très fatiguée et souffrante. J'avais envie de monter à la chambre, de me déshabiller et de vérifier si l'humidité poisseuse que je sentais entre mes jambes était du sang.

– Bonne nuit, monsieur, dis-je en le saluant.

– Demain, je réintègre mon régiment. S'il vous plaît, donnez-moi de vos nouvelles. Rappelle-toi, 5e corps, division Gazan, 9e Hussards. Nous devons nous voir à nouveau, l'entendis-je dire avec précipitation.

L'horloger avait mis de l'eau fraîche dans la cuvette de la chambre. Alors que je m'inclinais pour me laver, Maryse entra par l'escalier en colimaçon, éclairant avec un candélabre.

– Alors, alors, fille perdue, dit-elle joyeusement. Ton oncle et moi avons parcouru tout Strasbourg pour te retrouver. Grâce à Dieu, il nous est venu à l'esprit de repasser par ici et l'horloger nous a dit que tu étais rentrée il y a peu et... qu'est-ce qui t'est arrivé ? demanda-t-elle consternée en voyant l'eau rosée qui coulait de mes jambes.

– Ce n'est rien... tu sais... des choses de femmes..., dis-je en balbutiant, tentant de me couvrir avec les mains. Je t'en supplie, laisse-moi seule un moment.

En sortant, Maryse buta sur ma robe, jetée sur le dossier de la chaise ; un à un, elle enleva une douzaine de brins de paille qui s'étaient emmêlés dans le tissu. « Je vois, dit-elle avec perplexité. Je vois, soupira-t-elle en décortiquant les brins de paille entre ses doigts, laissant tomber la poudre dorée qui paraissait s'échapper irrémédiablement de sa main. Ton oncle m'attend en bas, dit-elle sans me regarder. Je rentrerai tard. Dors bien. Nous parlerons demain. Et, levant la traîne de sa robe, elle disparut par le trou de l'escalier.

Je fus réveillée par le soleil. Un bruit de voiture et de chevaux provenait de la rue et je supposai que les troupes étaient en train de quitter la ville. Maryse, déjà habillée, lisait un livre sur la chaise où j'avais laissé mes habits coupables. Je fermai les yeux, et fis semblant de dormir. Honteuse, je me sentais incapable de résister à ses reproches ou à ses lamentations.

– Quelle heure est-il ? demandai-je enfin.

– Tard ! dit Maryse sans lever les yeux de son livre. Onze heures ont sonné, il y a peu. Pendant que je termine ce livre, lis la lettre posée près de la cuvette.

– Est-ce de Robert ? demandai-je en sautant du lit.

– Y a-t-il quelqu'un d'autre dans ta vie ? dit-elle en se moquant derrière son livre.

– Mais elle est adressée à mon oncle, remarquai-je en lisant le nom d'oncle Charles.

– Tu as son autorisation pour la lire. Robert la lui a laissée à l'aube, avant de partir avec son régiment. Lis-la. Elle te concerne.

J'ai parfois reçu de bonnes nouvelles dans ma vie, mais j'ai beau chercher dans ma mémoire, il n'y a aucune lettre qui, malgré sa brièveté, ne m'ait fait autant plaisir.

– Robert me demande en mariage, criai-je. Il veut se marier avec moi ! Te rends-tu compte ? N'est-ce pas miraculeux ? m'écriai-je en sautant de joie.

Folle de bonheur, je me laissais tomber sur le lit pour lire la lettre de nouveau.

– Pourquoi serait-ce un miracle ? Qui d'autre, mieux que toi, pourrait l'épouser ? Tu es jeune. Tu es grande et jolie. Tu as tout. Et comme si ce n'était pas assez, tu as des terres et de l'argent. Il le sait par ton oncle. Petite coquine. Ne crois pas qu'il y en ait beaucoup comme toi sur ces chemins.

En écoutant les paroles de Maryse, dites avec trop de spontanéité, je suspectai qu'elle n'était pas étrangère à cette affaire.

– Tu as parlé avec lui, n'est-ce pas ?

Maryse baissa les yeux vers son livre sans répondre.

– As-tu parlé avec lui hier soir ?.

– Eh bien, oui ! dit-elle en fermant son livre.

– Tu l'as supplié qu'il se marie avec moi. Non – je me corrigeai moi-même –, tu lui as étalé ma dot devant les yeux. C'est cela ? C'est vrai ? Pourquoi as-tu fait l'entremetteuse derrière mon dos ? J'aurais préféré qu'il me demande en mariage de lui-même, dis-je un peu furieuse en enfonçant la tête dans l'oreiller.

– Robert est mon ami, l'entendis-je dire froidement. Nous nous sommes connus dans des circonstances très dures pour moi. Je lui dois beaucoup. J'ai été le chercher au café et nous avons parlé comme on parle entre amis. C'est tout.

Stupéfaite de ce que j'entendais, je me retournai sur le lit pour la regarder.

– Tu lui dois beaucoup ? demandai-je avec incrédulité. Il ne m'en a rien dit.

– L'année dernière, quand je suis arrivée à Boulogne, il m'a rendu un grand service, continua-t-elle. Un jour, je te raconterai. Mais certainement pas aujourd'hui.

– Alors...

– Quand je dis que c'est mon ami, cela ne signifie rien d'autre que « mon ami », m'interrompit-elle. Nous avons parlé un moment. Pas beaucoup. Il devait partir à l'aube. Je me suis contentée de dire que s'il avait l'intention de se marier, il ne fallait pas laisser passer la chance que tu incarnais si joliment. Bien sûr, nous avons parlé d'argent. Les dots et les héritages ne sont pas des secrets d'État. Et ne crois pas qu'il pensait seulement à son bien-être, ma chérie. Après ton aventure d'hier soir, que je ne juge pas, ta vie n'est déjà plus la même. Hier c'était Robert, plus tard ce pourrait être un autre officier gaillard et ensuite un autre, et encore un autre, et ainsi de suite. Une longue chaîne de sabres et de moustaches qui risquerait de provoquer des duels, des trahisons et des humiliations... Que puis-je te dire ? Je sais de quoi je parle, malheureusement. La société que tu as choisie pour être femme est l'armée, ma chérie. Et je dois le souligner, l'armée en temps de guerre. Tu verras, quand commenceront les batailles, quand on comptera les morts et les mutilés, les héros et les lâches. Aujourd'hui, nous sommes tous des êtres rationnels. Mais attends ! Quand vient l'odeur de la poudre, les gens changent ! Il n'y a plus que l'instant qui compte. Il faut le voir pour le comprendre.

Maryse se leva brusquement et, me tournant le dos, se pencha au bord de la fenêtre. Ses paroles m'avaient étourdie. Je commençai à avoir peur. De nouveau, je me retournai dans le lit et serrai mon visage contre l'oreiller. Je fermai les yeux et désirai très fort retourner à Foix. Mon oncle avait raison. Cette vie-là n'était pas pour moi. Batailles. Morts. Sang. Je commençai à pleurer. Je sentais l'humidité tiède de mes larmes sur la taie d'oreiller. Il serait facile de rentrer. Il suffisait d'attendre que Pierre et Françoise arrivent avec la voiture. Ils n'allaient pas tarder. Mais en pensant aux lieues qui nous séparaient de l'Ariège, je compris que la vie n'était pas une horloge dont l'aiguille pouvait être poussée en arrière avec le doigt. Foix ne serait jamais plus ce qu'il avait été. J'avais perdu tante Margot et aussi ma virginité ; j'avais rencontré oncle Charles, Maryse, Robert... Heureusement, le temps était passé et il n'y avait plus de retour en arrière possible, c'en était fini de mes quatorze ans bucoliques. Il n'y avait rien à faire. Je me résignai à continuer. Je levai la tête, séchai mes larmes avec la main et demandai à Maryse :

– Que pense oncle Charles de tout cela ? Donne-t-il son consentement ?

– Robert a bonne réputation, répondit-elle en se tournant vers moi. Son expression compatissante montrait qu'elle devinait mes sentiments. Il s'est battu en duel. Je ne sais pas si tu le sais. Une affaire personnelle avec un capitaine des chasseurs, un homme de mauvaise vie qui se plaisait à humilier autant de femmes qu'il le pouvait. Robert a été comme le clou dans sa chaussure.

– Il s'est battu pour une femme. Est-ce pour Corinne ? demandai-je, curieuse.

– Non, répondit Maryse sèchement. Ou au mieux... je ne sais pas, dit-elle en vacillant. Si tu lui demandes, il te dira que c'est pour une autre raison. Je te l'ai déjà dit, ton prétendant est un homme d'honneur. Dans tous les cas, le duel a été beaucoup commenté dans le campement de Boulogne. Des choses comme cela comptent dans l'armée, chérie.

– Bon, ce n'est pas grave. Je suppose qu'oncle Charles ne s'opposera pas à notre mariage, dis-je, soulagée, même si j'avais l'impression que Maryse en savait beaucoup plus sur ce duel qu'elle ne le disait.

– Non, il ne s'y opposera pas. Avant de retourner à ses ambulances, il m'a dit que c'était à toi d'en décider et qu'il était disposé à faire selon ton désir. En réalité, en plus de la bonne opinion qu'il a de Robert, je pense que ton oncle ne se sent pas très à l'aise de t'avoir sous sa tutelle. Il ne me l'a pas dit. Mais s'il a choisi de ne pas avoir de famille, cela doit être pour ne pas avoir à affronter d'autres devoirs que ceux de l'armée. Allons, mon amie, dit-elle en changeant le ton de sa voix pour attirer mon attention vers les affaires du jour. Napoléon s'est déjà mis en mouvement. Je ne sais pas comment tu as pu dormir avec tout ce bruit. Je suppose que dans peu de temps nos voitures arriveront. Cela fait deux jours que je n'ai pas de nouvelles de Claudette et cela me préoccupe. Si tu savais comme elle est fragile.

– J'aimerais t'accompagner ; une voiture suffit pour nous deux. Pierre et Françoise seront très contents de rentrer à Foix. Cela nous fera faire des économies. Ce n'est pas la même chose d'entretenir deux chevaux ou quatre. Tu ne crois pas ? Nous pourrions partager les frais.

– Ma chérie. Ne te défais jamais d'un attelage. C'est un conseil que je te donne. Cela serait renoncer à ta liberté de mouvement. Suppose que tu aies envie de rentrer à ton château. Comment ferais-tu ? De plus, ma voiture est remplie à n'en plus pouvoir. Tellement pleine qu'en général, Claudette et moi nous nous asseyons avec le postillon. Je voyage avec tout ce que tu as vu dans la tour de Boulogne. J'emmène avec moi mon petit monde d'illusions. Ma scénographie. J'ai pu, grâce à cela, créer l'ambiance propice à la musique gitane, l'autre soir, dans la tour ; la semaine prochaine, cela servira à présenter un ténor italien ou un quatuor à cordes, ou Claudette qui imite la danse de Salomé comme peu savent le faire. Tu dois savoir que je joue passablement de la guitare et du piano, que je peux chanter une aria de Mozart ou un air créole des îles. J'ai vécu de cela à Paris et à Saint-Domingue, ma chérie. Et je pense vivre de cela ici aussi. Mon salon se tiendra où Napoléon ira. Mon public, à vingt francs la place, c'est maintenant la Grande Armée.

– Et oncle Charles ? Je suis sûre que tu lui plais.

Maryse vint jusqu'au lit et s'assit à côté de moi. Elle me dit en me regardant dans les yeux :

– Ah, Henriette, tu ne connais pas encore ton oncle. Il aime son métier, mais je ne peux pas l'imaginer dans un hôpital de province, et encore moins dans un cabinet de consultation situé dans la rue principale avec son nom gravé sur une plaque de bronze. Sa vraie vocation, c'est la guerre. La guerre embrigade certains hommes, ma chérie. Tu verras. Il n'y a aucun rapport entre saigner un commerçant en costume et amputer une jambe ou rafistoler les dégâts d'un coup de sabre sur le champ de bataille. Il est né pour cela, de la même façon que je suis née pour la vie que je mène. Ne te fais pas d'illusions. Charles et moi, nous n'arriverons jamais à quelque chose de sérieux ensemble, de vraiment sérieux, j'entends. Ce n'est pas dans notre nature. Nous sommes trop indépendants. Prends-nous comme nous sommes. Lui avec ses soldats malades ; moi avec mon salon ambulant, et toi avec Robert. Ainsi, tout ira bien.

– Je comprends, soupirai-je, et, changeant de conversation, j'ajoutai : comme je te l'ai dit, j'aurais aimé voyager avec toi. J'aurais appris beaucoup de choses. Tu sais comment te comporter. Moi, je suis stupide. Je ne sais même pas comment m'y prendre avec Robert.

– Oh ! Ne te fais pas de souci, dit Maryse en se levant du lit pour retourner à la fenêtre. J'attendrai que ton attelage arrive. J'irai devant et tu me suivras. Tu vois, nous voyagerons ensemble, nous nous rendrons visite. Allons. Il se fait tard et nous devrions manger quelque chose. Dieu seul sait quand nous aurons la chance de nous asseoir encore une fois à table.

– Où est ma robe ? lui demandai-je. Je l'ai posée hier soir sur la chaise. Tu l'as mise dans ma malle ?

– A-t-on déjà vu une fiancée vêtue de noir ? dit-elle en étendant la main, dans un geste lent, vers une robe au décolleté attrayant, accrochée à un cintre. Elle sera un peu courte et large, mais je l'ai à peine utilisée. Dans la prochaine ville, nous irons faire des courses.

– Quelle ville ? demandai-je avec curiosité.

– Celle qui plaira à Napoléon, ma chérie.

3

La nécessité pressante de retrouver Robert, d'être dans ses bras, de l'entendre dire « je t'aime », de me coucher à ses côtés dans un grand lit recouvert d'édredons blancs et de sentir la chaleur de son corps sur ma peau ; de marcher, à son bras, dans une avenue bordée d'arbres aux feuilles déjà craquantes, glorieuses dans leur agonie dorée, violine, orangée ; lui jurer un amour éternel ; m'asseoir près de lui dans un café d'Ulm, de Munich ou d'Augsbourg, empli de fumée de tabac et de la douce odeur d'oignons frits et de saucisses à la moutarde, pour, là, fixer ensemble le lieu, la date, l'église et tous les détails de notre mariage – « le plus tôt sera le mieux », avait conseillé Maryse. Oui, le désir de retrouver Robert grandissait en moi comme un escalier interminable qui semblait ne mener nulle part ; les heures passaient, lentes et insipides, sur les chemins de Wurtemberg ou de Souabe, alors que nous suivions avec acharnement les lourds camions de munitions et de victuailles, sachant que devant, loin devant, avançaient les hussards du 5e corps, et parmi eux, Robert. Je ne trouvais rien pour me calmer, rien pour me distraire.

Françoise lisait *Le Génie du christianisme* avec une mystérieuse application, bougeant les lèvres comme si elle rongeait les mots, suivant d'un doigt les lignes imprimées afin de ne pas perdre le fil de sa lecture pendant que la voiture cahotait. À l'arrêt, si je décidais de rejoindre Maryse et Claudette, je les retrouvais répétant inlassablement des chansons ou des scènes dramatiques. Je me sentais alors comme une intruse qui les dérangeait dans leur métier de comédiennes ; je ne doutais pas de l'affection que Maryse disait avoir pour moi, mais il était évident qu'elle et Claudette avaient tissé, à Saint-Domingue, des liens qui leur permettaient de faire ressurgir, d'un regard ou d'un sourire léger, un passé trouble et privé auquel je n'avais pas accès. Jusqu'au Danube, j'écrivis à Robert des lettres désespérées. Je profitais de chaque arrêt pour copier et recopier les mêmes paragraphes. Mais l'encre s'épuisait sans qu'il ne se passe rien, ou, du moins, rien qui vaille un commentaire. La seule information qui parcourait chaque jour, de l'état-major au dernier fourgon, la colonne du 5e corps, était un laconique « tout va bien ». Jusqu'au matin où un lointain tonnerre retentit vers l'est, alors qu'un jour sombre se levait. Encore à moitié endormie, je mis la tête à la fenêtre et demandais à Pierre si c'était un orage. « Un orage ? Mais c'est la guerre, mademoiselle ! cria-t-il de son siège de cocher. Nous y sommes ! »

Le jour suivant, nous apprîmes que la bataille avait eu lieu dans un lieu nommé Wettingen, sur la rive sud du Danube. Nous croisâmes une longue file de prisonniers autrichiens, aux uniformes blancs tachés de terre et de sang, escortés par une bande de chasseurs à cheval qui les pressaient à grands cris comme s'il s'agissait d'un troupeau de bœufs, menaçant les retardataires avec des sabres courbes. Je sautai de voiture et je me plantai au milieu du chemin. Les hussards du 9e régiment ? Non, non, ils n'avaient pas combattu. Robert Renaud ? « Il est avec le général Treilhard. Ou peut-être avec le maréchal Lannes, comme ordonnance. Non, je l'ai vu hier dans l'escorte du général Gazan. Ne t'inquiète pas, citoyenne ! Je lui ferai parvenir ta lettre. Dès que nous serons revenus de Stuttgart, je lui remettrai ton message. Je ferai ce que je peux, citoyenne, je te le promets... »

Après cette première victoire, l'abattement nerveux dans lequel j'étais tombée se transforma en ardent patriotisme – en un instant, mon anxiété avait laissé la place à une réelle ferveur. J'étais avide de batailles, de victoires, et surtout je mourais d'envie de voir Robert défiler triomphalement à travers une cité vaincue. La passion, trait caractéristique de mon jeune âge, me guidait, certes, mais je n'étais pas la seule à avoir été touchée par ce que Maryse appelait « la fièvre napoléonienne ». Françoise, qui une semaine auparavant prévoyait que l'Europe serait immanquablement noyée dans un bain de sang et qui avait rêvé un jour de partager la vie pure des sauvages d'Amérique, cessa de lire Chateaubriand et commença à prier avec moi pour la victoire de la France, de Napoléon et de tous les soldats héroïques de *notre* Grande Armée. Pierre semblait avoir oublié ses idéaux républicains et portait jour et nuit un casque de cuirassier trouvé sous un arbre, saluant tous ceux qui croisaient notre chemin d'un vigoureux : « Vive l'Empereur ! » Et même Maryse et Claudette, restées jusque-là imperturbables, ne purent s'empêcher de laisser éclater leur joie quand arriva, froissée et tachée, la proclamation imprimée qui relatait la débâcle autrichienne d'Ulm. L'armée de Mack avait été, en à peine trois semaines, battue à plate couture. Sur cent mille hommes, vingt-cinq mille avaient péri et quarante mille autres étaient prisonniers ; sans compter les nombreux canons et drapeaux que nous avions pris. En guise de conclusion, le tract annonçait le prochain objectif de Napoléon : la prise de Vienne.

Cet après-midi-là, nous débouchâmes deux bouteilles de notre provision de vin. Ensuite, éclairés par la lune pleine d'octobre, nous dansâmes tard dans la nuit au son de la guitare de Maryse qui s'était unie pour l'occasion à la flûte traversière d'un de nos voisins de voiture.

*

Après la victoire d'Ulm, nous avions cessé de craindre qu'un officier de l'Intendance ne réquisitionne nos chevaux. La reddition de Mack avait en effet permis à la Grande Armée de se réapprovisionner en excellentes montures, au point que certains chevaux – évidemment pas ceux qui avaient appartenu aux Autrichiens – furent vendus aux femmes et aux commerçants qui suivaient les troupes ; d'autres, les plus mal en point, furent sacrifiés pour donner de la viande fraîche aux cuisines des régiments. Mettant en commun une partie de notre argent, Maryse et moi achetâmes un énorme cheval au regard indifférent et aux épaules écorchées, qui avait servi chez les cuirassiers. Il était maigre et ses plaies puaient, mais Pierre avait insisté : la monture lui servirait avantageusement pour négocier avec les fermiers et les marchands qui nous suivaient. Cela nous avait semblé raisonnable. Nous le baptisâmes du nom de Jeudi, le jour de la semaine où nous l'avions acheté, et nous attachâmes la corde de son harnais à l'arrière de ma voiture.

Au bout de trois ou quatre jours, l'envie me prit de le monter. Je lui mis moi-même le mors et me promenai à pied en le tenant par la bride pour qu'il s'habitue à ma main. Ensuite, avec l'aide de Pierre, qui m'avait aussi prêté ses bottes et une culotte de cheval, je sautai sur la monture et la sortis. Je me rendis compte immédiatement que nous n'avions pas jeté l'argent par les fenêtres. Jeudi avait été bien entraîné et obéissait sans résistance à la pression des rênes et des éperons. Si son pas était lourd et son trot trop saccadé pour mon poids, mes longues jambes me permettaient de serrer ses flancs, contrairement à ce que j'avais imaginé. Très vite, l'allégresse de l'écuyère me revint. Je me souvenais de mes après-midi à Foix quand, avec tante Margot – toutes deux à califourchon sur nos chevaux à la manière des hommes –, nous chevauchions à l'orée de la forêt jusqu'à Toulouse, pour ensuite rentrer au galop jusqu'à la cour du château. (Merci, tante Margot, pour ces leçons d'équitation offertes pendant six ans ! « Un cheval peut valoir, à certains moments, plus qu'un château », me répétait chaque jour en ce temps-là, l'invalide Laguerre, ancien capitaine qui avait perdu un bras à Valmy et vivait modestement au village. « Je refuserai l'argent de votre tante si je vous vois galoper jusqu'à la cabane du garde forestier sans utiliser les mains, si vous sautez le portail et réussissez à passer à gué le fleuve avec de l'eau jusqu'au cou », disait le vieux centaure, le meilleur maître que j'aurais pu avoir. Laguerre était-il mort ? Pourquoi ne pas avoir demandé de ses nouvelles à mon retour à Foix ? Ah, toutes ces obligations que l'on laisse en suspens !...)

Pendant que je galopais, heureuse, à travers l'ample plaine, en longeant le lent convoi de carrioles et de fourgons, un nouveau sentiment d'indépendance et de sécurité grandissait en moi. Pour la première fois, j'avais l'impression d'être maîtresse de ma vie, je me sentais femme.

En descendant de cheval, je savais que rien ne pourrait déloger la résolution qui s'était accrochée à mes pensées : j'irais voir Robert.

– Tu es folle, dit Maryse quand je lui appris mes intentions.

– Oui, répondis-je en riant, folle d'amour. Je veux voir mon homme, je veux le serrer, l'embrasser, et parler avec lui de notre mariage, lui dire que je l'aime plus que tout au monde. Je dois le voir, Maryse.

– Ne sois pas stupide, Henriette. Pense que je ne peux pas t'accompagner. Même si nous achetions un autre cheval, je ne saurais pas le monter. Je suis une fille de la ville, ma chérie. Mais – soupçonnant que ma décision était irrévocable –, il y a Pierre. Pierre pourrait t'accompagner, et Françoise ou Claudette conduirait ta voiture, et...

– Merci de tes bonnes intentions, mais non. Je dois y aller seule, je le sens. Après tout, Robert, c'est mon affaire.

– Tu ne sais pas ce que tu dis. Crois-tu que tu puisses galoper le long d'un corps de bataille sans qu'il t'arrive rien ? Comparons : c'est un peu comme si tu étais un pot de miel et les troupes de Lannes, des mouches ! Ici, à l'arrière-garde, tout va déjà mal. Mais là-bas, au-delà des fourgons de victuailles, là où les cors retentissent au lever du jour, tu vas pénétrer le domaine de la guerre. Ce n'est pas par hasard qu'il est interdit aux femmes de visiter les troupes.

– J'y ai pensé. Je retiendrai mes cheveux et je mettrai le casque de cuirassier de Pierre. Il doit aussi garder dans ses affaires son uniforme de gala. Françoise est une excellente couturière et je suis sûre qu'elle fera des merveilles. J'irai par la plaine qui borde le chemin. De loin, ils me prendront pour un cuirassier.

– Quel cuirassier ! Où sont tes moustaches, ton sabre et ta cuirasse ? Tu les as oubliés à Strasbourg, ou au campement de Boulogne ? Ne vois-tu pas que tôt ou tard tu devras emprunter le chemin et te mêler aux autres soldats ? Mon Dieu, Henriette, tu n'es plus une enfant !

Claudette et Françoise, qui faisaient griller un lapin sous un chêne solitaire, s'approchèrent et se mêlèrent à la conversation. Personne n'approuvait mon projet aventureux, et surtout pas Françoise qui, à cause d'amours déçues à Tarbes, son lieu de naissance, se maintenait très à l'écart des hommes. Mais pendant le repas, comprenant que je ne renoncerais pas, elles cessèrent de s'y opposer et gardèrent le silence.

– Le fait est que tu ne ressembleras jamais à un cuirassier, dit Maryse en mordant pensivement dans une patte de lapin.

– Je suis aussi grande qu'un homme, protestai-je.

– Un homme ne se reconnaît pas seulement à sa taille, ma chérie. Je connais les hommes. Ils forment un tout, dit Maryse.

– Tu pourrais être un aide de camp : en général, ils sont très jeunes, s'aventura Claudette avec timidité.

– Non, non, intervint Maryse. Même les soldats les plus bêtes connaissent les différents uniformes de l'armée. Henriette attirerait tout de suite l'attention. Certains imagineront que c'est un espion autrichien ; d'autres que c'est une putain. Cela se passerait mal, de toute façon. Il faut chercher un autre type de déguisement. Un vêtement improbable. Quelque chose d'inimaginable : un habit de curé, un caban de juif, un gilet bavarois... Les moustaches ne m'inquiètent pas ; j'en ai de toutes les couleurs et de toutes les tailles dans ma malle à illusions, y compris des barbes de roi ou de Turc. À Boulogne, j'ai eu l'occasion de présenter plusieurs opéras... *Le Calife de Bagdad* et *Richard Cœur-de-Lion*, tous deux très applaudis. J'avais même convaincu ton bien-aimé Robert, ajouta-t-elle en me faisant un petit sourire, de figurer dans un passage inspiré du *Barbe-Bleue* de Grétry.

– Avec une barbe ou des moustaches, une soutane ou un caban, tu ne tromperas personne, assura Françoise en secouant la tête en geste de désapprobation. Que dirait ta tante de tout cela !

– Si tante Margot était à ma place, elle n'hésiterait pas une seconde. D'ailleurs, à cette heure-ci, elle serait probablement déjà dans les bras de Robert, répliquai-je vivement.

– Nous avons assez discuté, dit Maryse. Qu'il en soit comme Dieu le veut. Continuons à réfléchir.

Et finalement, ce fut Claudette qui proposa la solution.

– Nous avons un déguisement de calife, murmura-t-elle. De larges pantalons rouges, un gilet vert et un turban. Henriette pourrait se faire passer pour un mamelouk. Leurs uniformes ne sont pas très réglementaires. Nous avons aussi une dague courbe et un cimeterre.

– Je n'ai jamais vu de mamelouk sur ces chemins, répondit Françoise. En plus, j'ai entendu dire qu'ils avaient la peau sombre.

– Claudette a raison, dit Maryse en me regardant avec des yeux exaltés. Les mamelouks servent le général Savary dans la garde impériale. Il faut faire croire que tu apportes un message important. La couleur de la peau, c'est encore le moins difficile. J'ai des teintures pour toutes les races de l'humanité. Seule difficulté : quand les mamelouks ouvrent la bouche, ils détruisent notre belle langue.

– Je me débrouille en espagnol. Je peux imiter l'accent, dis-je, amusée. Je suis un mamelouk du général Savary, ajoutai-je en prononçant mal chaque mot et en enflant la voix.

– Cela peut fonctionner, mais il faut que tu changes le genre des articles et que tu utilises toujours les verbes à l'infinitif. Zut ! Si Molière m'entendait ! conclut Maryse.

*

Et me voici, trottant du côté gauche de la route, teinte en marron et déguisée en calife ! De fait, je devais surtout ressembler à un clown turc : pas un soldat, sur mon passage, ne manqua de me montrer du doigt, d'attraper un fou rire ou de se moquer de moi. « Que ce jour vous soit clément, lieutenant Mahomet ! La Mecque est derrière toi, animal ! Pff ! Quelle puanteur, ce chameau ! Eh ! C'est l'heure du carnaval ? »

Peu importait, car entre les moqueries et les rires, je me rapprochais de Robert. Je laissai derrière moi les charrettes remplies de barils de farine, de riz, de lentilles, de haricots et de bouteilles d'huile, les chapelets d'ail, les barriques de vins et de cognac et les grandes pierres de sel ; derrière moi aussi le contingent de viande ambulante – vieux bovins baveux, chevaux boiteux et mal soignés. Au milieu de la matinée, j'avais déjà compté cinquante énormes charrettes, chargées d'uniformes, de montures, de harnais et même de tambours, et à midi, grâce au long trot de Jeudi, j'étais arrivée aux ambulances. Les blessés, calmes et silencieux, ressemblaient à des marionnettes bandées attendant que quelqu'un tire sur leurs fils (et si Robert était l'un d'entre eux ?). Plus loin encore, il y avait les fourgons de munitions et de poudre, les canons tirés par quatre chevaux – les obus par six – et les files d'artilleurs à pied, dont j'avais déjà appris à reconnaître les uniformes gris. Il restait encore d'interminables compagnies de fusiliers, dont beaucoup marchaient pieds nus et en haillons, certains mordillant leurs pipes vides entre leurs dents ou conversant. Mais la plupart affichaient un sérieux qui laissait penser qu'ils étaient plongés dans des souvenirs chers – un lit, une bonne grillade, un baiser. Ainsi avançait la cinquième colonne sur la route de Linz, à travers la plaine et les champs secs couleur paille, balayés par le vent frais qui se levait, un vent d'ouest annonçant la pluie en faisant rouler les bottes de paille.

– Et où vas-tu, mamelouk ?

– Où vas-tu ? répéta un lieutenant de dragons qui, avec une demi-douzaine d'hommes, m'avait coupé la route.

– 9e Hussards ! criai-je en tirant les rênes pour arrêter Jeudi, qui déjà n'en pouvait plus, sur ses deux membres postérieurs.

– Par ici, dit le lieutenant avec un air curieux, en étendant le bras vers une lointaine troupe de cavalerie dont on apercevait les couleurs diffuses entre les tourbillons de poussière et l'étrange lumière violette de cet après-midi. Ton cheval est sur le point de s'écrouler, ajouta-t-il en remarquant la respiration agitée et les naseaux écumants de Jeudi. D'ailleurs, ce n'est pas un cheval de mamelouk.

– Cheval de cuirassier. Cheval moi casser la patte, dis-je avec conviction.

– De qui amènes-tu un message ? demanda le lieutenant, méfiant.

– Général Savary... Garde impériale.

Le lieutenant acquiesça. Avant de faire demi-tour, il me conseilla de descendre de cheval et de marcher à pied par le chemin. « Tu n'as pas besoin de te presser. Nous allons nous arrêter bientôt, dès que le soleil tombera... ou la pluie », ajouta-t-il en regardant les énormes nuages qui venaient du ponant.

Acceptant sa suggestion, je passai la jambe au-dessus de la couverture qui couvrait la selle de Jeudi et sautai à terre. Après dix heures de chevauchée, mes muscles me faisaient souffrir atrocement. Au bout de quelques pas, je me rendis compte que les courbatures au bassin et à l'intérieur des cuisses m'empêchaient presque de marcher. Soudain, le noble Jeudi, comme s'il avait attendu que je descende de sa croupe, laissa filer un halètement éteint et tomba sur le côté, rebondissant sur la terre, les jambes en l'air avec un bruit sourd et fatal. Je compris immédiatement qu'il n'y aurait pas de remède. Le vieux cheval avait livré sa dernière bataille ; cette fois-ci, il n'avait pas chargé contre un régiment ennemi, mais contre le temps, mon temps, mon désir d'arriver à Robert le plus vite possible, et il avait perdu.

Sans force pour se relever, il serait achevé au lever du jour pour servir d'aliment aux fusiliers que j'avais vu marcher quelques heures auparavant. Oui, pensai-je avec horreur, Jeudi allait être étripé, découpé et mangé comme tant d'autres chevaux inutiles. Je n'eus pas la force de rester là. Je réussis juste à décrocher de la selle la gibecière qui contenait mes bijoux et mes papiers, et j'abandonnai le reste de mon équipage. Tournant brusquement la tête, je cessai de regarder Jeudi et m'en fus jusqu'au chemin d'où il n'était déjà plus à peine visible. Ses jambes étaient devenues raides comme du bois. Comble de tout, il commençait à pleuvoir. De grosses gouttes espacées résonnèrent d'abord comme des grêlons sur mon turban ridicule, puis la pluie devint torrentielle.

Je n'ai pas la moindre idée du temps pendant lequel je marchai. Dans mon souvenir, je me vois – comme souvent dans les rêves – voguant dans la nuit et la pluie telle une fille perdue, pleurant d'angoisse et désemparée, la voix enrouée d'avoir tant crié le nom de Robert.

*

Ce matin, après avoir bu une mesure de rhum dans lequel j'ai fait macérer des gousses d'ail – remède que je recommande pour combattre les rhumatismes et fortifier l'organisme –, je me suis mise, comme d'habitude, à relire les pages écrites la veille, barrant à l'encre rouge les nombreux adjectifs inutiles, défaut caractéristique de ma prose. Mon écriture – de médecin – est de plus un affreux griffonnage que même Milly peine à mettre au propre.

J'ai dû aussi éliminer un épisode. Car malgré tous mes efforts, il m'a été impossible de raconter avec naturel comment, à la fin de cette nuit cauchemardesque, je finis par retrouver Robert.

Mais ma conscience est tranquille : j'ai économisé à la postérité les lignes « bouleversantes et sublimes » – selon ma romantique

Milly – qui décrivaient nos retrouvailles, les mots tendres et les serments d'amour murmurés sous la rumeur de la pluie et la sensation de protection que j'avais ressentie, blottie sous sa capote. Depuis ce jour-là, Robert m'appela affectueusement sa Turque ou sa petite Turque. Pour en finir avec ces commentaires, il ne me reste plus qu'à relater que j'entrai ensuite dans Vienne, cachée dans la voiture de la mère Valoin, l'intendante du 9e Hussards, une femme volumineuse, au bon caractère, sans la complicité de laquelle je n'aurais jamais pu rester auprès de mon bien-aimé.

Vienne capitula le 11 novembre. La Grande Armée défila triomphalement pendant deux jours et deux nuits. Pour ma part, je n'assistai qu'au passage de la cavalerie. La cour autrichienne avait fui à Budapest, mais la plupart des Viennois ne montrèrent aucune crainte devant nos troupes : des milliers de curieux se pressaient des deux côtés de la rue pour contempler, bouche bée et un peu effrontément, la marche de l'incomparable machine militaire qui les avait vaincus. En voyant passer les mamelouks, je me demandai par quel miracle on avait pu me prendre pour l'un de ces Maures à l'apparence exotique et aux yeux de jais.

Vêtue désormais des vêtements larges et amples de la mère Valoin, un foulard rouge noué sur la tête, je m'étonnais encore que personne n'ait été capable de déceler mon subterfuge. (« L'habit fait le moine, dirait Maryse des années plus tard. Si tu t'habilles en noir, tu seras veuve ou orpheline ; si tu t'habilles comme une vieille, tu paraîtras dix ans de plus ; si tu portes un manteau d'hermine et une couronne d'or, tu deviendras reine. ») Après une matinée passée à voir défiler des milliers de grenadiers, de dragons, de chasseurs, de cuirassiers, de carabiniers, de gendarmes, de lanciers et de hussards, j'eus enfin le bonheur de reconnaître Robert dans son uniforme de gala, portant son sabre à découvert et tenant les rênes de Patriote avec ses gants blancs, comme s'il avait entre ses mains une tasse de thé. Nous nous sommes mariés cette même semaine.

Notre lune de miel dura trois nuits. Pendant la journée, Robert assurait son service d'inspection dans l'arsenal, dont le dépôt d'armes et de poudre avait été pris intact. Je pourrais raconter ces nuits une à une ; Robert passa chacune d'elles à emplir d'amour toutes les portes de mon corps, effaçant la rapide et médiocre expérience de Strasbourg. Mais comment décrire ces longues heures dédiées à l'apprentissage excitant des arts érotiques ? Le mot « apprentissage » n'est cependant pas adéquat, car je voudrais pouvoir parler de la fausse passivité de la novice qui, même si elle paraît s'offrir comme une statue de chair, garde tous ses sens en alerte : la vue, le toucher, l'odorat, l'ouïe, le goût ; tous ces sens pressentant et anticipant le plaisir à travers une mémoire humide et secrète, une mémoire plus vieille encore que l'instinct d'où ont jailli les grandes déesses immortelles, Héra, Léto, Déméter, Aphrodite... Comment relater ces heures au cours desquelles mon corps signa définitivement le contrat sexuel, le contrat des contrats, l'origine des origines, l'écriture indélébile faite de doigts et de tétons, de la langue et du clitoris, d'articulations résistantes et de liqueurs intimes ? Quels mots pourrais-je utiliser pour faire revivre par ma plume la fatigue produite par le plaisir ininterrompu, cet évanouissement du désir à la fin de la nuit, au moment où la lumière des étoiles et celle des bougies s'éteignent en même temps qu'apparaissent les premières clartés du jour sur les draps trempés de sueur, les cheveux emmêlés, les paupières enflées ? Comment dire le sommeil subit et lourd sur les tempes, comme une couronne de fer, qui terrasse le corps épuisé, griffé, mordu, sucé, malaxé ? Comment parler de ce corps qui se réveillera bientôt, parmi les bâillements et les étirements de bras engourdis, pour se nourrir d'un petit déjeuner composé de vin et de charcuterie, assorti de mots aimables, jusqu'à ce qu'un baiser vienne délibérément réveiller le désir ?

– Je n'en peux plus, Robert. Je n'en peux plus. Si je ne me lève pas maintenant, je mourrai entre ces draps. J'ai besoin de souffler. En plus, nous devons régler la question de ma dot.

Un peu plus tard, déjà lavée, peignée, parée et maquillée comme une dame de Vienne – j'avais dépensé mes dernières pièces de monnaie en achetant deux robes, une cape et un chapeau –, je me mis à observer comment Robert tressait ses cheveux sur ses tempes et cirait ses moustaches face au miroir, opération qu'il menait avec le plus grand sérieux malgré mes commentaires moqueurs. Satisfaits de nos apparences, nous saluâmes Frau Wittek, la veuve qui nous logeait au second étage de la Bakerstrasse, et nous sortîmes par une belle matinée brillante, le soleil avivant les couleurs des feuilles tombées et caressant les monumentales façades de Vienne – la Stefansdom, la Hoftburg..., ah, mon cher Robert, comme je me sentais fière en me promenant à ton bras, parcourant les rues à la recherche de la maison du banquier que le bon curé de Michaelerkirche nous avait recommandé, stupéfaite une fois de plus, face à tes connaissances en allemand. *Guten Morgen, gnädige Frau. Wir suchen Herrn Kesslers Bureau.* Quand nous eûmes trouvé la maison et traversé un long corridor, nous entrâmes dans un très sérieux bureau où plusieurs hommes, des tissus noirs attachés à leurs chemises, travaillaient sur des livres de compte et des piles de dossiers. *« Herr Kessler ? »* demanda Robert. Un vieil homme pâle et portant cravate, dont les mains agiles et velues allaient et venaient sur un boulier, se leva.

Herr Kessler examina méticuleusement nos papiers et en particulier les miens – ce qui lui prit près d'une demi-heure. Quand il eut terminé, il dit dans un français guttural et décousu :

– Tout paraît être en ordre. N'est-il pas vrai ? S'il n'y avait pas la guerre... ah... la guerre..., je pourrais vous avancer davantage. Mais vous comprendrez... les coûts d'encaissement... Excessifs, monsieur Renaud, excessifs. Imaginez ! une lettre de change à encaisser à Toulouse. Nous sommes à Vienne... Cette guerre malencontreuse, n'est-il pas vrai ? Nous pouvons peut-être faire quelque chose. Mais peu. Par les temps qui courent... Je n'ai pas beaucoup de liquidités. Et l'or est rare, monsieur. L'Empereur et la Cour l'ont emporté en Hongrie. Bien sûr, je me rends compte... Vous venez de vous marier... La dot de madame... une grande somme, je pourrais vous en avancer un peu – ainsi continuait Herr Kessler, parlant sans arrêt, tout en consultant mystérieusement le livre de comptes qu'il avait sorti du tiroir de son bureau et en entrechoquant les boules du boulier à une vitesse vertigineuse.

– Alors ? demanda Robert impatient.

– Je peux vous remettre demain matin, à la même heure, quatre cents guinées.

– Nous avons besoin de cinq cents guinées, répondit Robert.

Nous nous mîmes d'accord sur quatre cent vingt-cinq guinées. Robert devant réintégrer son régiment le jour suivant, tôt comme d'habitude – Lannes ne s'était pas arrêté à Vienne et avançait vers Olmütz –, Herr Kessler promit qu'il m'apporterait l'argent à la Bakerstrasse. Ainsi débuta cette relation d'affaires qui devait renaître plusieurs mois après.

Comme nous n'avions rien d'autre à faire jusqu'à six heures du soir, heure à laquelle commençait l'opéra, nous nous dirigeâmes vers le Prater, vaste parc situé en dehors de la ville et dont on nous avait dit des merveilles. (Toi qui me lis, si tu peux voyager à travers le temps, ne manque pas de visiter le Prater de ma jeunesse ! Je ne dis pas cela avec ironie mais avec espoir. Le Prater et ses chemins magnifiques bordés de châtaigniers, de boutiques, de cafés, de tavernes, de restaurants débitant du poulet frit, de la bière blonde et du vin de Hoffner ; les tables au bord du Danube où tu pourrais t'asseoir, admirer les saules pleureurs immenses qui bordent la rivière et les groupes de cerfs, paisibles comme des moutons, qui broutent l'herbe ; si, comme moi, tu aimes les chevaux, tu galoperais sur une excellente piste, sans peur de bousculer quelqu'un, ou dans un manège, étonné par les intrépides exercices équestres que l'on te montrerait. Le temps passerait tout simplement à regarder les enfants agiter leurs mains en saluant leurs parents, pendant qu'ils tournent sur les coursiers de plâtre des manèges forains. Si tu aimes la musique et la danse, suis l'avenue principale jusqu'à la promenade publique de l'Augarten, avec ses salles de danse et de concert et où l'air se remplit de valses, de marches, de chansons et de douces paroles d'amoureux.) Après un déjeuner de saucisses et de bière, nous retournâmes à la ville.

Si les Viennois vaquaient normalement à leurs occupations pendant la journée, dès le coucher du soleil, ils commençaient à se réfugier dans leurs maisons. Nous vîmes peu de gens dans les rues, et en arrivant au théâtre, le hall était quasiment vide. Parmi les quelques personnes présentes – femmes ou hommes – se trouvaient en majorité des officiers de la Grande Armée. Nous n'eûmes donc aucun mal à dénicher une loge. Pendant que l'orchestre accordait ses instruments, un murmure parcourut la salle du théâtre : un dignitaire distingué aux cheveux gris et aux gestes posés venait d'entrer dans la loge impériale. « C'est Talleyrand, le grand chambellan de l'Empire », murmura Robert à mon oreille en se levant de son tabouret et en se plaçant debout derrière moi, son bonnet de peau d'ours reposant martialement entre son avant-bras et son épaule droite. Une salve d'applaudissements me fit tourner la tête vers la fosse d'orchestre : le chef entrait, un homme petit et brun, portant des lunettes. D'une brusque inclinaison de la tête, il répondit à l'hommage du public et s'assit de manière nonchalante sur le tabouret du piano. Je regardai le programme : c'était le compositeur de *Fidelio*, l'opéra créé ce soir-là. La musique me plaisait, mais en vérité, ce qui réellement me fascinait – et peut-être plus encore parce que Robert avait enfoui ses doigts dans mes cheveux et me caressait la nuque – était de voir comment l'énergique Leonore, habillée en homme pour sauver son mari, séduisait la fille du directeur du pénitencier, suscitant en elle une ardente passion, que d'une certaine manière j'approuvais. D'un geste, je demandai à Robert d'approcher sa tête vers moi et je lui murmurai à l'oreille : « Tu vois, je ne suis pas la seule à me déguiser en homme pour obtenir ce que je veux. » Robert sourit sans rien dire. Cette nuit-là, la dernière que nous ayons passée ensemble à la Bakerstrasse, nous fîmes l'amour jusqu'à l'aube. Au moment des adieux, alors que je lui recommandais de prendre soin de lui, il murmura le début d'une phrase qu'il ne termina pas, comme s'il n'osait, de peur de me blesser : « Tout hussard qui n'est pas mort... » Il m'embrassa une fois encore et, me regardant dans les yeux, murmura : « Je ferai attention, petite Turque. »

Tous mes efforts pour retrouver Maryse et Françoise dans Vienne avaient échoué. J'avais des raisons de penser que je ne les verrais plus pendant longtemps : la rumeur disait que, quelques jours auparavant, une bande de rôdeurs avait attaqué les femmes et les commerçants qui suivaient l'armée. Vrai ou faux, il semblait en tout cas sûr que toutes les voitures étaient retenues à Linz, à la suite d'un ordre de l'état-major général publié dans le *Wiener Zeitung*, qui était maintenant dirigé par un Autrichien au service de la France. Robert lui-même m'avait traduit le texte laconique le matin de notre mariage. Dans les cafés, on commentait cet ordre, destiné, pensait-on, à alléger le fardeau des Viennois, qui devaient déjà loger et alimenter les vingt mille hommes que Napoléon avait laissés dans la cité. « Ne te soucie pas, m'avait dit Robert pour apaiser mon inquiétude. Tu connais Maryse. Elle se débrouillera pour arriver à Vienne et me retrouver. Je lui laisserai un mot à l'Arsenal si elle arrive trop tard. » Une semaine était passée. Je n'avais toujours pas de nouvelles.

La chance sourit différemment à mon oncle qui sonna à la porte de Frau Wittek, deux jours après le départ de Robert. Toujours prévoyant, le docteur Larrey avait décidé que, pendant que le gros des services médicaux suivrait la garde impériale dans sa marche vers la Moravie, oncle Charles aurait à sa charge l'organisation de grands hôpitaux de convalescence à Vienne. Quand je lui racontai mes aventures de mamelouk et la nuit mouvementée de mes retrouvailles avec Robert, oncle Charles se leva de son tabouret et m'étreignit dans ses bras comme si j'étais sa fille.

– Tu ne sais pas comme je suis heureux que tu ailles bien. Ta tante doit t'aider depuis le Ciel. Je te dois un cadeau de mariage. La vie dans l'armée n'est facile pour aucune femme, mais elle est encore plus difficile pour les célibataires. Au fait, as-tu des nouvelles de Maryse ? me demanda-t-il, mine de rien, en se rasseyant.

– Elle est sûrement à Linz, Françoise aussi. Si je pouvais obtenir un sauf-conduit pour aller et venir, je louerais une voiture et j'irais les chercher, dis-je, en espérant qu'il m'aide à obtenir ce permis.

Frau Wittek apparut à la porte de la cuisine et, d'un geste, nous appela à table. Refusant de s'asseoir avec nous, probablement pour des raisons patriotiques, elle nous servit le vin qu'elle avait acheté pour Robert, du pain blanc et ce qu'elle avait de meilleur dans son garde-manger. C'était une femme de bien, qui, tenaillée entre la fidélité à son pays et l'habitude de servir avec générosité ses hôtes, n'avait toujours pas décidé de la conduite à adopter avec moi, l'épouse d'un envahisseur. Mon oncle se servit une épaisse tranche de jambon, puis leva sa coupe :

– À la santé des absents.

– À leur santé, dis-je en élevant la mienne, et que leur absence soit brève !

Je bus une première gorgée, puis ajoutai :

– Vous ne savez pas combien Maryse me manque.

– Moi aussi, elle me manque. Nous sommes de bons amis. Seulement, ce n'est pas le meilleur moment pour voyager à Linz, dit mon oncle.

Et, tournant son regard vers Frau Wittek qui posait sur la table une appétissante tarte aux pommes, il lâcha sans cesser de sourire :

– Vous êtes une fille de p... et vos plats sentent la m...

Frau Wittek, qui ne connaissait que quelques mots de français – le « bonjour » avec lequel elle nous saluait tous les matins –, lui rendit son sourire et lui servit une large portion.

– Bien, on ne sait jamais. Il y a beaucoup d'espions, s'excusa oncle Charles. En fait, il va y avoir quelque part en Moravie une grande bataille contre les Russes de Koutouzov, qui viennent de l'est avec le tsar Alexandre et ce qui reste de l'armée autrichienne. Seul Napoléon sait où elle va avoir lieu. C'est ce que m'a dit Larrey avant de partir. Ce sera une bataille décisive. Imagine-toi, une bataille entre trois empereurs...

C'est ainsi qu'aurait dû s'appeler Austerlitz : la bataille des trois empereurs. Au début, ce ne fut qu'une rumeur, niée par la plupart des Viennois ; ensuite, quand les détails de la grande victoire française furent publiés dans les journaux, beaucoup n'y virent que de la propagande bonapartiste ; quelques jours plus tard, alors que les prisonniers et les blessés commençaient à arriver par milliers dans la ville, il y en eut encore pour assurer que ces hommes couverts de haillons étaient des déserteurs russes, obligés de participer à la farce. Mais – comme avait l'habitude de dire tante Margot devant une vérité irréfutable – le soleil ne peut pas s'occulter avec un doigt. Surtout le soleil d'Austerlitz, un soleil qui illumina comme nul autre la carrière militaire de Napoléon.

4

J'ai croisé les soldats de nombreux pays tout au long de mon existence : portant des uniformes noirs, verts, gris, blancs, jaunes, bleus ou rouges, des casques à visière, des bonnets de peau, des casques emplumés, des turbans. J'ai croisé ces soldats sur les champs de bataille, dans les tavernes, dans les hôpitaux, dans les défilés, dans les salles de concert et dans les théâtres ; je les ai vus en temps de paix et en pleine guerre, triomphants ou vaincus. Mais je peux assurer qu'aucun d'entre eux ne possédait la prestance des hussards français de 1805. Leurs uniformes voyants y étaient, bien sûr, pour beaucoup. Mais ils avaient quelque chose de plus, un rare magnétisme, une aura commune qu'ils partageaient par-delà leurs différences d'âge ou de physionomie. Dès la première nuit où j'avais rencontré Robert, son irrésistible attraction m'avait semblé inexplicable.

Une fois à Vienne, le mystère persistait encore. Et ce n'est que bien plus tard, après la paix d'Austerlitz, alors que son régiment stationnait en Bavière et que j'eus de fréquents contacts avec plusieurs de ses amis, que je compris : les hussards de Napoléon ne vivaient que pour mourir. Ils vivaient dans l'enchantement de la mort et reflétaient la splendeur momentanée du crépuscule, celle de la rose qui s'ouvre ou de la feuille d'automne qui tombe. « Tout hussard qui n'est pas mort à trente ans est un jean-foutre », avait l'habitude de dire le général Lasalle, le plus respecté de tous. Cette phrase, terrible, était devenue très populaire dans la Grande Armée. C'était celle que Robert n'avait pas osé terminer à Vienne devant moi.

Tôt ou tard, Robert donnerait raison à Lasalle, telle est la conclusion que je tirai des dix mois de paix dont nous avions profité.

Le premier signe se manifesta à Passau, où il était en convalescence à l'hôpital après un mauvais coup de sabre. Nous nous promenions dans les jardins, quand arriva un messager portant une gibecière remplie de lettres et de petites boîtes en bois. « Ce sont les croix, dit Robert en me lâchant le bras, les croix de la Légion d'honneur. » S'appuyant sur son bâton, il courut anxieusement jusqu'au banc où se trouvait le porteur avec le sac de décorations. De loin, je le vis gesticuler, se bagarrer. Il était exaspéré par la lenteur avec laquelle l'homme disposait les boîtes sur le banc. De loin, je vis Robert prendre la sienne et l'ouvrir nerveusement. Il porta la médaille à son visage comme s'il s'agissait d'une coupe de vin précieux et s'exclama, ému : « Ma croix ! Ma croix est arrivée. Enfin ! » Il se retourna vers moi : « Regarde ma croix, petite Turque ; quand ils me tueront, tu devras m'enterrer avec elle ! »

Ma certitude se renforça au cours d'interminables séances de lecture du *Moniteur*, qui arrivait en retard, mais régulièrement, dans les cafés de Munich. Assis à une table surchargée de bocks de bière, Robert lisait à haute voix. Les hussards l'entouraient et guettaient tous dans chaque article, dans chaque communiqué officiel, le moindre indice annonçant la guerre tant espérée. « C'est pour bientôt. Il ne faut pas désespérer, nous les aurons encore : les Russes, ce vieux Koutouzov, Bagration, et aussi les Prussiens, ce tas de pervers, passe-nous l'expression, citoyenne. Les Russes seront les premiers. Les Saxes viendront ensuite, cette mauvaise race, et tu verras, Robert, tu verras, Michel, tu verras, Jean-Louis, tu verras, Constant, ces lâches qui ont l'impudence de se faire appeler les Hussards de la Mort. Merde ! Nous sommes les véritables hussards de la mort ! » Ils passaient des heures ainsi, priant pour que la guerre arrive. Chaque jour, ils aiguisaient leurs sabres, nettoyaient les canons de leurs pistolets et prenaient soin de leurs chevaux. Ces chevaux ! Robert était un véritable centaure ! Mi-homme, mi-cheval. Lui et Patriote constituaient une seule et efficace machine de guerre qui s'entraînait quotidiennement. Ils ne se séparaient qu'à la nuit tombée : Patriote rentrait alors vers les écuries du cartel et Robert allait au café, où je le retrouvais discutant de manière animée, fumant sa pipe, les moustaches dégoulinantes de bière, vantant la supériorité du sabre sur la lance ou du cheval léger sur le percheron.

Excepté Robert, aucun autre hussard n'était marié. Ni les prostituées venues de Metz et de Strasbourg, ni les jeunes filles allemandes avec lesquelles ils avaient des amours passagères ne partageaient leurs repas ou leur vin. C'était une confrérie d'hommes seuls, une sorte d'ordre de chevalerie dont le grand maître était Napoléon. Tous étaient jeunes, grands, beaux, coquets, à l'allure fatale. Je n'ai jamais compris clairement pourquoi ils toléraient ma présence. Du fait de l'admiration recueillie qu'ils portaient à Robert, peut-être ? Ou parce qu'ils me voyaient monter à cheval en culottes et en veste de chasse ? Parce que j'avais appris à boire comme eux et que, quand l'un d'entre eux avait terminé de parler, il m'entendait dire : « C'est cela monsieur », « Je suis d'accord », « Bien dit » ? Ils m'avaient aussi probablement acceptée, même si je me refusais à le croire, parce qu'ils savaient que l'argent de Robert provenait de ma dot – nous avions pu la toucher entièrement grâce aux bons soins de Herr Kessler et de mon avocat à Toulouse – et parce que j'étais propriétaire de terres et d'un château en Languedoc. Pas une semaine ne passait sans que Robert offre un banquet de cinq ou six plats, une veillée avec musiciens et chanteurs, qu'il joue quelques centaines de francs sur une table de jeu ou qu'il m'offre un bijou de diamant. Nous achetâmes une maison suffisamment grande. J'eus mon grand lit couvert d'édredons blancs et mon coucou suisse. Il s'offrit un crocodile empaillé et une corne de rhinocéros. Les pièces se remplirent rapidement de peaux et de têtes d'animaux, de tapis, de voilages, de vases de fleurs, de tapisseries – l'une montrait une scène galante et l'autre la chasse au cerf. Tailleurs, modistes, maîtres d'armes et artistes incompétents qui nous peignaient ensemble ou séparés et même à cheval, encombraient la maison. Nous n'avions pas de cuisinière parce que Robert n'était pas habitué à la cuisine familiale et qu'il préférait commander à l'auberge.

La mère Valoin nous servait d'employée. La paix venue, sa clientèle avait diminué et elle avait dû se résoudre à fermer le local où elle vendait du vin et du cognac. Elle avait donc accepté l'irrésistible salaire proposé par Robert. Dans la maison, il y avait aussi

Bernard, une ordonnance qui terminait ses heures de service en faisant briller les bottes, en repassant les uniformes et en dérobant la monnaie qu'il trouvait dans nos poches. N'avais-je pas l'air stupide ou faible de consentir à tout cela ? Étais-je trop timide ou trop peu sûre de moi ? Je l'avais été, c'est vrai, au moment de rencontrer Robert. Mais la marche de Boulogne à Vienne, la mort de tante Margot, l'amitié de Maryse, le traitement d'oncle Charles, les dangers de la guerre, la compagnie des hussards et la découverte des plaisirs du corps m'avaient transformée. Je n'avais jamais tenté de demander à Robert de modérer ses dépenses, sachant pertinemment que ce serait complètement inutile. J'avais appris à profiter de l'instant présent, car je savais que le jour où arriverait la guerre – celle-ci ou la suivante –, la mort finirait par nous séparer.

Nous faisions l'amour quasiment toutes les nuits ; nous nous aimions sur le grand lit blanc ou sur une des peaux de bêtes ; nous nous aimions sans limites, sans préméditation, comme cela venait, parfois marqués par les griffures et les bleus, parfois émus de tendresse. Passé minuit, lorsque nous avions épuisé toutes les sources du plaisir, la parole nous permettait de nous retrouver comme dans un envol commun. Nous répétions combien nous nous aimions, quelle chance nous avions d'être ensemble. Nous imaginions un futur. Passé les guerres, nous nous établirions à Foix, nous irions à la chasse et nous donnerions de grands banquets et des bals inoubliables. Nos enfants grandiraient. Nous nous imaginions vieillir entre les promenades à cheval et les sérénades de violon. Régulièrement, des disputes éclataient. Toujours pour des futilités. Robert criait et je lui balançais des chaussures, des bouteilles et d'horribles insultes élaborées de hussard. Cela ne durait pas : nous nous réconciliions, chacun s'auto-accusant d'avoir provoqué la bagarre. Le dimanche, nous nous promenions dans la ville et nous déjeunions à l'auberge ou dans un quelconque café. Nous passions nos après-midi à jouer aux cartes ou aux échecs. Nous inventions des jeux, comme celui d'être Dieu pour créer à nouveau le monde, en commençant par le second Paradis terrestre que nous décrivions avec des détails exhaustifs sur le papier timbré de l'Intendance. Un paradis où il y avait de tout sauf des fruits défendus, des serpents qui parlent ou des arbres du bien et du mal. D'autres fois, nous jouions au trésor-difficile-à-obtenir, quelque chose qui en réalité n'existait pas mais que nous cherchions dans toute la maison en suivant la direction d'une latte de parquet, le regard de la dame florentine accrochée dans le vestibule, l'inclinaison d'un clou ou le rayon de soleil qui filtrait d'un coin de la fenêtre. Nous mettions la main sous des meubles et nous trouvions une chaussette perdue, un bouton de la pelisse de Robert ou une cerise pourrie, butin que nous célébrions avec une grande joie et du vin du Rhin. Nous prétendions ainsi montrer que la vie était un immense passe-temps, sachant déjà que nous étions en train de vivre notre dernier printemps.

*

Corinne arriva au milieu de la saison avec ses beaux yeux et ses chaussures éculées. Je la vois encore dans l'embrasure de la porte, tenant à la main un sac de voyage bon marché, demandant d'un ton décidé si son frère Robert était là. Je murmurai sans savoir que répondre et m'effaçai pour la laisser entrer :

– Robert est parti en manœuvre. Quatre jours... Il reviendra samedi, dis-je en lui montrant le sofa pour qu'elle s'asseye.

J'avais la certitude qu'elle était l'ancienne maîtresse de Robert. Elle se présentait comme sa sœur pour éviter des explications embarrassantes. Qui sait ? Dans la même situation, n'aurais-je pas fait de même ? En la voyant assise très droite au bord du sofa, regardant de biais vers les tapis, je ne sais pourquoi l'idée me traversa l'esprit qu'elle avait eu un enfant de Robert et qu'elle venait chercher de l'argent. Mais au fur et à mesure que je l'écoutais parler, je me rendais compte avec une horreur croissante qu'elle disait probablement la vérité. Corinne était vraisemblablement la sœur de Robert et, de surcroît, sa sœur juive parce que, pour commencer – et ce n'était pas facile pour moi de le croire –, Robert ne s'appelait pas Robert, mais Yossel Dorfman. Elle l'appelait Yossi. Ils étaient nés à Haguenau près de Strasbourg, d'abord lui, ensuite elle, un an après.

– Mon père, comme mon grand-père avant lui, était cordonnier, pauvre mais éduqué, dit-elle en vidant un verre de vin d'un trait, comme elle me relatait son invraisemblable histoire. Yossi et moi avons abandonné la maison il y a très longtemps, mais pas en même temps. Les temps avaient changé et une nouvelle génération pouvait faire ses preuves. Il n'était pas rare de voir les jeunes juifs de l'âge de Yossi acheter un certificat de naissance avec un nom chrétien pour chercher un meilleur destin, un destin patriotique. Les guerres sont risquées mais elles offrent de bonnes opportunités, madame. Mon histoire est banale. Je suis partie en Italie avec un homme, Jean Blanchard, un caporal, qui m'obligea à me baptiser avant de me donner son nom. Ce n'était pas une mauvaise personne. Il est mort d'un coup de poignard dans une ruelle obscure. Je n'ai jamais su pourquoi. Avec le peu que j'avais, je me suis installée à Paris. J'y ai trouvé un emploi de couturière dans une fabrique d'uniformes. Savez-vous combien il y a de coutures dans l'uniforme de gala des hussards, madame ?

– Beaucoup, répondis-je perplexe, me demandant ce que me voulait cette femme tombée dans ma maison comme une grenade de mortier.

– Beaucoup, non, madame, des milliards et des milliards. Vous n'avez pas idée, madame, du temps qu'il faut pour coudre un uniforme complet. Je faisais les manches. Combien de manches n'ai-je pas faites ? Des millions, des milliards de manches ! Quant à Yossi, il avait toujours rêvé d'être soldat de cavalerie. À douze ans, alors qu'il était encore apprenti cordonnier, il s'est enfui de la maison pour travailler comme garçon d'étable à la poste de Strasbourg. Ensuite, il est parti à la guerre sous un autre nom et n'est jamais revenu. Il n'écrivait même pas. Ce n'est pas qu'il soit un mauvais fils, madame. Vous devez comprendre qu'être juif est quelque chose de très désavantageux, dit Corinne avant de marquer une pause, comme pour me donner le temps de réaliser tout ce qu'elle venait de m'apprendre.

La vérité qu'elle me présentait me glaçait à l'intérieur. Comment pouvais-je accepter les mensonges de Robert ? Son hypocrisie ?

– Yossi vous l'a sûrement raconté... Et ce n'est pas seulement la religion qui nous rend différents, ce sont aussi les coutumes, la tradition. Mon père, par exemple, jetait mes lettres au feu sans les ouvrir. J'écrivais à ma mère chez une voisine pour lui donner de mes nouvelles. Même aujourd'hui, alors qu'il est muet et paralysé, je peux lire la colère dans les yeux de mon père lorsqu'il me voit. Notre tradition est dure. N'interprétez pas mal mes paroles, madame, mais je comprends Yossi mieux que vous. Vous devez lui pardonner ses... excentricités. Ce n'est pas facile de rompre avec son passé, avec le nom du père et du grand-père et avec les rituels de la foi dans laquelle on est né... Ce n'est pas facile, madame. Il faut avoir connu la pauvreté et la méchanceté des mauvais voisins, et surtout l'horreur et le mépris que nous suscitons, ce qui est bien pire. Il n'y a pas un seul nom juif chez les hussards. C'est pour cela que je n'ai pas hésité à me faire passer pour sa maîtresse à Boulogne...

– Que voulez-vous dire, madame ? Expliquez-moi, dis-je en me levant et en reculant jusqu'au mur.

– Comprenez, madame. Les troupes étaient à l'arrêt. Leur cantonnement devait se prolonger longtemps, plus de deux ans, et Yossi aurait attiré l'attention s'il n'avait pas eu de femme. Après tout, c'était un hussard, un homme d'honneur et de réputation. Comment, vous ne saviez peut-être pas que nous vivions ensemble à Boulogne ? dit-elle en voyant mon expression d'incrédulité. Si vous ne me croyez pas, demandez-le à son amie madame Polidor. Elle nous a rendu visite une fois... une femme merveilleuse. Yossi s'est battu en duel pour elle. Ne vous méprenez pas, madame, ce n'était pas par amour. Son amant, un officier au nom étrange, l'a battue en public, et Yossi l'a giflé. « C'est un beau geste qui fera ma réputation », me dit-il quand il rentra à la maison. Réputation... Voilà ce qui importe le plus à Yossi, madame ! Avoir bonne réputation. Être respecté dans son régiment. Être aimé par des femmes comme vous.

Pleurant d'indignation et de honte, je me laissai glisser contre le mur et me recroquevillai dans le coin, me cachant le visage avec les mains. Alors que je pensais déjà avoir touché le fond de ce puits d'humiliation vint le plus insultant.

– En quelle femme du campement aurait-il pu avoir confiance à Boulogne ? Elles étaient toutes des prostituées, madame. Si Yossi n'avait pas couché avec elles, elles auraient dit qu'il était impuissant ; s'il l'avait fait, elles auraient dit qu'il était circoncis, un juif... Je fus sa couverture jusqu'à que vous fassiez sa connaissance.

Si cette femme disait la vérité, Robert était resté chaste pendant près de deux ans, situation qui me paraissait inimaginable, connaissant ses ardeurs. Qui lui avait servi d'amante ? Sa propre sœur, peut-être ?

La voix de Corinne se brisa.

– Mon Dieu, madame, vous n'allez pas croire que Yossi et moi...

– Quel est l'objet de votre voyage ? demandai-je irritée, en m'essuyant les yeux avec le bas de ma robe. Dites-moi ce que vous voulez. Je suis occupée.

– L'objet de mon voyage ? Évidemment l'argent ! Vous n'en avez que trop, vous et Yossi. Mon père a déjà souffert d'une attaque de paralysie et maman manque de tout. J'ai écrit à Yossi au cartel, comme je le fais toujours. Je lui avais déjà écrit à l'hôpital de Passau pour lui dire que j'étais rentrée à la maison, à Haguenau, mais il n'a pas répondu à mes lettres et je ne pouvais pas attendre plus longtemps. Nous sommes dans la misère, madame. Dans la plus simple et plus grande misère. J'ai dû vendre la montre de mon grand-père, la seule chose qui nous restait, pour payer mon voyage. Si Yossi avait été au cartel...

– Comment savoir que vous ne mentez pas ? l'interrompis-je, méfiante.

– Regardez mon visage, madame. Regardez-moi fixement et dites-moi... Ne reconnaissez-vous pas les yeux de Robert, les lèvres de votre Robert ? Ce sont celles de notre mère.

– Vous aurez votre argent, dis-je en me levant subitement.

Monsieur Lebrun, mon avocat, venait de me faire parvenir la rente du loyer de Foix. Je courus à la chambre, vidai ma bourse dans une taie d'oreiller.

– Le voici. C'est tout ce que je peux vous donner, dis-je en lui tendant le paquet. Elle me l'arracha des mains et regarda à l'intérieur.

– C'est assez, dit-elle avec un sourire ironique. C'est suffisant pour acheter tout le passé de Yossi. Que dis-je ? De l'honorable lieutenant des hussards Jean-Baptiste Robert Renaud. Ni vous ni votre époux ne me reverrez plus. Bonne journée, madame, ajouta-t-elle d'un ton sarcastique en me tournant le dos brusquement.

Comme Maryse me manqua les jours suivants ! Mais Maryse parcourait les campements de la Grande Armée en Allemagne avec une voiture et trois attelages – dont le mien –, offrant des représentations avec la participation de Pierre et Françoise qui, selon ce que racontaient leurs lettres, étaient devenus comédiens. Réflexion faite, affronter seule cette épreuve se révéla positif. Je découvris un aspect de moi inconnu, un aspect bien honteux, dois-je avouer. Car je ne reprochais pas seulement à Robert son inexcusable double jeu ; je lui reprochais aussi d'être juif.

Tous ces jours-là, je mangeai à peine et ne bus que de l'eau. Enfermée dans ma chambre, en chemise de nuit, confrontée à un hypothétique Robert, j'essayais des paroles de rupture, je lui jetais à la figure ses mensonges et finissais par m'effondrer sur le lit en pleurant, sachant que je ne me séparerais jamais de lui, que je n'aurais pas la force de le quitter. C'était mon amour pour lui qui me faisait le plus souffrir, cet amour injustifiable pour un hussard perfide et opportuniste qui n'en voulait qu'à mon argent, un amour qu'il n'avait jamais mérité.

Dans un coin de ma douleur, je trouvai un espoir auquel m'accrocher, un alibi qui me permettait de rester avec lui. La guerre avec la Prusse était imminente ; Robert allait mourir et le moins que je puisse faire était de l'enterrer avec sa croix. La certitude de sa mort prochaine et inévitable, et celle-là seule, me dissuadait de l'abandonner. Je passais d'un état à un autre comme un pendule, rupture, réconciliation, rupture, réconciliation... Et s'il n'avait pas été juif ? Maryse et oncle Charles étaient-ils au courant ? Et si quelqu'un le découvrait ? Et si Corinne continuait à me faire chanter et qu'arrive le jour où je ne puisse plus payer ? Et pourquoi ne pas supposer que Robert et elle s'étaient aimés, qu'ils s'étaient vautrés comme des porcs dans le lit de l'inceste ? Comme avais-je pu m'amouracher d'un juif incestueux ? Comment pourrais-je encore entrer dans une salle de bal à son bras, en percevant les murmures des gens derrière nous ? Puis le pendule se déplaçait à l'extrême. En définitive, qu'est-ce que cela pouvait bien me faire qu'il soit juif ? Dans le fond, qu'est-ce que cela signifiait ?

Ses yeux noirs n'étaient-ils pas communs aux Marseillais, aux Espagnols et aux Italiens et, sans aller si loin, aux Corses et aux créoles ? Et Joséphine et Napoléon ? Je n'avais aucune preuve que lui et Corinne se soient aimés. Pourquoi ne pas imaginer qu'il avait eu à Boulogne une amante secrète, une femme mariée avec qui il ne pouvait s'exhiber en public ?

Les hommes aux manteaux noirs qui nous avaient suivis du Rhin au Danube, achetant de l'argent, des vêtements, des chaussures ou des objets volés un dixième de leurs valeurs pour ensuite les revendre, avaient certes la réputation d'être des sangsues. Mais personnellement je ne savais rien des juifs ni de leur caractère. J'étais vraiment stupide. Et l'horloger de Strasbourg ? Impossible de rencontrer quelqu'un de plus généreux. Quand nous dormions dans sa chambre avec Maryse, ses chansons lointaines adoucissaient nos rêves. Et surtout, n'avais-je pas toujours défendu le fait que nous étions tous égaux devant la loi, et soutenu ce principe contre tous, et même contre tante Margot ? Pour résumer : quel mal m'avaient fait les juifs ? À Foix, je n'en avais jamais rencontré, et s'il y en avait, je ne les avais pas remarqués. Il fallait admettre qu'ils n'incarnaient pour moi qu'un simple concept, un peuple biblique et dispersé qui ne croyait pas que Jésus était le fils de Dieu. Des gens passionnés qui allaient dans des temples appelés synagogues où officiaient des rabbins. Des garçons circoncis (circoncision, mot que j'avais découvert dans le dictionnaire de tante Margot. Mais comment aurais-je pu savoir que Robert était l'un d'entre eux, moi qui n'avais jamais vu que de loin pisser le jardinier ?). En fin de compte, je n'avais aucune raison de reprocher à Robert d'être né juif – il n'était ni avare, ni prêteur sur gages et ne pratiquait même pas le judaïsme. La seule chose qui me tourmentait était le fait qu'il était circoncis.

Des cris joyeux de l'autre côté de la porte chassèrent mes pensées. Robert était rentré. Cette nuit-là, comme il fallait s'y attendre, nous fîmes l'amour, je cherchai son pénis du regard, tentant de deviner comment il était à l'origine, comment étaient ceux des autres hommes non marqués par le couteau du rabbin ?

Les jours passaient et ma curiosité malsaine aussi. Le moment vint où la seule chose que je lui reprochais était sa feinte et son manque de franchise. Car cela, je ne pourrais jamais le lui pardonner.

Je décidai de me taire. Qu'aurais-je gagné en lui jetant à la figure ses mensonges ? Mais si je ne lui ai jamais parlé de la visite de Corinne, ma réserve donna un nouveau contour à notre amour, une configuration moins lumineuse, encore belle mais faite de compromis, oscillant entre la culpabilité et le reproche. Très vite, ma relation avec Robert cessa d'être ce don absolu des temps d'avant Corinne. Mes orgasmes, qui toujours m'avaient ouvert les portes du ciel, étaient maintenant limités et même médiocres. Oui, mon amour avait perdu non seulement en passion mais aussi en innocence et en fraîcheur. Jouer à Dieu me paraissait stupide, et je préférais me mesurer à Robert au bras de fer sur le tapis vert de la table de jeu. Les soirées entre hussards commençaient à m'ennuyer, toutes pareilles, et au lieu de le retrouver au café, je l'attendais en jouant du piano, ou en m'étendant sur le sofa pour lire une volumineuse traduction de Shakespeare, ou ce que madame de Staël avait à dire sur la littérature.

Robert, quant à lui, faisait son possible pour me récupérer, sans soupçonner que ni rien ni personne ne pourrait faire revenir notre amour là où il avait tant brillé, dans l'illusion.

Il fit tout ce qui était en son pouvoir : cadeaux, attentions, serments d'amour infini. Comme les enfants qui ont besoin d'être le centre des regards, il tentait des choses extravagantes : il se rasait la tête ou essayait de me rendre jalouse de la fille du bourgmestre. Le jour où toutes ces possibilités furent épuisées, qu'il ne lui resta plus rien à faire, il se saoula et me dit la vérité. Il raconta enfin qu'il était juif, que son nom véritable était Dorfman et qu'il était né dans le foyer d'un cordonnier à Haguenau.

– Je savais que tu étais juif, lui dis-je pour le blesser, pour lui faire payer mes souffrances. Je l'ai su dès la première nuit à Strasbourg. Il y a des choses qu'on ne peut pas cacher.

Ah ! La nature humaine.

J'avais beau dédaigner sa confession, curieusement, à le voir vaincu et saoul – ces derniers mois, il n'arrêtait pas de boire –, un sentiment de pitié me fit remercier sa franchise tardive d'une caresse sur la joue et d'un : « Je suis contente que tu me l'aies dit ». Je le conduisis jusqu'au lit, et commençai à le dévêtir tendrement, comme si c'était un enfant. Il s'endormit et je m'allongeai à ses côtés.

Ce fut la guerre qui pansa nos blessures. Le maréchal Lannes arriva de Paris et je demandai une audience. Robert était de garde au cartel. J'attendis dans l'antichambre jusqu'à minuit. Le maréchal me reçut sans interrompre son travail. C'était un homme au visage agréable, avec une belle bouche. Par Robert, je savais qu'il était âgé de trente-six ans et que Napoléon l'appelait son ami.

– Et alors, citoyenne ? me dit-il en me voyant entrer, levant à peine les yeux de la carte étendue sur son bureau.

Debout, face à lui, je parlai rapidement, sans circonlocutions : je voulais accompagner mon mari à la guerre parce que je savais qu'il allait mourir ; je l'avais suivi de Boulogne à Vienne et je n'avais pas peur des longues marches.

– Et comment as-tu réussi à entrer à Vienne ? me demanda-t-il en prenant un compas et en l'appuyant sur la carte.

– Je me suis déguisée, d'abord en mamelouk, et ensuite en lavandière, répondis-je.

– Je vois. Je te félicite, citoyenne. Tu es bonne patriote et tu aimes Renaud.

Se tournant vers un de ses aides, il ordonna :

– Dis à Huet de nommer cette jeune femme seconde lavandière du 9e Hussards.

*

Saalfeld, Iéna, Auerstedt... deux semaines d'octobre suffirent pour vaincre l'armée prussienne. Comme la voiture de la mère Valoin avançait en queue du régiment, je ne pus voir Robert que le jour où il fut blessé. Il arriva à pied, la pelisse en sang. Une balle de mousqueton l'avait touché au cou et il marchait la tête découverte et sanglante. Le chirurgien avait insisté pour qu'il voyage dans la voiture des blessés, mais « comment aurais-je pu, ma Turque, dormir loin de toi ? ». La mère Valoin nous fit de la place et, emmitouflée dans ses peaux de moutons, je passai la nuit entre les roues de sa voiture. Nous ne dormîmes pas ; Robert ne pouvait pas. Excité par la bataille, il me racontait comment la cavalerie prussienne avait été décimée, comment un hussard nommé Guindet, un de ses vieux amis, avait tué de son sabre le prince Louis-Ferdinand.

– Tu vas voir. Une grande bataille s'annonce. Comme nous avons pris Vienne, nous prendrons Berlin, disait-il avec enthousiasme.

Je l'écoutais parler dans l'obscurité, espérant en vain qu'il prononcerait une parole tendre ou au moins qu'il s'intéresserait à moi. Mais je le savais : Robert n'était pas fait pour la paix. Il avait beau m'aimer, il aimait encore plus la guerre. Après tout, Corinne avait raison : les guerres coûtent des vies, mais elles permettent aussi à des gens comme lui de s'offrir un destin héroïque, quelque chose que ni moi ni personne ne pouvait lui donner. Quand l'aube se leva, il but un verre de cognac pendant que je changeais le bandage de sa blessure ; il passa ensuite un uniforme propre, donna une pièce d'or à la mère Valoin, et déposa un baiser sur mon front. « Bien, ma petite Turque, je m'en vais battre le blé prussien. »

Plus tard, dans Berlin occupé, nous pûmes fêter son grade de capitaine. Il était très content : Lannes lui avait offert une peau de léopard pour qu'il en couvre sa monture. Pendant quelques jours, nous fûmes à nouveau heureux, d'un bonheur qui semblait cependant très provisoire, qu'il fallait alimenter à tout moment – en général grâce au rire. Nous étions comme ces oiseaux qui, pour continuer à chanter, nécessitent une attention constante. Nous ne parlions déjà plus des choses que nous ferions une fois la guerre terminée.

En décembre, dans une mauvaise auberge de Varsovie, à la veille d'une sombre campagne d'hiver, Robert, déjà bien imbibé d'alcool, cessa de rire de lui-même. En rentrant à l'hôtel, il avait glissé sur la couche de glace qui recouvrait la chaussée, m'entraînant avec lui dans sa chute. Avec un sourire taciturne que je ne lui avais jamais vu, il se leva, tituba vers la fenêtre, brisa du poing les vitres glacées et jeta son verre de vodka sur la chaussée.

– Tu aurais pu le jeter au feu, dis-je alors que nous étions étendus sur la peau d'ours.

– Non, petite Turque. Si je l'avais fait, tu ne pourrais pas par la suite te souvenir de ce moment. Nous nous rappelons seulement ce qui est exceptionnel... ce qui est étrange.

– Et pourquoi veux-tu que je me souvienne de ce moment ? La chambre sent mauvais, la soupe était froide et j'ai trop bu. Et toi aussi, tu ne crois pas ?

Robert, appuyé sur le mur pour tenir debout, porta sa main blessée à son visage et commença à la lécher à la manière d'un chien errant. Son aspect était pathétique.

– Ce n'est pas seulement ce moment, ma petite Turque, ce sont tous ces moments, c'est tout, balbutia-t-il. Je veux dire toi et moi... Tous nos moments. C'est difficile à expliquer... Ne fais pas attention à moi...

En zigzaguant, il revint s'allonger à mes côtés, son bras gauche m'entourant la taille. (Comme l'inconstance de la mémoire est curieuse. Une fois de plus, j'essaie de me souvenir de cet air, de notre première valse, sans y arriver. En revanche, je sens encore le poids inerte de son bras, cette nuit-là, notre dernière nuit. Je sens son haleine de vodka et de tabac sur ma joue, et j'entends l'enfant qui pleurait sans cesse dans une chambre voisine.) Je tardai beaucoup à m'endormir. Quand je me réveillai, il était déjà parti.

Après la terrible bataille de Pultusk, déjà veuve et épuisée, en larmes, je contemplai longuement ses uniformes, ses pipes et ses objets de toilette. J'avais décidé de ne rien emporter. Pour quoi faire ? Tout devait rester là, comme il l'avait laissé lui-même dans cette pièce froide de Varsovie. Au moment de partir, en voyant les morceaux de journaux qui couvraient le trou de la fenêtre brisée, je compris tout à coup ce qu'il avait voulu me dire en balbutiant. Je ne devais pas me souvenir de ce jour-là en particulier, mais de tout le temps que nous avions vécu ensemble. Briser la vitre, jeter son verre et lécher sa blessure, telle était la métaphore qui illustrait notre vie matrimoniale ; c'était une figure poétique très dense qui évoquait ce moment où, succombant aux flèches de son irrésistible charme, je m'étais jetée dans un duel sentimental dont les feintes, les parades, les attaques et les coups devraient rester gravés dans ma mémoire comme autant de cicatrices indélébiles. Sa mort étant assurée, il m'avait travaillée à l'instar d'un de ces minuscules temples orientaux qui, ciselés patiemment dans un morceau de marbre, représentent la vie entière de l'artisan. Même ses dernières paroles, terriblement tristes et prononcées à l'hôpital entre deux crachats de sang, allaient dans ce sens : « Ah, c'est toi. Tu ne crois pas qu'ici, à Foix, le printemps tarde à venir ? »

Évidemment, j'ai des raisons de penser que Robert m'a épousée pour des questions d'argent. Je peux aussi imaginer que c'est lui qui envoya Corinne pour mettre à l'épreuve mon amour. Mais les fils de la vie ne s'emmêlent pas sans raison. S'il m'a choisie, c'est aussi parce qu'il avait vu en moi quelque chose qui pourrait servir son œuvre, son grand projet. Il savait que son souvenir survivrait dans le monde de mes rêves, qu'il régnerait dans les limbes de mes évocations et de mes nostalgies, dans ce lieu où la solitude est le bien le moins périssable. Et je l'en remercie.

Est-il parvenu à ses fins d'outre-tombe ? Oui et non. Sa présence vibre en moi. Comment ne vibrerait-elle pas, quand c'est lui qui me lança dans le monde ? Il vibre en moi grâce à des cordes, sans doute très différentes de celles qu'il avait espérées, des cordes cependant très sonores qui contribuent à perpétuer son souvenir comme un arpège. M'aima-t-il vraiment ? Sans doute. Il m'aima autant qu'il put, autant que le pouvait un homme en sursis dans ce monde. Il s'était haussé au-dessus de sa race et au-dessus de sa religion, pour arriver à devenir quelqu'un, pour me conquérir, moi et sa croix d'honneur, et son grade posthume de chef d'escadron. Il voulait se prouver à lui-même qu'il ne valait pas moins que les autres. Robert me fit femme pour que je ne l'oublie pas. Il voulait que je sois son urne funéraire, sa pyramide. Il s'aimait à travers moi. Son amour – il n'y a pas d'autre manière de le voir – était un amour empreint de l'égoïsme des pharaons. « Mais, petite Turque, existe-t-il un amour qui ne soit pas égoïste ? » me chuchote encore à l'oreille mon hussard de la mort.

Maryse

5

Au début du printemps, après un voyage très inconfortable à travers la Prusse et la Saxe, je m'arrêtai à Munich pour régler mes affaires. Je pris une chambre dans une auberge située près de l'Isar et je chargeai une agence de vendre la maison dans laquelle Robert et moi avions vécu. J'insistai : peu importait que l'on perdît de l'argent dans l'opération, car je devais quitter la ville le plus vite possible. Pendant ces dix-huit jours, je passai mon temps à parcourir la ville, m'attardant délibérément dans certains lieux pour inscrire dans ma mémoire leurs images : les briques rouges de la cathédrale et ses tours inachevées ; la statue noire du grand Ludwig, le drapeau turc gagné à Belgrade flottant au mât du navire ; la façade baroque de l'église des Théatins où j'avais tant aimé admirer les peintures vénitiennes ; les vieilles portes de l'Isar et de Neuhausen ; la Marientplatz et sa colonne en hommage à la Vierge Marie, patronne du royaume ; et surtout, sur la place, l'immeuble délabré du café, notre café où, à la table des hussards, Robert avait l'habitude de lire *Le Moniteur*...

C'était ma manière de lui dire adieu...

J'avais prévu de retrouver Maryse à Stuttgart et d'y passer quelques jours avec elle. Je pensais me rendre ensuite à Paris, voir oncle Charles – chargé maintenant de l'amélioration de l'enseignement médical –, puis à Toulouse, où j'attendrais l'expiration du bail à ferme de mes terres pour pouvoir enfin m'installer au château. Foix ne représentait pas seulement la patrie de mon enfance et de mon adolescence, celle des jours tranquilles et des agréables promenades à cheval. C'était aussi pour moi un lieu de retraite, un monastère silencieux, perdu au milieu des bois, qui se prêtait à l'examen de conscience dont j'avais besoin, seule avec moi-même. La mort de Robert m'avait laissée vide d'émotions ; je mangeais et buvais sans appétit et mon sommeil était léger et sans repos ; je me réveillais avec des maux de tête et un goût de cendre dans la bouche. Sans me faire d'illusions, j'avais envie de proposer à Maryse de m'accompagner avec son Théâtre nomade – dans sa lettre, c'est ainsi qu'elle appelait son spectacle ambulant, qui en un peu plus de deux ans s'était transformé en une caravane de voitures, de charrettes, de malles sur roues et de mules qui transportaient plus de quarante personnes, « sans compter, ma chère Henriette, les nombreux animaux savants, ours, chiens danseurs, et même un cheval mathématicien et une paire de pigeons au don d'ubiquité qui entrent et sortent de la réalité au son de *hocus pocus...* ».

Je conserve peu de souvenirs de ce voyage. Je me rappelle simplement qu'en nous retrouvant à Stuttgart, nous nous jetâmes dans les bras l'une de l'autre, dans un concert de larmes et de baisers. Comme nous avons pleuré ! Nous avons pleuré toutes ensemble, Maryse, Claudette, Françoise et moi ; nous pleurions au relais de poste, dans la rue, à la table de l'auberge et enfin dans ma chambre. Les yeux gonflés, le nez coulant, nous avons écouté en reniflant tout ce que nous avions à nous raconter, ce qui en vérité était énorme. Je fus surtout surprise d'apprendre la relation amoureuse qui liait Claudette à Françoise.

– C'est arrivé sans que je m'en rende compte, annonça Françoise de manière laconique.

– À Linz, ajouta Claudette timidement.

Perplexe, je cherchai dans le regard de Maryse une explication mais elle se contenta de sourire et de hausser les épaules.

– Et Pierre ? demandai-je pour cacher mon désaccord.

– Il se charge du transport de la compagnie, répondit Maryse. C'est vraiment compliqué. Il ne s'agit pas seulement de la marche de nos véhicules, ce qui est facile pour lui, mais il y a toujours un problème, une roue à changer, un excès de charge, un feu dans la voiture des gitans, une mule paresseuse, un toit qui fuit, enfin, à quoi bon te raconter ça en détail, ma chérie ? Il est toujours occupé. Là, il est en train de chercher Tom, un des chiens danseurs de

Frau Müller, dans les rues. Espérons qu'il le retrouve ; c'est celui qui guide les autres, et le spectacle commence dans trois heures.

Cette même nuit, malgré la fatigue du voyage, je me laissai conduire par Maryse au théâtre, plutôt modeste et à peine illuminé. Mais à six heures et demie, à l'heure où commençait le spectacle, il n'y avait plus un siège de libre. C'était la troisième représentation. L'apparition de Maryse sur la scène fut saluée par un tonnerre d'applaudissements. Elle portait, ajusté à son visage, un masque vénitien qui représentait un chat, et son corps était ceint d'une provocante cape de soie blanche qui accentuait la sinuosité de ses mouvements. Je n'avais jamais vu Maryse sur scène ; j'étais émerveillée par sa grâce, par le naturel avec lequel elle faisait son imitation, par le rythme tout en souplesse qu'elle imprimait à ses épaules pendant qu'elle présentait le programme. Tout à coup, il y eut un éclair, un nuage de fumée écarlate la fit disparaître et elle laissa la place aux frères Pinelli, de brillants acrobates qui dépassaient de loin, par leur habileté, tous ceux que j'avais admirés à Toulouse avec tante Margot.

Des bruits stridents et désaccordés annoncèrent avec pompe « la chasse à la licorne », une clownerie dans laquelle Pierrot, Arlequin, Pantalon et Polichinelle, chevauchant des balais surmontés de têtes de chevaux, couraient comiquement sur la scène après une rondelette Colombine à cornes qui, comme l'on pouvait s'y attendre, était finalement montée par Arlequin au milieu d'innombrables ruades du groupe. Ensuite arrivèrent des gitans et leurs ours, le cheval Pythagore, un groupe de hardis équilibristes et les chiens de Frau Müller qui, habillés en dames et en cavaliers, dansaient un menuet puis se retiraient en sautant à travers un cerceau en flammes. La fin de la première partie était dévolue au docteur Faustus Nefastus, dont le costume noir brodé de fils d'argent scintillait de centaines de comètes, d'étoiles et de lunes. Ses tours me parurent inégalables et je supposai qu'il était l'un des artistes les mieux payés de la troupe. Dans son dernier numéro – qui vaut la description –, il enfermait Arlequin dans une caisse carrée de façon à ce que seule la tête dépasse ; il couvrait celle-ci d'un foulard de soie rouge qu'il avait fait surgir d'entre ses doigts, et au son d'un roulement de tambour soudain, il lui sciait le cou. Il séparait alors cette sorte de baluchon de la caisse, puis il passait sur la scène en l'exhibant gravement au public. Une clarinette faisait alors entendre les trémolos d'une musique turque, et de l'intérieur de la caisse surgissait en se déhanchant une Claudette vêtue en Salomé, battant en rythme un tambour sur la surface duquel le magicien déposait le paquet rouge – la présumée tête de Jean-Baptiste sur le plateau qu'on connaît. Le son de la clarinette devenait obsédant et Claudette, changeant les accents voluptueux de sa danse, commençait à décrire des cercles rapides sur la scène tout en soutenant le tambour, d'abord avec les mains, puis ensuite sur sa tête ; finalement elle s'arrêtait et le magicien la couvrait de sa cape en prononçant la formule qu'à force d'entendre j'appris par cœur : *Hocus pocus tontus talontus vade celerite jubeo.* Un coup de tonnerre retentissait dans la salle et, dans la foulée, apparaissait le corps entier d'Arlequin qui faisait semblant de revisser avec la main sa tête un peu déviée. Sans prêter attention au tonnerre d'applaudissements, Faustus Nefastus – de son vrai nom Piet Vaalser – prononçait de nouveau la formule magique, et les quatre parois de la caisse s'effondraient sur le sol, laissant apparaître une Claudette souriante tenant dans une main le foulard de soie et dans l'autre le tambour.

Après l'entracte, Pierrot, Arlequin et Colombine, vêtus de justaucorps ajustés, interprétèrent d'exquises pantomimes tragi-comiques sur la musique d'un violon solitaire et virtuose. Suivirent deux soliloques intenses et un acte final de Shakespeare traduit en allemand très apprécié, ainsi que deux quatuors animés de Mozart dans lesquels figurait Maryse. La nuit se termina par une marche triomphale de style romain, à laquelle participaient chevaux, voitures, consuls, tribuns et soldats, défilant devant une toile de fond allégorique et produisant un effet si monumental que le public l'accompagna jusqu'à la fin par des applaudissements assourdissants et des bravos enthousiastes !

Fascinée par le succès du Théâtre nomade et la vie sans soucis et légère que menaient ses membres, je sentais que, jour après jour, mon existence devenait moins nostalgique, moins imprévisible.

Mon appétit revenait et mon sommeil s'améliorait. Je me rendais compte que ma vie recouvrait peu à peu son cycle ascendant. À mi-chemin de Karlsruhe, je décidai de repousser mon voyage à Toulouse, et demandai à Maryse si je pouvais rester avec la troupe jusqu'à l'expiration du bail de mes terres.

– Mais ma chérie, cette affaire est autant la tienne que la mienne. Ne l'avons-nous pas fondée ensemble, à Strasbourg, avec nos deux voitures ?

– Oh, Maryse, tu ne peux pas... dis-je, émue par sa générosité, et je changeai de siège pour m'asseoir à côté d'elle et l'embrasser.

– Ne te fais pas d'illusions, nous arrivons à peine à couvrir les frais ; la plupart des bénéfices servent à payer la location des salles de théâtre. Mais si nous devons parler affaires, faisons-le sérieusement, dit-elle en se dégageant et en me poussant gentiment vers la fenêtre de la voiture. Soyons pratiques. Tu dois d'abord savoir que notre théâtre de variétés ne marche que par miracle. Toi, qui viens de l'extérieur, avec un regard neuf, peut-être es-tu capable d'expliquer mieux que nous les raisons de cet incroyable succès qui s'est construit, en grande partie, tout seul, indépendamment de mes désirs et de mes prévisions. C'est ainsi depuis le début... Les musiciens, les acteurs, les chanteurs, les gitans, les saltimbanques, enfin tous les gens que tu as rencontrés ont rejoint la troupe par hasard, sans que j'aie à bouger le petit doigt. Écoute comment les choses se sont passées.

Il y a deux ans, alors que nos voitures étaient arrêtées à Linz pour une durée indéterminée, j'aperçus par hasard, dans un bâtiment, une salle de concert qui affichait un programme vieux d'une semaine. J'eus envie de louer la salle pour une ou deux nuits, mais les propriétaires, comme la plupart des Autrichiens, avaient fui avant que nos troupes n'occupent la ville. Le gardien qui m'ouvrit la porte était effondré mais il me laissa entrer. La salle était petite mais je la trouvai merveilleuse. Il y avait un piano allemand, une harpe et des armoires remplies de partitions et de papier à musique vierge. Sans prêter attention au gardien, nous avons défait nos valises et nous nous y sommes installés. La ville était déjà occupée et nous avons passé nos journées à écrire les détails d'un des spectacles que j'avais monté à Boulogne. Pendant que je répétais avec Claudette, Pierre et Françoise se sont chargés de distribuer des tracts dans les cafés. Comment te dire ? Lors de la première, la salle était pleine, et non seulement cette nuit-là, mais aussi celles d'après. Le piano était encore accordé, ma voix plus claire que jamais et c'est surtout Claudette qui a ensorcelé les âmes de nos soldats en dansant, à la manière de Salomé, des mérengués et des calendas de Saint-Domingue.

– Elle a aussi volé l'âme de Françoise... dis-je, moqueuse.

– Bien sûr, même si cela m'étonne moins que toi. Je ne connais pas le passé de Françoise, mais Claudette a des motifs de se méfier des hommes... Vois-tu, c'est à Linz qu'est né le Théâtre nomade. Te souviens-tu de toutes ces femmes qui voyageaient avec le 5e régiment ? Il y avait parmi elles des femmes comme nous, comme Claudette et moi, appartenant au monde du théâtre et qui en plus avaient besoin de gagner leur vie. Un jeune juif qui marchait avec son père depuis Strasbourg s'est ensuite joint à nous. Devine qui c'est ? Maurice Larose, notre clarinettiste, le joyau de notre petit orchestre. Puis, un jour, enfin, nous avons pu nous approcher de Vienne.

Je ne sais pas si je t'ai déjà dit à quel point je suis superstitieuse, ma chérie. Je préfère toujours éviter de voyager vers l'est quand je peux avancer dans une autre direction. Pense que pour nous, les Français, le mal est toujours venu de l'est. C'est ce que me disait mon père... Ce qui fait qu'après avoir acheté une voiture et un nouvel attelage, nous avons été jusqu'à Salzbourg, où nous avons rencontré les frères Pinelli et les mimes vénitiens. Là, j'ai dû prendre une décision. Mon spectacle se limitait alors à ce qui est plus ou moins aujourd'hui notre seconde partie. Les choses allaient raisonnablement bien ainsi. Mais Rocco, l'aîné des Pinelli, m'a convaincue que cela irait encore mieux si nous unissions nos forces et si je donnais leurs chances à quelques numéros de cirque, danseuses de corde, prestidigitateurs, contorsionnistes, animaux savants. « Comme ça, il y en aura pour tous les goûts », me dit-il. Et il avait raison. Un peu plus loin, à Mannheim, Frau Müller s'est jointe à nous, avec ses chiens, puis les gitans avec leurs ours.

À la foire de Francfort, j'ai rencontré le professeur Kosti et son Pythagore, et aussi Piet qui venait de faire une saison avec rien de moins que les Grimaldi, et qui parcourait comme moi la Rhénanie en long et en large. Nous avons continué comme cela. Excepté les géants, les nains, les femmes à barbe, les hermaphrodites ou autres phénomènes qui n'ont rien d'autre à exhiber en public que leurs raretés physiques, je suis disposée à accueillir tous ceux qui manient avec dextérité l'art du cirque. Je peux ajouter que si nous continuons à attirer des artistes expérimentés, je ne vois pas pourquoi nous ne pourrions pas travailler en France, où les exigences du public sont beaucoup plus grandes. Un jour, nous traverserons la frontière. J'ai cela dans la tête. Strasbourg, Metz, Nancy... Peu à peu, nous nous approcherons de Paris... ma ville. Dix ans. Cela fait dix ans, Henriette, que j'ai quitté Paris.

– Tu y retourneras... Mais tout ce que tu me racontes me surprend, dis-je, étonnée de la facilité avec laquelle elle semblait avoir organisé ce spectacle compliqué. Et je ne crois pas que le hasard t'ait seule aidée. Je dirais plutôt que c'est ton destin. Tu reviendras à Paris un jour. C'est évident ! Tu as une bonne étoile. C'est le principal. J'ai entendu dire que Napoléon, avant d'accorder à quelqu'un le grade de général, lui demandait s'il possédait une bonne étoile. La mienne au contraire... tu vois... tante Margot, ensuite Robert...

– Ah ! Henriette, que sais-tu de ma vie ? soupira-t-elle.

En réalité, j'en connaissais des bribes. Et je ne me référais pas seulement à ses relations avec Vargas, ou à son deuil, deux choses dont jamais je n'avais avoué avoir connaissance. Mais, une nuit à Vienne, dans ces moments d'intimité qui suivent l'amour, j'avais demandé à Robert ce qu'il savait de la vie de Maryse à Saint-Domingue. Sans doute parce qu'il se refusait toujours à parler des autres ou parce qu'il connaissait peu le passé de Maryse, il se contenta de me dire qu'elle et Claudette, après avoir beaucoup souffert, avaient quitté Saint-Domingue peu de temps avant la capitulation du général Rochambeau.

– Mais parlons de choses gaies. Les histoires qu'on raconte sur Saint-Domingue sont trop effroyables. Que dirais-tu si nous offrions un banquet à Constant pour son anniversaire ?

– Pardonne-moi, dis-je, peinée, à Maryse. Je parlais sans réfléchir. Je sais par Robert que tu es partie désespérée de Saint-Domingue.

– Désespérée ? J'ai beaucoup souffert. D'abord, j'ai perdu le père de ma fille, dit-elle à voix basse. Ensuite ma fille, ajouta-t-elle en tournant la tête vers la fenêtre de la voiture.

– Oh ! Maryse !

– Ce n'est rien, Henriette, dit-elle en laissant passer un moment et en tentant de sourire sous ses yeux humides. Mais promets-moi quelque chose. Promets-moi de ne plus jamais parler de cela. Je ne sais pas ce qui m'a pris. Je n'aurais jamais dû te le dire.

Ces paroles avaient cependant fait réapparaître ces souvenirs douloureux avec trop de force. Ils planaient entre nous, comme des oiseaux aveugles, allant et venant dans l'air, sans réussir ni à revenir ni à s'éloigner. J'attirai Maryse vers moi et nous restâmes enlacées jusqu'à ce qu'elle comprenne qu'il valait mieux en terminer une fois pour toutes et me raconter son histoire. Elle commença ce jour-là et continua jour après jour à me rapporter sa vie, chapitre après chapitre, au rythme d'un feuilleton.

*

Peu de temps avant les jours turbulents de la prise de la Bastille – date pertinente pour commencer à raconter la plupart des histoires de mon époque –, Maryse était une jeune et talentueuse chanteuse dont la popularité grandissait sur les scènes parisiennes. Elle entretenait une relation amoureuse avec un homme marié, un riche mulâtre de Saint-Domingue, Jean-Charles Portelance, venu à Paris pour promouvoir la concession de droits citoyens aux gens de couleur des colonies, dont il faisait partie. Il était membre de la Société des amis des Noirs, très importante à cette époque – à laquelle appartenaient Mirabeau, Necker, Sieyès et La Fayette. Un jour, Maryse se rendit compte qu'elle était enceinte. Ni elle ni Portelance n'avaient désiré un enfant et ils accueillirent la nouvelle à la fois sans enthousiasme et avec une certaine curiosité. Une petite fille naquit, qu'ils appelèrent Justine. Passé les premiers mois et après de multiples réflexions, Maryse décida de vivre seule avec sa fille et une gouvernante, pensant que cela ne serait pas moralement sain pour la petite de grandir dans un foyer illégitime. Au début, Portelance n'approuva pas cette mise à distance, mais peu à peu il s'y habitua et, comme Maryse, convint que c'était la situation la plus convenable.

Malgré le sincère amour qui les unissait, leurs relations n'étaient pas faciles. Non parce que l'état d'homme marié de Portelance était un obstacle sentimental – le mariage était le produit d'un arrangement entre les familles, et sa femme, après avoir fait son devoir en mettant au monde un fils, vivait de manière indépendante dans la ville de Boston – mais parce que leurs intérêts professionnels ne coïncidaient pas et qu'ils trouvaient à peine le temps de se voir. Portelance, en plus d'être un idéaliste passionné, était un homme ardent et travailleur qui ne pensait qu'à ses devoirs politiques ; quand il n'était pas en train d'écrire un éditorial pour *Le Mercure*, il rédigeait un pamphlet contre le club Massiac ; et quand il n'assistait pas à une réunion des Amis des Noirs, il avait une réunion secrète avec un agent abolitionniste venu d'Angleterre. Maryse, pour sa part, n'était pas en reste. Sa carrière était en pleine ascension, et, même quand elle ne figurait pas dans le programme d'un opéra, ses journées étaient très occupées : elle allait jouer avec Justine au jardin du Luxembourg, prenait une leçon de chant, participait à une répétition ou à un concert, avait rendez-vous dans son atelier de modiste pour essayer une robe. De plus, se sachant admirée, elle aimait aller au théâtre et briller dans les salons de musiciens et d'artistes, activités qui ne plaisaient pas à Portelance.

Ajoutons que plus la Révolution prenait un tour antichrétien et plus leurs opinions politiques divergeaient. Maryse considérait comme un acte de barbarie le fait que la cathédrale de Notre-Dame puisse être consacrée à la Raison : « Mon Dieu, Portelance ! Jusqu'où irons-nous ? Il faut maintenant adorer la déesse de la Raison ! Païen ! » se plaignait-elle. Surtout, elle haïssait chaque jour un peu plus la guillotine, non seulement parce que le nombre de ses victimes grandissait, mais aussi parce qu'elle était convaincue que le spectacle des exécutions corrompait de manière irréparable les sentiments du peuple. « Nous sommes sur le point de redevenir des animaux. Comment peux-tu approuver ce bain de sang ? » Ce à quoi Portelance répondait : « Le chemin de l'enfer est pavé de bonnes intentions. Nous sommes en guerre et c'est la révolution, ma chérie. Considère que la guillotine est un mal nécessaire. Nous sommes obligés de prendre des mesures extrêmes, mais nous rendons aussi la justice. Il y a à peine deux ans, malgré mon argent et mon éducation, je n'avais aucun droit. Aujourd'hui j'en ai. » La discussion continuait sans qu'aucun d'eux n'abandonne ses arguments. Maryse prétextait un mal de tête et s'en allait de mauvaise humeur de chez Portelance. D'autres fois, c'était lui qui, prenant son chapeau et sa canne, baisait les lèvres de Maryse pour s'en aller, se rappelant qu'il devait ce soir-là dîner avec un membre influent de la Convention. Portelance était lui aussi révulsé par cette incessante chute de têtes. Mais, politicien des pieds à la tête, il pensait que si un jour la Convention abolissait l'esclavage – son vœu le plus cher –, ce serait grâce à ses factions les plus radicales. Le jour où le décret tant attendu fut annoncé, Maryse, pleine d'allégresse, courut à la maison de Portelance pour célébrer l'événement.

– Mon chéri, tu dois être très satisfait. Personne autant que moi ne sait le temps et les efforts que tu as consacrés à la chute de cette horrible institution. Buvons à ton succès, dit-elle en levant la coupe que Portelance venait de remplir.

– Buvons pour l'égalité des races, dit-il en levant la sienne. En réalité, cela me paraît encore impossible. Tu imagines ? Plus d'esclaves... Les plantations françaises exploitées par des êtres libres... L'homme noir à nouveau maître de son propre corps. Ah ! Si les navires pouvaient naviguer à la vitesse de l'éclair ! Nous sommes en train de célébrer le triomphe de la justice sociale, mais il va s'écouler plusieurs semaines avant que les malheureux des colonies n'apprennent la bonne nouvelle.

– Mon chéri, n'entache pas ce moment de bonheur avec ton impatience. La nouvelle arrivera à temps. Cette nuit, nous devons penser à nous, dit-elle en posant la coupe sur la table pour caresser la main de Portelance. Après tout, voici aussi pour nous le moment d'être heureux. Tu as accompli ton devoir et tu as la chance d'avoir une vie bien organisée. Ton fils étudie à Boston, ton frère s'occupe à Philadelphie d'augmenter ta fortune, ta femme ne t'embête pas et moi je t'aime à la folie. Portelance, le moment est venu de jouir de ce que tu as. Il y a quelques minutes, j'ai même pensé que ce ne serait pas mal d'abandonner Paris un moment.

– Abandonner Paris ? J'aurais juré que tu n'étais pas prête à quitter Paris pour tout l'or du monde, s'exclama Portelance. Et ta carrière ? Et tes amis ?

– Les choses ont changé, mon chéri, dit Maryse, disposée à révéler ses dernières préoccupations. Tu ne sais peut-être pas que les gens de théâtre sont en train de perdre les faveurs de la Convention, en tout cas de Robespierre. Même le grand Talma n'est pas épargné par les soupçons ; la rumeur dit qu'il va être accusé de conspiration... Je n'ai pas vraiment peur, mais tu connais mon opinion sur les jacobins et tu connais aussi mes manières. Je ne peux m'empêcher d'exprimer mes idées librement et... qui sait ce qui pourrait m'arriver ? Je pense surtout à Justine.

– Allons, Maryse. S'il y avait le moindre soupçon contre toi, quelqu'un me l'aurait fait savoir. Je t'assure que tu ne cours aucun danger, ma chérie, dit Portelance d'un ton qui se voulait rassurant. Mais comme tu l'as dit, mes obligations ici sont terminées. Cela ne fait aucun doute.

– Tu veux dire que tu ne verrais pas d'inconvénient à quitter Paris ?

– Non, aucun. Je pensais te dire ce soir que je partirais éventuellement en voyage. Seulement j'hésitais, je n'imaginais pas que tu serais disposée à m'accompagner. Paris a toujours été ton chez-toi.

– Oh, mon amour, quel bonheur ! dit Maryse en se levant impétueusement pour s'asseoir sur les genoux de Portelance. Sais-tu où j'aimerais aller ? En Espagne. La frontière est facile à passer. Je me suis renseignée auprès de monsieur Olavide. Il y a des théâtres... Madrid, Barcelone, Séville. Comme nous serions heureux ! Nous vivrions loin de la politique, pas vrai ? Tu me le promets ? Et nous vivrions ensemble, en famille. Maintenant que Justine me pose des questions sur son père, je vois bien que je me suis trompée en décidant de me séparer de toi. Tu verras... Demain, je te présenterai à don Pablo Olavide, un illustre exilé politique. Il te renseignera sur l'Espagne.

– Mais, ma chérie, qu'irais-je faire en Espagne ? dit-il en souriant. Ce n'est pas en Espagne que je pensais aller.

– Et où alors ? demanda Maryse, intriguée.

– À Saint-Domingue, naturellement.

– Mais tu m'as dit toi-même qu'il y avait là-bas des manifestations sanglantes, que la colonie avait été envahie par des troupes étrangères.

– C'est de cela qu'il s'agit précisément. Chambon a été désigné pour appliquer là-bas le décret d'abolition de l'esclavage. L'anarchie disparaîtra dès que la nouvelle se saura. Les insurgés noirs se mettront du côté de la France. Et les Anglais n'auront plus qu'à évacuer leurs troupes. Les Espagnols seront à leur tour refoulés de l'île.

Maryse se détacha des bras de Portelance, se leva et le voyant inconsolable lui dit :

– Et tu accompagneras Chambon, c'est cela ?

– Pas exactement. Je dois attendre de recevoir de mon frère une grande somme d'argent. Nous partirons dans quelques semaines.

Portelance prit un havane dans la boîte qui était sur la table, l'approcha de la flamme d'une bougie et l'alluma en regardant monter la fumée. Finalement il dit :

– Je ne te cacherai rien. Ma mission est secrète. Je dois observer ce qui se passe dans le pays jusqu'à ce que la Convention envoie un groupe de responsables avec les pleins pouvoirs.

– Je vois. De nouveau, du sang et de la politique, se lamenta Maryse, comme s'il n'existait rien d'autre sur cette terre. Oh, Portelance, j'avais des illusions !

– Je m'excuse de te contrarier, ma chérie, dit-il, tentant en vain de l'attirer vers lui.

Sans se lever de son fauteuil, il la vit se recoiffer et décrocher son manteau.

– Ne sois pas idiote, reste un moment de plus, nous devons parler.

– Je ne sais plus où j'en suis, Portelance. Je dois réfléchir, dit Maryse avant de fermer la porte.

Cette même nuit, en rentrant chez elle, Maryse décida de rompre avec son amant. Elle irait en Espagne avec Justine. Elle prit cette décision abruptement, sans transition. Au moment où la voiture pénétrait dans sa rue, elle dit au cocher de se rendre à l'adresse de Talma. Elle savait qu'elle y rencontrerait Olavide, qui aimait la compagnie des musiciens et des gens de théâtre. Elle lui demanderait des lettres de recommandation pour ses amis de Madrid et de Séville. Mais, quand elle arriva devant la maison de Talma, elle vit deux sentinelles à la porte. Craignant le pire, elle demanda au cocher de se rendre chez Gervaise Duclos, son amie la plus proche, et sa compagne de scène. Là, un homme vêtu en laquais, et qu'elle n'avait jamais vu, lui dit d'un ton ironique : « La citoyenne Duclos a été arrêtée cet après-midi. » Devinant qu'il s'agissait d'un policier, Maryse, furieuse, lui cria à la figure : « C'est ce qui arrive aujourd'hui à toutes les personnes décentes ! Je présume que d'autres de mes amis ont eu la même chance. » L'homme la regarda grossièrement de la tête aux pieds et répondit : « C'est ainsi, citoyenne Polidor. Et si tu n'es pas encore tombée, c'est par considération pour ton mulâtre. Fais attention ! Et ne tente pas le diable. »

Recroquevillée sur le siège du cocher, Maryse pleura de désarroi et de rage. Pour la première fois de sa vie, elle se sentait étrangère dans sa propre ville. En cet instant, elle eut le besoin urgent d'une voix aimable, de la chaleur d'une caresse... Pleurant spasmodiquement, elle fut reçue par un Portelance en chemise de nuit, surpris, qui ne savait pas, en la serrant dans ses bras alors qu'elle réclamait son amour, combien il avait été près de la perdre.

*

Quand Portelance et Maryse arrivèrent à Brest, ils apprirent que les autorités du port avaient interdit l'embarquement de passagers pour l'outre-mer. Il s'agissait d'une mesure préventive : la nuit précédente, un courrier spécial envoyé par la Convention avait informé des événements du 9-Thermidor et de la condamnation à mort de Robespierre et de Saint-Just. De retour à Paris, Portelance fut interrogé à propos de sa mission et de ses relations avec le Comité de salut public, et en particulier de celles qu'il entretenait avec Robespierre. Sa déclaration fut claire et directe : « Depuis des années, le seul objectif que j'ai poursuivi a été de rendre leur dignité aux gens de couleur de Saint-Domingue. Si cela constitue un délit, je suis coupable. » Il n'y avait aucune accusation sérieuse contre lui – à peine des soupçons – et on lui assura que l'interrogatoire n'avait été qu'une simple formalité et qu'il n'avait pas à s'inquiéter. « Rentre tranquillement chez toi. Nous te préviendrons. »

Les mois passaient sans que personne sollicite ses services. Le nouveau gouvernement, en changeant radicalement la direction de la Révolution, se voyait, il est vrai, confronté à des problèmes beaucoup plus sérieux et immédiats que la guerre confuse qui avait lieu aux Antilles : les prix montaient, la monnaie se dévaluait, le peuple avait faim et se rebellait et les jacobins conspiraient. Et, dans les nouveaux circuits politiques, on se méfiait de Portelance.

Mais la carte de Saint-Domingue finit par reprendre de l'importance. Après une série de victoires décisives, les armées républicaines avaient occupé la Belgique, les Provinces-Unies et les territoires allemands à l'ouest du Rhin. En position de force, la France avait négocié avec l'Espagne la remise des terres occupées de l'autre côté des Pyrénées en échange de la cession d'une partie de la colonie de Saint-Domingue.

– C'est une avancée très sage du Directoire. Maintenant, Saint-Domingue représente toute l'île. Cela veut dire que la question coloniale reprend de l'importance, dit Portelance en montrant le journal à Maryse. Si au moins ils m'avaient consulté... Personne d'autre que moi ne pourrait mieux conseiller le Directoire sur la politique à suivre.

– Mon chéri, je voudrais que tu saches que je suis parfaitement heureuse avec toi et que je suis disposée à te suivre n'importe où. Mais ta santé me préoccupe. Tu manges mal, tu dors mal et tu passes tes journées à attendre qu'on t'appelle. J'ai juré de ne pas m'immiscer dans tes affaires, mais tout a une limite. J'ai peur pour toi, Portelance. Si tu continues comme cela, tu vas devenir fou. Fais quelque chose pour sortir de cette situation.

– Comme par exemple renoncer à mes principes et m'en aller vivre en Espagne, c'est cela ? dit-il de mauvaise humeur.

– Ce ne serait pas si stupide, mais tu n'en serais pas plus heureux, dit Maryse en gardant son calme. Je te propose autre chose, justement, quelque chose de compatible avec tes principes. N'as-tu pas assez attendu ? Ne cours-tu pas le risque de te faire oublier ? Pourquoi n'écrirais-tu pas une lettre détaillée sur ce qui doit être fait à Saint-Domingue ? Tu l'enverrais à Barras ou à un autre membre du Directoire. Ou, mieux encore, pourquoi ne sollicites-tu pas un rendez-vous ?

– Maryse, Maryse, comme tu me connais peu ! J'ai écrit trois projets et la réponse est toujours la même : « Nous remercions le citoyen Portelance pour son "discours sur les moyens d'organiser la paix et l'industrie dans la colonie de Saint-Domingue" que nous avons envoyé au bureau concerné du ministère de la Marine. » Et ce n'est pas une fois mais deux que j'ai sollicité un rendez-vous auprès de chacun des membres du Directoire...

– Alors, pourquoi continues-tu à te torturer ? l'interrompit Maryse. S'ils ne veulent pas t'écouter, tant pis pour eux.

– Non. Tant pis pour Saint-Domingue, et tant pis pour la France. Je dois continuer à insister, d'autant plus que l'île est maintenant entièrement française.

– Que vas-tu faire ? Tu ne peux pas continuer comme cela.

– J'ai pensé écrire un livre. Je pourrais exprimer mes idées politiques et économiques en les développant comme il se doit. Surtout, je pourrais parler du général Toussaint Louverture, l'unique homme capable de pacifier et de reconstruire Saint-Domingue. Un Noir, un ancien esclave, qui a montré qu'il est un excellent militaire et un habile administrateur. Dans tous les territoires qu'il contrôle, la paix règne. De plus, il est le seul à avoir compris l'inutilité de la guerre raciale ; il sait que pour rétablir la production de sucre et de café, il faut le concours de tous : des Blancs, des Noirs et des mulâtres. Je sais tout cela de bonne source. Mon frère Claude représente ses intérêts commerciaux à Philadelphie. Nos plantations étaient autrefois les plus riches du monde, il n'y a pas de raison qu'elles ne le redeviennent pas dans l'avenir, à plus forte raison si le travail est libre. Mais le pouvoir doit être dans les mains de Louverture ; lui, et lui seul, est capable d'être le prochain capitaine général et le gouverneur de l'île. Et quand je dis l'île, je ne me réfère pas à une colonie, mais à une province d'outre-mer avec suffisamment d'autonomie pour se gouverner seule et commercer librement. Si on ne suit pas ce projet, conclut Portelance, la France perdra Saint-Domingue.

Maryse, émue par la persévérance infinie de Portelance, offrit de l'aider comme elle le pouvait.

– J'arrêterai de prendre des cours de chant et j'annulerai mes propositions. J'attends juste que tu me dises en quoi je peux t'être utile.

Pendant quatre mois, ils travaillèrent ensemble, inlassablement. Portelance écrivait. Maryse copiait en bibliothèque les documents et les articles qu'il lui indiquait. Ils s'aimèrent aussi comme jamais : pour la première fois, ils se retrouvaient unis par un intérêt commun. Quand l'œuvre fut terminée, Portelance l'apporta chez l'imprimeur, payant le double du prix habituel afin que le livre puisse être publié rapidement – le Directoire n'avait pas encore nommé les nouveaux responsables de Saint-Domingue et Portelance avait l'espérance que ses propositions, maintenant imprimées, contribueraient à ce qu'on pense à lui en qualité de conseiller.

À la sortie du livre, Portelance suivit les conseils de Maryse et invita un groupe d'amis, d'hommes politiques et de journalistes à un grand dîner. Mais seuls vinrent les jacobins. Il se rendit compte alors que ses relations avec Robespierre, même limitées aux affaires de Saint-Domingue, avaient été mal interprétées. « Ils me prennent simplement pour un jacobin et un espion de Robespierre, dit-il à Maryse avec amertume. C'est la raison pour laquelle ils m'ont mis à l'écart. Personne ne lira mon livre. Nous avons travaillé en vain. »

Quelques semaines plus tard, les journaux publièrent les noms de ceux qui intégraient la commission de Saint-Domingue : Sonthonax et Roume pour la partie civile ; Rochambeau pour les affaires militaires. Figuraient aussi des personnes de moindre rang. En lisant le nom de Julian Raymond, son compagnon de lutte au temps des Amis des Noirs, Portelance commenta avec ironie :

– Au moins ils ont nommé un mulâtre.

– Écoute mon chéri, dit Maryse, décidée à tout. Qu'est-ce qui nous empêche de prendre le même bateau et de voyager à notre compte ? N'as-tu pas des propriétés là-bas ?

– Ce serait inutile. Si je m'immisce dans la politique sans mission officielle, cela se retournera contre moi. Non, ma chérie. Ce n'est pas le moment de voyager. Mais je te prends au mot. Et ce jour-là viendra.

Ce jour vint effectivement. Portelance reçut un jour par son frère une incroyable nouvelle : Louverture avait entendu parler de son livre, et souhaitait l'avoir auprès de lui le plus vite possible.

6

Une fois nos représentations à Karlsruhe terminées, notre théâtre ambulant reprit sa route vers le sud. Quelle étrange impression ! Je me retrouvais de nouveau vêtue de noir et assise dans la solide voiture de tante Margot. À ma gauche, Françoise lisait les comédies de Beaumarchais en remuant les lèvres et en suivant les lignes avec son doigt. Juché sur le siège du cocher, Pierre conduisait. Sans la présence de Maryse et de Claudette – elles aussi voyageaient dans ma voiture –, j'aurais pu croire que le temps avait reculé et que nous étions revenus aux jours chauds de ce long voyage de Boulogne au Danube qui avait eu tant d'importance pour moi ; ce voyage que je mythifiais dans mon imagination, comme s'il était, pour une raison obscure, destiné à se répéter encore et encore, à la manière des variations d'un thème musical, marquant chaque fois le début d'un nouveau cycle de mon existence. Qu'allait donc m'apporter ce nouveau périple ?

– N'as-tu pas l'impression que certains moments se répètent ? demandai-je à Maryse.

– Surtout les mauvais moments, répondit-elle de mauvaise humeur.

La veille, dans l'auberge où nous avions passé la nuit, des gitans s'étaient emparés des excellents chevaux de Maryse qui dormaient dans l'étable, lui laissant comme seule compensation une vieille mule et un ours malade. Jamais je n'avais vu mon amie aussi furieuse ; elle jurait comme un soldat et accusait injustement l'aubergiste d'être complice du vol. Rien n'avait pu l'apaiser, même pas mon offre de lui acheter de nouveaux chevaux.

« Et moi qui ai toujours défendu les gitans, criait-elle en dispersant à coups de pied la paille de l'étable. » L'heure avançant, menaçant l'aubergiste des pires choses, elle le somma de veiller sur sa voiture et, suivie de Claudette, monta dans la mienne.

Nous arrivâmes enfin à Baden-Baden où nous devions donner deux représentations. À l'époque, et si j'en juge par les journaux d'aujourd'hui, la ville n'avait pas grand-chose à voir avec ce qu'elle est devenue. L'aristocratie européenne ne s'y était pas encore donné rendez-vous mais on y trouvait une partie de la noblesse française ayant fui la Révolution. Assise au balcon avec Françoise, je regardais la salle se remplir de ces pathétiques courtisans qui, pour montrer leur adhésion à la cause monarchique, s'exhibaient, vêtus à l'ancienne mode, prisant délicatement leur tabac avec la même affectation que s'ils assistaient à une veillée de château. Ils ne resteraient pas très longtemps. Se sentant en insécurité à l'intérieur de la nouvelle Confédération du Rhin – le Bade était devenu un grand-duché sous la protection de la France –, beaucoup cherchèrent refuge en Autriche, en Russie, en Angleterre et même en Amérique. Mais voyager coûte cher et seuls les gentilshommes et les banquiers ayant fui avec leur fortune pouvaient se permettre le luxe de s'établir où bon leur semblait. Les autres, moins fortunés, recouraient au jeu dans l'espoir de pouvoir ensuite les imiter. Ainsi, Baden-Baden, réputée jusqu'alors pour les vertus de ses eaux thermales, était devenue en quelques années une ville de joueurs qui attirait des gens d'Italie, de Suisse et de Rhénanie.

À la fin de la représentation, nous quittâmes nos fauteuils afin de gagner l'escalier. La foule était si dense qu'il était difficile d'avancer d'un pas. J'avais beau m'éventer, je sentais des gouttes de sueur parcourir mon corps. Personne ne semblait vouloir abandonner le bâtiment et alors que je me plaignais à haute voix, une dame portant un immense chignon se retourna en s'inclinant pour m'indiquer qu'une grande partie du public se dirigeait vers les salles de jeu. Quand finalement nous atteignîmes le rez-de-chaussée, Maryse, Claudette et certains des acteurs italiens nous attendaient à l'entrée du restaurant. Il nous fallut encore une demi-heure pour obtenir une table. Malgré le nombre élevé de convives, les plats étaient exquis. Leur prix élevé retint mon attention. Andrea Morini, celui qui jouait Arlequin, proposa de visiter quelques salles de jeu. Mais la perspective de me retrouver à nouveau suffocante au milieu de la foule me fit refuser sa proposition. « Peut-être demain, dit Maryse en m'imitant. J'ai mal à la tête et j'ai besoin de me reposer. Ces maudits gitans m'ont gâché la journée. »

Le lendemain, aveuglée par la lumière du soleil qui illuminait ma chambre, je décidai en me réveillant de quitter mes vêtements de deuil. La chaleur de ce mois de juin plaidait ouvertement pour des vêtements blancs et légers ; de plus, il était évident que la couleur noire ne correspondait plus à mes états d'âme. Mais je regrettai cette décision dès le petit déjeuner. Les regards insistants d'Andrea et de Piet me firent rougir. À leurs yeux, il devenait clair que je cessais ainsi d'être une veuve éplorée. Entourée de ces si galantes attentions, je me rendis compte qu'il fallait que je trouve rapidement une stratégie défensive, si je ne voulais pas me retrouver dans une situation désagréable. Mes pieds, sous la table, étaient déjà sollicités et les choses ne devaient pas aller plus loin. Quelle était la meilleure manière de décourager ces deux subits admirateurs ? Ils ne m'étaient pas indifférents : chacun dans son genre était ingénieux et attirant. Mais depuis la mort de Robert aucun homme ne semblait pouvoir mériter mes faveurs ; celles-ci lui restaient acquises, au point que je me réveillais parfois la nuit, l'oreiller entre les jambes, avec comme une urgence de le sentir en moi. Je fermais alors les yeux, et, chevauchant l'oreiller, j'évoquais son corps, sa voix, ses baisers, ses caresses, tentant de retrouver une de ces nuits de Vienne, de Munich ou de Berlin.

Après la représentation, je me rendis avec Maryse et le professeur Kosti au bureau de l'administrateur du théâtre pour aller chercher notre argent. Le professeur Kosti – de son vrai nom Erich Kraft – se chargeait bénévolement des comptes de la troupe. C'était un Berlinois, grand, d'âge moyen, dont les pâles pupilles agrandies par les verres épais de ses lunettes intimidaient ceux qui ne le connaissaient pas. Dans sa jeunesse, il s'était obstiné sans succès à démontrer je ne sais quelles propriétés géométriques des lignes parallèles. Frustré dans ses aspirations, il avait réussi à dresser son cheval de telle sorte que l'animal semblait connaître l'arithmétique. Son numéro – un de ceux qui me plaisaient le plus – était divisé en deux parties ; il demandait d'abord deux nombres à six chiffres au public ; il les multipliait et les divisait en un instant sans l'aide de crayon ni de papier, anticipant de plusieurs minutes les comptes que faisaient les spectateurs ; ensuite une des équilibristes, vêtue en amazone, apparaissait sur la scène en tenant par la bride Pythagore, qui pouvait résoudre n'importe quelle opération – y compris des racines carrées et cubiques – au dixième près. Une fois un nombre convenu avec le public, Kosti s'approchait de l'oreille de Pythagore pour lui traduire en langage équin l'opération à réaliser et celui-ci donnait la réponse en levant et baissant élégamment sa jambe droite.

Quand nous eûmes encaissé et distribué aux membres de la compagnie l'argent correspondant à nos deux jours de représentations, Maryse demanda à chacun d'entre nous de lui reverser cinq francs. Kosti les jouerait à la roulette : après avoir étudié le jeu, le mathématicien pensait avoir trouvé un système gagnant (à l'époque, la roulette représentait un jeu tout nouveau, introduit à Baden-Baden par les aristocrates émigrés). Son grand atout, par rapport au rouge et noir, jeu de cartes introduit aussi par les Français, résidait dans le fait qu'il était plus rapide et permettait la participation d'un plus grand nombre de joueurs, ressemblant plus en cela à une loterie. Cela ne fut pas facile d'entrer dans la salle des roulettes, débordant des joueurs qui nous avaient précédés. L'Allemagne comprenait alors des douzaines d'États, dont les principaux frappaient leur propre monnaie. Le cambiste de la salle utilisait donc le nouveau franc comme mesure et, sans doute pour éviter les confusions, on ne jouait pas avec de l'argent mais avec des figurines en os, de couleurs différentes pour chaque joueur.

Excepté les parties de pharaon auxquelles j'avais joué avec Robert, dans l'unique but de montrer que j'étais capable de le battre, je ne m'étais jamais intéressée au jeu. Éduquée selon les critères de tante Margot, je préférais les passe-temps à l'air libre. Mais l'attente de voir jouer mes amis m'avait rendue nerveuse et impatiente. Le système de Kosti fonctionnerait-il ? Avoir étudié pendant deux heures le diagramme du tapis suffirait-il à découvrir les clés du jeu ? La probabilité que la boule de marbre tombe sur un numéro donné pouvait-elle être vraiment prédéterminée par une loi mathématique ? Si oui, le futur était donc prévisible, et ceux qui comprenaient les nombres allaient bientôt remplacer les astrologues et les devins. Ma mémoire fit un saut en arrière. Je me rappelai un épisode oublié : lorsque j'étais enfant, à Toulouse, une gitane d'Espagne avait lu dans la paume de ma main que je me marierais trois fois, mais jamais en France... « Les jeux sont faits, rien ne va plus... », dit une voix mécanique.

Par-dessus les épaules de Maryse, je fixai mon regard sur la petite boule de la roulette qui sautait de numéro en numéro. Le croupier annonça : « Neuf et rouge », et Maryse ne put réprimer un cri de joie. Elle avait gagné sept cents francs. Debout derrière mes amis – seuls les joueurs avaient le droit de s'asseoir –, je passai un moment à les regarder jouer. Le système de Kosti ne semblait pas miraculeux. Il gagnait plus qu'il ne perdait mais ses bénéfices ne dépassaient pas les cent francs. Quant à Maryse, qui jouait indépendamment du mathématicien, elle n'avait pas tenté d'autre numéro. Fatiguée de perdre, elle mit dans sa poche le peu de jetons qui lui restaient et se tourna vers moi. « J'ai envie de manger quelque chose de sucré. Veux-tu m'accompagner ? » Au restaurant, nous nous moquâmes légèrement du sérieux avec lequel Kosti prenait à cœur sa théorie de jeu. De là nous passâmes à la chose importante de ma vie. Maryse avait remarqué les galanteries d'Andrea et de Piet et elle était curieuse de savoir lequel d'entre eux avait mes préférences.

– Aucun des deux, répondis-je. Robert est encore très présent dans ma vie.

– Cela prend du temps, dit-elle, pensive, en buvant lentement une gorgée de champagne.

– Je me sens inutile dans ton théâtre, Maryse, dis-je pour changer de sujet de conversation. Pierre se charge du transport, Françoise des costumes... Même les animaux ont leurs rôles...

– Mais, ma chérie, tu nous accompagnes et tu partages tout avec nous. Et si tu as envie de monter sur la scène, eh bien, pourquoi pas ? Tu as une belle voix. Je vais te donner quelques leçons et tu pourras faire figure de mezzo-soprano dans un des quatuors.

– Tu ne m'as jamais vraiment entendue chanter ! J'aime la musique, certes, mais je ne suis pas du tout musicienne. La seule chose que je sache faire, c'est monter à cheval.

– Je n'en suis même pas si sûre, ma chérie ! On m'a raconté qu'un cheval monté par toi est un cheval mort, dit-elle en plaisantant. Buvons à l'âme du bon Jeudi, ajouta-t-elle en levant sa coupe.

– Buvons, dis-je en levant la mienne.

– Et maintenant rentrons, ma chérie. À cette heure-ci, Kosti doit être en train de faire sauter la banque.

Il restait peu de joueurs quand nous pénétrâmes dans la salle. Même Kosti s'était retiré.

– Il a dû perdre tout l'argent de la troupe, commenta Maryse.

– C'est tout le contraire, Madame Polidor, répondit le croupier quand nous lui demandâmes si le monsieur aux lunettes avait beaucoup perdu, le professeur Kosti a gagné plus de mille francs.

Échangeant un regard, nous éclatâmes de rire comme deux idiotes.

– Dans ce cas, dit Maryse, vidant sa poche sur la table, je jouerai tout sur le neuf.

– Pardon madame, mais il y a dix minutes le neuf est sorti deux fois de suite.

L'homme qui venait de parler n'était pas à la table de jeu lorsque nous étions sorties pour aller au restaurant. Il devait avoir entre quarante-cinq et cinquante ans, et son accent trahissait une origine sans doute espagnole. Grand et élégant, il était vêtu de noir et portait, pendant à l'oreille gauche, une majestueuse perle grise en forme de poire ; ses cheveux poivre et sel, attachés en arrière par un ruban de soie rouge, étaient presque aussi longs que les miens.

Maryse, sans paraître surprise, soutint le regard de son exotique interlocuteur. Elle se retourna ensuite vers le croupier.

– Je mise tout sur le neuf.

– Dans ce cas, permettez-moi de vous accompagner dans cette partie, dit l'homme en noir, ponctuant ses mots d'un signe bref de la tête qui indiquait au croupier l'emplacement du neuf sur le tapis. Mille francs sur le numéro de madame.

Je constatai que, comme oncle Charles, il n'avait aucun anneau à ses doigts.

– Monsieur ? demanda le croupier pensant sans doute qu'il avait mal entendu.

L'homme décrocha alors la boucle d'oreille et la fit tomber sur la table.

Après avoir hésité un instant, le croupier appela d'un geste celui qui semblait être le chef de salle. L'homme s'approcha, examina la perle et sans un mot la posa sur le numéro neuf. Puis, il lança lui-même la roulette et fit courir la boule en sens inverse. Je crus un moment que celle-ci allait s'arrêter sur le neuf mais la roulette continua à tourner et la boule à sauter de numéro en numéro.

– Douze et noir, annonça le croupier.

– Bien madame, nous ne nous en sortons pas si mal, dit l'admirateur de mon amie à l'autre bout de la table.

– C'est ainsi, dit Maryse. Vous n'auriez cependant pas dû jouer votre magnifique perle sur mon numéro. Cela ne vous a pas porté bonheur.

– La chance n'existe pas, madame. Ce qui doit arriver arrive.

– Qui sait ? C'est une question qui mérite réflexion.

Elle prit sa bourse sur la table et me dit :

– Il est tard, nous devons nous retirer.

– Bonne nuit, madame, dit-il en la regardant fixement et en m'ignorant totalement. Peut-être nous rencontrerons-nous à nouveau.

– Si cela doit arriver, qu'il en soit ainsi.

*

Accrochée au bras de Portelance, c'est une Maryse émerveillée qui posa le pied sur le quai de Jacmel. Tout ce qu'elle voyait lui paraissait si irréel qu'elle avait l'impression de se retrouver au cœur d'un de ces monumentaux décors du théâtre du Palais-Royal. Des décors qui s'efforçaient de recréer l'ambiance des îles du Sud, montrant d'inventives figures de proue et des maisons aux toits de palmes. Devant le quai, des attelages de bœufs et d'ânes décorés de façon pittoresque, des cavaliers avec de grands chapeaux de paille, des soldats et des gardes nationaux s'engouffraient dans une ruelle ; de vigoureux nègres allaient et venaient, certains torse nu, chargés de paniers, de fardeaux de peaux de chèvre, de cages remplies de poulets, de tonneaux de rhum ; des femmes noires vêtues de légers cotons et de turbans colorés apparaissaient par moments dans la foule. Une main posée sur les hanches, un panier de fruits et de légumes se balançant sur leur tête, elles marchaient d'un pas chaloupé et nonchalant que Maryse se proposait d'imiter dès qu'elle trouverait un miroir. Plus loin, après avoir remonté une rue tapissée de galets polis, ils débouchèrent sur une place au centre de laquelle s'élevait une fontaine de bronze ; accroupies autour de leurs étals, des vieilles arrangeaient leurs marchandises : fruits, fleurs, herbes, poteries, bouts de tissus brillants, foulards de soie rouge et jaune, poissons, fruits de mer, tonneaux de salaisons ; il y avait des monceaux d'oranges, d'ananas, de pastèques, de noix de coco, de fromages frais, de bananes plantains, d'oignons et de citrons voisinant avec des tas de cannes à sucre et de tubercules poilus inconnus. Les gens criaient, gesticulaient, riaient, hurlaient et murmuraient dans l'harmonieux créole des colonies.

Maryse regarda sa fille. Justine allait avoir dix ans et marchait entre Portelance et elle.

– Cela te plaît ?

Justine, qui était restée silencieuse, acquiesça avec joie.

– Et à toi ? lui demanda Portelance.

Maryse respira l'air saturé de la nature tropicale, porta la main sur son cœur et dit :

– Il se passe la même chose qu'avec toi : c'est un coup de foudre.

De Jacmel, ils se rendirent sur une petite goélette au Cap-Français. Là, ils s'installèrent dans la grande maison de pierre qui avait été construite par le père de Portelance, à la manière normande. La ville, attaquée et incendiée deux ans auparavant, se reconstruisait à une vitesse vertigineuse. Il y avait ici un nouveau toit de tuiles, là une façade en restauration, plus loin encore, un mur en démolition. Une armée de menuisiers travaillait nuit et jour. Dans la brise matinale, on entendait résonner leurs chants typiques le long des ruelles en pente. Cette activité était pour Maryse un bon présage. Au coucher du soleil, appuyée à la rambarde du balcon pour admirer les magnifiques couleurs du crépuscule, elle aimait à penser que Justine et Portelance constituaient une famille prophétique, du style de l'Ancien Testament ; une famille fondée sur la diversité des races et qui répondait à un temps nouveau. Comme si le monde était enfin retourné aux origines et les accueillait dans une sorte de célébration.

Sentant la nécessité de contribuer elle-même par ses efforts à ce mouvement d'épiphanie, Maryse proposa de donner des cours de chant et de comédie pour faire revivre les arts dans la ville. Rapidement, sa maison fut remplie d'élèves, ce qui lui permit, au bout de quelques mois, de monter une petite compagnie de théâtre capable d'interpréter des scènes choisies dans les œuvres de Racine, de Molière et de Beaumarchais. Comme les bons musiciens abondaient, elle obtint, grâce à Portelance, que le gouvernement de la ville rémunère modestement un surprenant ensemble musical qui jouait aussi bien une ouverture de Rameau qu'une contredanse créole ponctuée de syncopes. De son côté, Portelance aidait le gouvernement et Louverture comme il le pouvait. Les planteurs revenaient peu à peu d'exil, la production et le commerce s'amélioraient jour après jour. Maryse, elle, se sentait de mieux en mieux au Cap-Français. Elle remerciait Dieu de la bonne santé dont ils jouissaient et prenait plaisir à voir Justine grandir, si vive et si belle, avec sa svelte silhouette d'amphore et ses yeux sombres en amande, qu'elle avait hérités de son père.

Un matin, alors qu'ils prenaient un somptueux petit déjeuner de fruits, Maryse remarqua la nervosité de Portelance qui ne cessait de guetter la mer au loin.

– Ton café va refroidir, mon chéri.

– Oui, tu as raison, dit-il en le buvant d'un trait.

– Tu as l'air préoccupé. Il s'est passé quelque chose ?

– Quelque chose qui devait arriver, soupira Portelance en mettant le doigt sur le cachet de cire brisé de la lettre posée près de son assiette.

Et il ajouta :

– C'est mon frère Claude, des nouvelles de France... Le Directoire n'existe plus. C'est un général qui a pris le pouvoir, le général Bonaparte. Un coup d'État. Il s'est proclamé Premier consul.

– Consul ? Un titre romain ? C'est ridicule ! Seul un parvenu peut s'attribuer un tel titre ! s'exclama Maryse pendant que Portelance allumait un havane. Bonaparte... mais, attends... oui, je m'en souviens ! Il est marié à une créole ! C'est bien, mon chéri ! Il va sûrement s'intéresser à Saint-Domingue.

– C'est justement ce qui me préoccupe.

– Ici tout fonctionne bien. La paix et l'ordre règnent et la prospérité commence à se faire sentir. Je ne vois pas quel mal pourrait nous vouloir Bonaparte. Au contraire, il prendra sûrement exemple sur le gouvernement Louverture pour renouveler la politique coloniale. Tu ne crois pas ? Ce serait logique.

– La politique n'est pas logique, Maryse. La politique est la politique, dit Portelance en secouant ses cendres sur son assiette.

– Je sais ce qu'est la politique. C'est ici même que j'ai réussi à la comprendre. La politique n'est rien ; c'est comme la fumée de ton cigare. Ce sont les hommes qui comptent, ceux qui font la politique. Louverture est un homme bon, un homme vertueux, et donc sa politique ne peut être que droite et bonne.

– Tu dis cela parce que tu es de son côté. Mais demande à ses ennemis, à ceux qu'il a vaincus. Demande à Rigaud par exemple. Et mieux, demande à ceux qui conspirent dans ses rangs. Je l'ai vu donner l'ordre de fusiller des dizaines d'hommes qui avaient gagné beaucoup de batailles pour lui. Je ne veux pas le critiquer, c'est la politique qui rend ainsi.

– Mais chéri, Dieu ne punit-il pas les méchants en enfer ? Pourquoi compliques-tu les choses quand tout peut se réduire à un conflit entre le bien et le mal ? Il y a des héros et des méchants, comme dans les opéras et dans les tragédies, c'est tout.

– Mon amour, le monde n'est pas une scène de théâtre, ni la vie un opéra. Oui, il y a des bons et des méchants, mais remarque bien qu'il y a aussi des salauds qui se convertissent en héros et des héros qui deviennent des tyrans. C'est irrémédiable, car nous avons tous en nous quelque chose d'un héros et quelque chose d'un salaud. Nous ne savons pas nous-mêmes à quel moment nous nous comporterons d'une manière ou de l'autre.

– Jamais tu ne pourras me faire croire qu'il y a en toi quelque chose de méchant, mon chéri. Mais je comprends ce que tu veux dire. Et Bonaparte, le héros d'Italie, montre, avec ce coup d'État, combien ses ambitions sont dangereuses ; en d'autres mots, il est passé de la catégorie des héros à celle des méchants. N'est-ce pas ?

– J'en ai peur. En fait, Louverture m'a demandé un projet de Constitution et c'est ce qui me préoccupe le plus. Je te précise qu'il s'agit d'une affaire secrète entre lui et moi.

– Ces paroles sont de trop, Portelance, dit Maryse avec un froncement de sourcils. Tu sais bien que je n'ai jamais raconté à personne ce que tu me dis.

– Une telle Constitution aurait eu plus de chances de voir le jour avec un gouvernement français affaibli, comme c'était le cas il y a quelques mois. Je sais quel type de Constitution veut Louverture : j'ai assez contribué à ses idées... Tu les connais, elles sont dans mon livre.

– Mais, mon chéri, ce sont tes principes. Ce qui arrive, finalement, c'est exactement ce que tu prédisais. Cela devrait te remplir de satisfaction.

– Oui, sauf que l'autonomie de Saint-Domingue prônée par Louverture est plus radicale que ce que je crois être prudent. Concrètement, il veut l'indépendance. De plus, il a l'intention de rester au pouvoir en tant que général en chef et gouverneur à vie. J'ai beau réfléchir, je ne vois pas quel est le meilleur chemin politique à suivre. Tous les absolutismes sont horribles, et il y a de sinistres précédents. D'un autre côté, quel autre gouvernement que celui de Louverture serait capable de mener Saint-Domingue ? Quel projet dois-je recommander ? Finalement, la seule question à se poser est celle de savoir comment Bonaparte, ce général aux ambitions autocratiques, pourra supporter de voir un ancien esclave (un Noir qui, il y a dix ans, ne savait ni lire ni écrire et croyait dans les esprits vaudous) proposer de devenir le maître de la plus riche colonie française, régie par une Constitution originale ? Bonaparte compte sur le soutien de ceux qui se sont enrichis dans l'industrie de guerre, des centaines d'entrepreneurs et de commerçants qui ont aussi des rêves de grandeur. Je ne serais pas étonné qu'il révoque le décret d'abolition de l'esclavage et qu'il essaye de remettre les choses dans l'état où elles étaient avant.

– Mais, chéri, même s'il le révoque, qui fera retourner à l'esclavage tant de gens qui ont déjà goûté à la liberté ?

– Il essaiera, Maryse. N'a-t-il pas envahi l'Égypte avec trente mille hommes ?

Maryse garda le silence quelques minutes. Elle savait que Portelance lui avait confié tout cela parce qu'il avait besoin de discuter de la situation avec quelqu'un en qui il avait confiance. L'homme de sa vie, tout en faisant semblant de regarder comment la brise dispersait les volutes de fumée de son havane, attendait sa réponse.

– Portelance, dit-elle enfin. Tu ne dois pas subir le poids de Louverture et encore moins celui de Bonaparte. Que chacun d'eux agisse selon sa conscience et en fonction de ses intérêts. À la grâce de Dieu. Tu n'es qu'un conseiller et, en tant que tel, ton devoir n'est autre que de suggérer à Louverture le projet de Constitution qui te semble le plus viable pour Saint-Domingue. Mais, en tout cas, ouvre-lui ton cœur et fais-lui connaître tes préoccupations. Personne d'autre, mieux que lui, ne sait combien toutes tes paroles sont guidées par les meilleures intentions.

– On verra, on verra, répéta Portelance, plongeant son havane dans la tasse de café pour l'éteindre. Maintenant parlons d'autre chose, de quelque chose qui nous concerne toi et moi, et même Justine, dit-il gravement.

– Mon Dieu, Portelance ! s'exclama Maryse.

– La lettre que j'ai reçue n'a pas été écrite par Claude mais par Sophie, sa femme ; Claude vient d'avoir une embolie pulmonaire qui lui a paralysé la moitié du corps.

– Oh, mon chéri, comme je le regrette.

– Il est très faible et me demande de le rejoindre à Philadelphie. Nous n'avons jamais partagé la fortune dont nous avons hérité. Je crains le pire, et je pense qu'il est temps de le faire. Il veut rédiger son testament et la situation est compliquée. Premièrement, il y a sa femme et ses enfants, nous avons aussi deux sœurs aînées qui ont émigré à Cuba, et bien sûr madame Portelance et mon fils Jean-Charles, et toi, et Justine, et moi... En plus des terres, des maisons et des plantations que nous avons ici, Claude a beaucoup investi dans diverses entreprises américaines, et mes sœurs, toutes les deux veuves avec des enfants, ont acheté des raffineries de sucre à Cuba. Enfin, ce n'est pas une chose facile à régler ; nous devons nous mettre d'accord pour partager tout entre nous et entre nos héritiers. Mes sœurs iront à Philadelphie avec leurs dossiers et leurs avocats, je dois y aller aussi.

– As-tu pensé que ce voyage peut être dangereux ? Te laissera-t-on entrer dans l'île à nouveau ? Personne ne sait ce qui peut se passer, protesta Maryse. Nous sommes si heureux ici ! Et comment vais-je supporter de te savoir au loin ? Et Justine qui t'adore comme si tu étais son ange gardien, ne penses-tu pas à elle ?

– Mais vous m'accompagnerez, dit Portelance, surpris.

– T'accompagner ? Mais qu'irions-nous faire là-bas, Justine et moi, entre ta femme et ton fils ? Claude connaît mon existence, mais tes sœurs de Cuba et leurs enfants ? Nous serions mal vues, Portelance ; nous serions indésirables, illégitimes. Non, non, dit Maryse avec emphase. Cela ne concerne que toi. Quant à moi, je n'ai pas besoin que tu m'inclues dans ton testament. Pauvre, je t'ai connu, et pauvre, je redeviendrai si je te survis. Grâce à Dieu, je peux vivre de mon travail... En réalité, je ne vois aucune raison à ton voyage, lui reprocha-t-elle. Que vas-tu dire là-bas que tu ne puisses écrire dans une lettre ?

– Écoute-moi, Maryse. Là-bas j'ai un fils, un frère que j'aime et qui va mourir d'un instant à l'autre. Cela fait des années que je ne les ai pas vus. Et même si tu ne désires rien de moi, il y a Justine. Ne comprends-tu pas qu'elle doit avoir légalement les mêmes droits que mon fils Jean-Charles ?

– Fais ce que bon te semble, Portelance. N'en parlons plus. Mais Justine et moi resterons ici.

– Maryse, s'il te plaît, dit-il, blessé, ne vois-tu pas que je ne désire que ton bien et celui de Justine ?

– Non, non, Portelance. Cela suffit. Affaire entendue. Je me rends à tes raisons.

Et, adoucissant le son de sa voix, elle poursuivit :

– Ne t'inquiète pas. Je serai bien ici. J'ai mon théâtre, mes cours et mes répétitions, mes nouveaux amis... J'ai des choses à faire. En plus j'ai de quoi m'occuper. La mère Kumina, une ancienne esclave, est en train de m'enseigner les fondements du vaudou... J'ai des millions de choses à faire, mon chéri.

Cette nuit-là, ils parlèrent longtemps. Portelance se rendit compte pour la première fois de l'importance que Maryse donnait au mariage – qu'il estimait être une simple formalité juridique – et il lui promit de parler à madame Portelance d'un possible divorce selon les lois françaises. Quant au projet de Constitution, il ferait savoir à Louverture que son voyage était impératif. Dans trois ou quatre mois, il serait de retour.

Après avoir réglé ses papiers et réussi à vendre sa récolte de café par le biais d'un agent américain, Portelance s'en alla à Philadelphie par le même navire qui avait apporté la lettre de son frère. Il ne craignait rien pour la sécurité de Maryse et de Justine : pas un coin de l'île n'échappait au contrôle ferme de Louverture. De plus, la France étant en guerre, Bonaparte serait trop occupé pour avoir le temps de penser à Saint-Domingue.

Quand les voiles du navire s'évanouirent à l'horizon, Maryse ressentit un frisson soudain ; un éclair silencieux et éblouissant l'obligea à fermer les yeux tandis qu'une rafale d'air humide lui frappait la figure. Quand elle fut remise, elle lança un regard autour d'elle : les palmiers du quai semblaient calmes et les familles venues dire adieu aux voyageurs bavardaient tranquillement en quittant le port. Cette vision semblait n'être destinée qu'à elle seule. Le pressentiment qu'elle ne reverrait plus jamais Portelance l'envahit alors. Maryse se mordit les lèvres afin que Justine ne les vît pas trembler, puis se mit à marcher rapidement en direction de l'église.

Huit jours plus tard, le navire sur lequel voyageait Portelance fit naufrage. L'équipage et tous les passagers avaient péri au sein d'une furieuse tempête hivernale.

7

Qui se souvient aujourd'hui de la Confédération du Rhin et de sa liste interminable de petits États – royaumes, grands-duchés, duchés, principautés et villes libres – issus des ambitions de Napoléon, qui ne savait plus quoi inventer après la défaite de Leipzig ? Au temps où Maryse et moi parcourions les villes allemandes, cette Confédération naissante faisait beaucoup parler d'elle. Ses partisans étaient nombreux. Ils estimaient que l'alliance avec la France permettrait de dépoussiérer le provincialisme et la bureaucratie engourdie des États fédérés, en modernisant l'administration publique, l'éducation, la vie sociale. D'autres, délibérément tournés vers l'avenir, imaginaient que la Confédération représentait un premier pas vers une Allemagne unie et puissante, une Allemagne indépendante des influences de l'Autriche ou de la France, une Allemagne destinée à jouer un rôle historique au centre de l'Europe. Tous n'étaient cependant pas partisans de la concorde franco-allemande : il existait des groupes de patriotes radicaux qui, ici et là, critiquaient l'ordre imposé par Napoléon, cet ordre qui exigeait – et en cela ils n'exagéraient pas – un appui politique et militaire inconditionnel. Ces Allemands, fiers de leurs traditions et enflammés par leurs idées nationalistes, abhorraient la présence de nos soldats dans leurs villes. Ils les considéraient comme des étrangers indésirables qu'il fallait, de plus, habiller et nourrir ; ils voyaient d'un mauvais œil, sans faire de distinction – et là ils se trompaient –, tout ce qui venait de France, les livres et les journaux, les traditions, les arts et la mode. Je m'étends sur ces faits historiques non parce que je m'intéresse particulièrement à la politique de cette époque mais pour mieux faire comprendre les causes du tragique épisode qui mit fin à notre séjour en Allemagne.

Nous n'en étions cependant pas encore là. Pour l'heure, nous avancions joyeusement vers le nord. Nous nous rendions à Kassel, voyageant le plus rapidement que nous pouvions, invitées par un agent de la cour de Jérôme Bonaparte, premier roi de Westphalie ; nous étions remplis d'illusions car nous imaginions qu'au cas où le spectacle lui plairait, les théâtres de France nous ouvriraient ensuite leurs portes ; nous avancions donc en chantant, apprenant et répétant de nouveaux numéros dans les étables et les granges que nous trouvions sur le chemin – nous pensions que les œuvres de Shakespeare et les quatuors de Mozart n'étaient pas compatibles avec les goûts bonapartistes. Nous mettions beaucoup d'espoir dans le nouveau final, une sorte de ballet d'opéra qui, sous les coups de canon et le déroulement des drapeaux, devait représenter le triomphe de Friedland, encore récent. Françoise, convertie en couturière principale, passait en revue Frau Müller, Claudette, Colombine, la contorsionniste, les sopranos et les cinq équilibristes qui travaillaient audacieusement sur les bancs d'un des attelages. Elle remettait en état de vieux uniformes dénichés dans les surplus. Pierre, pour sa part, avait mis à profit les substantiels bénéfices de Kosti à la roulette – notre séjour à Baden-Baden s'était prolongé d'une chanceuse semaine – pour remplacer les chevaux volés par les gitans, payer un peintre pour créer un décor convaincant de scène de bataille, et acheter auprès de paysans, en plus d'abondantes provisions de fromage et de charcuterie, trois douzaines de fusils rouillés, deux tambours, un cornet, plusieurs sabres et un vieux canon prussien sorti des fonderies de Frédéric le Grand. Tout cela avait été abandonné sur les champs de bataille.

Mais les changements ne concernaient pas seulement notre programme de variétés. Depuis la mort de Portelance, Maryse n'avait jamais pris au sérieux aucune rencontre, quel que fût son degré de romantisme. Or, elle regardait avec une fascination croissante son bel admirateur de Baden-Baden, lui permettant de se joindre à nous, et se laissant courtiser ouvertement. Cela ressemblait bien à un coup de foudre : « Cet homme est terriblement attirant », m'avait-elle dit en sortant de la salle de jeu, d'un ton qui ne cherchait aucunement à connaître mon opinion sur la question ; l'emphase avec laquelle elle avait prononcé ces mots, son insistance sur le « est », laissaient entendre qu'aucun argument ne pouvait contredire cette vérité irréfutable (aussi clairement que l'axiome énonçant que la distance la plus courte entre deux points « est » une ligne droite).

Le lendemain, ils prirent le petit déjeuner ensemble à l'hôtel. Alors que Pierre s'occupait de ses affaires à l'extérieur, elle avait suggéré, avec l'air jubilatoire d'une adolescente, d'aller en excursion jusqu'au château qui dominait une colline proche. Les uns en voiture, les autres à cheval, nous arrivâmes sur les contreforts de la montagne. Le sentier était si escarpé qu'il fallut franchir à dos d'âne le dernier tronçon. Confrontée à cette incommode extravagance, la majorité de la troupe préféra rentrer et accompagner Kosti à la salle de roulette. Ceux qui restèrent réussirent à louer les derniers ânes disponibles : en plus de Maryse et de son admirateur, il y avait mes deux prétendants, Colombine – dont je ne me rappelle pas le nom –, l'un des Pinelli et moi. Seul le bigle Vincent, ce Pierrot à la figure enfarinée, se retrouva sans monture. Il nous salua d'une triste pantomime.

Le château était en ruine, les siècles avaient noirci ses murs, recouverts ici et là de fleurs sylvestres entremêlées qui semblaient naître des roches elles-mêmes. Nous entrâmes par la porte à moitié détruite. J'avais naturellement abandonné ma place auprès de Maryse à ce voyageur au teint bronzé qui se conduisait comme si elle lui appartenait depuis toujours. (Je savais très peu de choses de ce riche Espagnol que Maryse protégeait jalousement, tel un trésor réservé à elle seule. Il s'appelait Julián Robledo et venait des Amériques. Il nous accompagnerait jusqu'à Kassel, qui était sur sa route, et de là continuerait jusqu'en Prusse.) Après avoir grimpé un escalier de pierre, très étroit, nous parvînmes aux murs crénelés. De là, nous entrâmes dans une tour latérale et grimpâmes jusqu'à sa cime. Un magnifique panorama s'ouvrit à notre vue : les reliefs de la Forêt-Noire, la vallée du Rhin, avec d'un côté les toits de tuiles des villages et de l'autre les lointains édifices de Strasbourg. Surtout, s'élevant au-dessus de tout, se détachait la flèche de la cathédrale. Lorsque je me retournai vers Maryse pour faire un commentaire sur Strasbourg, elle avait disparu avec son amoureux. En dépit de nos recherches, ils ne réapparurent qu'après un très long laps de temps. Le pique-nique était terminé et nous les attendions près des garçons qui gardaient les ânes. Maryse, qui revint toute transpirante et excitée, parla, pour donner le change, de profonds cachots et d'obscurs passages où ils avaient failli se perdre.

Je mentirais si je disais que cela ne m'avait pas inquiétée. J'ai ressenti à ce moment-là comme un danger, comme si je pouvais perdre Maryse. J'avais l'impression que si une relation amoureuse s'immisçait entre nous, je cesserais d'être sa compagne de voyage, son amie la plus proche, le livre confidentiel où elle avait commencé à écrire sa vie. Aujourd'hui – et non à l'époque – je vois bien que je réclamais à Maryse bien plus que son amitié ; j'avais besoin d'une forme complexe d'amour, ni tout à fait maternel, ni tout à fait fraternel. J'étais jalouse car j'avais peur de ne plus être au centre de son affection, de perdre son sourire compréhensif, ses câlins protecteurs ; j'avais peur d'être abandonnée, d'être confrontée à une solitude que j'avais été prête à rechercher à Foix quelques mois auparavant, mais que je repoussais maintenant de toutes mes forces...

Il y avait quelque chose de plus : lorsqu'elle m'avait raconté son passé, je lui avais construit, en imagination, un avenir dans lequel je serais toujours présente ; je l'avais convertie en un de ces personnages féminins résignés de madame de La Fayette qui, sur le point d'être consumés par un amour passionné, trouvent le salut dans un amour filial. Sa fille était morte. Qui d'autre que moi aurait pu la remplacer ? Et, d'ailleurs, ne lui avais-je pas rappelé Justine, à Strasbourg, quand, en apprenant mon âge, elle avait discrètement fondu en larmes ?

*

À Mannheim, une des villes que nous traversions sur notre chemin pour Kassel, l'occasion de travailler se présenta. Mais après avoir longuement étudié cette possibilité, nous décidâmes de ne pas nous arrêter, et de reporter à plus tard la représentation. « Nous ne pouvons pas faire attendre un roi, ma chérie, même si ce n'est qu'un Bonaparte. Qu'en penses-tu ? » Je tiens à préciser que même si Maryse voyageait, mangeait et passait ses nuits avec

Robledo, elle me consultait toujours quand il se passait quelque chose qui concernait la troupe. Malgré moi, elle me considérait comme propriétaire du Théâtre nomade au même titre qu'elle. À ces occasions, elle me parlait avec son naturel habituel et ne mentionnait même pas Robledo.

Un incident perturbateur, auquel je contribuai bien involontairement, se produisit au moment où nous entrions dans le royaume de Westphalie. Dans le but de maintenir vivant l'intérêt que Piet et Andrea me portaient, je les avais non seulement autorisés à me faire la cour mais aussi permis certaines libertés, comme celle de m'accompagner dans ma voiture. Ma coquetterie était parvenue à un tel point que je les invitais séparément, en alternant les jours, de manière à ce que l'un ne sache jamais ce qui se passait avec l'autre. En fait il ne se passait rien, ou presque rien, un baiser contrôlé, des caresses sans importance... Mais le fait est que par un chaud après-midi où j'avais Andrea près de moi, ma tolérance fut plus grande que d'habitude. Cette même nuit, à Fulda, en entrant dans ma chambre à l'auberge, je le trouvai, de dos, vêtu de son déguisement d'Arlequin, enroulé dans une cape qui laissait seulement voir la maille ajustée de triangles noirs et blancs qui lui couvrait les jambes ; il avait dû entrer par la fenêtre et, pour une raison que je ne m'expliquai d'abord pas, avait éteint les bougies que j'avais laissé allumées avant de descendre dîner. Sur le moment, je ne sus que dire. Je restai debout au milieu de la chambre, la chandelle à la main. J'allais exiger qu'il s'en aille par le même chemin lorsqu'il se retourna : il portait son masque au long nez et de sa braguette surgissait un énorme phallus, aussi gros que mon bras, qu'il brandissait avec ses mains. Je reculai, effrayée, jusqu'à la porte, mais en voyant que je me disposais à quitter la chambre, il commença à tirer sur son pénis, comme s'il voulait l'arracher, en même temps qu'il laissait entendre un long et douloureux cri plaintif. Atone, sans force pour avancer d'un pas, je le vis, à la faible lumière de la chandelle, séparer de son corps le grotesque appendice et le déposer dans le lit en l'emmitouflant comme si c'était un enfant. Puis, sans dire un bruit, il me fit une extravagante révérence et, s'appuyant d'une main sur le rebord de la fenêtre, il sauta agilement dans la nuit.

Terrorisée, je sortis en courant de ma chambre et frappai à la porte de Maryse. Personne ne répondit et je descendis à la salle à manger de l'auberge. Ma surprise fut telle que je dus m'asseoir sur la première marche de l'escalier : Andrea, correctement vêtu et fumant un havane, jouait au bridge avec Pierre, Maryse et Robledo.

– Il t'est arrivé quelque chose, ma chérie ? demanda Maryse depuis la table.

Voyant que je ne répondais pas, elle ajouta :

– Si tu as vu un fantôme, ne t'inquiète pas plus qu'il ne faut ; c'est un esprit inoffensif, une âme errante, qui apparaît certains après-midi dans les couloirs, selon ce que m'a expliqué l'aubergiste.

– Un esprit de chair et d'os, dis-je en me levant. Je te remercierais de bien vouloir m'accompagner dans ma chambre. Je voudrais te montrer quelque chose.

Ils s'arrêtèrent tous de jouer pour venir me rejoindre.

– Merci, merci, je n'ai besoin que de Maryse, dis-je en insistant.

Quand nous entrâmes dans la chambre, toutes les bougies étaient allumées et il n'y avait plus rien sur le lit.

– Eh bien, ma chérie, je ne doute pas de tes paroles – dit Maryse après que je lui eus raconté l'incident. Je peux seulement te dire que ton visiteur n'était pas Andrea ; nous jouions avec lui depuis un bon quart d'heure lorsque tu es descendue. Quelqu'un a dû entrer dans sa chambre et lui emprunter l'habit d'Arlequin. Quant au phallus, je t'assure que je n'ai jamais rien vu de pareil dans la troupe. Je pense qu'il doit s'agir d'un gourdin ou d'un morceau de bois peint, peut-être le pied d'un meuble, c'est-à-dire quelque chose qu'on peut fabriquer en une demi-heure.

– D'accord, mais qui cela peut-il bien être ?

– Difficile à dire : nous sommes plus de quarante !

– Bon, il y a une vingtaine d'hommes. C'est l'un d'entre eux.

– Et comment sais-tu que ce n'est pas une femme ? Pour commencer, je ne t'ai pas entendu évoquer le nom de la personne que tu aurais aimé que ce soit.

– Mais, et le phallus ? dis-je sans me laisser convaincre. Qui, sinon un homme, pourrait avoir une idée pareille ?

– Tu connais peu les femmes, ma chérie. Je dirais que c'est quelqu'un qui te désire, homme ou femme. Quelqu'un qui rêve désespérément de toi, qui souhaite te posséder et qui a peur de s'identifier. Cela n'est pas étonnant. Tout le monde ici te voit comme une grande dame, une riche veuve du Languedoc. Dieu seul sait ce que leur ont raconté Pierre et Françoise. Mais même s'ils ont exagéré, il y a de toute façon une grande différence entre ta situation financière et la nôtre.

En me voyant faire un geste de protestation, parce qu'en vérité je me sentais moins importante encore que le plus modeste des saltimbanques, Maryse ajouta :

– Que cela te plaise ou non, c'est une réalité, ma chérie. Je suis sûre que la plupart des artistes de la troupe te considèrent comme une dame inaccessible, notamment en matière amoureuse.

– Ce n'est certainement pas le cas d'Andrea ou de Piet. Ça alors, Maryse ! La seule chose qui me manquait était de me sentir exclue de la troupe ! dis-je en protestant.

– Ce n'est pas ce que je veux dire, dit-elle doucement, sans abandonner son ton généreux. Tout le monde t'aime et te respecte parce que tu es une fille bien et que tu traites chaque personne d'égale à égale. Mais une chose est de partager son repas avec toi et une autre l'intimité de ton lit. Quant à Andrea et à Piet, je suis sûre qu'ils ne prennent pas plus de libertés que tu ne leur en offres. D'ailleurs, puisque tu fais allusion à eux, je te prie de remarquer que la troupe imagine que tu as des amours avec eux deux à la fois, ce qui ne plaide pas forcément en ta faveur. Cela a peut-être aussi contribué à ce que ton admirateur (ou admiratrice) n'ait pas osé t'exprimer son amour directement. Il ou elle imagine sans doute que si tu as déjà deux amants, tu n'en as pas besoin d'un troisième. Cela dit, je crois personnellement que ce quelqu'un qui te désire n'a pas osé te le faire savoir parce qu'il se sent intimidé pour une raison ou une autre. Si tu considères ce phallus comme un fait objectif, il ne représente rien d'autre qu'un chant pathétique sur l'impossibilité de faire l'amour avec toi.

– Bon, je veux bien te concéder ce point, dis-je pour revenir à la seule chose qui m'intéressait vraiment. Mais à qui penses-tu ?

Qui serait cet admirateur (ou admiratrice, ce dont je doute) désespéré ? Comme Andrea est innocent, je penche pour Piet.

– Non, dit-elle fermement. Ses muscles ne sont pas assez agiles pour lui permettre de sauter par-dessus les fenêtres. Et pour les mêmes raisons, j'écarte les six musiciens, Frau Müller et Kosti, ainsi que les chanteurs. Ce ne peut pas non plus être Colombine : elle est trop volumineuse pour entrer dans le justaucorps d'Arlequin. Il nous reste six acteurs, trois mimes, les quatre Pinelli, les cinq équilibristes, trois jongleurs et le couple de contorsionnistes. Compte pour voir combien de personnes cela fait !

– Vingt-trois, dis-je en comptant sur mes doigts.

– Bien, les Gizot sont mariés et semblent heureux ; deux des équilibristes, Michou et Nicole, sont des lesbiennes déclarées et vivent un concubinage cordial ; un des jongleurs et trois des acteurs sont homosexuels et, comme tu l'as sûrement remarqué, ils s'arrangent parfaitement entre eux.

– Il en reste quinze, dis-je sans me consoler.

– Quinze, ma chérie. C'est beaucoup. Comme tu vois, nous ne pouvons accuser personne. Au moins pour le moment. Qui sait ? Un peu plus tard, le cercle des suspects se rétrécira. Mais pour le moment, je pense qu'il vaut mieux que tout cela ne sorte pas d'ici. Si la police intervient, les choses pourraient se compliquer. Nous devrions alors rester ici jusqu'à la fin de l'enquête, et probablement pour rien.

– Oui, je crois que c'est ce qu'il y a de mieux à faire, dis-je en soupirant. Mais s'il te plaît, je préfère que tu ne le racontes à personne.

– Ce sera comme tu veux. Et tu sais quoi ? Cette nuit, je dormirai avec toi. Tu seras plus tranquille. Dis-moi de quel côté se trouvait le phallus, je dormirai là, dit-elle en riant. De quelle taille était-il, m'as-tu dit ?

Gardant nos chemises, nous éteignîmes toutes les bougies sauf une, et nous nous allongeâmes en bavardant. Maryse, comme d'habitude, avait beaucoup de projets. Son rêve était de revenir à Paris, une ville qui lui manquait chaque jour un peu plus.

– Si notre spectacle leur plaît, à Kassel, la recommandation de Jérôme Bonaparte peut nous ouvrir les portes du cirque du boulevard du Temple. Nous pourrons alors avoir des numéros équestres dans notre programme et tu seras chargée de les diriger. Qu'en penses-tu ? Les numéros équestres plaisent toujours beaucoup au public. L'idéal serait de rassembler assez d'argent pour construire un cirque. Ah ! Si nous avions notre propre cirque à Paris ! Nous ne serions plus le Théâtre nomade... Quel nom lui donnerait-on ? Le grand cirque Faber-Polidor ? Non, cela ne te paraît pas assez original ? Alors... le Grand Cirque Olympique... Mais qu'est-ce que je raconte ! Cela ne peut être que le Cirque impérial. Cela enchanterait Napoléon et sa cour ! Tu ne crois pas ?

– Tu as une idée de ce que coûterait la construction d'un cirque ? lui demandai-je, imaginant déjà la possibilité de vendre quelques-unes de mes terres de Foix. Le projet de Maryse me paraissait formidable et je me voyais déjà en costume de hussard au milieu de l'arène, dirigeant une chorégraphie d'une demi-douzaine de chevaux et d'écuyers sous les applaudissements du public.

– Je vois à quoi tu penses, ma chérie. Mais ma réponse est non ! Je dois veiller à ta sécurité financière et je n'accepterai jamais que tu investisses ton argent dans un cirque. Laisse à d'autres le soin de s'en charger... Pour le moment, profite de la vie, c'est ce que j'essaye de faire personnellement. Tu as déjà des admirateurs, même un peu trop. Mais tu dois te décider et en choisir un.

– J'ai été stupide, Maryse, dis-je en me retournant vers son côté du lit. Comme je te l'ai dit à Baden-Baden, aucun homme ne m'intéresse. Ni Piet, ni Andrea, tout cela ne rime à rien. Ce n'est que de la pure coquetterie.

– Naturellement, ma chérie, Je n'ai jamais rien imaginé d'autre. Quand on badine, on se sent, comment dire, importante. N'est-ce pas ?

– J'ai été idiote, répétai-je.

– Allons, arrête, ma chérie. Il faut prendre la vie de la meilleure manière possible. Et d'ailleurs, je sais que tu as dû te sentir un peu seule ces derniers jours.

– Plus que seule, abandonnée, reprochai-je.

– Henriette, cela dure depuis à peine trois semaines ! Et ne crois-tu pas que j'ai, moi aussi, le droit d'être heureuse quelque temps ?

– Et si tu t'en vas avec Robledo ? C'est un homme riche. En plus, il ne porte pas d'alliance.

– Il est veuf. Et il est fou de moi, à l'en croire. Je sais que je ne suis plus que l'ombre de ce que je fus, mais cela doit être vrai puisqu'il m'a demandée en mariage.

– Tu vois ! m'exclamai-je avec amertume, et je m'assis sur le lit en la regardant dans les yeux. Je croyais que tu voulais vivre de manière indépendante. En tout cas, c'est ce que tu m'as dit une fois. T'en souviens-tu ?

– Sauf que je ne me marierai jamais avec lui, continua Maryse, imperturbable. Je confesse que je suis folle amoureuse, et que je pensais que cela ne pouvait plus m'arriver. Il est charmant, Henriette, il a tout. Même sa vanité m'enchante, comme celle des enfants. Mais – et elle tourna la tête négativement – Robledo n'est pas l'homme qu'il me faut... Ah ! si Portelance n'avait pas existé ! Mais même ! Je hais l'origine de sa fortune : une grande plantation de canne à sucre dans l'île de Cuba.

– Mais tu m'avais dit que Portelance possédait des plantations, dis-je étonnée.

– C'est vrai, mais quand il en a eu la charge, le travail était déjà libre à Saint-Domingue ; la plantation de Robledo, en revanche, est exploitée par des esclaves. Il est propriétaire de centaines d'esclaves... Te rends-tu compte ? Des centaines d'esclaves qui, si je me mariais avec lui, travailleraient inévitablement pour moi. Je ne pourrais jamais le supporter. Et je ne dis pas cela seulement pour la mémoire de Portelance. J'ai moi aussi mes convictions.

– En as-tu parlé avec lui ? demandai-je, curieuse de connaître les détails les plus intimes de leur relation.

– Oui, bien sûr. Il dit qu'il me comprend. Il jure aussi qu'il hait l'esclavage, mais qu'il n'est pas disposé à vendre sa raffinerie de sucre. Le sucre représente pour lui bien plus qu'un simple produit commercial ou un moyen de s'enrichir ; pour lui, c'est une fin en soi. Il pense que, sans sucre, son île n'a pas d'avenir. Même ses voyages sont motivés par le sucre. Si tu savais les étranges pays qu'il a visités : la Chine, la Guinée, Tahiti... Tu sais ce qu'il va faire en Prusse ?

– Oui, il me l'a dit la seule fois où j'ai parlé avec lui. Il s'intéresse à la culture de la betterave.

– Oui, surtout au sucre de betterave, un produit nouveau. Il veut savoir combien cela coûte à fabriquer et combien cela se vend sur le marché. Imagine-toi. Aller jusqu'à Berlin seulement pour cela. Ensuite il partira pour Londres. Une aventure dangereuse ; le blocus contre les Anglais est plus fort que jamais. J'ignore ce qu'il va faire là-bas, mais cela aura sûrement à voir avec le sucre ; le sucre est son obsession.

Maryse cessa de parler et ferma les yeux. Je croyais qu'elle désirait dormir et je m'étendis près d'elle en silence. Elle dit soudain :

– À tout bien considérer, peut-être que les hommes sont tous ainsi, obsessionnels. Je n'en ai connu aucun qui ne le soit pas. J'ai même été amoureuse de quelqu'un d'obsédé par les duels, même si cela semble difficile à croire. Quel dommage : ils perdent tant de merveilles offertes par la vie. Robledo pourrait vendre sa plantation, se marier avec moi et avoir une belle vie. Nous aurions un cirque à Paris et, dans le programme, il y aurait des numéros provenant de Chine. Les opéras y sont, d'après lui, extraordinaires ; des danseurs de Java et d'Inde... des éléphants, des tigres, des lions... et des singes, si gracieux. Et des gitans de Transylvanie. Tu te souviens ? Ils n'étaient pas mal, non ? Et aussi des Peaux-Rouges du Canada et certains numéros du Japon. Tu connais quelque chose du Japon ? Les kimonos en soie me fascinent. Je pense tout à coup que nous ne passerions que trois ou quatre mois par an à Paris. Le reste de l'année, nous voyagerions avec notre spectacle. Oui, ma chérie, au lieu de parcourir inlassablement ces ennuyeuses routes allemandes comme nous le faisons maintenant, ces chemins parsemés de phallus monstrueux et de gens flegmatiques, nous traverserions les océans du Globe. Et toi aussi, tu viendrais avec nous, ma chérie. Toujours avec nous, comme la famille. Et le jour où tu rencontrerais le Prince de tes rêves, il faudrait le convaincre de se joindre à nous. Qu'en penses-tu ? Ah, cela pourrait être tellement bien !

– Il n'y a donc pas d'arrangement possible entre lui et toi ? Nous arriverons demain à Kassel... Tout cela va se terminer si vite ? demandai-je pour la ramener à la réalité.

– Robledo restera deux ou trois jours à Kassel. Il doit être reçu par le roi Jérôme. Ensuite il s'en ira – presque tout de suite, ajouta-t-elle. Il pense me retrouver à son retour de Londres, ce dont je doute. Il est plus difficile de tromper le blocus au retour d'Angleterre qu'à l'aller.

– Qui sait ? Peut-être qu'il reviendra et qu'il changera d'avis, dis-je, en désirant précisément le contraire.

Maryse, rompant le fil de la conversation, me demanda :

– As-tu quelque chose à boire dans tes valises ?

– Je dois avoir deux bouteilles de vin blanc, du vin allemand. Depuis que Robert est mort, j'ai horreur de boire seule. Je finis mes verres en pleurant. En veux-tu une coupe ?

– As-tu déjà goûté le rhum ? me demanda-t-elle en s'asseyant au bord du lit.

Voyant que je répondais par la négative, elle commença à s'habiller rapidement.

– Je vais chercher une bouteille dans ma chambre. Cela ressemble au cognac, avec moins de corps et un esprit plus gai, dit-elle comme s'il s'agissait d'une personne.

Je me rendis compte que Robledo l'attendait certainement et qu'elle devait s'excuser. Je l'accompagnai jusqu'à la porte pour tirer le verrou et ouvris ma valise pour y chercher mes verres en argent, un tire-bouchon et une bouteille de vin de Moselle au cas où le rhum ne me plairait pas. Maryse frappa à la porte alors que tout était installé sur la table. Au moment où je l'entrouvrais, elle passa la tête et me dit :

– Mets une robe de chambre, tu as de la visite.

Cela ne me plut pas de la voir accompagnée par Robledo, et je commençai à lui faire des signes négatifs avec le doigt. Mais comme elle poussa la porte, je n'eus pas d'autres choix que de courir enfiler un peignoir.

Après les salutations de rigueur, je vis que Robledo semblait s'amuser de la situation. Il était comme d'habitude vêtu de noir, contrastant avec la perle ovale qu'il portait ce soir-là, qui brillait d'un blanc d'ivoire.

– Bien, ma chérie. Je t'ai amené mon ami parce qu'il vient de me dire qu'il connaît l'identité de ton visiteur arlequinesque.

– Nous étions convenues que nous n'en parlerions à personne, protestai-je avec un sourire figé.

– Je n'ai jamais trahi un secret, dit Robledo en posant la main sur son cœur de manière assez ridicule, comme pour m'indiquer qu'il avait déjà gardé des secrets bien plus importants que le mien. En tout cas, madame, je crois savoir qui est l'intrus.

– Pas de « madame », corrigea Maryse. Pas de manières. Ce soir, elle est Henriette et toi Robledo, sans plus. Mais voyons, nous devons nous asseoir et il n'y a qu'une seule chaise... Robledo, s'il te plaît, pousse le lit vers la table.

Une fois que nous fûmes tous trois installés, Robledo alluma une autre bougie et Maryse sortit de sa poche la bouteille de rhum. En dégustant l'alcool, je ne pus faire autrement que de penser à Robert. L'alcool lui aurait plu, sans aucun doute. Il était fort, mais excellent. Sans comparaison avec un schnaps.

– Alors ? demanda Maryse en regardant son amant. Ne fais pas attendre Henriette.

– Vincent. C'était Vincent, dit Robledo après avoir bu la moitié de son verre de rhum.

– Ce vieux bigle ? dis-je surprise. Comment le sais-tu ?

– En voyant ton visage effrayé quand tu es descendue, intervint Maryse, Robledo a supposé que quelqu'un était entré dans ta chambre et il s'est souvenu qu'il avait vu Vincent dans le jardin, regardant ta fenêtre.

– Il y a quelque chose de plus, Henriette, dit Robledo. Te souviens-tu du jour où nous sommes allés visiter les ruines du château de Baden-Baden ? Il n'y avait pas assez d'ânes et Vincent a dû rester. Il nous a alors salués par une étrange pantomime.

– Oui, je m'en souviens.

– J'ai remarqué alors qu'il ne regardait que vous. Et par la suite, comme Maryse me permettait de vous accompagner, je me suis rendu compte qu'il n'avait d'yeux que pour vous et que vous ne vous en aperceviez pas.

– C'est dégoûtant ! dis-je avec répugnance, en pensant que j'aurais aimé que le phallus fût exhibé par quelqu'un d'autre, Piet ou un des Pinelli, mais certainement pas par ce petit homme aux cheveux gris, triste et dégingandé qui semblait toujours regarder vers le ciel.

– Résigne-toi, ma chérie, tu représentes son fantasme, dit Maryse en remplissant les verres de rhum. Que ne doit-il pas imaginer faire avec toi !

– Je ne veux même pas y penser, dis-je après avoir bu. Je ne veux plus le voir, Maryse. Je suppose que tu vas le renvoyer.

– Comme tu veux, ma chérie. Mais cela va être difficile de retrouver un mime qui ait autant de talent. Sans compter qu'ils travaillent tous ensemble depuis des années. Mais c'est toi qui auras le dernier mot.

– Sois indulgente, Henriette. Pense aux désirs frustrés de ceux que la nature a désavantagés, dit Robledo sans la moindre pudeur. Ils n'ont pas notre chance, celle d'être beau, ajouta-t-il en s'incluant sans modestie dans l'ample geste qui désignait mon visage, celui de Maryse, pour s'arrêter sur la perle de son oreille gauche. Pense à la douleur de se sentir déprécié parce qu'on est bigle, bossu, boiteux, ou simplement laid.

– Ou esclave, ajouta Maryse avec un regard insistant de reproche vers Robledo. Bon. Pour Vincent, nous nous déciderons demain, ajouta-t-elle en prenant la main de son amant pour adoucir son reproche. Maintenant, Robledo, raconte à Henriette comment tu as fait fortune avec ces magnifiques perles de Tahiti. Raconte-lui aussi les opéras et les coutumes chinoises...

– Comme tu veux, mon adorée.

La nuit passa ainsi. Robledo nous raconta ses aventures à travers le monde : ses amours avec les femmes de Tahiti, les démêlés qu'il avait eus avec la justice à Canton, et comment il s'était débrouillé pour passer une nuit dans un harem au Sénégal. Sa vanité effrontée n'était pas si gênante. Elle pouvait surprendre de prime abord, mais faisait ensuite réfléchir. Ne valait-il pas mieux, en fin de compte, faire comme lui et étaler ce contentement avec naturel plutôt que de l'exhiber sournoisement, à la façon des hussards, sous une fausse modestie ? Dans le but de faire plaisir à Maryse, et avec l'innocent orgueil des enfants, il détacha le ruban qui attachait sa majestueuse chevelure afin que je l'admire.

– Absalon l'envierait, dis-je pour le flatter, en donnant un coup de genou à Maryse pour lui indiquer que j'entrais dans son jeu, car il était clair que si elle l'avait emmené dans ma chambre, c'était pour que je comprenne mieux son dilemme : d'une part, son amour pour ce galant et magnifique prince des Indes, amour que je craignais maintenant plus que jamais ; de l'autre, la profonde haine des institutions qu'il suscitait chez elle. À l'aube, quand nous nous quittâmes, il me prit par la ceinture et m'embrassa sur les joues. Lorsque je sentis la ferme prise de ses mains et que je perçus de près le magnétisme tiède qui émanait de sa personne, je me rendis compte que Robledo était un peu comme l'arbre de la connaissance du Bien et du Mal, et que n'importe quelle fille d'Ève qui goûterait ce fruit exotique lui appartiendrait pour toujours.

– Je te comprends, murmurai-je à Maryse en l'embrassant sur le pas de porte.

– Je savais que tu me comprendrais, me dit-elle à l'oreille.

*

Lorsque la mort de Portelance fut confirmée, Maryse songea immédiatement à prendre le premier bateau en partance pour la France. Mais, même s'il lui restait des amis à Paris, elle manquait de finances. Un jour cependant, monsieur Delacour, le diligent avocat de Portelance, sonna à sa porte. Il lui annonçait que ce dernier lui avait laissé en usufruit toutes ses propriétés de Saint-Domingue. « Je me permets d'insister, madame, avait dit l'avocat, car ces immeubles ne vous appartiennent pas. Ils font partie de l'héritage de la famille Portelance, dont les archives se trouvent à Philadelphie. Mais sachant la complexité de cet héritage, j'ose vous assurer que vous pourrez profiter de ces rentes au moins pendant un an, madame. »

Cette nouvelle entraîna Maryse à modifier ses plans immédiatement. Il lui semblait, dans ces conditions, qu'il valait mieux rester au Cap-Français. Dans le cas où Justine ne serait pas reconnue comme héritière, elle avait ainsi la possibilité d'épargner l'argent nécessaire pour s'établir ensuite à Paris.

Deux années s'écoulèrent. Pas un jour ne passait sans que Maryse pense à Portelance. Sa manière de le pleurer avait cependant peu à voir avec le chagrin public que de nombreuses veuves se sentent obligées d'exhiber ; il y avait une nostalgie incommunicable, intime, faite de ces petites choses qui, en se répétant, avaient donné un sens à leur vie commune : le peu d'intérêt que Portelance prêtait à la nourriture, l'odeur d'eau de Cologne et de tabac de ses vêtements, la façon innocente dont il faisait l'amour, sa fascination pour la politique, et bien d'autres auxquelles répondaient des attitudes et des paroles prévisibles. Tout ce qui s'était répété chaque jour à la manière d'un dialogue théâtral. Pour atténuer cette nostalgie, Maryse se faisait servir le déjeuner dans la galerie, et pendant que Justine dormait le matin, elle conversait mentalement avec Portelance, l'imaginant assis face à elle, lisant sa correspondance entre deux gorgées de café avalées distraitement. Tantôt ils parlaient de musique et d'acteurs, tantôt de la bonne façon dont monsieur Delacour administrait les plantations, ou de la nouvelle Constitution que Louverture avait envoyée à Bonaparte, ou encore de la manière dont le général Christophe, maintenant gouverneur de la ville, avait achevé la reconstruction. Une fois ce rituel matinal terminé, elle faisait enfin sa toilette, se coiffait et s'habillait avant de revenir à ses occupations.

Quelquefois, regardant le lever du soleil auprès de sa fille, elle se souvenait du matin où ils avaient débarqué pour la première fois à Jacmel et où elle était tombée amoureuse de l'île. Il lui semblait être arrivée la veille. Comme si toutes ces années avaient passé en un clin d'œil. Elle prit soudain conscience du temps écoulé en remarquant sur les robes de Justine les petits cônes qui marquaient sa poitrine en fleur. L'avocat Delacour la maintenait au courant de ce qui se passait à Philadelphie : la mort de Claude avait changé sa situation légale – d'héritier, il était devenu légataire –, et sa veuve, ses sœurs et madame Portelance commençaient à se battre furieusement entre elles sans réussir à se mettre d'accord sur ces affaires d'héritage.

– Cela ne doit pas vous étonner, madame. Dans toutes les familles, il y a quelqu'un qui fait office de pilier. Quand il disparaît, l'édifice s'effondre et les survivants contribuent à la ruine, chacun de son côté. J'ai connu des testaments dont l'exécution a pris toute une vie.

– Vous pensez que la situation va se prolonger ? demanda Maryse à l'avocat.

– Indéfiniment, madame Polidor.

– Dans ce cas, j'aimerais dépenser un peu d'argent à Port-au-Prince. J'aimerais fonder un groupe artistique semblable à celui que nous avons ici. Cela ne vous semble-t-il pas une bonne idée ? Nous pourrons peu à peu améliorer le goût artistique des planteurs et des commerçants, maître Delacour.

– Vous êtes libre de faire ce que bon vous semble avec votre argent, madame, dit Delacour respectueusement. Mais si vous me permettez, je sais qu'Achille Despaigne cherche à vendre la Gloire, sa vieille plantation de sucre qui se trouve à Morne-Rouge. La raffinerie et tous les bâtiments ont été détruits lors de la rébellion de l'an 1795, mais la terre est une des meilleures de la province Nord. C'est une bonne occasion. Je sais que monsieur Despaigne désire partir aux États-Unis et qu'il est disposé à vendre à un bon prix.

– Même ainsi, je suis sûre que je ne pourrais pas payer le prix qu'il demande. Vous dites que monsieur Despaigne pense s'en aller de la ville ? demanda Maryse, étonnée.

– Il me l'a dit ce matin même.

– Sa fille Claudette ne m'a rien dit. Bon, espérons qu'il tarde à le faire, nous sommes en train de répéter *Le Calife de Bagdad* et elle tient un des rôles principaux, dit Maryse avec un air de consternation. Quant à ses terres, je vous l'ai dit : je ne pourrais pas les payer.

– Peut-être que si, madame. Je pensais... balbutia Delacour, j'avais imaginé que si nous unissions nos forces... Une société, je veux dire... Nous pourrions acheter la Gloire ensemble. Les perspectives du sucre sont meilleures que celles du café. De plus, le général Louverture a réussi un véritable miracle : son gouvernement est reconnu dans toute l'île et l'avenir se présente bien. Permettez-moi de vous faire remarquer que la propriété de la Gloire ne sera plus dépendante de l'héritage de monsieur Portelance. Ce sera votre domaine et le mien.

– Mais, maître Delacour, je ne suis pas faite pour les affaires, dit Maryse en se mettant à rire.

– Vous avez votre fille, madame, insista Delacour.

– C'est un bon argument, dit Maryse avec condescendance. Mais je ne peux pas prendre de décision maintenant. J'ai besoin de deux ou trois jours pour réfléchir. Qui sait, peut-être avez-vous raison ? Je devrais sans doute laisser quelque chose de solide à Justine.

Maryse n'aurait cependant pas le temps de prendre de décision. Le lendemain, après une nuit interrompue par d'inquiétantes rumeurs, les lueurs d'une dizaine de navires de ligne et de nombreux transports militaires brillaient à l'entrée de la baie. C'était l'armée du général Leclerc, le beau-frère de Napoléon, cette expédition que redoutait tant Portelance : une armée de vingt mille hommes ayant reçu l'ordre de faire barrage au pouvoir noir de Toussaint Louverture. Autrement dit, de prendre le contrôle politique et militaire de l'île et de restaurer l'esclavage.

8

Comme je partageais la vie de la troupe depuis plusieurs mois, j'avais appris qu'aucune représentation ne pouvait être parfaite. Les gens de théâtre, les gens de cirque et même ceux qui font des spectacles de rue le savent bien. Quel que soit le nombre de répétitions d'un opéra, d'une tragédie, d'une symphonie ou d'un numéro de saltimbanques, au moment de la représentation, il y a toujours quelque chose d'imprévisible qui surgit. Le public s'en aperçoit rarement. Il peut s'agir d'une sortie de scène brièvement anticipée ou retardée, d'un mot oublié, d'une note jouée à contretemps, d'un mouvement imprévu, d'un faux pas involontaire... Et en réalité, seuls les spectateurs avertis, qui connaissent la pièce sur le bout des doigts, sont capables de remarquer les imperfections. Ce samedi-là, jour de notre première au théâtre de Kassel, j'étais sans doute la seule à me rendre compte de la lutte secrète à laquelle se livraient les Pinelli pendant leur numéro.

« J'ai mal à l'épaule », m'avait lancé Rocco Pinelli le matin même en me saluant. Il l'avait dit de manière désinvolte, en me croisant, sans sembler y attacher d'importance, estimant sans doute que la douleur ne durerait pas. « Soigne-toi, Rocco. Sans ton épaule, la tour de Pise dégringolerait », avais-je répondu en faisant allusion au numéro au cours duquel l'Italien musclé portait ses trois frères, juchés les uns sur les autres. Au départ, les acrobates commençaient par former la figure très droite d'une tour. Mais ensuite, défiant, centimètre par centimètre, la force de gravité, leur tour humaine s'inclinait pour imiter le fameux monument. Le numéro, pur et élégant, fruit d'années de travail, était très apprécié. Mais ce soir-là, le sourire de Rocco s'abîmait dans un pli de douleur et ses jambes tremblaient plus que d'habitude. Après avoir tenu l'inclinaison quelques secondes, ses frères se laissèrent tomber un par un, mais au lieu de passer au numéro suivant – la reconstruction de la tour au moyen de sauts acrobatiques sur le trampoline –, les trois acrobates commencèrent à faire des tours de scène afin de laisser Rocco, livide, disparaître derrière les rideaux sans que le public s'en aperçoive.

– Pauvre Rocco, dis-je en applaudissant l'entrée en scène des jongleurs, je doute qu'il puisse travailler demain.

Et je racontai combien l'acrobate avait dû souffrir.

– J'ai toujours avec moi un onguent chinois prodigieux, commenta Robledo en palpant une des poches de sa redingote noire, il soulage tous les types de douleur, les maux de tête comme les souffrances musculaires. Vous verrez comme je vais le soigner.

Le numéro des jongleurs et le numéro mathématique de Kosti et Pythagore se déroulèrent merveilleusement bien. Quand les trompes désaccordées de « la maison de la licorne » retentirent, je vis avec satisfaction qu'Andrea et Vincent rayonnaient plus que jamais – Robledo avait raison, ses yeux qui louchent m'avaient trouvé et ne cessaient, à leur manière, de me regarder. Colombine, pour ne pas être en reste, exagérait ses sauts comiques et ses grimaces, imitée immédiatement par Pantalon et Polichinelle. Dans leur loge, le roi Jérôme et son auguste épouse, Catherine de Wurtemberg, se retenaient difficilement d'éclater de rire. J'étais ravie de les voir prendre un tel plaisir au spectacle. Maryse estimait qu'une recommandation de Jérôme Bonaparte nous ouvrirait les portes des théâtres de France. Qui sait ? Ce serait peut-être l'un des cirques du boulevard du Temple ? À quoi ressembleraient Notre-Dame, les Tuileries, le Louvre, les Invalides, l'Université, la Seine, tous ces bâtiments, ces places, ces jardins que Maryse m'avait décrits avec une sincère nostalgie ? J'imaginais la surprise d'oncle Charles quand il recevrait mon message l'invitant à notre première représentation. Où ? Dans quel cirque ? Dans quel théâtre ? Y aurait-il des numéros équestres ? Sur la scène, c'était maintenant le tour de la corpulente Frau Müller. Tous ses chiens, vêtus de minuscules caleçons, de redingotes, de robes de tulle et de perruques sur les oreilles, la suivaient en file indienne pendant que le grand orchestre de Kassel, auquel s'étaient intégrés nos musiciens, jouait les premières mesures de notre menuet habituel. Frau Müller levait et baissait son ridicule petit bâton de bois en donnant des ordres brefs à ses disciples. J'eus immédiatement l'intuition que le numéro allait mal finir. Tom, le terrier anglais, censé guider les autres chiens danseurs, pouvait à peine se tenir droit. Il ne cessait de retomber sur ses quatre pattes, créant une grande confusion dans la troupe. Un murmure de désapprobation parcourut la salle. Le final fut catastrophique. En bondissant d'un saut trop court, Tom heurta le cerceau en flammes et tomba comme une pierre sur la scène, une de ses pattes arrière agitée de spasmes. Le cerceau se détacha du support et roula jusqu'au rideau. Un cri de panique sortit des premiers rangs. Une flamme jaillissant du bord du rideau gagnait de la hauteur et menaçait d'incendier le théâtre. Par chance, Andrea, resté de ce côté des coulisses pour regarder le numéro, détacha sa cape d'Arlequin et réussit à étouffer les flammes. Il n'y eut bientôt plus qu'un nuage de fumée noire et une odeur de torchon brûlé qui flottaient dans l'air. Tout s'était passé si vite que personne n'avait eu le temps de quitter son siège. Le roi Jérôme se leva et, imité par toute l'assistance, se mit à applaudir Andrea. Frau Müller en profita pour soulever le corps inanimé de Tom. Le chien blotti entre ses bras, elle s'en alla en sanglotant derrière le rideau de scène brûlé. Elle nous apprit plus tard que l'animal avait commencé à mourir au moment de sauter. Les musiciens attaquèrent immédiatement une tarentelle et les cinq équilibristes français sautèrent joyeusement des balcons latéraux sur chaque côté de la scène. Deux cordes parallèles étaient tendues, subtils ponts à cinq mètres de hauteur au-dessus de la fosse d'orchestre. L'accident eut lieu au tout début. Michou s'était dévêtue avec succès sur une des cordes. Elle lançait son corset à Nicole, qui se trouvait debout sur un pied et un chapeau à la main, sur l'autre corde.

– C'est la chose la plus bête qui soit jamais arrivée dans ma vie, commenterait Michou une demi-heure plus tard, encore en chemise dans les loges des femmes pendant que Robledo lui passait la pommade chinoise sur sa cheville enflée. J'étais un peu nerveuse à cause du feu et de la mort de Tom, ajouta-t-elle.

– C'est de la malchance, dit Maryse en se maquillant face au miroir.

– Chaque fois que je joue le rôle d'Eurydice, il survient quelque chose de désagréable. J'éliminerai désormais Orphée de notre répertoire.

En réalité, il s'agissait du plus improbable des accidents. Nicole, qui recevait d'une main, et même de la pointe de ses chaussures, les vêtements que Michou lui lançait, était des deux la plus susceptible de tomber. « Heureusement, la première chose que nous apprenons dans ce métier, c'est à tomber comme les chats, toujours debout », dit Nicole. Et finalement, le seul à subir une perte irréparable fut le premier violon de Kassel : en tombant, Michou avait atterri sur l'épaule du musicien et l'instrument était irrémédiablement aplati. Pour le reste, l'ordre paraissait rétabli dans la salle et bientôt nous entendîmes les applaudissements et les ovations qui couronnaient toujours le numéro de Piet, d'Andrea et de Claudette.

Lorsque Maryse nous eut fait sortir de la loge, Robledo et moi profitâmes de l'entracte pour boire une coupe de champagne. J'étais curieuse de savoir s'il serait prêt à se défaire de ses plantations et j'allai droit au but.

– Si vous aspirez à épouser Maryse, vous devez considérer qu'elle ne vivra jamais du travail de vos esclaves, lançai-je à bout portant.

– Oui, il semble qu'il en est ainsi, dit-il sans prêter trop d'attention à mes paroles, tentant de prendre une certaine distance avec ces mots qu'il semblait fatigué d'avoir tourné et retourné dans tous les sens.

Il sortit de sa poche un hibou en argent, dévissa sa tête et versa dans la coupe une généreuse ration de son contenu doré. Le doux et stimulant arôme de rhum aiguisa mon odorat.

– Rhum élégant, ainsi ai-je baptisé ce mélange. Je vous le recommande, dit-il en tendant le bras vers moi. Deux tiers de rhum et un tiers de champagne. Les bulles vont très bien au rhum, elles lui confèrent une certaine élégance, une distinction. De l'autre côté, le rhum donne de la force au champagne, du poids et du tranchant ; il transforme un fleuret en sabre de cavalerie ; ne voulez-vous pas goûter ?

Son commentaire me rappelait la manière de parler des hussards. Un instant, j'eus l'impression d'être à Munich auprès de Robert et de ses amis. Il y avait pourtant quelque chose de profondément différent. Car contrairement aux hussards, le créole ne semblait absolument pas ensorcelé par la mort. Bien au contraire. Son charme provenait d'une énergie tellurique, équinoxiale, qu'il était facile d'associer à la force émanant de ces forêts touffues et de ces énormes chutes d'eau immortalisées par les gravures représentant le Nouveau Monde.

– Non merci, répondis-je. Ce n'est pas que je n'aime pas le rhum, mais je préfère le boire sec comme le cognac. Je n'aurais jamais pensé qu'il était possible de fabriquer un alcool de cette qualité à partir de la canne à sucre.

– Le rhum gagne aussi à être mélangé au thé ou au café. Certes, à Cuba nous buvons plus de café que de thé ! Bien plus ! Ah, si vous saviez comme le café cubain me manque. Épais et fort... Le rhum lui va bien. Il ne faut pas en abuser et savoir le doser : disons, moitié rhum, moitié café, pas plus. Et pour vous, je me permets de vous recommander une dose de rhum et deux de café. Essayez demain, avant le petit déjeuner.

– Très bien, je le ferai, dis-je en souriant. Vous produisez aussi du rhum ?

– Un peu. Le rhum de l'année. Nous l'appelons eau-de-vie. Cela ne vous plairait pas. Il est très fort et âpre au palais. Celui que vous avez bu est vieux de six ans. Ce n'est pas du rhum cubain. Il provient des Antilles anglaises et est fabriqué à la manière anglaise. Mais bientôt nous produirons un rhum semblable. C'est le bois et le temps qui lui donnent du goût. Et il n'y a pas de cèdres blancs à Cuba. Nous devrons en importer d'Angleterre ou des États-Unis.

– J'ai entendu dire qu'autour de La Havane il y a de très nombreuses plantations, dis-je, espérant l'amener sur le thème de l'esclavage.

– Oui, quand le vent vient du sud, certains disent que l'air sent la mélasse. La plupart des raffineries ont été construites là. Et cela sentira de plus en plus, dit Robledo, enthousiaste. Les raffineries se multiplient comme des petits pains. Si vous voyiez ! Les vallées sont remplies de plantations et de cheminées qui fument. Quelque chose d'impressionnant, je vous assure. Grâce au sucre, mon île deviendra riche comme l'Angleterre ; ce sera l'Albion des Amériques, comme dit mon ami Arango. Nous avons déjà des variétés de canne à sucre provenant de Tahiti et de Chine qui sont très productives, et bientôt la machinerie pour moudre sera mise en mouvement grâce à la vapeur. C'est pour cela que je vais en Angleterre. Bientôt nous doublerons la production de sucre.

– Je suppose qu'il y aura alors encore plus d'esclaves, n'est-ce pas ? Pauvre Maryse, il me semble qu'elle va rester célibataire, dis-je avec un sourire figé tout en me repentant aussitôt d'avoir prononcé ces paroles de mauvais augure.

– Pas forcément, dit Robledo, redevenant sérieux. Je pense qu'il y aura, dans l'avenir, de moins en moins de transferts d'Africains. Nous amènerons des travailleurs blancs. Des catholiques... des Irlandais, des Siciliens, des Canariens. L'esclavage disparaîtra lentement.

– Que voulez-vous dire par « dans l'avenir » ? De quand s'agit-il ? demandai-je en espagnol afin que mes paroles aient plus d'autorité.

– Mais, dans l'avenir... Je ne savais pas que vous parliez ma langue, dit-il surpris.

– Combien d'années faudra-t-il ? Dix, vingt, trente ? continuai-je en espagnol.

– Mon Dieu, Henriette, cessez de m'accuser ! s'exclama-t-il en faisant un geste de rejet avec sa main comme s'il était entouré d'abeilles. J'aime Maryse, si c'est cela que vous désirez savoir. Je l'aime depuis que je l'ai aperçue pour la première fois, cette nuit-là, à Baden-Baden, dans la salle de jeu. Je serais capable de donner jusqu'à mon dernier cheveu pour qu'elle reste auprès de moi. Mais le prix qu'elle demande pour son amour est très élevé. Trop élevé, Henriette, répéta-t-il sombrement. Sans esclaves, il n'y a pas de sucre, et sans sucre, croyez-moi, Cuba n'existe plus. Il en est ainsi. Au moins dans la situation actuelle.

– Je vous crois, Robledo, et je comprends ce que vous me dites.

Et, me souvenant des paroles qu'il avait prononcées à Baden-Baden, j'ajoutai en guise de conclusion :

– Ce qui doit arriver arrive !

Alors que Robledo me reconduisait au balcon, nous frayant un chemin à travers la foule, je pensai qu'il était très improbable qu'un homme de son âge jetât aux pieds d'une femme non seulement sa fortune, mais aussi ce sentiment impérieux et quasi religieux qu'il devait tout entier s'investir dans le sucre, comme s'il devait suivre la Parole.

Quand le rideau se leva, Arlequin, Pierrot et Colombine apparurent sur la scène, occupés à diverses tâches. Arlequin faisait semblant de tirer un cerf-volant, pendant que Colombine piqueniquait sur un drap. Quant à Pierrot, il était assis sur un panier et lisait le journal à grande vitesse, sans bouger sa figure enfarinée et manipulant de manière comique le journal de droite à gauche. C'était une excellente pantomime, très élaborée, sur le thème d'une violente tempête. Le journal de Pierrot était emporté par une rafale de vent. Arlequin lui tendait alors la corde du cerf-volant. Il la prenait et était hissé vers le haut pendant qu'en bas, Arlequin et Colombine, enroulés dans le drap, mimaient l'amour. Est-ce parce que j'étais cette fois-ci avertie ? Il me sembla, dès le début du numéro, que le visage blanc de Vincent, au lieu d'être figé sur le journal, était tourné vers moi. Je commençai à craindre que la pantomime ne se termine mal quand, déplaçant la feuille de papier, il tira peu à peu la langue, une langue incroyablement longue et peinte en rouge. Cela ne faisait évidemment pas partie du numéro, mais le public, malgré une certaine répugnance, semblait apprécier ce détail. L'orchestre commença immédiatement à jouer le thème de l'orage. Les notes s'élevaient dans une longue phrase chromatique, les tambours résonnaient comme des tonnerres pendant que Polichinelle, à travers les stores, tirait le cordon accroché au journal, l'arrachant ainsi des mains de Pierrot. Andrea, faisant mine de se laisser emporter par le cerf-volant, devait alors se rapprocher de Vincent pour lui passer la pelote de corde. Mais cette fois-ci, au lieu d'attraper la corde, Vincent sortit du panier un paquet, qui semblait contenir un saucisson : c'était le phallus, le même gros phallus qu'il m'avait montré à l'hôtel de Fulda. Vincent, face au public, le soutenait avec les mains entre ses jambes, l'exhibant effrontément tout en bougeant le pelvis avec une vulgarité débridée. Andrea, furieux, se jeta sur lui, mais il était déjà trop tard. Polichinelle avait fait un signal au machiniste et Vincent, suspendu par le harnais qu'il portait sous sa chemise blanche, commença à monter et à se balancer dans les airs sans cesser de me regarder, le phallus entre les cuisses, sortant et rentrant sa langue rouge comme un ange lascif. Je me couvris la tête des deux mains, les sentant trembler sur mes joues. « Je vais régler son compte à ce fripon indécent », entendis-je Robledo dire au milieu des cris de protestations et des bruits de chaises qui tombaient. Le tapage semblait ne jamais devoir finir. Je ne sais si je pleurais de rage ou de honte, pour moi ou pour Maryse et ses espoirs brisés comme un miroir. Quand je décidai de regarder autour de moi, toutes les loges étaient désertes et en bas, dans la salle, entre les chaises renversées et des douzaines d'hommes furieux, un peloton de gendarmes emmenait Vincent menotté, la bouche et le nez ensanglantés, ses yeux égarés tournés vers moi, esquissant un sourire de victoire sur ses lèvres blessées. Sur la scène, il n'y avait plus que Robledo et Maryse, très calmes et immobiles comme des statues. Robledo qui la protégeait de son bras posé sur la cape de deuil d'Eurydice.

*

Quand il apprit la nouvelle du débarquement de Leclerc sur l'*Acul*, et, voyant que plusieurs navires de lignes manœuvraient pour entrer dans la baie du Cap-Français, Christophe décida d'évacuer les habitants et d'incendier la cité. Dès l'aube, ses soldats, arpentant les rues et frappant aux portes avec les crosses de leurs fusils, intimaient l'ordre d'abandonner les maisons. Les hommes étaient amenés en ordre vers la plaine nord, où il leur faudrait camper, pour faire ainsi obstacle à la marche enveloppante de Leclerc et donner quelques heures supplémentaires de répit pour assurer le retrait des troupes à travers la montagne. Les femmes, escortées par un groupe sélectionné de dragons à cheval, se dirigeaient vers les pâturages d'altitude les plus proches, un lieu qui semblait sans danger. Malgré son plan bien médité, vers neuf heures du matin, Maryse vit avec inquiétude les rues se remplir de voitures, de cavaliers et de fugitifs à pied. La plupart de ces retardataires étaient en grande partie des Blancs et des mulâtres, qui, parce que riches, avaient eu du mal à décider lesquels de leurs biens ils sauveraient des flammes. Ressemblant à des files de fourmis transportant de précieux grains de sucre, ils emportaient avec eux toutes sortes de coffres, de paniers, de malles, de fardeaux, y compris quelques meubles à la valeur souvent sentimentale. Peut-être dans l'idée d'accélérer l'évacuation – il était urgent d'aller retrouver Louverture pour organiser la campagne de résistance –, Christophe donna l'ordre d'incendier le Cap-Français en mettant lui-même le feu à sa maison. La terreur de ceux qui ne s'étaient pas encore échappés éclata en un instant, quand la brise se leva et que les flammes avivées se mirent à sauter de toit en toit et de jardin en jardin, propageant le feu rapidement.

Maryse et Justine, qui se tenaient par le bras, furent tout à coup séparées de leurs employés et de leurs biens. Elles ne purent rien faire d'autre que de se laisser emporter vers les montagnes qui servaient de murailles naturelles à la ville, par la marée terrorisée de femmes. Ici et là, entre les aboiements des chiens et les hennissements des chevaux, on entendait les cris de mères, de filles, de sœurs, d'amies se cherchant désespérément. Presque sans s'en rendre compte, Maryse laissa derrière elle la place Montarcher et traversa comme dans un tourbillon, comme dans un rêve, la rue espagnole et le cimetière. Elle pensait qu'il faudrait se souvenir avec précision des reflets brillants du soleil sur les épaulettes de trois dragons – l'un d'entre eux était le plus mauvais élève de son cours de théâtre. Leurs bras étendus en direction de la montagne, ils semblaient, avec leur rigidité toute martiale et leurs sabres aiguisés, signaler tels des anges noirs l'expulsion d'un lieu biblique. Maryse se souviendrait longtemps de la montée difficile à travers les broussailles et les arbustes. Elle se rappelait particulièrement le geste désespéré que fit, lorsqu'elle passa près d'elle, la fille de monsieur Dinard, le secrétaire du tribunal, qui éventait avec son chapeau de paille le visage épuisé et pourpre de madame sa mère ; elle se souvenait de s'être arrêtée sous un acacia, essoufflée, pour appuyer son épaule sur le tronc pendant que Justine continuait l'ascension, disant, en passant devant elle : « Allons plus haut, maman. Au sommet, nous verrons mieux le feu. » Elle se souvenait d'être restée là, appuyée contre l'acacia, la robe de mousseline verte de Justine se confondant avec le feuillage. Elle se souvenait d'avoir alors tourné son regard vers la ville, déjà convertie en bûcher, et suivi la fumée dense qui s'échappait des toits du quai jusqu'à la Fossette. Autour d'elle, des douzaines et des douzaines de femmes contemplaient en silence le Cap-Français incendié. Certaines étaient assises sous l'ombre incertaine d'un buisson, d'autres se tenaient debout sur le versant. Elle se souviendrait aussi de s'être demandé finalement comment il était possible que cette ville où elle avait été à la fois si heureuse et si malheureuse, cette ville dont elle avait suivi la reconstruction avec tant d'enthousiasme, rue par rue, la ville de Portelance, la sienne, celle de Justine, comment cette ville pouvait disparaître ainsi en tisons et en cendres sous ses yeux ?

C'était son dernier souvenir car sa mémoire ne put conserver l'étourdissante explosion de poudre qui avait suivi ; ni le torrent de rochers occasionné par l'explosion, ni le cri de Justine roulant vers la mort au pied de la montagne.

*

Ce matin-là, très tôt, je vis, de ma fenêtre de l'hôtel de Kassel, Robledo baiser la main de Maryse et la saluer d'un geste affectueux de son chapeau avant de disparaître dans sa voiture. Le véritable adieu avait sans doute eu lieu dans la chambre qu'ils partageaient. Il restait encore deux heures avant la réunion avec la troupe que Maryse et moi, en tant que directrice du Théâtre nomade, avions convoquée dans la salle à manger de l'hôtel. Le roi Jérôme ne voulait plus entendre parler de nous et nous devions nous mettre en route jusqu'à Mannheim le plus tôt possible, pour ne pas perdre le seul engagement dont nous étions sûrs. Nous devions bien sûr discuter – et c'était là le thème le plus important – de la réorganisation de la compagnie. Sans Tom, le numéro de Frau Müller devait être écarté ; sans Michou – son entorse à la cheville lui interdisait de travailler pendant plusieurs semaines –, le numéro des équilibristes avait peu à offrir. En outre, il fallait trouver des remplaçants à Vincent et Rocco ; le premier avait été emprisonné, le second s'était déplacé une vertèbre et pensait retourner dans son village dès qu'il se sentirait mieux. Ces problèmes étaient les seuls que nous connaissions Maryse et moi. Il y en avait sûrement d'autres. Depuis cette désastreuse nuit de samedi, rien n'était plus pareil, et un sentiment étrange semblait s'être emparé de la troupe, quelque chose que ni moi, ni Maryse ne parvenions à expliquer. Comme si un sortilège, ensorcelant tous les saltimbanques, les avait soudain rendus dédaigneux et taciturnes. Même Andrea et Piet, d'habitude si galants, fuyaient ostensiblement ma compagnie et se repliaient dans d'obscurs recoins de leurs personnalités auxquels je n'avais pas accès. On frappa à ma porte. C'était Kosti. En le voyant vêtu de sa large casaque grise et de la fourrure jaunâtre qu'il portait toujours pour son numéro, je compris qu'il avait quelque chose de très important à me dire.

– Je viens limer les aspérités, madame Renaud, dit-il en chuchotant, de manière cryptée, sans même me dire bonjour, au moment où je le faisais entrer.

– Asseyez-vous, Herr Kraft, asseyez-vous, lui dis-je en indiquant une chaise.

– Merci, madame. Euh... Bien... Comme je vous le disais... il s'agit de polir les aspérités.

– Quelles aspérités, Herr Kraft ? Entre vous et moi, il y a toujours eu une grande compréhension. Je ne me souviens de rien qui ait pu altérer notre amitié, dis-je étonnée.

– Je veux parler de futures aspérités. Des choses que je dirai à la réunion et qui pourraient vous affecter. Vous et madame Polidor. Bien entendu, je vais aussi aller la voir, dit-il après avoir sorti sa montre qu'il approcha de ses lunettes (ses pupilles pâles me parurent plus immenses que jamais). En fait, je me suis d'abord rendu dans sa chambre, mais peut-être qu'elle dormait encore. Quand je vous en aurai parlé, je retournerai dans sa chambre. Je désire rester en bons termes avec elle. Madame Polidor est une femme admirable et généreuse. Quel esprit que le sien ! Une femme exceptionnelle... Et vous aussi. C'est pour cela que je suis venu. En réalité, nous n'avons jamais eu de vrai dialogue.

– Bon, comme vous voudrez, dis-je, pour en finir avec ces politesses. Je me permets de vous rappeler que nous n'avons pas toute la matinée pour converser.

– Oui, oui, vous avez raison. Je m'en rends bien compte. De plus, avant la réunion, nous devons prendre notre petit déjeuner. N'est-ce pas ? Bon, je viens vous dire que je vais quitter la compagnie. Voilà. C'est dit, déclara-t-il abruptement. J'abandonne la compagnie, répéta-t-il en regardant ses chaussures.

Sur le moment, je ne sus que dire. Je me sentais trahie et Kosti était la dernière personne dont je pensais qu'elle pouvait me trahir ; je n'avais jamais douté de sa fidélité envers Maryse et la compagnie.

– Vous savez bien que votre numéro est un des piliers de notre spectacle, protestai-je. Et vous nous quittez au moment où nous avons le plus besoin de vous. Je ne sais pas si vous vous êtes rendu compte que Rocco aussi nous quitte, bien que ce soit involontaire, et que Michou...

– Je sais, madame, dit-il en m'interrompant. Je suis au courant de tous les problèmes. Je suis même désolé de vous annoncer que les mimes non plus ne continueront pas dans la compagnie. Ils veulent rester à Kassel. Vous verrez, ajouta-t-il en voyant ma surprise. Vous ne le savez peut-être pas, mais Vincent est leur père à tous et ils ont décidé de rester jusqu'à ce qu'il ait accompli sa peine de trois mois.

– Vous dites que Vincent est le père des Vénitiens ? C'est impossible, madame Polidor l'aurait sûrement su.

– C'est comme je vous le dis.

– Mais quelles raisons ont-ils de cacher quelque chose qui n'a pas la moindre importance ?

En réalité, je me demandai pour quelles raisons Andrea m'avait caché ce que d'autres savaient.

– Vous ne connaissez pas bien les coutumes des saltimbanques. Par exemple, les acrobates et les jongleurs doivent toujours faire semblant d'appartenir à la même famille. Mais chez les mimes et les clowns, en tout cas ceux qui suivent la tradition de la commedia dell'arte, c'est tout le contraire. Même s'ils sont de la même famille, ils doivent apparaître dans le programme avec des noms distincts. Je sais que ce mensonge peut paraître puéril, mais que voulez-vous ? C'est ce que le public attend. Les Pinelli, par exemple, ne sont pas réellement frères. L'un d'entre eux est grec et les autres viennent de tous les coins d'Italie.

– Qui d'autre nous quitte ? demandai-je, exaspérée.

– Je crois aussi que mon grand rival, le docteur Faustus Nefastus, a l'intention de vous fausser compagnie.

– Piet Vaalser ? Mais que dites-vous, Herr Kraft ? D'où sortez-vous tout cela ?

– Je l'ai appris de sa propre bouche, chère madame. Peut-être ne partira-t-il pas immédiatement. Mais il le fera bientôt. Il a d'autres plans. Il voudrait avoir son propre cirque. Un nouveau type de cirque qu'il a vu à Rotterdam. Il ne s'agit pas d'un grand cirque comme ceux de Paris et de Londres, construits en dur, mais d'un cirque modeste et transportable dans lequel les spectateurs assistent à la représentation debout. L'idée, originale, semble provenir d'un groupe de marins. Il s'agit d'un système de poteaux, de cordes et de toiles qui peuvent être facilement véhiculés par la route. Les toiles sont coupées et cousues de manière à former une grande pièce ronde avec un trou au centre, ce qui permet de la hisser autour d'un mât de bateau. Je pense que c'est un système ingénieux et très économique, puisqu'il n'y aura plus à payer de locations de théâtres.

– Madame Polidor n'approuvera jamais cette chose, dis-je en pensant à voix haute. Elle ne renoncera jamais à la scène d'un théâtre ou au grand amphithéâtre sous le toit d'un vrai cirque.

– Je pense comme vous. Madame Polidor vient de la tradition de l'opéra français, certainement admirable. Mais le docteur Faustus Nefastus, comme les frères Pinelli et les mimes vénitiens, sont issus du théâtre de rue.

– Mais vous, vous aussi, vous nous abandonnez, Herr Kraft ! m'exclamai-je, irritée et peinée en même temps.

Sa défection me paraissait impardonnable, même si la réserve que Piet et Andrea lui-même m'avaient témoignée me semblait encore plus impardonnable.

– Dites-moi pourquoi. Pensez-vous partir avec Piet Vaalser et ses misérables toiles ? Ou plutôt, je comprends, le navire coule et vous ne voulez pas couler avec nous. N'est-ce pas ? N'est-ce pas pour cette raison que vous partez ? dis-je avec rudesse.

– Non, madame. Dans mon cas, il s'agit de la loi des grands nombres... la loi des probabilités.

– De sorte que vous nous abandonnez pour retourner à Baden-Baden jouer à la roulette, lui reprochai-je. Quelle déloyauté ! Il aurait mieux valu que vous restiez là-bas !

– Non, non. Je ne pense pas retourner à Baden-Baden, en tout cas pas tout de suite. En réalité, comme nous nous trouvons très près de la Prusse, j'ai envie d'aller à Berlin, ma ville natale. Je vais vous expliquer, dit Kosti en se levant. Permettez-moi de rester debout. Je m'exprime mieux debout. Je vais vous poser quelques questions auxquelles vous répondrez.

– Merci de me considérer comme étant du même rang que votre cheval, dis-je ironiquement. Allez-y, allez-y, ne faites pas attention.

– Très bien. Vous conviendrez avec moi que jusqu'à samedi dernier la troupe allait de succès en succès ? demanda Kosti après s'être éclairci la voix.

– J'en conviens.

– En effet, dit-il en sortant de sa casaque un papier plié avec précaution, le brandissant dans l'air en montrant des lignes tracées à l'encre. Observez. C'est le graphique de nos recettes. Regardez la ligne ascendante. Vous êtes d'accord, n'est-ce pas ? Je le supposais, ajouta-t-il en rangeant le papier. Maintenant, vous souvenez-vous de quelqu'un qui se serait accidenté ou qui serait tombé malade avant d'arriver à Kassel, y compris parmi les chiens de Frau Müller, Pythagore et les bêtes de somme ?

– Non, personne.

– Personne. Nous avons tous joui d'une bonne santé jusqu'à samedi dernier. Que s'est-il passé cette nuit-là ? Tom est mort au milieu de son saut, Michou est tombée inexplicablement et Rocco s'est tordu l'épaule. Cela s'est passé ainsi, n'est-ce pas ? Je ne déforme rien ? Et maintenant, voici ma dernière question. Je vous prie d'excuser à l'avance mon insolence. C'est nécessaire à l'explication de ma théorie. Ma question a pour sujet l'amour et je commencerai par dire que Frau Müller et moi... comment dire ? nous nous sommes associés romantiquement depuis plusieurs semaines.

Malgré ma contrariété, je ne pus m'empêcher de sourire. Kosti et Frau Müller étaient donc amoureux ! C'était bien la dernière chose que je m'attendais à entendre.

– Mes félicitations. Si cela a quelque chose à voir avec votre intention de nous abandonner, je peux vous dire que ni madame Polidor, ni moi n'avons envisagé de congédier Frau Müller. Il est certain que la perte de Tom est un problème mais nous avons confiance en elle pour qu'elle lui trouve un remplaçant.

– Non, madame. La situation de Frau Müller n'a rien à voir, dit Kosti vivement. Je vous l'ai déjà dit. C'est la loi des probabilités. L'amour.

– L'amour ? Qu'est-ce que l'amour a à voir avec la loi des probabilités ? demandai-je, agacée par cette conversation qui ne semblait aller nulle part. Herr Kraft, cela fait un moment que nous parlons et je vous rappelle que vous devez aussi voir madame Polidor avant la réunion.

– J'ai fini, madame. Je vais répondre moi-même aux questions que je pose. Convenez qu'Éros s'est invité parmi nous dernièrement. N'est-ce pas ? Frau Müller et moi-même. Don Julian Robledo et... bon. Arlequin... Le docteur Faustus Nefastus... Vous-même, si je puis me permettre. Et même le malheureux Pierrot, si on se met à examiner la situation de l'extérieur.

– Rien de tout cela ne vous regarde !

Je me sentais insultée. De quel droit ce charlatan s'introduisait-il dans ma vie privée et dans celle de Maryse ?

– Je vous prie de quitter ma chambre. Allez-vous-en !

– Je m'en vais, madame, je vous laisse, maintenant. Mais auparavant, écoutez juste ce que j'ai à vous dire : on ne peut pas avoir du succès, de l'amour et de l'argent toute la vie. Le bonheur ne suit-il pas aussi la loi des probabilités ? Les bons moments de la vie sont compensés par les mauvais. Ce qui est arrivé samedi représente le tout début d'une mauvaise passe pour l'ensemble du Théâtre nomade. Le succès et la santé, que nous tenions pour acquis, commencent déjà à manquer ; bientôt ce sera l'argent et, ce qui est sans doute pire, l'amour. Voyez vous-même ! Le gentleman de La Havane vient de s'en aller... Cela est un indice. Je préférerais que les choses se passent différemment, soupira-t-il. Mais veuillez tenir compte de mes paroles. Les mathématiques ne mentent jamais. Bien sûr, on dit que les saltimbanques ne comprennent rien aux nombres, mais comme leurs vies dépendent essentiellement du hasard, ils sentent instinctivement lorsque les vents de la fortune cessent de souffler et qu'arrive la disgrâce. Et quand, toutes affaires cessantes, ils se rendent d'un côté à l'autre, c'est bien pour échapper à la mauvaise chance. Le moment est donc venu de partir, conclut-il résolument, et, après avoir incliné la tête en geste d'adieu, il ouvrit la porte et me laissa bouche bée.

De perplexité ? Il s'agissait plutôt de déception. Mais même le mot « déception » me semble aujourd'hui être bien faible pour exprimer mon sentiment d'alors. Prenons plutôt ces deux métaphores qui me viennent à l'esprit : un enfant sur la plage passe des heures à construire un grand monastère en sable humide, avec sa rampe en spirale, ses cloîtres, ses escaliers, ses arcs, ses ogives, son campanile et sa grande croix ; ou un enfant commence à construire avec un jeu de cartes, sur la table de la salle à manger, une cité fortifiée, avec ses fossés, ses murailles, ses bastions, ses tours crénelées et son pont-levis ; une vague gigantesque, inattendue, survient. Elle submerge le monastère et, en se retirant, laisse sur la plage un tumulus de sable brouillé ; la grand-mère ouvre une fenêtre dans la cuisine, laissant entrer un courant d'air, peut-être une brise crépusculaire ou un léger zéphyr lequel, alors qu'il devrait simplement parcourir subtilement la cuisine, pénètre dans la salle à manger avec une force insoupçonnée, ne laissant sur la table qu'une pile de décombres.

Mes métaphores sont sans doute ridicules et leur goût littéraire est assez douteux. Mais après la visite de Kosti, je me sentais dans l'état de ces enfants face au sable humide ou au château de cartes effondré.

Dès l'heure du déjeuner, il ne restait du Théâtre nomade que ce qu'en avaient laissé les vagues et le vent du hasard qui avaient balayé la ville de Kassel.

*

Au cours des jours qui suivirent la destruction du Cap-Français, une foule de gens affligés errait parmi les ruines noires. Les maisons en pierre étaient les seules à avoir échappé à l'incendie, même si leurs toits, les planchers et les meubles avaient brûlé comme du charbon dans un poêle. Tous les immeubles importants – la maison du gouverneur, la cathédrale, les hôpitaux, l'arsenal, la cour de justice, les magasins du port – étaient inhabitables, et les ingénieurs militaires durent construire à toute vitesse un palais provisoire pour les Leclerc – le général voyageait avec son épouse Pauline et son fils Dermid. N'ayant nul refuge où aller, les habitants évacués étaient revenus vers ce qui restait de leurs demeures : la nuit, ils dormaient sous des toiles tendues, et durant les heures les moins chaudes de la journée, ils parcouraient les rues de la cité détruite, cherchant des proches disparus ou déplaçant les décombres roussis dans l'espoir de retrouver quelque objet de valeur. Tout manquait au Cap-Français : l'eau, les aliments, les draps, les vêtements, les médicaments. La misère et la douleur étaient les seules choses qu'on trouvait en abondance.

Maryse ne pouvait se résoudre à accepter la mort de Justine sans avoir vu son corps. Elle donna tout l'or qu'elle avait à un sapeur-pompier et à quatre de ses hommes afin qu'ils remuent, avec leurs outils, les amas de terre, de rochers et de végétation que le torrent de boue avait déposés au pied de la montagne. Une fois les restes de Justine retrouvés, elle les fit porter sur la partie la plus haute du cimetière où l'on creusa sa sépulture. Maryse passa la nuit entière sur la tombe de sa fille. Au lever du jour, quand elle vit le soleil émerger à sa droite comme un œil radieux et impassible, indifférent à toutes les calamités du monde, elle se sentit terriblement seule. Elle connut la solitude du naufragé dont le radeau s'en va à la dérive entre des horizons vides. Portelance lui manquait plus que jamais. Elle ressentait le besoin de l'avoir près d'elle, de l'entendre parler, d'écouter ses paroles de consolation. Portelance aurait su quoi faire, il aurait su comment continuer à vivre sans Justine. Il aurait surtout pu partager avec Maryse ce profond déchirement, impossible à définir, qu'elle ressentait alors. Fallait-il vraiment continuer à vivre, arracher sa vie de ces rues de solitude et de tristesse ?

Quand elle parvint aux parois humides de ce qui avait été leur maison, elle trouva Claudette assise sur un tas de vêtements, tenant une lourde cuillère d'argent dans la main au milieu des décombres du jardin.

– Je suis venue implorer votre charité, madame, dit la jeune fille en se levant et en lui tendant l'ustensile comme s'il s'agissait d'une fleur. Mon père a fui… La maison s'est effondrée et je n'ai personne à qui me fier, ajouta-t-elle en levant à peine la tête, honteuse de son désarroi.

– Tu es ici chez toi, répondit Maryse, émue. Bien que ce ne soit plus que des gravats, ajouta-t-elle, surprise de se voir encore sourire.

Au fur et à mesure des jours qui passèrent, les destins de Maryse et de Claudette, poussés par la nécessité de se soutenir mutuellement au milieu de tant de privations, se rapprochèrent.

*

Car même si Maryse et Claudette se connaissaient depuis déjà plus de deux ans, elles n'avaient jamais été très intimes. Ce n'était pas faute d'avoir essayé. Et Maryse n'avait pas ménagé ses efforts pour gagner l'amitié de Claudette. Mais celle-ci, contrairement à ce qu'on pouvait penser en voyant son corps, à peine vêtu de tulle, ondulant de manière provocante quand elle dansait, était une personne timide et réservée dès qu'elle se trouvait en dehors de la scène. Les membres du groupe artistique, en général tous extravertis, s'étonnaient qu'elle n'assiste jamais aux dîners ni aux buffets, ni aux événements sociaux de toutes sortes. Elle n'acceptait jamais les fleurs ou les douceurs que lui envoyaient ses nombreux admirateurs. Quand l'un d'entre eux osait sonner à sa porte, le domestique muet qui l'accompagnait partout ouvrait la porte et montrait une pancarte sur laquelle était écrit : « Mademoiselle Despaigne est occupée. » Une seule fois, au cours d'un de ces moments de détente qui brisent les monotones exercices de répétition, Maryse l'avait surprise accoudée à la fenêtre du fond du théâtre, regardant intensément les poulets qu'élevait le gardien dans la cour.

– Tu aimes les poules ? lui demanda-t-elle, dans le but d'engager la conversation.

– Je les déteste, madame.

Et immédiatement elle se retira en s'excusant, pour aller boire un verre de jus de citron frais. Cette brève scène avait fait réfléchir Maryse. Le ton rude et franc avec lequel elle avait répondu lui semblait étrange. D'ordinaire, sa timidité empêchait Claudette d'émettre le moindre jugement définitif, même sur les thèmes les plus triviaux. Maryse en conclut que le caractère de Claudette était bien plus compliqué que ce qu'elle avait supposé, mais comme elle avait toujours « un million de choses à faire » (expression qu'elle rabâchait à longueur de journée), elle cessa de penser à la danseuse.

En réalité, le comportement de Claudette s'expliquait très bien dès lors que l'on connaissait son passé. Maryse apprit, peu après l'avoir accueillie dans sa maison, que la jeune fille avait été violée par son père à l'âge de six ans.

Fils unique d'un colon de la province du Nord, Achille Despaigne avait eu la chance d'hériter de la Gloire, une magnifique plantation de canne à sucre, située près de Morne-Rouge. Il avait consacré une grande partie de sa vie à l'administrer, sans que cela lui pèse. Avant la Révolution, lorsque, grâce au café, au sucre et à l'esclavage, Saint-Domingue représentait le joyau de la Couronne, Achille Despaigne ne descendait au Cap-Français que les jours de marché aux esclaves. Un achat qu'il n'aurait délégué à aucun de ses employés. D'ailleurs, à ce titre, les planteurs de Limbé ou de Limonade sollicitaient très souvent son avis. On tenait pour acquis qu'en matière d'esclaves récemment débarqués, personne n'en savait plus qu'Achille Despaigne. Et ce jugement allait dans le bon sens. Depuis l'après-midi où son père l'avait enfermé avec deux nègres Fulas dans la cave à charbon, sa curiosité d'adolescent envers les Africains s'était transformée en véritable obsession. Plus tard, Despaigne consacra la majeure partie de son temps à observer la vie de ses esclaves avec une passion digne du plus éminent des naturalistes. Sa décision de vivre à la Gloire – ce qui impliquait de s'occuper directement des milliers de tâches que nécessitait une plantation de cette taille – était aussi dictée par l'opportunité de pouvoir suivre de près la vie de chacun des trois cent vingt esclaves qu'il possédait, hommes et femmes, vieux et enfants. C'est un précepteur, que son père avait fait venir de Paris avec toute une bibliothèque technique, qui lui enseigna les premiers rudiments du savoir. Mais ensuite, Despaigne continua son éducation par ses propres moyens. De nature méthodique, il s'obligea à lire, un par un, dans l'ordre chronologique de leur parution, tous les livres qui se référaient à l'esclavage. Il lut tout : des volumes amusants du *Nouveau Voyage aux îles de l'Amérique* jusqu'à une brève étude du marquis de Casaux, où il était question de conversations avec l'inventeur d'une machine à vapeur capable d'ébranler les moulins. L'impressionnante production de la Gloire, son incroyable rendement par hectare, n'était cependant pas seulement le fruit du savoir de Despaigne. C'était plutôt celui d'un certain Lacouture, qu'il avait employé pendant plusieurs années afin qu'il puisse mettre en pratique ses nouvelles idées. Assuré du fonctionnement de la plantation, Despaigne passa à une étape plus avancée de l'étude de l'esclave. Il commença alors à ouvrir, pour chacun de ses esclaves, un journal quotidien où il notait, en guise de titre, le nom et le prix d'achat, la nation d'Afrique d'où il provenait, son sexe et son année probable de naissance, la couleur exacte de sa peau, son poids et sa taille ainsi que tous les signes particuliers qu'on pouvait noter sur son corps ; il remplissait ensuite chaque jour différentes rubriques rendant compte de la quantité et de la qualité du travail réalisé, des fautes commises, des punitions, de la conduite sexuelle, des pratiques superstitieuses, des états d'âme, des maladies, des médicaments donnés, et, pour finir, le cas échéant, la date de la mort et tous les renseignements intéressants que lui ou ses surveillants avaient observés. À la fin de l'année, son comptable effectuait un récapitulatif des comptes quotidiens et les transférait dans des livres qui étaient alors consciencieusement analysés par Despaigne. Sa manie était telle qu'il parvint à imaginer la construction d'une tour ronde, quelque chose qui ressemblait à un phare d'où il pourrait surveiller les mouvements de ses esclaves en s'aidant d'une longue-vue de marin. Cinq ans après le début de son investigation, Despaigne était capable de distinguer d'un coup d'œil d'où provenaient les esclaves africains : s'ils étaient Ibo, Mandingue, Fula, Zape, Kongo, Mina, Angola, ainsi de suite jusqu'à la fin de la liste utilisée par les négriers. Il pouvait aussi juger de leur âge, aptitudes ou défauts. Il n'avait pas forcément raison, mais son opinion était souvent bien plus proche de la réalité que celle de n'importe quel autre planteur. Et deux ans plus tard, alors qu'il pouvait déjà appeler par leur nom tous les enfants qui ramassaient la canne à sucre tombée des charrettes, il décida de faire une redistribution générale de toutes les tâches de la Gloire. Il nomma à chaque poste la personne la plus adéquate pour le développer : certaines lavandières et cuisinières, trop bavardes, furent envoyées couper la canne ; certains coupeurs dont la capacité de concentration l'avait frappé vinrent travailler au moulin ou à la raffinerie. À la même époque, il licencia l'aumônier, une présence souvent gênante, et convertit la petite église en boutique où ses esclaves pouvaient se procurer des foulards, des babioles, de la morue salée, du lard, et bien d'autres choses encore en échange de pièces de bois gravées à leurs initiales, représentant des primes minuscules avec lesquelles il stimulait ceux qui avaient le mieux travaillé pendant la semaine. Il supprima en même temps les punitions. Si l'un de ses esclaves ne s'acquittait pas de ses tâches, il le vendait. Il ne servait à rien de le punir et de le frapper – d'autres s'en chargeraient –, puisqu'un esclave envoyé à moitié mort à l'hôpital était inutilisable durant de longues semaines. Une autre de ses mesures incitatives consistait à fournir à ses esclaves le matériel nécessaire à la fabrication artisanale de tambours – principalement du bois et des peaux de chèvres. Il avait vérifié que les esclaves produisaient davantage s'il leur était permis de danser de temps en temps. Aux dates magiques de solstice ou d'équinoxe, un riche Blanc venu des provinces du Nord aurait sans aucun doute estimé que Despaigne était devenu fou. Car il l'aurait trouvé présidant dignement, avec canne et bicorne, la cérémonie rituelle des tambours rada et de l'ancestrale danse du Yambalou. À ces dates, comme le jour de son anniversaire ou de celui du roi, Despaigne distribuait une tasse de tafia à chaque esclave et applaudissait à chaque danse traditionnelle. Très secrètement, sans même le dire à son administrateur, il se mit à « améliorer » la race de « ses gens ». Il sélectionna alors les hommes les plus grands et les plus forts, ceux qu'il appelait ses grenadiers, afin qu'ils fécondent les femmes aux fesses les plus larges. La progéniture qui en résulta avait droit à un traitement préférentiel. Il lui offrait une meilleure alimentation et l'obligeait à s'entraîner dans une sorte de gymnase où, en plus de lui développer les muscles, il lui enseignait à parler correctement un français élémentaire, sans verbes irréguliers ni plus-que-parfait ni subjonctif et à se comporter avec respect, décence et économie de gestes. Il appela ces enfants-là ses « fils », même s'il ne leur donna pas son nom. Arrivé à ce point de son existence – il avait déjà cinquante ans et le monde de la Gloire semblait ordonné selon ses désirs –, il décida qu'il était temps de s'assagir et de vivre avec une seule femme. Inutile d'imaginer qu'il avait pensé se marier avec la fille ou la sœur d'un autre planteur, une coutume suivie par les premiers clans qui dominèrent Saint-Domingue. D'une part parce que Despaigne ne s'était jamais intéressé aux femmes blanches, qu'il considérait comme indolentes, vaniteuses et compliquées ; d'autre part parce qu'il n'avait aucune confiance dans l'institution du mariage – les lois françaises n'avaient pourtant pas encore établi la pratique du divorce – et qu'il ne désirait aucune dot, puisque avec les terres et les rentes de la Gloire il n'avait besoin de rien de plus : « Le créateur a-t-il conçu plus d'un paradis ou plus d'un ciel ? » se demandait-il. Après avoir beaucoup réfléchi et examiné ses livres sur lesquels étaient consignées les performances de ses esclaves, il décida d'amener dans sa maison une grande mulâtresse, du nom de Mercedes, excellente cuisinière et très honnête de sa personne, qu'il avait acquise dans la partie espagnole de l'île. De leur union naquit très rapidement une petite fille à la peau métissée qu'il inscrivit légitimement au registre civil de Morne-Rouge. C'était Claudette. Ajoutons que ce type d'union, même s'il n'était pas approuvé au Cap-Français, était fréquent chez les « grands Blancs » de l'intérieur. Il était cependant moins fréquent (même si ce n'était pas exceptionnel) de voir le planteur, ou le colon, comme on disait dans l'ancienne Saint-Domingue, dormir à la fois avec son esclave préférée et la fille qu'il avait eue avec elle, une habitude prise par Despaigne dès que Claudette lui arriva aux hanches. Bien sûr, la Gloire avait toujours été fermée aux visiteurs, quels qu'ils soient, du voyageur curieux au propriétaire de la plantation voisine. Soupçonnant que le singulier pouvoir qu'il exerçait sur son « peuple » serait désapprouvé par l'évêque ou le capitaine général, Despaigne avait ordonné de chasser à coups de fusil tous ceux qui franchiraient les frontières de son royaume. Il était évidemment très critiqué au Cap-Français. La plupart des gens le regardaient comme un insupportable excentrique. Les autres le traitaient d'élément antisocial, de philosophe voltairien, de disciple de Cagliostro et de vicieux impénitent. Mais, en réalité, personne ne savait exactement ce qui se passait au mystérieux domaine de la Gloire. Les surveillants, dont la langue était bien pendue, racontaient dans les tavernes des choses si incroyables que personne ne les prenait au sérieux, pensant que Despaigne, par goût de la provocation, les mettait délibérément dans la bouche de ses employés. Au début de la Révolution, le corps de Mercedes – mais pas celui de Claudette dont il avait commencé à abuser à cette époque – cessa de l'enthousiasmer. Il se lassa aussi de ses responsabilités. Est-ce parce qu'il ne savait plus comment faire pour mener le domaine de la Gloire à un état supérieur de perfection ? Le fait est qu'il commençait à s'ennuyer de la monotonie de ses occupations. Son monde se révélait ennuyeux, vide de propositions. Sans regretter évidemment les efforts investis en étudiant pendant de si longues années la nature chaotique des nègres qui débarquaient, il devenait soucieux. Sa patiente vigilance l'avait aidé à former à partir de cette négritude méprisée des autres planteurs un « peuple », aux aspirations certes modestes, mais constitué de gens disciplinés et travailleurs qui, tout en conservant une partie de leurs usages primitifs, étaient capables de gérer la Gloire au rythme d'un chronomètre parfaitement synchronisé avec le calendrier sucrier : temps de récolte, temps de réparation des machines, saison de culture. Et cela, il ne le devait qu'à lui seul. Rien ni personne ne l'avait aidé : il n'avait utilisé ni chiens méchants, ni pièges, ni fouets, ni même de curés qui promettent le bonheur éternel dans l'au-delà. Son triomphe ne faisait aucun doute mais avait cependant un arrière-goût amer : tel Hercule après sa douzième victoire, il se morfondait d'être arrivé au bout de son défi. Il aurait bien sûr aimé avoir un fils pour perpétuer sa lignée, mais Mercedes ne lui avait donné que Claudette. Un autre que lui aurait mis dans son lit une demi-douzaine de Noires, dont certaines, à coup sûr, seraient tombées enceintes. Mais il était Achille Despaigne, et non un autre. Une telle conduite aurait contrevenu à l'ordre qu'il avait, avec tant d'illusions, construit à la Gloire, un ordre qui commençait et qui finissait avec lui-même. D'autre part, il y avait Claudette. Et en fin de compte, selon la façon dont on interprétait la Genèse, on pouvait dire que l'humanité était née d'un premier inceste. Claudette était évidemment encore un fruit vert.

Mais n'était-ce pas mieux pour elle et finalement pour tous de l'éduquer tôt dans l'inceste, de l'habituer à se trouver sans complexe près de son père nu et en érection ? Il tenta, sachant ses efforts vains, de convaincre Mercedes de la logique de ses arguments. Puis finalement, il vint la trouver un jour dans la cuisine et, triste de devoir en arriver à cette extrémité, déclara : « Ou tu m'exauces ou je te vends. De toute façon, il adviendra ce que je veux qu'il advienne. »

Il n'eut pas besoin de se séparer de Mercedes, mais la nouvelle situation ne suffit pas à dissiper son ennui. Il feuilletait désormais d'un œil distrait les principaux journaux et les quotidiens et ne supervisait même plus le travail de ses surveillants. La production ne diminuant pas, il supposait que l'administrateur, le comptable, l'ingénieur sucrier et tous les autres salariés continuaient leur travail de manière satisfaisante. Cela le confortait. Il avait réussi à donner à la Gloire une existence autonome et il se sentait donc en paix avec lui-même. Il avait, de ses mains, monté les rouages et inventé tous les mécanismes qui régissaient la plantation, et telle une horloge ou une pendule, celle-ci fonctionnait toute seule. Aussi, quand la rébellion de Bouckman eut lieu, il ne perdit que quatre Noirs et cela ne l'étonna pas. Un soir qu'il s'ennuyait, il tenta de tuer le temps en se rendant dans la bibliothèque technique de son père. Il n'y était plus entré depuis qu'il avait commencé à employer les services du génial Lacouture. L'humidité, les champignons, la poussière et les vers avaient eu raison des livres, mais il trouva dans un coffre en bois d'acajou, entassées et couvertes d'une patine épaisse, les cuillères d'argent qu'avait collectionnées sa mère. Émerveillé comme un enfant par sa trouvaille, il décida, mû par son caractère obsessionnel, de continuer l'entreprise de sa mère. Il alignait les cuillères exhumées de la malle, resplendissantes, sur les étagères où avaient pourri les livres. Vers minuit, il n'était pas rare de le trouver en train de tripoter les ustensiles, de les classer par taille, et de noter, sur de nouvelles étiquettes accrochées par des cordons aux manches des couverts, les noms de leurs anciens propriétaires. Il parvint en peu de temps à acquérir sept mille cuillères, dont la plupart avaient été achetées par son agent à Brest. Les derniers couverts qui lui étaient parvenus avaient appartenu pour la plupart à des membres de la noblesse qui avaient émigré, avaient été décapités ou étaient simplement devenus pauvres. D'autres provenaient de la bourgeoisie de ce tiers-état qui, réunie au Jeu de paume, avait commencé sans le savoir son match sanglant contre la monarchie, et même d'avocats ou de médecins dont les idées radicales leur avaient valu la mort – il y avait par exemple cette énorme louche, faite pour servir la soupe, qui venait de la table de Marat. Il ne serait pas exagéré d'avancer que certaines des caresses prodiguées par Despaigne à ses cuillères semblaient être investies d'intentions sexuelles. Claudette l'avait vu placer l'une sur l'autre deux ravissantes petites cuillères attribuées à Marie-Antoinette et à madame de Lamballe, avec lesquelles il avait ensuite violé impitoyablement son corps infantile.

Ce qui est sûr, c'est que la vente hebdomadaire de certaines de ses cuillères lui avait permis de survivre après la destruction de la Gloire. La plantation fut dévastée en une nuit par ses serviteurs, parmi lesquels se trouvait une Mercedes étincelante, qui rejoignirent ensuite les forces de Louverture. Si Despaigne n'était pas mort sous les coups de machette, c'était parce que, intrigué par des signaux inconnus faits de plumes et de fer sanglants sur certains arbres de la Gloire, il avait soupçonné que quelque chose d'exceptionnel allait se passer. Sans plus d'investigations, il s'était rendu au Cap-Français avec Claudette, dans l'intention de déposer ses cuillères dans le fort et de solliciter du chef de la garnison l'appui d'une compagnie de soldats. Mais malgré ses supplications et ses menaces, il n'avait rencontré que l'indifférence de la bureaucratie militaire. Le lendemain, quand la voix moribonde d'un surveillant attaché à un cheval lui apprit la terrible nouvelle, il ne voulut même pas retourner voir les décombres. Il loua le jour même une maison convenable au Cap-Français et prit à son service un domestique muet. C'étaient précisément les terres dévastées de la Gloire, se souviendrait plus tard Maryse, que l'avocat Delacour lui avait recommandé d'acheter. Cette affaire, inutile de le dire, ne se conclut jamais. Apprenant que l'incendie du Cap-Français était imminent, Despaigne rangea les restes de sa précieuse collection dans quatre sacoches, les plaça dans une charrette et se dirigea vers les quais pour prendre le premier bateau en partance vers les États-Unis, un voyage qu'il était de toute façon résolu à accomplir tôt ou tard.

Abandonner sa fille – dont l'absence de fertilité l'avait déçu – ne lui importait plus. Il acheta un coûteux billet sur la goélette *Charleston Belle* qui, remplie de gens terrorisés, se disposait déjà à lever l'ancre. Maryse et Claudette restèrent encore quelques mois au Cap-Français, pendant lesquels elles ne reçurent aucune nouvelle d'Achille Despaigne. Personne ne s'intéressa non plus aux terres de la Gloire.

Un après-midi, alors que Maryse travaillait à transformer une chemise de nuit en robe pour Claudette, celle-ci lui révéla subitement la raison de son plaisir à s'exhiber sur scène. Si elle savait danser lascivement entre les décors de *Salomé* ou du *Calife de Bagdad*, ou encore remuer les fesses plus qu'il ne le fallait en dansant le mérengué ou la calenda, c'était parce que son père l'avait souvent exigé, s'excitant en la sachant désirée par d'autres. « À force de tant le faire, dit la jeune fille avec innocence, le moment vint où mon corps commença à jouir de sa propre volupté. » Maryse lui demanda pourquoi elle avait caché la perversité de son père. Ne lui avait-elle pas plusieurs fois proposé de l'aide ? Mais Claudette avait du mal à s'expliquer clairement. Elle évoqua la peur, la culpabilité, la faiblesse de caractère, la mauvaise opinion qu'elle avait d'elle-même et la force de l'habitude. Elle finit toutefois par confier timidement, après beaucoup d'hésitation :

– Je crois que c'est parce qu'il s'agissait de mon père.

9

Comme l'avait prédit Kosti, les représentations suivantes – trois à Mannheim et une seule à Francfort – furent un désastre. Nous décidâmes donc, Maryse et moi, de dissoudre la compagnie. Les adieux donnèrent lieu à quelques larmes, même si en réalité nous nous sentions tous soulagés, enfin débarrassés du poids inutile que représentait ce spectacle qui allait de mal en pis. Même Pierre, le chef de transport du Théâtre nomade, qui était redevenu un simple cocher à mon service, s'était exclamé avec philosophie : « Madame, comme disait mon père : cordonnier, à tes chaussures ! Je vais enfin pouvoir dormir tranquille. »

Lorsque nous eûmes vendu les dernières voitures et les mules aux propriétaires d'une brasserie, j'essayai de convaincre Maryse de m'accompagner jusqu'à Foix. Le lieu où nous nous trouvions était peu propice à une conversation sérieuse. Alors que nous étions allées faire des courses et que nous regardions les vitrines, un orage soudain nous avait obligées à nous abriter. Nous étions donc dans une sellerie, dont l'enseigne arborait un horrible cheval noir. La boutique, qui était remplie de chaussures, de bottes, de valises et de harnais, ressemblait à un magasin de l'Intendance.

– Mais voyons, dis-moi, que pourrions-nous faire à Foix ? me demanda-t-elle en éprouvant de la pointe du pied la solidité d'une grande valise.

– Beaucoup de choses. Par exemple...

Mais, me rappelant que Maryse ne montait pas à cheval, je laissai la phrase en suspens.

– Quoi, par exemple ? insista-t-elle.

– Nous pourrions nous baigner dans le fleuve, aller d'une rive à l'autre.

– Je ne sais pas nager.

– Nous pourrions pique-niquer dans la forêt. Il y a un très beau calvaire entouré de champignons et de pissenlits. Petite, j'allais y bavarder avec les fées... Nous pourrions donner des bals au château. Et de grands dîners. Et, bien sûr, aller à Toulouse. Il y a un théâtre et de beaux magasins. On y trouve des objets et des vêtements espagnols qui te plairaient. Nous pourrions mettre sur pied un groupe de théâtre. Quelque chose comme celui que tu avais à Saint-Domingue, dis-je, remplie d'espérances. Qui sait ? Peut-être même que l'on pourrait construire un cirque à Toulouse.

– Il n'est pas question de cirque. Moi, je fais de la musique et du chant, dit-elle en éclatant de rire et en se retournant vers le jeune vendeur qui, faisant semblant de dépoussiérer une étagère pleine de bottes, s'était approché pour écouter ce que nous disions. Les clowns, les équilibristes, les acrobates et les jongleurs, les professeurs et les docteurs et les animaux... Tout cela, c'est terminé ! Et qu'on ne me parle plus de chevaux mathématiciens ou de chiens qui dansent ! Qu'ils aillent en enfer avec les saltimbanques, cria-t-elle au vendeur. M'entendez-vous ? Oui, c'est à vous que je parle, vous, avec vos dents de lapin !

– Eh bien, dis-je une fois que le jeune vendeur se fut retiré précipitamment dans l'arrière-boutique, m'accompagnes-tu ? Nous n'irons pas directement jusqu'au Languedoc. Nous nous arrêterons d'abord à Paris. Il est temps d'admirer les merveilleux palais et les églises magnifiques dont tout le monde parle. De plus, cela fait des siècles que je n'ai pas vu mon oncle. Je t'en prie, accepte !

– Ton oncle Charles ! C'est un homme de cœur. Ne pense pas que je l'aie oublié. Je sais qu'il t'aime beaucoup. C'est ce qu'il m'a dit à Strasbourg. Depuis combien de temps n'as-tu pas eu de ses nouvelles ?

– J'ai reçu une lettre de lui quand nous sommes arrivés à Kassel. Il va bien. Il est chargé de l'enseignement de la médecine dans les hôpitaux militaires. Mais réponds donc ! Veux-tu venir avec moi ? S'il te plaît ! Cela ne te fait pas de la peine de séparer Claudette et Françoise ?

– Nous verrons, ma chérie, nous verrons, répondit-elle pensive. Paris représente une véritable tentation. Mais je me suis déjà fait tant d'illusions ! En ce qui concerne Claudette et Françoise, tu as trouvé là un bon argument.

Je ne me suis rendu compte qu'aujourd'hui, en me souvenant de cette scène qui se déroulait à Francfort, combien Maryse fut près alors d'accepter ma proposition. Et si le hasard ou la fatalité – je ne saurais jamais lequel des deux – n'avait pas alors interrompu précisément notre dialogue, sa vie et la mienne, et sans doute celle de milliers de personnes autour de nous, auraient pris des chemins différents.

– Quel est ce bruit ? demanda Maryse, m'empêchant du même coup de prononcer les mots qui se pressaient dans ma bouche. Approche-toi, Henriette ! Regarde ce qui arrive ! dit-elle en se dirigeant vers la porte.

En la rejoignant sur le seuil de la boutique, je m'aperçus qu'il ne pleuvait presque plus. Regardant vers la gauche, je vis avancer dans la rue une troupe de cavalerie.

C'étaient des hussards, des hussards français. Ils portaient la capote réglementaire pour ne pas se mouiller. La couleur de la plume de leurs chapeaux m'indiqua immédiatement qu'ils n'appartenaient pas au régiment de Robert. Ils venaient de loin. Leurs moustaches avaient perdu leur cire et pendaient autour de leurs lèvres. Ils allaient la tête basse, imbibés d'eau et de tant d'ennui que la plupart d'entre eux ne nous regardèrent même pas. Leur cartel n'était certainement pas à Francfort. Leurs chevaux l'auraient senti et n'auraient pas avancé ainsi, au pas, les rênes lâches. Les cavaliers auraient été obligés de contenir leurs montures pressées d'abandonner la formation et de retrouver leurs écuries. Le ciel était encore nuageux et le clapotement des sabots qui marchaient dans les flaques, éclaboussant tout de terre et d'eau sale, contribuait à ternir le défilé de l'escadron. En entendant le bruit de la cavalcade, le vendeur s'approcha de la fenêtre. Voyant que c'était une troupe française, il fit un horrible geste de la main et retourna à ses cuirs. Son dégoût ne m'étonna pas. J'étais déjà familière des démonstrations de rejet avec lesquelles étaient reçus les Français par nos supposés alliés, et en particulier par les jeunes.

– À quoi pensais-tu, ma chérie ? me demanda Maryse en reculant, le bas de sa robe souillé d'éclaboussures. Tu regardais ces beaux cavaliers avec une telle tristesse.

– Je pensais que les hussards ne sont pas faits pour la paix.

– C'est curieux. Je pensais à quelque chose de semblable. Mais il m'est venu une idée. Je pensais... Je pensais que peut-être nous pourrions faire quelque chose pour eux.

– Comme quoi ? demandai-je.

– C'est seulement une idée. Quelque chose sans importance.

– Continue, exigeai-je.

– Ce n'est pas que Paris et Foix ont cessé de m'intéresser. Au contraire. Seulement... balbutia-t-elle.

– Quoi ?

– C'est difficile à expliquer, ma chérie. Je crois que tu ne comprendrais pas.

– Maryse, après tout ce que nous avons vécu ensemble, comment peux-tu dire une chose pareille ?

– Tu as raison, concéda-t-elle avec douceur pour m'apaiser. Tu verras, en réalité c'est assez simple. Je n'aime pas l'idée de rester sur un échec. Ou, si tu préfères, pour le dire autrement, je ne cesse de lutter contre l'adversité que lorsque je suis convaincue qu'il n'y a pas d'autre issue. Comme si la vie était un opéra exigeant, au sein duquel tout le monde s'attend à me voir jouer. Mais ne crois pas que je cherche expressément les applaudissements et les bouquets de fleurs ; c'est tout simplement que je crois que mon devoir est d'être à la hauteur de mes dons, de moi-même. Sais-tu ce que je pense parfois ? Je pense que lorsque je mourrai et que saint Pierre me demandera ce que j'ai fait pour mériter d'entrer au paradis, j'aimerais pouvoir lui répondre : « J'ai toujours été fidèle au petit talent que Dieu m'a donné. » Qu'il m'ouvre ou non, c'est son problème. Comment peut-on savoir ce que pensent les saints ? Mais au moins je lui aurai donné mes raisons... Quelle malchance, regarde, il recommence à pleuvoir ! s'exclama-t-elle.

– Cela doit être un signe de saint Pierre, répondis-je vexée. Tu ne reviendras donc pas en France avec moi. Est-ce ainsi que je dois interpréter ta parabole céleste ?

– Assieds-toi, Henriette. La pluie va durer longtemps, dit-elle en désignant le siège destiné aux clients qui essayaient les chaussures. Espérons que ce jeune germanophile ne nous jettera pas dehors. Il a vraiment des dents de lapin, non ? Je vais m'asseoir sur cette valise qui semble bien solide... En voyant la triste figure des hussards, je me suis souvenue de Linz, du succès que nous avons eu là-bas avec Claudette lorsque nous amusions les soldats. Le Théâtre nomade a commencé comme cela, en jouant dans les bases militaires en Autriche et en Allemagne. Les saltimbanques nous ont rejoints ensuite, et petit à petit nous nous sommes retrouvés à jouer dans des théâtres allemands, exécutant des numéros en allemand. C'était une grande erreur, mon amie. Si nous nous étions limités à nos troupes, nous n'en serions pas là aujourd'hui, toi et moi, démoralisées par l'échec.

– Qu'as-tu en tête ? Je te préviens : je ne pose la question que par curiosité. Demain, je file à Paris avec Pierre et Françoise.

– Que pouvons-nous faire ! soupira-t-elle. Tu connais suffisamment la vie pour savoir ce qui te convient le plus. Moi, au contraire, je pense que je vais rester en Allemagne un peu plus longtemps. J'aimerais, avant de me déclarer complètement vaincue, monter un petit spectacle, intime et modeste. Comprends-tu ? Sentimental. Très sentimental. Quelque chose qui permette à ces pauvres hussards de se souvenir de leur mère, de leurs grands-parents ; de leur enfance, des jeux avec leurs petits frères, de la bûche de Noël, de la chaleur du foyer, du sentiment d'être aimé inconditionnellement... Ne te méprends pas. Il n'y a pas de meilleure patrie que le théâtre. Que crois-tu que j'aie à l'esprit ? me demanda-t-elle avec une expression ravie.

Comme je lui répondais par un silence austère, elle poursuivit :

– Les contes que nous racontaient nos pères et nos grands-pères, ma chérie. C'est cela que j'ai en tête. Nos premières lectures, les contes de Perrault et de madame de Beaumont.

– Maryse, ma bonne Maryse, crois-tu vraiment qu'un hussard serait capable de s'émouvoir en écoutant *La Belle et la Bête* ou *Le Petit Chaperon rouge* ? dis-je presque avec compassion.

– S'émouvoir ? Mais, ma chérie, ils pleureront et riront à n'en plus pouvoir. J'en suis sûre. Évidemment, tout dépend de la manière dont on leur raconte l'histoire. Imagine ! Moi au piano, la salle éclairée seulement par une paire de chandeliers, chantant ces histoires sur les vieux airs de Provence, de Bretagne, de Normandie, pour que chacun ait droit à son petit bout de France. Claudette et quelques amis, sur la scène, qui ne danseraient pas, dont les corps suivraient seulement le rythme de la musique et bougeraient en accord avec l'action, un peu à la manière des mimes. Tout cela dans une semi-obscurité. Sans décors élaborés. Seulement la scène et quelques rideaux... Peut-être une petite estrade, qui servirait de lit ou de cuisine ou de forêt ou même de château. Et quelques caisses ici et là... Tu imagines ? Je ferais les effets sonores au piano. Par exemple lors de l'entrée de Barbe-Bleue ou de la Bête, je ferais BON BON BROBOBOM, et pour le Chaperon rouge se promenant dans la forêt...

– BIM, BIM, BIM... dis-je en l'interrompant. Très imaginatif. Mais où trouveras-tu le poète français qui te mettra en rimes toutes les chansons ? ajoutai-je, légèrement narquoise.

– Il ne manque pas de poètes, ma chérie. Cela est déjà résolu. Je connais ces rimes par cœur. Parce que tu crois peut-être que je suis en train de parler d'un nouveau spectacle ? Pas du tout. J'en ai eu l'idée quand j'étais gouvernante à Saint-Domingue. Je te le répète, j'ai dans la tête tout le matériel. Il ne nous manque que les masques.

– Gouvernante à Saint-Domingue ? Tu as oublié de me raconter cet épisode, dis-je, surprise.

– Je te le raconterai par lettre, ma chérie. Quand tu arriveras à Foix, tu la trouveras. Bon, parlons d'autre chose en attendant que le temps se dégage. De quelque chose de pratique : l'argent. Avant que tu ne t'en ailles, nous devons partager l'argent de la vente de notre attirail.

– Va au diable, Maryse !

– Chut... Baisse la voix... Le lapin germanophile va nous prendre pour des putains.

– Qu'il nous prenne pour ce qu'il veut ! Ce n'est pas mon problème. Dis-moi plutôt, combien de temps penses-tu faire ces ridicules BIM BIM BIM et BOM BOM BOM ?

– Peu de temps... Un mois, je suppose. Le temps suffisant pour ne pas me sentir vaincue, dit-elle en guise de conclusion.

Nous restâmes silencieuses. La dernière chose que nous désirions était de nous séparer, chacune souhaitant que l'autre change d'avis. Le vendeur, ne nous entendant plus parler, avait sans doute pensé que nous étions parties et sortit de l'arrière-boutique...

– Retourne dans ton terrier de m... ! lui cria Maryse.

– Je voudrais passer Noël avec oncle Charles, dis-je au bout d'un moment, m'avouant vaincue. Tu me promets qu'à la mi-décembre nous serons à Paris ?

– Je te le promets. Tu peux en être sûre. Viens par ici, petit mouton noir : tu pensais ainsi pouvoir déguerpir et m'abandonner parmi les hussards et les lapins patriotiques, dit-elle en souriant.

Et elle s'approcha de moi pour m'embrasser.

*

Maryse était entrée au service de Pauline Bonaparte, qui n'était à l'époque que madame Leclerc, grâce à l'intervention du diligent Delacour. Ce ne fut pas facile pour elle d'emménager au palais. Elle laissait d'une part Claudette en arrière (heureusement celle-ci n'était plus seule, car une des servantes, Doudou, était revenue chez elle pour chercher un abri). Mais surtout, parce qu'il existait un lien certain entre la présence de Leclerc et la mort de Justine.

De plus, les intentions de Leclerc, intentions d'une honorabilité plus que douteuse, continuaient d'être ambiguës.

Après avoir vaincu la révolte des Noirs, il avait certes tenu à accueillir leurs chefs au sein de l'armée française ; il avait aussi maintenu leurs grades de généraux à Christophe, Dessalines, Pétion et à tous ceux qui avaient lutté depuis tant d'années contre le pouvoir blanc. Il n'avait cependant pas hésité à tendre un piège à Louverture et à l'envoyer en France pour le servir à Bonaparte sur un plateau d'argent, comme s'il s'agissait d'un vulgaire animal exotique. Il y avait encore cette certitude que l'esclavage serait rétabli, que les choses redeviendraient comme avant, c'est-à-dire exactement ce qu'avait deviné et craint Portelance. Mais il fallait prendre en compte la dure réalité de la vie. Maryse et sa jeune compagne n'avaient tout simplement pas de quoi manger. Les plantations de Portelance avaient été détruites dès les premiers jours de rébellion. Si Maryse avait été propriétaire des terres, elle aurait au moins pu les vendre. Mais ce n'était pas le cas. Il lui restait quelques rares vestiges de sa riche garde-robe, de ses bijoux, de ses meubles et objets de valeur. Elle avait vendu rapidement au printemps tout ce qui n'avait pas été réduit en cendres ou volé par sa cuisinière et son cocher. La seule chose encore en sa possession, enterrée dans le patio et comme en dernier recours, était l'énorme cuillère d'argent que Claudette avait trouvée sous le lit de Despaigne, et qui était sans doute tombée là au moment de sa fuite. Il est inutile de préciser que Maryse la gardait pour Claudette. Du fait de sa fragilité et de son terrible passé, Maryse s'en sentait responsable, elle avait envie de la protéger, d'autant plus que son corps menu et son expression ingénue la faisaient paraître plus jeune que son âge. La jeune fille comblait, d'une certaine façon, le vide laissé par la mort de Justine et le rendait plus supportable, ce dont notre amie était bien consciente.

Quelques semaines auparavant, l'avocat Delacour lui avait rendu visite. Il venait d'être nommé, grâce à un neveu, le lieutenant Michel Simonet, chef du registre de la propriété. Ce n'était pas un poste très intéressant, mais cela suffirait à le faire vivre avec sa femme. Il venait proposer à Maryse de la recommander à son jeune bienfaiteur, dont le talent de poète lui valait d'appartenir à la joyeuse cour de madame Leclerc. Il ne pouvait rien lui garantir, mais on ne perdait rien à essayer. Maryse avait décliné de manière courtoise l'offre de l'avocat. Le jour vint cependant où il n'y eut plus, dans la caisse qui leur servait de garde-manger, que quelques morceaux de sucre de canne et une livre de pain dur. Ce même jour, prenant son courage à deux mains, elle se rendit au bureau de Delacour pour accepter ses services désintéressés.

Les jours suivants semblèrent terriblement longs à Maryse et à Claudette. La situation s'était aggravée du fait de l'arrivée soudaine de Doudou qui, répudiée par son amant et sans refuge pour dormir, avait décidé de revenir chez son ancienne patronne. Regrettant le passé, elle la priait de la faire travailler sans salaire. Maryse se tenait déjà prête à aller chanter dans les tavernes en échange de quelques pièces de monnaie quand elle reçut la visite d'un grouillot de l'état civil. « Monsieur Delacour est indisposé.

Il m'a prié de vous remettre ce message. » Maryse lui arracha quasiment la missive des mains, brisa vivement le sceau et lut avec l'avidité du désespoir. La gouvernante du fils du général Leclerc était malade, fiévreuse. Madame Leclerc recevrait donc des candidates à cet emploi entre neuf heures et onze heures du matin le lendemain. L'écriture de Delacour, ample et régulière, était familière à Maryse, qui remarqua combien elle était différente cette fois, comme si l'auteur de la lettre avait dû faire un effort surhumain pour arriver au bout. Cette même nuit, lorsqu'elle frappa à la porte de l'avocat, elle apprit que celui-ci venait de mourir de la fièvre jaune. « Un cas très rare, commenta le médecin qui lui ouvrit la porte. Cette maladie s'attaque d'habitude aux nouveaux arrivants et non à des habitués des tropiques comme monsieur Delacour. Et la saison est à peine commencée. À votre place, je n'entrerais pas. Je crains que madame Delacour ne soit aussi contagieuse. »

Le lendemain matin, elle était assise depuis à peine quelques minutes dans le vestibule du palais, au milieu d'autres candidates, lorsque le regard d'aigle d'une ordonnance se fixa sur elle et l'invita à passer dans le salon de musique. Quand Maryse vit, face à la baie vitrée, la forme familière d'un piano de concert, elle se sentit portée par une vague de confiance. Tournant la tête, elle vit dans l'angle du salon, entourée de palmes et de fleurs, pieds nus, vêtue d'une tunique, une belle femme au nez droit, couchée avec langueur sur un sofa à la ligne sobre. Maryse se promit, en son for intérieur, que le jour où elle aurait un salon de musique, elle recevrait ses invités dans la même position, le coude gauche appuyé sur l'immense accoudoir que formait l'extrémité du meuble, la paume de la main soutenant la tête comme s'il s'agissait d'un fruit, avec, de plus, un léger mais gratifiant sourire sur les lèvres. « Montrez-moi vos talents, madame, si vous le voulez bien », dit Pauline, joviale, en indiquant le piano avec son bras. Maryse avait déjà retrouvé son habituelle désinvolture et s'assit face au clavier. Sans même regarder la partition posée sur le pupitre, elle exécuta de mémoire le rondo archiconnu de Mozart qu'on attendait d'elle. « Bravo, madame ! Je vous félicite, dit Pauline avec sincérité. J'aimerais aussi entendre votre voix. » Maryse commença par chanter un air de Cherubini et enchaîna avec un autre de Boieldieu. « Très bien, c'est tout. Je voulais juste vérifier si ce que l'on m'avait dit de vous était vrai. Cela me fait plaisir. J'ai décidé d'engager deux personnes. Vous serez seulement chargée de vous occuper de mon fils Dermid. Votre rôle consistera à exercer votre art devant lui. Il a à peine quatre ans, mais je voudrais qu'il se familiarise avec la musique le plus tôt possible. Pouvez-vous venir dès ce soir avec vos affaires ? Des fièvres malignes sévissent dans toute la ville et demain nous déménagerons dans l'île de la Tortue. Autre chose, madame, on m'a dit que vous aviez chez vous une protégée. Remettez-lui le sac qu'il y a sur le piano. Je sais que les temps sont difficiles. »

Quand Maryse sortit du palais, elle se sentait légère comme une bulle de savon.

*

Elle prit la dernière fraise du plat, la mâcha avec une lenteur provocatrice, et s'essuya les doigts avec la serviette en papier. « Enfin, si ce ne fut pas mon plus grand triomphe artistique, du moins ce fut le plus opportun », conclut Maryse. Nous nous étions arrêtées dans une auberge, sur le chemin, pour manger des fraises à la crème. Je raclai le plat avec le doigt et suçai cette délicieuse friandise. « Et alors ? Tu ne continues pas ? demandai-je. Est-ce vrai, ce qui se dit de Pauline Bonaparte ? Andrea m'a raconté qu'elle avait eu trois amants à la fois ? » Maryse fit un geste de la main comme si elle allait me répondre, mais elle opta pour un haussement d'épaules. Elle but une gorgée d'eau et dit :

– C'est l'heure, ma chérie. Claudette et Françoise ont terminé et si nous ne nous mettons pas en marche, elles commenceront à s'embrasser comme des colombes. Regarde, elles sont là, susurra-t-elle, tournant le regard vers le banc voisin. Elles sont là, pieds nus, enlacées, heureuses et amoureuses comme jamais. Elles ne se rendent même pas compte que nous les regardons. Elles sont dans un monde à part. Regarde, elles attirent les abeilles. C'est le parfum de l'amour. Le parfum de la vie et de la nature. J'ai lu quelque part qu'on mesurait l'amour au sacrifice. Quelle idiotie ! Cela ne te semble pas suicidaire ? Pour moi la mesure de l'amour est celle du temps où l'on se sent amoureuse. Les jours, les semaines, les mois et les années pendant lesquels on se sent amoureux. Regarde-les, elles s'aiment depuis Linz. C'est à cela qu'on peut mesurer leur amour. Certaines atmosphères encouragent et facilitent l'amour. Par exemple cet étrange automne qui vient de s'écouler, comme si les arbres refusaient de se dévêtir, comme s'ils se moquaient du calendrier... Les gens parlent souvent du printemps, mais pour moi, la saison la plus propice aux amours est justement celle-ci, quand l'été s'attarde, ces jours magiques. Temps des amours, temps de fées. Pourquoi ne pas penser que ces abeilles qui semblent dessiner une couronne au-dessus de la tête de Françoise ne sont pas des fées ? Ah ! Henriette, où est donc mon Obéron ?

– Les fées ont disparu de ma vie il y a quelques années, et ton Obéron est là où il doit être, en Angleterre, dis-je pour couper court à ses absurdes accents romantiques. Quant à Françoise, si tu regardais bien, tu verrais qu'elle a des oreilles d'âne sous sa belle chevelure. Je n'arrive pas à comprendre son amour pour une autre femme, même s'il s'agit de Claudette.

– L'amour est toujours inexplicable. Tu te permets de parler ainsi car tu n'es pas amoureuse, protesta Maryse.

– Tu te trompes. Je suis encore amoureuse de Robert. Je rêve de lui. Je le vois grand et beau comme jamais.

– Non, ma chérie, si tu me permets. Tu crois être encore amoureuse de lui. Je pensais la même chose de Portelance. Comment te dire... En réalité c'est une feinte du cœur qui nous fait croire que nous sommes toujours amoureuses d'un être, même si cet être n'existe plus. Comme cela, nous pouvons nous sentir fidèles et respectables face au souvenir, ce qui est très bien. Mais c'est vivre dans un songe. Quand le prince charmant te trouvera et t'embrassera, il te réveillera immédiatement et vous vous marierez.

– Et si Robert avait été mon prince charmant ?

– Tu resteras endormie et tu rêveras de lui jusqu'à ce qu'arrive le prince suivant.

– Mais toi qui sembles tout savoir en matière d'amour, sais-tu combien de princes on peut rencontrer dans une vie ? Donne-moi une estimation, une moyenne, comme dirait Kosti.

Maryse garda le silence, pensive. Elle se servit de l'eau fraîche, but une autre gorgée et dit avec précaution :

– Des princes, des princes, ceux que l'on appelle prince, qui portent des corsets blancs, possèdent d'immenses châteaux, et dont on dit qu'avec leur amour « ils vécurent heureux pendant de longues années », je dirais : très peu. Tout dépend de la durée de vie de chaque histoire d'amour et de l'amour que l'on est capable de dépenser.

– Je suis d'accord pour ce qui concerne le nombre de princes, mais comment peux-tu parler de l'amour comme si c'était de l'argent ?

– Non, ma chérie, je ne compare pas l'amour à l'argent. L'argent se perd et se récupère, va et vient, croît puis diminue. L'amour, non. L'amour que tu offres est à jamais irrécupérable. Et on peut même ajouter qu'il ne se régénère pas comme le font la colère, la tristesse ou la faim. Dernièrement, mon prince des Indes m'a beaucoup fait réfléchir sur l'amour. Je mentirais en disant que je connais les secrets de l'amour. Je ne peux te dire qu'une seule chose : quel que soit le lieu où se trouve l'essence de l'amour – dans le cerveau, dans la moelle, dans le cœur, dans le foie, dans l'âme –, sa source n'est pas inépuisable. Quand il n'y en a plus, il n'y en a plus... L'amour est comme l'eau de cette jarre. Tu peux le boire à grandes gorgées ou petit à petit, tu peux le renverser sur l'herbe en une fois, tu peux l'économiser, et même le laisser là, sans le dépenser, par avarice ou par excès de prévision, ou parce que l'on t'a dit que c'était du poison (ce que l'on dit aux religieuses). Sans aller plus loin, analysons mon propre cas. J'ai donné à Portelance au moins la moitié de la jarre ; à d'autres, des éclaboussures...

– Et que reste-t-il pour Robledo ?

– Je lui ai donné à boire, non ? Mais beaucoup moins que ce que tu imagines. Si sa soif était vraiment immense, une soif énorme et authentique, alors oui, je le laisserais boire ce qu'il reste de la jarre. On exagère toujours. Disons que je ne garderais que quelques gouttes, au cas où.

– Cela me semble très instructif. Je te remercie pour la leçon, dis-je sérieusement. Et selon ta théorie, combien me reste-t-il à dépenser ? Beaucoup ?

– Au moins la moitié de la jarre. Peut-être même plus.

– Une gitane de Toulouse, qui me lisait les lignes de la main, m'a prédit trois mariages.

– Nous sommes d'accord. Il te reste encore les deux tiers de la jarre, dit-elle, moqueuse. Et maintenant, allons-y, ma chérie. Nous devons arriver à Cologne ce soir.

Posant quelques pièces de monnaie sur la table de la terrasse, elle se leva.

En nous dirigeant vers nos voitures, je posai une question qui me trottait dans la tête depuis longtemps.

– Pardon pour ma curiosité, mais si Robledo revient te chercher, comment fera-t-il pour te trouver si nous allons toujours d'un endroit à un autre ?

– C'est très simple, ma chérie. Nous sommes convenus que dès Kassel, je lui laisserai des indices, au fur et à mesure des postes, des auberges, des hôtels. Ce matin par exemple, j'aurais dû laisser une note à son nom au Lièvre vert pour lui indiquer que nous allions à Cologne.

– Mais tu ne l'as pas fait ! dis-je, comme s'il s'agissait d'un oubli irrémédiable. Pour ma part, cela ne m'ennuie pas de rebrousser chemin.

– Ne t'inquiète pas, ma chérie. Il faut faire cela de temps en temps. Ne t'inquiète pas. Si sa soif est grande, il trouvera ma trace. Mon cœur me dit que c'est un bon détective.

Voilà comment nous allions par les chemins, cette année-là, qui n'en finissait pas. Nous parlions de beaucoup de choses et, à chaque représentation des contes de Perrault et de madame de Beaumont dans une garnison, le succès était au rendez-vous.

*

Jusque-là, le récit que faisait Maryse de sa vie à Saint-Domingue avait été fluide. Parfois, sa loquacité avait diminué, ou l'ordre chronologique avait été bousculé, elle m'avait entraînée dans des ellipses, avait fait de longues digressions et j'avais dû, pour satisfaire ma curiosité ou rectifier son histoire, l'interrompre en remarquant : « Ce que tu me racontes intervient après ou avant... » Mais son histoire finissait toujours par se reconstruire dans mon esprit, à la manière d'un feuilleton. Une nuit cependant, le fil de la narration se coupa définitivement. La soirée avait pourtant bien commencé. Une fois *La Belle et la Bête* – conte que Maryse gardait toujours pour la fin – terminée, le colonel du régiment, voulant nous rendre hommage, nous avait invitées à un aimable dîner au cours duquel les anecdotes d'enfance, les souvenirs et les confidences n'avaient pas cessé.

Nous avions tellement mangé que je proposai à Maryse, en arrivant à nos chambres, de nous asseoir et de bavarder un peu avant de nous coucher. Nous nous installâmes dans sa chambre, et après avoir bu un peu de rhum en guise de digestif, je lui demandai de continuer son histoire. J'appris ainsi comment le lieutenant Simonet, le neveu du malheureux Delacour, avait composé sur l'île de la Tortue les vers du *Petit Chaperon rouge* qui, chantés par Maryse, sur une musique provençale, enthousiasmaient le petit Dermid. Elle raconta ensuite comment Pauline et ses amis, fascinés par les adaptations de Perrault qu'elle faisait, en étaient arrivés à se disputer pour savoir qui jouerait Cendrillon ou Barbe-Bleue. Elle parla encore du temps passé sur l'île de la Tortue – elle évoqua en particulier un hallucinant bal de Noirs dans le cimetière une nuit de pleine lune – et sourit même avec condescendance, harcelée par mes questions, en admettant que Simonet lui avait baisé les seins lors du voyage de retour au Cap-Français. Et soudain, quand elle commença à parler du fléau qui, comme une malédiction vaudoue, revenait avec une force renouvelée, je notai un tremblement dans sa voix. Ce n'était pas la première fois que cela lui arrivait : je me souvenais encore de l'après-midi pendant lequel elle m'avait raconté l'incendie et la mort de Justine. Elle tenta de retrouver un peu d'aplomb en avalant une large gorgée de rhum, mais, au lieu de s'animer, son expression s'assombrit. « Tu te sens mal ? » demandai-je. Elle ne répondit pas. « Veux-tu que j'ouvre la fenêtre ? » Mais, appuyant la tête sur le dossier de la chaise, elle ferma les yeux et continua à voix basse : « Tout ce qui se passa ensuite constitue une merde parfaite. » Je ne dis rien et restai tranquille. Une parole intempestive ou un geste brusque de ma part auraient gâché à jamais, je m'en rendais compte, ses obscures confessions. Elle commença à parler. Sa voix ne tremblait plus mais sortait, éteinte, et douloureusement enrouée, comme celle de la Bête. « La fièvre jaune. Ils appellent cela aussi le vomi noir. Les médecins ne savaient pas comment la soigner. Nous vivions tous dans cette crainte. Pauline me renvoya, pensant que j'étais contagieuse. Leclerc en est mort. Au début, ils construisirent un hôpital dans les ruines de La Fossette, en utilisant des palmes de canne à sucre pour faire le toit. Mais très vite, il n'y eut plus de médecins pour s'occuper des malades. Les gens mouraient dans la rue. Et parfois même au cours de banquets ou dans les bals. Il y avait des centaines et des centaines de cadavres sans sépulture. Jetés à la mer et ramenés par les courants. La puanteur était terrible. Et ensuite, comme si cela ne suffisait pas, il y eut la guerre. La ville était assiégée. Les tambours du vaudou résonnaient nuit et jour. Aucun camp n'a fait de prisonniers. Pauvre Simonet ! Puis ce fut l'heure de ce porc de Rochambeau. Quel salaud ! Si tu savais les choses que j'ai vues. Des nègres qu'on empalait sur des lances de cavalerie. Des chiens rongeant des os d'enfants... Des hommes vomissant leurs excréments. On leur mettait des cartouches de poudre dans le cul... Ne cherche pas à savoir ce qui s'est passé là-bas. La merde humaine. Tous dansaient sur les tripes et la merde. Comprends-tu ? Tous dansant la musique de la mort. Chacun tentant de cacher sa peur avec le masque de sa propre et plus secrète perversion... Oui, un vrai cauchemar, le pire... Mais cela suffit... Ne me fais plus jamais parler de cela. Laisse-moi tranquille. » Au bout d'un moment, tout en sachant qu'elle faisait seulement semblant de dormir, je quittai sa chambre.

Le lendemain matin, nous nous retrouvâmes, comme d'habitude, dans la salle à manger. Elle avait les yeux gonflés et je supposai qu'elle n'avait pas dormi. Lorsqu'elle me vit arriver à la table, elle chuchota d'une voix ferme : « Pas un mot de plus sur ce qui s'est passé hier soir et encore moins sur Saint-Domingue. Je veux mettre un point final à mon histoire. »

Quelques jours plus tard, profitant de sa bonne humeur – elle savait que Robledo était sur ses traces car, ayant terminé ses affaires en Prusse, il avait remis à plus tard son voyage en Angleterre –, j'insistai afin qu'elle termine ce que j'appelais le dernier chapitre de son roman. Mais ce fut inutile. Je pus seulement lui arracher que, peu avant la capitulation, grâce à l'intervention de deux Américaines, Claudette et elle obtinrent de Rochambeau le permis de s'embarquer.

(Peu après mon arrivée à New York, je découvris un ouvrage publiant la correspondance d'une Américaine avec monsieur Aaron Burr, datée du temps où celui-ci était vice-président des États-Unis. Les lettres provenaient du Cap-Français et donnaient des détails sur le fléau de la fièvre jaune, la mort de Leclerc et, surtout, sur la tyrannie orgiaque de Rochambeau, qui avait une relation amoureuse avec la sœur de cette femme. Aucune de ces lettres ne parlait de Maryse ni de Claudette. Je soupçonnai cependant, grâce à certains indices, que mes chères amies s'échappèrent du Cap-Français par le même bateau que ces deux Américaines.)

*

Au début de l'automne, toutes les garnisons arrêtées de l'autre côté du Rhin connaissaient déjà l'existence de notre spectacle. Nous ne les avions pas encore toutes visitées, bien sûr, mais grâce aux relations continuelles qu'elles maintenaient entre elles, notre réputation nous précédait, quelle que soit la direction que nous empruntions. En général, nous donnions trois représentations : deux pour les soldats et une pour les officiers, que nous faisions payer plus cher. La scène où nous nous produisions variait selon les caractéristiques de chaque campement. En accord avec les réglementations qui limitaient l'entrée dans les cartels des personnes étrangères aux services, on nous offrait des bâtiments auxiliaires, disons un baraquement inutilisé, une étable, un grenier, un entrepôt. Quant au piano, nous n'avions aucune raison de nous préoccuper : il y en avait toujours un qui nous attendait, parfaitement accordé, en général emprunté à une famille fortunée de la ville. Nos troupes « empruntaient » malheureusement plus souvent des biens qui avaient beaucoup plus de valeur qu'un piano. Pensez que la Confédération du Rhin devait loger, habiller, armer, monter et alimenter une armée de 160 000 hommes, en comptant les Français et les Alliés. Grande était la pénurie, et le blocus contre les produits anglais rendait la situation pire encore. La France exigeait en plus des contributions en argent élevées, auxquelles il fallait ajouter les réquisitions incessantes de chevaux et de bétail. Et enfin, comme je l'ai déjà dit, l'espoir né lors de l'alliance avec Napoléon s'effritait très rapidement.

Cet après-midi-là, à X – j'ai des raisons de ne pas donner le nom de la ville –, mes pensées se trouvaient très loin des problèmes des Allemands. Une lettre empressée de Robledo, écrite à Cologne et envoyée par la poste, annonçait l'arrivée du bel hidalgo. Il devait retrouver Maryse au plus tard dans les deux jours. Mon amie avait beau assurer qu'elle ne changerait aucune de ses conditions à sa proposition matrimoniale, l'arrivée soudaine de Robledo m'inquiétait. Je ne ferais pas non plus honneur à la vérité si je taisais mon envie de le voir, de profiter à nouveau de son allure noble, de sa bonne humeur, de sa conversation franche et mondaine et même de sa prétention. Allongée, à moitié endormie à cause de l'extrait d'opium (laudanum) que depuis Boulogne je prenais contre les douleurs des règles sur les conseils d'oncle Charles, je pensais à tout cela dans ma chambre. J'avais décidé de ne pas travailler cette nuit – Maryse devrait s'arranger avec une sœur de Cendrillon en moins et Pierre enfilerait le costume du Chat botté – mais j'espérais assister à la représentation, qui avait lieu dans une vieille étable proche de la garnison. Je m'étais endormie sans m'en rendre compte quand des coups répétés frappés à la porte me réveillèrent lentement. Lorsque j'ouvris les yeux, je m'aperçus qu'il n'y avait plus de lumière à la fenêtre. Non seulement quelqu'un frappait à la porte à coups redoublés, mais il criait aussi mon nom. Je me levai lourdement et entrouvris la porte : c'était Robledo. « Mon Dieu, Henriette, j'ai cru qu'il t'était arrivé quelque chose ! » s'exclama-t-il. Sans faire attention à ma tenue – j'étais en chemise de nuit –, il me prit dans ses bras et m'embrassa. « Et Maryse, où est ma petite fée ? demanda-t-il sur le champ. Je suis venu de Cologne au galop. » Je lui expliquai qu'il y avait une représentation ce soir. Maryse devait donc être quelque part en train de mettre au point notre modeste scénographie. Il consentit à m'attendre quelques minutes afin que nous allions ensuite la retrouver ensemble.

Il n'est pas facile de raconter ce qui s'ensuivit, peut-être parce que, du double choc constitué par ce qui est terrible et inattendu, notre mémoire ne conserve que des fragments. Je sais que lorsque nous avons quitté l'hôtel, la nuit tombait. Accrochée au bras de Robledo, j'ajustais avec peine mon pas à ses larges enjambées... Puis le bruit de l'explosion. C'est curieux, mon ouïe, qui a enduré des milliers de coups de canon, peut encore aujourd'hui distinguer ce tonnerre sec qui illumina la rue, effrayant les chevaux d'un attelage chargé de foin. Ensuite je me vois courir derrière Robledo, tourner au coin de la rue et m'arrêter face à la grille de la garnison. Deux scènes resteront éternellement fixées dans ma mémoire. Il m'est possible de les décrire avec tous les détails. J'ai deux images à jamais gravées dans mon esprit. La première représente le bâtiment de l'étable entouré d'un nuage de fumée d'où sortent un nombre incalculable de soldats aux uniformes noircis, les uns courant, les autres marchant comme des pantins, sans casque, et certains se bouchent les oreilles avec les mains. Dans la seconde scène, qui a lieu plusieurs minutes plus tard, je vois courir vers moi, sur fond d'odeur de poudre et de cris, Robledo, les yeux et la bouche démesurément ouverts, la chevelure formant comme une couronne de flammes, portant dans ses bras le corps fumant de Maryse... Je la crus morte et m'évanouis.

Ce qui s'était passé à X fit beaucoup jaser. Selon les enquêtes publiées dans les journaux, l'explosion s'était produite lorsque Claudette avait allumé par inadvertance les bougies d'un chandelier sur un baril de poudre oublié dans un coin. Mais l'histoire racontée par Maryse et Françoise était complètement différente. Maryse se souvenait très bien d'avoir inspecté tous les barils qu'il y avait dans le local, puisqu'elle avait choisi ceux qui seraient utilisés dans le spectacle et ceux qui devaient être retirés pour laisser place aux bancs et au piano que l'on faisait venir de la garnison. Avant d'aller déjeuner au café, elle avait déposé de chaque côté de l'espace qui devait servir de scène un baril vide et ouvert ; et comme ceux-ci n'étaient pas suffisamment hauts pour permettre aux chandeliers d'éclairer convenablement la scène, Pierre avait placé sous chacun d'eux un baril plus petit – de ceux qu'on utilise pour le cognac – vide aussi. Ils étaient ensuite revenus avec les costumes et les masques pour répéter les mouvements les plus compliqués. À sept heures du soir, Claudette, déjà vêtue en petit Chaperon rouge, avait allumé les bougies des chandeliers, signal pour faire entrer dans l'étable ceux qui attendaient à la porte. Ma chère amie – il me semble encore la voir vêtue en Salomé, sautant allégrement de la caisse de Piet, le plateau dans la main, le foulard rouge dans l'autre – est morte sur-le-champ. Quelle douleur !

De leurs lits d'hôpital, Maryse et Françoise avaient répété des centaines de fois aux officiels qui enquêtaient sur l'affaire que quelqu'un avait mis la poudre pendant qu'elles déjeunaient au café. Cette version des faits était aussi soutenue par Pierre, qui était indemne, par miracle : il avait quitté le bâtiment pour uriner dans la ruelle quelques minutes avant l'explosion. Mais, comme le dit Robledo avec sa franchise habituelle, dévoiler la vérité aux gens de X ne convenait guère aux intérêts de la France. Soutenir que des conspirateurs avaient substitué au baril vide un autre rempli de poudre revenait à reconnaître la victoire de ceux qui défendaient une Allemagne unie et indépendante, d'autant qu'en plus de Claudette, deux soldats étaient morts. Je dois ajouter que, cette année-là, il y eut d'autres « accidents » accréditant la rumeur qu'une ligue secrète opérait à X et dans d'autres villes. Mais tout cela aurait lieu plus tard, lorsque mes amis seraient rétablis, grâce à l'attention d'oncle Charles que j'avais envoyé chercher par Pierre, la nuit même de l'explosion.

La première à sortir de convalescence fut Françoise. Pierre l'avait trouvée, en entrant par la porte du fond de l'entrepôt, assise sur les restes enflammés d'un des barils ; la tirant par les pieds, il l'avait traînée jusqu'à l'extérieur et lui avait arraché par petits morceaux son costume en flammes. Robledo, pour sa part, avait couru jusqu'à l'étable. Se faufilant entre la fumée et les uniformes roussis de ceux qui fuyaient, il était parvenu jusqu'au tas de cordes, de touches et de pans de bois fumants qu'était devenu le piano. Maryse gisait là, allongée entre deux tisons. Ses brûlures étaient larges et profondes, surtout du côté gauche du corps, et même sur une partie du visage ; celles de Robledo, bien que moins graves, avaient aussi défiguré pour toujours sa beauté. Sa longue chevelure avait pris feu, lui brûlant la peau de l'épaule et du visage. À regret, oncle Charles dut se résoudre à lui couper une oreille, celle à laquelle il accrochait ses perles. Comme on peut s'y attendre, des lésions d'une telle nature prennent du temps à guérir. Pendant de longues et nombreuses semaines, oncle Charles et moi nous sommes à peine éloignés du lit de nos amis. C'est dans cette salle d'hôpital que j'appris à prendre le pouls, à reconnaître la fièvre et la congestion pulmonaire, à opérer des saignées, à laver les plaies, à appliquer des onguents et à bander les blessures. Le temps passait et je me sentais de plus en plus utile – un nouveau sentiment qui m'emplissait de satisfaction. Oncle Charles, voyant que je suivais ses indications à la lettre, me laissait donner les soins et n'intervenait que lorsqu'il voyait que j'allais commettre une erreur. C'est précisément là, à force de voir le fruit des soins prodigués, que naquit ma vocation pour la médecine. Dès le début, ce fut une vocation pressante, insurmontable ; une soif difficile à assouvir, comme celle de l'amour. Et pourtant il s'agissait d'un amour impossible. Pourquoi la Révolution, qui avait instauré tant de changements dans la société, n'avait-elle pas concédé aux femmes le droit d'étudier pour accéder aux professions libérales ? Pourquoi Marat, médecin de formation, avait-il arrêté son élan révolutionnaire à la barrière des sexes ? Et quand Robespierre avait décidé de se détacher de la Terreur, pourquoi n'avait-il pas pensé qu'il aurait été juste et radical de voter une loi autorisant les femmes à exercer comme avocat ? On peut même se demander pourquoi Napoléon, un génie de la guerre, n'admettait dans son armée que quelques rares lavandières. Pour commencer, les affaires de l'Intendance n'auraient-elles pas mieux marché si elles avaient été confiées aux mains des femmes ? Je faisais ces reproches et bien d'autres au monde entier pendant que je veillais les songes d'une Maryse déjà convalescente, attendant qu'elle se réveille pour lui servir le petit déjeuner et imaginer ensuite avec elle un pays utopique où les femmes et les hommes se répartiraient amicalement les différentes occupations selon leurs capacités et leur savoir-faire.

– Les femmes pourraient dire la messe ? demandait Maryse.

– Si l'une d'elles en a envie, je ne vois pas pourquoi elle ne le ferait pas. Messe, confession, baptême... elle pourrait administrer tous les sacrements.

– Tu imagines comme ce serait amusant d'écouter les péchés des hommes dans tous leurs détails ? disait-elle, portant la main à sa bouche pour s'empêcher de rire, ce qui la faisait souffrir. Le temps passait ainsi. Maryse allait de mieux en mieux et mon désir de devenir médecin grandissait.

Un matin, je lui confiai ma folle idée : inspirée par la Leonore de *Fidelio*, je voulais me faire passer pour un homme et étudier à l'université de Paris. Je voulais connaître les secrets intrinsèques des muscles, des nerfs, des os, des organes du corps humain, les mystères de la circulation du sang, la digestion, la grossesse, l'allaitement...

– Mais il y a une grande différence entre mon cas et celui de Leonore, fis-je remarquer à Maryse. Une fois qu'elle a obtenu la libération de son mari, elle redevient une femme comme les autres. Moi au contraire, je devrai feindre d'être un homme tout le temps que je pratiquerai la médecine.

– Eh bien, dit Maryse toujours compréhensive, il te reste une ressource, celle d'avoir une double vie : médecin le jour et femme la nuit. Ce qui ne manque pas d'attrait. Tu auras l'impression de travailler de façon permanente dans une pièce de théâtre. Mais, ma chérie, tu dois réfléchir très sérieusement aux conséquences de ce genre de vie. Concernant tes amours, par exemple. Tu trouveras difficilement un homme qui accepte cette situation. Et ensuite, les enfants. Si tu tombes enceinte, que feras-tu ?

Au début du mois de mars, Maryse cessa de boiter. Le congé demandé par oncle Charles touchait à sa fin, et vint le jour de la séparation. Cela ne fut pas aussi douloureux que je l'avais imaginé. La mort de Claudette – une perte dévastatrice pour Maryse et Françoise – et les interminables semaines de travail, d'incertitudes et de souffrances dans l'hôpital avaient contribué à fortifier mon esprit. Je n'oublierai jamais la nuit où oncle Charles, observant que les saignées ne calmaient pas le délire de Maryse, fit un geste d'impuissance qui me deviendrait familier et me regarda tristement d'une manière qui expliquait, sans paroles, qu'il n'y avait rien à faire. À l'aube, nous nous étions déjà embrassés en pleurant d'émotion, quand nous constatâmes que la vitalité de mon amie avait vaincu la crise de congestion pulmonaire. Ou l'après-midi où Robledo, ses plaies étant presque cicatrisées, se mit face au miroir et enfila la perruque de longs cheveux qu'il avait commandée à son laquais ; je le vois encore se diriger vers le lit de Maryse – qui commençait à parler entre les bandages – et lui dire en se pavanant, plein d'allégresse : « Comment me trouves-tu ? Et qui verra que j'ai une oreille en moins ? » Mais se rendant compte au même moment que les cicatrices de Maryse ne pourraient être dissimulées aussi facilement, il ajouta : « Vraiment, tu crois que je vais me balader avec une perruque comme si j'étais un vieux et noble pédé ? C'est une blague, ma petite jolie. Je veux juste te voir rire. »

Quelles leçons de vie nous eûmes durant ces mois-là ! Examinant le passé et ma vie avec Robert, cette période que je considérais comme une expérience humaine impossible à dépasser, je voyais désormais les limites narcissiques de mon hussard et les miennes. En réalité, le monde était à cette époque réduit à une seule et même question : m'aime-t-il ? Et moi, est-ce que je l'aime ? Comme si vivre ne se résumait en somme qu'à effeuiller une marguerite. Mes préoccupations d'alors n'incluaient pas mes semblables ; et encore moins la solidarité, le fait de souffrir et d'être heureux authentiquement pour et par les autres.

– Oh ! Henriette, comme tu vas me manquer, m'avait dit Maryse avant son départ.

– Et moi, que puis-je dire ? répondis-je, les larmes coulant sur mon visage. Tu as été ma sœur, mon amie, ma compagne d'aventures... Si tu savais tout ce que j'ai appris grâce à toi.

– Grâce à moi ? Si peu, Henriette, si peu. Personne n'apprend tout seul, comme dit le refrain. En plus, qu'ai-je bien pu t'apprendre ? À jouer le Chat botté ? Allez, ma chérie, il ne manquerait plus que cela. Tu ne pourras pas dire non plus que j'aie été un exemple de fermeté. Tu vois… Je me marie avec Robledo sans qu'il ait pris de décision à propos de ses esclaves. Et je suis consciente que ce n'est pas parce que je suis devenue laide, dit-elle en effleurant avec son index la peau parcheminée qui marquait sa blessure.

– Ne te préoccupe pas de cela. Je suis bien sûre d'une chose : c'est de l'amour que Robledo te porte, dis-je en essuyant mes larmes. Et tu riras d'apprendre que ce que tu appelles ton manque de fermeté est pour moi ta principale vertu. Rien de plus facile de dire oui ou non aux choses en arguant de principes intangibles… La bonne tante Margot était ainsi, elle n'a jamais rien voulu savoir de sa sœur Louise qui n'avait pas eu le courage de m'adopter à cause du refus de son mari. Ce n'est pas que Margot ne l'aimait pas. Elle l'a tellement pleurée à sa mort. Mais l'expression de ses sentiments d'affection ne pouvait prévaloir sur ses principes. Bien sûr, je n'accuse pas tante Margot. Pour moi, elle fut une véritable mère et je garde son portrait sur mon cœur, dis-je en baissant les yeux sur le reliquaire. Mais je ne suis pas aveugle. Ce qu'elle appelait ses principes n'était qu'un ensemble de règles inculquées par mon grand-père, les désirs d'une classe et d'une époque. Pense, pour te montrer en exemple ta propre vie, que ton amour pour Portelance a su te faire dépasser tes convictions sociales, politiques, et même ta religion. Et par compassion pour Claudette, tu as accepté de faire le bouffon pour le fils de Leclerc. Non, Maryse, ton caractère est loin d'être faible. Ta force réside dans le fait que tu sais exactement mettre chaque chose à sa place. Tu me l'as bien dit une fois : aussi exigeante que soit la situation dans laquelle te met la vie, tu essayes toujours d'offrir le meilleur de ton jeu. Te souviens-tu ? Tu vas être étonnée d'apprendre que je suis ravie de savoir que tu vas à Cuba. Je ne me réjouis pas pour moi, mais pour toi. C'est cela que tu m'as enseigné.

– Allez, ma chérie. Cela suffit. Mes joues vont devenir encore plus rouges que sous l'effet des flammes. Mais, dis-moi, où en es-tu avec la médecine ?

– J'ai pris ma décision. Je m'habillerai en homme et j'essaierai d'entrer à la faculté de médecine. L'idéal serait qu'oncle Charles me présente comme son neveu. Je doute cependant qu'il se rende à mes raisons et qu'il se prête à cette supercherie. Il aura probablement peur que quelqu'un ne découvre ma véritable identité, ce qui nuirait à sa réputation. Je me demande aussi si tout le monde me prendra vraiment pour un homme.

– L'habit fait le moine, ma chérie. Si tu portes le deuil, tu deviens veuve ou orpheline ; si tu t'habilles en vieille, on te donne dix ans de plus, si tu mets un manteau d'hermine et une couronne d'or, tu deviens reine. Au fait, ne t'ont-ils déjà pas pris une fois pour un mamelouk ?

– De toute façon, comme le dit ton fidèle amoureux : ce qui doit arriver arrive. N'est-ce pas ?

Maryse fit un signe d'assentiment et nous continuâmes à échanger des paroles propres aux adieux.

– Bien sûr, je t'écrirai souvent.

– Bien sûr, je viendrai te voir.

– Bien sûr, je ne t'oublierai pas.

Fauriel

10

J'ai souvent l'impression d'avoir eu plusieurs vies, comme ceux, nombreux, qui, tout au long de leur existence, n'ont jamais cessé de bouger. Mais cette Henriette qui surgit de l'encrier, qui est-elle ? Est-ce moi ? Vraiment moi ? Je n'en suis pas certaine. Certes, je tente de construire un récit véridique. Mais j'ai beau avoir les meilleures intentions, il me semble que chaque page qui me paraît achevée se trouve à égale distance de la vérité et de mes souvenirs. Entre le fait passé et son souvenir se trouve un bosquet embrumé ; un territoire, obscène et innocent à la fois, qui se nomme le temps. Qui pourrait jurer sur un livre sacré que sa mémoire n'est pas marquée par le désir ? N'oublions-nous pas ou, plutôt, ne nous souvenons-nous pas seulement de ce que nous désirons nous rappeler ? Que celui qui, au moment où il rédige ses mémoires, sûr de lui et de son écriture sans artifices, ni omissions ou fantaisies, me jette la première pierre ! Je n'ai quant à moi aucune certitude. Disons pour commencer que mes souvenirs sont éparpillés à la manière des astres au firmament. Ainsi je pourrais comparer cette nuit fameuse où je connus Robert et Maryse, cette nuit terrible et si lointaine où mourut tante Margot, à une étoile de première magnitude ; la nuit de Strasbourg, lune aux trois quarts pleine qui me coûta ma virginité, aussi. Et que dire de la multitude d'étoiles qui brillent ici et là dans l'obscurité de ma mémoire, ces points de lumière que je tente de relier entre eux afin qu'ils dessinent des constellations ? Le géant Orion pourrait figurer par exemple la campagne de Russie. Et ainsi de suite. Par l'ordre et par la grâce des mots, je tente ainsi de donner une apparence figurative à mon passé, à mon ciel, à cette existence qui, d'une autre manière, loin de former ce récit ordonné que construisit ma plume, pourrait être représentée par une chaotique traînée de comète. Mon œuvre, comme la plupart de celles qui prétendent dévoiler la vie de leurs auteurs, contient beaucoup de fiction, peut-être même est-ce un roman.

Plus d'une fois, je me suis demandé quelles étaient les raisons qui me poussaient à écrire. Je ne suis sûre que d'une chose : je ne poursuis aucun but édifiant, et encore moins un but civique ou éducatif. Je ne suis pas une Moll Flanders. Je n'écris pas non plus pour améliorer ma situation ou pour défendre une cause ; encore moins par vanité, ce défaut si commun aux gens de lettres. Je crois pourtant que tous les travaux d'écriture ont une fin utilitaire ; ils constituent en quelque sorte un plan de bataille destiné à obtenir un certain triomphe matériel ou spirituel. Alors ? Quels sont les intérêts secrets qui me poussent à écrire ? Je crois avoir déjà répondu en partie : j'écris pour le plaisir de raconter mes souvenirs, aussi mensongers soient-ils ; j'écris pour le plaisir de sortir de l'oubli les visages de ceux que j'ai aimés, j'écris pour que resurgisse la magie de certains moments, j'écris pour revisiter mes frayeurs, mes doutes, mes ambitions, mes erreurs et mes vérités ; j'écris encore pour le plaisir de brasser ma propre vie et de la poser sur la table comme les cartes d'un jeu de solitaire, le deux de carreau sur l'as, le quatre de pique sur le trois et j'espère ainsi réussir à poser le dernier roi sur la dernière reine... J'écris pour que tout cela dure un peu plus que mes jours, et vole, et éclaire comme une luciole obstinée ce monde passé dont déjà on ne distingue plus les traits, pas même en imagination. Grâce à toi, lecteur, qui que tu sois, ces aventures et ces émotions sur lesquelles tu t'attardes brilleront le temps de ta lecture. Un instant, homme ou femme d'un autre siècle, tu auras l'illusion de me regarder dans les yeux et de sentir mon cœur battre au son du tien. Je jouerais donc à exister de nouveau ? Pourquoi pas ? Le plus ténu des fantasmes ne représente-t-il pas une vraie victoire sur la mort ?

*

Emmitouflée dans mon manteau de voyage, essuyant régulièrement la buée que faisait mon haleine sur la vitre, je regardais défiler par la fenêtre de la voiture cette ville dont j'avais tant entendu parler. Assis en face de moi, oncle Charles énumérait les églises, les palais, les immeubles, les places, les rues et les maisons qui méritaient un commentaire, quelle qu'en soit l'importance historique ou présente. Paris ! Enfin Paris ! Un Paris d'hiver, humide, venteux et froid mais un Paris tout de même !

Nous avions loué le rez-de-chaussée d'une maison située rue du Faubourg-Saint-Honoré, un excellent quartier. Nous étions confortablement installés. Nos deux chambres étaient sans doute un peu petites, mais le salon, vaste du point de vue des Parisiens, possédait une bonne cheminée et permettait de recevoir. Une mansarde au dernier étage, divisée par une planche de bois, servait de logement à Pierre et à Françoise. (Il y a un an, avant de partir à New York, j'ai eu l'occasion de parcourir le quartier des grands boulevards, de voir ces magnifiques immeubles et parcs dessinés par le baron Haussmann. Quelle différence ! Mon Paris, qui était pourtant déjà la principale cité d'Europe continentale, était beaucoup plus modeste : il y avait encore beaucoup de rues non pavées. La saleté et les mauvaises odeurs dues aux restrictions d'eau étaient courantes. C'était un Paris vieux et pauvrement illuminé par de rares lanternes à huile, un Paris qui commençait à peine à s'étendre au-delà de son centre médiéval grâce aux travaux ordonnés par Napoléon. Et pourtant...)

À cette époque, les cours de la faculté de médecine débutaient en janvier, et cela coïncidait avec le tirage au sort de la conscription militaire. Aussi, j'attendis patiemment qu'oncle Charles fût bien installé et plongé dans la routine de son nouveau poste à l'hôpital du Val-de-Grâce pour lui faire part de mes projets. Une fois sa vie quotidienne bien réglée, je profitai de son anniversaire – Françoise avait commandé un grand dîner – pour lui demander son appui. Il écouta mon discours – très préparé – relatant la naissance de ma vocation ainsi que les arguments étayant ma certitude de pouvoir me faire passer pour un homme. Il garda ensuite le silence pendant plusieurs minutes, évitant mon regard et tapotant avec son doigt le bord de sa coupe de vin. Puis, finalement, il répondit :

– Je sais, par expérience personnelle, ce que représente l'appel de la vocation. Si tu veux orienter ta vie en aidant les autres, tu n'as pas besoin de te travestir en homme. La faculté de médecine a ouvert un département d'études pour les sages-femmes. Existe-t-il meilleure vocation que celle d'assister les personnes de ton sexe au moment où elles mettent au monde ?

Le ton sur lequel mon oncle prononçait ces paroles me fit instinctivement comprendre qu'il essayait, tant bien que mal, de se sortir de ce mauvais pas.

– Je ne veux pas être sage-femme. Je veux être chirurgien, comme vous, dis-je fermement.

– Mais où te crois-tu ? s'exclama-t-il, étonné par mon ton véhément. C'est absolument impossible, Henriette, ajouta-t-il en ouvrant les bras avec son habituel geste d'impuissance. Le règlement de la Faculté a été réformé et on exige maintenant à l'entrée le titre du baccalauréat.

– Le baccalauréat... le diplôme du baccalauréat ? dis-je en balbutiant.

– Oui, pendant la Révolution, la Faculté était fermée, et la profession a été inondée de canailles et de charlatans sans aucune éducation. Ils ne soignaient pas et avançaient même l'heure de la mort de leurs patients. Il est donc maintenant stipulé que tous ceux qui exercent comme médecins ou comme chirurgiens et ne peuvent exhiber les titres accrédités doivent passer un examen rigoureux. Quant aux nouvelles inscriptions à la Faculté, elles ne sont acceptées que sur présentation du titre du baccalauréat, une exigence à laquelle même les étudiants étrangers n'échappent pas.

– Mais j'en sais autant, si ce n'est plus, qu'un bachelier ! protestai-je. Vous connaissez l'excellente éducation que tante Margot m'a donnée. Je peux écrire en grec, en latin, en italien et en espagnol ; je connais la géométrie, la littérature, la géographie, la philosophie... À Foix, je possède une collection d'insectes et de fleurs... Oh ! oncle Charles, quel malheur ! Il n'y a aucun moyen de passer outre ?

– Non, ma fille, répondit-il en pressant ma main dans les siennes de manière compulsive (il se rendait compte que mon désir n'était pas un caprice de grande oisive). Les autorités de la Faculté sont peu enclines à accorder des faveurs. Cela pourrait leur coûter leur poste... Mais qui sait ? Ces règles changeront peut-être un jour.

Je vais te dire ce que tu peux faire en attendant. Tu trouveras dans ma chambre tous mes livres. Je t'autorise à les lire et à me demander tout ce que tu ne comprends pas. C'est déjà beaucoup ! Tout ce que tu peux apprendre à la Faculté, du moins en théorie, s'y trouve. C'est la seule chose que je peux faire pour toi pour le moment. Crois-moi, je suis vraiment désolé.

Je le remerciai de ses bonnes intentions avec un baiser sur la joue et je courus dans ma chambre pour pleurer. Au bout d'un moment, éprouvant la nécessité de raconter ma déconvenue à quelqu'un, à une autre femme, je pris la plume et écrivis à Maryse une longue lettre. Je terminai en lui promettant de lui rendre visite : « Comme tu vois, mes illusions se sont effondrées. Je ne m'habitue pas à vivre sans ta compagnie. En décembre, quand mon avocat m'enverra la rente de Foix, j'achèterai un billet pour le premier bateau qui lève l'ancre vers l'Amérique. »

*

Mon sentiment de frustration ne disparaissait pas, malgré la perspective de passer une saison avec Maryse et Robledo. Les mois suivants s'écoulèrent cependant avec bonheur. Nos voisins du deuxième étage, un jeune couple répondant au nom d'Ophile, étaient des personnes ouvertes et joviales qui se plaisaient en ma compagnie. Leurs revenus étaient modestes, et j'appris avec eux l'art de l'économie si cher aux Parisiens. Savoir vivre avec peu d'argent m'aura d'ailleurs été utile tout au long de ma vie. Le dimanche, serrés dans mon nouveau cabriolet – la grosse voiture de tante Margot s'était révélée peu commode dans les rues étroites et fréquentées de Paris –, nous faisions de longues promenades à Versailles, Saint-Cloud, Fontainebleau, Rambouillet. Avec l'arrivée du printemps, et pendant qu'Armand Ophile accomplissait ses heures de travail dans un bureau d'avocat, Marie-Louise, Françoise et moi allions à pied profiter du jardin des Tuileries ou, utilisant les services de Pierre qui connaissait déjà la ville comme le plus parisien des cochers, nous nous dirigions vers les potagers de banlieue où nous achetions des fruits ou des légumes frais. D'autres fois, et c'était surtout un prétexte pour sortir de la maison, nous observions les travaux de construction, remarquant les avancées de semaine en semaine pour ensuite informer oncle Charles, qui n'avait d'yeux que pour ses malades. « Il ne manque que les pavés au grand arc de l'Étoile... Le chantier du théâtre de l'Odéon a beaucoup avancé... On dit que les bas-reliefs en bronze de la colonne de la place Vendôme sont déjà fondus. La rénovation du Louvre avance bien, ils vont bientôt enlever les échafaudages de l'arc du Carrousel... »

Je ne manquais pas, par ailleurs, de prétendants pour me faire la cour. J'avais choisi comme premier béguin, parmi la demi-douzaine d'officiers qu'oncle Charles m'avait présentés (sûrement dans le but de me faire oublier un peu la médecine), le plus jeune et le plus original de tous : le comte Alfred Lubomirski, une des lances les plus habiles de la cavalerie polonaise, qui servait dans la Grande Armée. Mon oncle l'avait connu à l'hôpital, où il avait été envoyé sur la recommandation du général Poniatowski. On lui avait extrait de l'épaule des débris de mitraille qui gênaient les mouvements de son bras droit. Il me faut préciser que si je le préférais au restant de mes admirateurs, ce n'était pas pour sa noble lignée et encore moins pour son port altier. Mais parce que la première fois que nous étions allés ensemble au théâtre, il avait prononcé, au moment des adieux, des mots insolites, qu'aucun de mes admirateurs n'avait jamais employés : « J'aimerais beaucoup vous accompagner de nouveau, madame Renaud. Je pense que vous êtes une femme charmante et singulière. Cependant, j'ai le devoir de vous dire que je ne vous demanderai jamais en mariage et que je n'arriverai à rien de sérieux avec vous. Je suis déjà engagé. Et personne ne peut rivaliser avec ma promise. Elle s'appelle Pologne. Il s'agit de ma pauvre patrie, déchiquetée trois fois et réduite aujourd'hui à un duché mesquin. Je lui dédierai toute ma vie, tous mes efforts, tout mon sang, jusqu'à ce qu'elle recouvre son indépendance et sa grandeur. »

Cette même nuit, je pressentis, en me rappelant ses paroles et sa voix magnifique, que j'allais tomber amoureuse.

Que puis-je dire d'Alfred ? Il avait vingt-deux ans et plus ou moins la stature et la silhouette de Robert. Ses yeux étaient d'un bleu intense, et sa chevelure rousse etait en permanence décoiffée. Son visage, caractérisé par un nez proéminent qui lui donnait ce profil d'aigle commun à de nombreux Polonais, avait souvent une expression un peu dédaigneuse – sans être agressive –, alors très à la mode. Dès son adolescence, il s'était battu en Italie avec la légion de la Vistule, où il s'était distingué, puis l'avait quittée pour servir d'ordonnance au maréchal Ney. Sa mère, fille d'une princesse nantie, était morte quand il avait neuf ans et lui avait laissé toute sa fortune. Son père, membre lui aussi de la haute noblesse, était un homme brillant et un voyageur infatigable : il avait non seulement parcouru l'Europe, visité la Chine et la Mongolie, mais aussi connu le monde islamique et publié ses impressions de voyage. Ce qui n'empêchait pas Alfred, tout en reconnaissant l'étendue de son savoir et ses nombreuses décorations honorifiques, de lui reprocher d'avoir abandonné les convictions patriotiques de sa jeunesse pour se mettre au service du tsar Alexandre. Alfred en voulait surtout à son père d'avoir demandé au tsar d'intercéder en sa faveur lorsqu'il avait été blessé et capturé par les troupes russes. Son père – et cela les avait définitivement éloignés l'un de l'autre – avait en effet demandé au souverain la liberté de son fils en l'assurant que celui-ci ne reprendrait plus jamais les armes contre sa couronne. « Il est impardonnable : il ne m'a même pas consulté alors qu'il connaissait parfaitement mes inclinations politiques », se plaignait-il. « Ce n'est pas que je me sente tenu d'honorer la parole donnée par mon père à un satrape, mais il est impossible que nous nous réconciliions. » Je ne peux m'empêcher de souligner que ses sentiments étaient ambigus. Alfred, passionné de littérature – quand il venait me voir, il aimait en débattre longuement avec Françoise –, admirait son père en tant qu'écrivain et n'hésitait pas à le comparer à Lesage. (Des années plus tard, j'eus l'occasion de lire une pièce de Lubomirski père, publiée à Paris, intitulée *Don Roque Busqueros.* Cette histoire espagnole faisait sans doute partie du long roman que, selon Alfred, son père écrivait au milieu de ses voyages et de ses occupations. Et sans ôter son mérite à *Gil Blas*, les pages picaresques du Polonais m'ont semblé beaucoup plus ingénieuses et passionnantes.) Au cours de ce printemps et d'une partie de l'automne, le temps que dure son rétablissement et avec l'accord d'oncle Charles, Alfred fut le compagnon de presque toutes mes soirées. Afin de donner l'impression qu'il n'existait entre nous aucun engagement, j'acceptais de temps en temps le bras de Jules Lavalette, un capitaine de grenadiers qui me faisait la cour plus sérieusement. J'allais ainsi plus d'une fois, avec l'un ou l'autre, au cirque du boulevard du Temple – dont je décrivis les audacieux numéros équestres à Maryse – et à tous les théâtres, une multitude si l'on tient compte qu'en plus de l'Opéra, du Théâtre-Français, du Louvois et des opéras-comiques de Feydeau et des Italiens, il y avait près de vingt salles à Paris. J'étais assez étonnée qu'Alfred ne m'invitât jamais à un bal, et vers la mi-août, quand je reçus une invitation pour le bal qu'offrait la ville de Paris à Napoléon pour son anniversaire, je lui demandai s'il allait y assister.

– Les bals m'ennuient, madame. Je sais qu'ils ont une fonction politique et sociale, mais comme je ne m'intéresse pas aux progrès de ma carrière et que je ne suis pas non plus un chasseur de fortune ni un séducteur, je préfère les ignorer. En fin de compte, qu'est-ce qu'un bal ? Une foule de gens endimanchés et transpirants qui s'apprêtent afin de se marcher sur les pieds, de boire du champagne tiède et de tenter de dire des choses gracieuses et intelligentes qui permettent d'obtenir un rendez-vous privé.

– Il y a des gens qui aiment danser pour danser, répliquai-je vivement, vexée parce que je m'étais faite à l'idée qu'il m'accompagnerait. Quant à moi, je ne cache pas que j'aime les valses et porter de temps en temps mes bijoux.

– Que ne me l'avez-vous dit, madame ! Je n'ai rien contre la musique et les diamants. Quand il vous en saura gré, je louerai une grande salle de bal avec des musiciens, je porterai mon uniforme de grand gala afin que nous dansions des valses jusqu'au petit matin. Vu ma maladresse, je doute que vous souhaitiez répéter ensuite l'expérience.

– Vous êtes insupportable, ce soir, lieutenant.

– Et même ennuyeux à mort ! dit-il en riant.

Il demanda immédiatement à Françoise ses gants et sa chapka polonaise.

– Que préférez-vous, l'Opéra ou le Théâtre-Français ?

– Le Théâtre-Français. Talma rejoue *Cinna.*

– C'est ce que je pensais, j'ai réservé une loge.

Les choses étant ce qu'elles étaient, j'acceptai l'invitation de Lavalette pour aller au bal, dont on disait par avance des merveilles. Napoléon, assurait-on, y assisterait en personne, ainsi que toute la grande bourgeoisie parisienne. Jusqu'au désastre de la campagne de Russie, la majeure partie de la population de Paris soutenait en effet Napoléon. Elle avait ses raisons. On vivait naturellement mieux que sous la monarchie ; les industriels et les commerçants faisaient de l'argent, et il régnait un sentiment croissant d'ordre civil. Sans compter que les chantiers de construction donnaient du travail à beaucoup. Mais il y avait quelque chose de plus. Comme le pouvoir impérial était centralisé à Paris, les Parisiens commençaient à se sentir propriétaires de la France. Ce sentiment, qui englobait en réalité des territoires situés au-delà du Rhin ou des Pyrénées, était entretenu par la presse officielle – *Le Moniteur*, le journal de l'Empire – qui peignait Napoléon comme le nouvel architecte de la nouvelle patrie, et Paris comme le centre administratif et militaire du savoir du monde civilisé. Ainsi, en quelques années, Paris et Napoléon s'étaient tant rapprochés que son absence – que nous pouvons comparer sans beaucoup exagérer à celle du soleil – provoquait une confusion générale dans la ville. Lorsque Napoléon et Joséphine séjournèrent à Bayonne pour régler l'ascension de Joseph Bonaparte sur le trône d'Espagne, toutes sortes de rumeurs parcoururent la ville. Marie-Louise par exemple, comme s'il s'était agi d'une affaire concernant sa propre famille, frappa à ma porte à sept heures du matin pour me dire que l'Empereur était sur le point de divorcer et que le diadème que porterait la nouvelle impératrice était déjà acheté. J'avais entendu cette rumeur la nuit précédente – anticipant ce qui se produirait deux ans plus tard. L'inquiétude augmenta quand on découvrit un complot de quelques vieux militaires qui voulaient réinstaurer la République, et qu'on fut informé de la honteuse déroute que les insurgés espagnols avaient infligée au général Dupont. Ce n'était pas tout. On disait que 80 000 conscrits allaient être appelés très vite pour combattre en Espagne, rumeur qui provoqua l'effondrement des cours de la Bourse. Le fait est qu'à l'instar de tous les Parisiens, je commençais à souhaiter que Napoléon finisse par rentrer, et je fus sincèrement émue le jour où son balcon des Tuileries apparut de nouveau éclairé. Cette nuit-là, la veille du bal, je compris que si sa mort prématurée ou sa chute survenaient, Paris, moi et tout ce qui m'entourait ne seraient plus jamais ce qu'ils étaient.

J'étais déjà habillée, et je m'apprêtais, face au miroir, à mettre les bijoux de tante Margot, lorsque Françoise entra dans ma chambre avec un message qui lui avait été remis par un soldat. Je n'avais rien à lui cacher et je lui demandai de me le lire à haute voix : « Madame, je regrette sincèrement de ne pouvoir vous accompagner ce soir. Croyez que j'ai de bonnes raisons pour cela. Avec l'espoir de mériter votre pardon, je m'agenouille à vos pieds. Capitaine Jules Lavalette. »

– Quelle contrariété ! m'exclamai-je. De bonnes raisons... Il aurait pu écrire ce message hier !

– Et ton oncle qui est déjà parti avec le cabriolet chercher madame Bagnol, dit Françoise, désignant l'aimable et fortunée divorcée courtisée par oncle Charles. Il va falloir que tu t'y rendes dans une voiture d'appoint.

– Il ne manquait plus que cela. Tant pis, je n'irai pas au bal. Nous ne sommes plus au temps de Cendrillon, lorsqu'une femme arrivait seule à un bal offert par le roi, dis-je en donnant un coup de pied en l'air qui fit sauter ma chaussure de mon pied.

Nerveusement, je commençai à retirer le lourd collier de diamant et d'émeraudes.

– Laisse-moi t'aider, dit Françoise, en voyant que mes doigts tremblants n'arrivaient pas ouvrir le fermoir. Ça y est. Je le range dans l'étui ?

– J'avais tellement envie d'y aller, me lamentai-je. Mais toute seule, non !

– On frappe à la porte, avertit Françoise. Calme-toi, je reviens tout de suite, dit-elle en mettant le collier dans l'étui.

– Je parie que c'est mon oncle ! dis-je, excitée à l'idée qu'il était revenu avec madame Bagnol afin que nous allions tous ensemble au bal. Je vais ouvrir.

Boitillant avec une seule chaussure, je marchai jusqu'à l'entrée, tournai le loquet et soulevai la barre de fer pour ouvrir la porte. Je restai bouche bée.

– Bonsoir, madame. Je me demande si vous me feriez l'honneur de m'accompagner au bal de l'Hôtel de Ville, dit Alfred, d'une voix plus vibrante que jamais, tout en levant les doigts sur la visière vernissée de sa chapka.

*

J'étais donc à nouveau là, nue, dans le lit d'un homme. Je me mis à faire le compte du temps durant lequel j'avais été fidèle à Robert... Notre dernière nuit à Varsovie avait eu lieu quelques jours avant la bataille de Pultusk... Fin décembre 1806... Et aujourd'hui nous étions le 21 août... Cela faisait un an et huit mois... Comme le temps passait lentement ! En serait-il toujours ainsi ? Si cela continuait, j'allais me sentir très vieille à trente ans... Je reposai la tête sur l'oreiller et regardai Alfred. Il dormait tranquillement. L'expression dédaigneuse de son visage avait disparu et il paraissait maintenant plus jeune qu'il n'était. Peut-être rêvait-il à son enfance. Je me rendis compte soudain que Robert était mort sur la terre qui avait vu naître Alfred. Hiver et printemps. Deux saisons inoubliables dans mon journal amoureux. Ma vie avec Robert avait été hivernale, présidée par la mort. Alfred au contraire, avec la cerise galbée et mûre de son pénis, recouverte d'un inespéré capuchon que mes doigts pouvaient replier – cette nuit, le mystère de la non-circoncision m'avait été révélé –, représentait sans doute le printemps, la beauté tendre et ailée, le dieu au visage d'enfant et à la voix suave comme le son de la corde basse d'une guitare qui, une fois terminées les ennuyeuses figures géométriques d'un quadrille, m'avait enlevée de l'Hôtel de Ville et conduite dans cette honnête chambre peinte en blanc, blanc le tapis, blanc le lit, blancs les draps, blancs les oreillers et blanches les tentures, blanches les bougies qui brûlaient à mes côtés comme des soleils nocturnes. Que dirait le chaste abbé Lachouque s'il savait que ses leçons de mythologie grecque m'avaient servi cette nuit à me réincarner en Perséphone, arrachée des obscures profondeurs du monde de la mort, pour ensuite émerger à la lumière du printemps, une fleur à la main ? Et déjà, dans le jeu des comparaisons, je ne pouvais m'empêcher de chercher à définir les manières de faire l'amour de chacun. Ou, pour le dire autrement, avec qui avais-je le plus joui ? Pour commencer, Alfred, retenant mes mains, avait empêché que je me dévêtisse, préférant le faire lui-même, lentement. Debout, derrière moi, il déposait, comme des papillons tièdes, des baisers sur mon cou, sur ma nuque, sur mes oreilles. Après avoir conclu ce rituel, il m'avait prise dans ses bras et extirpée de l'ample contour de ma robe, pour me poser délicatement sur le lit comme un objet précieux et fragile, comme si ma peau était faite de pétales. Là, à genoux près de moi, portant encore son magnifique uniforme bleu, il avait parcouru mon corps de ses doigts, doucement mais consciencieusement, évitant les seins et le mont de Vénus. Je gardai les yeux mi-clos, me sentant baignée par une pluie magique qui m'imprégnait, transformant le lit en barque et le tapis en un fleuve aux claires rumeurs, mon corps naviguant à la dérive, entraîné par le courant sans savoir où, jusqu'à parvenir dans une anse où le temps et la pluie se seraient arrêtés sans que je ne cesse ni de vivre, ni de sentir, ni d'imaginer, ni d'écouter une lointaine mélodie de flûte, en rêvant à des contrées lointaines – Arcadie, Corinthe, Magnésie ou d'autres lieux similaires, jusqu'à ce que les horloges du temps se réaniment. Le temps ne serait rien de plus qu'une goutte de lumière suspendue sur la barque et je me retournerais vers lui, déjà nu, herculéen, ses doigts frôlant mes tétons, s'approchant, dessinant des murailles de plaisir, effleurant maintenant le duvet de mon pubis comme de furtifs oiseaux de feu, sa langue caressant mes lèvres, sa langue sur ma langue, et la barque qui commencerait à tourner, à bondir, poussée par une vague scintillante, donnant des embardées et piquant du nez au milieu du torrent, esquivant les pierres recouvertes de mousse, les tourbillons bouillonnants, tout devenant écume autour de la barque comme si l'on approchait d'une vaste cataracte. La vapeur, le tonnerre, l'eau qui nous envahissent, et nous qui nous inondons, nous dissolvons, nous précipitons, nous jetons dans une longue chute sans fin, jusqu'à ce que sa lance polonaise me cherche, me trouve, s'allonge vers moi à cet instant où le vertige m'avait déjà perdue, où je la saisis avec désespoir, m'accrochant à elle au milieu du vide pour immédiatement la fixer en moi et la sentir, enfoncée, vive, se balançant lentement à travers ma chair et mon désir...

*

Robert ou Alfred ? L'hiver et ses mains de hussard ou le printemps et sa lance en fleur ? Aujourd'hui encore, je ne peux répondre. Si Alfred m'avait à nouveau fait naviguer dans sa barque enchantée, ou, mieux, si les lumineux orgasmes avec lesquels nous avions célébré l'anniversaire de Napoléon – feux d'artifice dignes d'un empereur – s'étaient répétés, peut-être aurais-je pu répondre. Mais non. Et cette nuit-là fut la seule et unique nuit au cours de laquelle nous nous aimâmes.

Ce n'est pas faute de nous être revus. Dès qu'il avait terminé ses exercices d'escrime et d'équitation, le corps lavé à l'eau de lavande, Alfred m'emmenait au théâtre comme autrefois. Parfois nous nous promenions simplement, bras dessus, bras dessous, près des bords du fleuve avant d'aller dîner dans une auberge quelconque, le plus souvent au Gaulois intrépide, sur la rive gauche. Là, comme si rien n'était jamais survenu entre nous, il parlait de la Pologne, de son père et des mérites des jeunes poètes d'Angleterre et d'Allemagne, thèmes auxquels je faisais semblant de prêter un grand intérêt.

– Madame, j'ai quelque chose pour vous, dit-il un jour en sortant de sa poche un livre de poésie en anglais.

– Avez-vous oublié que je ne lis pas l'anglais ? dis-je avec impatience, désirant qu'il me tutoie, qu'il me prenne la main, qu'il la presse sur ses lèvres, qu'il me dise qu'il m'aime ou du moins qu'il fasse allusion à notre nuit.

– Prenez-le comme un souvenir, insista-t-il.

– Le souvenir de quoi, monsieur ? dis-je en posant le livre près de l'assiette. Du bal de l'Hôtel de Ville ?

– Ah, le bal... Il n'était pas si mal, ce bal. Seulement, comme je vous en avais informé, *danser* n'est pas mon passe-temps préféré, dit-il en insistant avec emphase sur le mot « danser », afin que je comprenne que c'était de faire l'amour qu'il s'agissait. Mais vous avez raison. J'ai oublié que vous ne lisiez pas l'anglais, ajouta-t-il en prenant le livre et en le rangeant rapidement sans me donner le temps de dire que j'aurais aimé le garder.

Ses paroles me blessèrent. Je sentis la chaleur sur mes joues et je supposai que j'avais rougi. Blessée dans mon amour-propre, je poursuivis :

– Décidément, nous ne nous entendons guère quand il s'agit d'affaires de danse. Je n'accepte pas n'importe quelle invitation à danser, mais ce serait une entorse à la vérité de ne pas avouer que j'ai beaucoup aimé *danser* avec vous.

– Vous le dites sans doute par courtoisie, madame. Je me prends pour un mauvais danseur. De toute façon, je n'aurai pas d'autre occasion de vous accompagner à un bal. Mon bras est rétabli et je partirai bientôt. J'ai appris aujourd'hui que les lanciers polonais sont déjà entrés en guerre contre l'Espagne. Permettez-moi, maintenant, si cela vous convient, de commander une autre bouteille de vin. J'aimerais célébrer mon rétablissement en profitant de votre compagnie.

Cette nuit-là, tout fut dit.

*

Oncle Charles s'approcha du fauteuil sur lequel je lisais *Corinne*, de madame de Staël, dont le titre m'avait attiré. Les yeux brillants d'émotion, il me tendit un grand paquet qu'il déposa sur le bras de mon fauteuil.

– Le courrier vient de l'apporter. C'est de Maryse, dit-il en restant debout près de moi, attendant avec curiosité que je l'ouvre.

– C'est une boîte... une grande boîte de havanes... regardez cette jolie lithographie, dis-je en montrant une allégorie en couleur.

– Montre, montre, me pressa oncle Charles. Qu'est-ce qu'il y a donc à l'intérieur ? Je brûle d'avoir de ses nouvelles.

– Des papiers... des gravures, un journal. Des écrits, une lettre, on dirait. Je vais la lire en entier et je vous la passerai, dis-je en fermant la caisse pour lire son contenu dans ma chambre, abandonnant mon oncle à sa curiosité.

Car à l'intérieur de la boîte qui sentait si bon se trouvait une lettre couverte de l'énorme et volubile écriture de Maryse. Il y avait aussi d'autres choses : entre autres, un parchemin enroulé et attaché avec un cordon rouge. Je l'ouvris et le dépliai sur mon bureau. Au début je ne compris pas de quoi il s'agissait, le latin, les caractères gothiques, tant de signatures et de cachets de cire... C'était un titre de bachelier en Art de la Royale et Pontificale Université de La Havane, attribué à Enrique Fuentemayor y Faber.

Il me fallut quelques instants pour me remettre des émotions qui m'avaient fait arpenter ma chambre comme une somnambule. Je me jetai sur mon lit pour lire la lettre de Maryse et chercher l'explication de ce miracle.

La lettre commençait d'un ton moqueur – « Cher Enrique »... – et rendait compte de la vie à La Havane, une ville que Maryse trouvait sale et ennuyeuse, particulièrement pour les dames. Le théâtre y était médiocre et elle l'affirmait en sachant pertinemment que son espagnol était encore débutant et qu'elle ne comprenait pas ce qu'on disait sur scène. Mais cela lui importait peu. Il suffisait de voir ces pauvres gens récitant à grands cris leur texte, sans savoir que faire de leurs bras. Par chance elle était heureuse avec Robledo, en réalité très heureuse malgré tout – d'où j'en déduisis qu'il n'avait pas vendu sa plantation. Pour le reste, ils faisaient de longues excursions à la campagne, où Robledo avait une maison qui surplombait une vallée. L'endroit était magnifique et planté de hauts palmiers. Elle évoquait ensuite la présence de colons français, venus de Saint-Domingue, dans des montagnes proches. Il y avait aussi des Français à La Havane, et même des Anglais et des Américains, mais c'étaient des gens ennuyeux dont la principale occupation consistait à dire du mal des Espagnols. Les musiciens du pays avaient du talent, surtout les Noirs, et l'on comptait de très belles voix. Dès qu'elle aurait appris l'espagnol, elle mènerait quelque projet avec eux, car sa santé allait de mieux en mieux. Ce n'est que dans la dernière page qu'elle parlait du titre de bachelier. Comme on pouvait le supposer, il était faux, mais tout était imité à la perfection, parchemin, calligraphie, encre, cachets, cires, ruban et même les signatures. Enrique Fuentemayor étant natif de La Havane, la lettre était accompagnée d'un passeport, d'un plan de la ville, de quelques gravures, d'un guide étranger, d'un journal et d'une description de l'université, ainsi que d'informations sur les filières et les médecins. Maryse concluait : « Au cas où don Enrique déciderait de ne pas commencer ses études à Paris, madame Henriette Renaud sera accueillie à La Havane avec beaucoup de démonstrations d'affection, de sympathie et de considération par doña Maryse Polidor de Robledo y Echevarria. »

Que faire de tout cela ? Ma vocation était intacte, mais je devais maintenant affronter un double risque : celui de passer pour un homme et celui de paraître natif de La Havane. Mon espagnol n'était pas mauvais, mais j'avais quand même un peu d'accent. Et de là à prétendre que j'étais née à La Havane... Qui pourrait m'assurer qu'il n'y aurait pas parmi les étudiants un autre Havanais, ou quelqu'un qui avait séjourné sur l'île ? Je passai l'après-midi allongée sur le lit, plongée dans ces considérations. Je n'avais aucune envie de quitter ma chambre, mais en m'apercevant que le soleil était déjà couché, je me rappelai qu'Alfred venait dîner. Je savais aussi qu'oncle Charles était impatient de connaître le contenu du paquet. Qu'allais-je leur dire ? Je pouvais avouer la vérité à Alfred ; il prendrait forcément, en tout cas au début, l'affaire très au sérieux. Il réfléchirait et verrait cela comme un acte d'abnégation en faveur des droits des citoyennes de France. Mon noble Polonais ne prenait-il pas la vie comme un poème où les héros luttaient pour des causes impossibles ? De plus, il était sur le départ et j'étais certaine que nous ne nous reverrions plus jamais – en cela je me trompais. Quant à oncle Charles, pouvais-je lui montrer le titre falsifié ? Je me rendis compte immédiatement qu'il n'en était pas question. Son respect pour la profession était tel qu'il s'indignerait, quand bien même savait-il que ce faux titre représentait pour moi l'unique moyen d'entrer à la faculté de médecine. D'un autre côté, serai-je capable de lui cacher la vérité ? Indépendamment de ma répugnance à le tromper, il faudrait bien un jour lui révéler mes intentions. Je m'habillai pour le dîner en pensant à tout cela. Terminant de me peigner, je parvins à la conclusion qu'il valait mieux me taire pour le moment. Je cachai sous mon oreiller la dernière page de la lettre de Maryse, le diplôme de bachelier, le passeport et tous les papiers qui concernaient la médecine cubaine et l'université. Puis je sortis de ma chambre afin de remettre à mon oncle le reste du colis.

*

Il ne me fit aucun adieu. Pas même par écrit. Un beau jour, oncle Charles m'informa que le noble Polonais avait pris le chemin de Bordeaux, d'où il se rendrait en Espagne. Gêné par ce qu'il prenait pour une faute de courtoisie, mon oncle inventa des excuses à Alfred (toutes dénuées de sens) et il me transmit de supposées paroles de remerciement pour lui avoir offert mon amitié pendant les mois de sa convalescence.

Je mentirais si je disais que je n'ai pas regretté son départ. Sa manière d'être, à la fois hautaine et correcte – il ne me tutoya jamais, pas même pendant nos quelques instants de grande intimité –, son aura de chevalier du Moyen Âge, son extravagante chapka et la grande délicatesse avec laquelle il m'avait fait l'amour me manquaient. Je ne pourrais pas dire non plus que je ne l'aie pas aimé. Je l'avais aimé avec toute ma tendresse dans l'espoir de vaincre la présence souterraine de Robert. M'a-t-il aimée ? Je ne pourrais l'assurer. Et s'il m'aima, jamais il ne me le dit. Sans doute représentais-je pour lui un amour transitoire, mineur, une sorte de romance de printemps. Sa réticence à affronter une deuxième fois ma nudité me pousse à penser que je ne lui étais pas si indifférente, que je signifiais quelque chose dans sa vie. Sans doute avait-il craint, au cas où j'entrerais à nouveau dans son lit, que je puisse conquérir une partie de son cœur. Finalement, je ne peux pas lui reprocher de m'avoir moins aimée que sa patrie ; ni même de ne m'avoir jamais écrit. À quoi bon ? Son souvenir, loin de s'être évanoui avec le temps, vient régulièrement m'envoûter. Cela se passe toujours en deux temps, figurant en fait les deux côtés d'une pièce de monnaie, pile et face : plaisir et malheur, cet argent avec lequel on paye la vie. Il y a la nuit magique du bal de l'Hôtel de Ville – ce moment si bref – et l'enfer gelé de la retraite de Russie, lieu qui verrait ma passion renaître, mais dans des circonstances telles que je ne pourrais rien faire pour lui. Je le vis, ce jour-là, grelotter sous une couverture en loques, les pieds enroulés dans des chiffons, aveugle et boitillant sur la route de Vilna. (Aujourd'hui, un après-midi new-yorkais de neige et de vent, alors que ma rue se cache sous un tapis blanc, je pense à Alfred, à sa vaste tombe anonyme et blanche. Je me souviens.)

11

Ce fut un peu comme si je m'étais enfermée dans un couvent. Quelle peut être la vie de Madeleine Dampierre aujourd'hui ? Est-elle morte ou mène-t-elle une existence de putain repentie dans un couvent lointain de La Nouvelle-Orléans, le corps caché dans un habit de bonne sœur de la Charité ? Son visage, que les bonnes sœurs ont pris pour le tien, s'est effacé de ta mémoire aussitôt, comme si, en lui cédant le nom qu'on t'avait donné dans le bain du baptême, tu avais commis le péché impardonnable d'avoir falsifié ton identité pour les registres célestes. Voilà maintenant que tu penses à ton nom, à ce nom multiple et dispersé, que tu imagines surtout à Cuba, couché dans les archives poussiéreuses des tribunaux, des mairies, des prisons et des hôpitaux, calligraphié sur des papiers accusateurs, imprimé en pamphlets et en gazettes sur des pages et des pages jaunies... Ce nom, qui est peut-être encore inscrit dans les souvenirs de Juanita – qui sait ? Fait-elle d'ailleurs encore partie de ce monde ? Une Juanita déjà triste, finie, veuve sûrement, se souvenant comme tu le fais maintenant de ses vigoureuses années, dans cette ville solitaire et ardente de Baracoa... Mais d'où vient ce ton nostalgique et sans entrain avec lequel tu écris ce matin ? Le soleil brille. Il est joyeux et entreprenant. La neige d'hier commence à fondre et dégouline sur la vitre de la fenêtre. Pourquoi supposes-tu que ton nom – Henriette Faber-Cavent, ou Enriqueta, comme ils t'appellent à Cuba – ne connaîtra pas un meilleur destin ? Tu aimerais plonger la tête dans un gros livre d'histoire de la médecine, qui te célèbre comme un chirurgien précurseur ? Tu voudrais aussi, chère amie, à l'heure solitaire où fleurit ton optimisme, t'imaginer que, dans l'avenir, un auteur de biographies extravagantes s'intéressera à ta vie ? Un romancier, qui n'est pas encore né, découvrira peut-être tes mémoires dans le recoin d'une vieille librairie. Il te dépeindra comme une héroïne, ne serait-ce que pour le plaisir de mettre en scène une femme en situation de veuve, de soldat, de mère, de médecin et de mari (tout cela en espérant qu'il ne te confonde pas avec la bonne Madeleine et qu'il ne mêle pas à ta vie des histoires de putain et de sœur de la Charité).

Je disais donc qu'il s'agissait de quelque chose qui ressemblait beaucoup à une entrée dans les ordres.

Je me coupai les cheveux.

Je changeai de nom.

Je me séparai de tous mes proches et de mes amis.

Je m'habillai en noir.

Je partis vivre seule dans une espèce de cellule du Quartier latin qui était encore, ces années-là, une ruche où se pressaient soubrettes, poètes et étudiants.

J'y fus heureuse, si on admet qu'il existe de nombreuses et variées façons d'être heureux, mais qu'aucune ne perdure. Oui, j'étais vraiment heureuse. Un bonheur lié à l'allégresse d'avoir été capable de rompre avec ce faux sentiment de sécurité que nous donne l'ordre quotidien, ces habitudes qui me faisaient couvrir chaque matin mon corps d'un tiède et douillet édredon, en buvant un délicieux chocolat, en mangeant des petits pains chauds et en lisant la *Gazette de France*. Un bonheur énergique et stimulant comme le roulement matinal du tambour ou l'air de la montagne. Un bonheur semblable à celui que j'avais ressenti lorsque, laissant Maryse et mon attelage derrière moi, j'avais enfourché Jeudi et que, déguisée en mamelouk, je m'étais lancée vers l'inconnu.

*

En ce temps-là, les études de médecine étaient très prisées au sein de la jeunesse éduquée. Cet intérêt, très récent, provenait des changements profonds et expérimentaux subis par l'enseignement de la médecine, qui avait été auparavant longtemps laissé à l'abandon. Les bases conceptuelles soutenues par la nouvelle école préconisaient l'intégration à la médecine de la chirurgie, considérée comme une branche de la même science – jusque-là ces deux disciplines étaient séparées – et la valorisation de la pratique clinique par rapport à la théorie. L'observation du malade devenait incontournable et l'étudiant novice s'entendait répéter à longueur de journée ces paroles de Cabanis, un des pères de la nouvelle école : « La vraie instruction des jeunes docteurs ne se trouve pas dans les livres, mais dans les lits des patients. » La Faculté reconnaissait cependant son importance à l'étude théorique, qui comprenait l'anatomie, la physiologie, la pathologie, la chirurgie, l'obstétrique, la pharmacie, la chimie, la physique, les sciences naturelles, l'histoire de la médecine et d'autres matières encore. Mais au sein de la Faculté, on privilégiait la pratique au détriment de la théorie. L'importance accordée à la dissection des cadavres était telle que celle-ci constituait toute une école en soi, récompensant les étudiants qui s'y distinguaient avec une médaille d'or. En résumé, l'instruction que l'on nous donnait était empirique et matérialiste ; sa perspective, réaliste et sociale, dérivait en grande partie de l'expérience révolutionnaire et de la pratique chirurgicale acquise dans les hôpitaux militaires.

L'inscription était libre, même si les académies des différentes régions du pays avaient la possibilité d'envoyer des « élèves de la Patrie », c'est-à-dire des jeunes gens qui avaient été sélectionnés localement par concours et qui étaient à peine soutenus par une misérable bourse d'État. Ils étaient environ trois cents à la faculté de Paris. Ils vivaient dans des combles remplis de rats et de vieux livres, portaient des sabots, des vêtements sales et rapiécés. Ils buvaient des piquettes vinaigrées dans lesquelles ils mouillaient des croûtons de pain dur au cours de longues nuits blanches et somnolentes. Nombre d'entre eux étaient fils de paysans ou provenaient de milieux modestes. Ils gardaient perpétuellement à l'esprit le fait que, sans les nouvelles lois, ils ne seraient jamais sortis de leurs villages ni de leurs hameaux. Ils étaient peu communicatifs, peu confiants et l'ambition les faisait rivaliser férocement. Ils aimaient exhiber leur connaissance du latin, même si celui-ci était considéré dans la Faculté comme une langue morte ; tout l'enseignement se faisait en français et peu de candidats au titre de « Docteur » auraient encore écrit des thèses de style classique. Le reste des étudiants vivait mieux. Les Parisiens, parce qu'ils habitaient avec leur famille et n'avaient pas à payer leur logement et leur nourriture ; ceux qui venaient de province ou de l'étranger – ce qui était supposé être mon cas – parce que, fils de familles aisées, ils recevaient des sommes d'argent qui leur assuraient une certaine aisance. En général, et à la différence des opiniâtres et solitaires « élèves de la Patrie », ils étaient de nature joviale, aimaient la bonne vie et prenaient pour amantes des soubrettes. L'apprentissage de la médecine était plus difficile que celui de bien d'autres disciplines. Il n'y avait pas de vacances. Des listes de présence étaient établies au début de chaque cours et les examens oraux et écrits étaient particulièrement ardus. Sans compter les nombreuses heures dédiées à la pratique clinique. Cela leur laissait à peine le temps d'assister de temps en temps à des spectacles de théâtre ou de danse. Les dimanches, dès que le temps le permettait, on les voyait assis au bois de Boulogne ou au bois de Vincennes autour d'une nappe étalée sur l'herbe, embrassant leurs conquêtes, chantant des couplets picaresques et buvant sans soucis. Le passant ou le promeneur qui les surprenait au cours de ces moments de divertissement – c'est une façon de dire – aurait eu du mal à imaginer que le soir même ils seraient en train d'apprendre par cœur les noms et les fonctions des muscles du visage, ou de s'intéresser aux os du pied pour le cours du lendemain.

Nos professeurs étaient compétents et efficaces. Ils étaient au total près de trente, chaque matière étant dirigée par un professeur et un adjoint. La plupart avaient servi dans l'armée et beaucoup occupaient des charges d'internes des hôpitaux. Ils étaient nommés sur concours, mais le gagnant n'était pas toujours le meilleur des candidats : toutes les écoles de médecine (Paris, Montpellier et Strasbourg), l'administration de tous les hôpitaux et les institutions liées au domaine de la santé étant à la charge de l'État, il était fréquent de voir la place disponible concédée au favori d'une personne influente. De plus, à l'intérieur du système de santé publique – un vaste réseau réparti sur le territoire –, l'enseignement était considéré comme un sacerdoce patriotique et même comme un devoir militaire. Depuis 1792, le pays était sur le pied de guerre. De même que la conscription militaire exigeait du sang nouveau chaque année, les services de l'armée et de la marine réclamaient de nouveaux médecins, chirurgiens, assistants et pharmaciens. Il était acquis que les coûts de la guerre justifiaient les bas salaires et une terrible corruption pourrissait tout le système. À l'Université, où sur ordre de Napoléon les salaires avaient été réduits de moitié, les thèses doctorales pouvaient être achetées ; un étudiant aisé était ainsi certain de trouver un professeur disposé à écrire sa dissertation. Il serait cependant bien malhonnête vis-à-vis de mes maîtres, ce ne serait pas leur rendre justice que d'omettre de souligner combien la plupart d'entre eux étaient sérieux, talentueux et engagés.

Récemment, en visitant Paris, le bon état des immeubles de la faculté de médecine m'a étonnée. Combien d'années encore seront conservés ce magnifique portique, ces six colonnes ioniques, le bas-relief allégorique du fronton, la grande salle d'entrée, les hautes fenêtres ? Il y a encore, au fond, le grand escalier, en haut la bibliothèque, le musée avec ses organes anormaux et ses fœtus flottant dans l'alcool, la salle du conseil entourée de magnifiques tapisseries des Gobelins ; en bas à gauche, la grande cour de l'École pratique, les six pavillons de dissection, à l'intérieur, les tables d'ardoise grise, cinq étudiants par cadavre, l'odeur pénétrante du liquide antiseptique ; plus loin la seconde cour, le majestueux amphithéâtre en forme de rotonde, ses gradins, sa coupole, ses lucarnes, ses figures Renaissance... Il me semble voir encore tout cela avec mes yeux d'hier.

*

Par chance, peu d'étudiants de ma classe parlaient espagnol et aucun n'était cubain. Il y avait bien un étudiant de Mexico et un autre de Buenos Aires, tous deux fils de commerçants, mais lorsque nous avions fait connaissance, ils avaient eux-mêmes proposé que nous parlions français afin d'apprendre à mieux manier l'art de la conversation. Venant d'Espagne, il y avait encore deux frères catalans qui parlaient toujours dans leur langue ; les autres étaient rentrés chez eux pour prendre le parti des insurgés. Cependant, dans le but de dissiper tous les soupçons, je tentais d'imiter en français le fort accent du Mexicain et de l'Argentin. À l'attention de ceux qui me demanderaient des informations sur La Havane et ses coutumes, j'avais mémorisé toute la documentation que Maryse m'avait envoyée. Je me l'étais appropriée étonnamment vite, au point que j'étais capable de parler avec conviction aussi bien des châteaux, des églises, des places et des rues de la ville que de son enviable situation géographique, du climat, de la température, de la pluie et du vent et surtout des fabriques de sucre, du travail des esclaves et de l'industrie du bois ou du cigare. Au bout d'une semaine, mon culot était tel que je pouvais rendre compte de l'état de la médecine cubaine, dirigée par l'institution du Protomedicato*, ainsi que des matières enseignées à l'université. Je décrivais aussi la maison que mon oncle Robledo possédait face à une vallée remplie d'immenses palmiers et d'arbres, dont j'énumérais les noms des fruits exotiques – *mamey, guanabana, marañon, caimito, mamoncillo* – sans avoir la moindre idée ni de leur apparence, ni de leur saveur. Comme cela promettait d'être un jeu long et divertissant, j'écrivis à Maryse que mes études allaient bien mais que j'avais besoin de plus de journaux et d'informations générales sur l'île. Un jour, je me rendis compte, par un hasard de la vie, qu'au lieu d'être connue comme Enrique Fuentemayor, on m'appelait à la Faculté « le Havanais ».

Les précautions que je devais prendre pour cacher ma condition de femme étaient très exigeantes car permanentes. Il y avait d'abord le problème de la voix. Maryse m'avait dit un jour que si j'avais fait du chant, j'aurais été mezzo-soprano. Cela jouait en ma faveur : ma voix n'était certes pas aussi grave que celle de tante Margot, mais elle n'était pas trop aiguë. Au début, j'utilisais le registre le plus grave auquel je pouvais parvenir, en sortant les mots du fond de la gorge. Mais je découvris rapidement que cela affectait mes cordes vocales et me faisait parler d'une manière rauque et éteinte quasi inaudible. Je décidai, en ultime ressource, d'utiliser la voix de Chat botté que Maryse m'avait enseignée, cette voix qui sort de l'estomac et non de la gorge. La situation s'améliora, mais je ne réussis jamais à obtenir un timbre qui me satisfasse véritablement.

* Protomedicato de La Havane : sorte de tribunal tenant à la fois du conseil de l'Ordre et de la Faculté.

Par chance, trois ou quatre autres étudiants possédaient des voix encore plus plates que la mienne.

Il me fallut plus de temps pour apprendre à imiter les façons de marcher et de s'asseoir des garçons, ainsi que les gestes proprement masculins. J'achetai pour cela un miroir vertical dans lequel je pouvais me voir en entier. Je ne m'étais jamais rendu compte jusque-là combien les hommes se grattaient, se lissaient les cheveux, reniflaient, crachaient, se curaient les dents ou se palpaient la braguette, même les mieux éduqués. Pendant les cours, j'observais mes compagnons et je prenais note de la fréquence avec laquelle ils portaient la main au visage pour se gratter le nez, se tenir le menton ou se mordiller les doigts ou les ongles. Le manque de poils sur le visage – une de mes préoccupations – n'était en fait pas un obstacle. Plusieurs étudiants étaient blonds et imberbes. Le vrai problème était mes seins. Si la nature m'avait concédé un petit buste, elle s'était montrée prodigue avec mes mamelons qui étaient si larges et si épais que tante Margot les avait comparés à ceux d'un mouton. Cette perversion anatomique avait contribué à ma timidité au cours de mon adolescence, car cela se remarquait souvent, même quand je portais des habits d'hiver.

Mais il suffit que Robert me prouvât que cette démesure représentait pour lui un attrait – comme le blond duvet frisé qui se trouvait entre mes cuisses – pour qu'elle devînt l'arme favorite de mes coquetteries, au point que je me sentais flouée si les regards masculins ne se posaient pas, ne fût-ce qu'un instant, sur les deux protubérances que ma chemise ou ma robe tentait en vain d'aplatir. Maryse avait renchéri face au goût de Robert. « C'est ainsi, ma chérie, les hommes deviennent fous avec ces défauts. Tout le monde sait que la duchesse de La Vallière était boiteuse et que je ne sais plus quelle femme d'Henri VIII avait un petit doigt de plus. Quant à moi, j'ai appris que mes lèvres charnues et la grande taille de mon nombril constituent mes principaux charmes. Moi qui avais si longtemps imaginé que mes yeux et mes mains représentaient les parties les plus attrayantes de mon corps ! »

Bien sûr, on ne remarquait pas mes mamelons quand je portais un gilet et une redingote, mais lors des travaux pratiques de dissection, ou lorsque nous aidions un chirurgien à l'hôpital, il était normal et habituel de travailler en chemise, les bras dénudés, et de porter une sorte de tablier dont l'épaisseur ne suffisait pas à les cacher. Je n'eus donc d'autre solution que d'envelopper mes seins dans une bande de soie qui faisait plusieurs fois le tour de mon torse – un remède particulièrement douloureux quand mes ganglions s'enflammaient à l'approche de mes règles. Pour le reste, j'étais plus que satisfaite de ne plus avoir à montrer une attitude passive devant mes interlocuteurs, et j'adorais pouvoir me balader en caleçons, même si je devais coudre un petit coussin dans mes sous-vêtements à la hauteur de la braguette.

*

Quatre mois après avoir commencé mes études, et alors que je m'étais déjà habituée à ma vie indépendante, nous entrâmes à nouveau en guerre, cette fois-ci contre l'Autriche. Le jour même où j'appris la mobilisation – plusieurs étudiants ayant une expérience militaire avaient été appelés à servir –, je reçus une brève missive d'oncle Charles m'informant qu'il repartait en campagne et qu'il devait me tenir au courant de certaines choses. Après notre douloureuse séparation, nous ne nous étions plus ni vus ni écrit, bien que je susse par Françoise – l'unique lien que je n'avais pas cassé – qu'il était en bonne santé et qu'il pensait se marier avec madame Bagnol. Nous nous retrouverions au jardin du Luxembourg, un endroit commode pour moi, à huit heures du matin.

J'étais tellement anxieuse que j'arrivai en avance au rendez-vous. Le printemps commençait à peine et il faisait encore froid et humide. Je faisais les cent pas pour me réchauffer quand je l'aperçus arriver par l'allée, d'un pas rapide et sûr, la tête couverte du bicorne réglementaire. Malgré mes pantalons et ma redingote, il me reconnut sur-le-champ et me salua de la main en s'approchant. Je courus à sa rencontre et me blottis en pleurant dans ses bras.

– Ça va, ça va, Henriette, que va dire de nous le garde de la guérite ? Il pensera au pire, dit-il d'une voix basse et saccadée en tentant de s'échapper.

– Quelle joie de vous revoir ! Vous ne savez pas combien vous m'avez manqué ! Je me demandais si vous me pardonneriez un jour.

– Je n'ai rien à te pardonner, ma fille, dit-il en marchant et en me regardant à peine. (Je me rendis compte que l'ambivalence de ses sentiments le rendaient nerveux. Il y avait d'une part la joie de me voir et de l'autre son dégoût de me retrouver vêtue en homme.) C'est moi qui me suis mal conduit. Je m'imaginais que tu ne réussirais pas toute seule et que tu reviendrais en peu de temps. Mais je veux que tu saches que rien, pas même mon entêtement, n'aurait pu m'empêcher de venir te chercher. Je m'étais donné jusqu'en juin. Mais je pars à la guerre dans quelques jours. Comment vas-tu, ma chérie ? Je te trouve un peu maigrelette.

– Ce sont les vêtements, mon oncle. Tout va bien. Ne vous inquiétez pas. Vous pouvez partir tranquille. Au début j'étais un peu angoissée, mais tout s'est tellement bien passé, dis-je en lui prenant le bras, comme je l'avais toujours fait quand je marchais à ses côtés.

– Je sais, je sais... Ne crois pas que je ne sois pas au courant. J'ai des amis à la Faculté, dit-il d'un ton comique et mystérieux.

Je me détachai de son bras et me retournai vers lui :

– Qu'est-ce que vous voulez dire ? Quelqu'un de la Faculté connaît-il mon secret ? dis-je, alarmée.

J'avais souvent pensé qu'il suffirait qu'il prononce une parole pour que je fusse expulsée de la Faculté.

– Non, non. Je ne te trahirai jamais. Un compagnon d'armes... de l'époque de l'armée du Rhin... Je voulais simplement savoir si tu avais des difficultés. Tu n'as rien à craindre. Je lui ai dit que tu étais le neveu d'une de mes vieilles amies, mariée maintenant à un Espagnol de Cuba. Je pensais à Maryse et Robledo.

Je soupirai de soulagement, bien qu'il ne me fût pas très agréable de savoir qu'un de mes professeurs était plus particulièrement attentif à la marche de mes études. Qui était-ce ? Sans doute un chirurgien de son âge, mais il y avait à la Faculté au moins une demi-douzaine de quadragénaires qui avaient servi lors des premières campagnes.

– S'il vous plaît, mon oncle, quel que soit votre ami, dites-lui que vous m'avez vue et que vous savez que tout va bien. Dites-lui que cela n'est pas nécessaire...

– Ne t'inquiète pas. Je lui écrirai cet après-midi. Mais je dois te parler d'autre chose. Comme tu imagines, je suis très occupé. Larrey m'attend à dix heures. Figure-toi qu'il faut organiser les ambulances et c'est un véritable chaos. Cette fois-ci, les Autrichiens nous ont surpris. L'Empereur est de mauvaise humeur et Larrey, n'en parlons pas... Te souviens-tu de Larrey à Boulogne, le jour où Margot... ? Bon. Parfait. Je voulais te dire... J'ai pensé qu'il valait mieux laisser les choses comme elles sont maintenant. Les guerres sont les guerres. Mais que sais-tu des guerres ? Ce que je veux dire, c'est que s'il m'arrive quelque chose, tu auras toujours une maison à Paris. Tout est comme tu l'as laissé rue du Faubourg-Saint-Honoré. Ta chambre, tes vêtements, tes bijoux, ton cabriolet. Et aussi Pierre et Françoise.

Je recommençai à pleurer, mais cette fois-ci d'émotion. J'avais fui la vie de cet homme bon, comme quelqu'un qui part pour un voyage sans retour. Dans ma hâte de rompre avec mon existence de veuve confortable, je lui avais annoncé très abruptement ma décision. Je ne lui avais même pas donné le temps de comprendre mon point de vue. Deux jours plus tard, profitant de son absence, j'étais partie en lui laissant une lettre hautaine en guise d'explications.

– Ah, mon oncle, mon oncle, comme je vous aime, dis-je entre deux sanglots.

Au moment de me retourner pour l'embrasser, je vis qu'il faisait mine de se moucher le nez.

J'essayai de lui prouver qu'entretenir cette maison représentait des dépenses inutiles, que s'il n'était pas là, la présence de Pierre et Françoise ne se justifiait pas. Je n'avais pas besoin de leurs services et même s'il ne me viendrait jamais à l'idée de les renvoyer, ils pouvaient aussi bien rentrer à Foix. Quant au cabriolet, le mieux était de le vendre, et personne d'autre que lui n'était mieux placé pour garder mes bijoux, qui d'ailleurs avaient tous appartenu à Margot. Et, au fait, ne pensait-il pas se marier avec madame Bagnol ? Ce serait mon cadeau de mariage et, ainsi, les bijoux resteraient dans la famille. J'en avais trop et n'en avais nul besoin, grâce aux rentes de Foix.

– Henriette, dit oncle Charles après avoir regardé l'heure. Sais-tu quelle est la différence entre un bon et un mauvais général, deux espèces que je connais bien ? Les mauvais supposent toujours qu'ils vont gagner la bataille et ne prennent aucune des précautions qu'il faudrait. Les bons généraux comme l'Empereur, Ney, Lannes, Davout et tant d'autres retardent le moment d'envoyer leurs meilleures troupes au combat, parce que si ça tourne mal, ce sont elles qu'ils chargeront de couvrir la retraite, ce par une route déjà prévue depuis longtemps. Soyons de bons généraux. Si je perds ma bataille, tu seras là, toi, pour entrer dans la tienne, et tu seras bien pourvue ; si c'est toi qui la perds, et pense à tous les imprévus qui peuvent arriver au cours de tes quatre années d'études, tu auras assuré la route de ta retraite. Madame Bagnol possède elle aussi plus de bijoux que nécessaire, ainsi que des rentes, et je ne te parle même pas de son argent. De plus, j'ai payé d'avance le loyer de la maison et je pense que Pierre et Françoise pourraient t'être utiles dans un moment difficile. Laissons les choses comme elles sont. Je dois maintenant te dire adieu, ajouta-t-il en remettant sa montre dans sa poche.

– Écrivez-moi, mon oncle. Françoise me fera parvenir vos lettres. Vous ne savez pas ce que cela représente pour moi d'avoir de vos nouvelles.

– Je t'écrirai de Vienne, sourit-il. Tu verras. Ce ne sera pas long. L'Empereur est impatient. Il a besoin de troupes pour l'Espagne.

Nous nous embrassâmes à la sortie du parc qui donne rue de Vaugirard. Après avoir pris des directions opposées, nous nous retournâmes, et nous nous saluâmes une fois encore, en manière d'adieu.

*

La mort du maréchal Lannes émut intensément Paris. Fils d'un garçon d'étable, il représentait pour le peuple un héros emblématique. La nouvelle m'avait tant déprimée qu'il m'était difficile de rester seule dans ma chambre. Si Lannes et Robert étaient morts au combat, qui pouvait m'assurer que les vies d'Alfred et d'oncle Charles ne seraient pas également fauchées ? Sur ces sombres pensées, j'abandonnai mon livre d'anatomie sur le lit, et après avoir revêtu mon travestissement masculin, je sortis dans la rue pour promener mes angoisses. Sans m'en rendre compte, mes pas m'avaient menée, le soir venu, à l'auberge du Coq intrépide où je n'étais pas revenue depuis l'automne, et je m'assis à la table que j'avais l'habitude de partager avec Alfred. Je commandai une bouteille de vin et très vite je sombrai dans une tristesse mélancolique. Je tentais de penser à autre chose, mais le vin semblait remuer la lie de mes chagrins. Je décidai de boire à mes souvenirs.

La longue marche du 5e corps.

Mon entretien avec Lannes à minuit, le compas à la main, son regard pénétrant et sa bouche magnifique.

« Dis à Huet qu'il nomme cette femme seconde lavandière du 9e Hussards. »

La mère Valoin et sa carriole.

Les chemins de Saxe, de Prusse et de Pologne.

Robert montant l'escalier avec sa peau de léopard sur l'épaule.

Le coup de poing contre la vitre de la fenêtre.

« Ah, c'est toi. Tu ne trouves pas qu'ici à Foix, le printemps tarde à venir ? »

Une fois la bouteille réglée, je traversai le fleuve et marchai jusqu'à la rue du Faubourg-Saint-Honoré ; j'allai frapper à la porte de mon ancienne maison. Françoise, en chemise de nuit, lisait le journal à la lumière du chandelier de la table, sur laquelle il y avait des restes de nourriture dans une assiette et un pichet de vin. En me voyant debout devant elle, elle se frotta les yeux, les cligna plusieurs fois et sans me dire un mot, elle prit mes mains et je m'abritai dans son giron. Nous avons parlé et bu pendant un long moment. Les Ophile avaient déménagé faubourg Saint-Denis, car Marie-Louise attendait un enfant et la rue du Faubourg-Saint-Honoré était devenue trop chère pour eux. « Pour justifier ta disparition, je leur ai dit que tu étais partie dans le Languedoc régler des affaires d'héritage. » La mort de Lannes l'avait aussi rendue très triste. « La guerre est une merde. Peu importe combien de batailles sont gagnées, il y en a toujours une que l'on finit par perdre », conclut-elle.

Les souvenirs et le vin avaient eu raison de moi, et Françoise me conduisit à mon vieux lit. Je dormis mal. Je dus me lever deux fois et fis ce rêve récurrent de Robert. Je passai encore la matinée du dimanche avec elle et Pierre puis, ayant déjeuné d'un plat toulousain, je pris congé en les assurant que chaque fois que je me sentirais triste, je viendrais les voir.

12

Nous étions encore loin des sessions d'examens de première année, et je me mettais à considérer mes compagnons de cours comme des gens ordinaires. Jusque-là, mes camarades avaient été pour moi des objets d'étude. Je les considérais – soyons plus précis – comme des patients d'hôpital que l'on doit observer intensément afin de mieux les comprendre et les connaître. Seuls deux d'entre eux m'inspirèrent, dès le début, des sentiments différents. Le premier, originaire du Nord, s'appelait Raymond Fauriel, et était « élève de la Patrie ». L'autre était Claude Bousquet, fils cadet d'un riche fabricant de porcelaine de la ville de Limoges. Il était surtout l'un des plus beaux garçons de la Faculté.

Fauriel – selon la tradition étudiante, nous nous appelions par nos noms – faisait figure de pauvre parmi les pauvres. Son dénuement était tel qu'il ne pouvait même pas se payer une mansarde dans le Quartier latin. Il vivait donc dans une petite ferme en dehors de Paris. À l'aube, il devait aider le propriétaire à traire les vaches avant de l'accompagner vendre le lait. Il sautait de la voiture du laitier quand ils arrivaient devant l'hôpital de la Charité et entrait en courant dans la Faculté, juste à temps pour assister à la classe de clinique externe que donnait Boyer, l'un de nos professeurs les plus connus. Comme il n'avait pas assez d'argent pour acheter des livres – il envoyait à sa mère une grande partie de sa pension –, on pouvait le voir, après les cours, dans la bibliothèque de l'université, les coudes sur la table, plongé dans la lecture de l'*Anatomie générale* de Bichat ou bien réfléchissant sur les *Rapports du physique et du moral de l'homme* de Percy.

Fauriel ne possédait qu'une seule redingote, rapiécée et raccommodée, et ses chaussures de bois portaient toujours des traces de terre humide d'où dépassaient des brins de foin. Il était plutôt de petite taille – quatre ou cinq centimètres de moins que moi – et mince, avec un squelette fragile.

Sa chevelure – coupée à hauteur des épaules, noire et épaisse, sans doute semblable à celle que Robledo devait arborer jeune – provoquait l'admiration et l'envie de tous. Mais quand l'un d'entre nous se mettait à le complimenter, il se moquait, répondant avec légèreté que la bonne santé de ses cheveux était le produit du grand air : il n'avait pas assez d'argent pour s'acheter des chapeaux. Son unique coquetterie consistait à toujours être extrêmement bien rasé. Sa barbe devait être très dense, car bien qu'on ne vît aucun poil, une ombre permanente lui bleuissait la partie inférieure du visage. Ses traits étaient réguliers – quoique ses pommettes fussent un peu larges et hautes – mais sa principale séduction résidait dans son sourire et, plus encore, dans son rire. Je n'ai jamais vu quiconque rire ainsi. Lorsque Fauriel se mettait à rire, son visage semblait illuminé par ce que l'être humain pouvait produire de meilleur et de plus authentique. Malgré le temps que lui prenait son travail à la ferme, c'était un remarquable étudiant, surtout en ce qui concernait les cours pratiques. J'avais la double chance de le compter comme ami et comme compagnon de groupe dans l'École pratique, où les tables de dissection étaient distribuées par ordre alphabétique. Ses coupes au stylet étaient rapides et propres. Grâce à lui, notre table avait été qualifiée d'une des trois meilleures de l'année. Connaissant sa pauvreté, je l'invitais souvent à déjeuner, ce dont il me remerciait par une inaltérable bonne humeur.

Bousquet m'attirait d'une autre manière, absolument animale et dévastatrice, sans que rien puisse s'y opposer, ni la morale, ni la raison. Physiquement, il me faisait penser à Robert ou à Alfred. Il était, comme eux, grand, élégant et avait une allure militaire. Mais il était encore plus beau. Beau n'est peut-être pas le mot juste ; et si je devais inventer une expression, je dirais qu'il était « apollinien », d'Apollon. Cela mérite une explication. Pour l'un de mes anniversaires – je ne me souviens plus s'il s'agit de mes huit ou neuf ans –, tante Margot m'avait offert, entre autres choses, un livre de mythologie grecque que mon grand-père Antoine-Marie lui avait donné pour Noël. La première gravure représentait Zeus, assis sur son trône, barbu et entouré de rayons zigzagants, d'aigles et d'autres allégories ; les suivantes représentaient Héra et ses fils, Léto et les jumeaux Apollon et Artémis, Déméter et sa fille Perséphone, et ainsi de suite. L'idée, je suppose, était de présenter le panthéon olympien comme une famille stable, où les frasques de Zeus, même si on ne les cachait pas, étaient excusées puisqu'il était clair que ses amours fécondes avaient eu lieu dans sa jeunesse, bien avant son mariage avec Héra. Il s'agissait enfin d'un livre pour enfants, où les Dieux apparaissaient vêtus uniquement de longues et étroites tuniques qui, conformément à la pédagogie didactique de madame de La Fayette, dévoilaient à peine une épaule, un mollet ou la moitié d'un torse masculin. Comme je le montrais avec orgueil à mon précepteur, l'abbé Lachouque, celui-ci commença à le feuilleter avec précaution, approuvant son contenu par des hochements de tête répétitifs. Lorsque, soudain, un papier plié en quatre tomba des dernières pages ; Lachouque le mit sur la table et commença à le déplier, mais le cacha soudain en s'exclamant : « Doux Jésus ! » Incapable de mentir, il me dit qu'il s'agissait d'un dessin de nu fait à partir d'une statue d'Apollon, et donc réservé aux adultes. Se rendant compte de ma curiosité, il me pria d'aller à l'autre extrémité de la bibliothèque jusqu'à ce qu'il m'appelle. Il me montra alors le dessin : une tunique humide d'encre noire couvrait désormais le corps d'Apollon. « Voici quelque chose que tes yeux peuvent voir. » Ensuite, il rangea l'écritoire et commença ses leçons comme s'il ne s'était rien passé. Me doutant de l'endroit où mon précepteur avait placé l'objet du scandale, une fois le cours terminé je m'en emparai, pris mon porte-plume et grattai l'encre. Mon désenchantement fut total : à la place de la tunique noire du dieu, il y avait maintenant une espèce de braguette décolorée que, continuant à gratter, je convertis en un irréparable trou dans le papier. Inconsolable, je pliai le papier en quatre et le gardai dans le livre. Quelques semaines plus tard, en voyant se balancer le membre du cheval de Laguerre, je compris que l'attribut d'Apollon devait lui ressembler. Je m'en fus en courant à la bibliothèque et cherchai le dessin. Pinceau à la main, je passai un long moment à essayer de reproduire à l'aquarelle mes observations. Après avoir expérimenté plusieurs couleurs, je parvins, entre les taches d'encre, à faire surgir une sorte de couleuvre violacée d'entre les cuisses du dieu. Alors que je contemplais, extasiée, mon œuvre de restauration, les mains puissantes de tante Margot s'appuyèrent sur mes épaules et passèrent devant moi pour s'emparer du dessin, qu'elles réduisirent en boule de papier froissé. Ma tante eut la bonne inspiration de ne pas me gronder. Après m'avoir gratifié d'un sourire impersonnel, elle sortit de la pièce, emportant le dessin détruit dans la poche de sa robe de chambre. Cette anecdote éclaire pourquoi, lorsque je découvris en Bousquet la tête de mon Apollon perdu – mêmes cheveux emmêlés, même nez droit, mêmes lèvres pleines, même visage imberbe et harmonieusement proportionné –, le trouble et la passion primitive qui dormaient en moi depuis mon enfance se mirent à se réveiller.

La force de la passion, sans doute parce qu'elle avait été contenue pendant si longtemps, devint irrésistible comme si Gorgone, Cerbère, Minotaure et tous les monstres maléfiques enfermés dans la boîte de Pandore faisaient alliance pour ruiner mon équilibre moral... Dans mes rêves, je me représentais Bousquet remontant de façon perverse sa tunique jusqu'à dénuder un cylindre de viande rose qui avait peu à envier à l'appendice noueux que s'était plu à exhiber Vincent devant moi.

Dans ces troubles représentations inventées par mon désir, je me voyais, m'agenouillant devant ce pendule oscillant, m'en emparant à deux mains, le serrant, le caressant, le tripotant, observant ses veines enflées jusqu'à sentir entre mes doigts la pulsation de sa sève. Au cours de ces scènes, sous l'emprise d'un désir incontrôlable, j'imaginais circoncise cette sculpture de la passion, son gland lisse et brillant, divine pomme du jardin des Hespérides ; d'autres fois, il était surmonté d'un parapluie de peau froissée, et se dépliait au milieu de tremblements pour révéler un gigantesque raisin mûr qui, au contact de mes lèvres, se gonflait jusqu'à éclater en une pluie de nectar dont les épaisses et tièdes gouttes faisaient de moi une prêtresse de la déesse, une servante d'Aphrodite, une prostituée mythique et sacrée dont le devoir était de perpétuer la jouissance de tous les hommes.

Je dois reconnaître qu'à part cette ressemblance avec mon Apollon, il n'y avait absolument rien d'autre à admirer chez Bousquet.

Si l'on en croyait la date à laquelle il s'était inscrit à la Faculté, il aurait dû être en train d'écrire sa thèse de doctorat. Bousquet était cependant encore dans ma classe. Mais ce n'était ni sa paresse ni son manque d'application qu'on lui reprochait, simplement sa vanité. Il adressait à peine la parole aux professeurs comme aux élèves. Il vivait seul, et mangeait presque tous les jours au célèbre café Procope. Il fréquentait les salons, les bals et les théâtres et sa porte ressemblait à celle d'un sultan, puisqu'elle s'ouvrait chaque soir à une femme différente. Actrices, chanteuses, modistes, ouvrières, dames et demoiselles prétentieuses montaient et descendaient l'escalier entre six heures du soir et le petit matin. Nous n'étions pas amis. En réalité, comme je l'ai dit, Bousquet n'avait pas d'amis. Il semblait persuadé qu'il se suffisait à lui-même pour mener le type de vie qui était le sien. Si je connaissais un peu de son intimité, c'était à la fois dû au hasard et à ma curiosité. Lorsque je déménageai dans une autre maison de la rue de Vaugirard pour avoir un peu plus d'espace, mon nouvel appartement se trouva – et c'était une pure coïncidence – être contigu au sien ; et la pièce que j'avais choisie comme chambre n'était, de plus, séparée de la sienne que par une mince cloison, qui permettait d'entendre ce qui se passait de l'autre côté. Le fait que Bousquet commençât déjà à m'obséder aiguillonna ma curiosité, sans que je réfléchisse aux conséquences que cela pouvait entraîner. Une nuit, je m'approchai de la cloison pour tenter de mieux distinguer la conversation qu'il soutenait avec une de ses amantes. Je pense que si je n'avais pas fait ce mouvement, ma vie aurait pris une tournure différente : elle m'aurait sans doute éloignée de la guerre plutôt que de m'en rapprocher. Mais quelle idiote j'étais ! Malgré les années qui passent, je continue d'apprendre... Qui peut prévoir l'avenir et imaginer les ultimes conséquences d'un acte ? La guerre était peut-être déjà là, en travers de mon chemin, comme un bourbier de poudre et de sang vers lequel mes pas se dirigeaient inexorablement, sans que je me préoccupe de savoir ce qu'ils suivaient ni dans quelle direction ils me porteraient ; un bourbier qu'il fallait traverser de force pour continuer.

Le fait est qu'en entendant cette nuit-là les murmures éteints qui provenaient de sa chambre, je collai l'oreille à la cloison et découvris qu'ils appartenaient au langage du plaisir. Je restai là, en état d'alerte, le pouls accéléré, jusqu'à ce que les mots d'adieu qu'il prononça fussent confirmés par le bruit de la porte. Je courus dans une autre pièce et me penchai rapidement à la fenêtre : une femme avec un large chapeau monta rapidement dans la voiture qui attendait en face de la maison. Je me couchai ensuite et m'endormis, enlaçant l'oreiller, imaginant que la tiède taie de coton était la peau de sa joue.

En me réveillant, je me reprochai ma curiosité malsaine, je déplaçai le lit et je jurai de ne plus jamais entrer dans cette pièce la nuit. J'y rangerais désormais mes vêtements, mes livres et mes malles de voyage. « Mais l'homme propose et le diable dispose, ma chérie », aurait dit Maryse si je lui avais raconté qu'une semaine plus tard, tremblante de désir, j'étais retournée dans la chambre interdite pour écouter de nouveau Bousquet faire l'amour. J'avais eu très tôt la conviction qu'il suffisait de répéter une seule fois certaines actions pour que s'instaure une habitude. De la même manière qu'il m'était indispensable de prendre de l'opium quand j'avais mal à la tête ou que commençaient les crampes dues à mes règles, la nuit venue, je ressentais le besoin impérieux de me transformer en une espèce de chouette, qui se posait sur une chaise proche du mur, à l'affût, comme si l'heure était à la chasse. Le reste du temps, ma vie diurne suivait son cours normal, clinique externe et chirurgie à la Charité, déjeuner avec Fauriel au bistrot de madame Binot, botanique et médecine légale à la Faculté, dissection d'un interminable thorax sur la table numéro 6... Ensuite, je marchais jusqu'à la rue de Vaugirard, je montais l'escalier, j'ouvrais la porte, je me lavais, je changeais de vêtement, j'allais jusqu'au café Procope et je m'asseyais quasiment en face de Bousquet, d'une façon presque ostentatoire. J'inclinais la tête en guise de salut et je commençais à l'espionner pendant qu'il lisait son journal entre deux gorgées de vin et de distraites bouchées de langue au four ou de rôti de bœuf. Après la salade et le fromage, je le laissais partir, comme le chat qui joue avec la souris, sachant que, la nuit tombée, il serait mien : ses paroles toutes pour moi, ses gémissements ; j'enlèverais alors mes caleçons, je mettrais la jambe sur le bras du fauteuil et, enfonçant mon doigt dans mes salives intimes, je suivrais le rythme de son halètement, de son plaisir jusqu'à ce que son long cri rejoigne mes soupirs et que nous tombions tous deux contre le mur, exsangues, en sueur, haletant, comme des ouvriers du plaisir fatigués.

Une nuit, après notre salut habituel dans le café, il me sembla qu'il me cherchait des yeux au-dessus du journal. Je fus sur le point d'abandonner ma table, de m'asseoir à ses côtés et de lever le masque une bonne fois pour toutes. Je lui aurais dit que je le désirais depuis des semaines, que je connaissais tous les arts de l'amour et que j'étais disposée à lui plaire, à faire ce qui lui passerait par la tête, que je ne prétendais pas être sa maîtresse ni m'immiscer dans sa vie, mais que je voulais l'avoir au moins une nuit, à l'unique condition qu'il respecte mon secret... L'arrivée d'un hussard, les moustaches cirées, la pelisse sur l'épaule, la croix sur la poitrine, et portant, au revers du gilet, les couleurs du régiment de Robert, m'en empêcha.

– Et alors, citoyen ! Tu n'as jamais vu un hussard de l'Empereur ?

Je baissai la tête, mis quelque monnaie sur la nappe et quittai l'endroit furtivement comme si j'avais été surprise au moment même qui sépare l'intention du délit. Je vagabondai dans les rues. Je pensais aller de l'autre côté du fleuve pour raconter à Françoise mes tourments, ne serait-ce que pour me soulager. Les silhouettes des tours de Notre-Dame découpées par la lumière de la lune m'apparurent comme un présage alors que je passai le coin de la rue. Je m'arrêtai pour les contempler. Depuis combien de temps avais-je manqué aux devoirs religieux dans lesquels j'avais été élevée ? Depuis combien de temps ne m'étais-je pas agenouillée dans un confessionnal ? Depuis combien de temps ma langue n'avait-elle pas reçu le pain de la communion ?

Cependant, mes péchés incluaient aussi le fait de me faire passer pour un homme : l'Église m'accepterait toujours comme une veuve pécheresse mais jamais comme médecin... J'avais l'impression d'être abritée derrière une meurtrière au plus fort de la bataille. Plusieurs voitures passèrent en direction du pont ; des passants, des couples d'amoureux, des policiers à cheval, des gens en uniforme. Tête basse et abattue, je rentrai à la maison. Une modeste soubrette descendait l'escalier, joyeuse, un bouquet de fleurs à la main, cadeau qu'il lui avait fait, certainement ; elle avait le nez frémissant et ses joues paraissaient enflammées même sous la faible lumière de la lanterne. Je me poussai de côté pour la laisser passer. Nos sourires se rencontrèrent un bref instant. Comme je l'enviais !

Le jour suivant, alors que je traversais la place en direction des pavillons de dissection, la voix aiguë de Fauriel m'appela de loin. Je me retournai. Il venait en courant vers moi, ses sabots claquant sur le pavé.

– Fuentemayor, imagine ce qui m'est arrivé ! s'exclama-t-il entre deux sourires radieux. Tu ne vas pas me croire ! À la fin des travaux pratiques de chirurgie, alors que j'enfilais ma redingote, j'ai trouvé sept napoléons dans ma poche, dit-il, réjoui, en me montrant les pièces d'or comme si j'allais douter de ses paroles.

– De l'or sonnant et trébuchant, dis-je après avoir vérifié que les pièces étaient authentiques. As-tu une idée de qui peut bien être ton bienfaiteur ?

– Eh bien, non. Il m'a juste laissé ces pièces de monnaie. Rien d'écrit. C'est très étrange, tu ne trouves pas ?

– Curieux, commentai-je. Ce qui est sûr, c'est que cet argent t'est destiné. Il est à toi.

– Oui, même si je n'arrive pas à me faire à cette idée. Sept napoléons sont sept napoléons. Ce n'est pas toi ? me dit-il en m'enveloppant dans un nouveau sourire. Tu es riche et tu es mon meilleur ami, ajouta-t-il en me posant la main sur l'épaule.

– Moi ? À quoi penses-tu, Fauriel ? dis-je un peu honteuse (je me rendais compte que je ne lui avais jamais donné d'argent. Je n'avais même pas pensé à lui offrir une paire de bottes ou une redingote, deux choses qui lui faisaient vraiment défaut).

– Mais alors, qui cela peut-il être ? Bonnes sœurs, médecins, malades et étudiants... Il n'y a personne d'autre à la Charité. Allez, Fuentemayor, reconnais-le, c'est toi.

– Je te dis que non. Je ne cache pas que j'avais pensé t'offrir un manteau. Mais un peu plus tard, quand viendrait l'hiver, dis-je en mentant délibérément et en me jurant de tenir cette promesse lorsqu'il ferait froid. Pense à un malade reconnaissant. Ou à quelqu'un que tu as aidé ou à qui tu as fait une faveur.

– Comme tu veux. Je n'insiste pas plus. Je te demande juste une chose. Tu dois dire oui, je te préviens. Je n'admets pas de refus.

– Je te rappelle que le thorax de monsieur X nous attend, dis-je en me dirigeant vers les pavillons de dissection.

– Je t'invite à dîner, Fuentemayor. Tu ne peux pas refuser. Tu m'as offert plus de cinquante déjeuners. Aujourd'hui c'est mon tour.

– Nous en parlerons plus tard, dis-je évasivement.

Je ne pouvais permettre qu'il gâche une partie de cet argent pour moi. Bien qu'en réfléchissant, ce ne fût pas une mauvaise idée d'aller dîner ensemble au Procope. Je l'avais vu plusieurs fois parler avec Bousquet. Dans le meilleur des cas, celui-ci nous inviterait à sa table et s'assiérait avec nous. Pourquoi n'avais-je pas pensé à cela plus tôt ?

– Bon, si tu as envie de sortir dîner, allons au café Procope. D'accord ? Mais demain je t'invite.

La table qui nous avait été assignée à l'École pratique se trouvait dans le premier pavillon et la liste de présence n'avait pas encore circulé dans les rangs. Laissant nos manteaux au vestiaire, nous enfilâmes nos blouses, encore imprégnées du désinfectant qu'on injectait dans les cadavres. Après avoir salué nos camarades, nous nous appliquâmes à détacher les muscles intercostaux de l'utile corps de monsieur X.

(Je ne m'étendrai pas sur ce désagréable aspect de l'apprentissage médical. Je dirai simplement qu'en arrivant à l'École pratique, l'étudiant novice affrontait d'un coup, sans transition, le monde de la mort ; véritable épreuve du feu qui, pendant les premières semaines académiques, était cause d'évanouissements et de désertions. Et pourtant que saurions-nous du corps humain sans sa profanation *post mortem* ?)

Une fois nos travaux terminés, nous nous lavâmes les mains et les bras et sortîmes du pavillon, contents de retrouver l'air pur.

Le café Procope était situé près de la Faculté, dans la rue de l'Ancienne-Comédie. Le fait est que ce soir-là, Bousquet n'y était pas – comme s'il m'avait trahi avec une de ses nouvelles conquêtes –, et il m'est impossible de me rappeler de quoi nous avons parlé avec Fauriel pendant que nous mangions et buvions.

*

La deuxième fois que nous nous rendîmes au café, il arriva exactement ce que j'avais prévu. Fauriel, toujours aimable, se dirigea à la table de Bousquet sans être gêné par le fait que celui-ci lisait le journal. Tout se passa comme dans un rêve, Fauriel me fit signe, je m'approchai. Bousquet se mit debout et serra fortement ma main avant de m'inviter à m'asseoir près de lui. Eh oui, il était naturellement temps de nous connaître mieux puisque nous vivions sur le même palier, dînions dans le même café et, même si j'en doutais, plus d'une fois, il avait été sur le point de venir à ma table et de se présenter. Mais il imaginait, pur préjugé, que j'étais une personne très discrète, ou peut-être aux coutumes exotiques, puisqu'il s'était rendu compte que je buvais une coupe de rhum avant de commander mon dîner, une habitude peu française, en tout cas pas parisienne, même si cela ne devait pas être rare, supposait-il, à La Havane. Il se permettait de parler de La Havane puisqu'il avait entendu à la Faculté qu'on m'appelait le Havanais. D'ailleurs, il connaissait depuis l'enfance l'existence de La Havane puisque son père recevait des porcelaines de cette ville. Mais avant que je ne lui raconte comment était ma ville et quelle vie on menait là-bas, il souhaitait me féliciter pour mon français, bien meilleur que celui des autres Américains du Sud de la Faculté, qui se faisaient à peine comprendre quand ils posaient une question, en cours. Et, encore une chose, pouvait-il me tutoyer car, enfin, ce soir, nous étions bons amis puisque nous partagions sa table ?... Bousquet aurait continué à parler, remplissant mes tympans d'ambroisie, si Fauriel, un peu impatient de nature, ne l'avait interrompu pour raconter comment, deux jours auparavant, en enfilant son manteau à la Charité, il avait trouvé sept napoléons dans sa poche, rien de moins que sept napoléons, sans aucun mot, et qu'il n'avait pas la moindre idée de qui avait pu les mettre là, même s'il soupçonnait que son bienfaiteur était un de ses amis, un compagnon d'études aisé, probablement la personne même qui était assise à côté de lui maintenant, même si...

– Arrête, Fauriel, je t'ai déjà dit que ce n'était pas moi, interrompis-je. Parlons d'autre chose. Dis-nous plutôt ce que tu vas faire avec cet argent.

– Eh bien, je ne sais pas, dit-il avec un sourire lumineux.

– Si j'étais à ta place, je m'achèterais une paire de chaussures de cuir, dit Bousquet.

– Et un manteau, ajoutai-je.

– Un gilet et des caleçons, suggéra Bousquet.

– Et deux chemises, et aussi des chaussettes de laine, car l'hiver arrive.

– Et un chapeau.

– Jamais ! Jamais de chapeau ! protesta Fauriel de sa voix aiguë, pendant que Bousquet réclamait une autre bouteille de vin et que je commandais une soupe d'huîtres et des côtelettes d'agneau. Tout cela, plus une paire de mitaines et une écharpe, je l'ai déjà trouvé au mont-de-piété, à peine usé et à ma taille. Et ce n'est pas tout, il me reste un peu d'argent que j'enverrai à ma mère.

J'étais émerveillée par la bonne disposition de Bousquet envers nous, envers moi en particulier. Ses saluts avaient toujours été corrects mais froids, trahissant une vanité oubliée ce soir-là. La conversation cependant ne pouvait être plus superficielle – je ne l'avais pas entendu dire une seule parole intelligente – mais c'était une chose que j'avais toujours sue : quel don Juan se distinguait par son ingénuité ou son intelligence ? Pendant que nous dînions et alors que Fauriel célébrait la qualité des plats et du vin, je me demandai si mes sentiments envers Bousquet étaient les mêmes que ceux qu'il éprouvait envers ses maîtresses, c'est-à-dire une attraction uniquement charnelle, le désir de posséder un corps magnifique, de le toucher et de l'embrasser, de le sentir jusqu'à le posséder. Non, ce qui m'attirait chez Bousquet était plus fort que cela. Il évoquait pour moi ma rencontre avec Apollon, et donc bien des choses obscures, et quel qu'en fût le prix, je ne pouvais permettre aux mains du destin de me le voler encore une fois. Incapable de contenir mon anxiété, je pressai mon genou contre le sien, recherchant son contact et sa chaleur. Ce contact fut bref, car, profitant d'un moment de silence dans notre conversation, il remplit sa coupe et se leva.

– Avant de poursuivre le dîner, annonça-t-il, je dois vous faire un aveu, j'ai moi aussi des choses à fêter. Je suppose que vous êtes au courant de mes échecs comme étudiant. J'ai à peine réussi à passer en seconde année, mais ce n'est pas de mes études que je veux parler, sinon du contraire, de mes non-études. Messieurs, dit-il en levant sa coupe, buvons à ma libération. Mon père vient de me libérer des études. Je n'ai plus à avoir honte devant vous, ni devant personne. Il est enfin convaincu que je ne serai jamais médecin. À partir de maintenant, et comme mes frères, je vais travailler dans son négoce de porcelaine.

– Tu rentres à Limoges, alors ? intervint Fauriel sans attendre que nous ayons fini de trinquer.

– Dieu ne le permet pas ! dit Bousquet sans poser sa coupe. La mort soudaine de monsieur Guichon, notre agent de longue date rue des Lombards, a contribué à la décision de mon père. Lundi prochain, je me chargerai des livres de comptabilité du magasin. Je ne suis pas très doué pour les chiffres, mais je connais la vie parisienne comme la paume de ma main. Buvons à ma chance !

– Santé ! fîmes-nous, Fauriel et moi, à l'unisson.

Au dessert, Bousquet cessa de parler de sa famille et de la fabrique de porcelaine et, sur un ton confidentiel, nous fit une surprenante invitation :

– Je dois partir dans quelques minutes. Affaires de jupons. Quelque chose de très spécial. Mais je pense que nous pourrions continuer la célébration dans mon appartement. J'ai rendez-vous avec deux sœurs... Nous sommes trois, mais sur le trajet je peux pêcher l'une de mes amies.

– Je te remercie, dit aussitôt Fauriel sans même examiner la proposition. Je dois marcher près de deux heures pour arriver à la ferme et les vaches se réveillent tôt.

– Qu'en penses-tu ? me demanda Bousquet. Nous sommes voisins. Tu n'as pas d'excuses.

Je pris mon temps pour répondre.

– Non, je ne pourrai pas. Je dois étudier.

Bousquet fit un geste d'ennui et fixa le lustre aux douze bougies que nous avions au-dessus de nos têtes.

– Je vois. Mon Dieu ! Hier, je n'avais pas d'amis parce que j'étais honteux de mon incapacité à étudier. Et aujourd'hui, alors que je pensais en avoir trouvé deux, ils m'abandonnent.

– J'aimerais tant, soupirai-je. Mais crois-moi, c'est impossible.

– Allez, même s'il ne s'agit que de boire une seule coupe. Cela ne t'engage à rien. Tu pourras partir quand tu voudras.

Je reconsidérai l'invitation.

– Bon... Une seule coupe, dis-je en me reprochant immédiatement ma faiblesse. En vérité, mon désir d'entrer dans son appartement, de l'observer avec ses amies, de boire son vin et de m'asseoir dans ses meubles, voir son lit, et l'autre côté de la cloison, était si fort que j'en oubliai toute prudence. « Mais je le répète, une seule coupe. »

*

Cette nuit-là, elles s'appelaient mademoiselle Rouge et mademoiselle Brune. Elles disaient vivre à Passy. Bousquet les avait connues le samedi précédent dans un bal costumé du boulevard du Temple. Personne n'aurait pu imaginer qu'elles étaient sœurs – l'une était grande et rousse et l'autre petite aux cheveux châtains – même si elles exhibaient deux choses en commun : la vulgarité des putains et un masque de velours noir pour couvrir la partie supérieure de leur visage. Peu après leur bruyante arrivée et alors qu'elles commençaient à raconter des blagues grivoises aux dépens de Napoléon et de Joséphine, je terminai ma coupe de champagne et je pris congé sous les protestations de Bousquet. Après m'être lavée et déshabillée, je me rendis à mon pan de mur, disposée à écouter ce qui promettait d'être une pièce singulière pour clarinette et deux violons. Comme ils mettaient du temps à commencer, je pris un livre d'anatomie et me mis à lire. Très vite je commençai à somnoler et je sentis le livre me tomber des mains. Au milieu de la matinée, un concert de gémissements me réveilla. Je ne sais si c'était parce qu'ils m'avaient sortie abruptement de mes rêves, mais, en dépit de mes tentatives, je ne pus me joindre à eux.

Le lundi, une fois terminé le travail de dissection, nous allâmes de nouveau au café. Fauriel marchait fièrement avec ses chaussures de cuir. La redingote grise, malgré des manches un peu larges, était de bonne coupe et lui donnait une certaine distinction. Bousquet arriva tard. Il venait de la rue des Lombards et jurait n'avoir rien compris de ce que lui avait expliqué l'assistant de monsieur Guichon. Il était de mauvaise humeur, cela ne faisait aucun doute, et il goûta à peine aux plats. Il semblait aussi fatigué : cernes, tremblements dans la voix, rides que je n'avais pas remarquées jusqu'alors. Il subsistait peu de son air d'Apollon ce jour-là, et j'eus l'impression qu'il était devenu un être mortel comme les autres. Je fus surprise qu'il refuse de partager avec nous une autre bouteille de vin.

– Parbleu ! Bousquet, j'ai l'impression que cela ne va pas bien ! lança Fauriel au bout d'un moment, comme s'il ne pouvait supporter plus longtemps le visage ravagé et taciturne de notre nouvel ami. Où as-tu laissé ta gaieté d'homme libre ?

– Cela va passer, dit Bousquet. Il y a des choses que l'on fait, sans savoir pourquoi on les fait, dit-il de manière cryptée avant de se lever et de saluer.

Arrivé à la porte, il se retourna et revint sur ses pas :

– Je dois aller à Limoges. Nous nous verrons dans quelques semaines.

– Que s'est-il passé l'autre nuit ? me demanda Fauriel quand Bousquet sortit du café.

– Rien de particulier. Je ne suis pas restée. Je l'ai laissé buvant du champagne en compagnie d'une mademoiselle Rouge et d'une mademoiselle Brune qui portaient toutes deux un masque.

– Peut-être n'a-t-il pas été à la hauteur des circonstances, plaisanta Fauriel. Ce n'est pas la même chose de baptiser deux fronts et de n'en baptiser qu'un.

– Peut-être, dis-je, sachant qu'il se trompait. Mais j'ai quand même l'impression que Bousquet est né pour être un don Juan.

– Je ne le trouve pas attirant. Il est trop beau. Il ne semble pas réel, une poupée, une statue, une peinture, je ne sais pas... Il est trop parfait. De plus, ses traits ne reflètent aucune intelligence. Tu ne trouves pas ?

– Que veux-tu dire par des traits intelligents ? demandai-je, intriguée.

– Je ne sais pas très bien. Voyons... Quelques-uns de nos professeurs ont des visages intelligents. Boyer, par exemple.

– Boyer est très laid.

– C'est sûr. Bon, disons Lacloche, par exemple.

– Le médecin qui fait clinique externe avec Boyer ? D'accord, c'est un homme au visage agréable, même s'il ne peut pas, je crois, être comparé à celui de Bousquet. Mais tu regardes les hommes avec des yeux d'homme. Je préfère ne pas donner mon avis. En ce qui concerne Bousquet, je t'assure qu'il a toutes les femmes à ses pieds. Je le sais, moi qui les vois entrer dans son appartement, pomponnées comme si elles allaient assister à une représentation théâtrale. En tout cas, malgré ses manières de Casanova, j'accepte volontiers l'amitié qu'il nous a offerte.

– Je n'ai rien contre lui, mais contre sa classe, oui, ces propriétaires d'usines, propriétaires de magasins, propriétaires de mines. Des gens avides et insensibles... Enfin, en ce qui concerne Bousquet, j'ai toujours soupçonné que ce que nous prenions tous pour de la vanité n'était en fait qu'un moyen de cacher sa paresse. Je suis sûr qu'il réussira en tant que commerçant. Quant à ce que tu dis sur les femmes, tu as raison. Qui suis-je pour juger de la beauté masculine ?

Me laissant emporter par la conversation, j'eus la curiosité et l'envie d'en savoir plus sur sa vie amoureuse.

– As-tu une fiancée, Fauriel ?

– Oui, répondit-il de manière laconique. Dans mon village. Et toi ?

– Aussi. En fait je suis engagé. Elle s'appelle Marisa Robledo et c'est la fille unique d'un propriétaire de plantation, répondis-je comme je l'avais prévu si quelqu'un m'interrogeait. Nous nous marierons après mon diplôme.

– La mienne est pauvre. Dans mon village, il n'y a pas de riches, seulement des familles de mineurs, avec une mauvaise santé. Tu sais, les mines de charbon du Nord. Ils ont tous du charbon dans les poumons... J'y retournerai. Je ferai quelque chose pour eux. Ils sont nombreux à mourir jeunes, tu sais. Ce fut le cas de mon père... Je me souviens encore de sa toux, dit-il en ramassant distraitement les miettes de pain. Mais ta famille est riche. Tu ne peux pas comprendre ce dont je parle.

– À La Havane aussi, il y a des gens très pauvres. Il y a même des esclaves. J'ai vu la pauvreté de près, dis-je en protestant.

– Mais tu ne l'as pas vécu... ce n'est pas pareil...

Je me rendis compte de sa réalité, du trou noir d'où il était sorti, de ce que signifiait l'effort d'étudier dans ces conditions.

– Tes nouveaux vêtements te vont très bien, dis-je pour changer de conversation. Mais laisse-moi te dire que le bruit de tes sabots va me manquer.

– C'est vrai, cela me va bien, Fuentemayor ? dit-il en arborant un de ses fameux sourires.

– Presque aussi bien qu'à Bousquet. À partir de maintenant, les femmes de Paris vont devoir affronter un nouveau danger.

– Tu sais, Fuentemayor, dit-il en me regardant dans les yeux. Tu es le meilleur ami que j'aie eu dans ma vie. Qui me croira dans mon village quand je rentrerai et que je raconterai que moi, le fils de l'invalide Fauriel, j'ai dîné dans un magnifique café avec un riche ami de La Havane ?

*

Le jour suivant, je n'allai pas à la Charité et n'assistai à aucun cours. À sept heures du matin, Pierre avait frappé à ma porte pour m'annoncer qu'oncle Charles était de retour. « Il est blessé. Françoise a insisté pour que je vienne te chercher en cabriolet. »

Je trouvai mon oncle assis sur sa chaise habituelle, la jambe reposant sur un amas d'oreillers et de coussins. En me voyant, il feignit d'être de mauvaise humeur, et dit :

– Et voilà, ici personne ne tient compte de ce que je dis. Je voulais attendre dimanche pour te prévenir, afin que tu ne rates pas de cours. Mais bon, maintenant qu'ils t'ont sortie du lit, cela me fait plaisir de te voir, Henriette. Viens, approche-toi, donne-moi un baiser. Tu as l'air d'aller bien, jeune fille, tu as l'air bien. Très naturelle. Personne ne pourrait penser que... tu sais ?

En revanche, il semblait, lui, très mal en point. Il avait maigri et son visage rougeaud paraissait être celui d'un paysan... Notre dernière rencontre datait d'il y avait à peine plus d'un an, mais à voir son état actuel, on aurait pu penser qu'il s'était écoulé au moins cinq longues années. Il arrivait d'Espagne. Il avait été envoyé là-bas après l'armistice avec les Autrichiens.

– Tel que tu me vois, j'ai du plomb anglais dans la cuisse. C'est arrivé dans un endroit maudit... Ciudad Rodrigo, dit-il en mettant le doigt là où le plomb avait pénétré. Je me suis vu mort. Je n'arrivais plus à marcher convenablement. Ni à monter à cheval. Je sais ce qui s'est passé. Voici le diagnostic du chirurgien. La balle a traversé le muscle couturier, s'est logée dans le fémur où elle écrase un nerf. La semaine prochaine, je dirigerai au Val-de-Grâce ma propre opération. Comme l'exploration sera bien faite, je serai sûr de ne pas connaître l'autre monde. Tu verras que je serai comme neuf.

– Je pourrai assister à l'intervention ?

– N'y pense même pas, dit-il en riant. Je serais trop préoccupé de savoir ta peine à voir mes grimaces de douleur. Mais je te tiendrai au courant. Maintenant, dis-moi. Comment vont tes études ? Mais j'allais oublier de te faire part d'une nouvelle : ils m'ont donné la Légion d'honneur !

Nous parlâmes pendant plusieurs heures. Il avait rencontré Alfred. Celui-ci était devenu capitaine et se reposait d'une blessure à la tête reçue à Saragosse. Une vieille lui avait jeté un pot de fleurs depuis sa fenêtre. Pour le reste, les opérations dans la péninsule Ibérique risquaient de s'éterniser. Masséna ne se comportait pas bien. Sa maîtresse, qui l'accompagnait partout, était vêtue en dragon. C'était une femme avide qui l'incitait au pillage. Quant aux Anglais, Wellington était un homme capable et astucieux, difficile à vaincre. « Mais nous le bouterons lui aussi à la mer. » L'après-midi passa ainsi, oncle Charles discourant sur l'Espagne, célébrant les fruits de mer, le chorizo et le jambon. Le voyant fatigué, je pris congé de lui, en promettant que j'irais le voir le dimanche suivant.

Pierre insista pour me reconduire en cabriolet, mais cela faisait longtemps que je ne m'étais pas promenée dans les rues et je refusai son offre. L'après-midi était magnifique et chaud. Au crépuscule, je traversai la Seine. L'heure de dîner approchait et même si je savais Bousquet absent de Paris, je me dirigeai vers le café Procope. À ma surprise, Fauriel était sur le pas de la porte.

– Je t'attendais, dit-il en me voyant. Tu me permets de te tenir compagnie pendant que tu dînes ?

– Bien plus, mon ami. Je t'invite à dîner.

– Oh, non, je ne peux pas. Je ne viens pas pour cela. J'ai besoin de te parler, dit-il au moment où nous entrions. Comme tu n'es pas venu au cours de dissection, j'ai supposé que tu étais malade et je suis allé chez toi. En voyant que tu n'étais pas là, j'ai imaginé que je te retrouverais ici.

– Il t'est arrivé quelque chose, Fauriel ? dis-je en voyant son inquiétude.

Le serveur s'approcha pour prendre la commande. Il était nouveau et ne savait pas que je buvais du rhum avant de dîner.

– Pourquoi ne bois-tu pas un peu de rhum ? Cela te fera du bien et peut-être que cela t'ouvrira l'appétit.

– Merci, Fuentemayor, j'accepte une coupe de vin. N'importe lequel. Le vin de la maison, commanda-t-il. Maintenant que je suis seul avec toi, je ne sais comment commencer. Je te préviens, tu vas entendre quelque chose qui va te stupéfier.

– Je suis tout ouïe.

– Je sais qui m'a laissé l'argent dans la poche... Il s'agit de la dernière personne à laquelle j'aurais pensé. Tu vois qui est Lacloche, le professeur de clinique externe de la Charité ?

– Bien sûr que je le connais. Nous avons parlé de lui. C'était Lacloche ?

Faurel acquiesça.

– Il te devait quelque chose ? demandai-je surprise.

Lacloche devait être diplômé depuis quatre ou cinq ans et son salaire d'externe ne devait pas être énorme ; sa femme lui apportait son déjeuner à l'hôpital.

– Je lui plais, Fuentemayor, susurra-t-il après avoir vidé sa coupe d'un seul trait. Tu comprends ?

– Tu veux dire qu'il est tombé amoureux de toi ? Mais il est marié !

– Exactement, répliqua-t-il avec impatience. Maintenant, j'ai besoin de ton aide. Il ne me reste que deux napoléons. Peux-tu m'en prêter cinq ? Je dois lui rendre son argent.

– Je te les donne maintenant. Mais raconte-moi, Fauriel, je te jure que personne ne l'apprendra.

– Oui, je sais, Fuentemayor. Mais c'est très embarrassant. Cela ne m'était jamais arrivé. Enfin, si, une fois. Un mineur complètement saoul de mon village. J'ai dû lui casser la tête. Lacloche, c'est autre chose. Je veux dire...

– Bien sûr. C'est un bon médecin, un homme intelligent et marié. Même s'il a essayé de t'acheter, contente-toi de lui rendre son argent. Que gagnerais-tu à lui casser la figure ou le nez ? Ce n'est pas nécessaire de gâcher sa vie. Regarde, voici l'argent, dis-je en lui donnant ma bourse. Cela suffit pour toi et pour payer le dîner. S'il reste quelque chose, envoie-le à ta mère.

– Merci, merci. Que puis-je te dire de plus ? Tu as raison, Fuentemayor, je ne peux rien changer, dit-il en commençant à sangloter.

– Allez, Fauriel... Nous sommes en public, dis-je surprise par ses pleurs, lui qui était toujours de si bonne humeur.

– C'est que tu ne sais pas tout... Il n'a pas voulu acheter mes faveurs... Il n'a rien exigé de moi... Il m'a dit qu'il avait de la peine de me voir si pauvre et que je méritais mieux... Les sept napoléons faisaient partie de son épargne... Il m'a embrassé, Fuentemayor. Il s'est approché et m'a embrassé sur la bouche et il m'a dit qu'il m'aimait. Oh ! Fuentemayor !

– Fauriel, reprends-toi, dis-je en lui prenant le bras. Les gens nous regardent. Tu as un mouchoir ? Prends ta serviette.

Reniflant lamentablement, il porta la serviette à son visage, et se frotta la figure. Il resta quelques minutes ainsi, le visage couvert.

– Vous vous sentez mal, monsieur ? demanda le serveur.

– Il a reçu une mauvaise nouvelle, dis-je pour nous sortir de ce mauvais pas. Il est bouleversé, ajoutai-je en faisant un geste de la main pour qu'il nous laisse en paix.

– Cela va mieux, dit Fauriel en s'éclaircissant la gorge en même temps qu'il posait la serviette sur la table. Mes émotions ont toujours été vives.

– Tu as le visage plus rouge qu'une cerise, commentai-je.

Je me rendis compte alors que l'ombre de sa barbe et de ses moustaches avait pâli comme les couleurs délavées d'une aquarelle. Je regardai la serviette. Elle était tachée de gris.

– Mon Dieu, Fauriel, tes sourcils, ton visage... mais, ce n'est pas ton visage ! m'exclamai-je stupéfaite, les yeux fixés sur cette figure rouge et affligée, un visage de femme insoupçonné.

Il me regarda avec frayeur. Il se couvrit alors les joues avec les mains et lança un glapissement qui fit mettre debout la tablée voisine.

– Allons-nous-en, allons-nous-en d'ici ! Tout est parti en fumée. Je savais qu'un jour ou l'autre quelqu'un de la Faculté me découvrirait. Soutiens-moi, Fuentemayor ! Donne-moi ton bras et sors-moi d'ici.

Je l'amenai à mon appartement et lui préparai une infusion de café avec un vomitif. Elle eut immédiatement des nausées et vomit tout ce qu'elle avait dans l'estomac. Toute tremblante, elle me demanda d'appeler une voiture, car il était tard et elle devait rentrer à la ferme. Mais au moment de se lever, son front se perla de sueur et elle s'évanouit sur le lit. Elle ne pleurait plus mais à chaque respiration, un hoquet soulevait sa poitrine. Je lui séchai le front. Je lui pris le pouls. Il était faible, ses mains étaient froides. Je la couvris avec mon édredon. J'insistai pour qu'elle passe la nuit dans mon appartement. Je dormirais dans l'autre chambre avec la porte ouverte, et au cas où elle aurait besoin de quelque chose, je la priai de m'appeler. Je versai de la tisane dans son verre et j'allumai une nouvelle bougie dans le chandelier. Avant de m'en aller, pour la tranquilliser, je lui jurai que son secret serait bien gardé et qu'elle n'avait aucun besoin de me donner des explications.

Je savais bien que je ne réussirais pas à dormir de la nuit. Je m'installai cependant sur le sofa, un coussin en guise d'oreiller. Comme chaque fois que mes nerfs étaient mis à rude épreuve, j'avais l'impression d'être divisée, d'être deux personnes à la fois. Il y avait en moi, d'un côté, la femme de tête, capable d'agir selon la situation ; de l'autre, une jeune femme troublée qui, flottant dans les brumes du doute, n'avait pas clairement conscience de ce que faisait son double opposé. Ainsi, oscillant entre la raison et l'émotion, je n'éprouvais aucune curiosité vis-à-vis de la femme qui dormait dans ma chambre. Je ne voulais rien savoir de plus de sa vie. Je ressentais juste de la compassion pour elle ; je comprenais son angoisse, sa peur, sa honte d'avoir été découverte par quelqu'un qu'elle supposait être un homme. Qu'allait devenir notre relation maintenant ? Rien ne serait certainement plus comme avant. Et pourtant, si cette nuit-là n'avait pas eu lieu ; et même plus que cela, si elle n'avait pas été obligée de me demander de l'argent ; et encore, si Bousquet ne m'avait pas troublée, je ne l'aurais jamais amenée au café Procope et les choses auraient continué comme avant : nos déjeuners dans le bistrot de madame Binot, la table de dissection, son intérêt pour La Havane... Et presque sans m'en rendre compte, je commençai à pleurer, à pleurer pour elle et pour moi, pour ce qui signait pour nous deux la perte d'une amitié. La perte de notre amitié ? Oui, la perte, la fin, puisque la barrière des sexes se dresserait désormais entre nous sans qu'elle puisse soupçonner qu'une telle barrière en réalité n'existait pas... Je cessai d'un coup toutes réflexions et ne me perdis plus en tergiversations. Inspirée simplement par mes sentiments, je me levai et ôtai gilet, chemise, caleçons, et la bande de soie qui entourait mes seins. Nue, sans chaussures, je pris le chandelier et me dirigeai vers la clarté qui sortait de la chambre. Je m'arrêtai dans l'ombre de la porte. Elle non plus ne pouvait pas dormir. J'abaissai le chandelier à hauteur de mon ventre et marchai jusqu'au lit. Son expression de frayeur se transforma doucement en un sourire splendide, le sourire le plus beau qui se puisse voir.

– C'est toi, Fuentemayor ?

– Comme toi, Fauriel.

13

Elle continua à m'appeler Fuentemayor et moi à l'appeler Fauriel. Si j'avais trouvé dans Maryse à la fois une mère et une amie, Fauriel était devenue pour moi une autre moi-même. J'étais son miroir. Elle était le mien. Et, face à face, nous étions chacune, exactement, telles que nous étions.

Dès le début, nous nous mîmes d'accord pour ne jamais parler de nos passés respectifs. L'idée venait de moi. Fauriel aurait été déçue d'apprendre que je n'étais pas née à La Havane. Je me bornai à lui dire que mon diplôme de baccalauréat était faux et que je m'appelais Enriqueta. Son nom légal était Raymond Fauriel et elle avait été élevée comme un garçon. Son père était déjà malade à sa naissance. Pour assurer la subsistance de sa famille, il décida de la déclarer à l'état civil comme garçon. Seul moyen d'apprendre et d'exercer un métier. À neuf ans, elle travaillait comme apprenti ferronnier. Son patron, un ancien ami de son père, l'avait autorisée à aller à l'école. Plus tard, grâce à un concours, elle put continuer ses études à Lille et recevoir une modeste bourse qu'elle envoyait à sa mère. Elle avait été finalement élue « élève de la Patrie ».

Après la « nuit de la serviette » – surnom que nous avions donné à la nuit au cours de laquelle nous nous étions mutuellement dévoilé notre secret –, j'avais réussi à la faire déménager dans mon appartement afin qu'elle cesse de travailler à la ferme. Il ne fut pas facile de la convaincre. Malgré son sourire et ses bonnes dispositions envers les autres, elle était habituée à la solitude et à la vie indépendante. Elle ressemblait à un oiseau, à un de ces moineaux que l'on voit dans les parcs voltiger de-ci de-là, vivaces et peu farouches, qui montrent une vitalité pleine d'allégresse, puis disparaissent à l'heure du crépuscule, soudain invisibles, sans que personne n'ait la moindre idée de l'endroit où ils se cachent. Pour apaiser ses scrupules, nous conclûmes un marché : en échange de la chambre et des repas que je lui offrais, elle s'occuperait de l'appartement et de mes vêtements, m'aiderait dans mes études et à chaque fois que j'aurais besoin d'elle. Je me réjouissais de cet arrangement : Fauriel ne me tenait pas seulement compagnie, réellement j'étais aussi heureuse de pouvoir partager mon amitié sans réserve avec une personne de cette qualité. Je remarquai cependant très vite qu'elle acceptait son destin avec moins de bonheur que moi. De ma chambre, je l'entendais, tôt le matin, ronchonner face au miroir pendant qu'elle se noircissait les sourcils et s'appliquait sur le visage le maquillage qu'elle se procurait dans une boutique d'accessoires de théâtre. Ayant grandi comme un homme, rien dans ses mouvements n'était susceptible de la trahir. Ses seins s'étaient à peine développés, ils étaient petits et aplatis ; peu avant sa puberté, sa mère lui avait confectionné un corset étroit qu'elle portait sous ses chemises. Elle se moquait de ses maigres avantages en les qualifiant d'« œufs au plat ».

Elle m'avait confié qu'elle n'était pas vierge, sans me donner de détails, et je ne lui demandai rien en retour. Lorsque je lui avais posé la question qui me tourmentait tant : donnai-je vraiment l'impression d'être un homme, elle m'avait répondu affirmativement, tout en ajoutant, en riant, que certains me trouvaient efféminé. Notre engagement de ne pas parler du passé ouvertement était compensé par la franchise avec laquelle nous partagions le présent. Lors de nos conversations nocturnes, nous ne dissimulions ni nos opinions, ni nos tristesses ou nos joies et encore moins les problèmes qui pouvaient survenir. Nous avions de nombreux points communs. Nous détestions toutes les deux la guerre et nous étions attirées par les valeurs républicaines. Il y avait cependant une différence importante dans nos engagements politiques : Fauriel était jacobine. Il m'était désormais difficile de cacher ma passion clandestine pour Bousquet, et je lui racontai comment je l'espionnais à travers la cloison qui séparait nos appartements respectifs. Cette confession sembla la contrarier.

– Je ne comprends pas comment ce « petit maître » peut te faire perdre la tête. Tu es pourtant une femme intelligente, Fuentemayor !

Je luttai contre la tentation de lui raconter l'histoire de mon Apollon, car une fois ouvertes les failles de mon passé, je serais obligée de lui dévoiler ma véritable identité.

– J'ai mes raisons. De plus, les sentiments n'ont rien à voir avec l'intelligence.

– Je n'en suis pas si sûre, dit-elle avec son sourire malicieux.

*

Bousquet revint plus tranquille et plus beau que jamais. Depuis qu'il travaillait dans l'usine de son père, il s'était mis étrangement à ressembler un peu à une poupée de porcelaine. Il fut très content d'apprendre le déménagement de Fauriel et nous invita le soir même à prendre un café. Il était parti à Limoges pour connaître avec certitude ce que l'on attendait de lui au bureau de Paris. Puis, comme s'il s'agissait d'un sujet du plus haut intérêt, il commença à nous parler des bénéfices élevés que faisaient ses frères et à quoi ils consacraient leur argent ; il nous raconta comment étaient leurs femmes et leurs enfants, leurs maisons, leurs meubles et nous apprit que son père avait constitué une impressionnante collection.

– Mon oncle Achille collectionnait les cuillères, fis-je pour dire quelque chose. Des cuillères d'argent... dont une qui avait fait partie du service à thé de Marie-Antoinette !

– Comme c'est intéressant, répondit Bousquet. Les Havanais ont des goûts raffinés, affirma-t-il. Ils nous passent beaucoup de commandes. Bien sûr, maintenant, avec la guerre... Enfin, les choses vont s'arranger.

– Moi aussi je suis collectionneur, dit Fauriel, et, remarquant son sérieux, je m'apprêtai à entendre une de ses blagues. J'ai quelquefois eu envie de collectionner quelque chose de différent, quelque chose qui soit à ma portée. Une collection de fleurs de Paris, par exemple, comme celle que possédait, dit-on, le vieux Rousseau. Mais je n'ai jamais eu le temps d'aller au bois de Boulogne. Et à la Faculté, les seules choses gratuites sont les cadavres... Et en dehors des ongles, il n'y a pas grand-chose de pratique à conserver... Peut-être des mèches de cheveux, qu'en pensez-vous ?

– Tu collectionnes des ongles de morts ? dit Bousquet en ouvrant des yeux ronds d'incrédulité.

– Seulement ceux du pouce de la main droite, répliqua Fauriel en montrant l'ongle de son pouce. Ils varient beaucoup de forme, de grosseur, de taille. Par exemple le tien, Fuentemayor, est très large, tandis que celui de Bousquet est plus long. Peut-être te suçais-tu le doigt quand tu étais petit ?

– Non. Pas que je me souvienne, dit Bousquet. La seule mauvaise habitude que j'aie jamais eue est celle de me mettre les doigts dans le nez.

Je donnai un coup de pied à Fauriel sous la table. Cela m'ennuyait qu'elle se moque de mon dieu grec.

– Je vais vous raconter ce que j'ai lu dans un vieux traité de chiromancie poussiéreux que j'ai trouvé dans la bibliothèque de la Faculté. D'après ce que j'ai compris de cet art occulte et mystérieux, il n'y a pas que les lignes de la paume de la main qui peuvent révéler des secrets. Certains messages sont aussi inscrits dans le poignet, les phalanges, les nœuds des doigts et même dans les ongles. J'étais en train de réviser l'examen de pathologie, j'ai manqué de temps, aussi n'ai-je lu avec attention que la partie sur les ongles, celle qui m'intéressait.

– La chiromancie me semble être un art de gitans, dis-je afin de détourner la conversation. (Je soupçonnai que Fauriel était en train de préparer quelque chose dont Bousquet ne pouvait qu'être la victime.) L'astrologie est très différente... Certains pensent que c'est une science... Nostradamus par exemple ! N'est-ce pas ?

– Oui... Nostradamus, dit Bousquet.

– Je ne suis pas de votre avis. Les jumeaux naissent au même endroit, à la même heure, sous le même signe astrologique et sous la même configuration de planètes. Leurs destins devraient être exactement semblables mais ils ne le sont pas. De plus les Grecs, ceux-là mêmes qui nous ont enseigné à penser, donnèrent des caractéristiques très différentes à Apollon et à Hécate.

– Oui c'est vrai, très vrai, approuva Bousquet. Ils sont bien différents.

– Les ongles en revanche sont strictement personnels. Les ongles flexibles et roses disent la bonne santé ; les ongles cornés sont signes de vieillesse ; les ongles pâles de mauvaise santé. Évidemment, ce sont des généralités. Une observation attentive offre beaucoup plus de détails. Par exemple, les paysans ont des ongles épais et noircis. Les lavandières ont souvent les ongles cassés... Comparons nos ongles. Que voyons-nous ? Que, dans mon cas, la partie proche de la cuticule n'a pas l'élégante demi-lune que possèdent les vôtres. Cela indique que mes mains ont travaillé depuis leur enfance. Mais il y a plus, le traité de chiromancie assure qu'il est possible de prédire le futur dans l'ongle du pouce droit, même chez les gauchers comme moi. Le plus curieux, c'est que j'ai pu en avoir la confirmation.

– Cela est surprenant ! dit Bousquet.

Je mis la main sous la table et pinçai Fauriel.

– Mes amis, continua-t-elle, j'ai observé sur les ongles des cadavres l'annonce du type de mort qui fut la leur. Je suis retourné à la bibliothèque et j'ai copié les pages relatives aux ongles et à leurs relations avec le pouce, qui est la partie la plus difficile à cerner puisqu'il y a une infinité de formes de pouces différentes.

– Tu veux dire que tu as appris à lire dans les ongles ? demanda Bousquet intrigué.

– Mon ami, je peux prédire ton avenir comme si j'étais un prophète d'Israël. Un très bel avenir, assurément. Mais approche plus la main. Je te dirai des choses que tu raconteras à tes petits-enfants, car ta vie sera longue et prolifique comme celle des patriarches bibliques.

Profitant du fait que le regard de Bousquet était fixé sur son pouce, je renversai ma coupe de vin sur la nappe.

– Qu'ai-je fait ! dis-je pendant que Fauriel, imperceptiblement, me gratifiait d'un clin d'œil et m'envoyait un sourire rapide.

– Continue, continue, demanda Bousquet avec impatience, après que le serveur eut épongé la nappe avec une serviette et rempli à nouveau ma coupe.

– Je te disais que ta vie serait longue et heureuse. Tu auras six, peut-être sept enfants, tous des garçons.

– Ce sera très bien. Cela garantit la longévité de la maison Bousquet et fils. Ma femme sera-t-elle riche ?

– Riche, dit Fauriel avec sobriété. Attends... Comme c'est intéressant ! Tu te marieras avec une étrangère... Une Espagnole ? Peut-être... Parbleu, une femme des tropiques ! Peut-être même de ta ville, Fuentemayor, ajouta-t-elle en me regardant.

– De La Havane ? demanda Bousquet.

– Probablement. Je vois une forteresse à l'entrée d'une baie qui correspond à la description que fait Fuentemayor du célèbre château du Morro.

– Mais comment peux-tu voir un château dans mes ongles ? dit Bousquet d'un air méfiant. Tu ne te moques pas de moi, Fauriel ?

– Je vois le château comme le verrait un devin. C'est une image mentale, quelque chose comme un souvenir du futur. N'oublie pas qu'il s'agit de chiromancie. Et je ne voudrais pas pécher par orgueil, mais en étudiant mot pour mot le traité, j'ai senti que je me trouvais en face d'une grande vérité, dit-elle avec grandiloquence et en bombant la poitrine. J'ai lu une note rédigée à la fin du livre selon laquelle un nombre restreint de lecteurs peuvent, s'ils sont nés avec le don des choses occultes, pratiquer la chiromancie avec succès en se servant de ce traité. Cela a été mon cas, ajouta-t-elle en arborant un large sourire, joyeux et modeste comme un bouquet de violettes.

J'ignore comment se termina exactement cette comédie. Prétextant un besoin pressant, je quittai la table un bon quart d'heure. Quand je revins, les yeux de Bousquet, comme ses joues colorées, reflétaient la plus grande satisfaction.

– Tu as manqué le meilleur de ma prédiction, dit Fauriel, l'air particulièrement innocent. Bousquet devrait rencontrer sa promise à Limoges. Elle s'y rendra probablement avec ses parents, lorsque ceux-ci seront de passage en France, afin de choisir un nouveau service de porcelaine pour la famille. Leur vaisselle aura été dépareillée à la suite d'événements violents, peut-être un ouragan ou un tremblement de terre. Cela arrivera dans environ deux ans, au plus tard dans trois ans. Il n'y aura déjà plus de guerre en Espagne et Bousquet se mariera à Madrid, où la famille de sa promise possède un palais. Sais-tu comment s'appelle la jeune fille ?

Furieuse et lançant un coup d'œil sur la main de Bousquet, je rétorquai :

– Enriqueta !

– Mon Dieu ! s'exclama Bousquet. Exactement. Tu as aussi étudié le traité ? me demanda-t-il.

J'acquiesçai et, attrapant Fauriel par le col de la redingote, je la soulevai de sa chaise.

– Allons-y ! Souviens-toi qu'ils nous attendent dans le cirque du Temple.

– J'aimerais aller avec vous, dit Bousquet en se levant. Mais j'ai moi aussi un rendez-vous. Péché de cardinal ! Quatorze ans et des hanches Renaissance. À tomber par terre, ajouta-t-il. Mon père collectionne les plats, ton oncle les cuillères, toi Fauriel, les ongles de morts, et connais-tu l'objet de ma collection ? Les nuits de plaisir !

Après avoir quitté le café, nous marchâmes sans parler jusqu'au fleuve. J'étais furieuse contre Fauriel. Passant devant l'enseigne du Gaulois averti, je lui pris le bras et la tirai à l'intérieur. Là, une fois assises, je commandai du vin.

– Tu sais quoi, dis-je de mauvais gré, tu te mêles un peu trop de ma vie.

– Oui, dit-elle.

– Comment, oui ? protestai-je.

J'attendais tout comme réponse, sauf celle-là.

– Eh bien, oui. Je le reconnais. Que veux-tu que je réponde ? Veux-tu que je m'excuse, que je te dise que je ne le ferai plus ? répliqua-t-elle, aussi énervée que gênée. Ne te rends-tu pas compte de la grande faveur que je te fais ? Je veux que tu comprennes que ton Bousquet est un idiot qui mérite presque l'asile. Ce n'est pas la peine de perdre ton temps en pensant à lui, à coller ton oreille pendant des heures contre un mur, ou en faisant le guet à la fenêtre. Le comble est que tu ne couches même pas avec lui. Alors que cherches-tu ? Comment peux-tu avoir envie de rentrer chez toi et de te mettre à écouter ses cochonneries en te faisant des chatouilles ? Allez, Enriqueta, tu es une personne sensée et droite ! Enlève-toi ce Bousquet de...

– Fauriel ! Tu m'as appelée Enriqueta !

– J'ai fait cela ?

– Oh, mon Dieu. Il ne manquait plus que ça. Tu es jalouse, Fauriel ! Jalouse de Bousquet !

Elle but sa coupe d'un trait et se servit rageusement un autre verre.

– Peut-être, Fuentemayor, peut-être. Sache que bien avant la nuit de la serviette, ton amitié avait déjà beaucoup de valeur pour moi. Sais-tu pourquoi ? Parce que malgré le fait que tu es riche, tu m'as toujours traitée en égale. Ta générosité ne m'a jamais humiliée car elle n'a jamais été hypocrite et que tu n'en as tiré aucun bénéfice de supériorité. Ensuite, lorsque j'ai abandonné mon visage d'homme au café, tu n'as pas hésité à m'amener chez toi. Tu as pris soin de moi sans me poser aucune question. Et pendant que moi, je me demandais si le fait que tu saches que j'étais une femme changerait notre relation, tu es apparue nue afin que je te voie telle que Dieu t'a faite. Oui, tu m'as révélé ton secret et tu l'as fait sans prendre en compte les conséquences que cela entraînerait. Sur le moment, ma surprise fut telle que je n'ai pas compris combien ton geste était beau. Mais cette même nuit, quand tu m'as laissée, je me suis rendu compte que tu avais fait cela dans le seul but de conserver mon amitié. Et cela, je ne sais pas si je l'aurais fait pour toi, Fuentemayor.

– Arrête, Fauriel ! S'il te plaît ! Si tu continues, je vais me mettre à pleurer.

– J'ai terminé. Je voulais juste te dire que depuis ce moment nous vivons comme deux sœurs. Il ne me restait plus qu'à te raconter ma vie pour compléter le tableau. Les souffrances de mon enfance, mes frustrations, mes efforts, mes espérances... Je sais que tu m'aurais aussi parlé des tiennes...

– C'est certain, Fauriel, dis-je attendrie, l'interrompant de nouveau pour lui prendre la main et la serrer fortement comme pour signifier que personne ne réussirait à nous séparer.

– Ce moment de vérité est arrivé, continua-t-elle, et il revêt tellement d'importance pour moi, Fuentemayor. Nous en étions arrivées là et, soudain, cet imbécile de Bousquet réapparaît. Comment vont se dérouler nos nuits maintenant ? Nul besoin d'être une chiromancienne pour prédire que nous dînerons tous les soirs avec ce stupide don Juan. Et qu'après, alors que je serai en train d'étudier, de lire, d'arroser les plantes ou d'aviver le feu pour faire bouillir l'eau de la tisane, toi, tu te précipiteras dans l'autre chambre pour écouter ce stupide garçon faire l'amour à une pauvre couturière ou à une épouse infidèle. « Je collectionne les nuits de plaisir », a dit cet orgueilleux coquin. Et toi, ma petite sœur perdue...

– S'il te plaît, Fauriel ! Cela suffit. Je t'en supplie. Ce n'est pas nécessaire...

– Si, cela est nécessaire, dit-elle en se libérant les mains et en frappant un coup de poing sur la table.

C'était une nouvelle Fauriel qui m'était révélée. Son regard était dur et scintillant, son visage était menaçant, exprimant une rancœur profonde.

– J'en ai besoin. J'ai envie aujourd'hui de pouvoir dire ce que je pense. Au moins une fois. Cela fait vingt ans que je ne suis pas qui je suis ! Laisse-moi être moi-même, au moins cette nuit ! dit-elle totalement hors d'elle.

Une longue gorgée de vin parut l'apaiser un peu.

– Nous avons parlé de Lacloche l'autre nuit. Je vais te dire quelque chose. Je l'aime. Pas de la manière ignoble dont tu aimes Bousquet. Je l'aime parce qu'il est bon, intelligent, généreux autant que ses moyens le lui permettent. Il a des yeux magnifiques. Quand il est concentré, une fossette se forme sur son menton... Je souffre tellement du fait qu'il croit que je suis un homme. Tu ne peux pas savoir combien cela me fait mal. Mais c'est ainsi, et je l'aime, et je le désire. Comment faire ? J'ai eu cette impression étrange d'être aimée à l'intérieur de mon déguisement. Moi que personne n'a jamais aimée. Je sais que ce n'est pas facile à expliquer... L'autre jour... Il faut que je te raconte quelque chose que je t'avais caché... J'ai fait l'amour avec lui... Sais-tu comment ? Comme un homosexuel. Debout. On rentrait à peine dans l'encoignure.

Nous étions dans la pénombre et cela sentait mauvais. J'ai baissé mon pantalon et je me suis inclinée comme j'ai pu... Cinq minutes, pas plus de cinq minutes, Fuentemayor. Cinq minutes debout, dans une odeur de merde. Et voilà. Mais ce n'est pas cela le pire. Le pire est que le lendemain, nous y sommes retournés. Il y avait une flaque d'urine sur le sol, des papiers sales... Il n'a pas pu, il n'a pas pu. Je me suis agenouillée dans la flaque. Je l'ai embrassé. Il n'a pas pu. Nous sommes sortis tous deux de là honteux. Que puis-je te dire... Tout cela n'est pas nouveau pour moi. Mais depuis ce jour-là, il fuit mon regard. Je l'ai déjà perdu, je le sais... C'est toute l'histoire de ma vie, Fuentemayor. Il en a toujours été ainsi. Et bien sûr, ce n'est pas que je refuse de prendre le taureau par les cornes pour tenter de continuer à vivre dans le mensonge. Mais je te jure, Fuentemayor, il y a des jours où je résiste avec peine à la tentation d'enfiler une robe et de sortir dans la rue pour faire la putain. Ne crois pas que je ne l'aie jamais fait. La dernière fois, ils m'ont frappée, ils m'ont mise dans une voiture et m'ont traînée comme un sac inutile dans le bois de Vincennes... J'en ai assez d'être un homme, Fuentemayor. J'essaye de faire bonne figure, de me mentir à moi-même, de prendre tout en dérision. N'est-il pas sympathique, ce Fauriel ? Quelle ingénuité, quelle intelligence ! Mais je suis fatiguée... Je sais que tout cela doit te surprendre. Tu imaginais que tu avais besoin de moi mais, en réalité, c'est moi qui ai besoin de toi. Tu n'as pas idée de ce que représentent ces quelques heures que nous passons ensemble à parler comme deux femmes. Cela signifie que je peux être moi-même, je peux parler avec ma voix, je peux dire que j'aime un homme. Et ne va pas croire que j'ai l'intention de m'immiscer dans ta vie pour le plaisir de le faire. Si tes amours étaient sérieuses, même avec Bousquet, je les comprendrais. Mais cela me fait mal de me sentir abandonnée pour une fantaisie, dit-elle avec amertume.

Posant ses coudes sur la table et plongeant la tête dans ses mains, elle ajouta :

– Je rentre à la ferme, Fuentemayor. J'y retourne. Reste seule avec les orgasmes de Bousquet et son sérail !

– Arrête, Fauriel. Ne dis pas d'idioties.

– Si, je rentre. Merci pour ce que tu as fait pour moi. Espérons qu'un jour je pourrai te le rendre ! C'est cette maudite misère... Te rends-tu compte ? Je suis le fruit de la misère ! Si je n'étais pas née pauvre, je pourrais être mariée, avoir un enfant... pleurnicha-t-elle.

J'aurais pu la laisser parler longtemps, l'écouter déballer toute la haine accumulée pendant les vingt ans où elle n'avait été que l'ombre d'elle-même. Mais même si je la comprenais très bien, même si je souhaitais qu'elle reste auprès de moi, j'étais incapable de renoncer si soudainement à ma relation avec Bousquet ; il s'agissait de quelque chose de purement instinctif, une sensation obscure et trouble qui revenait à ma mémoire et qui décidait de mes désirs en dépit de ma volonté. « Je ne peux te promettre beaucoup, Fauriel. Mais je t'assure : la plupart des nuits qui viennent seront tiennes et miennes, concédai-je. Je ne le dis pas pour te faire plaisir. Ni afin que tu ne t'en ailles pas. Mais maintenant, plus que jamais, je souhaite que nous soyons de véritables sœurs. Moi aussi, j'ai des secrets que je t'ai cachés. Tu les apprendras un jour, Fauriel. Tu sauras. Et qui sait si cela ne sera pas mieux ainsi ? »

14

L'année 1811 marque un tournant important de ma vie. C'est une année que je considère comme essentielle, une année de préparation qui me permit d'endurcir mon esprit. Au fur et à mesure qu'elle s'écoulait, les liens qui nous unissaient Fauriel et moi se resserraient. Le jour vint où je parlais naturellement d'elle à oncle Charles. J'avais envie de partager avec elle ma petite famille, qu'elle sache comment ils étaient en réalité – et pas seulement à travers mes histoires : Françoise, Pierre, oncle Charles, y compris madame Bagnol, devenue madame Cavent, puisque mon oncle avait profité de sa longue convalescence pour se marier. Dès qu'elle fut introduite dans mon cercle le plus intime, nous prîmes l'habitude, presque tous les dimanches, d'aller dîner rue du Faubourg-Saint-Honoré. Nous arrivions tôt pour écouter les récits de guerre d'oncle Charles et ses prouesses chirurgicales accomplies au milieu des batailles. Un après-midi, il nous confia qu'il y avait toujours eu des femmes dans les différents corps d'armée. Il avait ainsi connu en Égypte une jeune Marseillaise qui servait dans l'artillerie. Il lui avait amputé une jambe sans qu'il y ait eu de complications. « Ce qui se passe, c'est qu'elles ne sont découvertes que quand elles se rendent à l'hôpital. » Je lui demandai s'il connaissait d'autres cas et il me répondit que oui, deux de plus, une Espagnole et une Prussienne, mais que ses collègues lui avaient raconté bien d'autres histoires semblables... Fauriel aussi lui posait des questions, mais celles-ci avaient toujours un lien avec la médecine. Car même si la plupart de nos professeurs avaient fait partie de l'armée de la République, on nous parlait peu de la médecine militaire. J'ai l'impression de nous voir encore, tous réunis là autour d'un grand plateau de fromages, buvant du vin d'Anjou avec madame

Cavent, stupidement amoureuse, incapable de quitter mon oncle du regard, le considérant comme une sorte de vieux et digne chevalier de la Table ronde dont il fallait, disait-elle, consigner les récits dans un livre.

Ma passion pour Bousquet, bien que diminuant au fil des mois, n'avait pas complètement disparu. Parfois, quand Fauriel dormait, j'entrais dans la chambre interdite sur la pointe des pieds. L'oreille contre le mur et la main entre les jambes, je me délectais de cette musique du plaisir. Comme Bousquet nous maintenait au courant de ses conquêtes, j'avais appris à reconnaître les hurlements d'une soprano italienne nommée Angelina, les discrets gémissements de la grisette de quatorze ans aux hanches Renaissance, et les ronflements tonitruants de mademoiselle Rouge et de mademoiselle Brune, qui étaient d'assidues visiteuses. Une ou deux fois par semaine, en dépit des protestations de Fauriel qui duraient tout le long du trajet, nous dînions avec lui au café Procope. Sa conversation était toujours aussi ennuyeuse et superficielle. Ses thèmes de prédilection étaient de plus en plus axés sur la chose érotique. Il commençait par nous parler rapidement de ses amantes, puis il enchaînait de manière plus intrépide sur les aphrodisiaques, les instruments de plaisir ou les vertus du coït contre-nature et les perversions orientales, qu'il détaillait avec une perversité complice.

– Ici en Europe, nous en sommes encore à l'âge de pierre, assura-t-il lors de l'un de nos derniers repas. Casanova nous étonne alors qu'il n'a été qu'un fornicateur ingénu. On prête une vie scandaleuse à Marie-Antoinette bien que l'on sache que la pauvre n'avait aucune imagination. Quant à Sade, ne lui retirons pas ses mérites. Mais quel a été son destin ? La prison, l'asile et le couvent. Que contient l'*Encyclopédie* sur les passions de la chair ? De grandes lacunes. En revanche, en Orient, il existe des livres savants, des traités célèbres. Voyons, Fauriel, toi qui es chiromancien, qu'as-tu lu dans tes collections d'ongles sur les concupiscences sublimes ? Rien, certainement. Nous, les Français, nous sommes une race prosaïque, cérébrale, rationaliste. Nous le devons à Deux-Cartes.

– Descartes, corrigea Fauriel.

– C'est la même chose. Je vais vous donner un exemple : j'ai appris que les veuves japonaises s'introduisaient un grelot dans le vagin, qui vibre subtilement quand elles se trémoussent, libérant à la fois une sonorité subtile et provoquant des sensations qui les consolent le temps du deuil. Il y a aussi un violon chinois, de deux cordes seulement, je crois, appelé « er-hu-hu ». À l'extrémité de son long manche, il y a une caisse de résonance tubulaire de taille réduite. On raconte que les mandarins, une fois vieux, demandent à un dignitaire d'introduire dans leur orifice enduit de substances stimulantes la caisse du violon. Le courtisan commence à frotter les cordes avec un arc de crin de cheval blanc. Il est prescrit de commencer la musique par la marche des éléphants impériaux, et ensuite d'autres cadences dont j'ai oublié les noms, et de terminer avec le trille du rossignol au printemps. Comme il est facile de le comprendre, les vibrations passent du rectum à la glande de la prostate – celle qui commande la fonction érectile et donne vigueur au membre, au moins quelques secondes. C'est à cet instant que la concubine nubile, en présence d'un chien, offre son hymen au seigneur.

– Et pourquoi en présence d'un chien ? demandai-je avec répugnance.

– Je ne sais pas. L'histoire m'a été racontée ainsi et je n'ai pas pensé à demander de précisions.

– Peut-être pour qu'il aboie si le trille du rossignol au printemps n'entraîne pas de résultat ? avança Fauriel.

– Peut-être, concéda Bousquet. Et à propos de chiens...

Quelque chose d'horrible était définitivement arrivé à mon Apollon. J'avais l'impression qu'un parasite malin lui était entré par l'oreille et s'était logé dans son cerveau. Je dis par l'oreille parce qu'il était clair que Bousquet répétait ce qu'on lui racontait. Il ne fallait pas être sorcier pour comprendre que ses sources étaient mademoiselle Rouge et mademoiselle Brune, dont la corruption avait trouvé un terrain fertile dans la morale relâchée de ce don Juan. Le plus triste est que son physique aussi commençait à se gâter. Appréciant les sucreries, il se remplissait de crèmes et de pâtisseries, de châtaignes et de cerises au chocolat. Je découvris avec désenchantement que, sous la barbe claire qu'il portait maintenant, se cachait un double menton. Je ne renonçai pas cependant à accourir aux gémissements qui venaient de son appartement. Une nuit, peu après cette conversation scabreuse, Fauriel me surprit affalée sur la chaise, la tête contre le mur. Elle ne dit rien. Elle se contenta de me regarder et de sourire à sa façon incomparable. Honteuse comme une petite fille, je retournai vers mon lit et, entrant dans la chambre, la vis passer dans la première pièce. Je restai à l'épier par l'embrasure de la porte. Elle aussi espionnait à la fenêtre. Pour la première fois, elle s'intéressait à l'identité des visiteuses de Bousquet.

Une semaine plus tard, alors que j'étais en train de changer de vêtement pour aller dîner, elle entra dans ma chambre.

– Je t'ai apporté un cadeau, Fuentemayor, dit-elle en me donnant une clé similaire à la mienne. Aujourd'hui tu pourras pénétrer dans les jardins secrets de ton mandarin.

– C'est sa clé ? demandai-je incrédule. Comment...

– Très facile, mon amie. Il y a trois jours, j'ai introduit de la cire blanche dans le trou de la serrure et quand je t'ai dit que j'allais à la bibliothèque, je suis en fait allée chez un serrurier que j'avais eu comme patient à la Charité. Il me devait une faveur. Il s'était écrasé le doigt d'un coup de marteau et j'ai convaincu Boyer de retarder l'amputation jusqu'à ce que surviennent les premiers signes de gangrène. J'ai fait pour lui ce qu'on faisait dans mon village. Je lui ai recouvert le doigt avec des toiles d'araignées et du fil mouillé et je lui ai dit de les maintenir humides. Remède de saint. J'ai sauvé son doigt.

– Ne t'imagine pas que je veuille utiliser la clé. Mais tu as vérifié qu'elle fonctionne ? demandai-je, doutant qu'il fût si simple de copier une clé.

– À la perfection, assura-t-elle. Quand Bousquet sortira dîner, tu pourras entrer dans son appartement. Une fois là, tu te cacheras dans son armoire et tu seras au premier rang pendant tout le spectacle.

– Le jour où je ferai cela, je cesserai d'être moi, affirmai-je, en refusant d'un geste la clé. Cela reviendrait à me manquer de respect à moi-même.

– Ne sois pas hypocrite. Tu le fais par l'imagination. N'est-ce pas pire ?

– Et je violerais sa vie privée.

– Qu'est-ce qu'il ne faut pas entendre ! Et que fais-tu quand tu penses que je dors !

– Ce n'est pas pareil, dis-je, confuse.

– C'est pire, parce qu'il s'agit d'un vice que ta volonté ne peut pas contrôler. En plus, tu ne cours aucun danger.

– Comment le sais-tu ?

– Parce que hier, pendant que tu dormais, je suis entrée dans l'appartement de Bousquet en reconnaissance. Il y a une grande armoire face au lit. Je me suis mise dedans et j'ai regardé par le trou de la serrure.

– Je ne peux pas, Fauriel. Je ne peux pas, dis-je, après m'être imaginée l'imiter. Cela heurte ma conscience. Ce serait immoral.

– Tu n'es pas une bonne sœur, Fuentemayor. Sois vraiment fidèle à tes désirs. Au moins cette nuit. Ce serait bien que ce soit cette nuit. Tu me remercieras. C'est le tour de mademoiselle Rouge et de mademoiselle Brune, tes vieilles connaissances.

– Comment peux-tu en être si sûre ? demandai-je indignée, et soupçonnant qu'elle en savait plus qu'elle ne le laissait paraître.

– Parce que c'est ce dont ils ont convenu hier quand je regardais par la serrure.

– Tu es folle. Bousquet aurait pu te découvrir !

– En effet, mais cela n'a pas été le cas. J'ai attendu que ses amies s'en aillent et qu'il s'endorme. Je t'assure que tu ne cours absolument aucun danger.

– Je n'irai pas, Fauriel, dis-je résolument. N'insiste pas. Je n'irai ni aujourd'hui, ni demain.

– Dommage, dit-elle en gardant la clé dans sa poche. Tu aurais eu la surprise de ta vie. Tu m'en aurais été éternellement reconnaissante : car tu n'as pas idée des caprices de ton mandarin. Es-tu certaine que tu ne veux pas savoir ?

– Arrête de me tenter, répondis-je de mauvaise humeur devant son insistance. En plus, je suis supposée savoir ce qui se passe derrière le mur.

– Entendre n'est pas voir, mon amie. Mais bon, je n'insisterai pas si tu me promets d'aller ce soir au théâtre. Si tu me fais ce plaisir, je jetterai la clé dans un caniveau et ne parlerai plus jamais de cette affaire.

Je connaissais Fauriel. Je savais qu'elle avait manigancé quelque chose, une embuscade dans laquelle Bousquet, les deux sœurs corrompues et moi-même devions tomber. Je ne pouvais cependant résister à la curiosité. En fin de compte, quel danger pouvais-je courir dans une salle de théâtre ?

– Un théâtre en particulier ? demandai-je.

– Le Feydeau.

– Nous arriverons tard.

– Nous dînerons ensuite.

– Que jouent-ils ?

– Nous verrons.

Nous arrivâmes à l'heure. Je pensais prendre des loges, mais Fauriel insista pour que nous occupions les fauteuils les plus proches de la fosse d'orchestre. Ils jouaient *Ma Tante Aurore* et je ne pus m'empêcher de me souvenir de Maryse car l'auteur, Adrien Boieldieu, était également celui du *Calife de Bagdad.* « Maintenant, je dois te demander autre chose, susurra Fauriel au moment où l'ouverture joyeuse se terminait. Regarde bien les laquais du chœur », recommandation qu'elle répéta trois ou quatre fois pendant le spectacle. Finalement, le rideau tomba. Sous des applaudissements mérités et des cris d'approbation, madame de Saint-Zubin et monsieur Elleviou quittèrent la scène et nous nous disposâmes à sortir de la salle.

– Tu as reconnu les laquais ? me demanda Fauriel une fois de plus. As-tu remarqué quelque chose en particulier ? ajouta-t-elle.

– L'un était très grand et l'autre boitait un peu de la jambe droite.

– Exactement, approuva-t-elle.

Je ne lui demandai pas la raison de son intérêt pour les hommes qui jouaient les laquais. Je savais qu'au moment voulu, elle placerait ses pièces comme une joueuse d'échecs aguerrie et m'annoncerait le mat. Pour accélérer l'inévitable conclusion, je me dirigeai vers les voitures qui attendaient en face du théâtre.

– Attends, ce n'est pas encore le moment de partir, dit-elle en m'arrêtant, contrariée.

La rue se vida. Il n'y eut bientôt plus personne, à peine quelques voitures attendant sûrement les artistes. Les premiers à sortir furent les musiciens, puis apparut monsieur Elleviou, vêtu élégamment de gris. Ensuite, bavardant entre elles, se tenant le bras et portant leurs masques, surgirent mademoiselle Rouge et mademoiselle Brune.

– Voici tes laquais, dit mon amie avec un air de triomphe.

C'étaient *elles* en effet, l'un était grand, l'autre boiteux. Je ressentis un sentiment dévastateur. Je les regardai monter en silence dans une voiture et s'y installer. Dès qu'elle s'ébranla, je me retournai :

– Ah, Fauriel, tout cela était inutile, dis-je plaintivement, les larmes aux yeux. Il aurait suffi que tu me le dises. Je t'aurais crue.

– Peut-être, mais tu dois convenir avec moi que les purges doivent être prises de manière rapide et d'un seul trait. Sais-tu où ils se rendent maintenant ?

– Je ne veux pas le savoir. Ne me dis rien. Jamais plus, aucun mot !

Fauriel ne s'en tint pourtant pas là et avec la même dextérité avec laquelle elle maniait le scalpel sur la table de dissection, elle m'asséna le coup final :

– Tu ne veux pas savoir ce qui se passe derrière ce mur ? Leur jeu préféré semble être celui du violon chinois, dit-elle d'un air moqueur.

Quelques jours plus tard, sans même dire adieu à Bousquet, nous déménagions boulevard Saint-Michel. L'appartement n'avait que deux chambres et était mal disposé, mais c'était le premier que nous avions trouvé. Je me concentrai plus que jamais sur mes études et Fauriel, comme moi, passa avec succès les examens de troisième année. Nous célébrâmes notre succès avec d'autres étudiants dans le bistrot de madame Binot, et Fauriel me dit à l'oreille : « Il y eut un moment où j'étais prête à me vêtir en femme, prête à renoncer à tout. Mais j'ai trouvé en toi les forces pour continuer. Je ne t'oublierai jamais, Fuentemayor. »

*

Nous passâmes la soirée d'anniversaire d'oncle Charles chez lui. Quand l'horloge eut sonné minuit, nous trinquâmes à sa nouvelle année, espérant qu'elle lui apporte santé et bonheur. Mon oncle fit alors une annonce étonnante.

– Maintenant que je suis satisfait d'avoir survécu quarante-six ans, je dois vous annoncer une nouvelle désagréable. Personnellement, j'estime que ce n'est ni une bonne ni une mauvaise nouvelle car il s'agit de mon devoir : je pars dans quelques jours.

Madame Cavent, qui pourtant tenait sa coupe très haut, supposant que mon oncle allait porter un autre toast, la laissa tomber sur la table avec un léger cri. Le cristal se brisa à la hauteur du pied. La partie évasée de la coupe virevolta lentement sur la nappe rougie par le vin, captant notre attention, et tomba sur le sol.

– Mauvais augure, murmura Françoise à mes côtés, avant d'aller à la cuisine chercher le balai.

– Mon Dieu ! Que vais-je faire sans toi ? se lamenta madame Cavent. En plus, tu boites encore et cette guerre d'Espagne est une mauvaise guerre.

– Je ne vais pas en Espagne, ma chérie. Je vais vers l'est, lui répondit oncle Charles depuis l'autre bout de table. Un endroit où l'Empereur et moi avons toujours eu de la chance.

– C'est déjà mieux, dis-je. J'ai cru un moment qu'ils t'envoyaient de nouveau à la guerre. Tu nous as fait peur, mon oncle.

– À la guerre ? N'y pensez plus ! Larrey a été nommé chirurgien général de la Grande Armée, et il m'emmène avec lui à Mayence, sûrement pour inspecter les hôpitaux d'Allemagne, dit-il en souriant.

Mais, peut-être à cause des paroles de Françoise, je m'endormis préoccupée.

Le lendemain, à la Faculté, je fus de mauvaise humeur toute la journée. On célébrait un hommage à Desgenettes, un des fondateurs de la nouvelle école. Le discours du doyen était aussi insipide que d'habitude, bien qu'il eût bégayé plusieurs fois et qu'à l'évidence il fût préoccupé. Il y avait quelque chose d'électrique dans l'air du grand amphithéâtre, quelque chose qui se traduisait en murmures, en toux et reniflements retentissants. Fauriel aussi le sentait. « Il y a des rumeurs de mouvements de troupes, me dit-elle alors que nous traversions la cour de l'École pratique en pressant le pas pour arriver avant les autres. Mais j'ai eu beau essayer de m'informer, personne ne semble savoir ce qui se passe. »

Lorsque je demandai à l'assistant quelle table de dissection nous était assignée, il ne me répondit pas. Le regard vers le sol, il plongea la main dans sa poche et sortit un papier qu'il tendit à Fauriel. « Regarde, c'est mon numéro qui est sorti à la loterie de la conscription militaire », s'exclama-t-elle avec effroi en lisant puis relisant son ordre de mobilisation.

*

Oncle Charles recommença à me dire que non, qu'il était désolé, mais qu'il ne pouvait rien faire pour Fauriel.

– Mais c'est une femme, mon oncle, protestai-je.

– C'est sa responsabilité, et non la mienne, maugréa-t-il devant mon insistance.

– Ce n'est pas de sa faute. Quand elle est née, on l'a inscrite en tant que garçon à l'état civil. Cela fait vingt ans qu'elle passe pour un homme.

Mon oncle réfléchit un instant et dit :

– Je lui conseille d'aller passer l'examen physique que pratiquent les médecins du recrutement dans la Faculté même. Pour les étudiants, l'examen est une simple formalité, alors il lui faudra dire qu'elle est une femme. Si elle le fait, elle sera examinée à fond et déclarée inapte au service. Il y aura ensuite des formalités administratives. Son acte de naissance sera amendé. Je suis sûr qu'elle pourra exercer comme sage-femme si elle en a envie.

– Bien, soupirai-je, je lui ferai savoir. Maintenant, mon oncle, dis-moi la vérité. Vous savez combien je suis discrète. Y aura-t-il la guerre à l'Est ?

– Nous sommes en paix avec les Russes. L'Autriche et la Prusse sont nos alliés en ce moment, dit-il après avoir réfléchi un instant. J'ai entendu parler d'un plan d'invasion de l'Angleterre par la Baltique, mais cette idée semble tellement farfelue que je pense que c'est une rumeur lancée par l'Empereur pour confondre l'ennemi, quel qu'il soit. Si Larrey sait quelque chose, il ne me l'a pas révélé. Il m'a juste dit qu'il avait ordre de se rendre au quartier général de Mayence... Nous verrons. Ce qui est sûr, c'est qu'il y a des grands déplacements de troupes vers l'Est. Peut-être la Russie... Au pire, l'Empereur désire restituer à la Pologne ses anciens territoires. De toute façon, nous l'apprendrons bientôt. Aucune campagne à l'Est ne peut commencer avant le début du printemps. L'Empereur n'aime pas le froid. Maintenant – ajouta-t-il en s'approchant de moi – embrasse-moi, pour le cas où nous ne nous verrions plus. Je dois régler certaines affaires. Comme tu sais, je m'en vais après-demain.

Je quittai immédiatement l'hôpital du Val-de-Grâce, pris une voiture d'appoint et me dirigeai vers le bistrot de madame Binot, où m'attendait Fauriel.

– Aussi lourdement que cela me pèse, j'irai à la guerre, dit-elle après avoir écouté la conclusion de ma conversation avec mon oncle. Au point où j'en suis, après avoir surmonté ma dernière crise, je ne vais pas avouer que je suis une femme. En plus, j'ai toujours voulu aller en Espagne.

– Comment sais-tu où ils t'enverront ?

– Parce qu'il n'y a qu'une guerre, celle d'Espagne. Napoléon veut sûrement la terminer rapidement. On dit qu'il est en train d'amasser une grande quantité de troupes, y compris italiennes et allemandes, afin de les lancer sur les chemins des Pyrénées. C'est pour cela qu'il nous a tous appelés.

– Que veux-tu dire ? demandai-je étonnée.

– C'est vrai que tu n'étais pas à la Faculté ce matin. Mon amie, tous ceux de quatrième année ont été appelés. Si Leroux n'a pas fait d'annonce générale dans l'amphithéâtre, c'est parce qu'ils veulent régler tout cela avec discrétion, c'est-à-dire par notification individuelle. Ce n'est évidemment pas ton cas, ajouta-t-elle avec perplexité. Tu n'es pas française, ou, plutôt, tu es Enrique Fuentemayor, sujet d'Espagne.

– S'il s'agit d'une de tes plaisanteries, je te prie d'en finir tout de suite, dis-je sérieusement.

– Ce n'est pas une plaisanterie. Mes plaisanteries ont toujours un but constructif. Tu sais bien que je déteste la guerre. Si je pouvais être à ta place ou à la place du Mexicain ou de l'Argentin, je terminerais l'année et je passerais Noël dans mon village. Réjouis-toi de rester. Encore une raison de remercier ton amie Maryse. Si elle ne t'avait pas envoyé un passeport espagnol... Enfin, personne ne sait mieux que toi ce que sont les guerres.

– Ne me parle pas ainsi. Je me sens coupable.

– Je n'ai pas l'intention de te culpabiliser. Mais j'aimerais bien posséder un passeport émis à La Havane.

– Quand passes-tu les examens médicaux ?

– Tu connais Napoléon... Ils commencent cette nuit même. Comme mon nom débute par la lettre F, je devrais passer vers neuf heures. Pourquoi me demandes-tu cela ? Si tu veux m'accompagner, tu es la bienvenue. Après, nous pourrons aller nous saouler.

Tel n'était pas le but de ma question. Avant même de peser le pour et le contre, j'avais décidé que si Fauriel était recrutée, je l'accompagnerais. Je me proposerais comme volontaire.

– Tu es folle à lier ! s'exclama-t-elle en entendant mes intentions. Maintenant, c'est moi qui me sens coupable. Et qui peut t'assurer que nous serons ensemble ?

– J'irai demain voir mon oncle. Je lui demanderai de nous prendre comme assistants. Si la guerre éclate, nous marcherons avec lui. Nous ferons partie de l'état-major général. Je t'assure que nous serons mieux loties que la plupart de nos compagnons. Je le sais par expérience.

– Nom de Dieu ! dit Fauriel en riant. Qui aurait pu me dire que je servirais Napoléon de près et avec une amie vétéran ?

Le médecin de la commission de recrutement ne nous demanda même pas d'enlever notre manteau. Il se contenta de regarder nos langues, de pincer nos joues et de nous faire marcher d'un bout à l'autre de l'amphithéâtre qui servait de local pour l'examen physique. « Fuentemayor, volontaire espagnol, apte au service », dicta-t-il au secrétaire. Ensuite, il se retourna et me donna une tape sur l'épaule, et me recommanda de continuer à assister aux classes en attendant l'ordre d'incorporation de mon régiment.

Comme il était à peine neuf heures et demie, nous prîmes une voiture pour nous rendre chez mon oncle. Nous ne cessâmes de plaisanter pendant tout le trajet. Fauriel s'exclamait que, pour une fois, elle allait avoir des habits neufs et un chapeau. « Rien de moins qu'un bicorne ! » En arrivant rue du Faubourg-Saint-Honoré, nous fûmes étonnées de ne pas apercevoir de lumière aux fenêtres. Nous appelâmes plusieurs fois. Tout en haut par les lucarnes des mansardes, deux têtes apparurent : celles de Pierre et de Françoise. Oncle Charles était parti à midi, emmenant madame Cavent avec lui. Il y avait une lettre pour moi. Ils avaient ordre de se mettre à mon service dès le lendemain.

Pendant que Pierre et Françoise descendaient pour nous ouvrir la porte, Fauriel me regarda avec admiration : « Tu n'as plus la protection de ton oncle. Regarde dans quel bourbier tu t'es mise juste pour moi. »

Il faisait froid, et Pierre ajouta du bois dans le poêle. Je lisais la lettre d'oncle Charles, qui était, en fait, à peine une note. Il avait avancé son départ parce que madame Cavent avait insisté pour l'accompagner et qu'elle désirait dire adieu à sa mère à Blois. Je ne devais pas m'inquiéter. Tout irait bien. Il venait de payer un an de loyer, tout était en ordre, ma chambre telle que je l'avais laissée, mes bijoux chez monsieur Dubreuil, son avocat, et le cabriolet, ainsi que les chevaux, dans l'écurie du Faubourg. Il terminait en m'apprenant que Pierre et Françoise s'étaient mis à s'aimer ; et, même si c'était à moi de prendre une décision, il me conseillait de les autoriser à rentrer à Foix pour qu'ils se marient.

Quand Françoise nous servit le vin qui restait dans une bouteille ouverte, je demandai à Fauriel de nous laisser seules.

– Mon oncle me dit que toi et Pierre, vous vous aimez. Il ne s'est pas trompé ?

Françoise haussa les épaules et s'assit à mes côtés :

– Nous nous sommes rapprochés peu à peu, Henriette. Je lui suis reconnaissante. En Allemagne il m'a sauvé la vie, je serais morte brûlée, sans lui. L'aimer, l'aimer... je ne sais... C'est une compagnie, là-haut, dit-elle en se référant aux mansardes qu'ils partageaient. Je lui ai appris à lire. Que te dire ! C'est comme un grand enfant. C'est un homme bon, Henriette. Il te respecte beaucoup. Il dit qu'il connaît le monde grâce à toi. Si tu voyais comme il pavoise quand il parle avec les autres cochers.

– Il se mariera avec toi, malgré... ? dis-je, laissant la question en suspens, afin qu'elle réponde.

– Claudette ? Oui. Oh ! il ne m'a jamais vraiment parlé d'elle, mais il m'a dit plus d'une fois que si nous étions à Foix il aimerait qu'on se marie et qu'on ait des enfants. Sa mère et ses sœurs vivent là-bas, mais tu le sais peut-être.

– Tu seras heureuse avec lui ?

Françoise acquiesça de la tête. À la lumière du chandelier, quelques mèches grises brillaient dans sa chevelure rousse. J'ai pensé que, comme moi, elle avait une histoire à raconter. Se souvenait-elle des jours où elle était la gouvernante de tante Margot ? Comme tout cela paraissait loin... L'image de Françoise, installée près du lit de ma tante pour lui lire un de ses romans favoris avant qu'elle ne s'endorme, me vint un instant à l'esprit.

– Cela me fait très plaisir, dis-je avec satisfaction. Appelle Pierre, qu'il vienne. Je veux qu'il me parle lui-même de ses projets.

Et le mariage fut réglé. Je leur offris le cabriolet et les chevaux, qui pouvaient valoir au moins trois mille francs. Avec le produit de la vente, ils pourraient s'installer au village. Je leur donnai en plus cent quatre-vingts francs en or. Et j'ajoutai finalement que Françoise pouvait emmener tous les vêtements qui se trouvaient dans mon armoire, à l'exception de la robe noire, celle que j'avais portée pour le deuil de Robert et que je gardais en souvenir depuis Varsovie. Ils pouvaient bien sûr partir dès qu'ils le souhaitaient. Mais quand ils apprirent que Fauriel et moi resterions à la maison jusqu'à ce nous soyons appelées, ils insistèrent pour rester à mon service tant que je serais en ville.

*

Quelques jours passèrent, nos vies reprenaient leur cours habituel. Nous continuions à assister aux cours. Deux tiers au moins de nos compagnons avaient été appelés très rapidement. Mais nous avions l'impression que les autorités militaires qui s'étaient occupées de notre recrutement nous avaient oubliées. Les journaux reflétaient des intentions belliqueuses. Ils parlèrent beaucoup de la visite de Napoléon à la nouvelle fabrique de sucre de betterave, et même s'il y avait pénurie de pain, le carnaval fut un des plus joyeux que j'eusse vus depuis mon arrivée à Paris. Je pressai Fauriel de m'accompagner au bal des étudiants de l'université. À force d'insister, elle accepta. Pour nous y préparer – ce qui n'était pas rien –, je donnai des leçons de danse à mon amie. Françoise nous maquilla avec de la poudre et du rouge, nous portions des dominos de femmes et des loups. Notre audace n'eut pas de limites et nous dansâmes même un quadrille avec les Espagnols des Amériques... Les mouvements de Fauriel manquaient de grâce féminine, mais son sourire, mis en valeur par ses lèvres peintes, était irrésistible, à en juger par la demi-douzaine de galants qui la sollicitaient. À la fin de la soirée, ce fut moi qui dus la délivrer de l'assaut de ses admirateurs.

– Quel triomphe ! lui dis-je en rentrant à la maison. N'as-tu pas mal aux pieds ?

– J'ai mal partout, répondit-elle en se laissant tomber dans le fauteuil moelleux d'oncle Charles. Mais je me suis bien amusée. Je dois te dire qu'une main intrépide s'est faufilée entre les boutons du domino et a caressé l'un de mes « œufs au plat ». Et toi, comment cela s'est-il passé ?

– Je dois avoir les fesses couvertes de bleus ! Même si je les sens satisfaites, dis-je en riant. Tu ne crois pas que nous pourrions faire cela plus souvent ? Il y a quantité de bals, remarquai-je en posant mon domino sur le canapé.

– Non, Fuentemayor, c'est dangereux. Si tu y retournes, tu voudras recommencer toutes les nuits.

– Allez, Fauriel, seulement une fois... Sais-tu où je voudrais aller ? À l'un des bals du Temple.

– Et si Bousquet t'invite à danser ?

– Ah, mon Apollon ? Que sais-tu de lui ?

– Au mieux, il s'est consumé entre mademoiselle Rouge et mademoiselle Brune.

– Parlons sérieusement. Pourquoi n'irait-on pas demain au Temple ?

– Je te l'ai déjà dit.

– Tu parles comme si nous n'allions pas à la guerre. Allez, un peu d'énergie !

– Bien. Nous irons la dernière nuit de la saison. Ainsi nous retomberons dans le péché, le péché d'être femme.

Françoise nous maquilla de nouveau et nous allâmes en cabriolet jusqu'au boulevard du Temple, où il y avait plusieurs bals. Nous entrâmes au bal « Frisson » où, à en juger par le menu affiché à la porte, on servait un bon dîner. La salle était pleine et on dansait à n'en plus pouvoir. J'observai que Fauriel évoluait avec plus de souplesse. Elle semblait cette fois-ci comme un poisson dans l'eau. Invitées à dîner par deux joyeux centurions à la solide carrure, nous nous assîmes à une table un peu éloignée de la musique. Au milieu du repas, je sentis la main de mon centurion se poser sur ma cuisse et remonter peu à peu. En n'importe quelle autre occasion, je l'aurais giflé, mais le masque que je portais sur le visage produisait un effet curieux, comme s'il s'étendait à tout mon corps en talisman protecteur, une cape magique qui rendait invisible aussi bien ma forme que ma vertu. J'ouvris les jambes et laissai faire la main. Les yeux entrouverts, je regardais Fauriel qui lisait la paume de la main gauche de son compagnon. Non, ce n'était pas cela. Elle avait la bouche entrouverte, sa langue dépassait dans un doux halètement comme si elle était tombée en transe de ravissement. Je me rendis compte que l'autre main de l'homme était aussi sous la nappe. Je pensais que si elle me regardait, elle allait voir la même chose, une bouche saillante et humide de plaisir. En me voyant réfléchie dans son visage masqué, dans ses lèvres avides, j'aurais voulu que ce soit ma main qui la caresse et que ce soient ses doigts qui explorent mon intimité. Je sentis arriver le tremblement de l'orgasme et la table commença à frissonner. Elle me regarda. Un instant, nous ne fûmes qu'une.

– Je te l'avais dit que ce serait dangereux, dit-elle dans le cabriolet.

– Oui, soupirai-je. Cela doit être le masque. Je n'en porterai plus jamais. Il faut que je te dise que quand il me caressait sous la table, j'avais envie de sentir ta main entre mes cuisses. Cela ne me serait jamais arrivé si je n'avais pas été masquée, ajoutai-je, surprise de ma franchise.

– Ce n'était pas le masque, assura-t-elle. Dans le fond, ce n'était pas le masque. Il s'agit de la personne qui se trouve sous ton masque de tous les jours. Moi aussi, je t'ai désirée. Viens... approche-toi plus près.

– Mesdames, cria Pierre depuis le siège du cocher. Les cochers assurent qu'il y aura une guerre contre la Russie. Les actions de la Bourse ont baissé de trois francs et la Garde nationale a été appelée.

– Voilà qui promet ! dit Fauriel de mauvaise humeur en défaisant son étreinte.

*

Un matin, avant le petit déjeuner, j'entendis frapper à la porte. C'était un sergent escorté de deux soldats. Il annonçait que Fauriel devait être à deux heures de l'après-midi dans le patio de l'hôpital du Val-de-Grâce. Là, il recevrait l'uniforme d'assistant de chirurgien-major et marcherait le lendemain vers l'Allemagne dans le train de la Garde.

– Au moins, tu es dans la Garde, dis-je en voyant combien la nouvelle l'avait déprimée. J'imagine qu'ils vont bientôt m'appeler. Sûrement pour servir avec toi... Heureusement, mon oncle...

– Laisse-moi tranquille, Fuentemayor, dit-elle sèchement.

– Tu ne viens pas prendre le petit déjeuner avec moi ?

– Laisse-moi seule, s'il te plaît.

Après le petit déjeuner, je m'habillai et passai la voir dans sa chambre, qui était l'ancienne chambre d'oncle Charles. En ouvrant la porte, je remarquai que son expression avait changé. C'était la Fauriel de toujours.

– Fuentemayor, s'il y a bien quelque chose qui m'ennuie dans ce monde, ce sont les adieux. Va à la Faculté comme tous les jours. Disons-nous adieu ici même, dit-elle rapidement en me prenant par la taille et en m'embrassant.

– J'espérais t'accompagner au Val-de-Grâce, protestai-je.

– Cela est mieux ainsi, crois-moi.

– Tu as besoin d'argent, dis-je.

– Laisse sur la table ce que tu as l'intention de me donner. Mais va-t'en maintenant. Je te le répète, cela sera plus facile pour moi.

Elle m'embrassa de nouveau et me poussa hors de la chambre. Attristée, je posai une bourse pleine de napoléons sur la table et sortis de la maison. Je ne me sentais pas le cœur d'aller à la Faculté. Je marchai sans but fixe jusqu'à un café. J'avais froid et je demandai du vin. J'eus soudain besoin de me retrouver avec elle, ne fût-ce que pour une minute. Je payai et revins vers la maison. Je marchais le plus rapidement que je pouvais, presque en courant. Mais quand j'arrivai, Françoise m'avertit que Fauriel venait de partir, sans dire au revoir ou presque, avec un tas de vêtements sous le bras. Des pleurs incontrôlables jaillirent de mes yeux et je me blottis dans les bras de Françoise.

À l'heure du dîner, Pierre m'appela, angoissé.

– Que se passe-t-il ?

– Habillez-vous rapidement, madame. Il y a dehors des soldats qui veulent fouiller la maison. Françoise est en train de discuter avec eux.

Quand je sortis de la chambre, je reconnus le sergent qui était passé le matin. Fauriel ne s'était pas présentée. Elle n'était pas non plus à la Faculté. Le sergent avait ordre de fouiller la maison. « C'est pour le bien de votre ami, citoyen. S'il n'apparaît pas avant minuit, il sera déclaré déserteur. »

Abattue, je fis un geste d'assentiment et revint dans ma chambre. Le soldat me lança en entrant un regard de reproche comme si j'étais complice d'un crime quelconque. Il regarda sous le lit et ensuite ouvrit l'armoire. Frustré, il jeta tous mes habits sur le sol. « Dans le faubourg Saint-Honoré, on n'aime pas tellement l'Empereur », marmonna-t-il en passant devant moi.

J'appelai Françoise.

Confondue, ne sachant que penser, je commençai à ramasser les vêtements et à les pendre sur les cintres. En fermant mon armoire, j'eus l'impression qu'il manquait quelque chose. Je regardai les vêtements à nouveau, mes pantalons, mes vestes, mes gilets... Il manquait ma robe de deuil.

– Elle la portait quand elle est partie, Henriette. Je lui ai dit de l'enlever, que pour toi c'était important. J'ai essayé de l'en empêcher... Je ne voulais pas te le dire aujourd'hui pour ne pas t'attrister plus.

– Je comprends, dis-je simplement.

Son nom fut inscrit sur la liste des déserteurs et elle fut renvoyée de la Faculté. Je ne l'ai plus jamais revue et n'eus plus jamais de ses nouvelles.

Cinq jours après, je partis à la guerre.

Nadejda

15

Parvenus au sommet de la côte, nous découvrîmes le fleuve Moskova, étendu à nos pieds. Un peu plus loin, juste après un méandre qui formait un crochet prononcé, se détachaient les tours dorées, les fortifications et les toits de la capitale sacrée de Russie. Derrière nous, le soleil était en train de se coucher, baignant d'un merveilleux vermeil les coupoles des innombrables églises. Pendant une minute, la ville brilla comme une énorme et scintillante couronne d'or et de diamants, provoquant l'admiration de la plupart d'entre nous. Une fois le soleil disparu sur le chemin de Smolensk, un vent froid se leva, et comme par enchantement, Moscou se transforma en cendres sombres sous le couchant.

– Quel étonnant spectacle ! s'exclama oncle Charles en se tournant vers moi.

– Voici finalement la paix qui arrive, dis-je, fatiguée de poursuivre un ennemi qui, battu des dizaines de fois, se débrouillait toujours pour se replier en bonne et due forme, nous attirant vers l'intérieur de cette immense contrée alors que nous avancions chaque jour un peu plus dans la boue de l'automne et nous obligeant à laisser en arrière-garde de nombreuses troupes pour garder des villes, des villages, des hameaux, des ponts, des croisements, des magasins d'approvisionnement, des dépôts de munitions, des prisonniers, des hôpitaux et, pire encore, une foule de morts, de blessés, de malades, de traînards, de déserteurs, de fourgons embourbés, de voitures cassées, de chevaux éreintés... J'étais épuisée de chevaucher exposée au soleil, à la pluie, et surtout à l'abusive mesquinerie de l'Intendance qui nous refusait les outils indispensables à notre office, fils, bandes et médicaments. J'avais encore en mémoire l'épuisante marche jusqu'à Königsberg, portant sur mon bicorne les couleurs du régiment Joseph Bonaparte, volontaires espagnols, brigade Almeras, division Broussier, 4e corps, prince Eugène, copiant dans mon cahier, pour tuer l'ennui, les jurons du colonel («Je chie sur Dieu... Je chie sur la Vierge... Je chie sur la pute qui vous a fait naître») qui, en parlant si mal, ne se faisait pas mieux voir par la troupe, et je me souvenais aussi de la traversée du Niémen et de celle de la Viliya. Lors de la première, Napoléon tomba de cheval, et au cours de l'autre deux escadrons de Polonais furent emportés par le courant avec leurs chevaux ; ils criaient « Vive l'Empereur » avant que leur tête ne disparaisse sous l'eau. Je me souvenais de l'occupation de Vilna, où s'était installée une délégation de diplomates représentant vingt nations. Décorés de médailles et de rubans, ils avaient décidé d'attendre la défaite du tsar Alexandre au milieu de bals, de banquets et de conversations de salon alors que nous continuions à marcher la gibecière vide et sous d'interminables orages ; j'avais à l'esprit la prise de Vitebsk où j'avais retrouvé oncle Charles qui, ayant fait jouer ses relations m'avait fait passer, pour servir l'état-major général, sous les ordres du baron Larrey. J'avais, pendant deux semaines, visité les hôpitaux de la Dvina, vu les malades tremblant de fièvre et souffrant de diarrhées à cause des infections et de l'eau insalubre. Il y avait parmi eux une fille de Bordeaux qui s'était enrôlée comme tambour. Je me souvenais de la bataille de Smolensk où je vis comment un boulet de canon, un seul, pouvait anéantir un rang de vingt soldats. Nos pertes se comptaient par milliers. Et tout cela n'avait servi qu'à prendre une ville déserte, réduite à des décombres fumants ! J'avais en tête le terrible combat de Valoutina Gora, qui coûta la vie au général Gudin. Je voyais encore ses régiments décimés, mais orgueilleux au milieu de chevaux étripés, de membres écartelés, d'hommes disloqués, ces visages roussis recevant de la main de Napoléon des croix, des promotions et des paroles inutiles, telles que : « Vous avez combattu pour la gloire de la France comme aucune autre armée. » Je me souvenais encore de mon retour de Smolensk, avec les ambulances remplies de suppliciés, de plaintes, et l'horreur de trouver dans les hôpitaux des milliers d'hommes laissés sans soins, couchés sur leurs excréments, implorant en criant les quelques chirurgiens présents de s'occuper d'eux. Je me souvenais de la formidable bataille de Borodino, une bataille qui avait semblé ne jamais devoir finir, prolongée d'heure en heure par les féroces charges de Ney, de Murat, de Poniatowski, du prince Eugène, et le roulement incessant du canon contre les irréductibles, contre le flanc gauche, tenace, contre le flanc droit, tenace, contre le centre, tenace, où, entre lueurs de feu et nuages de fumée, on pouvait voir apparaître, un instant, Koutouzov, entouré de patriarches et de popes brandissant des étendards comme des saints furieux et barbus, soutenant de grandes icônes avec des images de vierges, des croix, des encensoirs, des sceptres couverts d'or, d'argent et de pierres précieuses, ces troupes brutalement saignées mais qui ne cédaient pas, défendant la terre pied à pied pendant qu'un Napoléon léthargique, pâle, irrésolu, traînait des pieds, comme s'il pleurait les douzaines de ses généraux tombés morts ou blessés, et pas très loin de lui, face aux régiments de la Garde, Larrey, mon oncle, moi et tous les chirurgiens disponibles amputant inlassablement un bras jusqu'au coude, un bras jusqu'à l'épaule, une jambe jusqu'au genou, une jambe jusqu'à la hanche, un pied de cuirassier, une main de hussard, et coupe la chair, et scie l'os, et couds les moignons, et bande les blessures, voyant croître autour de nous, comme des ordures accumulées, les répugnants monceaux de déchets humains, et tout cet ingrat travail sans dormir, sans manger un croûton, la peau poisseuse et maculée de sang... et, quand émerge le soleil du troisième jour, voir la campagne déserte, l'histoire de toujours, le retrait silencieux nocturne qui nous laisse victorieux sans victoire, sans trêve, sans armistice, sans pourparlers, avec si peu de prisonniers, sans autre chose à faire que de compter les plus de soixante-dix mille morts, dont trente mille des nôtres, et remplir de blessés l'abbaye de Kolotskoïe, pour recommencer à couper et à scier et à coudre et à bander, laissant là les blessés les plus graves et faisant monter les autres dans les ambulances et les voitures qu'on pouvait trouver. Alors, seulement, jeter un coup d'œil, boire un verre de vodka et mâcher un bout de pain dur avant de continuer à avancer. J'avais tout cela présent à l'esprit en cette nuit de Moscou. Je me sentais lasse de la guerre, exténuée, engourdie, morte de faim, sale, insensible déjà aux souffrances lointaines, maudissant le moment où, m'étant fait passer pour un volontaire de La Havane, j'avais remis mon corps et mon intelligence au service des ambitions de Napoléon. Tout ce gâchis pour Fauriel. Je maudissais sa mère, son père, ses misères, les mines du Nord et les « élèves de la Patrie ». Tout cela à cause du café Procope dont je maudissais chaque chaise et chaque table, et, surtout, la nuit de la « serviette en papier ». Tout cela encore à cause de Bousquet, et je maudissais sa mère qui avait si grande réputation, et son cocu de père, et mon oreille collée à cette foutue cloison, et je conspuais les briques et les mauvaises insonorisations, le portrait gravé d'Apollon, et je maudissais Zeus, et Léto, et le mont Olympe. Je maudissais tout cela, la mort dans l'âme, car je savais que je ne reviendrais saine et sauve à Paris qu'une fois la paix signée avec la Russie, et ce n'est que là qu'enfin je pourrais cesser de maudire le monde entier.

*

Nous entrâmes à Moscou la nuit suivante. Tout ce que l'on nous avait dit était vrai : la ville avait été totalement abandonnée et il ne restait que quelques groupes de voleurs et de civils ordinaires, presque tous saouls et hurlant, ainsi que quelques Français et étrangers qui s'étaient cachés. J'arpentais lentement à cheval les rues désertes, devant les magnifiques maisons en bois, les chaumières plus modestes au toit de chaume, les magasins en brique, les églises et les palais en pierre, apparemment intacts à la lumière des torches. J'avais envie d'abandonner la suite de l'état-major pour m'agenouiller devant un autel et remercier Dieu pour avoir trouvé cette abondance d'immeubles habitables. La perspective de passer ici deux ou trois semaines, bien habillée et bien alimentée jusqu'à ce que la paix soit signée, fit naître un sourire sur mes lèvres. C'était le premier depuis plusieurs jours.

– Enfin ! chirurgien-major, dis-je à mon oncle que je traitais comme l'aurait fait n'importe quel autre assistant. Nous avons terminé la campagne.

– Peut-être, s'écria-t-il. Mais j'ai une mauvaise impression, comme si la ville avait été évacuée. Comme ils l'ont toujours fait.

Larrey nous logea dans une solide maison de pierre de deux étages proche du Kremlin, à l'intérieur duquel Napoléon s'était installé. Nous mîmes les chevaux dans l'écurie, où nous trouvâmes du foin et de l'eau dans l'abreuvoir. Nous rompîmes la serrure et entrâmes dans la propriété : tout était resté en l'état, comme si le propriétaire et ses serviteurs étaient toujours là, comme si notre irruption avait rendu leur présence invisible et muette. Lorsque nous allumâmes les bougies, la grande table sur laquelle étaient posées des assiettes massives, de la porcelaine de Sèvres et des verres en cristal de Bohême se mit à briller. Au centre se trouvait un plat avec des poires et des pommes, encore bonnes à manger ; dans le salon de musique, décoré de peintures joyeuses et de porcelaines de Chine, on avait l'impression d'entendre encore résonner le dernier accord de la fugue pour violon, viole et flûte dont les partitions étaient posées sur les chevalets. Dans la bibliothèque, des œuvres de Voltaire, de Rousseau et Raynal, *L'Esprit des lois* de Montesquieu, le théâtre de Molière, une *Histoire de Russie* de Clerc et Lévesque, et bien d'autres livres sans un grain de poussière, reliés de veau blanc avec des filigranes d'or, et dont l'intérêt contrastait avec la banale liste d'achats, écrite en parfait français, qui gisait oubliée sur le bureau (taffetas et flanelle, gants de peau, mitaines de laine, chemises de nuit pour les serviteurs). Dans les six chambres de l'étage le plus élevé, presque toutes occupées par des femmes, à en juger par les coiffeuses et les dessus-de-lit, il n'y avait ni portraits, ni bijoux et encore moins d'argent dans les coffres – seulement des roubles de papier – mais les armoires étaient remplies de vêtements pour toutes les saisons, y compris des gilets de velours, de magnifiques manteaux et des chapeaux de martre, de vison et de renard de Sibérie. La cave était si bien pourvue qu'on aurait cru celle du café Procope, vins de Bordeaux et de Bourgogne, vins pétillants du Don et du Rhin, tokay du Danube, blancs de la Moselle et de la Meuse, porto, xérès, et même une caisse de champagne à côté de barils de bière de Prague et de tonneaux de vodka, de cognac et de rhum ; le garde-manger, à côté duquel était posée une grande jarre d'eau fraîche, nous fit pousser des cris de surprise. Sur les étagères et dans les tiroirs,étaient rangés des sacs de sucre, de sel, de poivre, de piments, de la cannelle, des clous de girofle et des feuilles de laurier, des barres de chocolat, des biscuits, des boîtes de thé, de café et de tentants fruits confits, du fromage et des œufs, des paquets de beurre, de la moutarde, du caviar, des bocaux de champignons et de cornichons, et, suspendus au plafond au-dessus des marmites et des casseroles, un généreux jambon, du lard fumé, une gourde remplie d'huile et différents chapelets de saucisses et d'ail. Plus loin, accrochés au mur du fond, cinq barils à moitié pleins de farine blanche, de riz, de haricots secs, de pâtes et de poisson salé, sans compter les tas de navets, de pommes de terre, de betteraves, de choux et d'oignons dorés amassés dans les coins. De tous ces trésors gastronomiques qui semblaient sortir d'un conte des *Mille et Une Nuits* s'exhalait une tiède vapeur qui faisait saliver et me rappela immédiatement l'appétissante réserve de tante Margot. Seule l'impérieuse voix de Larrey, ordonnant de ne rien toucher, nous empêcha de détacher le jambon et les saucisses, de plonger la main dans les poissons saumurés, ou de croquer une barre de chocolat.

– Comportez-vous en personnes bien élevées. Vous savez bien que l'état de nos estomacs laisse à désirer, aussi, nous mangerons et boirons de tout cela, mais avec modération. Sinon nous tomberons tous malades, et vous êtes au courant de ce qui se passe dans les hôpitaux, dit Larrey d'un ton sentencieux. L'un de vous sait-il cuisiner ?

Antoine Petit, l'autre assistant, répondit qu'il savait.

– Moi aussi, dis-je, voulant rester à proximité du garde-manger.

C'était une semi-vérité. J'avais beau avoir passé la moitié de mon enfance à aider à la cuisine, la seule chose que j'avais posée sur un fourneau était de l'eau à bouillir pour faire des infusions.

– Préparez un dîner léger, ordonna-t-il avant d'aller se laver.

– Je te parie un napoléon que tu ne sais pas cuisiner, dit Petit avec son air antipathique habituel, que sa voix rauque rendait encore plus insupportable.

– Je sais un peu, mais je ne parie pas. Et toi ?

– Je sais frire, bouillir, griller, répondit-il d'un air supérieur.

Je me contentai d'éplucher et de couper les légumes, et nous réussîmes à préparer un plat froid et une grosse omelette au jambon, aux oignons et aux pommes de terre que nous apportâmes sur la table avant l'heure prévue.

Oncle Charles, qui aimait porter des toasts, leva sa coupe à la prise pacifique de Moscou par la Grande Armée, et à notre santé. Le repas, quoique restreint par Larrey, nous redonna de la vigueur.

– Eh bien, Fuentemayor, as-tu appris quelque chose au cours de cette campagne ? me demanda ce dernier.

– Oui, chirurgien général, j'ai appris à Borodino que l'on pouvait réaliser des douzaines d'amputations en moins de trente heures, dis-je pour le flatter, et il est vrai que son habileté m'avait stupéfaite, surtout la nuit quand, à la lueur tremblante d'un bougeoir, je l'avais vu lier des artères avec la même facilité qu'en plein jour.

– C'est la force de l'habitude, Fuentemayor, dit-il, minimisant l'importance de sa prouesse. Ce sont beaucoup d'années de pratique. Tu feras aussi bien un jour, même si je préférerais que tu n'en aies jamais l'occasion. Et toi, Petit, ajouta-t-il, qu'as-tu appris ?

– Une grande leçon, chirurgien général. J'ai appris que les blessés doivent être soignés en fonction de la gravité de leur état et non pas selon leur rang.

– Malheureusement ce n'est pas toujours ainsi, dit Larrey. Cette pratique était commune dans les armées de la République. N'est-ce pas, Cavent ?

Mon oncle acquiesça et Petit, sans se rendre compte de la considérable différence de rang qui le séparait précisément de Larrey, et qui lui interdisait de lui poser des questions d'ordre politique, demanda :

– Chirurgien général, quand l'Empereur fera-t-il la paix avec les Russes ?

Larrey, surpris, fronça les sourcils et se redressa sur son siège. Il regarda en silence, sans doute avec compassion, cet âpre fils de paysans dont les études à Strasbourg avaient été interrompues. Adoucissant son regard, il répondit :

– Cela, seul l'Empereur le sait. Notre devoir à nous est de sauver des vies. Demain, nous passerons en revue les hôpitaux. J'espère qu'ils sont en aussi bon état que cette maison !

La conversation fut interrompue par des coups frappés à la porte.

– Allons-y tous, dit oncle Charles. Il s'agit certainement de quelqu'un qui cherche à se loger ici. En nous voyant tous ensemble, il ira chercher une autre maison.

Derrière la porte se trouvaient une ordonnance de l'état-major et plusieurs grenadiers de la Garde. « Baron Larrey, je viens vous avertir que nous avons découvert des mèches et du matériel inflammable dans plusieurs maisons. Hier, un feu s'est déclaré à la Bourse et nous avons capturé quelques incendiaires. Je vous conseille de regarder dans les poêles et dans les cheminées. »

Une fois l'ordonnance partie, nous découvrîmes sous le charbon du grand poêle de la salle à manger un paquet de soufre et de l'étoupe avec du goudron. Après avoir fouillé toute la maison, Larrey demanda si cela nous convenait de rester là. Nous répondîmes unanimement oui. Où trouverions-nous un toit meilleur que celui-ci ? Avant d'aller se coucher en compagnie de mon oncle, Larrey organisa la garde jusqu'à six heures du matin : moi d'abord, Petit en second, et il nous recommanda de le réveiller à la moindre urgence.

Après avoir dévoré la moitié d'une barre de chocolat et trois biscuits trempés dans du vin, je décidai de monter la garde sur le balcon, seule manière d'observer ce qui se passait face à la maison. J'enfilai ma capote et j'empoignai mon fusil pour sortir dans le froid. Au même instant, une lueur rouge suivie d'une tonitruante détonation me fit reculer. Une réserve de poudre avait dû exploser car les déflagrations continuèrent durant trois ou quatre minutes, et je vis l'ombre des flammes de plusieurs fusées passer dans le ciel. Le vent apportait l'odeur de la poudre quand mon oncle et Larrey apparurent ensemble sur le balcon, pieds nus et enroulés dans des draps. D'autres explosions, plus faibles, se firent entendre dans différents endroits de la ville et nous nous rendîmes compte que nous étions entourés d'incendies. Ce ne fut pas sans étonnement, sous la lueur rouge qui illuminait maintenant la rue, que nous vîmes des gens sortir en criant de certaines des maisons que nous supposions abandonnées. C'étaient des familles russes, principalement des femmes, des enfants et des personnes âgées. Ils emmenaient avec eux des coffres, des baluchons, des caisses et des objets de valeur ; ils s'étaient cachés, et couraient maintenant sans bruit, dans le désordre, comme un troupeau apeuré.

– Habillons-nous, Cavent, dit Larrey. Allons nous mettre aux ordres de l'Empereur !

– Selle les chevaux, me dit mon oncle, en courant jusqu'à sa chambre.

Au rez-de-chaussée, je bousculai Petit qui, complètement saoul, sortait de la réserve une lampe à huile à la main et un sourire stupide aux lèvres.

– D'où vient tout ce bruit ? balbutia-t-il.

– Va au diable, dis-je en espagnol, pleine de rage. (Cela faisait quatre-vingts jours que je n'avais pas couché dans un lit et une semaine que mes règles ne s'arrêtaient pas.) Tu ne te rends pas compte, animal, que le bal est terminé avant d'avoir commencé ?

*

Au Kremlin, les soldats qui montaient la garde à la porte de la muraille refusèrent de nous laisser entrer alors qu'ils nous avaient reconnus.

« L'Empereur dort, baron Larrey, nous dit le capitaine, j'ai ordre de ne le déranger sous aucun prétexte. »

Sur le chemin de retour à notre logement, alors que le ciel rougeoyait déjà des premières lueurs de l'aube, nous vîmes des scènes de pillages commises par nos soldats. Les seules troupes autorisées à pénétrer dans la ville avaient beau avoir été bien choisies – la Garde impériale, la Garde royale italienne sous le commandement du prince Eugène –, certains officiers, faisant semblant de ne rien voir, laissaient leurs hommes piller des palais. Alors que nous croisions une patrouille italienne, Larrey, indigné, prit à partie le lieutenant qui la dirigeait :

– Vous n'avez pas honte de permettre ce chaos ? Jusqu'où irez-vous sans discipline ?

– La ville est perdue, monsieur. Avant de s'enfuir, les Russes ont détruit les machines et les lances d'incendie. Si tout Moscou doit brûler, nous aurons au moins emporté quelques broutilles en souvenir.

– Et quels souvenirs ! dit mon oncle en voyant un soldat avec un panier rempli de bouteilles de vin.

– Que voulez-vous ? Ce sont les usages de la guerre, dit le lieutenant en haussant les épaules.

Il retourna alors vers sa monture et désigna deux hommes dont les mains étaient attachées au cheval d'un sergent, observant sans expression ce qui se passait autour d'eux.

– Ce sont des pyromanes... Vous voyez que nous faisons ce que nous pouvons. Nous prenons quelques broutilles, sans pour autant désobéir aux ordres. Je les tiens ! Je les interrogerai et je les pendrai sur un phare quelconque ! cria-t-il dans le but de les effrayer.

– Avez-vous vu des hôpitaux ? demanda Larrey.

– Oui, en passant le coin de la rue, cinq ou six cents mètres plus bas. Mais je vous préviens qu'il y a un incendie par là aussi.

Nous suivîmes les indications du lieutenant. Arrivés à une bicoque de bois et de paille déjà en flammes, nous assistâmes à un spectacle atroce. Les blessés se jetaient par les fenêtres d'un grand immeuble en brique situé de l'autre côté de la rue. C'étaient des soldats russes qui avaient été abandonnés par les fuyards, dans leur précipitation. Parmi eux, cinq ou six avaient rampé, amputés d'une jambe ou d'un bras et les moignons ouverts et sanglants.

– Cherchons un fourgon, dit Larrey. Nous devons sauver ces hommes.

Nous retournâmes au Kremlin, mais en vain. À la porte, l'officier nous assura que Napoléon avait été réveillé et qu'il quitterait la ville d'un moment à l'autre pour rejoindre un palais en dehors de Moscou. Tout ce qui avait des roues était déjà utilisé.

– Si j'étais vous, baron Larrey, je rejoindrais l'entourage de l'Empereur. Il paraît que la ville va flamber complètement.

– Nous restons. La pierre ne brûle pas, dit Larrey de mauvaise humeur.

J'étais si fatiguée que j'acceptai de bon gré la décision de Larrey. Je n'en pouvais plus, et peu m'importait si tout Moscou se consumait autour de moi. Il était cependant écrit que rien de bon ne pourrait survenir cette nuit-là. Notre maison avait été pillée en notre absence. Du garde-manger, il ne restait plus qu'une grande flaque de vin et de mousse de bière sur laquelle flottaient des cadavres de bouteilles et de barils. La remise n'était plus qu'un tapis de farine, de graines, de harengs et de pâtes. Dans les armoires, toutes les fourrures avaient été dérobées, et on n'avait même pas laissé la nappe sur la table.

*

Pendant les cinq semaines où il resta à Moscou, Napoléon obtint ce qu'aucun ennemi de la France n'aurait osé rêver : la désintégration de la discipline et du moral de la Grande Armée. De nombreuses pages ont été écrites sur le désastre militaire de 1812. J'ai peu à y ajouter, si ce n'est que la plupart des livres tentent, en émettant diverses hypothèses, de réécrire ce qui s'est réellement passé : et si Napoléon n'avait pas perdu l'initiative à Borodino... et si Napoléon s'était retiré de Moscou à la mi-septembre... et si Napoléon avait installé ses quartiers d'hiver à Moscou... et si Napoléon avait marché sur Saint-Pétersbourg... et si Napoléon n'avait pas cru qu'il était invincible... et si Napoléon n'avait pas tant étendu ses lignes d'approvisionnement... et si Napoléon n'avait pas attendu jusqu'au 19 octobre une paix qui ne devait jamais arriver... et si Napoléon s'était retiré par d'autres routes... et si Napoléon avait lancé la Grande Armée d'abord contre Wellington et ensuite contre Alexandre... Et si Napoléon ceci, et si Napoléon cela...

Ces spéculations ne m'ont jamais intéressée et je suis sûre qu'elles n'intéressaient pas davantage les deux cent trente-trois mille soldats trouvés par les paysans russes dans leurs champs au moment de la fonte des neiges du printemps, ni tous ceux qui, dévorés par les loups et les chiens de la steppe, ou perdus dans les forêts ou brûlés dans les hameaux ou dans les hôpitaux, disparurent de ce monde sans même laisser de traces.

La campagne de 1812 est un fait irréversible. Aucun politicien ni historien ne pourra jamais la réécrire. Elle ne peut servir d'exemple ou de leçon afin que rien de semblable ne se répète dans le futur – car, pour ne parler que du futur le plus immédiat, il suffirait de n'importe quel incident stupide pour que la France et la Prusse recommencent à trancher leurs rivalités par les armes. Le proverbe : « On apprend toujours à ses dépens », un des préférés de tante Margot, s'applique en premier lieu aux seigneurs de la guerre. Ainsi, je me contenterai de raconter ce dont je me souviens sur cette campagne, et je dirai pour commencer qu'avant même de nous retirer de Moscou, je soupçonnai déjà notre défaite. Pourquoi ? Parce que même moi, je ne pensais alors déjà plus qu'à chercher de la nourriture qui ne fût pas de la viande de cheval ou du pain noir. Parce que les grenadiers de la Vieille Garde, l'orgueil de Napoléon et la crème de la crème des corps d'élite de la Grande Armée, ne se conduisirent pas comme ils auraient dû. Je vais m'expliquer. La Garde impériale était divisée pour des raisons pratiques en deux corps : la Vieille Garde et la Jeune Garde. La Vieille Garde comprenait les 1er, 2e et 3e régiments de grenadiers à pied, les 1er et 2e régiments de chasseurs à pied, les grenadiers à cheval, les chasseurs à cheval, les mamelouks, et les 1er et 2e régiments de cavalerie légère. Mais ses représentants les plus éminents étaient les grenadiers à pied des deux premiers régiments, ces vétérans à la moustache grise qui portaient les cheveux attachés en queue-de-cheval et un anneau d'or à l'oreille ; des hommes sortis des bataillons de ligne qui s'étaient battus lors des campagnes révolutionnaires de la guerre de libération, sur le Rhin, en Italie, dans les Pyrénées, en Égypte. Pour en faire partie, il fallait obligatoirement savoir lire et écrire – c'était une des conditions *sine qua non* –, avoir dix ans de service et des décorations, mesurer au moins 1 m 84 et être robuste. Ils étaient payés le double des autres grenadiers et se faisaient appeler « monsieur ». Leur principal signe distinctif était un haut bonnet de peau d'ours avec une plaque dorée représentant un aigle ; en campagne, ils utilisaient des pantalons larges et des capotes de couleur bleue. Ils parlaient peu, ne blaguaient qu'entre eux et se comportaient avec une arrogance flegmatique qui choquait d'emblée, comparée à la prétention culottée des hussards ou à la bruyante vantardise des cuirassiers. Leurs tambours et leurs cornets étaient les meilleurs de la Grande Armée et, au combat, ils marchaient avec une martialité dédaigneuse et sereine, au rythme de leurs musiques, comme s'ils défilaient dans une revue tout en chantant d'une seule voix : « On va leur percer le flanc. »

Ce que vit donc Napoléon à son retour fut ces honorables lions, portant des chaussures trouées et des uniformes en haillons, patauger dans la boue, grillant des morceaux de viande de cheval sur des feux improvisés entre les pyramides de leurs fusils. Assis sur des tabourets d'acajou, ils avaient fabriqué des abris avec des portes, des paravents chinois, des fenêtres et des tentures, et s'étaient entourés de bouteilles de vin, de samovars, de chandeliers d'argent, de violons, d'horloges, de marbres, de porcelaines, de peintures, de soieries et de brocarts d'Orient... On pouvait les voir sur les marchés, les mains noires d'avoir fouillé dans les décombres de bois brûlé et dans les cendres, échangeant le produit de leur pillage contre des pièces d'or – plus faciles à rapporter dans leurs sacs à dos ou dans leurs cartouchières – ou achetant une livre de café, de sucre ou de tabac turc à des prix exorbitants. Napoléon, à défaut de réussir à contenir ce désordre, tenta de le normaliser en accordant un jour de pillage à chaque régiment.

Pendant la première semaine, il y eut abondance de grain, et surtout de choux et de betteraves qui poussaient autour de la ville. Le plat le plus courant, servi par les cantinières, était une soupe au chou et aux betteraves épaissie avec de la farine de blé ou de seigle. Les chevaux aussi purent manger à leur faim, puisque nos commissionnaires obligeaient les paysans à leur vendre leurs fourrages frais et leur foin. Beaucoup crurent – et parmi eux Larrey, oncle Charles et moi – que Napoléon passerait l'hiver à Moscou puisque environ un cinquième des constructions avait été sauvé de l'incendie : presque toutes les églises et de nombreuses maisons et immeubles en pierre ou en brique, dont deux grands hôpitaux. Pourtant, d'un jour à l'autre, la pénurie s'installa.

Comme d'habitude, ce n'était pas le travail qui me manquait. Il fallait d'abord loger les blessés et les malades que nous avions emmenés dans les ambulances et, ensuite, s'occuper d'eux. Par chance, en plus des chirurgiens de la Garde impériale, nous pouvions compter sur l'aide désintéressée de plusieurs médecins russes qui étaient restés dans la ville. Comme notre maison de pierre avait perdu tout son intérêt – les garde-robes, la cave et le garde-manger ayant été pillés –, nous prîmes l'habitude de dormir dans les chambres de l'hôpital. L'un était à la charge de Larrey, l'autre sous la responsabilité d'oncle Charles. Le nombre de malades ou de blessés, loin de diminuer, augmentait de jour en jour, et il y en eut assez vite plus de cinq mille. Malgré les ordres d'évacuation, une grande partie de la population civile n'avait pas fui, pensant pouvoir rester cachée dans les maisons. Mais les incendies avaient tout détruit et il suffisait de se pencher à la fenêtre pour voir des familles entières errer dans les rues sans que personne ne leur porte secours. Contemplant ce triste spectacle, je me rappelai le récit que m'avait fait Maryse de la destruction du Cap-Français ; surtout quand les femmes, jusqu'aux petites filles, commencèrent à se prostituer pour un quignon de pain et un verre de vin. Nous avions progressivement admis à l'hôpital ceux qui, s'évanouissant de faim ou de fièvre, étaient tombés dans les rues, mais il n'y eut bientôt plus de place pour eux. Malgré nos bonnes intentions, nous étions impuissants à soulager tant de misère. Chirurgiens militaires, notre premier devoir était de nous occuper de la Grande Armée.

De nombreux popes étaient eux aussi restés à Moscou, sans doute dans l'intention de protéger leurs églises magnifiquement décorées. Leur sort ne fut pas meilleur que celui du reste des habitants. Jetés à la rue, leurs autels pillés et leurs vénérables enceintes converties en bivouac et en écuries, on les voyait défiler en lentes processions, exhibant, silencieux, leurs icônes, l'air grave, entonnant de sombres hymnes et offrant les consolations qu'ils pouvaient. Pas une seconde je ne doutai que dans leurs prières ils réclamassent que nous soyons punis. Nous étions certainement maudits du fait de notre convoitise, de notre faible crainte de Dieu, et aussi parce que Napoléon avait ordonné de démonter l'énorme croix d'or et d'argent surmontant le Kremlin à un grenadier ayant déjà arraché, avec une barre de fer, les bas-reliefs représentant la *Via Crucis* des murs d'une eglise. Personne n'était épargné.

Bientôt, il ne resta presque plus rien à manger à Moscou. Aux alentours, des bandes de cosaques rôdaient et attaquaient avec succès les convois de provision venus de Smolensk. S'approchant de la ville, ils provoquaient la sortie de nos dragons et chasseurs pour ensuite fuir sur leurs petits chevaux. Par ailleurs, les moulins proches n'avaient plus de grain à moudre, et plus un brin d'herbe ne poussait à des kilomètres à la ronde. La colère de tous se retournait contre les commissaires d'Intendance qui, sous prétexte d'accumuler les provisions pour l'hiver, vendaient bien au-dessus de sa valeur une grande partie de ce qu'ils avaient acheté ou confisqué. Comme les nuits commençaient à se refroidir, je m'achetai un manteau au marché qui se tenait sur la vaste place du Kremlin. Avec mon or personnel, je fis l'acquisition d'une casaque d'astrakan et de son bonnet, de gants de peau de loutre, d'une paire de bottes de feutre et d'un magnifique châle en cachemire qui avait dû servir à emballer du poisson, tellement l'odeur dont il était imprégné était forte ; j'achetai aussi un kilo de thé chinois, une caisse de figues sèches, une boîte de caviar et deux bouteilles de rhum. Les principaux acheteurs n'étaient pas des commerçants mais des officiers de haut rang qui payaient en francs comme moi, obtenant des soldats des objets dont le prix en France était élevé – colliers de perles, montres de gousset, broches de brillants – et des provisions pour les mois d'hiver. L'argent ne valait déjà presque plus rien : je vis un grenadier vendre un sac de fourchettes et de cuillères pour quelques napoléons. La situation à Moscou était de plus en plus difficile, mais il y avait pire. D'heure en heure, l'immense majorité de la Grande Armée – cinq corps de bataille et quatre de cavalerie – se retrouvait dans un état plus déplorable ; cantonnée dans les villages voisins, pourchassant la fuyante armée russe ou explorant tel ou tel chemin, elle vivait principalement de la terre et, afin de ne pas mourir de faim, tendait des embuscades qui achevaient d'user les chevaux déjà épuisés.

Dans l'hôpital où je travaillais avec Larrey – il avait préféré mes services à ceux de Petit –, les choses allaient de mal en pis. Une épidémie de dysenterie s'était déclenchée en quelques jours et nous pouvions à peine soigner les malades. Un après-midi, me voyant pâle et défaite, Larrey sortit un papier plié de sa poche et me le tendit : « C'est une invitation de l'état-major. Un programme de théâtre français. J'ai décidé de ne pas y aller. Cela fait quatre nuits que je n'écris pas mon journal. »

J'avais entendu dire que les membres d'une compagnie française restée à Moscou, et se trouvant dans la plus complète indigence, avaient été recueillis par certains officiers bien logés. Ils se trouvaient en Russie depuis la paix de Tilsit : Napoléon les avait envoyés au tsar Alexandre en gage d'amitié. En lisant le programme, je fus agréablement surprise. Les deux œuvres proposées m'étaient connues depuis l'époque d'Alfred. Il s'agissait du *Jeu de l'amour et du hasard*, une vieille comédie de Marivaux qui, vaille que vaille, restait dans les répertoires, et d'*Amant, auteur et valet*, une œuvre en un acte de Ceron. Le spectacle avait lieu à six heures au théâtre du palais Posniakov, l'unique salle qui avait survécu. Remerciant Larrey pour son geste, je me lavai, enfilai mon nouveau manteau d'astrakan et me dirigeai vers le palais. Un énorme lustre de plus de mille bougies provenant d'une église illuminait la salle remise à neuf. Ce luxe contrastait avec la saleté et l'odeur de brûlé de nos uniformes – à Moscou, la moindre chose sentait le brûlé, de la farine avec laquelle on faisait le pain jusqu'au papier de l'Intendance.

Les deux rangs de loges étaient occupés par des officiers de toutes les armes, et dans l'orchestre figuraient les meilleurs solistes de l'orchestre de la Garde. Les somptueux costumes des acteurs et des actrices avaient été fournis par le comte Dumas, le quartier-maître général. La représentation fut excellente et madame Louise Fusil termina la nuit en chantant à de nombreuses reprises, sous d'interminables applaudissements et larmes de nostalgie, la chanson *Plaisir d'amour*. C'était une femme encore belle, et le charme désinvolte avec lequel elle se déplaçait sur la scène me fit penser à Maryse, aux jours heureux du Théâtre nomade, à ces jours pendant lesquels ma jeunesse et les moments insouciants de ma vie s'étaient envolés pour toujours, sans que je m'en rende compte, entre les galanteries d'Andrea et de Piet, les numéros de Kosti et des Pinelli, la roulette de Baden-Baden et les romances de Françoise, de Claudette, de Maryse et de Robledo.

16

Je la vis, gisant sur le bord du chemin. Elle était retournée, abandonnée sur un samovar cabossé en argent, à moitié enroulée dans un tapis oriental. Au moment où la voiture passa près d'elle, je fus prise du désir irrépressible de la posséder. Nous avancions si lentement que, tendant les rênes à Petit, je sautai à terre et la sauvai de cette décharge luxueuse.

– Que fais-tu ? hurla Petit depuis le siège du cocher. Elle est bien trop grande. Nous ne pouvons pas l'emmener. Ce sera un poids ! ajouta-t-il, en laissant les chevaux continuer à la même allure.

– C'est mon problème. Arrête la voiture un moment, dis-je en m'avançant, portant la toile sur mon bonnet d'astrakan.

– Une peinture ! C'est bien la dernière chose dont nous ayons besoin ! grogna-t-il

J'ouvris la porte, posai le tableau sur les ballots de provisions, et retournai sur le siège.

– Si son propriétaire l'a jetée, c'est qu'elle n'a aucune valeur, dit Petit en me rendant les rênes. Il aurait mieux fait de la laisser à Moscou !

– Hier, tu as bien ramassé une caisse entière remplie de romans indécents.

– C'est certain, mais je ne les ramènerai pas avec moi. Je les jetterai au fur et à mesure que je les lirai. Ce qui n'est pas ton cas.

– *Vete al carajo**!

– Continue à me parler en espagnol et je t'ôterai les mots de la bouche !

* Va au diable *(NDT)*.

La lourde voiture russe du lieutenant Belliard s'arrêta au milieu de la côte et je dus tirer sur les rênes. Ses chevaux squelettiques n'en pouvaient plus. Je tentai de passer dans la file de gauche, mais elle était réservée aux grands fourgons de l'Intendance tirés par six chevaux, et je dus rester derrière Belliard.

– Ce crétin s'est encore arrêté ! Il ne se rend pas compte qu'il est trop chargé ? grogna Petit de sa voix enrouée. Cette fois-ci, je ne l'aiderai pas. Comment ose-t-il s'encombrer d'un piano ?

Belliard arriva vers nous.

– Je dois décharger plusieurs sacs de farine, en voulez-vous quelques-uns ?

– Non merci. À votre place, je jetterais le piano, dit Petit.

– Si je dois conserver quelque chose, ce sera ce piano, dit Belliard. Il est pour ma femme.

– Mais vos chevaux vont en crever, insista Petit.

– C'est que cette côte est vraiment forte, dit Belliard en commençant à déplacer un des verrous qui attachaient la planche de bois à l'arrière de la voiture.

Remarquant le visage dégoûté de Petit, il ajouta :

– Je ne gêne personne. Toutes les voitures de la file sont arrêtées.

Nous avions quitté Moscou le 19 octobre. Conformément aux ordres, les commissaires avaient mis le feu à leurs fameux magasins d'hiver. Des milliers de rations de foin et de farine avaient brûlé, nous inspirant un sentiment amer, comme si la faim dont nous avions souffert – mon cheval et moi – n'avait absolument servi à rien. Nous marchâmes d'abord vers le sud, jusqu'à Kalouga, mais les Russes nous bloquèrent la route et nous livrèrent bataille près d'un village au nom imprononçable. Comme d'habitude, ils abandonnèrent le champ de bataille après avoir tué plus de deux mille hommes. Nous savions qu'il était inutile de les poursuivre. Napoléon décida d'obliquer vers le nord et de prendre le chemin de Smolensk. Oncle Charles, Larrey et leur entourage marchaient avec les lanciers hollandais en guise d'escorte, et les officiers de l'état-major. En nous quittant, ils nous avaient laissé un des véhicules assignés au service médical, un élégant coupé de deux chevaux auquel nous avions accroché les nôtres.

– Il devrait jeter le piano, dit Petit regardant Belliard poser avec précaution sur le bord de la route le quatrième sac de farine, comme si c'était un objet précieux.

– J'ai sommeil, Petit. Je vais dormir un peu. Quand tu seras fatigué, réveille-moi, dis-je.

En réalité, je voulais me réfugier à l'intérieur de la voiture pour regarder en paix la peinture. Quelque chose d'irrésistible émanait d'elle, quelque chose qui ne s'adressait ni à Petit, ni aux autres, mais à moi. Comment décrire ce portrait ? Ce n'était pas un chef-d'œuvre, mais il était de bonne facture. L'artiste était sans aucun doute un vrai professionnel et, en même temps, sa toile possédait ce caractère intime créé par les liens familiaux, à la manière de ces portraits qu'on accroche dans les châteaux et les palais, côte à côte, paisibles ancêtres à la coiffe blanche, rigides prélats et militaires rougeauds bardés de décorations. C'était le portrait d'une belle femme qui devait avoir mon âge. Elle portait une veste rouge au col fourré de peau d'ours et un gilet noir semblable à ceux des officiers prussiens, mais orné d'une cocarde aux couleurs invraisemblables – orange, vert et violet – accrochée à une chaîne en or martelé. Elle était peinte de profil, du côté droit, et l'expression distante de son visage, accentuée par le tracé byzantin de son nez, contrastait avec son air martial et volontaire. Ses pupilles, d'un vert intense, semblaient regarder vers l'avenir, mais sans rien exprimer. L'artiste avait seulement peint son buste, grandeur nature. Mais on pouvait deviner que son corps était svelte et bien proportionné. Le tableau avait été terminé à l'encre de Chine – ce qui était fréquent dans le style russe –, ternissant un peu l'éclat du rouge de la veste et les couleurs vives de l'insigne. Dans le coin droit de la toile était écrite une courte légende en caractères cyrilliques, incompréhensibles pour moi.

Ce n'était pas la première fois que je me sentais attirée par un objet. Il y avait eu l'horloge au coucou que j'avais achetée à Munich, puis un chapeau, et, plus récemment, le châle de cachemire dont j'avais fait l'acquisition, malgré son odeur de hareng, à Moscou, afin de remplacer la bande déchiquetée qui me serrait les seins. Mais cette fois-ci, c'était différent, très différent. J'avais l'impression que cette peinture m'avait déjà appartenu, même si c'était seulement en rêve. Elle représentait quelque chose qui m'était cher, que j'avais perdu sans le savoir et qui revenait m'annoncer que son destin accompagnerait le mien. Quel était d'ailleurs le destin que pouvait nous offrir cette retraite monumentale ? Dix fois plus importante que celle de l'Anabase, elle aurait pu s'appeler la retraite des Cent Mille, car elle semblait même plus énorme que celle du peuple d'Israël. Cette fuite biblique avait fait de Napoléon un nouveau Moïse, qui, quasiment vaincu, avec sa capote grise, son chapeau suisse qui barrait son gros visage préoccupé, devenait une caricature mesquine du prophète de la Loi : à la place de l'Arche, il emmenait sous bonne garde la célèbre croix d'Ivan le Grand, tout l'or et tous les trésors trouvés au Kremlin, et son peuple n'était plus qu'une vaste et désordonnée caravane de gens sales et déguenillés, marchant à cheval et à pied, en fourgon, en voiture, avec des trains d'artillerie, des attelages et toutes sortes de berlines, grandes ou petites, qui avançaient avec la lenteur de l'escargot sur le chemin de Smolensk.

La voiture s'arrêta et le nez proéminent et tordu de Petit apparut à la porte.

– J'ai froid. Sors de là que je me réchauffe un peu.

Je retournai le portrait :

– Ne tente pas de le toucher, ou je jure Dieu que je te punirai.

Je montai sur le siège du cocher et m'emparai des rênes. Il devait être trois heures de l'après-midi mais le ciel était nuageux et un vent froid commençait à souffler du nord. Une bruine commença à tomber – c'était le comble – et le chemin déjà emprunté par d'innombrables chaussures et roues devint très vite impraticable. La voiture de Belliard s'arrêta. Je m'enveloppai dans ma fourrure. De chaque côté du chemin, les feuilles tombaient des bouleaux, dénudant leurs branches et leurs troncs blancs, les laissant tristes et chauves comme des rangées d'épines dorsales plantées dans la terre.

*

Le bruit d'une explosion toute proche me sortit du rêve dans lequel Maryse et Robledo me faisaient goûter des fruits délicieux qui avaient la forme d'animaux. La mammée en forme de vache jaune, la quénette en petit chat vert...

– Que se passe-t-il ? demandai-je en sursautant.

Il faisait déjà nuit.

– Cela fait un moment qu'ils font exploser les fourgons de poudre. Je ne sais pas comment tu as pu continuer à dormir, dit Petit à mes côtés. Regarde, ajouta-t-il en montrant la fenêtre de la voiture au moment où une assourdissante flambée illuminait un instant la steppe. J'en ai déjà compté plus de dix. Ils pourraient les faire exploser de jour !

– En route ! cria le gendarme à cheval qui passa près de nous. Allons-y, debout, il est plus de cinq heures ! Il va faire jour bientôt !

Pour économiser la nourriture, je mastiquai voluptueusement une cuillère de caviar pendant que Petit donnait deux coups de dent à un œuf dur. Je bus ensuite un peu de thé froid, avalai une gorgée de rhum et, profitant de la semi-obscurité, je quittai le chemin pour faire ma toilette.

– En route, en route, cria un autre gendarme.

Je montai sur le siège du cocher, laissant à Petit quelques heures de sommeil supplémentaires. Se réveillant comme un immense ver de fer et de bois, le convoi se mit en mouvement dans des grincements, des craquements, des hennissements auxquels répondirent les lointains hurlements des loups de la steppe. Le soleil se leva derrière nous et la charrette de Belliard se mit à avancer...

Comment s'appelait donc la femme de la peinture ? Pourquoi avait-elle choisi d'être peinte en militaire ? Que disait la légende en cyrillique ? Son nom ? Celui du peintre ? Et si c'était un message, un message qui m'était spécialement destiné ? Mais qui pourrait traduire ces mots en français ? Quelque part dans la colonne se trouvaient madame Fusil et sa compagnie de théâtre ainsi que ces commerçants moscovites ou ces juifs qui, par peur des représailles, avaient décidé de se joindre à nous. Il y avait aussi les jeunes filles qui accompagnaient les officiers... et, bien sûr, les interprètes de l'état-major. Quand Petit se réveillerait, je copierais dans mon cahier les caractères et je sellerais mon cheval. Je verrais bien quelle occasion s'offrirait en premier pour la traduction.

Au milieu de la matinée, la voiture de Belliard s'arrêta. Le ciel, couvert maintenant de nuages denses et blanchâtres, annonçait la neige. Pour m'occuper, je commençai à lire un des romans que Petit gardait sous le siège du cocher. Il s'agissait de cinq prisonniers français gardés par une Autrichienne à la chair généreuse et imposante... Ma lecture fut interrompue par les cris furieux de Belliard. Un de ses faibles chevaux était tombé, et deux gendarmes piquaient avec leurs sabres les hanches des bêtes restantes. Six autres gendarmes arrivèrent avec un capitaine.

– Poussez cette carriole hors du chemin !

Belliard, sans penser à ce qu'il faisait, mit la main sur la poignée de son sabre.

– Si tu dégaines cette pauvre arme, tu es un homme mort, dit le capitaine en pointant son pistolet vers sa tête. Allez, aide-nous à pousser la voiture.

– Et toi, cesse de regarder, et viens nous aider ! dit un gendarme en pointant vers moi son sabre.

– Nous sommes deux, dis-je en descendant. Mon ami est à l'intérieur de la voiture, ajoutai-je pour que Petit aussi en fasse sa part.

Un quart d'heure plus tard, nous nous mîmes de nouveau en marche. Le bon Belliard était resté en arrière avec sa voiture retournée, ses chevaux inutiles, et son piano encore un peu plus près du cimetière en pente qui courait de chaque côté du chemin.

Nous nous trouvions à présent derrière un coupé quasi identique au nôtre. Comme dans le cas de Belliard, il n'avait aucun cheval en remorque... Quand la file s'arrêta pour la troisième fois, j'allai faire connaissance avec notre nouveau voisin – la charrette qui nous suivait était guidée par une ordonnance qui transportait les effets d'un major d'artillerie de la Jeune Garde.

Il s'agissait du ténor Tarquinio, que Napoléon avait invité au Kremlin pour pouvoir écouter des chansons italiennes. Il voyageait seul, entre des caisses couvertes de toiles brodées d'or. Comme il ne savait pas lire le russe, je sellai mon cheval et m'avançai à travers champs. Je me souvins immédiatement de ma chevauchée sur Jeudi près de la colonne de Lannes. Mais ma mémoire avait beau amplifier les souvenirs, le nombre de voitures de la cinquième colonne paraissait insignifiant par rapport à cette dense marée de véhicules que la largeur du chemin était insuffisante à contenir. Il y avait trois files, voire quatre par certains endroits, débordant sur la plaine, à perte de vue, mélangées à des escadrons de cavalerie et à des régiments entiers dont les couleurs éteintes se remarquaient à peine au milieu de l'herbe jaunie et clairsemée des champs. Refrénant mon envie de mettre mon cheval au galop, je le fis trotter jusqu'à ce que je parvienne à hauteur d'un des groupes de gendarmes qui s'occupaient du chemin. Par eux, j'appris que Napoléon avait ordonné de faire exploser la poudre et les munitions afin d'utiliser les chevaux des fourgons pour le transport de l'artillerie.

– L'Empereur ne veut pas laisser aux Russes un seul canon qu'ils puissent exhiber comme trophée, me dit un des hommes.

J'appris aussi que pendant la nuit précédente, les Cosaques avaient attaqué plusieurs voitures à la traîne, et fait un bon nombre de prisonniers.

– Garde ton pistolet prêt, chirurgien. Ne laisse jamais les Cosaques te capturer.

– Il vaut mieux se brûler la cervelle, dit un autre. Les Cosaques te vendraient aux paysans. Tu ne peux pas savoir les horreurs qu'ils te feraient avant de te tuer !

– L'Empereur est trop bon, dit encore un autre. Au lieu de mettre le feu aux hameaux avec ces chiens à l'intérieur, il veut que nous les sortions d'abord de leurs chaumières. Avec ces bêtes, il ne faut pas avoir d'égards.

– Je suis du service médical de l'état-major général et j'ai besoin de voir le baron Larrey, dis-je pour couper court à cette désagréable conversation.

– Ah, le baron Larrey, dit avec admiration celui qui m'avait recommandé de me brûler la cervelle. Il m'a soigné d'un mauvais coup de lance à Aboukir. Il doit être avec la délégation de l'Empereur... Une ou deux lieues en avant.

Je fus surprise de la distance qui nous séparait de Larrey et d'oncle Charles. Ils ne s'étaient sans doute pas arrêtés de la nuit, dormant dans les charrettes. Ces quatre lieues étaient de trop pour mon vieux cheval amaigri. Je devais économiser ses forces pour les semaines à venir. Comme on me l'avait remis sans me donner son nom, je l'appelai simplement « Cheval ».

– Avez-vous vu les gens de théâtre qui étaient à Moscou ? demandai-je.

Ils se regardèrent en silence.

– La femme qui chantait *Plaisir d'amour* ? demanda le plus vieux.

– Madame Fusil en personne, répondis-je.

– Elle n'est pas très loin. À une demi-lieue d'ici, dit-il en étendant son bras vers le chemin. Sa voiture est une dormeuse et elle avance dans la première file de droite.

Reconnaissante de cette précieuse information, je me dirigeai vers le point signalé par le gendarme.

Il me fut facile de retrouver madame Fusil. Il n'y avait pas beaucoup de dormeuses dans la colonne. (On appelait ainsi une voiture étroite et allongée dans laquelle il était possible de s'étendre sur un lit pliant.) Je commençai par lui dire combien j'avais aimé la représentation du palais Posniakov. Et même si elle n'avait pas plus de trente ans, je lui demandais si elle connaissait Maryse Polidor.

– Maryse Polidor... Polidor, répéta-t-elle. J'ai entendu parler d'elle. Vous la connaissez, monsieur ?

– Oui, elle s'est mariée avec un de mes oncles qui vit à La Havane.

– Vous êtes de La Havane ? Qui le croirait ? Votre français est excellent.

– Merci, madame. J'ai eu un bon professeur, dis-je en me rendant compte que cela faisait longtemps que je n'avais pas imité l'accent espagnol. Mais maintenant que nous parlons de langues, peut-être pourriez-vous me rendre un service. À Moscou, j'ai acheté un tableau sur lequel est inscrite une légende en russe. Je l'ai copiée, ajoutai-je en sortant mon cahier. Lisez-vous le russe ?

– Un petit peu, monsieur. Une langue barbare, pourquoi vous raconter des histoires ? Cela n'a rien à voir avec le français... Mais en quatre ans j'en ai appris quand même un peu. De petites choses. Laissez-moi voir.

Nous conversions à travers la fenêtre de la voiture et je lui passai mon cahier.

– « Femme », s'exclama-t-elle immédiatement. Vous voyez. Je peux lire des choses. Et cet autre mot peut signifier « robe », « tenue », « costume »... et ça, c'est... « bataille ». Mettons-les ensemble...

– Femme en costume de bataille, proposai-je.

– Très bien ! Femme en costume de bataille... C'est le titre du tableau ! La femme était vêtue en soldat ?

J'acquiesçai en souriant. Le titre du tableau me remplissait de satisfaction. La colonne de voitures s'arrêta et je stoppai Cheval. L'air commença à se remplir de flocons de neige, petits comme des écailles.

– Je n'aurais jamais eu l'idée de me faire peindre habillée en soldat. Et ce n'est pas que je ne me sois jamais vêtue en homme. Mais le théâtre, c'est le théâtre. Pourquoi n'entrez-vous pas, monsieur ? Il commence à neiger. Il y a suffisamment de place et vous devez m'expliquer les raisons qui vous ont poussé à acheter ce tableau. Serait-ce que les femmes aguerries vous plaisent ?

Les dernières paroles de madame Fusil étaient dites sur un ton dangereusement cajoleur ; prétextant que je devais voir le baron Larrey, je pris congé, l'assurant que j'avais une dette envers elle et que je reviendrais bientôt la voir.

*

J'ai toujours été émerveillée par la magie de la neige qui rend méconnaissables une rue ou un paysage d'ordinaire familiers. Ainsi, ce jour-là, je ne me rendis absolument pas compte que je traversais le champ de bataille de Borodino, et je ne remarquai pas tout de suite les innombrables corps de chevaux et d'hommes, à demi couverts par un manteau de neige, que nous avions laissés sans sépulture. Ils étaient tombés là par dizaines de milliers, les 8 et 9 septembre. Nous les retrouvions sept semaines plus tard. La basse température avait retardé le processus de décomposition au point qu'il était possible de reconnaître certains visages. Leur peau avait à présent la couleur des briques, sauf les joues, qui étaient bleues. Beaucoup d'entre eux, avant d'être congelés, avaient été à moitié dévorés par les loups et les chiens, et l'on voyait encore des corbeaux, tentant de piquer de leurs becs quelque chair sanglante endurcie par le froid. Malgré mon entraînement à l'École pratique, le spectacle me donna la nausée. Je pus réprimer mes haut-le-cœur, mais pas le ténor Tarquinio. En arrivant au pont, je vis Genlis, un des assistants qui avaient travaillé avec nous lors de la bataille. Il ouvrait et fermait les bras pour se réchauffer. Je supposai qu'il nous attendait, Petit et moi, et je criai son nom. En nous reconnaissant, il dirigea son cheval vers nous.

– Le baron a besoin de vous à Kolotskoïe. Il faut prendre le chemin de l'abbaye quand vous arriverez au croisement. Cela fait un bon moment que je vous attends dans ce froid, se plaignit-il.

J'imaginai que Larrey et mon oncle s'étaient rendus à l'abbaye pour organiser l'évacuation des vingt mille blessés que nous avions laissés avec les moines.

– Et nos blessés ? demandai-je.

– Quelque chose d'horrible, dit Genlis en grimaçant avant de s'en aller.

Lorsque nous arrivâmes au pied des hauts murs et tours de l'abbaye, un train d'ambulances stationnait dans le parc. Presque toutes les voitures étaient remplies d'hommes cadavériques, et mon oncle donnait ses instructions aux ambulanciers sur leur destination.

– Où étiez-vous ? dit-il en nous voyant. Vous devez avancer plus près de l'état-major, nous reprocha-t-il. Il est arrivé ici un grand malheur. Cela fait un mois que les moines sont partis, abandonnant nos gens. Allez à l'étable et indiquez aux ambulanciers lesquels de ces malheureux vivent encore.

Et, montrant deux longues files de corps inertes derrière les voitures :

– Sur trois corps qu'ils portent, il y en a au moins un de mort, dit-il. Ne perdez pas de temps. La nuit va tomber d'un moment à l'autre.

L'étable était un pourrissoir. L'odeur était insupportable. Les morts et les vivants partageaient le même toit et la même paille noire de sang et de diarrhée. Larrey avait obtenu de Napoléon que deux compagnies de l'infanterie légère de Wurtemberg l'aident à transporter les survivants. Les soldats, se plaignant de l'effort supplémentaire qu'on exigeait d'eux, faisaient leur devoir sans la moindre compassion. Petit et moi, chacun à une extrémité de l'étable, signalions non pas ceux qui vivaient mais ceux qui avaient une chance de récupérer. Même ainsi, les ambulances furent vite entièrement pleines. Alors que nous pensions être dans l'obligation de laisser là plus de mille de ces malheureux, Larrey arriva à la tête d'un convoi de fourgons d'attelages et de voitures de blanchisseuses. Par ordre de Napoléon, elles avaient été déviées du chemin principal pour emmener au moins un ou deux blessés par véhicule. En voyant qu'ils avaient une chance d'être sauvés, ces malheureux commencèrent à chanter et à plaisanter. Trouvant des forces dans leur joie, ils sortirent, certains sur leurs brancards, d'autres s'appuyant sur les épaules de leurs compagnons, pour aller à la rencontre de ceux qu'ils croyaient être des amis. Quelques jours plus tard, on apprit qu'ils furent presque tous jetés sur les routes pendant les nuits qui suivirent et écrasés par les roues des voitures.

Furieux, Napoléon fit fusiller quelques-uns des coupables.

La prochaine horreur nous attendait un peu plus loin, à l'entrée du village de Ghjat. Presque au milieu du chemin, nous trouvâmes plusieurs centaines de morts. C'étaient des prisonniers russes. Les Portugais qui les escortaient les avaient obligés à s'agenouiller dans la neige avant de les tuer d'une balle dans la tête. Les corbeaux qui nous suivaient commençaient à picorer leurs dépouilles.

– Cela se présente mal, Larrey, dit mon oncle.

– Oui, et ce n'est que le début, soupira celui-ci sombrement, en écrivant une note dans son cahier.

Puis, se retournant vers Petit et moi, il nous répéta ce que nous avait dit oncle Charles :

– Ne cédez la route à personne. Marchez derrière nous comme si vous étiez nos ordonnances. Petit, remets cette note à Gourgaud, l'officiel des ordonnances de l'Empereur ! Il faut qu'il sache ce qui s'est passé. Si nous continuons sans discipline, nous n'arriverons même pas à Smolensk. La véritable épreuve pour un soldat n'est pas de vaincre la peur avant la bataille, mais de résister à la démoralisation de la retraite.

Je me souvins du matin où je m'étais rendue à l'hôpital de Passau, où Robert était en convalescence ; lorsque je lui avais demandé comment il avait été blessé, il m'avait répondu : « Les Prussiens se retiraient, et on nous ordonna de les sabrer. Ce fut une boucherie. Ils avaient jeté leurs fusils et leurs sacs, et couraient devant nos chevaux. J'ai dû en tuer dix ou douze, mais en faisant tourner Patriote pour achever un officier qui était resté à genoux, le coquin profita de ce que je tenais mon sabre en l'air pour me tirer une balle dans la cuisse droite. Ce fut une faute d'inattention. J'étais persuadé qu'ils avaient perdu la volonté de combattre. Sur cent hommes qui fuyaient, seuls deux ou trois répondaient à mes coups. Les autres se laissaient égorger comme des oies. »

C'est ce qui préoccupait Larrey.

La nuit était déjà tombée quand Petit rentra de sa mission. Il disait être mort de froid, et alors qu'il buvait une de ses bouteilles de vin, il me raconta qu'il avait vu Napoléon sur un cheval gris, emmitouflé dans une fourrure. « Il m'a d'abord demandé si ses ordres concernant le transport des blessés avaient été suivis, et ensuite s'il était vrai qu'une compagnie de Bade avait tué des prisonniers russes. J'ai répondu que les coupables n'étaient pas de Bade mais du Portugal. "Alors, il s'agit d'autre chose", m'a dit Napoléon avant de me saluer. »

Le cheval de Petit était déjà attaché au coupé quand nous fûmes surpris par une série d'explosions. À notre droite, les maisons en bois de Ghjat commençaient à brûler, les flammes bloquant la route. Nous coupâmes à travers champs, dans l'espoir de trouver un moyen de traverser le fleuve et de rejoindre Larrey et mon oncle, mais les roues s'embourbèrent.

– Il va falloir attendre le jour, dit Petit.

Pour une fois, j'étais d'accord avec lui.

Nous nous réveillâmes au milieu de la matinée. Les chevaux broutaient paisiblement l'herbe encore blanche de gelée. Nous coupâmes du foin avec nos sabres, et les laissâmes se remplir la panse. Profitant de la proximité d'un ruisseau, nous les fîmes boire et remplîmes toutes nos bouteilles d'eau. Nous fîmes ensuite un feu avec notre provision de bois, composée de morceaux de meubles, et je fis chauffer du thé et de l'avoine. Finalement, avec l'aide de nos chevaux, nous désembourbâmes le coupé et entrâmes dans Ghjat. Parmi les cendres et les décombres, gisaient des quantités considérables de corps carbonisés. Encore dans le village, nous entendîmes une canonnade soutenue provenant de l'abbaye, et nous supposâmes que les Cosaques attaquaient l'arrière-garde, où le corps de bataille du maréchal Davout escortait des milliers de voitures, ambulances, convois de munitions et de victuailles, trains d'artillerie, et de nombreux véhicules chargés de réfugiés russes et de femmes. Le bruit du combat dura un moment. Je pensai que si j'avais été cosaque, je me serais contenté d'assaillir ces convois dont les voitures étaient trop nombreuses. Il semble que Petit pensait la même chose.

– Dépêchons-nous, je ne veux pas faire partie de l'arrière-garde, me dit-il.

*

Le chemin était maintenant rempli de retardataires. Ils étaient presque tous malades ou boiteux à cause d'un pied gelé ou d'une blessure mal soignée. Il était difficile de savoir à quels régiments ils appartenaient puisqu'ils avaient empilé sur leurs uniformes d'autres vêtements, parfois même des vêtements de femmes, ou s'étaient enroulés dans des couvertures de laine ou dans des toiles de brocart qui les couvraient des pieds à la tête. Les plus prévoyants avaient acheté à Moscou des manteaux et des chapeaux en fourrure. La plupart marchaient sans fusil, certains portant sous le bras ou sur l'épaule un quartier de viande de cheval, l'unique aliment que l'on pouvait trouver : de temps en temps, on voyait une tête de cheval et un reste de tripes et d'os. Il y avait aussi des hommes allongés ou assis. En nous voyant passer, ils agitaient les mains, nous suppliant de les emmener. La majorité semblait frappée de la stupeur que produit une immense fatigue. Comme il était impossible d'en monter plus d'un dans le coupé, et encore, difficilement, nous étions convenus de ne prendre que quelqu'un que nous connaîtrions ou qui mériterait notre confiance. Nous avions ainsi chargé un conscrit qui avait conservé son fusil. Son visage imberbe et sa jeunesse m'avaient émue. Il était si faible qu'au moment de l'allonger sur notre siège, il laissa échapper un soupir, et s'évanouit. À la tombée de la nuit, plusieurs Allemands se jetèrent sur nous pour nous voler nos chevaux et la voiture. L'un d'entre eux réussit à attraper la queue de Cheval, mais celui-ci rua de ses deux sabots et je vis l'Allemand tomber, tordu de douleur, pendant que ses compagnons nous insultaient dans leur langue. À la suite de cet incident, nous décidâmes de ne plus nous arrêter avant d'avoir retrouvé un des corps de bataille. Nous ignorions dans quel ordre ils marchaient. Nous savions seulement, grâce aux explosions ponctuelles des voitures de munitions, qu'ils ne bivouaquaient pas très loin.

Vers trois heures du matin, nous retrouvâmes enfin des voitures de l'artillerie. Lorsque nous nous arrêtâmes, nous constatâmes que le conscrit était mort et nous le laissâmes sur le chemin. Bavardant avec le sergent et le soldat qui montaient la garde, je profitai du feu pour préparer du thé pour tout le monde. Ils appartenaient au troisième corps, dirigé par le maréchal Ney. Ils avaient traversé le Niémen avec quarante mille hommes. Ils n'étaient plus que huit mille.

– Nous avons laissé quatre bataillons de garnison à Kovno, trois à Vilna, et le reste s'est perdu à Borodino, ou lors du combat sur la route, constata tristement le sergent, un vétéran à la fière allure nommé Grenelle. Vos ambulances doivent être remplies des nôtres.

– Nous ne sommes pas avec les ambulances, dit Petit. Nous sommes avec l'état-major général.

– Avec le baron Larrey, ajoutai-je, sachant que son nom était connu dans toute la Grande Armée.

– J'ai entendu parler de lui, dit Grenelle.

– L'Empereur marche loin devant, dit le soldat.

– Nous serions devant s'il n'y avait pas Davout, protesta Grenelle avec un geste d'impuissance. Ses hommes avancent avec des pieds de plomb.

– Ils sont attaqués par les Cosaques, dis-je pour les excuser.

– Nous aussi. Quand les chevaux tombent, nous brisons les voitures pour qu'ils n'en profitent pas.

– S'ils capturent votre voiture, mieux vaut vous tirer une balle dans la tête, conseilla le soldat.

– Nos pistolets sont prêts, dit Petit.

– Vous faites bien. Si vous êtes faits prisonniers, ils vous enlèvent vos vêtements et vous donnent aux paysans.

– Paysan se dit *moujik* en russe, dit Petit avec son habituelle suffisance.

– Ils vous arrachent les yeux et vous coupent la langue et les mains. Puis ils vous laissent ainsi dans les champs à la merci des loups et des chiens, assura le soldat.

– Nous ne nous laisserons pas prendre vivants, dis-je. Savez-vous quelles sont les troupes qui sont devant ?

– La Vieille Garde.

– Un vrai cauchemar, se lamenta Grenelle. Une bande de rats qui boivent et qui mangent ce qu'ils trouvent sans penser à ceux qui sont derrière.

Au petit jour, quand nous entrâmes dans Viazma, je vérifiai ce qu'avait dit le vieil artilleur. En dépit du fait qu'elle détenait des provisions pour cinq jours, la Garde avait pillé les magasins des vivres réservés aux blessés, et cela malgré les ordres de Napoléon.

Le village aussi avait été incendié et alors que nous parlions avec un officier de la cavalerie légère, on entendit à l'arrière-garde un énorme bruit de canon.

– Les Cosaques, cria Petit, effrayé.

– Si cela pouvait être eux, dit l'officier. Il y a quarante ou cinquante canons. Ce sont les réguliers russes qui attaquent Davout. Ils vont bientôt nous attaquer aussi, puisque nous avons ordre de l'appuyer. Quel bon moment ils ont choisi, mon cheval est à moitié mort, ajouta-t-il avec dégoût avant de faire faire volte-face à l'animal efflanqué.

Nous nous enfuîmes de Viazma à coups de cravache et d'éperons. Les fuyards aussi pressèrent le pas, se débarrassant de ce qu'ils avaient emporté. Soudain, de loin, nous vîmes une troupe de cavalerie qui se dirigeait vers nous. Atterrés, nous sortîmes du chemin, pensant qu'il s'agissait des Russes. Comme le terrain était très broussailleux, nous abandonnâmes le coupé et grimpâmes avec nos chevaux par un sentier escarpé, empli de ronces.

De ce promontoire, on devinait la bataille que livrait Ney aux alentours de Viazma et, plus à l'est, celle que menait Davout. En tournant la tête dans la direction opposée, je vis que la troupe de cavalerie qui empruntait le chemin était la Garde italienne du 4e corps, facile à reconnaître à ses uniformes blancs. Ils allaient au pas pour empêcher que l'arrière-garde ne soit coupée du reste des troupes. D'autres cavaliers se déployaient au loin. Les canons de Ney tiraient depuis un petit bois de pins contre les artilleurs russes. Cependant, ceux-ci continuaient de bombarder les voitures de Davout. Depuis la hauteur que nous occupions, la bataille se voyait dans toute son étendue, quasiment comme un jeu ou un exercice, exempt de cruauté et de sang. Je serais volontiers restée là si Petit, avec raison, n'avait insisté pour qu'on aille récupérer le coupé. Mais nous ne le retrouvâmes pas. Les fuyards se l'étaient approprié, emmenant tout ce que nous possédions, ou presque – ils nous laissèrent les fusils, les cartouches, le bois pour faire le feu, les romans indécents et ma peinture. Petit, inconsolable d'avoir perdu nourriture et vêtements, ne cessait de geindre et de m'accuser.

– C'est toi qui as dit que les Russes arrivaient, me reprocha-t-il pour la troisième fois.

– Et c'est toi qui as voulu que nous fuyions, répondis-je, furieuse.

– Et, sans regarder ce qu'il faisait, je coupai avec mon couteau la toile du cadre, la pliait en quatre et la mis sous mon manteau. Je montai à cheval et me remis immédiatement en route, sans dire un mot.

*

Je parlerai maintenant d'une leçon que tante Margot me donna lorsque j'étais enfant. « Que t'a enseigné aujourd'hui l'abbé Lachouque ? » me demanda-t-elle à l'heure du dîner, sans doute pour me faire briller devant ses invités. Je répondis très fière que j'avais appris tout ce qui était relatif aux solstices et aux équinoxes, ce que je démontrai parfaitement, avec une pomme et des grains de raisin pris sur la table. Le lendemain, la matinée était froide, et pendant que nous déjeunions, elle me demanda en quelle saison nous étions. Je répondis que c'était l'automne, puisque la date du solstice d'hiver n'était pas encore arrivée.

– Mais il fait froid comme si c'était l'hiver, non ?

Je répondis que oui.

– Tu sais pourquoi ?

Je tentai en vain de trouver une raison géographique.

– Je ne sais pas, ma tante, répondis-je.

– Moi non plus, mais il semble que cette année l'hiver soit arrivé plus tôt que ton solstice.

J'appris ce jour-là que les saisons ponctuées par les équinoxes et les solstices s'allongent et se raccourcissent au gré des mystères de la nature.

Je suppose que tante Margot voulut ce jour-là m'apprendre bien plus qu'un simple point de météorologie. Mais en Russie, je me souvins de sa leçon au pied de la lettre ! L'hiver de 1812, au moins sur la route de Smolensk, n'arriva pas la dernière semaine de décembre, mais début novembre, avec force vents, bourrasques et neige, des tonnes et des tonnes de neige, sans aucune miséricorde.

Quelques jours suffirent pour que la Grande Armée perde un tiers de ses effectifs, déjà bien diminués. Cela se comprend mieux encore quand on considère qu'il s'agissait d'une armée fatiguée par des centaines de kilomètres de marche – des milliers de kilomètres dans le cas des Portugais, des Espagnols, des Italiens et des Français du Midi –, qui se retirait par la même route qu'elle avait empruntée deux mois auparavant, brûlant les villages et les hameaux, tuant le bétail qu'elle trouvait et volant aux paysans tout ce qui avait un peu de valeur ; une armée morte de faim, mal vêtue, obligée de bivouaquer sous les intempéries, harcelée continuellement par l'ennemi, avec aussi peu de munitions que de chevaux, et, surtout, victime du plus sombre désespoir.

Quels souvenirs puis-je garder de cette terrible marche dans la neige, les bourrasques et la glace ? Je dirai qu'au début j'étais surprise que le chemin se confonde avec la steppe blanche, que le vin des bouteilles gèle, que le fer semble brûler au contact de la main. Au cours de ces premiers jours, beaucoup de voitures et de canons furent abandonnés. Ceux qui étaient mal chaussés – en particulier l'infanterie légère – virent leurs pieds rougir, bleuir puis passer de la couleur du tabac à celle du charbon. Il n'était pas rare qu'un homme s'assît sur un bout de chiffon et criât au bout de quelques minutes, avec horreur, qu'il ne pouvait plus se lever. D'autres, possédés par une euphorie étrange, commençaient à rire et à sauter comme des pantins, avant de tomber inanimés un peu plus loin. Beaucoup mouraient en silence ; ils tombaient et se relevaient, plusieurs fois, jusqu'au moment où ils renonçaient. Bien sûr, les pins nous fournissaient du bois pour faire du feu, mais ce n'était pas du bois mort, et une fois la résine brûlée, au lieu de faire des flammes, il produisait une grande fumée qui faisait pleurer et tousser. Dans tous les cas, le froid était si intense que même le bois sec des voitures et des attelages était finalement de peu d'utilité. Il était fréquent de rencontrer des gens morts près des restes d'un feu de bois, les chaussures roussies, la tête et le buste gelés. Les chevaux mouraient avec la même facilité, tant à cause du froid que de la soif, puisque la surface de tous les ruisseaux, lacs et puits était gelée, et que nous manquions de pics et de haches. Il fallait faire fondre beaucoup de neige pour remplir d'eau un seau, objet pour le moins rare : personne n'avait pensé à leur utilité et ils avaient alimenté de nombreux feux, à moins qu'on ne les eût laissés dans les voitures avec ce que l'on considérait comme inutile. De même pour les marmites, jetées sur la route avec les fusils et les outils trop lourds. Celui qui en possédait une n'avait pas de souci à se faire pour la nourriture. Il suffisait qu'il l'arbore ostensiblement sur l'épaule pour recevoir des douzaines d'invitations. Certains conservaient des bouteilles de rhum ou de cognac, du sucre, du thé, du café, un peu de farine ou de riz. Mais pour profiter de ces provisions, il fallait abandonner le chemin, faire son propre feu pour les consommer en cachette. Le seul aliment à la portée de tous – et pas toujours – était la viande de cheval, et on considérait comme un véritable plat de gourmet un morceau de foie, ou un pudding d'aspect répugnant que l'on fabriquait en faisant bouillir du sang avec de la farine. Ainsi, quand sonnait le tambour de la diane, la première mission du jour était de dépecer les chevaux tombés pendant la nuit, même s'il leur restait un souffle de vie. Lorsque l'un d'entre eux s'effondrait au milieu de la marche, les hommes les plus proches se précipitaient ; avec la voracité des corbeaux, ils l'étripaient en un clin d'œil, à la recherche du précieux foie, pendant que d'autres décharnaient les hanches, la poitrine et les jambes.

Comment ai-je pu survivre durant ces premières semaines de novembre ? Par pur miracle. Après avoir chevauché plusieurs jours, traversant ces scènes macabres, j'arrivai aux bivouacs d'un régiment de lanceurs polonais qui couvraient l'arrière-garde du 5e corps, celui de Poniatowski. Morte de faim et de fatigue, je demandai à voir un officier. Par chance, un des lanciers parlait un français approximatif. Son regard antipathique et son peu de disposition à m'aider m'incitèrent à inventer une histoire fantasque :

– J'amène un message de l'état-major général pour le comte Lubomirski, dis-je avec aplomb.

J'étais sûre qu'Alfred était en Espagne, mais son nom, peut-être connu, me servirait de blanc-seing. Le lancier, sans dire un mot, se dirigea vers une voiture au bord du chemin. Au bout d'un moment, il revint avec un officier qui finissait d'ajuster sa chapka.

– Josef Ostrowski, se présenta-t-il.

– Le chirurgien-major Cavent de l'état-major général invite le comte Lubomirski à dîner demain, dis-je avec le même naturel que si j'étais à Paris.

J'avais auparavant sur moi un mot du baron Cavent mais, ayant été assaillie, j'avais perdu tout ce qui était en ma possession.

– Le comte Lubomirski n'est pas avec nous, dit le Polonais en bon français.

– Le baron Cavent pensait le contraire.

– Vous êtes venu de l'état-major général pour chercher le comte Lubomirski ? demanda le Polonais d'un air sceptique.

Il était difficile de croire que quelqu'un ait pu chevaucher un jour entier pour un message si peu important.

– C'est le cas, dis-je avec le plus d'aplomb possible. Le comte est un vieil ami du baron, et le mien également. Nous l'avons soigné d'une blessure à l'épaule droite pendant son séjour à Paris. C'est l'anniversaire du baron demain, et...

– Mais le comte Lubomirski marche avec l'un des régiments de la Vistule, intégré à la Garde impériale, très proche de l'état-major, interrompit le lieutenant.

– Comment ! m'étonnai-je ingénument.

– Si fait, sourit le lieutenant. Le baron l'a sous son nez, si je puis me permettre l'expression.

– Je parle du comte Alfred Lubomirski, légion de Vistule, état-major du maréchal Ney, croix d'honneur, blessé à Saragosse, dis-je avec incrédulité, pensant que peut-être le lieutenant se référait à un autre Lubomirski.

– Lui-même. Je vois que vous le connaissez bien. Je n'ai pas l'honneur d'être son ami, mais il n'est pas un officier de la cavalerie polonaise qui ne connaisse son nom. C'est un de nos héros. Il pourrait être dans son château ou voyager par le monde, et vous voyez... depuis qu'il est enfant, il sacrifie sa vie pour notre cause...

– Si j'avais su ! dis-je en pensant à quel point j'avais été proche de lui et aux occasions que j'aurais pu avoir de le rencontrer à Moscou.

– Oui, c'est une vraie malchance que vous ne l'ayez pas su. Vous vous seriez épargné tous ces efforts. Mais s'il vous plaît, allons à ma voiture. J'ai de bonnes fourrures, et il me reste quelque chose pour boire à la santé de Lubomirski. Je vous présenterai demain au colonel.

Le temps que je passai parmi les lanciers polonais fut des plus instructifs. Ils étaient habitués à résister au froid, et j'appris d'eux à dormir par intervalles, dans le but de donner du mouvement aux os et muscles toutes les deux ou trois heures, et plus particulièrement aux jambes, aux bras et aux doigts. Ils me firent aussi comprendre l'intérêt de dormir pieds nus, bien frictionnés, enroulés dans des chiffons, pendant que la boue gelée des bottes fondait près du feu. Comme je partageais avec Ostrowski les commodités de sa voiture, je profitai de l'occasion pour me laver avec de l'eau chaude. On m'avait offert des vêtements propres venant de Moscou et je cessai de me servir du châle de cachemire, laissant respirer mes seins dont le galbe était caché par l'épaisse livrée d'hiver de quelque laquais russe. Personne ne s'occupait des chevaux comme les lanciers. La nuit, ils les couvraient comme des enfants. Ils les alimentaient et les abreuvaient du mieux qu'ils pouvaient. Avant que la diane ne sonne dans les autres corps, ils envoyaient au ruisseau le plus proche un soldat armé d'un pic pour rompre la couche de glace. C'était là que buvaient les hommes et les bêtes jusqu'au moment de se mettre en route. Leurs chevaux, objets de tous les soins, étant capables de couvrir plus de distance que tous ceux de la Grande Armée, les groupes d'hommes qu'on envoyait chercher de la nourriture et du fourrage visitaient les villages les plus éloignés du chemin, jamais pillés, et ils pouvaient s'entendre avec les paysans, la langue polonaise étant proche du russe. Cheval, objet de tous les égards, sembla rajeunir en quelques jours.

Nous arrivâmes finalement à Smolensk. Je dis finalement parce que la rumeur qui courait dans toute l'armée était que nous prendrions nos quartiers d'hiver à Smolensk, la troisième ville de Russie. Là, approvisionnés par la Pologne, la Prusse et l'Allemagne, nous reprendrions des forces ; dûment requinqués et ravitaillés, nous marcherions au printemps vers Saint-Pétersbourg pour terminer la campagne. C'était sans aucun doute le plan de Napoléon mais, pour qu'il se réalisât, il fallait conserver Vitebsk à l'ouest de Smolensk. À cette fin, le corps d'armée du prince Eugène avait reçu l'ordre de quitter le chemin principal et de marcher jusqu'à l'endroit où il se joindrait aux troupes de la garnison. Aussi, pour moi comme pour les Polonais, lorsque nous vîmes les murailles de Smolensk et la haute tour de sa cathédrale dans les brumes, ce fut comme si nous avions vu les portes du Ciel. De plus c'était très exactement l'endroit où je devais retrouver non seulement oncle Charles et Larrey, mais aussi Alfred, que j'espérais surprendre au-delà de ses espérances.

17

Nous entrâmes dans Smolensk après avoir bivouaqué au pied du mur de la ville. Napoléon et la Garde nous avaient précédés et la ville me sembla, cette fois, être une réplique à petite échelle de Moscou. Smolensk avait été incendiée et évacuée par les Russes, puis pillée par nos troupes, et c'était maintenant une foule d'acheteurs et de vendeurs ambulants, affairés sur des marchés improvisés, qui avaient envahi la ville. Je savais qu'elle avait été choisie comme ville relais entre Moscou et Vilna et qu'elle possédait, à ce titre, une importante garnison, des munitions et des vivres. Mais elle avait beau être aujourd'hui très fréquentée, son aspect était aussi sinistre que des mois auparavant. Smolensk était noire comme ses ruines incendiées, grise comme ses murs en pierre, et blanche comme la neige qui recouvrait ses rues et ses toits.

Tout se passa très rapidement. Quasiment sans que je m'en rende compte. Je me dirigeais vers l'état-major, lorsque je vis un groupe de grenadiers, portant des baïonnettes au canon de leurs fusils et des haches, déboucher d'une ruelle et attaquer un magasin de provisions avec la même violence et les mêmes cris que s'il s'agissait d'une position ennemie. J'essayai de contrôler Cheval qui, effrayé, se cabra, me faisant tomber dans l'herbe. Je ne me rappelle rien de plus...

Je recouvrai mes esprits dans une salle d'hôpital, étendue sur une paillasse entre un mur et un Russe qui portait des compresses sur les yeux. Mon manteau d'astrakan avait disparu et j'étais couverte d'un tissu de feutre vert qui, un jour, avait servi de tapis de billard. Ma tête me faisait atrocement mal et je pouvais à peine bouger le bras gauche. J'avais froid et envie de vomir. Mais, surtout, j'étais pénétrée par une angoisse infinie : le chirurgien qui m'avait opérée avait-il découvert mon secret ?

Je m'endormis avec cette inquiétude, réveillée au milieu de la nuit par une grande envie d'uriner. Je m'appuyai sur le coude sain et levai la tête, encore douloureuse. Je vérifiai qu'elle était bien bandée, et je réussis à palper une bosse sur l'oreille. La salle était mal éclairée, mais je vis des femmes en train de soigner les patients. J'appelai plusieurs fois de suite, et l'une d'entre elles s'approcha en courant. Elle m'aida à me lever et m'emmena au cabinet de toilette. Sans son aide, je n'aurais pas pu faire un pas car le seul fait de marcher me causait des nausées. Elle me demanda mon nom et à quel corps j'appartenais. Je ne répondis pas. Sur le moment, je me souvenais seulement que je m'appelais Henriette Faber-Cavent, et que je ne devais pas le révéler. Elle continua à parler, dans un français désuet, classique. Elle portait une robe de bal usée, complètement passée de mode, avec un corsage de velours marron, et, pour tout manteau, un foulard de soie autour de la tête et du cou. Elle s'appelait Nadejda et me dit que mon bras n'était pas fracturé ; la commotion à la tête était plus grave, même si le cuir chevelu n'était pas entamé. Je supposai que le bonnet avait amorti le choc et je lui demandai où se trouvaient mon manteau et mon cheval. Elle répondit qu'elle n'en savait rien. On m'avait amené avec deux personnes blessées, sans rien d'autre que les vêtements que j'avais sur moi.

– Personne n'a laissé une peinture, un portrait de femme en gilet ?

– Je suis désolée. Ceux qui vous ont amené n'ont rien laissé.

Je me rappelai que mon nom fictif était Enrique Fuentemayor de La Havane.

– Je m'appelle Enrique Fuentemayor de La Havane, île de Cuba. J'appartiens à l'état-major général. Je suis assistant du baron Larrey.

– Demain tout ira mieux. Je me chargerai de faire les vérifications, dit-elle en me souriant avec tendresse, avant de me donner de l'eau et une cuillère de cognac.

*

Je me réveillai avant le lever du jour. Le Russe aussi était réveillé. Il fredonnait une chanson qu'il répétait sans cesse. Il semblait ne pas avoir froid. C'était un sergent des uhlans. La tête et le bras me faisaient encore mal, mais je n'avais pas faim, j'avais plutôt mal au cœur. Confiante dans le fait que le jour apporterait de bonnes nouvelles, je tombai lentement dans une placide léthargie, malgré le délire d'un homme qui, au centre de la salle, conversait en criant avec sa femme et ses enfants.

Je le vis arriver avec Nadejda, zigzaguant entre les rangées de paillasses, et je sentis que ma joie allait me faire pleurer.

– Henriette... ma fille ! Heureusement, tu n'es pas morte, s'exclama-t-il.

Il posa immédiatement sur le sol un grand paquet, fit avec les bras son geste habituel de résignation et s'accroupit à côté de moi. Il portait un grand manteau de peau d'ours et un bonnet avec des oreillettes. Il avait l'air en bonne santé.

– Oh, mon oncle ! soupirai-je, et sans plus me contenir, je laissai couler mes larmes.

– Enfin je te retrouve, ma fille ! Heureusement ! dit-il, bouleversé.

– Je suis là, dis-je en tentant de sourire entre mes larmes. Je suis tombée de cheval.

– J'ai parlé avec le chirurgien qui t'a soignée... Cela aurait pu être pire, dit-il en commençant à enlever mes bandages. Une contusion. Tu as des nausées ? Tu vois bien ?

– Ce n'est pas grave, mon oncle. Hier soir je me suis levée... J'ai aussi mal au bras.

– Je te saignerai légèrement. Ensuite, nous verrons ce bras.

Avec l'aide de Nadejda, il me fit une saignée dans la veine du bras touché. Ensuite, il m'offrit à boire du vin de sa gourde, et nous parlâmes un long moment. Petit était vivant. Il avait réussi à rejoindre l'état-major, et il installait à présent avec Larrey les blessés de la Garde dans les hôpitaux. Je le verrais sans doute arriver très vite. La campagne allait de mal en pis. On avait perdu Vitebsk, et il n'était déjà plus possible de rester à Smolensk. « Nous n'attendons que le retour du prince Eugène pour nous retirer de la ville. » Il fut surpris d'apprendre qu'Alfred était avec les régiments de Vistule et me demanda si je désirais le voir. Je répondis que non. Je préférais en effet me charger moi-même de le contacter une fois remise. Je ne voulais pas qu'il me voie ainsi.

– Quand me sentirai-je mieux ? Demain ? Après-demain ?

– Il semble que tu n'aies pas de fracture, mais le coup sur la tête est sérieux... Nous allons voir, fillette. Nous allons voir. Tu dois bien te couvrir. Je t'ai apporté ma capote et une couverture de laine, dit-il en me montrant le paquet.

– Autre chose, mon oncle, mon secret a-t-il été découvert ? demandai-je en essayant de rester naturelle.

– Cela n'a plus d'importance, maintenant. L'important est que tu ailles mieux.

– Réponds-moi, mon oncle, s'il te plaît.

– Le chirurgien ne m'a rien dit de particulier... Tu sais déjà que ce n'est pas si rare de voir des femmes vêtues en soldat. S'il y a un problème quelconque, j'en parlerai avec lui... La femme qui est venue me chercher, celle qui m'a aidé à te saigner... Elle est au courant. Mais je lui donnerai de l'argent pour qu'elle se taise.

– Mais alors, que va-t-il se passer ? demandai-je, désarçonnée, sans faire attention à ses paroles. Ils vont me renvoyer de l'armée... Je ne pourrai pas terminer mes études... Quel malheur ! me lamentai-je.

– Je te l'ai déjà dit, insista-t-il. Tout s'arrangera. Je dirai à Larrey que je me charge de cet hôpital. Repose-toi tranquillement. L'important est que tu te rétablisses vite, ajouta-t-il.

Il plia plusieurs fois le tissu vert, me banda la tête et me couvrit avec la couverture et la capote.

Après son départ, je ne pus cependant m'empêcher de penser aux conséquences que pourrait avoir le fait d'être démasquée. Si au moins ce uhlan pouvait arrêter de fredonner cette éternelle et même chanson.

À midi, Nadejda m'apporta une tasse de bouillon de cheval et un morceau de pain doux.

– Vous ne devez pas manger plus. Le docteur Cavent a laissé pour vous du vin, du caviar et de la compote de pêches... Mais ce sera, au mieux, pour demain.

– Demain je m'en irai d'ici, murmurai-je sans la regarder.

– Très bien. Nous fêterons l'occasion, dit-elle avec sa voix basse et douce, la voix qu'Enrique Fuentemayor aurait aimé avoir. Le chirurgien va bientôt venir vous voir, Henriette, ajouta-t-elle en écarquillant les yeux, sûrement pour me signifier qu'il était inutile de faire semblant. Le docteur Muret.

– Je suppose qu'il est au courant de tout.

– Le docteur Cavent a parlé avec lui. Il n'y a rien à craindre.

– Ni de vous ?

– Bien sûr que non. Considérez-moi comme une amie, une vieille amie. Je connais les difficultés que vous avez dû vaincre... Mais voilà le docteur Muret.

Et subitement, offrant son visage à mon regard sous un angle différent, Nadejda devint la femme de mon tableau. Le même nez byzantin. Le vert de ses yeux était sans doute moins intense que sur la toile, et le coin des lèvres...

– Enrique Fuentemayor, n'est-ce pas ? dit le chirurgien qui se tenait à mon chevet. Comment vous sentez-vous ?

– Je me sens bien, dis-je, reconnaissante pour son tact. Même si ma tête et mon bras me font encore souffrir.

– J'ai un peu de tabac. C'est bon pour la douleur.

– Non merci.

– Du cognac, alors ?

– Très bien. Mais je vendrais mon âme au diable pour un peu de laudanum.

– Moi aussi, répondit-il en souriant.

Il était accoutré comme un comique de théâtre : des bottes russes de feutre noir, des culottes rouges de lancier hollandais, une pelisse de mouton et une cape blanche comme celles de nos cuirassiers, mais portant l'insigne d'un corps inconnu. Sa main se posa sur mon front :

– Vous n'avez pas de fièvre... Mangez peu et restez bien couvert. La douleur du bras n'est pas grave. Ce soir, je vous ferai une saignée et je vous frictionnerai avec de l'arnica.

– Quand pensez-vous... ?

– Dans trois ou quatre jours si tout va bien, dit-il, concluant précipitamment sa visite en s'approchant du uhlan.

– Demandez-lui s'il se souvient de son nom, dit-il à Nadejda, qui s'adressa immédiatement à lui en russe.

L'homme bougea la tête négativement. Il put alors prononcer quelques mots.

– Je me souviens d'une autre chanson.

Le sergent uhlan recommença à fredonner la chanson que j'entendais depuis des heures. C'était une mélodie triste et monotone, en mode mineur.

– C'est une berceuse, dit Nadejda surprise, une chanson sibérienne que je connais, et elle commença à la chanter avec sa belle voix.

– C'est bien. C'est toujours quelque chose. Cela fait déjà six chansons avec celle-ci. Je vous remercie de me traduire les paroles dans mon carnet. Peut-être cela nous donnera-t-il un indice, dit le docteur Muret. Maintenant, amenez-moi des compresses fraîches.

Pendant que Nadejda allait en chercher, il découvrit délicatement les yeux de l'homme. Je pensais voir une cavité vide ou une cicatrice de brûlure ou de balle, mais ses yeux bruns semblaient sains. En tournant la tête vers moi, je vis ses pupilles se poser sur les miennes, puis se fixer sur le mur qui était de mon côté. Son visage asiatique se fit plus expressif et il murmura quelque chose.

– Que dit-il ? demanda Muret à Nadejda, déjà de retour, pendant que l'homme continuait à parler.

– Plus ou moins toujours la même chose.

– Dites-moi exactement.

Nadejda me regarda et écarquilla les sourcils, pour m'avertir de quelque chose.

– Il dit qu'il a salué un hussard français, très beau garçon, et une femme française, grande et grosse aux cheveux gris... C'est la première fois qu'il les voit et il suppose qu'ils sont nouveaux dans la salle.

Je sursautai.

– Ce sont des gens que vous avez connus ? me demanda Muret avec anxiété. Répondez-moi, s'il vous plaît !

– Deux êtres chers que j'ai perdus pour toujours, dis-je, bouleversée.

Muret se retourna vers le mur et haussa les épaules. Il versa une huile musquée sur des compresses neuves qu'il posa sur les yeux du uhlan. Il se leva et me dit :

– C'est un cas passionnant. J'ai cet homme sous ma protection. Il se plaint de douleurs entre les yeux. Il dit que c'est le fait de voir des... enfin... Ne craignez rien. Il ne vous ennuiera pas. Essayez de dormir, me conseilla-t-il, avant de reprendre sa ronde avec Nadejda.

*

La nuit était déjà bien entamée lorsque, bien après la saignée et alors que la chaleur brûlante dégagée par l'arnica commençait à diminuer, je sentis un corps à mes côtés. Je me retournai. C'était Nadejda. J'étais contente de la savoir allongée à côté de moi, si près ; elle avait enlevé son voile et pouvait enfin parler avec quelqu'un.

– J'ai besoin de me reposer, dit-elle. La nuit, je me sens un peu faible.

Je m'appuyai sur mon coude.

– Cela ne m'étonne pas. Il doit être tard, et j'ai tant dormi que je n'ai plus sommeil.

Le uhlan avait cessé de fredonner. Personne ne délirait, ne ronflait, ne toussait et un silence glacial flottait autour de nous.

– Tu sens que tu vas mieux ? me demanda-t-elle en me tutoyant.

– Je crois que oui.

– Tu as aimé un hussard, n'est-ce pas ?

– Beaucoup... C'était mon mari... Comment est-il possible que cet homme sache ?

– Tout son corps fonctionne bien, mais son regard atteint le monde des morts. Il ne sait pas qui il est... Il n'a pas de souvenirs. Seulement des chansons. Il était déjà à l'hôpital quand nous sommes arrivés avec le docteur Muret. Il se plaint d'avoir mal aux yeux. Il dit que c'est à force de voir les morts. Ce n'est pas un cas aussi exceptionnel que tu peux le penser. J'ai connu d'autres personnes qui possédaient le même don. En général, ce sont des gens humbles, des moines et des paysans. Même si quelquefois... Ces choses-là sont déjà arrivées en Russie...

– Pourquoi es-tu ici avec les Français ?

– J'ai appris le français quand j'étais enfant. Presque toute ma famille est tombée à Smolensk, j'ai senti que je devais venir les voir avant qu'ils ne meurent... Le plus jeune est mort à l'autre bout de cette salle. Je suis restée ici parce que j'attends quelque chose. Quelque chose va arriver. Quelque chose qui est accompagné de vent et de lumière. Cela viendra après ton départ. Tu me comprendrais mieux si tu étais née sur ma terre... J'ai toujours eu envie d'aller à Paris. J'espère que je pourrai m'y rendre un jour. Tu connais Paris ?

J'acquiesçai. J'avais froid. Je ne comprenais pas comment le uhlan pouvait dormir sans couverture. Je touchai la joue de Nadejda. Elle était gelée.

– Tu n'as pas froid ?

– Pourquoi m'as-tu regardée de cette étrange manière, tu sais, ce matin ? Je te rappelle quelqu'un ?

– Tu ressembles à la femme de mon tableau. Une femme avec une veste d'officier. Mais je l'ai perdu. Quelqu'un me l'a volé dans la rue... J'aimais beaucoup cette peinture. J'aimais le titre que lui avait donné le peintre.

– « Femme en costume de bataille », murmura-t-elle.

Cela me donna des frissons. Je sentis mes cheveux se hérisser. Je cessai de la regarder et je reposai la tête sur la paillasse. Je pensai que j'étais en train de rêver, que cette femme n'existait pas et que le uhlan qui voyait Robert et tante Margot faisait partie du même rêve.

– Je t'ai fait peur, dit-elle, en frôlant mon visage avec son doigt. N'aie pas peur. Si je suis à tes côtés, c'est parce que cela devait être ainsi.

– Tu es la femme de mon tableau ?

– Je suis Nadejda Ivanovna. Je viens de loin. Cela n'a rien à voir avec la femme de ton tableau, répondit-elle d'un ton moqueur. Ta peinture est en vente sur la place, juste là, en face de l'hôpital.

– C'est vrai ?

– Je te l'achèterai demain. Ton oncle m'a laissé de l'argent... C'est une très belle peinture. Elle attire l'œil... Tu penses que je lui ressemble ?

Le sergent uhlan recommença à fredonner sa mélodie. Mais cette fois-ci, il semblait aller bien.

– Tu as les mains froides, dis-je. Si tu veux, tu peux les mettre sous ma capote.

– Oui.

Je sentis ses doigts gelés sur mon cœur. Je les sentis déboutonner adroitement mon gilet et chercher mes seins sous la chemise. Je les sentis se dresser. Je m'approchai plus près d'elle, visage contre visage. Son haleine me caressait. Je l'embrassai.

*

Oui, les pertes se comptaient effectivement depuis longtemps par milliers. Des milliers de morts, des milliers de blessés, des milliers de prisonniers, des milliers de déserteurs, des milliers de retardataires, des milliers de chevaux, des milliers de voitures... Jusqu'à la bataille de la Berezina, affluent du Dniepr, la Grande Armée était cependant restée à peu près opérationnelle, même si elle avait irrévocablement perdu toute discipline. Après la Berezina, ce n'était plus qu'une meute de loups rassemblés par pur instinct, un tas de crève-la-faim et de vagabonds désespérés, qui rampaient sur la neige au rythme de *La Boiteuse*.

Mais n'anticipons pas. L'heure de *La Boiteuse* n'était pas encore venue. Je reprends mon récit à la sortie de Smolensk. Nous sortîmes par la porte de Krasnoïe, dans la caravane des ambulances, avec oncle Charles, Larrey et Petit. J'avais retrouvé ma peinture et je conservais en moi le souvenir magique de Nadejda et la mélodie du uhlan. J'avais encore la tête bandée et le bras en écharpe. J'étais cependant déçue car je n'avais pas retrouvé Alfred. Son régiment, m'avait-on dit, se trouvait à un jour de marche, escortant les vingt-cinq voitures qui transportaient le trésor de Napoléon.

Koutouzov avait déployé son armée le long du chemin, sur la rive droite du Dniepr ; les Cosaques se trouvaient sur l'autre rive, avec leurs petits chevaux et leurs petits canons montés sur des traîneaux. Nous nous battîmes dans une demi-douzaine d'endroits, perdant encore des hommes, des chevaux, et des canons. Au nord et au sud, nous perdîmes aussi des villes d'appui : Polotsk et Minsk. Souillées de sang, toutes les troupes commençaient à converger vers la Berezina, traînant derrière elles des milliers de retardataires, et même des déserteurs qui, ayant eu vent de notre retraite, se dépêchaient de rejoindre les colonnes qu'ils avaient abandonnées pendant l'été. D'eux, je ne peux rien dire de positif. Ce qui n'est pas le cas des retardataires, qui, pour la plupart, étaient restés en arrière à leur corps défendant. Une blessure, un pied gelé ou le cumul impitoyable du froid, de la faim et de la fatigue suffisaient à empêcher le plus loyal des soldats de suivre le pas de son régiment. Il commençait par accumuler deux heures de retard et rejoignait le bivouac à sept ou huit heures du soir ; le jour suivant, il perdait quatre ou cinq heures, et arrivait au bivouac vers minuit. Le jour suivant, il était incapable de se lever avec la diane et, peu à peu, restait à la traîne, voyant d'abord passer l'arrière-garde de son régiment : les canons et les voitures de l'intendance, les ambulances, les divers véhicules transportant femmes, enfants et vieillards, commerçants et réfugiés ; puis il entrait dans la longue file des hommes oubliés, une file de moins en moins fournie, composée de gens qui vivaient comme ils pouvaient, se volant entre eux, allant se perdre loin à l'est, égarés dans la neige fraîche au milieu des congères.

À partir de Krasnoïe, nous abandonnâmes nos montures et continuâmes à pied – y compris oncle Charles, dont la jambe boiteuse n'était pas très douloureuse – en nous aidant de cannes fabriquées avec des branches de pin. Larrey avait observé que la mort blanche s'attaquait d'abord à ceux qui allaient à cheval ou en voiture. Pour survivre, il était important de marcher, marcher et marcher encore ; il fallait dormir le moins possible : rares étaient ceux qui se réveillaient après plus de quatre heures de sommeil. Nous avancions avec la Vieille Garde. Ce n'était pas dû au hasard. Nous ne pouvions plus rien faire pour les blessés des ambulances et, après en avoir brièvement délibéré, Larrey et mon oncle s'étaient mis d'accord sur l'avantage de marcher avec un corps qu'ils avaient servi pendant de longues années. Dans la Garde, leurs noms étaient non seulement connus, mais admirés. « Avec ces vieux briscards, nous serons mieux qu'avec quiconque », avait dit Larrey. « L'Empereur veillera sur eux ; sans la Garde, il ne pourrait pas former de nouvelle armée. C'est de là que sortiront les nouveaux officiers », avait conclu oncle Charles.

La température s'était subitement adoucie. Ce fut d'abord la glace qui se mit à fondre, puis, plus tard, le vin qui cessa d'être un obscur morceau de glace qu'il fallait fragmenter à la hache pour la faire fondre. Nous eûmes tous l'impression d'assister à un miracle en plein hiver. Mais la pluie arriva et le froid revint très vite, plus intense que jamais. La boue humide se transforma en pierre, bloquant les essieux et les roues des voitures. Les vêtements mouillés devinrent rigides comme du bois. Des aiguilles de glace pendaient des barbes et des moustaches. La pneumonie, la toux incessante, la fièvre et les tremblements nous assaillirent. Il ne restait plus alors qu'à s'appuyer sur une voiture retournée et à attendre la mort, ou se tirer une balle dans la tête.

Nous entrâmes dans un village où un magasin vendait de la farine et des tonneaux de cognac. Là, j'appris que la cavalerie de la Vistule marchait devant la Garde, et j'eus de nouveau le vain espoir de retrouver Alfred. Nous fîmes du pain et continuâmes.

Quand nous arrivâmes à Studienka, il neigeait, et trois armées russes menaçaient de nous acculer de chaque côté de la Berezina. Les ingénieurs construisirent deux ponts sur les eaux grises presque entièrement gelées, en arrachant de lourds blocs de glace. Le pont principal était de la largeur d'une voiture de l'Intendance ; le plus petit, une passerelle précaire au-dessus de la rivière ; ni l'un ni l'autre n'avait de barrière. Les premiers à traverser furent les corps de bataille d'Oudinot et de Ney, et l'artillerie de la Garde. Le lendemain, je vis passer au loin les régiments de la Vistule. Les bannières rouges de leurs lances défilaient avec lenteur et, parmi elles, il y avait sûrement celle d'Alfred menant son cheval par la bride. Je fus sur le point de demander à Larrey de me prêter la longue-vue avec laquelle il observait les ponts, mais cela ne me parut pas très correct. Entre autres objets utiles, il avait avec lui un thermomètre à degrés Réaumur accroché à la boutonnière, grâce auquel il pourrait rendre compte dans ses mémoires de la température quotidienne durant notre retraite. Nous nous mîmes en mouvement peu après, et avançâmes jusqu'à la rivière. Les retardataires et les fourgons des colonnes que nous avions déjà croisées bloquaient l'entrée de chaque pont, et la Garde dut ouvrir le passage sabre au clair et baïonnette au canon du fusil. La confusion me sembla énorme – mais ce n'était rien par rapport à ce qui adviendrait plus tard. Une fois gagnée la rive droite, nous nous installâmes en formation au bord d'un bois de pins et de bouleaux enneigés pour attendre Napoléon. Exténuée, je posai ma couverture sur la neige et m'assis, me couvrant des pieds à la tête avec le tapis de billard. Je bus une longue gorgée de cognac et je commençai assez vite à somnoler. Je ne sais pas combien de temps je restai ainsi, assise à la turque, entre sommeil et veille. Mon imagination voyageait, des visages inconnus se présentaient par moments avant de disparaître pour laisser place à d'autres. Ces brèves visions, trop fugaces pour devenir des rêves, disparaissaient à chaque mouvement de tête que je faisais, jusqu'à ce que mes pensées s'arrêtent sur l'image d'Alfred, glorieusement nu sur son lit blanc.

Je dois dire que ma mystérieuse nuit avec Nadejda avait été marquée par la tendresse. Nos baisers et nos caresses avaient forcément quelque chose d'érotique, mais ils étaient surtout provoqués par un désir mutuel de donner et de recevoir un amour de mère, un amour de sainte, l'amour que Déméter portait à Coré ; un amour libre de toute colère, de tout poids, de toute adoration, de toute appartenance. Cette nuit-là, je sentis comment cet antique secret de l'amour prenait corps en moi : je compris que toute femme est à la fois une mère et une fille, et que toute mère garde sa fille en elle-même comme toute fille garde sa mère. Je compris que chaque femme se projette dans le passé par sa mère et dans le futur par sa fille. Je lui servis d'abord de mère, partageant avec elle ma couverture et ma capote, lui offrant mon sein pendant que je caressais et berçais son visage avec mon bras sain ; ensuite elle me donna le sien à téter, que je mouillai goulûment de ma salive pendant que le uhlan fredonnait sa berceuse. Cette nuit-là, nous fûmes la Mère et la Fille ; la Fille et la Mère. La femme de la peinture représentait le symbole qui unissait mon double aspect, Elle et Moi, Moi et Elle pour toujours. (Où es-tu, Nadejda Ivanovna, ma *matrouchka* chérie ? Es-tu allée en France comme tu le désirais, ou es-tu restée pour toujours dans ta Russie d'icônes et de cloches, de serfs et de princes, de troïkas et de steppes désertes ? Pourquoi ne t'ai-je pas emmenée avec moi, pourquoi t'ai-je laissée, grave et énigmatique, ta main dessinant une lente et immense croix aérienne pour bénir mes jours ? Ah ! Nadejda, ma Nadejda, comme j'aurais aimé te voir chanter et danser, comme j'aurais aimé te montrer Paris, l'arc du Carrousel et le grand arc de l'Étoile et les vitraux de Notre-Dame, et le cirque du Temple, et la rue de l'Ancienne-Comédie ! Comme j'aurais aimé dîner avec toi au Procope, boire au Gaulois intrépide, pour ensuite prendre une barque et nous balader sur le fleuve, et ensuite nous laisser prendre au feu du désir, faire l'amour, et tant d'autres choses encore ! Pourquoi ne rêvé-je jamais de toi ? Le délai de notre rencontre se serait-il déjà écoulé ? N'étais-tu pas déjà mon rêve, et moi une partie du tien dans cet hôpital glacial de Smolensk, ce havre de médecins extravagants et de visions amicales ?)

Une fois réconfortée, consolée, gâtée et allaitée, et ayant recouvré l'intégrité de mon corps et de mon esprit, mon désir pour Alfred était devenu, comme cela était arrivé avec Bousquet, une obsession. J'étais persuadée que lorsqu'il me verrait défendre la même cause que lui, il me considérerait enfin autrement que comme un obstacle, et qu'il serait heureux de répéter la nuit du bal et des feux d'artifice. Le fait de le savoir si proche, à une centaine de mètres de distance peut-être, dans le bois, ou en arrêt avec la cavalerie de la Garde, attisait mon désir. Ce désir était si ardent que là, sur la neige, dans l'intimité réduite que me donnait le tapis vert, j'enfonçai la main entre mes cuisses et commençai à rêver, ce que je n'avais pas fait depuis Paris. J'aurais continué longtemps ainsi, si les boulets des canons ne s'étaient pas mis à tonner au-dessus de ma tête. Je me levai d'un bond.

– Ils tirent en direction des ponts, dit Larrey en dépliant sa longue-vue.

De loin, je vis tomber un projectile dans l'eau, suivi immédiatement d'un autre.

– L'Empereur est-il déjà passé ? demandais-je.

– Il y a longtemps, répondit Petit.

– Malédiction, dit Larrey, quel désastre !

– Cela va être une boucherie, murmura oncle Charles. Beaucoup n'ont pas encore traversé.

– Permettez-moi de regarder, chirurgien-major, dit Petit avec impatience.

Mais oncle Charles, faisant semblant de ne pas l'entendre, me passa la longue-vue... Terrorisée par les canonnades russes, la foule se précipitait vers les ponts. Le pire arriva. Le plus grand pont ne résista pas au poids et s'effondra au milieu de la rivière avec ceux qui l'avaient emprunté. Les gens couraient vers l'autre pont, écrasant ceux qui attendaient. Hommes et chevaux tombaient dans le fleuve et tentaient de se maintenir à flot entre les blocs de glace. Je relevai un peu la longue-vue. Le jour tombait déjà, mais je pouvais distinguer encore des milliers et des milliers de retardataires qui traversaient la steppe comme autant de fourmis, formant une colonne qui devenait plus large au fur et à mesure qu'elle se rapprochait de la Berezina.

– Laisse-moi voir, dit Petit en m'arrachant la longue-vue des mains.

Mais il eut peu le loisir de l'utiliser car Larrey la lui réclama.

– Les ambulances ne pourront pas passer, dit Larrey, l'œil collé à l'œilleton. Non, elles ne pourront pas passer, répéta-t-il, convaincu, tendant la longue-vue à oncle Charles.

– Nous allons perdre les blessés et bien d'autres gens encore, soupira mon oncle.

– Pire que cela... Toutes les caisses de bandages et de médicaments ainsi que nos instruments de chirurgie. Avec quels bistouris, sondes et scies opérerons-nous désormais ?

« Vive l'Empereur ! » s'écrièrent les hommes de la Garde, répétant le cri plusieurs fois. C'était Napoléon. Il montait un cheval arabe, portait un pantalon blanc et un bonnet de fourrure surmonté d'une plume. Je ne l'avais jamais vu d'aussi près, même à Borodino. Son visage n'était plus qu'un masque pâle, un peu mou, mais résolu. Larrey vint en courant à sa rencontre et Napoléon s'inclina pour l'écouter. Je vis qu'il obtint aussitôt ce qu'il demandait, puis qu'il acquiesça à ce que lui dit l'Empereur. Napoléon se retourna ensuite vers le maréchal Lefèvre, le commandant de la Vieille Garde qui était à ses côtés. Il lui donna un ordre, puis passa les troupes en revue, impassible, comme si les cris de « Vive l'Empereur ! » s'adressaient à quelqu'un d'autre.

– L'Empereur m'a donné un piquet d'hommes afin qu'ils nous accompagnent sur la rive gauche demain, nous dit Larrey. Nous ferons des allers-retours jusqu'aux ambulances autant de fois que nous le pourrons et nous récupérerons le plus possible de matériel.

*

Cela paraissait impossible mais par trois fois nous réussîmes. Par trois fois, nous traversâmes la rivière, sauvant à chaque passage un peu de matériel. Comment en avons-nous été capables ? Je ne sais pas. Dans mes souvenirs, je ne sens que la peur et l'urgence d'arriver sur l'autre rive. Je vois seulement des scènes fugaces, fragmentaires, comme lorsque j'essaye de reconstituer l'après-midi où Claudette est morte en Allemagne. Et ces scènes-là sont dans mon souvenir brouillées par les colbacks de la Garde, par les capotes bleues, les flocons de neige, les baïonnettes et plus loin encore par le sang et les bouches ouvertes, la terreur, la colère et la douleur se lisant sur les visages. Je ne distingue dans mon souvenir rien de ce que j'entendais alors : les cris, les hennissements, les prières, les obus, le bruit sourd de la mitraille, le crissement ondulant des ponts, le choc des boulets de canon contre les corps et les voitures... Je n'entends qu'un vacarme retentissant, incohérent, continu, dominé par le tonnerre de l'artillerie, comme si plusieurs personnes appuyaient en même temps sur les touches d'un orgue placé dans une caverne. Et c'est au milieu de cet amphithéâtre empli de fureur que flottent les scènes dont je me souviens.

Là-bas, sur la rive gauche, la police militaire ne réussit plus à arrêter les véhicules qui tentent d'atteindre les ponts en se frayant un passage entre les hommes et les chevaux, jusqu'à ce que leur empressement même les contraigne à s'immobiliser... Dans l'eau, à ma droite, je vois des gens nager, quelques écuyers qui tentent de passer à gué, et luttent contre le courant ; parmi eux je remarque la blanchisseuse qui a accouché sur le chemin de Krasnoïe, d'une main elle maintient son enfant sur sa tête... Je ne vois pas les ambulances, seulement les hommes de la Garde qui m'ouvrent un passage entre les visages hallucinés et les yeux exorbités des chevaux. Les blessés des ambulances pensent que nous venons pour les sauver et certains nous aident à décharger les caisses de fils et de bandes... Là-bas, sur la rive droite, une canonnade, les projectiles tombent dans une mer humaine qui se précipite vers les ponts... Dans les ambulances, un blessé à la longue barbe, les yeux fous, s'accroche au cou d'oncle Charles. Un grenadier lui coupe la main d'un coup de sabre... De retour avec les caisses, je vois une batterie de la Garde ouvrir le feu contre les positions russes, sur la rive que nous venons de quitter... Les boules de fer pénètrent dans la masse dense des gens, ouvrant des plaies sanglantes dans la neige... Mon bras me fait souffrir chaque fois un peu plus, je ne peux soutenir la caisse d'instruments que je serre contre ma poitrine... Le pont sur lequel nous nous trouvons se rompt de nouveau, nous retournons en arrière pour emprunter l'autre... Là-bas sur la rive gauche, je vois la tête de pont hors d'usage. Sur la neige, des empreintes de sang, des corps aplatis forment un demi-cercle... Avec leurs sabres et leurs baïonnettes, les grenadiers affrontent des ennemis qui les prennent à revers. Larrey tombe à genoux, se relève immédiatement sans lâcher sa caisse... Les Russes ouvrent le feu, le grenadier qui est à ma droite porte la main à son front et disparaît de ma vue... Je laisse un carton de bandes à côté de la pile de ceux que nous avons apportés et je cours de nouveau jusqu'au pont... Les morts et ceux qui sont tombés paralysent le transit. Face à moi, une femme à cheval tient une petite fille devant elle, l'animal prend peur face à d'autres chevaux qui tirent une voiture ; l'un d'entre eux s'effondre, l'œil traversé par une balle. Une autre balle transperce la jambe de la femme, en fait jaillir un ruisseau de sang... Certains blessés ont tiré les caisses sur la neige et se sont assis dessus, ils nous attendent, dans l'espoir que nous les emmènerons. J'essaye d'aider un cuirassier qui a perdu un bras et une jambe et qui saute de manière grotesque, mais les forces me font défaut... La mitraille russe s'abat sur le pont qui commence à s'enfoncer : il n'est plus qu'à quelques centimètres de l'eau ; il oscille, ondule... Dans l'eau, je vois une file de chevaux presque tous submergés par le courant, leurs cavaliers noyés, morts de froid, leurs têtes retenues par les piles du pont... Larrey est poussé vers l'eau et réussit à s'accrocher à une poutre ; deux grenadiers le tirent à la force des bras. Il est sauvé.

Nous ne traversons plus la rivière.

À la nuit tombée, ce qui reste du corps d'armée du maréchal Victor, qui protégeait l'arrière-garde, passe. Quand le jour se lève, Napoléon ordonne de faire sauter les ponts. La plupart des troupes retardataires et tous les fourgons de l'Intendance sont restés de l'autre côté de la Berezina.

18

Harcelés nuit et jour par les Cosaques, nous atteignîmes enfin Zemblin, un village entouré de marécages recouverts d'une couche de glace qui se brisait sous le poids des canons lorsqu'ils sortaient du chemin. En arrivant, je reconnus les voitures du trésor et courant vers elles, je partis à la recherche d'Alfred. Mais le trésor était maintenant à la charge de la garde italienne du prince Eugène, et personne ne sut me dire où se trouvait la cavalerie de la Vistule.

Cette nuit-là, alors que nous bivouaquions, Larrey estima qu'il y avait cinquante lieues à parcourir jusqu'à Vilna, et quatre-vingts pour rejoindre le Niémen. Il ajouta :

« Toute cette marche se fera à une température de quinze à trente degrés en dessous de zéro, peut-être plus. À la moindre inattention, la moindre négligence, c'est la mort assurée. Il faut combattre la léthargie que produit l'exposition continue aux basses températures ; il ne faut pas céder à la tentation de s'arrêter en chemin. L'unique et seul remède est de marcher, marcher, et encore marcher, lança-t-il à l'attention de Petit et à la mienne. Nous étions rivés au feu déjà agonisant que nous avions réussi à faire partir avec du bois vert, la poudre des cartouches et les étincelles de nos pistolets. La neige avait fondu sous l'effet de la chaleur, les flammes et les braises s'étaient enfoncées dans cinquante centimètres de glace, atteignant le sable de la place. La fumée qui s'en échappait était âpre et épaisse, comme celle d'une cheminée où se seraient consumés des chiffons humides. Oncle Charles était allé chercher du bois sec. La Garde avait détruit plusieurs maisons et nous l'attendions avec une jarre remplie de cognac, de sucre et de neige fondue. Oncle Charles arriva peu après, chargé de bois et accompagné de deux femmes. Il s'agissait de madame Fusil et d'une autre jeune actrice de sa compagnie. Toutes deux avaient perdu leurs attelages sur la Berezina, et marchaient à pied, mal protégées par leurs vêtements. Le feu fut réanimé et nous avalâmes le dîner en deux bouchées, tout en nous racontant longuement nos mésaventures. Elles dormirent avec nous, enroulées dans mon tissu vert et dans une peau de loup de Petit, qui avait imprudemment commencé à courtiser la jeune fille alors qu'il savait que son père, avec d'autres acteurs français, avait été envoyé en Sibérie par le maire de Moscou. Quand la diane sonna, elles se mirent à la recherche d'un véhicule qui pourrait les emmener, et nous ne les revîmes pas.

Le jour suivant, les Cosaques attaquèrent l'arrière-garde, emportant, en guise de butin, de nombreuses voitures. Le lendemain, une patrouille de la Garde tomba dans un bois sur une centaine de déserteurs qui avaient réussi à passer la Berezina. Ils avaient avec eux deux voitures de l'Intendance remplies d'uniformes, de bonnets et de bottes de cheval de grenadiers, et une troisième chargée de nourriture et de barils de vodka. Comme nous faisions partie de l'état-major, nous réussîmes à obtenir des bottes. Les miennes étaient trop grandes pour moi, mais je divisai mon châle de cachemire en deux pans que j'enroulai autour de chaque pied. Nous échangeâmes ensuite nos vieilles chaussures contre des morceaux de viande de cheval bouillie. Cet aliment commençait déjà à manquer car le nombre de chevaux avait beaucoup diminué. Nous continuâmes à marcher dans la neige et le froid.

Le 5 décembre, nous arrivâmes à Smogorni, un grand hameau qui m'était familier. Nous nous y étions arrêtés en juillet. Les immenses forêts des alentours étaient remplies d'ours. Ils étaient chassés pour leurs peaux, de grande valeur, et leurs pattes, qui fournissaient un mets très recherché. On les capturait aussi vivants, afin de les dompter et de les vendre à des gitans, ou à d'autres acheteurs étrangers. Les voyant danser sur la place du village, nos soldats avaient alors épargné leur vie, mais saccagé les magasins de fourrures et de victuailles. Cette fois-ci, le village semblait désert et recouvert de cristal. Des aiguilles et des cônes translucides pendaient des corniches et des toits, tandis que de la vapeur s'échappait des encoignures des portes et des fenêtres ; on aurait cru que les maisons respiraient... Dans le bois proche, les branches des arbres pliaient sous le poids de la neige ; les feux des bivouacs les faisaient briller comme autant de guirlandes d'une forêt enchantée. Ici et là, ressemblant à des figures d'albâtre, on apercevait dans les arbres des oiseaux congelés. Quand les feux furent allumés, ils se mirent à tomber comme des fruits mûrs. Le ciel était complètement limpide et, je ne sais pour quelle raison, les étoiles semblaient s'être multipliées, modifiant le dessin des constellations. Les loups dans le lointain ne cessaient de hurler à la lune croissante. Je pensais à Hécate, la sorcière. Je m'étais toujours sentie étrangère en Russie, mais jamais autant que dans ce village. Cette nuit-là, Napoléon, qui voyageait avec trois attelages et une cour très réduite, abandonna la Grande Armée à son sort.

J'appris la nouvelle au moment où j'aidais oncle Charles à sonder une blessure dans la fesse d'un sergent. « Le coquin est parti hier soir pour son palais parisien, dit l'homme à plat ventre. Il nous a laissés derrière, comme il avait déjà fait en Égypte. Tu te souviens, chirurgien ? Tu y étais ? » Comme la nouvelle se répandait, j'appris qu'il avait emmené comme escorte quelques chasseurs de la Garde et deux escadrons de la Vistule qui bivouaquaient dans la forêt. Alfred dirigeait l'un des deux. Une fois de plus, j'avais été très proche de lui ; une fois de plus, je l'avais perdu.

Deux jours plus tard, quand nous arrivâmes à Viednicky, je le cherchai anxieusement. Napoléon avait changé d'escorte et de chevaux, et après avoir répété plusieurs fois ma question, je parvins à l'écurie en ruine où l'on m'avait dit que campaient quelques lanceurs polonais.

– Lubomirski ? Il est resté sur le chemin, monsieur, me dit le capitaine Wonsowicz, un petit homme d'allure martiale. Lorsque nous sommes partis, nous étions plus de six cents hommes et nous ne sommes plus maintenant que trente-six. L'Empereur avait des chevaux frais. Nous, non, expliqua-t-il avec un étrange sourire.

Je sentis que mes jambes se dérobaient et je commençai à trembler.

– Est-ce qu'il est vivant ? Nous sommes amis... J'avais l'illusion de le retrouver, dis-je en respirant profondément, tout en me tenant au portail.

Le capitaine réfléchit. À travers les trous des planches, on voyait descendre lentement et délicatement dans l'air les flocons de neige.

– De la bonne neige, fine et sèche, dit-il sans me regarder.

Au bout d'un moment, alors que je me préparai à répéter ma question, il tourna la tête vers moi et ajouta :

– Des hommes tels que Lubomirski ne meurent pas ainsi. Si j'avais été à sa place, j'aurais essayé de rassembler les hommes sans monture pour qu'ils ne restent pas en arrière. Je pense qu'il a pu en réunir quatre cents, peut-être plus. Il a formé un bataillon de fantassins qui doit longer la forêt en direction de la Lituanie... Ils ne mourront pas de faim et de froid, je vous l'assure. Les chevaux inutiles fourniront de la viande, et la forêt, le bois. Je doute que les Cosaques tentent d'attaquer un bataillon qui marche en ordre et où il n'y a pas de voitures à voler.

Je soupirai de soulagement et ne doutai plus qu'Alfred, dont l'expérience militaire remontait à l'adolescence, n'ait réussi à faire tout ce que me disait son ami.

– Où pensez-vous qu'il puisse être, à cette heure ?

– Il doit probablement suivre une route parallèle aux troupes de Ney, ou à celles de Victor... Il doit être à un jour de marche de nous, peut-être un jour et demi, au plus. Ne vous inquiétez pas, nous le retrouverons à Vilna.

Cette nuit-là, je ne pus m'endormir tant je pensais à Alfred. La veille, dans l'après-midi, j'avais vu des gens bivouaquer en dehors du chemin, près d'un bois. Je n'avais alors aucune raison de penser qu'il pouvait être l'un d'eux... Et soudain, l'idée me vint que si je n'allais pas à sa recherche, nous ne nous rencontrerions jamais ; que, même si nous arrivions à Vilna le même jour, quelque chose allait se passer qui empêcherait que je le retrouve. Un peu avant l'aube, alors que mes compagnons dormaient, j'endossai mon sac, je m'enroulai la couverture sur la tête et je partis à pas rapides. J'avais d'abord pensé à laisser un mot à mon oncle. Mais qu'aurais-je pu lui dire qui n'eût paru un acte de folie ?

*

Le vent se leva peu après midi. Au début, je ne sentis qu'un souffle glacial sur ma joue, soulevant à peine la neige tombée la veille. Cette poudre blanche s'élevait devant moi à la hauteur de mes genoux, créant une espèce de mirage qu'on ne voyait qu'à six ou sept mètres. Les retardataires qui arrivaient de l'est s'approchaient de moi les pieds enfouis dans ce nuage ténu, tels des fantômes suspendus dans le vent. « Tu marches dans le mauvais sens », me dit quelqu'un en passant à ma gauche. Le vent forcit tout à coup. Les rafales, chargées de toute la neige de la steppe, balayaient le chemin d'un côté à l'autre, se figeant parfois pour dessiner des spirales et d'étranges figures. On commençait à distinguer avec peine les retardataires quand la bourrasque se mit à hurler. Je ressentis un froid si intense que j'eus l'impression d'aller nue. Le menton enfoui dans la poitrine et le visage protégé par un bras, je vis de biais venir vers moi une ombre pâle, un homme couvert d'un bout de rideau. Arrivé presque en face de moi, il sortit du chemin et tourna le dos au vent. Je le vis avancer rapidement jusqu'à disparaître dans le nuage de neige. Je décidai de le suivre. Je fis quelques pas. Mais la force du vent était telle qu'elle me renversa et je me retrouvai à plat ventre. Un instant, je pensai rester ainsi, allongée sur la neige. Le tas gris que formait l'homme sur la neige fut recouvert en quelques minutes d'un manteau blanc. Sans me lever, je tâchai de me retourner. Je réussis enfin à me mettre debout en m'aidant de mon bâton, courbant le buste pour offrir moins de résistance aux rafales. Les bourrasques de neige pulvérisée m'étouffaient, et très vite je retombai assise. En tâtonnant, je cherchai mon bâton. En réalité il me servait à peine, mais tandis que je le cherchais en palpant la neige avec désespoir, je sentis dans mon estomac la morsure glacée de la peur. Mon cœur battait de plus en plus fort et je me mis à crier, tout en sachant que mes cris, étouffés par la tourmente, n'avaient pas plus de portée que des volutes de fumée. Je criai jusqu'à cesser d'entendre mes cris. Grâce à eux, sans le vouloir, j'avais extirpé la peur de moi. Je réussis à me mettre à plat ventre et je pensai que j'allais mourir ; j'y croyais comme à quelque chose d'irrémédiable, que rien ne pourrait empêcher. Je me disposai à mourir en paix et j'avais la vision précise de ce que verraient de moi les gens de Ney en empruntant ce bout de chemin : un tumulus bas et rond, à peine une simple vague dans cette vaste mer de neige. J'avais assez observé un grand nombre de ces tombes, et même marché dessus sans le vouloir. Je savais comment j'allais mourir. Larrey m'avait expliqué les changements qui s'opèrent dans le corps humain exposé à très basse température. Ce serait d'abord la circulation des capillaires qui s'arrêterait ; ensuite celle des petites veines. Mes doigts, mes oreilles, mon nez, mes joues, mes paupières s'engourdiraient, et bientôt je ne pourrais plus fermer les yeux... L'idée qu'au printemps mon cadavre émergerait de la neige les yeux ouverts me devint intolérable et je les fermai. Je ne serais pas une poupée de bois aux yeux de verre. Quand ils me jetteraient dans le feu pour se débarrasser de moi, je n'aurais pas l'air d'assister, impavide, à ma propre incinération. Cette certitude me tranquillisa. Il ne s'agissait plus, à présent, que de se laisser aller. Verrais-je là-bas Robert et tante Margot, comme semblait les avoir vus le sergent uhlan ? Connaîtrais-je là-bas ma mère aux cheveux de cuivre, ou mon père, et sa main qui me montra mon premier arc-en-ciel ? Qui pourrait me le dire ? Pourquoi sentais-je maintenant toutes ces présences au-delà de mes paupières fermées ? Pourquoi les heures de ma vie défilaient-elles à cet instant, tournant vertigineusement comme la roulette de Baden-Baden ? Ma niche de neige se transfigurait peu à peu en un calvaire au milieu des bois, entouré d'un halo de soie et des fleurs jaunes des pissenlits. Bien sûr, je ne le voyais pas, mais je le devinais, j'étais dans le bois de Foix, et j'entendais les rires des filles du jardinier pendant qu'elles pliaient la nappe et rangeaient les restes du goûter dans le grand panier de tante Margot, le pain, les ailes de poulet, le pâté, la tarte aux mûres, la bouteille de limonade. J'entendais tintinnabuler les couverts en argent et les verres de cristal qu'on rangeait, et tout me paraissait bien, et j'étais heureuse de pouvoir mourir en paix. Mais alors que j'étais bien installée, allongée délicatement dans l'herbe, observant Fée Marraine qui me tendait une clé d'or, un harpon m'arracha brutalement aux tréfonds de ma conscience et me ramena à la surface. Je sentis brusquement le froid, le sifflement du vent, et je perçus la pulsation de mon sang dans mes veines et ma volonté qui revenait. Combien de fois, alors que sonnait la diane, ne m'étais-je réveillée avec des centimètres de neige sur ma capote ? La tourmente passerait. Ce qui était vraiment important était de bien se couvrir, de se mettre en boule et de se laisser enfouir en accumulant la chaleur que produisait la vie. Déterminée à vivre, je combattis le sommeil en bougeant mes doigts et mes orteils, en pensant aux choses que j'aimerais faire. Un à un, j'accumulai les désirs jusqu'à ce que j'arrive très simplement à celui d'avoir un enfant... Je sus alors qui m'avait tirée de ce piège : Maryse, toujours déterminée à ne jamais se déclarer vaincue, à jouer le meilleur rôle possible. Nadejda, tétant mon sein et me révélant ma nature maternelle, et surtout la femme du tableau, la Femme, la somme de toutes les femmes, celle que je gardais pliée contre mon cœur et qui me montrait le chemin que j'avais encore à parcourir. Comment serait mon fils ? Où et quand naîtrait-il ? Qui serait son père, mon second ou mon troisième mari, en accord avec la prédiction de la gitane ? Le temps passa ainsi jusqu'à ce que je me rende compte que je n'entendais même plus le sifflement du vent.

Je savais parfaitement ce que je devais faire. Je savais qu'il était vain de tenter de me lever d'un coup : je ne réussirais pas, la peur reviendrait, et tout serait de nouveau perdu. Je savais que je devais d'abord bouger mes mains, faire tourner les poignets jusqu'à ce que je sente mes avant-bras revivre, pour ensuite essayer de bouger les coudes en mobilisant tous les muscles du bras et de l'épaule. Rapidement, je pus sortir mes mains de la capote, et commençai à creuser la neige. Par chance, c'était une neige sèche et ancienne, aussi fine que de la farine de maïs. Je me hissai vers la surface jusqu'à pouvoir sortir la tête et respirai avec anxiété l'air limpide qu'avait laissé la tourmente. L'effort m'avait épuisée, et je cessai de bouger. J'avais la tête engourdie, mais je pus soulever les paupières et regarder le chemin. Quelques retardataires avançaient de leur pas caractéristique, lent et erratique ; d'autres, encore enterrés, sortaient de la neige leurs mains, semblables à de pauvres tulipes. Je n'étais pas encore en mesure de sourire, mais je le fis intérieurement, pour moi, pensant que si l'un de ces hommes pensait à regarder vers moi, il verrait un visage posé sur la neige comme un masque oublié.

C'est alors que je le vis. Il était aveugle. Un lambeau de chemise lui couvrait les yeux. Le sang séché, collé sur ses bandages et sur ses joues, avait cette couleur vermillon dont sont peints les christs espagnols. Les Cosaques et les paysans avaient dû lui ôter la vue et lui voler ses vêtements, car il était à peine couvert d'une couverture râpée, les pieds enroulés dans des chiffons. Il marchait seul. Quelqu'un avait dû le guider jusqu'au chemin et l'avait vêtu de ces pauvres hardes. On lui avait aussi donné comme canne la hampe d'une lance brisée. Il traînait sa douleur et sa misère avec une dignité émouvante. Sondant la neige de sa canne, il marchait droit, tête haute. Lorsqu'il passa près de moi, je vis qu'il tremblait et que ses lèvres bougeaient. Je l'entendis réciter brièvement un de ces poèmes anglais qu'il devait tant aimer. Je l'appellai et l'appellai encore, mais mes cris restèrent muets. Je tentai de sortir de mon piège de neige, en vain. Je le vis s'en aller vers le ponant, fredonnant ces strophes que je ne pouvais pas comprendre, ses cheveux roux s'éteignant peu à peu comme la dernière flamme d'un chandelier ; je le vis s'en aller, et je sus que je le perdais, que je ne le reverrais jamais et qu'il serait inutile de le chercher.

– Es-tu mort ou vivant ? me demanda, à la nuit tombée, l'un des retardataires, sans doute pour savoir s'il pouvait me voler ou non. J'avais réussi vaille que vaille à ne pas perdre le chemin, mais j'étais déjà sans force et je m'étais assise, attendant que le cognac sucré fasse effet. Tous mes vêtements étaient couverts de poudre blanche et je devais ressembler à ceux qui, déjà épuisés, se résignent à mourir, conscients de ce que leurs corps durs comme la pierre serviraient de reliques à cette misérable guerre quand le printemps viendrait. Je relevai les paupières. L'homme qui parlait était Grenelle, l'artilleur vétéran que j'avais rencontré à l'entrée de Viazma.

– Je suis vivant, répondis-je. Tu me reconnais ?

– Oui.

Je lui donnai le cognac qui me restait. Nous rejoignîmes ensuite deux autres artilleurs qui avaient fait un feu près d'une voiture abandonnée. Comme moi, ils avaient les pieds mordus par le froid et je leur conseillai, pour éviter la gangrène, de ne pas les approcher trop près du feu. Il recommença ensuite à neiger et nous nous endormîmes sous la voiture. J'étais si fatiguée que c'est seulement au réveil que je pris conscience qu'on m'avait volée. Ma capote était ouverte et mes poches étaient vides. En voyant le reliquaire de tante Margot sur le bord de ma couverture, je me rendis compte que je n'avais plus au cou la chaîne d'or à laquelle il avait toujours été accroché. Je ne dis rien à Grenelle et à ses amis. Je pensais qu'il valait mieux faire semblant de ne pas m'en être aperçue. Avec eux, je me réchauffai les mains au-dessus des braises qui restaient et, malgré la neige qui continuait à tomber, nous nous mîmes en marche. Nous boitions tous. Je tâchai de ne pas marcher sur les tumulus que la neige fraîche avait élevés sur le chemin. Le silence régnait.

*

Comme vous l'avez compris, je préfère ne pas parler de mes sentiments de deuil, ni de ces pérégrinations désolées dans les cathédrales du malheur. Pourquoi réveiller par des mots ce qui doit demeurer obscurité, recueillement, requiem et office de ténèbres, cendres à l'intérieur de chacun d'entre nous ? Je ne rechigne évidemment pas à parler de mes morts. Il m'est même impossible de ne pas le faire. C'est avec eux que j'ai fait l'amour, que j'ai marché à la guerre ; ils ont été – et restent encore – le sel de ma vie. Ces bien-aimés qui, quand je les évoque, viennent à moi toujours confiants et complaisants, quel que soit mon état d'âme, ou l'heure à laquelle je les appelle. Parfois, ce sont eux qui me cherchent, qui me trouvent, venant comme en transparence sur un visage ou le geste d'un proche. L'espace d'un instant, les yeux de Robert se confondent avec ceux du barbier du coin, un homme aux longs cils dont le regard fait frissonner. Je vois aussi un parfait sosie de Claudette remplir avec attention une caisse de pêches pour un monsieur qui porte un parapluie sous le bras. Je m'arrête pour regarder Alfred, qui a un peu grossi, et essaye un chapeau face au miroir d'une boutique de Broadway, alors qu'une tante Margot de vingt ans, la réplique vivante du portrait que je porte au cou, l'admire, captivée.

Tout ce que l'on dit est vrai. La vieillesse aime réellement boire à sa propre mémoire. Et ce n'est pas seulement parce qu'on aime revivre le temps que les cheveux blancs et les rides ont balayé. Il ne serait pas difficile, dans le fond, d'oublier ceux que nous avons aimés. Mais ce sont eux qui s'imposent, eux qui nous appellent avec insistance pour nous inviter à entrer dans leurs palais des glaces. Et moi, que puis-je faire sinon plonger ma plume dans l'encrier, comme si, passant de l'autre côté du miroir, j'accourais à leurs rendez-vous ? Puis-je leur offrir plus grande preuve de fidélité que d'implorer leur compagnie pour mon dernier vol de luciole ?

*

Nous entrâmes dans Vilna quasiment à genoux. Il n'y avait plus ni corps de bataille, ni bataillons, ni régiments. Nous avions tous atteint la triste condition de retardataires, excepté peut-être une centaine d'hommes de la Vieille Garde. La joyeuse et élégante cour de ministres, de nobles et de diplomates que nous avions laissée là au printemps avait fui, terrorisée, en apprenant que nous approchions. Lorsque nous entrâmes par l'étroite et profonde porte de la cité – où la situation commençait à ressembler à celle de la Berezina –, nous trouvâmes les hôpitaux débordés. De nombreuses ambulances envoyées de Moscou, de Borodino, de Smolensk et de tous les lieux où nous avions livré bataille s'étaient arrêtées là. Non sans avoir subi des menaces, les moines avaient abandonné leurs monastères, afin de laisser la place à nos malades et blessés. Nous nous déployâmes dans les rues et les places telle une horde de rats, cherchant un café, une auberge où nous aurions pu payer un repas et boire un verre de vin à la chaleur du feu. Ensuite nous nous rendîmes dans les magasins de l'Intendance, où l'on nous avait promis que nous serions réapprovisionnés. Mais les files d'attente étaient interminables, les formalités bureaucratiques incroyablement lentes, et lorsque nous comprîmes que les provisions annoncées se résumaient à des fusils, des cartouches et deux kilos de pain, la plupart d'entre nous renoncèrent, et cherchèrent plutôt à se loger n'importe où. Les habitants de Vilna ne voulaient rien savoir : ils s'étaient enfermés dans leurs maisons en bloquant les portes. Très peu d'entre eux acceptèrent de nous offrir leur protection. Les commerçants, les aubergistes, les juifs et le personnel administratif furent les seuls à nous accueillir, grâce à l'or que nous amenions dans nos cartouchières. Nous représentions un fardeau de gens pouilleux, affamés, boiteux, malades, sales, puants à n'en plus pouvoir. Chaque chambre où nous entrions devait être fumigée après notre départ.

Il m'avait été facile de retrouver oncle Charles et Larrey. Ce ne fut pas de bonnes retrouvailles. Le premier, soupçonnant le motif de ma désertion, avait été blessé de ne pas avoir été tenu au courant. Le second pensait que j'avais fait exprès de me retarder, au mépris des devoirs incombant à mon grade de chirurgien assistant. Sa voix prit un ton acide lorsqu'il me raconta que Petit avait été capturé par les Cosaques alors qu'il guidait la voiture des médicaments. Je m'excusais, sans donner cependant d'explications sur mon départ pour l'arrière-garde. Tenant à peine debout, je les aidai comme je pus, avec la meilleure volonté. Il y avait quatorze hôpitaux et très peu de médecins. Plutôt que de soigner les patients, nous étions devenus de véritables représentants de la mort, signalant, d'un côté, les corps sans vie qu'on pouvait jeter dans le patio et, de l'autre, les malades du typhus qui pouvaient être transportés dans le plus grand des monastères. Quand nous apprîmes que les Russes approchaient, nous abandonnâmes à leur sort des milliers de malheureux.

*

Le printemps maquille déjà les rues de New York, mais mon horloge biologique n'a pas encore été avertie du changement de saison ; pour la première fois, je suis consciente que le temps va dans un sens et moi dans l'autre. Suis-je condamnée à rester en hiver de manière permanente ? Je crains que oui. « Cela fait des jours que vous ne sortez pas de l'hôtel, madame, a remarqué Milly un peu plus tôt. Je suis inquiète de vous voir travailler tant ; vous écrivez dès le petit matin. » Milly est quelqu'un de bien, mais elle ne sait pas ce que je ressens à chaque heure passée loin de mes papiers. Pourtant, elle doit savoir. Non contente d'être l'unique témoin de ma lutte avec la plume, c'est elle qui copie au fur et à mesure les pages que je termine, de son irréprochable calligraphie.

Elle a vu se transformer mes souvenirs en paragraphes, et ce qui était au début un devoir mi-plaisant, mi contraignant en une dangereuse obsession. Je me suis demandé dernièrement si je survivrais à cette tâche. Je travaille au rythme soutenu et avec la régularité d'une machine : je ne m'arrête que lorsque, épuisée, je tombe de sommeil sur ma page. Et lorsque j'imagine tout ce qu'il me reste à dire, toutes ces années que je dois égrener, la crainte me prend de ne pas pouvoir terminer. Aujourd'hui je me rends compte que dans ma course contre le temps je peine à gagner du terrain. Au fur et à mesure que mon passé se transforme en mots sur le papier, mon feu intérieur s'éteint, comme par manque de combustible. Je crois que ce qui me maintenait jusqu'ici active et en bonne santé, c'était la chaleur de tous mes étés ; il me semble que je m'emplissais alors d'air chaud, comme celui qui fait s'élever les ballons jusqu'à la hauteur des nuages. Mais aujourd'hui, après avoir brûlé tant de souvenirs, j'ai l'impression de me refroidir. J'ai l'impression de devoir finir comme une pauvre peau exsangue, dégonflée, se balançant tel un drapeau en berne, ou au contraire tendue et pleine de rides sur un toit recouvert de fientes de pigeons. Ce qui me fait avancer dans mon écriture me freine moi-même en épuisant mes forces. C'est une reproduction de la course entre Achille et la tortue. Les choses vont au plus mal. Je dors à peine, je digère mal et l'état de ma jambe gauche empire, je ne peux plus me passer de canne. Autre symptôme : moi qui ai toujours eu de la curiosité pour ce qui se passait dans le monde, qui ai toujours eu des projets plein la tête, un voyage, une nouvelle manière d'augmenter ma fortune, ou la quête d'héritiers dignes de confiance à qui la laisser, je ne cherche même plus à m'informer sur la guerre de Cuba, ni sur ce qui se passe en France. Si je suis au courant de l'ouverture du canal de Suez, c'est uniquement grâce à Milly. Quant aux voyages, je suis fatiguée à la seule évocation d'un bateau, d'un hôtel, de villes inconnues, de malles à faire ou à défaire. Il me semble aussi absolument inutile de posséder de nouvelles valeurs en Bourse ou des propriétés. Pour quoi faire ? Après avoir rédigé cinq ou six testaments, je n'ai pas trouvé de meilleur bénéficiaire que la Croix-Rouge de Genève. Si au moins j'étais visitée par un rêve porteur d'espérance, si une seule illusion pouvait illuminer mon âme, ma chute serait brisée, j'aurais des ailes, ou un providentiel courant d'air chaud me ferait voler jusqu'à terminer ma narration. Mais des rêves, je n'en ai déjà plus. J'ai beau chercher, il n'y a rien d'autre que la page que je suis en train d'écrire. Et le pire, quand j'y réfléchis, c'est que j'ai eu la tentation de lâcher la plume et de rester seule et tranquille, de renvoyer Milly dans son Yorkshire, et de me laisser mourir dans ce superbe mausolée de marbre, de tentures et d'ascenseurs hydrauliques. Mais alors, comme si ma mémoire refusait d'être vaincue, je me suis souvenue des paroles de Larrey en Russie : « Il faut combattre la paresse que produit l'exposition continue à de basses températures ; il faut lutter contre le désir de s'arrêter et de s'allonger sur la route. L'unique remède consiste à marcher, marcher et marcher encore » – des paroles auxquelles Maryse aurait applaudi. Parfait, docteur Larrey ! Je vais mettre mon pessimisme en marche. Il m'arrivera quelque chose, il se passera quelque chose. Je me remettrai d'abord à lire le journal de bout en bout, j'irai au théâtre avec Milly et j'irais dîner chez Delmonico de temps en temps. J'ai beau ressentir un froid hivernal, je me sens aussi crépiter comme une mèche qu'on allume. Qui sait ? Au mieux, dans deux ou trois semaines, j'atteindrai le printemps.

*

Avançant comme nous pouvions, nous prîmes le chemin de Kovno, la première ville que nous avions occupée au printemps, et la dernière étape de notre retraite. Des cent mille soldats qui avaient quitté Moscou le 19 octobre, nous n'étions plus que cinq mille à marcher à pied, presque tous éclopés. C'est alors qu'un musicien noir, le clairon d'un régiment de chasseurs à cheval, composa une musique qui nous allait comme un gant. Il ne lui donna pas de titre, mais elle se répandit immédiatement sous le nom de *La Boiteuse* ou de *La Marche des éclopés*. Jamais une marche militaire n'avait exprimé aussi bien le pas de soldats sur le point de s'évanouir. Le morceau durait moins de deux minutes et était sans paroles, mais sa simplicité représentait sa plus grande vertu. Il ne pouvait que nous séduire. Dès les premières mesures, instrumentées pour les cuivres, les notes paraissaient se traîner au rythme d'une jambe handicapée ; ensuite, c'étaient les percussions qui dominaient. Les temps faibles étaient marqués par la frappe des baguettes l'une contre l'autre, les temps forts, par la grosse caisse, à l'image de l'instrument heurtant à chaque pas la jambe boiteuse. Nous ajustions notre pas sur cette cadence, fredonnant et nous moquant de nous-mêmes, tournant en dérision le misérable spectacle que nous offrions. C'était une marche de vie et de mort. Et si son caractère parodique put encore aider certains d'entre nous à avancer, son clairon dissonant sonnait pour beaucoup l'heure funèbre où il n'y avait plus qu'à s'asseoir au bord du chemin pour la dernière fois.

La musique de *La Boiteuse* est, de toutes les marches que je connais, celle qui résonne le plus au fond de moi, c'est ma musique. Le rythme, harassant, claudique encore dans ma tête et dans celle des autres. Il m'appartient. Son burlesque ne connut cependant qu'une gloire fugace. Harcelés par la cavalerie légère des Russes et par les bandes de Cosaques, nous étions de moins en moins nombreux au fur et à mesure que les heures passaient. Le jour arriva où *La Boiteuse* ne fut plus jouée que par un seul clairon et par un tambour lointain, là-bas, dans l'arrière-garde, où Ney se battait encore. Arrivée près de Kovno, je ne l'entendis plus. (Le comte Dumas, quartier-maître général, était attablé dans un café avec des amis quand il vit arriver un paysan vêtu d'un manteau bordeaux en guenilles, accompagné d'un grand Noir portant un clairon. Le paysan avait une grande barbe rouge, le front et les orbites brûlés par le froid. « Enfin, je suis à Kovno, dit-il. Mais, Dumas, tu ne me reconnais pas ? ». « Non, qui êtes-vous ? » « Nous sommes l'arrière-garde de la Grande Armée. Je suis le maréchal Ney. »)

Des années plus tard, sous le titre *La Boiteuse-Marche des éclopés*, cette musique fut publiée à Paris. La date de sa composition était exacte : 1812. Elle n'était attribuée à personne. Le mot « Anonyme » figurait entre parenthèses : je ne pus que désapprouver cette mention. Cette musique avait été notre marche à tous, la marche des rares parmi nous qui avions survécu et celle de nos derniers morts.

Christopher

19

À Dantzig, nous retrouvâmes madame Cavent qui nous attendait dans un confortable appartement. Elle était restée là pendant toute la campagne.

Grâce à ses soins, nous récupérâmes assez rapidement. La couleur bleue qu'avait pris mon pied gauche s'estompa au fil des jours, et on n'eut pas besoin d'amputer oncle Charles de sa mauvaise jambe. Il boiterait cependant un peu plus qu'avant. Les événements terribles dont nous avions été témoins et que nous avions vécus nous avaient marqués de leurs empreintes, y compris mon oncle, pourtant habitué aux horreurs de la guerre. « Nous avons essuyé le pire désastre militaire et la pire retraite qui puissent être », me disait-il d'un air sombre quand, incapables de parler d'autre chose, nous continuions d'évoquer avec affliction le froid, la neige de Borodino, l'incendie de Moscou, les Cosaques et les moujiks, et que nous déplorions les blessés et les prisonniers abandonnés derrière nous. Nous pleurions la mort d'Alfred et celle de tant d'autres, que nous avions vu défiler en musique et en tenue de gala, en route pour le Niémen... Le plus pénible était de constater que cinq cent mille de nos hommes étaient morts pour rien. Mais alors qu'oncle Charles accusait la perfidie des ennemis de la France, je reprochais à Napoléon d'être responsable de la débâcle, même si je me gardais de le lui dire pour ne pas blesser plus encore mon oncle. Je me sentais comme ce soldat de Borodino, qui connut sa triste heure de gloire. Malgré la perte de ses deux jambes, et alors qu'on le tenait pour mort, il avait réussi à survivre en mangeant du lichen et des viscères crus de cheval. Des semaines plus tard, lorsque Napoléon traversa le champ de bataille, il se traîna jusqu'au chemin pour l'insulter, lui jetant à la face son lamentable état, le maudissant au nom des milliers de Français qui étaient morts là. « Et tout cela en cinq mois à peine », continuait mon oncle, s'adressant à une madame Cavent qui nous regardait par-dessus son ouvrage au crochet en acquiesçant avec compassion. « Il a fallu tant d'années pour former la Grande Armée, et en cinq mois tout est parti au diable ! Et nous n'avons encore rien vu. Le pire est à venir. Dès le printemps, les Russes se jetteront sur nous, et les Autrichiens aussi, malgré l'impératrice Marie-Louise. Je ne serais pas non plus étonné que les Suédois les suivent, maintenant qu'ils ont Bernadotte. Sans parler des Prussiens. Ils nous ont déjà abandonnés. » Mon oncle se référait à la position officielle de neutralité adoptée par la Prusse, un geste en réalité très hypocrite puisque Frédéric-Guillaume avait déjà commencé à lever une armée de volontaires. « Et que crois-tu qu'il arrivera avec la Confédération du Rhin ? Je vais te le dire. Elle se retournera contre nous dès que la guerre atteindra l'Elbe. Seuls les Bavarois, les Hessois, ceux de Westphalie, du Bade, du Wurtemberg nous resteront fidèles. Je dis cela parce que je les ai vus mourir à mes côtés. En réalité nos alliés les plus sincères sont les Polonais. On pourra toujours compter sur eux, même si les Espagnols ne se sont pas mal comportés à Borodino... et les Suisses sur la Berezina. Enfin, si j'étais l'Empereur, je ne négocierais plus avec les Russes, ni avec les Autrichiens, ni avec les Prussiens... et encore moins avec les Saxons. Je les oublierais tout simplement. Qu'il s'allie à l'Angleterre ! Je garderais la moitié de l'Allemagne, la Hollande, l'Italie et la Suisse. L'Espagne aussi. Mais pas le Portugal, que je laisserais aux Anglais. L'Espagne reste l'Espagne. C'est notre épaule, des ports sur l'Atlantique... Nous avons là un roi bonapartiste, des troupes et un appui. Nous pourrions vaincre Wellington en envoyant des renforts de cent mille hommes... Que dis-tu de mes idées d'homme d'État ? me demandait-il. Tu verras que l'Empereur pense la même chose que moi... Ah, mais de tous nos alliés, je te le répète, je garde les Polonais. Pauvre Alfred ! Il me semble le voir... Il faudra bien planifier la confiscation des terres aux Russes et aux Prussiens pour leur donner l'indépendance... »

Comme la situation en Prusse se compliquait rapidement et que nous avions besoin de nous reposer un moment de la guerre, oncle Charles, mettant en avant son expérience ibérique, réussit à ce qu'on nous envoie inspecter les hôpitaux militaires d'Espagne. J'étais supposé être son assistant. Cette nouvelle arriva juste au moment où j'hésitais entre deux chemins à suivre : soit continuer à être Enrique, soit redevenir Henriette avec la perspective de retourner à Foix, ou de rendre visite à Maryse, ou de faire ce dont j'aurais envie, tout sauf pratiquer la médecine. Pour cela, il me suffisait de me vêtir en femme : à la minute même, Enrique Fuentemayor disparaîtrait et son nom apparaîtrait à la lettre F comme Fauriel, dans la longue liste des personnes qui n'étaient plus disposées à risquer leur peau pour la gloire d'un seul homme. Seulement, oncle Charles était si content d'avoir réussi à obtenir ces sortes de vacances sous un climat ensoleillé et chaud que la balance pencha en sa faveur. Il y avait autre chose : mon oncle – et même madame Cavent – ne s'adressait plus à moi comme à une femme ordinaire ; j'étais pour lui à la fois Enrique et Henriette : il était fier de m'avoir pour nièce, pour collègue et pour compagnon de guerre. Cela signifiait qu'il reconnaissait enfin la complexité du rôle que j'avais tenu, et cela me remplissait de satisfaction. Quant à madame Cavent, je ne pus faire autrement que de sourire avec ironie quand un jour, alors que mon oncle était allé au café, elle entra dans ma chambre pour me dire, sur un ton attendri, quelle chance c'était pour elle que je parte avec son mari. « Je ne suis pas présente dans ces horribles batailles mais je sais que vous vous occuperez de lui aussi bien que je le ferais moi-même. »

Comme on ne nous attendait pas à Madrid avant le 30 mai, nous pûmes organiser un voyage en fonction de nos intérêts respectifs. Mon oncle souhaitait passer quelques jours à Paris pour toucher ses arriérés de solde, et j'en profiterais pour récupérer mes bijoux qui avaient été mis en dépôt. Madame Cavent voulait rendre visite à sa mère à Blois et je désirais avoir un entretien avec monsieur Lebrun, mon avocat à Toulouse, afin de lui remettre mon testament – je n'avais jamais pensé jusque-là que, statistiquement parlant, la probabilité que je meure en campagne était quasiment la même que celle de n'importe quel soldat. Je souhaitais aussi rendre visite à Françoise et à Pierre. Je pourrais aussi profiter de ce que je serais près de mes terres pour faire connaissance avec mon locataire, un certain monsieur d'Alencourt, et me promener à cheval dans le bois, parcourir à nouveau le circuit magique de mes jeux et de mes goûters, revoir le calvaire de Fée Marraine, toutes ces choses qui, en Russie, ont peuplé mon imaginaire quand j'étais entre la vie et la mort. Afin d'économiser notre temps et nos efforts – le voyage par voie terrestre aurait été vraiment fatigant, ce d'autant plus qu'on était en hiver –, nous embarquâmes sur un des navires de ligne utilisés pour le blocus contre les Anglais, lequel se rendait à Brest. Nous ferions le reste de la route en voiture, nous arrêtant dans les sites que je viens de mentionner, et nous entrerions en Espagne par la route de Perpignan à Barcelone.

Ce n'était pas la meilleure saison pour naviguer et aucun d'entre nous n'échappa, pendant la traversée, au terrible mal de mer. Mais, ainsi qu'avait l'habitude de dire tante Margot : « À toute chose malheur est bon. » Et comme nous restâmes allongés tout le voyage, nos jambes maltraitées purent enfin récupérer.

Nous arrivâmes à Paris un samedi d'avril, après nous être arrêtés à Blois pour y laisser madame Cavent. Je me souviens précisément de ce jour-là : oncle Charles désirait assister à une grande revue militaire qui, présidée par Napoléon, avait lieu le dimanche au Carrousel. Nous nous rendîmes d'abord rue du Faubourg-Saint-Honoré. L'appartement était inhabité depuis un an, et il fallut ouvrir grand les fenêtres pour l'aérer. Il y avait une odeur persistante de fleurs mortes, qui n'avait pourtant aucune raison d'être (tous les vases étant vides). Cela n'avait rien à voir ni de près ni de loin avec la puanteur et l'odeur de pourriture des champs de bataille, mais cela nous fit une triste impression, comme un avertissement que toutes choses périssent, y compris la beauté. La gardienne, en femme pratique, envoya sa fille acheter de l'encens. Mais cela ne suffit pas à chasser l'odeur qui persista longtemps dans les coins et à l'intérieur des armoires. En accrochant, dans son nouveau cadre, ma *Femme en costume de bataille* – la toile s'était détériorée tant elle avait été pliée –, je trouvai sur la cheminée une brève lettre, que m'avait laissée Françoise avant de partir. Rien de particulier. Elle me remerciait pour mes cadeaux, avait vendu le cabriolet, les chevaux et mes vêtements de femme pour presque cinq mille francs. Pierre et elle partiraient pour Foix dans une voiture de poste et, après le mariage, tenteraient leur chance à Toulouse. Pierre pensait acheter une voiture, et Françoise voulait monter un petit atelier de couture.

Après la débâcle en Russie, les sentiments politiques des Parisiens avaient bien changé. Les habitants des faubourgs Saint-Germain et Saint-Honoré continuaient, bien sûr, à haïr Napoléon – tout comme avant –, tandis que les ouvriers et les pauvres continuaient de l'idolâtrer. Mais les gens de la classe moyenne étaient beaucoup plus partagés. Non pas que le deuil de ceux qui n'étaient pas revenus les ait directement affectés : les industriels et les commerçants avaient largement recouru à des « remplaçants » qu'ils achetaient pour les envoyer au front se battre à la place de leurs fils. Mais les dernières décisions du gouvernement avaient eu raison de leur fidélité. Un nouveau décret les obligeait en effet à intégrer les rangs de la garde nationale.

À son retour de Russie, Napoléon avait, avant toute chose, pris des mesures pour lever une nouvelle armée de trois cent cinquante mille hommes. Cent mille conscrits de 1814, cent mille de la garde nationale, cent cinquante mille de la conscription de 1813, dont l'âge avait été revu à la baisse afin d'incorporer les jeunes de dix-sept ans – qu'on appellait « Marie-Louise » parce que la proclamation avait été faite par l'Impératrice. On avait même appelé les invalides qui, ayant récupéré de leurs blessures, pouvaient encore marcher et brûler leurs dernières cartouches. En somme, toutes les ressources humaines avaient été appelées à la rescousse, et on acceptait même des volontaires jusqu'à soixante ans. Comme la Grande Armée avait perdu sa cavalerie, on fit appel à la générosité de la population pour qu'elle offrît des chevaux (de trait et de selle). En dépit de tout cela, j'ose affirmer que la majorité des Parisiens était encore victime de la fièvre napoléonienne. Un soir, au théâtre, alors qu'on jouait l'*Abencérage*, le public, pour saluer Napoléon et Marie-Louise qui prenaient place dans la loge impériale, s'était égosillé aux cris de « Vive l'Empereur ! ».

Oncle Charles ayant approuvé mon idée de solliciter la nationalité française pour Enrique Fuentemayor, mon alter ego, nous décidâmes de consulter son avocat, monsieur Dubreuil. En réalité, nous dûmes nous rendre trois fois à son bureau. La première visite avait pour but de récupérer mes bijoux, déposés au nom de madame Renaud. J'avais acheté des vêtements de femme, une magnifique perruque noire, et je portais les lunettes qu'oncle Charles utilisait pour lire. Ce n'était pourtant pas nécessaire : mon oncle aurait pu s'occuper de mes bijoux puisque c'est lui qui les avait déposés. Mais j'étais curieuse de savoir si quelqu'un serait capable de découvrir ma double identité : le lendemain, je comptais revenir sous les traits d'Enrique Fuentemayor, afin de m'entretenir de mon changement de nationalité. Si la supercherie était découverte, monsieur Dubreuil, en tant qu'avocat, n'aurait rien pu révéler, contraint par les règles de sa profession à ne pas divulguer les secrets de ses clients.

Habillée de mon uniforme de gala, ma natte blonde enroulée sous le bicorne, je sonnai donc le lendemain à la porte de monsieur Dubreuil, en compagnie de mon oncle, qui par chance, avait pris ma lubie avec humour, comme s'il s'agissait d'un bal costumé. Après avoir examiné les papiers que Maryse m'avait envoyés de La Havane, mes cartes d'étudiant et de militaire, monsieur Dubreuil, un homme incroyablement gros, me dit :

– Tout est en ordre. La seule difficulté réside dans le fait qu'il y a des milliers de demandes en cours, et que cela peut prendre des mois, voire des années. Mais par ailleurs, les salaires des fonctionnaires publics ont été revus à la baisse... Je veux dire qu'un arrangement est toujours possible... Il existe même une sorte de tarif à prix variable : « urgentissime », « très urgent », « urgent », « moins urgent ». Cela ne dépend que de vous, don Enrique, ajouta-t-il, utilisant sciemment la formule espagnole, sans doute pour m'être agréable.

– Cela n'est pas urgent, intervint mon oncle. Don Enrique, madame Renaud et moi devons d'abord nous rendre à Toulouse. Combien de temps faut-il pour obtenir le certificat de nationalité ?

– Quatre, cinq jours, tout au plus.

– Et le prix ? demandai-je.

– Pour « urgentissime », il est de sept mille francs, mes honoraires compris, naturellement.

– C'est une somme ! protesta mon oncle. C'est plus que ce que je reçois comme rente ! Vous le savez, maître Dubreuil !

L'avocat haussa les épaules, ce qui fit trembler son double menton et ses bajoues.

– C'est ainsi, dit-il. Sachez qu'il me faut flatter plusieurs fonctionnaires. Il y a évidemment des gens disposés à payer cette somme... L'option « très urgent » vaut cinq mille francs, pour une obtention en deux semaines environ.

– C'est beaucoup d'argent, dit oncle Charles.

– Nous n'avons même pas touché nos soldes, dis-je désespérée.

– Il existe une autre solution, dont je viens de me rappeler, dit l'avocat en appuyant un doigt gras sur sa tempe. Si quelqu'un pouvait servir de caution...

– De caution ? Je ne connais personne qui puisse le faire. C'est une somme qui est loin des possibilités de mes amis. Si nous étions à La Havane, ce serait autre chose.

– Sans doute, don Enrique. Mais malheureusement, nous sommes à Paris... Je ne sais pas si l'alternative « urgent » est susceptible de vous intéresser (trois mille cinq cents francs), de même que la dernière, « moins urgent », pour une obtention en quatre, voire cinq mois.

– Que pensez-vous de madame Cavent comme caution ? demanda oncle Charles. Elle a beaucoup d'affection pour don Enrique et je sais qu'elle sera enchantée de lui rendre service.

– Bien sûr, mais ne m'avez-vous pas dit qu'elle était à Blois avec sa mère ? Nous avons besoin de sa signature, docteur.

– Et madame Renaud ? dis-je amusée, et faisant un clin d'œil à mon oncle. Cela ne lui posera certainement aucun problème.

– Madame Renaud ? Bien sûr. Certains de ses bijoux valent plus qu'« urgentissime ». Nous pourrions régler cette affaire cet après-midi même. Si cela vous convient, nous pourrions tous nous réunir après le déjeuner.

Je pestai intérieurement. Je me maudis d'avoir eu l'idée d'accompagner oncle Charles. Je n'avais plus d'autre choix que celui d'enlever mon masque : outre la gêne que je ressentirais et l'embarras dans lequel cela mettrait mon oncle, cela serait également désobligeant vis-à-vis de Dubreuil, qui s'était révélé incapable de découvrir mon déguisement.

– Don Enrique pensait rendre visite à certains de ses professeurs, dit oncle Charles providentiellement. Il ne veut pas perdre le contact avec eux. Il retournera en effet à la Faculté dès que la guerre sera terminée.

– Effectivement, renchéris-je. J'ai déjà rendez-vous... avec mes professeurs de chirurgie et d'anatomie. Nous devons déjeuner ensemble au café Procope.

– Ce n'est pas un problème. Nous allons remplir la demande dès maintenant, et lorsque madame Renaud le pourra, elle passera ici la signer.

Tout fut ainsi résolu. Enrique Fuentemayor y Faber demanda la citoyenneté française sous le nom d'Henri Faber et, quelques heures plus tard, madame Renaud donnait sa caution pour un prêt de sept mille francs en sa faveur. Quand l'avocat écrivit le nom de jeune fille de madame Renaud, il remarqua la coïncidence des deux noms de « Faber » mais n'y prêta pas attention, sachant que c'était un nom commun en Suisse, en Italie, en Allemagne, en Espagne, et même en France où il s'était transformé en « Favre ».

Quatre jours plus tard, je reçus des volumineuses mains de monsieur Dubreuil mon certificat de nationalité, qu'il conserva dans ses archives avec les papiers d'Enrique Fuentemayor. Ce même jour, je le pris pour avocat, afin qu'il s'occupe exclusivement des affaires d'Henri Faber. Mon avocat à Toulouse avait à sa charge celles d'Henriette Faber-Cavent, veuve Renaud. Ainsi ma double identité, une fois légalisée, fut archivée séparément à Paris et dans le Languedoc. Après avoir perçu sa solde et ses indemnités de voyage, mon oncle paya un an de loyer, et nous quittâmes la rue Saint-Honoré et son odeur persistante de fleurs mortes. Ce même jour, Napoléon quitta très vite Saint-Cloud en direction de l'Allemagne. Selon les dernières rumeurs, les armées russes et prussiennes étaient déjà descendues jusqu'à l'Elbe.

*

Le temps devenait plus clément au fur et à mesure que nous descendions vers le Midi. Oncle Charles avait loué les services d'un postillon, un Italien qui menait les chevaux à un pas tranquille en leur chantant des romances. Le printemps s'annonçait empli d'oiseaux et de bourdonnements. Le paysage vrombissait de jubilation et de gloire, il ressuscitait, et très vite, chose curieuse, j'eus la certitude qu'un homme m'attendait quelque part. Oui, sans aucun doute, ce serait le cadeau de cette nouvelle année... Je le sentais déjà respirer près de moi, je sentais ses mains me caresser, ses lèvres m'embrasser...

Où allais-je le rencontrer, à Toulouse, à Barcelone, à Madrid ? Qui serait ce nouvel amour, cette passion qui n'avait pour l'instant ni nom ni physionomie, qui n'était qu'un corps éthéré, une évocation, une lueur de mon intuition ? Serait-ce le deuxième mari ? Le mari père, celui qui me donnerait l'enfant que j'avais désiré dans mon lit de neige ? Mais la vie donne d'une main ce qu'elle retire de l'autre. Et s'il disparaissait encore, autre Robert, autre Alfred que je voyais encore sur son chemin de croix, le terrible chemin de Vilna ? Était-il nécessaire de me donner quelqu'un pour mieux me l'enlever après ? Serait-ce toujours ainsi ? Devrais-je sans cesse être, tour à tour, l'amoureuse et l'éplorée, sans que je puisse comprendre qui je pleurais ? Et pourquoi anticipais-je déjà le dénouement d'une union imaginaire ? Pourquoi un dénouement tragique ? Pourquoi tout ne se passerait-il pas tranquillement ? N'avais-je pas déjà prouvé que rien ne pouvait se prévoir, ni être tenu pour certain, même pas la mort, puisqu'au dernier moment, quelqu'un pouvait vous tirer du jardin de délices, pour vous remettre sur le chemin de la vie ? Pourquoi n'étais-je pas d'accord avec Robledo ? Pourquoi ne pas penser, tout simplement, que ce qui doit arriver arrive ?

*

Toulouse semblait ne pas avoir changé depuis notre dernière visite. Nous prîmes un hôtel face à la rivière et pendant que mon oncle et madame Cavent se reposaient, je m'habillai en femme, pris le coffret contenant mes bijoux et me rendis chez mon avocat, que je ne connaissais que sur le mode épistolaire. Comme il était mon exécuteur testamentaire et avait été la personne de confiance de tante

Margot, j'avais toujours pensé que c'était un vieillard aux doigts tachés d'encre, portant une redingote parsemée de pellicules, à l'éloquence très provinciale. Mais l'homme qui me reçut dans son bureau n'avait pas plus de quarante ans et, sans être vraiment beau, il avait un charme remarquable.

– Ah ! Madame Renaud, asseyez-vous, je vous en prie, dit-il après un élégant baise-main.

Il arborait un beau sourire.

– Monsieur Joseph Lebrun ? demandai-je, incrédule.

Il acquiesça, et je me souvins alors que le nom de l'entreprise était Lebrun et fils. Il s'agissait sans doute du fils de l'ami de tante Margot. Comment va votre père ? demandai-je en m'asseyant, avec l'intention de lui dire que je préférais traiter avec Lebrun père.

– Mon père ? dit-il surpris. Mon père est mort il y a plus de sept ans... Je vous avais écrit pour vous faire part de ce triste événement.

– Oh ! Pardonnez-moi ! Je ne savais pas... Je suis désolée... C'était un des meilleurs amis de ma tante. Vraiment, je regrette... Quant à votre lettre, je ne l'ai jamais reçue. Ce qui explique ma confusion.

– Vous n'avez pas à vous excuser, dit-il en faisant un geste de la main. Ce n'est pas la première fois que mes lettres se perdent, particulièrement quand elles sont adressées à l'étranger. À cette époque, vous viviez en Bavière, à Munich... Peu après la mort de mon père, je suis intervenu pour les formalités de votre dot, une opération triangulaire avec un banquier de Vienne... Kessler, c'est cela ?

– Mon Dieu, maître, quelle mémoire vous avez, m'exclamai-je, impressionnée.

– Oh, non. Au contraire, j'oublie tout. Mais il y a une semaine, lorsque j'ai appris votre visite, j'ai relu tous vos papiers, dit-il en indiquant un coffre-fort près de la bibliothèque. Votre locataire, monsieur d'Alencourt, voudrait prolonger la durée de son bail jusqu'à cinq ans. Si vous avez décidé de vous fixer à Paris, cela me semble opportun ; on peut augmenter un peu le loyer. J'ai préparé tous les documents nécessaires, ainsi que le montant de vos loyers cette année. Au fait, je viens de liquider un billet à ordre pour une valeur de sept mille francs. Mais dites-moi, en quoi puis-je vous être utile ?

– Mon testament, maître. Je voudrais profiter de mon séjour à Toulouse pour faire mon testament, et vous remettre mes bijoux. Je suis seulement de passage. Nous allons en Espagne. J'accompagne mon oncle et son épouse. Je ne sais pas si vous avez le temps.

– Je vous félicite, madame, dit-il en m'interrompant. C'est une décision intelligente. Vous savez, peu de personnes de votre âge se rendent compte que nous ne sommes pas éternels. Surtout s'il s'agit de personnes, comme c'est votre cas, belles et en pleine santé.

Je le remerciai de son compliment d'un sourire stupide. Il y avait si longtemps que personne ne m'avait fait la cour que j'avais oublié le langage de la coquetterie. Mais j'étais assez séduite pour le scruter profondément dans les yeux. Son charme résidait dans sa manière de regarder. Rien ne semblait pouvoir lui échapper. Ses yeux noirs de méridional observaient avec l'acuité des francs-tireurs de la Grande Armée. Ces derniers avaient pour mission de tirer sur des cibles généralement désignées par des officiers haut gradés : des lieutenants au galop, des voitures chargées d'explosifs... Ses mains aux longs doigts habiles se mouvaient délicatement de haut en bas, de droite à gauche, parlant leur propre langage qui rendait les paroles superflues. Il portait un anneau de femme à l'auriculaire, et j'imaginai qu'il était peut-être veuf. C'était un bon acteur, avec pour scène ce bureau meublé sobrement, tout en acajou et en bronze, les rideaux vert olive, les ouvrages de droit, une horloge ancienne de marine, le grand portrait d'une très belle femme vêtue à la mode du Directoire, dans un style très proche de celui de David. Très vite je sentis mes mamelons se dresser. Sans baisser la tête, je les regardai derrière mes cils. Ils étaient pour le moins éloquents, surtout le gauche.

– Eh bien, madame, ai-je mérité votre approbation ?

– Que voulez-vous dire, monsieur ? demandai-je sèchement pour cacher ma honte d'avoir été découverte – ma vérification n'était pas passée inaperçue.

– Votre approbation comme avocat. De quoi d'autre pourrait-il s'agir ?

– Bien sûr, maître. Après tout, nous nous sommes beaucoup écrit pendant toutes ces années. Nous sommes de vieux amis, concédai-je.

– Vous me parliez de votre testament. Mais avant de vous écouter, je dois vous prévenir que quels que soient les bénéficiaires que vous désignez aujourd'hui, vous pouvez décider de les remplacer par d'autres la semaine prochaine, ou quand vous estimerez cela opportun. Seul le dernier document rédigé a valeur légale.

– C'est entendu, monsieur Lebrun. Je vous dirai... Mes bijoux, ceux que je vous remettrai demain et qui resteront sous votre garde, je les laisse à Anne Cavent, l'épouse de mon oncle. Voici son adresse à Blois, où vit actuellement sa mère, dis-je en lui tendant un papier. Et quel qu'en soit le montant, l'argent en ma possession ou que vous garderez en mon nom doit être remis au couple Manche, Pierre et Françoise. Peut-être avez-vous déjà leur adresse.

– Oui, oui, je l'ai, dit-il en cherchant dans une pochette en cuir. Je prends souvent la voiture de monsieur Manche lorsque mes affaires m'obligent à me rendre dans d'autres villes. Monsieur Manche est un excellent cocher. Je dois dire que je l'apprécie beaucoup. Il parle souvent de vous. Ce ne serait pas exagéré de dire que quand je vous ai vue entrer dans mon bureau, j'avais l'impression de vous connaître déjà.

– Je l'apprécie tout autant, dis-je. Nous avons fait la guerre ensemble. Ensuite, il s'est occupé du théâtre ambulant que nous avions en Allemagne.

– Le Théâtre nomade, dit Lebrun. Et sa main décrivit un large cercle comme s'il présentait un numéro de cirque. Ah, madame. Ici, nous sommes beaucoup à envier votre vie. Vienne... Berlin... Varsovie... la Rhénanie... la Westphalie, la Bavière, Baden-Baden, et bien sûr Paris, ces dernières années. Et moi, modeste avocat de province. Je n'ai pas remis les pieds à Paris depuis mes années d'étudiant.

– Croyez-moi, maître, ma vie a été plus dure que vous ne le pensez.

– Sûrement, madame Renaud. Pardonnez mon manque de tact, dit-il en posant la main sur son cœur. Je vous comprends, moi aussi je suis veuf, ajouta-t-il, fixant son regard sur mon indomptable mamelon, pour ensuite fermer l'œil à moitié comme s'il pointait un fusil.

Et sa main désigna alors faiblement le portrait :

– Ma femme... il y a de cela des années.

– Elle est très belle, monsieur. Je regrette sa disparition. Quel bonheur d'avoir pu conserver son image. J'ai l'impression que le peintre lui a rendu justice.

– Le tableau vous semble bon ? dit-il.

Il abandonna son siège pour s'approcher de la peinture, puis recula de quelques pas et l'examina attentivement, comme s'il ne l'avait jamais vue.

– C'est l'œuvre d'un artiste authentique, assurai-je.

– Merci, madame. C'est moi qui ai peint ce portrait, me dit-il avec un sourire triste, s'efforçant de ne pas poser son regard sur ma poitrine.

Sa confession m'impressionna. Sur le moment, je ne pus faire aucun commentaire. Je dis finalement :

– Comment est-il possible qu'un artiste de ce talent ait changé de profession ?

Si j'avais été vraiment sincère, je lui aurais demandé pourquoi il avait échangé ses pinceaux et sa palette pour s'occuper de choses aussi prosaïques que l'administration de biens immobiliers.

– Madame, je n'ai jamais été un véritable artiste, je ne suis pas peintre de profession. J'ai étudié jeune à l'Académie. Mais mon père m'a fait comprendre l'intérêt de travailler avec lui ici. Je voulais me marier, avoir une famille. Je suppose que vous connaissez la vie précaire de ceux qui vivent de l'art.

– Je vois. Vous avez peint cette toile à Paris ? dis-je, éprouvant de la curiosité pour son passé.

– Oui. Ce fut mon dernier tableau. J'ai juré ensuite de ne plus jamais peindre.

– Vous avez des enfants ?

– Camille, qui a déjà quatorze ans. Mais revenons à votre testament. Quant à vos biens immobiliers...

Je sentis la réticence qu'il avait à continuer à parler de sa vie.

– Je pense que le mieux est de laisser toutes mes propriétés à mon oncle Charles Henri Cavent, dis-je. Mais à une condition.

– Je vous en prie.

– Qu'à sa mort, le château devienne une école pour filles de vétérans invalides, financée grâce au produit de mes terres. L'école doit être dirigée par une femme capable... Autre chose.

Je voudrais acheter avec l'argent de mes rentes la maison qui me sert de domicile à Paris, celle de la rue du Faubourg-Saint-Honoré. Ce n'est pas urgent. La location est payée jusqu'au mois d'avril. Cette maison, je la laisse à madame Nadejda Ivanovna. La seule chose avérée que je sais d'elle est qu'elle travaillait comme infirmière à l'hôpital militaire de Smolensk. Je vous prie de la chercher et de lui dire que je serai toujours à sa disposition. De plus, j'ai dans cette maison un tableau qui représente une femme avec un gilet. Je veux qu'il soit accroché dans l'école.

– Très bien, madame Renaud. Permettez-moi une question : qui héritera de la maison si madame Ivanovna est introuvable ?

– Mon oncle, mais je vous supplie de faire tout votre possible pour retrouver madame Ivanovna. Si vous manquez de fonds pour voyager à Paris, cela sera à ma charge.

– Je ferai l'impossible pour la trouver. Et maintenant, en ce qui concerne l'école... Il faut nommer un conseil d'administration.

– C'est-à-dire ?

– Des personnes qui s'occupent d'administrer les terres, d'entretenir l'édifice, d'embaucher la directrice et le personnel de l'école, et surtout de veiller à ce que tout fonctionne bien.

– J'aimerais que vous présidiez ce conseil et qu'il soit organisé selon vos vues.

– Merci, madame Renaud... Je suis vraiment très honoré de votre confiance. Mais si je viens à disparaître ?

– Que dites-vous, maître Lebrun ! Vous ne pourriez pas désigner une personne sérieuse pour se consacrer à cette charge ?

– Je pourrais, seulement vous devez me donner une autorisation pour le faire.

– Oui, oui, bien sûr. Je pensais que c'était plus simple que cela de faire un testament, protestai-je.

– Ce n'est pas aussi compliqué qu'il y paraît, dit-il, balayant la difficulté des formalités légales d'un geste insouciant de la main. Devant la loi, les choses doivent être précisées le plus clairement possible. À présent, tout est en ordre. Vous pouvez passer demain dans l'après-midi pour signer le testament, l'inventaire de vos bijoux et le contrat de votre locataire, dit-il d'un ton qui semblait annoncer la fin de notre conversation.

Mais il ajouta immédiatement, comme s'il voulait que je reste un peu :

– Voulez-vous que je vous donne plus de détails ? Puis-je vous aider pour autre chose ?

– Merci, maître Lebrun, dis-je en me levant. Je suis heureuse d'avoir fait personnellement votre connaissance. Je vais réfléchir au nouveau contrat de location. Cinq ans... je ne sais pas. J'aimerais peut-être revenir à Foix avant.

– Tout le plaisir est pour moi. J'ai pu constater que le fascinant portrait dû à mon imagination correspondait en tout point à l'original.

– Dans ce cas, vous pourriez me peindre sans que je sois présente ?

– Peut-être, dit-il en parcourant les traits de mon visage de son regard intense. Mais je vous l'ai déjà dit...

– Revenir à la peinture pourrait soulager votre peine, répliquai-je en tentant moi aussi de prolonger notre entretien.

Je sentais qu'avant de m'en aller, je devais m'assurer qu'il n'était pas l'homme de mon pressentiment.

– Ma peine m'accompagnera tant que je serai vivant, murmura-t-il en regardant maintenant le tableau.

– Mais vous avez une fille, quelqu'un pour qui vivre.

– Je ne nie pas que plus d'une fois j'aie eu envie de reprendre le pinceau et de peindre pour la centième fois notre célèbre pont... et aussi de me remarier. Mais si cela doit arriver, le moment n'est pas encore venu.

– Je comprends, dis-je déçue.

Je me retournai doucement vers la porte en lui donnant le temps de l'ouvrir.

– Une dernière chose, savez-vous quelle œuvre se joue au théâtre ? J'aimerais voir quelque chose d'intéressant avant de quitter la France. Je vous saurais gré aussi de me donner l'adresse d'un bon restaurant pour dîner.

C'était mon dernier essai. S'il m'invitait, Joseph Lebrun pourrait être mon deuxième mari.

– Pour ce qui est du théâtre, je ne peux rien vous dire. J'assiste de temps en temps seulement à une représentation. En sortant, vous pouvez demander à Ducharme, mon assistant, lui saura, son frère est régisseur. Quant au dîner, je vous recommande la Chasse aux sangliers, juste au coin. Quoique, si vous le voulez bien, je serais honoré, si vous me le permettez, de vous inviter. Mais non, excusez-moi, dit-il en reculant jusqu'à son bureau. Je dois ce soir recueillir le testament de madame Larraz, elle est déjà très malade, la pauvre.

Maintenant que je t'extirpe de mes souvenirs, je vois combien tu as été près de m'ouvrir un autre destin, Joseph Lebrun. Nous avons été sur le point de partager cette nuit-là un cassoulet avec du vin d'Avignon, de parler des heures et des heures, et j'aurais vu ta main voltiger comme une alouette jusqu'à la sentir sur la mienne, étendue sur la nappe, s'offrant à tes caresses, tes yeux fixant mon mamelon, le couvant pour qu'il ne s'échappe pas... Ah, Joseph Lebrun, quel dommage que tu n'aies pas voulu te mettre sur mon chemin, cela aurait été si facile pour moi de déserter cette nuit-là, de dire à oncle Charles que je demeurais à Toulouse, où j'allais me marier, car j'avais rencontré le pressenti, le mari et père... et nous aurions fait tant de choses ensemble, tu m'aurais peinte avec nos enfants et Camille, je t'aurais accompagné pour tes affaires, Montauban, Carcassonne, Montpellier, Nîmes, Pierre nous emmenant dans sa voiture, et nous aurions passé les dimanches à Foix, je t'aurais montré le bois et mon cercle magique au gazon soyeux, avec ses pissenlits, et nous aurions passé là les fêtes et Noël, peu à peu tu te serais habitué à vivre sans la ville, d'abord tu aurais cessé de travailler les lundis, puis les mardis, et avec le temps tu aurais laissé Ducharme se charger de certaines affaires, et plus tard, supposant qu'il se marierait avec Camille, comme c'est l'habitude en province, tu lui aurais cédé une partie du cabinet, et tu aurais consacré ton temps à peindre l'Ariège et la Garonne, les falaises et les ruisseaux, les étroites vallées des Pyrénées, les villageoises et leurs coiffes, et les napperons à fleurs, les gitanes qui disent la bonne aventure et dansent en montrant les couleurs de leurs multiples jupes, et les muletiers, et les colporteurs, et les contrebandiers, pistolets à la ceinture et escopette à l'épaule, qui vont avec ciseaux, couteaux et poignards à Marseille, et qui reviennent avec du touron, des pâtes d'amande, des foulards et des charentaises d'Aragon.

Ce ne fut pas cette seule nuit qui nous perdit. Il y eut aussi le jour suivant. Parfumée et apprêtée comme jamais (j'avais peigné et repeigné ma perruque et portais un décolleté qui dévoilait mes seins presque entièrement), j'entrai dans son bureau pour signer les papiers. Je sais aujourd'hui que j'étais prête à sauter le pas à tout instant. Tu gardas le silence pendant la signature du testament et l'inventaire de mes bijoux. Une fois les témoins retirés, il ne restait plus qu'à signer le contrat de Foix. Je sais que tu avais choisi ce moment pour avancer tes pions, et moi pour avancer les miens. Je laissai la plume en suspens. « Cinq années sans revenir à Foix », dis-je, et je levai les yeux dans l'attente d'un mot, d'un geste, ou d'un simple regard. Je sais que tu pensas retirer le papier et me proposer n'importe quoi, un café sur la place, une promenade en voiture. Mais tu demeuras coi, la bouche entrouverte, la main suspendue en l'air, avec un regard de pure impuissance ; tu demeuras là, à jamais silencieux, voyant chaque lettre tracée de mon nom nous éloigner, debout face à ta femme, qui fut plus forte que moi... Si tu savais, Maître Lebrun, comme tu fus proche de changer ma vie !

*

Françoise avait grossi. Elle avait eu un fils à peine un mois auparavant. Deux jeunes filles travaillaient dans la première pièce de sa maison – remplie de bouts de toile, de bobines de fil, de boîtes à boutons, de patrons en papier journal et de robes suspendues à des cintres. Dans un coin, derrière un rideau, un large miroir fixé à la paroi et une vieille femme courbée en deux, qui essayait une robe de deuil. Ensuite la chambre à coucher, l'énorme lit en bois de chêne, très ancien, sans doute datant d'une auberge du temps de Louis XIV. À côté, le berceau. L'enfant dormait sur le flanc et sa chevelure rousse contrastait avec le blanc du drap. Toute proche, une petite cour avec un figuier, quelques pots de fleurs, du linge, des couches étendues, et au fond la petite cabane des toilettes. La dernière pièce était la cuisine, avec sa bonne odeur d'herbes et d'ail. Françoise mit sur la table un plateau avec du fromage, du pain, des verres et une bouteille de vin.

– Comment s'appelle l'enfant ?

– Pierre-Henri. Pierre pour son père et Henri, devine à cause de qui ? sourit-elle. Je n'ai pas de lait. Je l'élève avec du lait de chèvre un peu dilué. On dit que c'est bon pour l'estomac. Cela lui plaît.

– J'en suis ravie. Te voilà mère, Françoise. Cela ne te semble pas incroyable ?

– Au début, j'avais peur. Je n'y avais jamais pensé... Mais maintenant, Henriette, maintenant je suis vraiment contente de l'avoir eu. Et Pierre est fou de lui. En réalité cela ne va pas mal ; lui avance avec sa voiture, moi avec mon atelier et mon enfant. Tu seras épouvantée d'apprendre que je ne lis presque plus, pas même le journal. Je travaille dix fois plus qu'avant. Mais tout est à moi. Et cela je te le dois, dit-elle en me prenant la main et en l'embrassant. J'ai pourtant une mauvaise nouvelle. Ils ont appelé Pierre pour le service. Il doit se présenter dans quatre jours. Ils ont recruté beaucoup de gens.

– C'est comme ça cette fois-ci, dis-je presque pour moi, pensant que, une fois l'année écoulée, il ne resterait quasiment plus d'hommes en France. Résigne-toi, Françoise, il n'y a rien à faire.

– Détrompe-toi. Pierre est de Foix. Il connaît les Pyrénées. Il a un frère contrebandier. Je crois qu'il sera mieux dans la montagne, en Andorre ou même du côté espagnol. Ses idées ont changé. Il est à nouveau républicain. Ah ! Henriette ! Je ne sais quoi lui conseiller. Il me demande mon avis et je ne sais que lui dire. Qu'en penses-tu ?

– Fais ce que te dit ton cœur. Mais sache que la désertion est châtiée durement, dis-je après avoir mordu un morceau de pain. À quelle heure arrive Pierre ? Je ne voudrais pas partir sans le saluer. Et aujourd'hui moins que jamais.

– Il rentre presque toujours pour dîner. Tu dînes avec nous, n'est-ce pas ?

– Je crains que non. Je me suis engagée à passer la soirée avec mon oncle et sa femme, madame Cavent. Nous devons nous retrouver à la Chasse aux sangliers.

– Ils ont le meilleur foie gras de la ville. Delanoix est un très bon cuisinier. Je ne te l'ai pas encore dit, mais tu dois manger plus. Tu es toute maigre.

– C'est l'uniforme. Et la queue-de-cheval affine le visage.

– Ce n'est ni l'uniforme, ni la coiffure. Je te connais depuis que tu es enfant.

– C'est aussi la campagne de Russie. Une histoire trop longue et trop triste. Tu te souviens du comte Lubomirski ?

– Comment pourrais-je ne pas m'en souvenir ? Il préférait les écrivains anglais à Chateaubriand.

– Il est mort.

– Foutue guerre ! dit-elle. Eh bien, tu vois, j'ai décidé. Pierre va déserter.

– Mais aujourd'hui il est là, dit Pierre en entrant par la porte de la cuisine.

Nous parlâmes un long moment. Pierre avait des informations fiables sur ce qui se passait en Espagne. La nuit précédente, il avait rencontré son frère Jacinthe dans la maison de sa mère. Selon lui, il était impossible de gagner cette guerre.

– L'Andalousie est déjà perdue et les montagnes d'Aragon et de Navarre regorgent de résistants, je sais que Jacinthe va se joindre à eux. Qui plus est, le mois prochain, l'Anglais traversera le Douro et la campagne de printemps commencera. Le roi Joseph l'attend à Valladolid mais il sera défait. Il n'a pas le soutien du peuple, seulement celui des riches. Si j'étais vous, madame, je n'irais pas à Madrid. Madrid n'est rien, la ville a été prise une fois et le sera une deuxième.

La perspective de me voir impliquée dans une nouvelle défaite me préoccupa immédiatement, bien que je fusse convaincue que Pierre, ou plus exactement son frère, exagérait la situation.

– Mais nous avons deux cent mille soldats en Espagne ! protestai-je.

– Et combien y en a-t-il de sûrs ? Je ne sais pas, répondit Pierre. Mon frère dit qu'ils sont dispersés dans les villages et dans le maquis, seule manière pour eux de pouvoir rester en contact.

Même si je ne partageais pas entièrement son pessimisme, il suffisait de voir son front plissé, ses épais sourcils gris lui recouvrant quasiment les yeux, pour comprendre que l'Espagne était pour lui une affaire sérieuse, et que la sorte d'excursion printanière que mon oncle imaginait n'avait rien à voir avec la réalité. D'après Pierre, les insurgés espagnols ressemblaient aux bandes de

Cosaques : ils attaquaient les convois, les volaient, faisaient des prisonniers et se retiraient. Selon lui, il y avait des guérillas dans toutes les provinces d'Espagne. Je me rendis compte qu'il aurait beaucoup mieux valu que Pierre conduise notre attelage plutôt que cet insouciant Italien qui nous avait emmenés à Toulouse. Les avantages étaient évidents : en plus de faire quasiment partie de la famille, il parlait espagnol et connaissait les chemins des Pyrénées. De plus, son frère Jacinthe avait des relations avec les insurgés, et les contrebandiers pourraient nous être utiles à un moment crucial. Comme j'étais sûre que mes arguments allaient convaincre oncle Charles, je lui proposai de nous accompagner. Pendant un moment, il resta silencieux, baissa la tête et commença à émietter le pain avec ses doigts, ridés et calleux d'avoir tant tenu les rênes. Ce fut Françoise qui parla la première :

– Fais ce que tu veux, mais pense à notre fils.

Après avoir vidé son verre et s'être éclairci la gorge, Pierre me regarda :

– Madame Henriette, si vous me le demandez, je vous suivrai jusqu'aux enfers. Mais si vous me laissez choisir, je préfère cette fois-ci ne pas aller avec vous. J'ai mes idées. Je vais vous les dire et vous me pardonnerez si ce ne sont pas les vôtres. Le tyran qui nous gouverne n'a rien fait de mieux pour la France que les rois et les nobles avant lui. Nous, les pauvres, sommes toujours aussi pauvres, et ce qui est pire, cela fait des années que nous mourons comme des mouches. C'est la même chose en Russie qu'en Espagne. Je crois en la République, en la liberté de ceux qui labourent la terre, celle des gens comme nous, moi et Françoise, qui travaillons pour vivre. Je vous parle à cœur ouvert. Je préfère m'en aller comme déserteur dans les montagnes que de bouger un doigt pour Napoléon.

Et se retournant vers Françoise, il laissa parler son orgueil de villageois :

– Parbleu, à notre fils, je lui laisse mes idées !

Nous dînâmes à la Chasse aux sangliers. Madame Cavent désirait goûter un plat régional et demanda un cassoulet. Je ne relatai naturellement pas à oncle Charles la conversation que j'avais eue avec Pierre et Françoise. Pourquoi susciter une discussion inutile, sachant qu'aucun argument n'allait changer ses opinions sur l'Espagne ? Me voyant pensive, il interrompit la discussion gastronomique animée qu'il avait avec madame Cavent : « Oublie la Russie. Les campagnes, il faut les oublier, afin que la prochaine soit comme si c'était la première. Nous avons déjà beaucoup ruminé la défaite de Moscou. Ce qui a été perdu et enterré doit le rester. Le printemps est là. Après-demain, nous entrerons sur la terre du meilleur jambon du monde. »

*

Nous restâmes peu de temps à Barcelone : mon oncle avait appris avec déception la crise qui ébranlait le trône du roi Joseph ainsi que la mauvaise guerre que menait l'Espagne contre nous, et il souhaitait arriver le plus tôt possible à Madrid. L'hôpital militaire de Barcelone était situé à l'ouest de la ville, dans un grand couvent de bénédictines appelé les *Jonqueres*, près de la muraille. Tout y était propre et en ordre. Il y avait quelques cas de fièvre et des blessés par gourdin ou à l'arme blanche, ce qui lui donnait un air d'hôpital civil. Cependant, en terminant notre visite, le chirurgien-chef, un homme portant des lunettes et un uniforme amidonné, dit à mon oncle alors que nous parcourions les salles :

– Ne vous y trompez pas, inspecteur, en Catalogne, on nous déteste comme dans toute l'Espagne. Malgré le décret d'annexion, nous sommes loin d'être en France. Je dois vous signaler que certains de nos préfets doivent prendre possession par la force de leurs postes. La réserve de poudre de Lérida a été dynamitée il y a quelques mois, et ici, à Barcelone, la garnison de la citadelle a été empoisonnée. De l'arsenic dans le pain de la ration ! Par chance, il n'y eut que des vomissements et des cas de diarrhées, mais cela nous a bien préoccupés. Il est vrai que la ville est pacifiée et que certaines familles influentes collaborent avec le gouvernement civil, mais elles le font en grondant de mécontentement : le blocus anglais a paralysé le trafic avec l'Amérique et entraîné des faillites. Régulièrement, on retrouve des soldats blessés, poignardés dans une ruelle. D'un côté, l'intendant Chauvelin dit aux Catalans, pour gagner leur confiance, que leurs coutumes sont semblables aux nôtres. De l'autre, nous avons investi leurs églises et leurs couvents pour les utiliser comme baraques, magasins, étables, oubliant qu'ici la religion est dix fois plus présente qu'en France. Aussi nous avons deux ennemis à affronter : la junte et la sainte Trinité. Sans compter la Vierge de Montserrat, qui, en plus d'être miraculeuse, semble être encore plus patriotique que sa sœur de Saragosse.

– Les chemins pour Madrid sont-ils sûrs ? demandai-je, espérant qu'une réponse négative dissuaderait oncle Charles de continuer le voyage.

– Aucun chemin espagnol n'est sûr la nuit. Les risques sont moindres de jour, à condition toutefois de voyager avec une escorte militaire fournie. Et même ainsi, il y a de temps en temps des embuscades. Je dois vous avouer que chaque fois que je sors de Barcelone, je ne suis pas en paix. Cela va vous arriver.

– Monsieur, vous parlez à des vétérans de Russie, dit mon oncle, piqué au vif.

Et après avoir salué froidement le chirurgien, nous nous dirigeâmes à pied vers le palais où nous résidions.

En voyant que sa jambe boitait de plus en plus, je proposai à oncle Charles de s'asseoir sur un banc du parc. Je ne l'avais jamais vu aussi contrarié, même dans les pires moments de la campagne de Russie. Il se laissa tomber sur le banc, la respiration agitée. Au bout d'un moment, il dit :

– Tout à l'heure, en marchant, j'ai réfléchi... Il semble que la route pour Madrid ne soit pas sûre... Ne me prends pas pour un idiot. Je sais que tu n'as pas envie de continuer le voyage... je ne te jette pas la pierre. Il y a aussi madame Cavent... Je me faisais une autre idée. Les choses ne sont pas comme je le croyais. Hier soir, j'ai discuté avec les gardes du Palais. Tu connais les rumeurs... L'Empereur a ordonné au roi Joseph d'abandonner Madrid. C'est au nord que se livreront les batailles... Wellington. Je connais Wellington. Je lui dois ma jambe qui boite... Madame Cavent n'est pas faite pour la guerre. C'est de ma faute. J'imaginais autre chose. Que veux-tu que je te dise ? Je me suis trompé. Tu le sais. Je suis un soldat comme Larrey, comme le furent Robert et Alfred. Madame Cavent n'a pas fini d'en souffrir. Ma vie, c'est la guerre. Ils m'ont décoré pour cela. Et j'ai des ordres... Organiser à Madrid l'inspection des hôpitaux. Que le roi Joseph retourne ou non à Madrid, ce n'est pas mon affaire… Bien qu'une fois que nous aurons vaincu les Anglais… Enfin, Henriette, fais ce que tu veux. Je dirai la même chose à madame Cavent. Tu pourrais repartir avec mon attelage.

« Fais ce que tu veux », répétai-je en moi-même. Mais que désirais-je ? Certainement pas aller à Madrid, une capitale abandonnée qui ne valait pas les risques du voyage. Et encore moins y rester. Si la guerre éclatait au nord, les Anglais pourraient couper notre retraite, et je savais par expérience comment étaient traités les prisonniers. L'instinct m'appelait là où était le roi Joseph. Avec lui devait se trouver le gros de l'armée. S'il était vaincu, il se retirerait à travers les Pyrénées. Il n'y avait aucun doute : c'était pour moi le meilleur moyen de revenir en France. Sinon, si je me pliais aux insinuations de mon oncle, je devais déserter, m'habiller en femme, accompagner madame Cavent à Paris, abandonner mes études alors que c'était ma dernière année et me mettre à chercher un mari dans les bals. Non merci. J'eus encore ce pressentiment, plus fort que jamais, qu'un homme m'attendait en Espagne. Peut-être était-ce à Madrid après tout ? Je finis par briser ce long silence.

– Si vous essayez de me conseiller de retourner rue du Faubourg-Saint-Honoré avec madame Cavent, j'ai le regret de vous dire que je ne le ferai pas. Moi aussi je suis un soldat, et j'ai des ordres. Mes ordres sont de vous suivre. Si vous avez envie de rester à Madrid, je resterai là-bas avec vous, bien que je pense que notre place est au sein de l'état-major du roi Joseph.

J'ai rarement vu une personne changer d'humeur en si peu de temps. La figure de mon oncle s'illumina d'un sourire qu'aurait pu envier Fauriel.

– Tu es un bon soldat, Henriette, me dit-il en me passant le bras autour de l'épaule. Avec des gens tels que toi et moi, nous perdrons peut-être des batailles, mais jamais une guerre.

*

Après un voyage ponctué de rumeurs défaitistes, que nous fîmes en grande partie avec un convoi chargé d'acheminer de l'argent depuis Valence, nous arrivâmes à Madrid au milieu du mois de mai. Madame Cavent ne nous accompagnait pas. Mon oncle lui avait fait comprendre qu'il était plus prudent de rester à Barcelone où une muraille et des fortifications protégeaient la ville.

Madrid me rappela un peu Moscou. Un Moscou sans coupoles, bien sûr, mais la ville, en dépit de ses palais et de ses avenues, avait quelque chose d'un grand village. Je la trouvai plutôt sale, les jardins peu entretenus, ici et là des morceaux de miroir, une guitare sans fond, une pile d'assiettes cassées, témoignant des différents pillages subis – français, anglais, même les Madrilènes y avaient pris part. Il n'était pas nécessaire d'être du pays pour se rendre compte que seuls le désordre et le provisoire régnaient, ce qui contraria immédiatement mon oncle.

Le général Leval, chef de la garnison, nous prit pour des fous voulant lui faire croire qu'ils avaient voyagé depuis Barcelone dans le seul but d'organiser, depuis Madrid, l'inspection des hôpitaux de toute l'Espagne. « Ici, cela n'a jamais été Paris. Il n'y a rien à organiser sinon la retraite. L'état-major général et les archives se trouvent à Valladolid et j'attends l'ordre d'unir mes forces à celles de sa Majesté d'un instant à l'autre », dit-il d'un ton âpre. Puis il se rendit compte que nous pouvions être utiles aux travaux d'évacuation, et il ajouta, s'adressant à mon oncle : « Nous avons besoin d'hommes d'expérience comme vous. Je vous nomme chef intérimaire des services médicaux de mes troupes. Occupez-vous de réquisitionner les voitures nécessaires au transport de nos malades et de nos blessés, et faites en sorte que tout se passe le mieux possible et avec ponctualité. » Sans rien ajouter de plus, il nous envoya, avec un aide de camp, rendre visite au général Hugo, le gouverneur. L'ordre d'évacuation arriva à la fin du mois et le matin suivant nous nous mîmes en marche. La mauvaise humeur de mon oncle empira quand il reçut la nouvelle que Wellington avait pris Salamanque et qu'il menaçait Madrid par son flanc sud et Valladolid par le nord. Depuis lors, il ne m'adressait qu'à peine la parole. J'observai avec inquiétude qu'il n'arrêtait pas de boire, au point qu'à la nuit tombée, il était complètement saoul. Il travailla très peu dans les hôpitaux, se limitant à demander le nombre de blessés qui étaient transportables dans les voitures fournies par le gouverneur. Une fois les ambulances pleines, il se désintéressa de tout. Il prit pour lui un grand attelage où, en plus de deux jambons et de nombreuses caisses de bouteilles de vin, il installa la veuve d'un fonctionnaire royal, qui sans préambule avait accepté d'être son amante. Ne me sentant pas invitée à partager cette intimité, je trouvai une place dans une ambulance qui transportait sept blessés et un chirurgien-major avec sa bibliothèque. Les dernières familles françaises de Madrid suivaient l'infanterie de Leval, ainsi que de nombreux ministres et courtisans espagnols qui avaient servi le roi Joseph. Le peuple les appelait « les francisés » et les haïssait encore plus que nous, les envahisseurs : attitude habituelle envers ceux qui ont trahi la patrie. Ils avaient refusé de quitter la ville lors des convois de mars et d'avril. Ils se souvenaient de leur misérable retraite au printemps précédent, lorsque Wellington avait marché sur Madrid, et avaient attendu la dernière minute pour partir, avec l'espoir qu'ils n'auraient pas à fuir de nouveau. Ce fut cependant le cas, et maintenant, voyageant en voitures, attelages, mules et chevaux avec ce qu'ils avaient de plus précieux – y compris les laquais et les nourrices –, ils se disposaient à traverser la sierra de Guadarrama au milieu des sanglots et des lamentations. Est-il nécessaire que je donne les détails de cette retraite, que je narre la lenteur insupportable de la marche, des voitures retournées sur les chemins, des enfants mendiant à boire et à manger, l'incertitude et la pénurie dont nous avons souffert pendant quatre longues semaines ? Je ne crois pas. Je crois que l'Histoire se répète sans la moindre réserve, mais j'ai lu suffisamment pour savoir que les romans ne doivent pas abuser des lieux communs, et encore moins des répétitions. Cela peut paraître étrange que je me mette à parler de roman et non plus de mémoires. Mais après avoir relu mes papiers calmement pendant une semaine, je n'ai eu d'autre solution que de me prescrire un reconstituant puissant et de me reposer près de la fenêtre, comme si j'étais une plante ayant besoin de lumière. J'ai fini par conclure que ce manuscrit que j'écris de façon obsédante, que je coupe, recoupe en parties, en sections, que je relis et corrige, que j'ajuste et réajuste, est finalement une fiction. Regardez : j'ai entraîné dans l'oubli des centaines de personnes, amies ou ennemies, qui n'ont pas réussi à acquérir la carrure d'un personnage ; j'ai supprimé des expériences impossibles à raconter, des épisodes et des impressions qui, trop denses, auraient fait de l'ombre à certains passages que je voulais mettre en valeur ; j'ai imaginé des dialogues qui n'ont jamais eu lieu, et j'ai reconstruit minutieusement des scènes sur la base de souvenirs si ténus qu'ils pourraient être des rêves ; j'ai caché, comme quelqu'un qui cache des saletés sous un tapis, mes hypocrisies et mes petitesses, qu'il m'a paru imprudent de dévoiler. N'ai-je pas tu par exemple que pour me venger de Robert, j'avais couché un après-midi avec Constant, son meilleur ami, et que j'avais laissé de longues journées Andrea et Piet Vaalser me lécher de la tête aux pieds dans la pénombre de ma voiture, et que Fauriel et moi, en plus de vivre d'abord comme des camarades, avions fini comme mari et femme jusqu'au jour de sa désertion ? J'ai tu tout cela et d'autres aventures douteuses. Pourquoi ? Je l'ai fait – maintenant cela me semble clair – pour être la femme que je n'ai pas réussi à être vraiment, pour me présenter selon mon goût et ma manière devant toi, qui as acheté mon livre avec l'intention de te divertir ; je l'ai fait pour survivre comme protagoniste de ma propre histoire, pour équilibrer ma conduite, comme si je marchais avec une perche sur une corde, entre deux chutes mortelles. Dans les romans, les héroïnes pèchent par trop d'indécence ou trop de vertu. Il s'agit pour moi de prendre la bonne inclinaison : vers la droite ou vers la gauche, Jane Eyre ou madame Bovary, même si dans le fond c'est la même chose : nous sommes toutes des saltimbanques de papier, ou, mieux, des prostituées complaisantes à dix francs la lecture. Il n'est pas trop tard pour me livrer au tribunal de l'édition. Je garde dans un tiroir tous mes brouillons, et il me serait facile de ressusciter le matériel que j'ai censuré. C'est que, sans en avoir conscience, j'ai choisi un chemin qui se prête plus à la fiction qu'aux réalités que j'ai connues, et je ne vois aucune raison d'en changer. Je préfère m'embellir un peu avec les parures de la fable et me déployer selon les préceptes de Tom Jones ou de Gil Blas plutôt que de briller avec l'inconsistance et l'irrémédiable complexité des êtres de chair et d'os. Pour finir, les seules lignes spontanées qui seront imprimées sont celles que j'écrivis quand, expulsée de La Havane, je partis pour La Nouvelle-Orléans ; ce sont des notes qui, comme le petit médaillon contenant le portrait de tante Margot, semblent posséder une volonté propre qui les pousse à ne pas dévier, à survivre de manière tenace à travers les années et la poussière des chemins. En hommage à leur persévérance, je les donnerai à Milly pour qu'elle les recopie. Je déciderai plus tard de les mettre au début ou à la fin de ce manuscrit.

20

Les troupes anglaises avaient pris une telle avance que Valladolid n'était déjà plus défendable. Le roi Joseph décida donc que notre convoi, qui avait rejoint le sien, avec l'artillerie et de très nombreuses voitures – dont celle qui contenait son propre trésor –, suivrait ses troupes à Burgos. Mais la ville, impossible à défendre, n'était pas plus sûre que les précédentes, et nous continuâmes notre route. D'autres voitures, transportant réfugiés, munitions et victuailles, s'étaient jointes à nous. Le roi avait établi son état-major à Miranda, au bord de l'Èbre, et, tout en s'inquiétant pour notre immense caravane, il nous donna l'ordre de continuer vers le nord-est et de camper derrière le village de Vitoria, à l'entrée du Pays basque. L'annonce de ce nouveau repli me sembla une bonne nouvelle : non seulement je m'approchais de la France mais, en plus, dépliant la carte que je conservais dans ma besace, je me rendis compte que Vitoria se trouvait sur la route qui conduisait à Bayonne.

Je tiens à raconter la curieuse histoire qui arriva à oncle Charles au cours du trajet Valladolid-Burgos. Ce soir-là, le convoi s'étant arrêté à la tombée de la nuit, mon oncle descendit du siège du cocher pour dîner avec doña Pilar, son étrange compagne de voyage. Lorsqu'il ouvrit la porte de la voiture, étonné, il s'aperçut que l'intérieur était vide et obscur. Il pensa immédiatement que son amante était allée se soulager au bord du chemin. Il alluma alors les bougies et commença à disposer sur la table les charcuteries qui composaient leur dîner. Les minutes passaient, doña Pilar ne revenait pas. Au moment où il allait chercher une bouteille sous le siège, il se rendit compte que son amie avait posé sur sa valise la robe qu'elle avait porté le jour même. Cela le fit s'interroger, mais il ne s'en préoccupa pas outre mesure. Si doña Pilar avait laissé sa valise de vêtements dans la voiture, il était clair qu'elle espérait continuer le voyage avec lui. Au bout d'un moment, ayant terminé la bouteille de vin, il se décida à se renseigner auprès du cocher d'une famille de « francisés » qui le suivait dans la file de voitures. À sa grande consternation, l'homme répondit qu'il avait vu sortir une bonne sœur par l'autre porte de la voiture. Oncle Charles passa alors d'un véhicule à l'autre pour demander des nouvelles de doña Pilar, mais il ne reçut qu'insultes et menaces de la part des occupants qu'il réveillait. Inquiet et ne parvenant pas à s'endormir, il se mit à remonter la file jusqu'à un piquet de soldat de la garde royale qui bivouaquait sous un arbre. Il finit par apprendre que loin devant, dans le sens inverse de celui dans lequel il marchait, se trouvaient plusieurs fourgons remplis de curés et de religieuses qui avaient préféré quitter leurs couvents plutôt que d'affronter les risques d'une occupation anglaise. Quand mon oncle parvint, bien après minuit, aux voitures des religieux, et qu'il tenta de soulever les toiles qui les protégeaient, il fut reçu à coups de bâton par les prêtres et leurs serviteurs. Arrivé à Burgos, il réussit enfin à apprendre la vérité : doña Pilar était en réalité une pieuse bonne sœur qui, selon un des vieux prêtres qu'il avait interrogé, avait perdu la tête au moment de l'évacuation de son couvent. Quand elle eut retrouvé ses esprits et qu'elle se fut repentie de son absurde conduite, elle avait décidé de retourner, telle une brebis égarée, à sa congrégation désormais ambulante.

Et c'est ainsi, tel un agneau contrit, qu'oncle Charles se confia à moi, dans la ville de Vitoria.

– Je ne sais pas par où commencer, Henriette... Plus je vieillis, plus je deviens stupide, dit-il en me saluant, tête basse. J'ai connu cette femme à un mauvais moment. Si j'ai tant attendu pour te voir, c'est à cause de la honte que j'éprouvais... Imagine-toi, madame Cavent à Barcelone, si éloignée... et toi... et moi qui t'aime comme si tu étais ma fille. Que dois-tu penser de moi !

Ensuite, s'interrompant tous les dix ou douze mots en se traitant de misérable et d'idiot, il me conta son aventure avec doña Pilar, depuis le jour où il l'avait rencontrée dans une auberge de Madrid jusqu'à sa disparition.

– Cette histoire est bien digne d'une pièce de théâtre, dis-je afin d'en minimiser l'importance.

En réalité, je ne lui avais pas beaucoup reproché de m'avoir abandonnée. Je savais que tôt ou tard il reviendrait vers moi. De plus, si je ne lui en avais pas beaucoup voulu, c'était aussi parce que mon voyage dans l'ambulance s'était bien passé grâce à la bonne humeur des blessés et à la riche bibliothèque du chirurgien.

– Mais dites-moi, mon oncle, n'y avait-il rien en elle qui pouvait vous faire penser à une religieuse ? demandai-je intriguée.

– Non, j'aurais plus facilement imaginé qu'elle était une prostituée. S'il est vrai que cette perle est une bonne sœur, elle va devoir réciter beaucoup de « Notre Père » et de « Je vous salue, Marie » pour être en paix avec Dieu.

*

Au bout de deux ou trois jours de campement sous un soleil suffocant, au pied des murs de Vitoria, je vis avec allégresse que les troupes de Jourdan et du roi Joseph abandonnaient la ligne de l'Èbre pour prendre position sur les collines au nord et à l'ouest de la ville, y compris notre arrière-garde, le long de la route qui menait à Bayonne. Je n'avais déjà plus aucun doute : le plan du roi était de se retirer en ordre vers la France sans livrer bataille contre les Anglais.

– Qu'en pensez-vous ? demandai-je en tendant la carte à mon oncle.

– Je crois que si ce que tu penses est vrai, l'Empereur devrait destituer le roi Joseph pour lui avoir fait perdre une bonne partie de son armée en Espagne. Non, Henriette, la guerre n'est pas encore terminée, pas même pour nous, dit-il en dépliant la carte devant nous sur le siège de l'attelage. Nous avons des troupes en Navarre, en Aragon et en Catalogne. Si nous nous retirions du Pays basque maintenant, Wellington tomberait sur elles en venant du nord et les détruirait en quelques mois.

– Mais oncle Charles, dis-je, vous ne pouvez nier l'évidence : la guerre ici est perdue. Depuis que nous sommes arrivés à Madrid, nous ne faisons rien d'autre que de battre en retraite.

– C'est vrai, soupira-t-il, mais il ne s'agit plus désormais de nous battre pour l'Espagne : il s'agit de ne pas perdre la France. Et, même si nous perdons ce qu'il nous reste ici, l'heure est venue de faire payer à l'ennemi le passage des Pyrénées. Sinon, les troupes de Wellington et de ses alliés nous envahiront par la Bidassoa, Maya, Roncevaux et la Jonquère, dit-il en désignant sur la carte les sites des Pyrénées qu'il citait. Par chance, l'Empereur est en train de gagner les batailles de l'Est, et bientôt il fera la paix avec les Prussiens et les Russes. Il nous enverra alors cent mille hommes pour liquider cette affaire. Peut-être même viendra-t-il aussi en personne... Je te l'ai déjà dit, je crois que ces troupes, celles que tu vois prendre des positions défensives, affronteront Wellington demain ou après-demain.

– Je me permets d'en douter, dis-je en montrant d'un geste le spectacle désordonné qu'on apercevait autour de nous.

Les femmes, réfugiées à l'ombre des voitures, s'éventaient pendant que les hommes, manches retroussées et chemises trempées de sueur, jouaient aux cartes ou dormaient. Les voitures des retardataires s'entassaient avec le convoi d'artillerie, les ambulances et les fourgons de vivres et de munitions. Le convoi entier ressemblait à un amoncellement chaotique de voitures serrées les unes contre les autres.

– Si nous nous préparions à la bataille, il n'y aurait pas un tel désordre. Les canons se déplaceraient pour former des batteries. Vous allez voir, nous allons bientôt recevoir l'ordre de continuer notre route.

Mon oncle resta pensif et ne répondit pas. Après avoir bu, seul, une seconde bouteille de vin, il dit :

– Je vais de ce pas obtenir des informations auprès de l'état-major. Il va y avoir une bataille et je dois savoir quels en sont les préparatifs afin de pouvoir m'occuper des blessés.

– Il fait très chaud, mon oncle. Le soleil vous fera du mal. Pourquoi ne pas attendre demain matin, de bonne heure ?

– Il n'y a pas beaucoup à marcher, répondit-il en montrant du doigt les deux hauts campements de Vitoria.

Mais le simple fait de descendre de la voiture représenta pour lui un tel effort qu'il en fut tout essoufflé.

– J'irai moi-même, dis-je, inquiète de le voir ainsi, rouge et suant. Restez là pour surveiller nos bagages, ajoutai-je en descendant d'un saut.

– Reste ici. C'est mon affaire, grogna-t-il.

– Votre santé est aussi mon affaire, répondis-je en le poussant sans ménagement vers la porte de la voiture.

– Parbleu ! J'y vais, te dis-je ! s'exclama-t-il en s'écartant de moi.

– Comme vous voulez, mon oncle, mais s'il vous plaît, marchez doucement.

Une demi-heure plus tard, je le vis revenir, soutenu par deux artilleurs. Il traînait les pieds et son visage, défait, était cramoisi.

– Une saignée, Henriette ! Fais-moi une saignée, me demanda-t-il alors que nous l'allongions sur l'herbe. C'est le cœur, murmura-t-il avant de s'évanouir.

*

« J'ai été très émue de connaître votre vieil ami, me dit Milly en arrivant à l'hôtel. Je suppose que vous évoquerez cette rencontre dans le roman ; c'est un personnage d'une grande importance ! » Eh bien, ma chère Milly, comme tu vois, j'ai décidé de t'exaucer. Tu es ma première lectrice et cela te donne le droit de me suggérer autant de pages que tu voudras. Si tu ne me guidais pas, mon œuvre serait aujourd'hui plus longue que *Les Mille et Une Nuits.* Quoi qu'il en soit, cette rencontre fortuite m'a remise une fois de plus en cause. Tel le cavalier au jeu d'échecs, je me déplace d'une case blanche à une noire, en sautant à chaque fois la case des improbabilités, de la case France à la case New York. Cela s'était passé le lundi précédent. L'après-midi était ensoleillé, et le ciel d'un bleu magnifique et profond. La brise légère invitait à sortir, et je ne pus refuser la proposition de Milly : « Madame, si nous allions faire une promenade en voiture dans Central Park ? Vous devez marcher un peu. Vous connaissez mieux que personne l'importance de l'exercice physique, et vos jambes en ont besoin. »

Cela faisait des jours que je n'avais pas pris de voiture, mais malgré les embouteillages incessants, l'animation, les nombreux immeubles en construction – cette ville s'agrandissait chaque jour davantage –, je n'avais guère de curiosité pour ce qui m'entourait. Mon passé me détournait de l'observation des maçons et de leurs échafaudages. Rien ne pouvait me distraire de ma volonté de mettre au clair mes souvenirs confus d'Espagne. Peu avant d'arriver au parc, nous demandâmes au cocher de nous suivre et nous marchâmes sur la 5e Avenue. En traversant la 59e Rue, je ressentis une douleur vive dans la jambe. Je m'arrêtai, prétextant l'envie de regarder comment les ouvriers plantaient des arbustes à l'entrée du parc. Pendant que je me reposais en m'appuyant sur ma canne, j'entendis à ma gauche parler français. Je tournai la tête. C'était un jeune homme d'un peu plus de vingt ans, très beau, qui avait l'allure d'un poète romantique. Son interlocuteur devait être son grand-père et chose curieuse, alors que je fixais mon regard sur lui, son visage décharné et son nez proéminent me semblèrent familiers. Le temps, bien sûr, avait fait son œuvre, mais il me sembla reconnaître Petit. Ce vieux gentleman pouvait-il être réellement Petit, ou n'était-ce qu'une simple ressemblance ? Impossible ! Petit devait être mort. Ou, pire encore, toujours prisonnier des Cosaques. Mais qui d'autre que Petit pouvait posséder ce nez large et tordu, et parler français avec cette voix gutturale ? Bien sûr, il s'agissait d'un Petit aux épaules voûtées, portant un chapeau de bonne coupe et à l'allure très digne. Je vis que le trafic de la rue diminuait et qu'il se disposait à traverser. À mon âge, il n'est plus question de laisser passer une chance, et les erreurs ne font plus peur. Je décidai donc de l'interpeller.

– Monsieur ! dis-je à haute voix.

Les deux hommes s'arrêtèrent pour me regarder.

– Monsieur Antoine Petit ?

Le plus âgé ne me reconnut évidemment pas, mais il vint à ma rencontre. J'étais émue de le voir répondre à mon appel, tout en prenant conscience, d'un seul coup, de l'embarras dans lequel je serais si je devais lui expliquer que j'étais le Enrique Fuentemayor avec qui il avait fait la campagne de Russie.

– Madame, dit-il en me regardant intensément pour chercher dans ses souvenirs la trace de mon visage.

– Nous nous sommes connus dans notre jeunesse, dis-je en français, encore étonnée de constater que c'était bien Petit.

– Cela fait tellement longtemps ! s'exclama-t-il par pure courtoisie, feignant de me reconnaître. Je suis heureux que vous vous portiez si bien.

– Pas aussi bien que je le voudrais, dis-je en levant à moitié ma canne. Êtes-vous de passage ici ?

– Cela fait bien longtemps que j'ai quitté la France. Nous nous sommes connus à Strasbourg, n'est-ce pas ? demanda-t-il avec une assurance feinte. Milly, sans lâcher mon bras, se tourna vers nous pour nous écouter.

– Emily Barrett, dis-je.

– Ce jeune homme s'appelle Daniel Petit. C'est mon petit-fils. Il étudie la médecine, dit-il avec un orgueil où je reconnaissais bien mon ancien compagnon d'armes. À chaque arbre, son fruit !

– Vous exercez encore ? demandai-je pour entamer la conversation.

– Cela fait bien longtemps que j'ai abandonné la profession. Au début de la guerre civile, j'ai servi volontairement comme chirurgien dans un hôpital militaire de l'Union. Mais, me rendant compte que ma main n'était plus aussi sûre, je suis retourné à mes affaires. Je suis représentant. Je vends des instruments et des équipements médicaux de fabrication française. Ma boutique se trouve près de Madison Square. En tout cas, si je puis vous aider en quoi que ce soit, je suis à votre service, dit-il avec une désinvolture sereine qui tranchait beaucoup avec le ton agressif auquel il m'avait habitué, des années auparavant – la vie avait sans aucun doute poli les aspérités de son caractère.

– Je suis heureuse d'apprendre que vous allez bien, dis-je en faisant une pause et en me demandant si je devais ou non lui révéler mon identité. Mais je me permets de préciser que ce n'est pas à Strasbourg que nous nous sommes connus. C'est en Russie.

– En Russie, ah bon, en Russie... En réalité, je ne m'en souviens pas... vous dites en Russie... Alors vous étiez une des actrices qui étaient à Moscou ! Nous nous sommes retrouvés une nuit dans un village de l'autre côté de la Berezina. C'est bien cela ? demanda-t-il en me prenant pour la jeune actrice qu'il avait courtisée à Zemblin, et à qui il avait cédé sa peau de loup.

– Nous avions un ami commun... Enrique Fuentemayor.

– Oui, oui, Fuentemayor. Je ne l'ai pas oublié, dit-il en souriant maintenant avec sincérité, assurément parce qu'il se souvenait alors des aventures et des peines que nous avions partagés. Nous avons servi dans l'état-major général. Il était de La Havane et quelquefois il me parlait en espagnol, ce qui me rendait furieux. Il était toujours en train de discuter, mais c'était quelqu'un de bien. Très compétent, c'est certain... Fuentemayor... Qu'a-t-il pu devenir ? Il a disparu pour de bon, dans les premiers. Peut-être était-il parti dans la forêt chercher du bois, ça l'aura retardé. Il est sûrement mort, comme tant des nôtres. Quelle catastrophe, la Russie ! Et pour rien, se lamenta-t-il. J'ai eu de la chance. J'ai été capturé par les Cosaques, mais j'ai sauvé la vie du fils de l'*hetman** et je suis devenu leur médecin jusqu'à la signature de l'armistice. Vous aussi, vous avez dû en voir de toutes les couleurs. Nous pouvons être contents d'être parvenus à l'âge que nous avons. Mais racontez-moi votre vie. Que faites-vous à New York ? Je vois que vous avez du mal à marcher...

Pendant que Petit me recommandait un traitement compliqué, constitué de bains, de massages et d'exercices quotidiens, qui avait fait merveille sur lui, je compris qu'il n'était pas souhaitable de lui révéler que j'étais Enrique Fuentemayor. Je ne voulais pas effacer le bon souvenir qu'il avait de moi en tant qu'homme et collègue pour y substituer l'image d'une femme, autrement dit, celle d'un imposteur. Voyant que nous continuions à parler, Milly s'écarta discrètement et se mit à observer le travail des ouvriers. Le jeune homme, lui, resta à côté de son grand-père. Il avait écouté notre dialogue avec grand intérêt.

– Sachez qu'Enrique Fuentemayor n'est pas mort. Je l'ai rencontré à Paris, il y a un peu plus d'un an, dis-je, déterminée à garder mon secret.

– Que dites-vous ? s'exclama Petit presque en criant, avant de porter la main à sa bouche comme pour s'excuser de sa surprise.

– Nous nous sommes rencontrés par hasard, comme nous aujourd'hui. Nous étions logés dans le même hôtel. C'est un homme qui a des moyens, quoiqu'il soit déjà retiré des affaires. Ses biens sont maintenant administrés par ses fils... Des affaires qui, je

---

* *Hetman :* commandant en chef des Cosaques *(NdE).*

crois, ont à voir avec les bateaux... Je ne me souviens pas exactement. Fuentemayor réside à Marseille. J'étais très émue tout au long de notre conversation. Vous imaginez ? Nous étions bons amis, madame Fusil, lui et moi, comme vous vous en souvenez sans doute. Cela ne vous semble pas incroyable, ce qui m'est arrivé ? J'ai rencontré Fuentemayor à Paris et maintenant vous, à New York, après tant de temps, alors que je ne savais absolument rien de vous deux !

– Voilà qui est plus qu'incroyable ! Comme le monde est petit, dit-il ému. Maintenant que je le sais vivant, j'aimerais vraiment le revoir. Quel dommage que nous soyons si loin ! Nous sommes bien peu, aujourd'hui, à avoir survécu à cette époque.

– Je suis certaine qu'il serait lui aussi ravi de vous revoir. Peut-être vous croit-il mort. Naturellement, je lui écrirai pour lui raconter que je vous ai rencontré et que vous êtes en bonne santé... J'aimerais de toute façon prendre le temps de parler avec vous. Que pensez-vous de nous retrouver à mon hôtel, samedi ? Je vis à l'hôtel Fifth Avenue. Si vous ne vous en souvenez pas, mon nom est Henriette... Henriette Faber-Cavent.

– Magnifique, je vous remercie de votre invitation. C'est un grand plaisir pour moi, dit Petit en s'inclinant courtoisement.

– J'aimerais connaître votre famille.

– Cela n'est plus possible... Je suis veuf et la mère de Danny, française comme nous, se trouve actuellement avec ma petite-fille à Bordeaux. Une affaire d'héritage. Je suis évidemment inquiet pour elles. La France et la Prusse viennent de mobiliser leurs armées. Enfin, nous verrons. Espérons que les choses n'iront pas plus loin.

– Que Dieu vous entende, monsieur. Je hais les guerres.

– Moi aussi. Le père de Danny, mon fils unique... Mon fils unique est mort pendant la guerre civile. À Fredericksburg... Vous savez comment sont les choses quand c'est l'ennemi qui gagne le combat. Ses restes n'ont pas été retrouvés, dit-il sans laisser sa tristesse, qui se devinait quand il parlait de son fils, changer son expression aimable. Je ne me lasse jamais de parler à Danny des horreurs de la guerre. J'aurais le cœur brisé si je le voyais un jour porter l'uniforme.

– Je serai pédiatre, dit Danny en souriant. Ainsi, je vous éviterai des soucis. De la guerre, il n'y a que les choses que vous m'en racontez qui m'intéressent.

– Alors, vous devez aussi venir me voir avec votre grand-père, répliquai-je. Peut-être serez-vous curieux d'apprendre ce que fut la traversée de la Berezina.

– Volontiers, madame, dit Danny. Mon grand-père m'a déjà raconté ses campagnes, mais je serais ravi d'écouter vos souvenirs de Russie : Smolensk, Borodino, l'incendie de Moscou, la Berezina... C'est bien cela ? dit-il, se tournant vers son grand-père.

Son attitude me plut. Son français était bon, quoique empreint d'un léger accent américain.

Nous échangeâmes finalement nos cartes de visites et prîmes mutuellement congé. De retour à l'hôtel, émue par ma rencontre avec Petit et son petit-fils, je versai quelques larmes.

– Que se passe-t-il, madame ?

– La vie, Milly... La vie est si compliquée. Et quelquefois, même le bonheur fait souffrir.

*

Oncle Charles fut tiré d'un sommeil lourd par le claquement sec des balles. Je l'avais déjà saigné deux fois et je n'osais plus le toucher. Il avait passé la nuit étendu sur l'herbe près de la voiture. J'avais veillé sur son sommeil, lui prenant le pouls régulièrement et changeant plusieurs fois les compresses sur son front.

– La bataille a commencé ? me demanda-t-il après avoir bu un verre de vin coupé d'eau.

– Je ne crois pas. Quelques escarmouches, peut-être.

Votre poitrine vous fait-elle encore souffrir ?

– À peine. La douleur forte est passée. Il ne me reste plus qu'un point ici, dit-il en posant la main sur son estomac. Je vois que tu m'as saigné sur les deux bras.

– Vous avez eu une attaque cardiaque, mon oncle.

– Je sais. C'est un mal de famille. Tu verras, je m'en sortirai bien, dit-il en tentant de sourire et en faisant un effort pour relever la tête des coussins que j'avais sortis de la voiture.

– Restez allongé. Votre cœur doit rester le plus tranquille possible. Vous le savez encore mieux que moi. Laissez-moi vous prendre le pouls, dis-je en sortant ma montre.

Je cherchai son pouls et constatai qu'il était encore rapide et pas très régulier.

– Je vais vous saigner à nouveau.

– Attends midi, ma fille. Il est préférable que tu me saignes au moment où la chaleur est forte. La bataille a commencé depuis combien de temps ?

– Je ne crois pas qu'il s'agisse d'une bataille. Je n'ai même pas entendu un bruit de canon. Les tirs de fusils viennent des collines. Les premiers y ont résonné vers huit heures, il y a quinze ou vingt minutes. Il s'agit sans doute d'une escarmouche avec une bande d'insurgés.

– C'est possible... je me sens faible, Henriette. Je crois que je vais fermer les yeux. La lumière me gêne. Laisse-moi me reposer jusqu'à l'heure de la saignée.

Je profitai du sommeil d'oncle Charles pour me rendre aux ambulances, à l'autre extrémité de la file de véhicules. J'avais besoin d'un brancard et d'une personne pour m'aider. Il fallait allonger mon oncle sur les sièges de la voiture car si je ne pouvais le protéger de la chaleur, je voulais au moins qu'il soit abrité du soleil. Sans compter que l'ordre de marche pouvait être donné à tout moment. Le chirurgien avec qui j'avais voyagé depuis Madrid, Ricart, proposa de m'aider. J'appris grâce à lui que nous combattions les troupes de Wellington : il avait discuté avec un aide de camp dont une des missions était d'acheminer des pièces d'artillerie sur les positions ouest. Nous étions tous les deux d'accord sur le fait que l'attaque anglaise ne semblait pas très importante. Dans le convoi, il y avait plus de cent trente canons, tous immobilisés au milieu des véhicules des retardataires. Le bruit des combats se rapprochait cependant, ce qui signifiait que nous perdions du terrain. Le bruit de tonnerre ne provenait plus seulement des montagnes, mais aussi de la plaine, et de temps en temps, alors que nous marchions avec le brancard entre les voitures, une odeur âcre de poudre nous parvenait. Ce changement de situation alarma les gens du convoi, surtout les « francisés » qui commencèrent à ranger leurs tables, leurs chaises et leurs nappes en même temps qu'ils sifflaient leurs chevaux ou regroupaient leurs familles dans les attelages. Par malchance, comme nous campions derrière la ville, nous ne pouvions rien voir de ce qui se passait de l'autre côté. Le feu de l'artillerie commença alors, au moment même où nous arrivions à notre voiture.

– L'heure de la danse a sonné, déclara mon oncle une fois que Ricart, deux gardes espagnols et moi, nous eûmes réussi à installer le brancard sur les sièges.

– Je dois retourner à mes blessés, répondit le serviable Ricart qui s'en alla sans même prendre le temps de dire au revoir.

Un des fourgons qui s'était mis en mouvement vers la route faillit le renverser.

– Débouche une bouteille, Henriette, j'ai soif, exigea mon oncle d'une voix ronflante.

Me voyant hésiter, il ajouta :

– Ne te fais pas prier. Tu ferais bien d'en déboucher aussi une pour toi. J'ai bien peur que lorsque l'ordre de retraite arrivera, nous ne nous trouvions dans une situation qui nous rappelle la Berezina, puisque toutes les voitures convergent sur un même chemin.

J'exauçai son souhait et nous commençâmes à boire en silence, un silence remarquable au milieu du tonnerre continu des canons. Au bout d'un moment, il dit :

– Si nous perdons la bataille, tu dois me promettre une chose... Beaucoup de voitures seront capturées, la nôtre aussi probablement. La valise de doña Pilar ou... (peu importe son nom) se trouve sous le siège... Promets-moi que tu t'habilleras en femme...

– N'y pensez pas une seconde, mon oncle, l'interrompis-je.

Je n'eus pas le temps de m'expliquer. L'ordre de se retirer venait d'être donné. L'une après l'autre, les voitures s'ébranlèrent. En montant sur le siège du cocher, je compris qu'il n'y avait rien à faire. Une masse impénétrable composée de toutes sortes de véhicules se dressait devant moi. Si je persistais à aller de l'avant, nos chevaux tomberaient sur ceux des autres voitures, et nous serions pris en tenaille entre un amas de roues cassées et des attelages suffocants. Un malheur n'allant jamais seul, des centaines de retardataires étaient descendus d'une colline, tels des oiseaux de proie, pour arrêter et piller les voitures qu'ils rencontraient. Suivant mon instinct, je tentai de guider l'attelage vers la droite, m'écartant le plus possible de l'entonnoir de véhicules qui bloquait le chemin. Un immense cri me fit retourner la tête : plusieurs escadrons de cavalerie légère, longeant les murs de Vitoria, s'approchaient de nous, sabres levés, brillant au soleil levant. C'étaient des hussards anglais. Notre centre était certainement vaincu, et Wellington les avait lancés contre l'arrière-garde. Nous assistâmes à l'instant même à une panique généralisée. Il devenait impossible de s'échapper sur roues. Les « francisés » et les soldats sautèrent des voitures et coururent ventre à terre pour se disperser vers les collines broussailleuses qui fermaient la plaine du côté des Pyrénées. Terrorisée – personne mieux que moi ne connaissait la mission des hussards lors des retraites de l'ennemi –, je brandis le fouet et frappai de toutes mes forces les flancs et les têtes des chevaux. Mais le terrain, en plus d'être rocailleux, était en pente, et les sabots des pauvres chevaux glissaient sans prise sur le sol. Ils s'arrêtèrent finalement au pied d'un escarpement rocheux. Descendant du siège du cocher, je vis que beaucoup d'Anglais avaient mis pied à terre près des voitures abandonnées, sans doute dans le but de les voler. Mes nerfs étaient à vif, j'avais tellement peur que le tremblement de mes mains m'empêchait d'ouvrir la porte de l'attelage. Oncle Charles l'ouvrit de l'intérieur à coups de pied. Je le trouvai assis sur le brancard le pistolet à la main.

– Merde ! Je croyais que c'était un Anglais ! dit-il en guise d'accueil. Je pensais que tu t'étais mise à l'abri. La chose se complique maintenant, dit-il avec une grimace de dépit tout en baissant son pistolet. Si nous nous défendons, ils te tueront.

– De toute façon, ils nous tueront, dis-je, commençant à sangloter.

*

Il n'est jamais facile de faire l'éloge de son ennemi, mais je dois reconnaître que le soldat anglais de l'époque était le moins cruel de tous les combattants des nations belligérantes, y compris la France et ses alliés. En réfléchissant mieux, je ne crois pas que l'on puisse étendre ce jugement élogieux à tout le peuple anglais. En réalité, je ne peux l'appliquer qu'aux soldats qui combattirent sous les ordres de Wellington. Des autres, je ne peux parler. Je ne sais si la conduite exemplaire qu'eurent ces hussards après m'avoir faite prisonnière peut s'expliquer par ce que me dira plus tard Christopher :

« Ce qui se passe, Ketty chérie, c'est que Wellington, au lieu de nous flatter, nous insulte continuellement, même quand nous avons gagné une bataille. À nous, les officiers, il s'adresse avec une ironie et une froideur destinées à nous montrer combien nous sommes loin d'être des gentlemen comme lui. Et quant aux simples soldats, il leur lance à la figure qu'ils sont la lie de l'Angleterre. Il les accuse d'être des fainéants, des lâches, des brutes indisciplinées et des voleurs. Résultat : le mélange de haine et de respect que nous lui portons nous pousse à nous comporter tous comme si nous appartenions à la famille royale. Le seul moyen que nous avons de nous venger, c'est de lui démontrer par des actes que nous le valons bien. »

De fait, lorsqu'un piquet de hussards atteignit notre voiture, le lieutenant qui les commandait enveloppa méticuleusement dans un châle de doña Pilar l'argent et les objets d'or avec lesquels nous avions essayé d'acheter nos vies. Je dis « essayer », parce qu'il n'y eut aucun prix à payer. Tous les prisonniers furent traités avec considération, au point que beaucoup de dames furent autorisées à voyager dans leurs propres attelages. Quant aux « francisés », on les laissa en liberté, et Wellington se montra compréhensif à leur égard au point d'écrire une lettre aux autorités espagnoles demandant qu'elles n'exercent pas de représailles contre eux. L'unique prisonnier qui fut tué fut monsieur Thibault, le trésorier du roi, qui eut la mauvaise idée de défendre les cent mille pesos qu'il gardait dans sa caisse privée. Le butin gagné dans la bataille était démesuré : quarante-cinq millions de francs correspondant à la paye entière de l'armée française ; le trésor du roi Joseph, qui, en plus d'énormes sommes d'argent, comprenait les joyaux de la Couronne et de nombreuses œuvres du Greco, de Raphaël, Murillo, Rembrandt, Velazquez, parmi d'autres grands maîtres. Ajoutez à cela plus de cent cinquante canons, des centaines de fourgons de vivres et de fournitures de guerre, des milliers d'attelages, de chevaux, de mules, et tous les biens des « francisés ».

Cinq jours après notre capture, alors qu'oncle Charles avait déjà été transféré à l'hôpital Miranda de l'Èbre, on me fit savoir que j'y occuperais la fonction de chirurgien jusqu'à ce que la paix fût signée avec la France.

21

Notre première rencontre ne fut pas à notre avantage : Christopher était très occupé à installer ses quatre mille blessés dans l'hôpital, et moi, très préoccupée par le cœur d'oncle Charles. J'avais certes pu calmer mes nerfs le temps qu'avait duré le voyage pour Miranda. J'étais satisfaite de la manière dont nous traitaient les Anglais – la plupart d'entre eux ne parlaient pas français, mais ils étaient nombreux à se faire comprendre en espagnol – et j'avais cessé d'être cette petite fille débordante d'émotions, la petite fille apeurée de Lausanne qui surgissait dans certaines situations extrêmes.

– Le chirurgien-major Cavent est en convalescence à la suite d'une attaque cardiaque, dis-je en espagnol à Christopher qui n'était alors pour moi qu'un homme de haute taille, portant bicorne, pantalon gris et casaque rouge avec passementeries blanches. Je vous prie de lui témoigner une attention particulière. Sa situation est encore critique.

– Il y a des milliers d'hommes dans cet hôpital, répondit-il sans me regarder. Parlez au chirurgien Thorn.

– Zorne, répétai-je, ne réussissant pas à prononcer son nom.

– Thorn, monsieur, s'exclama-t-il avec impatience en me signalant un homme de petite taille et prématurément chauve, qui, dans un coin de la salle, donnait des ordres à un groupe d'assistants.

Cela dit, il me salua d'une inclinaison de la tête, et partit inspecter la salle d'à côté.

Notre seconde rencontre fut plus prometteuse. Le chirurgien-major Thorn était en train de m'instruire de mes devoirs et de mes responsabilités, lorsqu'une ordonnance vint me chercher dans la salle où je m'occupais d'une centaine de blessés français.

– Le directeur voudrait vous parler.

Je suivis mon guide à travers le magnifique cloître, grimpai un étroit escalier en colimaçon, protégé par une unique rampe, qui conduisait à la coupole, pour être introduite dans un appartement semi-circulaire, éclairé par un mince filet de lumière provenant d'une lucarne. Un télescope de taille moyenne, posé sur un pied, était dirigé vers la fenêtre. Près de la table basse et de la cuvette, je remarquai un tas de gravats et un bougeoir rustique. Dans le coin opposé, il y avait une armoire et une malle de voyage ; au centre, deux tabourets avec des sièges en cuir, une solide table de bois noir sur laquelle se trouvaient des livres, des papiers et deux chandeliers de cuivre.

C'était là qu'il m'attendait, à ma droite, près du mur, les mains croisées dans le dos, examinant les rangées de volumes derrière les vitrines de la bibliothèque.

– Bonjour, señor Faber, dit-il en espagnol. Je vous ai envoyé chercher parce que, dans notre métier, la montre est un instrument indispensable. Thorn m'a dit que vous aviez perdu la vôtre.

– Je l'ai donnée aux hussards qui m'ont capturé, señor directeur.

– C'est ce que j'ai supposé, dit-il en se dirigeant pensivement vers sa table. Asseyez-vous, s'il vous plaît, ajouta-t-il. J'ai parlé avec le général Grant, dont les hommes ont restitué plusieurs montres. Les voici. Regardez, reconnaissez-vous la vôtre ?

Je me tournai lentement vers la boîte qui était posée sur la table. Il y avait plus de vingt montres. Avec la paume de la main, je fis bouger l'ensemble. Je vis d'abord le chronomètre d'oncle Charles, remarquable par sa grande sphère. Je vis ensuite la mienne, de fabrication suisse. Je l'écartai du reste.

– Je vous remercie beaucoup... je pensais ne jamais la récupérer, dis-je, étonnée de cette courtoisie de la part d'un ennemi.

– Vous pouvez aussi prendre celle du señor Cavent. Si elle ne se trouve pas dans le lot, prenez celle qui y ressemble le plus et faites-lui mes excuses. Quant aux autres choses qui vous appartiennent, argent, bijoux... dit-il en hochant la tête, ce sont des prises de guerre. Je le regrette, croyez-moi.

– Merci, monsieur le directeur, dis-je, perplexe.

– Je préférerais que vous m'appeliez par mon nom, répliqua-t-il en remettant une à une les montres dans la caisse. Pour parler d'autre chose, j'ai cru comprendre que vous connaissiez le chirurgien Ricart.

– A-t-il été fait prisonnier lui aussi ? demandai-je surprise, car je n'avais vu aucun médecin français dans l'hôpital.

– Il fait partie des blessés. Rien de grave. L'ambulance dans laquelle il se trouvait a perdu une roue. Il s'est cassé le tibia en tombant à terre. Vous ne l'avez pas vu parce que vous n'avez à votre charge que les cas gravissimes. Il est dans une des salles du sous-sol.

– Je connais Ricart. Nous avons voyagé ensemble de Madrid à Vitoria.

– Il me l'a dit... Vous avez sûrement vu les nombreux livres qu'il avait emportés de Madrid.

– Toute une bibliothèque, attestai-je.

– Les hommes de Grant ne sont pas amateurs de livres. Ils sont restés dans les champs. Par chance, il n'a pas plu, et peut-être quelqu'un les a-t-il récupérés.

– Espérons, dis-je en me souvenant des milliers de livres abandonnés sur les chemins de Russie.

– Cependant, quand il a vu que notre cavalerie se rapprochait, il a pris quelques livres qu'il a conservés dans son barda.

– J'en suis heureuse, dis-je, surprise du tour que prenait la conversation.

– Hier soir, alors que je faisais mon tour d'inspection dans sa salle, j'ai vu qu'il lisait un chef-d'œuvre... *Don Quichotte de la Manche*. Je ne sais pas si vous connaissez cette œuvre.

– C'est l'un des premiers livres que j'ai lus en espagnol.

– Inoubliable, n'est-ce pas ? dit-il en me regardant avec plus d'attention, attendant que je corrobore son jugement. Cervantès et Shakespeare... personne n'écrit plus comme eux...

– En effet, reconnus-je avec enthousiasme. Des auteurs inégalables, chacun dans son genre.

– L'exemplaire que possède votre ami m'intéresse beaucoup, et j'aimerais l'examiner pendant quelques jours, ou au moins quelques heures. C'est la première édition... Naturellement, je le lui ai fait savoir. Mais il s'est mépris sur mes intentions. Il croit que je vais lui voler son livre. Quelle erreur ! Si vous m'aidiez à le convaincre du contraire, je vous en serais très reconnaissant.

– Je ferai ce que je pourrai, monsieur O'Gorman.

– *Do you speak english, mister Faber ?*

– Je ne parle pas anglais, monsieur.

– Ah. J'avais cru comprendre que vous aviez lu Shakespeare.

– Seulement une traduction. Mais même ainsi ses œuvres sont merveilleuses.

– Une fois que le travail aura pris un rythme de routine, nous trouverons le temps de bavarder un peu. À bientôt, monsieur Faber. Cela a été un plaisir pour moi, conclut-il en se levant et en me serrant la main.

Cette nuit-là, une fois mon tour de garde terminé, je pensai qu'il y avait en lui quelque chose d'Alfred. Ils étaient très différents physiquement : Christopher avait quarante-deux ans, n'était pas svelte, et ses cheveux roux étaient déjà mêlés de gris. Il partageait cependant avec Alfred le goût de la littérature et des vêtements élégants. Comme Alfred, il s'exprimait avec la plus grande courtoisie et dans un langage très châtié. Cependant, alors que la politesse d'Alfred pouvait blesser par un certain dédain, ce n'était pas vrai pour lui. Je terminai ma réflexion en me demandant si Christopher O'Gorman serait l'homme de mes pressentiments. Et je conclus que non. Non seulement parce que j'avais vu une alliance à son doigt, mais parce que, à aucun moment, je n'avais été sous l'emprise de l'impérieuse attraction que j'avais pour Robert. Ni sa voix, ni ses paroles n'avaient été des présages annonciateurs pour moi d'autres sentiments que l'amitié.

*

L'état d'oncle Charles empira vers la mi-juillet. Christopher le prit parmi ses patients, et il sembla un moment récupérer. Ses yeux bleus brillaient plus que jamais et la moindre petite chose l'amusait. Mais il y avait une note fausse dans son rire, une note criarde et amère, de mauvais augure, quand ses éclats de rire se transformaient en quintes de toux.

Un matin, il ne se réveilla pas.

Je fermai moi-même ses paupières.

*

Hier soir, j'ai eu le plaisir de dîner avec Petit et son petit-fils, un jeune homme vraiment charmant qui n'arrêtait pas de regarder Milly et de la faire sourire. Nous avons à peine parlé de la Russie. La soirée se passa très vite, à commenter les nouvelles alarmantes publiées dans les journaux récents. Après une série de télégrammes idiots, de discours aveugles et de communiqués, la France et la Prusse s'apprêtaient à charger comme deux taureaux furieux, en l'absence de toute cause réelle justifiant un conflit. On dira plus tard que ce fut une des guerres les plus stupides de l'Histoire. Mais la plupart des guerres ne sont-elles pas stupides ? Une province perd son drapeau et le retrouve l'année suivante. Aujourd'hui, on gagne une oasis ou un fleuve en Afrique, et on perd un port ou une île des Caraïbes ; les frontières ont avancé et reculé pendant des siècles, mais les Français restent français, les Anglais, anglais et les Allemands, allemands, chacun avec ses coutumes, sa langue, sa religion. L'Europe a peu changé depuis les Croisades. Des milliers de batailles et des millions de morts sont entrés dans l'Histoire et les cartes n'ont presque pas changé. Malgré tout, je me demande ce qu'aurait été ma vie sans la guerre.

*

La déclaration d'amour de Christopher – si on peut l'appeler ainsi – fut si inespérée qu'elle sembla tomber du ciel comme un morceau de lune. Elle eut lieu à la fin du printemps, alors que notre amitié était déjà devenue très étroite. De son télescope, on pouvait observer au-delà du fleuve le début prometteur des vendanges. Nous étions en train de boire du vin de Porto dans sa chambre. Wellington avait envahi la France par la Bidassoa. Christopher me demanda en remplissant nos coupes :

– Que ferez-vous quand la guerre sera terminée, monsieur Faber ?

– La guerre ? Je pense que la guerre va être longue, monsieur O'Gorman.

– Je ne crois pas qu'elle puisse durer encore longtemps. Cinq ou six mois, tout au plus. Toute l'Europe se bat contre Napoléon.

– Six mois, c'est long, dis-je en pensant qu'il se trompait, et que la France se battrait avec le même acharnement que pendant les guerres révolutionnaires.

– Vous savez ce que j'aimerais faire ? Demander un congé et aller dans la Mancha. Je tenterais de refaire l'itinéraire de Don Quichotte en me fiant à ce qu'a écrit Cervantès, dit-il sans lever sa coupe.

Ses paroles ne m'étonnèrent pas. Don Quichotte semblait être son unique passion. J'avais servi de médiateur entre lui et Ricart, faisant en sorte que ce dernier lui vendît son exemplaire à bon prix. Il m'avait dit une fois qu'il désirait traduire l'œuvre en anglais car il considérait que les traductions disponibles n'étaient pas fidèles au texte original. Je ne doutais pas de son succès. Je parlais suffisamment bien l'espagnol pour apprécier la fluidité du sien, qu'il pratiquait en outre en homme cultivé qu'il était.

– Cela me paraît être un voyage intéressant et créatif. Moi en revanche, je ne veux plus d'aventures. Je retournerai à Paris. Il me manque un an pour obtenir mon diplôme de médecin.

– Naturellement. Mais ce sera pour vous une simple formalité. Nous pensons tous ici que vous êtes un excellent chirurgien.

– Merci, monsieur O'Gorman. Comme vous le savez, j'ai eu en Russie de bons maîtres. Et malheureusement, l'occasion de pratiquer énormément.

– Ce sont les règles de notre profession. Consolez-vous en pensant que toutes ces morts que vous n'avez pu éviter vous ont aussi appris à combattre plus efficacement la mort aujourd'hui.

Il se leva, se dirigea vers le télescope et colla l'œil sur l'œilleton.

– Quelle magnifique lune... Quel dommage que nous ne connaissions pas son autre visage, dit-il distraitement.

Après plusieurs minutes de silence, sans s'écarter du télescope, il ajouta avec la même inflexion neutre de la voix :

– Je suppose que vous ne seriez pas prêt à retarder vos études de quelques mois.

Je ne sus que répondre. La guerre pouvait durer encore un ou deux ans, et ce n'était pas en réalité mes études qui occupaient le plus mon esprit. Il y avait d'abord madame Cavent, qui devait nous attendre à Barcelone, car mon nom et celui d'oncle Charles figuraient sur la liste des disparus. Bien sûr, je lui avais écrit. Seulement la ville était encore aux mains des Français, et il était probable que ma lettre n'était jamais arrivée.

– J'aimerais beaucoup vous avoir comme compagnon de voyage, continua-t-il les yeux toujours vissés au télescope.

– Je ne crois pas que cela soit possible, dis-je après m'être remise de ma surprise.

Que désirait cet homme ? Pourquoi m'avait-il distinguée entre les autres chirurgiens de l'hôpital, pourquoi m'invitait-il constamment à dîner dans sa chambre sous le prétexte d'admirer les planètes et de faire l'éloge de Cervantès et de Shakespeare, pourquoi moi, un prisonnier de guerre que tout séparait de lui – nationalité, rang, âge –, que rien, pas même son télescope, ne pouvait mettre sur un pied d'égalité avec lui ? Est-ce que je lui plaisais en tant qu'homme ? Selon la rumeur qui courait dans la Grande Armée, les Anglais étaient nombreux à être homosexuels, même parmi ceux qui étaient mariés et avaient des enfants, comme cela était son cas. Je décidai de couper court à ses manœuvres. Je me levai de la chaise et pris mon chapeau.

– De plus, monsieur, cela ne m'enthousiasme pas de jouer le rôle de Sancho Pança, ajoutai-je sèchement en français, une langue qu'il comprenait aussi.

– Sancho Pança ? dit-il en s'écartant du télescope. Jamais je n'ai pensé une seconde que vous pourriez incarner le bon Sancho, sourit-il, comme pour lui-même. Si je vous ai proposé de m'accompagner, c'est pour une autre raison.

– Laquelle ? demandai-je, méfiante et disposée à rompre l'amitié qui nous liait.

– Puisque vous avez cité Don Quichotte, je peux bien vous le dire... Vous êtes ma Dulcinée.

Sans dire un mot, je lui tournai le dos et me dirigeai vers la porte.

– Ne partez pas, madame Renaud. Nous avons à parler, cette nuit.

En entendant mon nom, je restai sans voix, paralysée, la main sur la poignée de la porte.

– Votre oncle m'a raconté votre histoire. Il savait qu'il allait mourir, et il m'a honoré de sa confiance. Il avait peur pour vous... Ne vous en allez pas, je vous en supplie. Au moins, laissez-moi vous dire en face que depuis que je sais que vous êtes une femme, je n'ai cessé de penser à vous.

Sans tourner la tête, j'ouvris la porte et descendis l'escalier en courant, comme si j'étais poursuivie par les flammes d'un feu jusqu'alors insoupçonné.

*

Nue sur les draps trempés de sueur, je le vis appuyer sur le bord de la cuvette son membre échauffé. Pendant qu'il le savonnait, je pensai qu'il avait suffi d'une semaine pour que son désir et le mien se rejoignissent dans son lit étroit, lui me laissant toute latitude d'agir à ma guise, me déléguant toute responsabilité, me permettant de le chevaucher au pas, au trot, puis au grand galop comme si je conduisais une charge de cavalerie. Mon désir pour lui était né la nuit même où il avait prononcé mon nom, comme si le fait de le savoir maître de mon secret avait levé les barrières que mon instinct de femme élevaient entre nous.

En d'autres circonstances, j'aurais lutté certainement contre ma nature. Mais oncle Charles représentait le dernier fil qui m'unissait à ma famille ; sa mort m'avait laissée face à un torrent de douleur et d'insécurité, et Christopher m'apparut comme l'unique chance de continuer à aller de l'avant.

– C'était merveilleux, Ketty chérie, dit-il en se dirigeant vers le lit. Tu dois me pardonner mon manque d'ardeur de nos premières nuits. Ce ne sera pas toujours ainsi. C'est que dans mes rêves je t'ai toujours imaginée sur moi. Et c'est arrivé. Sûrement parce que la vision du bas vers le haut est plus excitante que celle du haut vers le bas. Tu ne crois pas ? Observe que c'est un principe qui gouverne l'architecture depuis l'Antiquité. Le colosse de Rhodes, les pyramides, le Parthénon... Un principe qui a perduré avec l'architecture romane et gothique. Je ne me réfère pas seulement à l'intention d'embellir les clochers et les façades, mais également les voûtes. C'est le cas, par exemple, des fresques de la chapelle Sixtine... Le regard, lorsqu'il s'exerce vers le bas, tend à aplatir les choses, à les diminuer, et à les rendre banales, sans importance.

– Elles ne sont pas aussi diminuées que tu le penses, dis-je depuis le lit. Et puis tu oublies les cirques romains. L'action s'y observait d'en haut.

– Quelle action ! De pauvres gladiateurs s'assassinant les uns les autres... des gens dévorés par des bêtes féroces, des fauves... Imagine la traînée de viscères et de tripes. Saint Pierre crucifié jambes en l'air. Quelle décadence !

– Et ici en Espagne, que dis-tu des corridas ?

– Ce sont des réminiscences de la barbarie, répondit-il sèchement.

– Bien. Et dans nos théâtres ? Les loges des rois et des empereurs ne se trouvent-elles pas dans les étages supérieurs, au-dessus de la scène et de l'orchestre ?

– C'est justement pour que leurs augustes figures puissent être admirées d'en bas, dit-il en s'asseyant sur un tabouret et en croisant les jambes, cachant son membre entre ses cuisses pour me faire savoir que l'heure des plaisirs charnels était passée. C'est aussi pour cela que les dieux furent placés sur le mont Olympe ou dans des temples très élevés. En haut, la majestueuse immortalité ; en bas, les pauvres pénitents tremblants et coupables, et les démons poussant les condamnés avec leurs tridents.

– Laisse-moi t'apprendre quelque chose, têtu d'Irlandais. Tout ce qui a de la valeur dans ce monde provient de la terre : l'or, l'argent, les diamants, les rubis, les saphirs et toutes les autres gemmes, et les perles du fond de la mer... Laisse-moi te dire aussi, maintenant que tu parles de l'Enfer, que j'ai vu des icônes en Russie où les condamnés, au lieu de brûler dans les flammes, grelottaient nus et bleus entre des montagnes de glace.

– Avec les gens du Nord, on peut s'attendre à tout. Remarque la différence établie par Shakespeare : d'un côté Hamlet et Macbeth, de l'autre Othello, Roméo et Juliette. La folie et l'ambition la plus aveugle échouent au Danemark. À l'Écosse, la passion, la jalousie. Quant à l'amour, on ne le trouve que dans les villes italiennes.

Voilà comment nous passions nos nuits, faisant l'amour méthodiquement, comme si cela était une prescription médicale, pour ensuite bavarder une ou deux heures, tous deux nus et sans rien exiger, unis par la compréhension que donne la solitude, nous sentant libres de parler de nos amours, de nos rêves, de moments curieux ou significatifs, lui en espagnol et moi en français, nous laissant toujours guider par notre seul plaisir.

*

Ah ! Christopher, mon bon Christopher, quel bien tu m'as fait ! Je n'étais pas amoureuse de toi, et je n'avais pas honte de te parler de Robert, d'Alfred, de Fauriel, ni même du stupide Bousquet et de la gravure d'Apollon, ou de la mystérieuse Nadejda et du uhlan extralucide. Et moi, j'écoutais tes histoires de Dublin : celle de la femme sans visage que tu avais vue près de ton lit d'enfant, celle de ces drôles de gens dont tu étais convaincu qu'ils habitaient la maison de ton grand-père (un matin, alors que tu avais demandé des explications à ta tante, elle te les avait fait décrire précisément, et s'était mise à te frapper en criant de ne pas mentir aux adultes : depuis lors, tu n'avais jamais plus revu tes fantômes). À l'histoire que je te racontai au sujet de Vincent, tu répondis par celle de ta gitane, et ainsi je sus que ton père t'avait envoyé dans la vieille Castille, au séminaire – rien de moins –, et que tu aurais été prêtre si un après-midi, à la nuit tombante, en te mettant à la fenêtre de ta cellule, tu n'avais vu une voiture de gitans sortir du chemin et s'arrêter à la lisière du bois. Là, écoutant leur musique et leurs chants au coin du feu, tu tombas amoureux d'une belle danseuse qui, tout en chantant, détacha pour toi ses cheveux, noirs comme jais. Je me souviens que ce furent tes mots : qu'elle avait poussé à l'extrême ses balancements, et t'avait appelé en dessinant de ses mains d'impatientes arabesques. Je t'interrompis pour te dire avec un air suffisant que j'avais connu les gitans de l'Est, ceux qui jouaient des airs nostalgiques au violon ou d'allègres mélodies à la cithare, et qui connaissaient tout ce qu'on peut savoir sur les chevaux. Tu repris le fil de ton conte pour remercier Dieu de t'avoir envoyé cette tentation ardente avant qu'il ne soit trop tard, car cette même nuit tu sautas le mur du monastère et tu t'enfouis dans l'odeur de chèvre fumée, qui à t'entendre était celle de l'entre-cuisse de la gitane. Et nous continuâmes ainsi pendant plusieurs nuits, et je fis la connaissance de ton curieux grand-père, brasseur de quatre bières différentes, le seul qui ait jamais réussi à faire de l'argent en je ne sais combien de générations de O'Gorman. Tu me racontas tes études de médecine à Édimbourg, comment tu t'embarquas comme médecin sur le *Golden Dawn*, tout ce que tu appris sur les fièvres tropicales dans les îles du même nom, tes amantes noires et mulâtres, les traits d'esprit de ta maîtresse, la fille d'un planteur de Jamaïque qui avait peint un visage sur ton gland pour le plaisir de le voir grossir.

Évidemment, la guerre qui continuait occupait aussi nos conversations. Schwarzenberg, Bernadotte et Blücher avaient vaincu Napoléon à Leipzig. Il y eut la trahison de la Saxe et celle de la Bavière, Wellington qui gagnait à Nive puis à Nivelle, Murat signant la paix en Italie, les Prussiens envahissant la France aux côtés des Autrichiens et des Russes, trois armées qui s'alliaient pour marcher sur Paris. La seule question qui demeurait alors était de savoir quel mois la guerre s'achèverait.

– Mon cher ami, prépare-toi à une grande surprise. Devine ce que je t'apporte, dis-je en entrant dans sa chambre, par une magnifique nuit d'avril.

– Le courrier d'aujourd'hui a apporté deux nouvelles importantes, une bonne et une mauvaise, répondit-il sans lever la tête de la feuille sur laquelle il écrivait. Napoléon a abdiqué à Fontainebleau. La guerre est finie. Tu n'es plus ma prisonnière.

– Je le sais. La nouvelle a fait le tour de l'hôpital, et la joie est générale. Même les Français se sont mis à chanter et à danser... Quelle est la mauvaise nouvelle ?

– Je suis transféré à Londres, dit-il en jetant la plume sur la table, éclaboussant d'encre son front et sa main.

– Je vois, dis-je, et je sentis la terre se dérober sous mes pieds.

Neuf semaines étaient passées depuis mes dernières règles, et trois jours plus tôt, avant le petit déjeuner, j'avais eu des nausées. Mon ventre n'avait pas grossi mais, alors que je vomissais, une voix intérieure m'avait annoncé comme une évidence qu'une petite vie était en train de croître en moi. J'avais décidé de ne rien dire à Christopher avant d'avoir pris une décision. Et cet après-midi, à l'annonce de la reddition de Napoléon, j'avais caressé l'idée de rester auprès du père que je voulais pour cet enfant à naître. Je l'aurais accompagné dans son voyage dans les plaines de la Mancha, et lorsque j'aurais été sur le point d'accoucher, nous nous serions arrêtés dans un des villages du plateau. Là, nous aurions vécu quelques mois, le temps que les yeux de son fils le reconnaissent comme père. Alors seulement, nous nous serions dit adieu, et je serais retournée dans mon Languedoc. Henri Faber, disparu à Vitoria, ne réapparaîtrait jamais. Au diable la médecine. J'aurais élevé mon fils à Foix comme Margot m'avait élevée.

– Tu sembles le portrait craché de la désolation, dit Christopher. Je me faisais des illusions. J'étais sûr de t'avoir convaincue de me suivre dans la Mancha. Quel dommage... Nous nous serions amusés en cherchant les ruines des moulins et les traces généalogiques du Chevalier à la Triste Figure.

– Tu as de l'encre sur la figure. Laisse-moi te nettoyer, dis-je en m'approchant de lui.

J'humidifiai le mouchoir avec ma salive et effaçai les gouttes d'encre.

– Merci, Ketty chérie. Donne-moi un baiser.

Je l'embrassai.

– Au moins, nous allons célébrer la paix. J'en ai assez de manger de la morue et des lentilles. J'ai commandé du poulet en fricassée et du cochon grillé, car une nouvelle comme ça, ça se fête. Il nous reste trois ou quatre nuits. Nous ferons l'amour au moins sept cents fois.

– Je vais te décevoir. La surprise que j'allais t'annoncer, c'est que je repars en France demain matin. Je pars avec Ricart et d'autres Français.

– Déjà les adieux ? Tu quittes demain ta cellule ?

Il vint vers moi et me serra fortement.

– Tu vas beaucoup me manquer, me murmura-t-il à l'oreille. Tu es une femme d'exception. Ah, Ketty, ma bonne Ketty, je me souviendrai de toi toute ma vie.

Ses paroles étaient sincères. En m'écartant de lui, je vis que ses yeux étaient brillants de larmes.

– Allez, Don Quichotte, oubliez les sanglots. Je serai toujours votre Dulcinée, dis-je en m'efforçant de ne pas pleurer.

– Qui sait ? Peut-être nous retrouverons-nous un jour. Le monde se révèle parfois bien petit. Attends, dit-il en fouillant son coffre. Voici pour ton voyage.

Il me donna une bourse d'argent. Je la pris et je l'embrassai à nouveau. Mais ses lèvres ne me rendirent pas mon baiser.

– J'ai des choses à faire, Ketty chérie. Je dois régler ma succession. C'est Thorn qui se chargera de l'hôpital.

– Une dernière chose... Dis-moi un prénom qui te plaît, un prénom que tu choisirais pour toi ou pour un ami cher.

– C'est facile. Dunsinane. Tu te souviens de la prophétie de Macbeth ? C'est le plus beau prénom que j'aie jamais entendu. J'aurais adoré m'appeler ainsi... Dunsinane O'Gorman. Pourquoi me demandes-tu cela ?

– Pour me souvenir de toi.

22

J'arrivai à Toulouse à la mi-mai : Napoléon était déjà à l'île d'Elbe et Louis XVIII était devenu roi à Paris. Wellington et Soult s'étaient battus sur les hauteurs proches de la ville sans même savoir que la guerre était terminée. Des milliers d'hommes étaient tombés au cours de cette bataille inutile, et personne ne semblait s'en affliger. Tout le monde célébrait la paix et le retour des Bourbons comme si les vingt dernières années n'avaient été qu'un rêve. Françoise et Pierre me reçurent avec joie. Ils me croyaient morte. Ils ne firent aucune remarque en me voyant vêtue d'une robe de femme, mais j'eus l'impression qu'ils approuvaient ma décision. Madame Cavent leur avait envoyé un mot de Perpignan quelques mois auparavant. Elle retournait à Blois, dans la maison de sa mère. Comme elle n'avait reçu aucune de mes lettres – la dernière lui annonçait la mort d'oncle Charles –, j'eus le triste devoir de lui écrire une autre lettre. Obnubilée par ma future maternité, je m'amusais avec le petit Pierre-Henri. Il marchait déjà seul dans la cour, arrachant les feuilles pour les porter à sa bouche. Il apprit immédiatement à m'appeler « tante ». Au bout d'une semaine, je sentis que ma présence gênait Pierre et Françoise, qui avaient assurément besoin d'une vie privée, de sorte que je décidai de loger dans l'auberge située au-dessus de la Chasse aux sangliers.

Lorsque je me rendis chez Lebrun pour toucher mes rentes, je ne le trouvai pas à son bureau.

– Il est en voyage, madame, me dit Ducharme, son assistant, pendant qu'il me remettait l'argent ainsi qu'une longue lettre de Maryse. Monsieur Lebrun s'est marié et il passe sa lune de miel à Paris.

Piquée par la curiosité, je voulus savoir le nom de sa nouvelle épouse. Il s'agissait de l'héritière de madame Larraz. Comme mon contrat de location était encore loin d'être échu, je lui demandai s'il connaissait une propriété à louer dans les parages. Je voulais accoucher de Dunsinane à la campagne, dans un endroit calme et agréable.

– Pas que je sache, madame.

– Je ne cherche pas forcément une grande propriété. N'importe quelle maison rustique suffirait. Je n'ai besoin que d'un toit et de quelques murs, un endroit paisible, même s'il est petit.

– Je ne vois rien, madame. Mais je vous aviserai dès que j'apprendrai quelque chose.

Alors que j'allais monter dans la voiture, Ducharme sortit dans la rue et m'arrêta.

– Je ne sais pas si cela vous conviendra... Car en fait, l'endroit vous appartient..., dit-il en hésitant. Monsieur d'Alencourt, votre locataire, vient de congédier le garde forestier. Il logeait dans une vieille cabane de pierre. Je ne sais pas si vous vous en souvenez.

Je m'en souvenais, naturellement. Combien de fois n'avais-je pas joué dans les parages avec la fille du jardinier ? Le lierre qui courait le long de ses murs lui donnait une apparence si sauvage que nous l'appelions parfois le château de Barbe-Bleue, ou encore le palais de la Bête. C'était exactement ce dont j'avais besoin.

Le jour suivant, Pierre m'accompagna au château. Je ne connaissais pas personnellement monsieur d'Alencourt, qui m'apparut comme un généreux patriarche entouré de filles, de gendres et de petits-enfants. Mon héritage, y compris les jardins et les stalles des chevaux, était bien entretenu, et je ne pus rien faire de moins que de le remercier. Quand il apprit que je désirais vivre quelques mois dans la maison du garde forestier, il me proposa de la rénover et de me prêter quelques meubles. Bien que mon ventre fût encore discret, il sembla soupçonner les motifs qui me faisaient quitter Toulouse. Pendant tout le repas, il ne cessa de faire l'éloge du bon air qui se respirait ici, insistant sur le fait que c'était grâce à lui que ses petits-enfants étaient en si bonne santé. J'eus aussi l'occasion de le remercier de son tact, car lorsque l'une de ses filles parla de Napoléon en le surnommant « le Monstre corse », il lui ordonna d'un geste de se taire. Il supposait sans doute que, comme je revenais d'Espagne et que j'étais une nièce d'oncle

Charles, je ne pouvais qu'être bonapartiste de cœur. « Prions Dieu pour que la paix dure », conclut-il diplomatiquement. Le jour suivant, il me fit part de son désir de se porter acquéreur, si je désirais un jour vendre les terres de Foix.

– Je crains que cela n'arrive jamais, répondis-je. Et même, monsieur d'Alencourt, j'ai le regret de vous informer que je ne pense pas renouveler le contrat de location.

– Ce n'est pas une bonne nouvelle, soupira-t-il. J'ai l'impression que cet endroit m'appartient. Enfin... nous avons encore devant nous trois bonnes années, un temps suffisant pour que vous changiez d'avis.

*

Le terme de ma grossesse approchant, Françoise laissa son atelier à la charge d'une des couturières, et vint s'installer avec le petit Pierre-Henri dans la cabane. Grâce à mes cours d'obstétrique, je savais tout ce qu'il y aurait lieu de faire, y compris en présence de complications. Ma grossesse s'écoulait au sein d'un bienveillant automne. Comme au temps de tante Margot, nous avions de longues conversations, allongées sur la dalle du calvaire, dans le bois déjà couvert d'un splendide tapis de feuilles dorées.

– De sorte que Christopher était l'homme de tes songes, conclut Françoise une fois que je lui eus raconté pourquoi mon fils devait s'appeler Dunsinane.

– Oui, finalement. Mais il ne s'en est jamais rendu compte, dis-je, pensive.

– Tu as eu de ses nouvelles ?

– Non. Avant de m'en aller, je lui ai laissé l'adresse de Lebrun. Si un jour il m'écrit, je lui parlerai de notre fils. Mais je doute qu'il le fasse. C'est un homme bien occupé. Et puis, il n'a voulu de moi que comme amie, ce dont je me réjouis...

– Comment sais-tu que tu vas accoucher d'un garçon ?

– Je le sais depuis la Russie. C'est très long à raconter. De toute façon, si c'est une fille, je l'appellerai aussi Dunsinane.

– Pierre ne m'aime plus, dit-elle subitement.

– Comment ? dis-je surprise, car je n'avais rien remarqué, sinon l'heure tardive à laquelle il rentrait.

– Il a une femme à Foix, dans le village, je veux dire. Quelquefois, il ne rentre pas à la maison pendant plusieurs jours. Il prétend qu'il a dû emmener des gens à Carcassonne ou ailleurs. Mais il ne sait pas mentir. J'ai mené mon enquête. Il l'a connue dans la montagne, à Andorre, quand il est parti avec son frère. Je crois que c'est une de ses cousines.

– Comme se comporte-t-il avec l'enfant ? dis-je, détournant mon regard vers Pierre-Henri qui dormait paisiblement sur les feuilles.

– Oh, je n'ai pas à me plaindre. Il l'aime et le gâte à n'en plus pouvoir. C'est un bon père.

– Bien. C'est déjà beaucoup. Peut-être qu'à Foix ce n'est qu'un amour passager. Tu l'aimes encore ?

– Je l'aime comme le père de Pierre-Henri. Mais nous ne faisons plus rien ensemble.

– Tu me racontes tout cela afin que j'intervienne ?

– Non. Je te le raconte comme à une amie. La vie est étrange, Henriette. C'est une corde sur laquelle se forment des nœuds qui ensuite se défont.

– C'est certain, dis-je en pensant aux amours gagnées et perdues, mais même quand les nœuds se défont, ils restent noués dans notre conscience. Tu n'as sûrement pas oublié Claudette.

– Je pense à elle souvent. Tu n'as jamais eu l'occasion de bien la connaître. Maryse non plus, sans doute. C'était quelqu'un de très spécial.

– À propos de Maryse, j'ai reçu une lettre. Robledo et elle vont bien. Elle a appris l'espagnol. Elle a fini par obtenir ce qu'elle voulait. Robledo a vendu sa plantation de canne à sucre. Ils vivent maintenant presque toute l'année dans les montagnes. Ils sont allés en Prusse. Un voyage d'affaires. Elle termine en disant qu'ils aimeraient faire le tour du monde. Ah ! Françoise, je crois que le moment est venu, m'exclamai-je entre douleur et bonheur. Prends Pierre-Henri et rentrons vite à la maison.

*

La naissance de Dunsinane fut laborieuse. Comme s'il lui coûtait beaucoup d'abandonner mon ventre. Il pesait environ trois kilos et ressemblait plus à Christopher qu'à moi – mêmes yeux gris et mêmes lèvres fines, à petite échelle. Il s'empara immédiatement de mes mamelons, plus larges que jamais, avec l'appétit d'un agneau. Pour éviter les ennuis, je racontai au curé du village une semi-vérité : je m'étais mariée en Espagne avec un médecin irlandais, Christopher O'Gorman, qui viendrait me retrouver dès qu'il aurait terminé sa mission à Londres. Je gratifiai de la même version monsieur d'Alencourt et sa famille, qui assistèrent au baptême et remplirent le berceau de jouets, de vêtements, de rubans colorés, de chaussettes de laine et de couches brodées en bleu à ses initiales.

Quoique j'eusse anticipé dans mes songes le bonheur d'être mère, Dunsi dépassa largement toutes mes attentes. Le voir agiter ses petits bras et ses pieds dans le berceau, changer ses couches, admirer la perfection de ses mains et de ses ongles, tout cela me remplissait tellement d'orgueil et d'amour que je ne cherchais qu'à le porter, le caresser, lui dire de jolies choses, et même lui chanter le Chat botté. Je ne me souviens pas avoir connu de moments où je me suis sentie plus comblée, plus vivante, plus femme.

Avec l'arrivée de l'hiver, Dunsi commença à avoir le nez qui coulait et à éternuer. Les jours étaient devenus froids et humides. Une pluie fine arrosait continuellement les feuilles mortes des sentiers de la forêt. Je pensais que Dunsi avait pris froid et je le couvris bien dans son berceau. Mais une nuit, il commença à tousser, à s'étouffer, et je décidai qu'il valait mieux que je le tienne dans mes bras pour qu'il respire mieux. Nous passâmes des heures et des heures, Françoise et moi, le transportant d'une pièce à l'autre de la maison. L'enfant dormait à peine ; quand il ne toussait pas, il pleurait. Il refusait de s'alimenter, tétant deux ou trois gorgées de lait pour vomir ensuite sur mon épaule. La fièvre monta subitement, violemment. À la pharmacie de Toulouse, j'avais acheté plusieurs remèdes, dont de la poudre du Pérou. Je les mélangeai à mon lait et je lui fis avaler la mixture. Mais il vomit immédiatement le liquide mousseux. Je répétai l'opération plusieurs fois, en vain. La fièvre augmentait et nous ne savions plus que faire. Je l'enveloppai dans mon châle pour qu'il transpire et le portai sur mon épaule de nouveau. Françoise vint vers moi avec une tasse de cerises en conserve et un morceau de fromage : « Tu dois manger quelque chose, Henriette. Tu ne peux continuer ainsi. » En mangeant une bouchée, je lui dis de dormir un petit peu. Je me souviens que le vent ouvrit une fenêtre et je sentis qu'elle se levait pour la fermer. Je m'endormis dans le fauteuil avec le bébé dans les bras. Je me réveillai quand le coq se mit à chanter. Dunsi avait glissé à côté de moi. Il était tranquille, les yeux fermés. Je posai ma main sur son front pour savoir s'il avait de la fièvre. Il était humide et frais. La crise semblait être passée, et je me levai pour le porter dans son berceau. C'est alors que je me rendis compte qu'il ne respirait pas. Criant, suppliant Dieu, je le frictionnai, je lui donnai des tapes sur les fesses, je l'attrapai par les chevilles, je l'embrassai, je l'enlaçai. Mais mon Dunsi ne respirait plus. Il ne respirerait plus jamais.

Je ne l'emmenai pas au cimetière. Pierre creusa sa petite tombe un peu plus loin que le calvaire, près du tronc noirci d'un chêne. Je fis graver sur une pierre la prophétie de Macbeth :

« Ne crains rien jusqu'à ce que la forêt de Birnam marche vers Dunsinane ! »

Des mots qui auraient plu à Christopher.

*

La neige avait recouvert le calvaire et les branches des arbres. Mes pas restaient imprimés dans le silence et je pleurais.

L'herbe verdoyait déjà et les hirondelles revenaient du sud. Les baies des arbustes grossissaient et je pleurais.

Le bois bourdonnait de chenilles et de sauterelles. Sur le tiède trèfle d'août, un escargot laissait sa trace avec une laborieuse lenteur. Une araignée se balançait dans un rayon de soleil et je pleurais plus que jamais, car les mille formes de vie que je voyais à mes côtés ne suffisaient pas à ranimer mon cœur. L'écureuil noir qui vivait dans le trou de l'érable cessa de sautiller entre les feuillages et bondit vers moi.

– Vous n'auriez pas une noisette par hasard ?

Soudain, Fée Marraine apparut, ma vieille amie enveloppée de tulle noir, ses ailes de libellule battant doucement, si jeune, svelte et belle.

– Cela fait si longtemps, Fée Marraine !

– Pas tant que cela.

– Alors, en Russie, ce n'était pas mon imagination ?

– Bien sûr que non.

– J'ai eu l'impression que j'étais là, dans ton cercle magique.

– Chaque fois que tu te sens seule, tu peux venir jusqu'ici.

– Aussi loin que je sois ?

– La seule chose que tu aies à faire est de le désirer très fort.

– Je suis triste, Fée Marraine. Mon Dunsinane est mort. Je n'ai plus rien. Les mois passent et je n'arrive pas à me consoler. Je pleure, je pleure sans cesse, et je ne sais que faire de ma vie. J'ai mal à l'âme, Fée Marraine.

– Je sais. C'est pour cela que je suis là. Aujourd'hui, tu es redevenue une petite fille. Sinon tu ne me verrais pas. Tu me prendrais pour un écureuil.

– J'étais aussi une petite fille sur le chemin de Vilna ?

– Tu n'étais qu'un fil de vie. À peine une petite fille.

– C'est toi qui m'as sortie de la mort ?

– Moi ? Mais que dis-tu ! Je n'existe pas hors de ce calvaire. C'est ton désir de vivre qui t'a amenée ici, une chose que tu as toujours eue en toi. Un jour, j'ai entendu ta tante raconter à Françoise comment tu avais réussi à sortir d'entre les flammes qui consumaient ta maison. Tu avais alors cinq ans et tu ne voulais pas parler. Je me souviens de la première fois où tu t'es mise à rire. Tu boitais encore un peu et tu faisais tomber les bonbons que ta tante te mettait dans la main. Tu pensais à ta maman allongée à côté de toi sur un grand lit blanc. Tu étais assise tout près de là où tu es maintenant. Les autres filles ramassaient des mûres et des cocons de soie, mais toi tu ne bougeais pas, et tu ne voulais rien manger. Cela me fit tant de peine que je cessai d'être un lièvre et je commençai à sautiller face à toi en grimaçant. Je t'ai tiré la langue. Je me suis mise à loucher. Je me retournai tête en bas. Et alors tu te mis à rire. Pour la première fois tu as ri, ce qui fit plaisir à ta tante. C'est moi qui t'ai appris à rire.

– Je ne m'en souviens pas, Fée Marraine. Mais si tu le dis, ce doit être vrai. Les filles du jardinier te voyaient aussi ?

– Elles ne m'ont jamais vue. C'étaient des petites filles joyeuses qui se tenaient mutuellement compagnie. Toi, tu te sentais toujours seule. Même quand tu jouais avec elles.

– Je me souviens de quelques-unes de tes histoires. Celle de l'écureuil glouton qui n'arrêtait pas de manger des noisettes, celle de la chenille qui voulait voler et qui parvint à se transformer en papillon, celle de l'escargot qui n'avait pas peur de laisser sa maison...

– Toi aussi, tu me racontais des choses. Tu me racontais tes promenades avec ta tante, tu parlais de l'abbé Lachouque, de Pierre, de Françoise, et quelquefois tu venais ici avec Laguerre pour me montrer comme tu montais bien à cheval.

– Mais un jour, sans crier gare, je ne t'ai plus vue.

– Je te l'ai déjà dit, seuls les enfants solitaires peuvent me voir. Tu grandissais et tu n'avais plus besoin de moi. Aujourd'hui, tu es redevenue une petite fille solitaire. Voilà pourquoi je suis là, dit-elle, ses yeux me regardant comme si c'était ceux de toute la forêt.

– La dernière fois que je t'ai vue, tu m'as donné une clé... Une clé en or. Quelle porte dois-je ouvrir avec elle, Fée Marraine ?

– Tu le sauras. Mais il se fait tard. Je commence à avoir froid et je dois me transformer en quelque chose qui me réchauffe. Il ne peut en être autrement, j'ai déjà six cents ans.

– Dis-moi, Fée Marraine, je n'ai plus personne. Il ne reste plus que toi. Dis-moi, quelle porte dois-je ouvrir ?

– Les portes de toi-même, dit-elle. Et là, d'un rapide coup d'ailes, elle s'écarta de moi et s'éleva dans les airs.

– Les portes de toi-même, répéta-t-elle, de sa petite voix déjà inaudible, ses ailes se confondant avec celles de l'essaim de libellules qui survolait le calvaire.

– Comme tu arrives tard, dit Françoise en me voyant.

Cuillère à la main, elle régalait son Pierre-Henri d'un potage de haricots et de carottes. Et soudain, j'eus faim.

– Il y a quelque chose à manger pour moi ?

– Évidemment, répondit-elle, surprise de me voir avec de l'appétit. Je vais te servir immédiatement une assiette. Tu as dû marcher beaucoup dans la forêt. Tu as les joues toutes roses.

À la fin de l'automne, après avoir réglé mes affaires à Foix et à Toulouse, et notamment modifié mon testament, je pris la voiture de poste pour Paris.

*

Submergée par la joie d'être mère, puis par la douleur, j'avais à peine prêté attention aux événements de ces derniers mois. Je n'avais pas compris avant mon arrivée à Paris leur portée historique : la défaite de Waterloo, le destin final de Napoléon, et le retour de Louis XVIII et des émigrés vindicatifs. Je me rendis dans la maison de la rue du Faubourg-Saint-Honoré à seule fin de chercher ma *Femme en costume de bataille* et d'empaqueter les affaires d'oncle Charles pour les envoyer à madame Cavent, qui avait décidé de rester à Blois. Habillée en homme, je louai deux chambres dans une auberge du boulevard Saint-Michel, et j'allai voir monsieur Dubreuil pour qu'il obtienne ma démobilisation pour invalidité.

– Ah, monsieur Faber, je savais par madame Cavent que vous n'étiez pas mort, dit l'avocat, plus gros que jamais, m'indiquant un siège avec une certaine froideur.

– Je voudrais renoncer à mon devoir militaire pour terminer mes études de médecine, dis-je sans faire de ronds de jambe. Peut-être madame Cavent vous a-t-elle dit que j'ai été blessé à la jambe. Je boite encore. J'étais prisonnier jusqu'à l'armistice. Je n'ai pas voulu quitter l'Espagne avant d'avoir recouvré la santé.

– Cela fait presque deux ans, n'est-ce pas ? dit-il de son expression vide.

– Plus ou moins.

– Je suppose que vous n'avez avec vous aucun document ou lettre qui puisse confirmer vos paroles, dit-il presque avec ennui, comme si je lui faisais perdre son temps.

– Je n'ai avec moi que de l'argent. J'en ai reçu de La Havane. Une somme importante. Je viens de m'installer ici.

Ses yeux brillèrent et un sourire éclaira sa figure graisseuse.

– Cela s'arrangera, monsieur Faber. Ne vous inquiétez pas, tout s'arrangera avec un petit cadeau. Personne n'a d'argent. Même pas le roi. Les temps sont durs pour toute la France. Je n'ai jamais fait de politique, et grâce à cela j'ai quelques amis, monsieur Faber. Disposez-vous de, disons, deux mille cinq cents francs ?

– Je peux vous les remettre quand vous le désirez.

– Demain, ce sera bien. Le plus vite sera le mieux. Votre nom sera transféré de la liste des disparus à celle des invalides permanents en incapacité de remplir leur devoir militaire. Bien entendu, avec un peu plus, je pourrais vous rendre votre citoyenneté espagnole, avec, disons, six mille francs. Cela ne serait pas mal. Votre patriotisme bonapartiste serait effacé... Beaucoup de gens ont recours à ce procédé. Qui aurait pensé que Ney et Murat finiraient fusillés ? Nous pourrions même négocier un titre de noblesse. L'un de mes bons amis est assez proche de la cour espagnole. Là-bas aussi, les choses vont mal. La guerre a tout emporté. Vous le savez bien sûr mieux que personne. Ah, mais rien de comparable à notre malheur. Vous voyez, les Anglais ont profité de la situation. Nous avons perdu la Savoie, la Sarre, sept cents millions de francs d'indemnisation, l'Alsace occupée... Mais vous êtes jeune, fils de famille. C'est le moment pour vous, monsieur Faber. Maisons, terres, palais, châteaux... Tout est en vente ou en litige. C'est l'heure d'investir, d'acheter bon marché ce qui valait très cher. Pensez-y et parlons-en.

– Merci, monsieur Dubreuil, dis-je sans montrer le dégoût que suscitaient en moi ses paroles. Je ne désire pour le moment que me faire réformer. Je dois m'inscrire très vite. Les cours vont bientôt commencer.

– Ne vous inquiétez pas. D'ici à quelques jours, cela sera réglé. Il y a aussi des occasions de beaux mariages, poursuivit-il en désignant son anneau, presque incrusté dans son doigt incroyablement boudiné. Une grande partie de la noblesse émigrée revient sans autre capital que ses titres et ses filles à marier. Je puis peut-être vous être utile dans cette affaire délicate. Bien sûr, cela serait plus facile si vous aviez un titre espagnol, ou au moins italien. Tout cela ne vous coûterait pas plus de...

– Nous verrons plus tard, monsieur Dubreuil, dis-je en me levant de la chaise. Rendez-vous demain pour valider mon exemption.

– Ne vous inquiétez pas, monsieur Faber. Je vais m'en occuper immédiatement, dit-il d'une voix onctueuse. Mais souvenez-vous : tout est à vendre, et je peux vous aider...

À l'auberge, je me réjouis d'avoir résolu ce qui était pour moi d'une importance cruciale. Avant de partir pour Paris, j'avais essayé d'imaginer ma vie, dans trois ou quatre ans, un exercice que je recommande à ceux pour qui le futur s'arrête au lendemain. Les projections dans l'avenir correspondent très peu à la réalité, mais au moins on adopte une direction pour sa vie, on n'est plus comme une feuille livrée aux caprices du vent. J'avais, de toute façon, pleuré ma peine jusqu'à la dernière larme, et j'en étais arrivée à la conclusion que je préférais me voir en médecin plutôt qu'en rentière paresseuse, et ce malgré toutes les difficultés que cela impliquait. Ma vocation pour la médecine avait certes été mise à rude épreuve, non seulement pendant la guerre mais aussi, et surtout, en voyant mourir dans mes bras Dunsi et oncle Charles. Mais il me restait encore un peu d'enthousiasme. Je me souvenais des paroles de Christopher : « Consolez-vous en pensant que toutes ces morts que vous n'avez pu éviter vous ont aussi appris à combattre plus efficacement la mort aujourd'hui. » Je décidai donc de terminer mes études. Et finalement, retourner à Paris et à la faculté de médecine revenait à reprendre un vieux chemin abandonné, une direction qui donnait à mes pas une certaine continuité. Une fois diplômée, je ferais ce que font la plupart des médecins : j'ouvrirais un cabinet de consultation privée – je pourrais même le faire dans la maison de la rue du Faubourg-Saint-Honoré – et je travaillerais deux ou trois jours par semaine dans un hôpital. Avant, je me ferais un cadeau à moi-même pour fêter mon diplôme en partant à La Havane voir Maryse, une visite que ses lettres ne cessaient de réclamer. Restait la question de l'amour. Allais-je encore tomber amoureuse ? Aurais-je des amants secrets comme Christopher ? Était-il vrai qu'il me restait encore deux mariages à accomplir, les deux à l'étranger ? Que ferais-je si je tombais amoureuse ? Abandonnerais-je la médecine ?

Pour l'heure, je préférais laisser les réponses au temps.

*

Tout au long de mon existence, j'ai eu l'occasion de voir plusieurs fois des idoles de la médecine atteindre le firmament, avant d'en redescendre brusquement, quelle que fût leur spécialité. Il y a deux ans, lors de mon bref séjour à Paris, je réfléchissais en passant en revue les bustes alignés de la salle d'honneur de la Faculté. Il y avait là certains de mes anciens professeurs. Les conceptions et théories qu'ils présentaient comme définitives ont été invalidées depuis par leurs successeurs, dont les convictions connurent à leur tour le même destin dix ou douze ans plus tard. C'est là, en voyant le buste de Broussais, l'homme qui révolutionna la médecine, tant pour ce qui est de la théorie que de la pratique à l'époque de mes dernières années à la Faculté, que je compris qu'il n'y avait aucune vérité absolue dans ce monde, mais une chaîne de demi-vérités. Ses recherches visant à éclaircir les mystères que renfermait le corps humain et prolonger la vie permirent à Broussais d'obtenir reconnaissance, célébrité et honneurs, mais qui se souvient aujourd'hui de son nom, ou au moins de ses écrits, de ses principes ? Si j'ai refusé de parler en profondeur de mon métier c'est parce que je sais que les œuvres que j'ai lues avec enthousiasme et les soins que j'ai administrés à mes malades présenteraient aujourd'hui – quelle qu'en soit la date – une absurdité et un motif de raillerie. Cependant, et contrairement à ce que me conseille la part de moi-même la plus vulnérable, celle qui rêve d'une sorte d'immortalité, j'ai décidé d'être franche, honnête. Je parlerai de Broussais, mon premier guide ; je parlerai de lui, ce génie déjà oublié, ce maître dont la carrière est passée en revue dans un ouvrage récent intitulé *French Medicine*, que m'a chaudement recommandé Petit lors de l'un de ses derniers passages hebdomadaires à New York.

Fils d'un chirurgien de Saint-Malo, François Marie Joseph Broussais naquit en 1772. Après avoir servi dans l'armée révolutionnaire pendant la guerre de Vendée, il fut chirurgien à bord des navires corsaires qui faisaient obstacle au commerce anglais dans le canal de la Manche. En 1798, il se rendit à Paris pour s'inscrire à l'École de médecine, récemment inaugurée. Il y étudia les auteurs nouveaux, Cabanis, Corvisart, Chaussier, Pinel et en particulier Bichat, dont il reprendra à son compte les théories dans sa thèse de doctorat sur les fièvres malignes. Une fois diplômé, il servit comme médecin au cours des campagnes de Hollande, d'Italie, d'Autriche, d'Allemagne et d'Espagne, aux côtés d'illustres figures telles que Larrey et Desgenettes. Grâce à l'expérience obtenue lors des autopsies qu'ils pratiquaient entre deux batailles, il publia une *Histoire des phlegmasies ou inflammations chroniques*. C'est à cette époque qu'il identifia comme principale cause de mortalité les fièvres consécutives aux inflammations du poumon et du système gastro-intestinal. Cet ouvrage fut bien reçu par Desgenettes, Pinel et la plupart des grands médecins, mais Laennec, son rival, critiqua violemment son idée fixe, à savoir que la pneumonie et la phtisie étaient une seule et même affection. Nommé professeur à l'hôpital militaire du Val-de-Grâce, il attira immédiatement de nombreux étudiants, non seulement par ses talents d'orateur, mais aussi par l'audace de ses idées, qui allaient transformer radicalement la pratique médicale de son temps. Avec la publication en 1816 de son *Examen de la doctrine médicale généralement adoptée*, Broussais devint du jour au lendemain le nouveau messie de la médecine. Son postulat « anti-ontologique », tel qu'il le nommait lui-même, prenait pour bavardage les descriptions détaillées des symptômes des différentes maladies, symptômes qu'on avait vite fait de prendre pour la cause de l'affection, alors qu'ils n'étaient que les effets superficiels d'importants changements physiologiques. Pour comprendre ces changements, il était nécessaire de prendre en compte sa théorie de la vie. Qu'était la vie, en fin de compte ? Un ensemble de stimulations ou d'irritations d'origine interne ou externe. La principale force stimulante était l'oxygène, qui produisait des contractions ou « érections vitales » dans différents organes, expérimentées par le sujet au travers de sa sensibilité. Dans le cas des maladies, certains organes étaient l'objet de stimulations excessives à cause de divers agents perturbateurs, appelés *ingesta* – l'air froid, la nourriture et les boissons, les drogues et les émanations nocives – et *percepta* – les influences morales ou psychologiques. Cette « surstimulation » causait l'inflammation, qui entraînait à son tour la lésion de l'organe. Ainsi, toute lésion pathologique était due à une aberration produite par une inflammation. L'étude de ces aberrations devait précisément constituer l'objet de la pathologie. « La nature des maladies dépend pour le médecin de l'observation des changements physiologiques des organes, disait-il. Ma doctrine est physiologique parce que je ne considère pas la maladie comme un élément extérieur, erreur que commettent les ontologistes, mais simplement comme un changement dans la fonction de l'organisme. » Si un organe était irrité, l'irritation se propageait par « sympathie », à travers le système nerveux, à d'autres organes, lesquels s'enflammaient immédiatement et présentaient des dysfonctionnements. Selon Broussais, il n'y avait pas de maladies spécifiques. La variole et la syphilis étaient de simples inflammations. Le cancer était la conséquence de l'inflammation, la phtisie n'était rien de plus qu'une pneumonie ou une pleurésie chroniques. Il assurait qu'en réalité toutes les maladies avaient pour origine ou pour issue une gastro-entérite car le destin de l'estomac était d'être irrité par l'*ingesta*. Les remèdes et les médicaments pris par voie orale étaient contre-productifs : tous tendaient à augmenter l'irritation du système gastro-intestinal. Aussi l'attention du médecin devait-elle se concentrer sur les anomalies de fonctionnement de l'estomac. À tous les symptômes correspondait une unique maladie, la gastro-entérite. « Même les fièvres de la malaria peuvent s'expliquer par une gastro-entérite périodique. » Quelle était donc la thérapeutique adéquate pour soigner le malade ? Considérant que toute souffrance était une inflammation produite par une stimulation excessive de l'estomac, le traitement à suivre était un « antiflogistique », c'est-à-dire l'application de sangsues qui drainaient le sang de la région abdominale, et un régime strict de liquides émollients et acidulés. Un nombre non négligeable de médecins prestigieux, à commencer par Broussais lui-même, assurèrent alors avoir vaincu le typhus, la syphilis, la gonorrhée, le cancer et la phtisie, la variole et la rougeole, en recourant seulement à la sangsue et à une diète intelligente. Le prix de la sangsue atteignit des sommets, et ce qu'on appelait « la médecine physiologique » surgit comme une grandiose comète dans le firmament de la médecine. Naturellement vint le jour où elle disparut, comme toute comète qui se respecte. De Broussais, il ne reste que le buste, et une statue érigée dans le Val-de-Grâce par ses collègues et ses élèves. Pour le meilleur et pour le pire, la pratique de mes premières années et de tous les médecins de ma jeunesse consista à appliquer les idées de Broussais.

*

Rien d'extraordinaire, excepté mon enthousiasme pour les idées bizarres de Broussais, ne se produisit au cours de ma dernière année d'études. Rien d'extraordinaire, si ce n'est l'ennui et la rancœur, ne se passa à Paris pendant les premiers temps de la Restauration. Avec la chute de Napoléon, ce ne fut pas seulement le mode de gouvernement qui changea en France. Paris, métamorphosé par les immeubles et les monuments construits quatre ans plus tôt, se trouvait dans un tout autre état d'esprit qu'alors. C'était comme si l'on avait injecté, dans le même corps, une nouvelle personnalité. Le bonapartisme, auquel adhéraient le peuple et les vieux soldats, n'avait pas été effacé, mais étouffé. Rares étaient ceux qui osaient faire en public l'éloge de l'Empire, par peur des représailles. Les commerçants et les industriels qui avaient été si proches de Napoléon étaient alors les premiers à l'appeler « le tyran », « l'usurpateur », « l'ogre de Corse ». Une nouvelle classe – neuve pour moi qui suis née la seconde année de la Révolution –, composée d'aristocrates, de courtisans et de prêtres, s'était rapidement installée dans la cité, réclamant ses terres, ses bois, ses prérogatives et ses pensions, demandant même des indemnisations à titre de préjudice. Ils arrivaient d'Angleterre, d'Allemagne, de Russie, les femmes avec de longues robes de soie fleuries, les hommes en bottes et amples casaques ouvertes sur des gilets qui tombaient jusqu'aux cuisses. C'étaient les mêmes que j'avais vus à Baden-Baden à l'époque du Théâtre nomade, jouant à la roulette, au rouge et noir. Ils arrivaient en conquérants, traitant comme des rebelles incrédules ceux qui, comme nous, n'appartenaient pas à leur classe ; ils venaient pour restaurer l'ancien système et prendre notre place. Les prêtres étaient eux aussi triomphants, ordonnant des messes pour les martyrs royalistes et des processions d'expiation pour la mort de Louis XVI. Avec eux, Paris cessa d'être une ville de défilés, de bals et de drapeaux tricolores, pour se transformer en une ville de prédicateurs, de clochers et de bannières blanches brodées de fleurs de lys. L'espace politique était si étroit qu'on ne pouvait y respirer que deux factions : les royalistes et les ultraroyalistes. Comble du comble : ce furent ces derniers qui prirent le pouvoir à la Chambre des députés.

Une nuit, alors que je buvais seule dans ma chambre, je conclus avec horreur que je préférais la France de Napoléon, où quelques-unes des libertés républicaines avaient été maintenues, à la patrie obsolète et stérile qu'offrait la Restauration. Une fois défendue ma thèse sur les fièvres tierces, selon les principes de Broussais, et en possession de mon titre de docteur en médecine et en chirurgie, je considérai que l'heure était venue de rendre visite à Maryse.

Juanita

23

La Havane était là, s'étalant le long de la mer, vaste jardin exotique de palmes vertes, de toits rouges et de maisons blanches, bleues et jaunes. Accoudée au bastingage du navire, bousculée par les passagers en extase, je découvrais avec satisfaction que la cité royale, à commencer par le noble rocher où s'élevait le château du Morro, était bien plus belle que sur les gravures envoyées par Maryse. L'entrée dans la majestueuse baie occupée par des douzaines d'embarcations, des modestes brigantins jusqu'aux altiers vaisseaux de ligne, fit fuser des cris d'admiration sur le pont de l'*Helvetia*. Une barque nous débarqua à quai, et à peine le pied posé à terre, je me précipitai dans les bras de mes amis, couvrant leurs visages de baisers et de larmes. Incapables d'articuler des phrases cohérentes, nous lancions des mots épars, chargés d'émotion. « Ah ! Quel bonheur ! Comme tu as bonne mine ! Il était temps ! Nous ne te laisserons plus partir ! Et alors, ça y est, tu es médecin ! Oui, je suis là ! Quel beau couple, il semble que le temps ne s'est pas écoulé ! » Alors que nous nous dirigions vers une calèche aux grandes roues, je me rendis compte que Robledo encore ému me protégeait la tête d'une ombrelle de soie rouge, oubliant que les passants qui nous entouraient devaient s'étonner de ses galantes attentions.

Dans la voiture, une fois remise de mes émotions, je m'aperçus que la ville sentait mauvais, et que ses rues étroites, non pavées, rendaient la marche lente et incommode, autant pour les véhicules que pour les passants. J'observai que les habitants étaient des gens de couleur, leur peau variant du marron le plus sombre au plus clair. Mon attention était aussi attirée par la multitude de commerces. Des étals se trouvaient sur les places, sous les arcades, et presque tout le monde semblait vendre quelque chose – du pain, des sucreries, du lait, de l'eau, des fleurs, des légumes, des fruits et d'autres produits de la terre que je n'avais jamais vus. La chaleur ne me gênait pas particulièrement, mais Maryse m'apprit que nous n'étions pas au mois le plus chaud. En revanche, la poussière, soulevée par les roues de la voiture et les sabots des chevaux, m'incommodait et m'obligeait à m'éventer sans cesse avec la main, ce qui me rappela l'été d'il y avait maintenant douze ans, pendant lequel nous avions marché vers le Rhin avec la Grande Armée.

La maison de Robledo occupait un angle de rue et s'élevait sur deux grands étages. Vue de l'extérieur, la façade me sembla plutôt austère, pour ne pas dire laide. Mais l'intérieur était fascinant : une fois passé un grand porche, on pénétrait dans un long corridor, le *zaguán.* Il y avait ensuite, d'un côté, les stalles des chevaux, et, de l'autre, des barils et des caisses de provisions. Au fond se dessinaient trois arches soutenues par des colonnes à section rectangulaire et, plus loin, la végétation rafraîchissante d'un patio planté de rosiers et de citronniers, seule végétation que j'étais capable d'identifier d'emblée. Deux escaliers de pierre menaient chacun à une aile de la maison. La cuisine – qui dégageait des fumets de ragoût et de friture – était située à l'entresol. Plus haut, on pénétrait dans un ample salon au parterre impeccable revêtu de mosaïques et au plafond peint en bleu. Les meubles étaient en acajou sombre, des toiles représentant des scènes espagnoles et des paysages sereins d'Écosse et d'Amérique du Nord étaient accrochées aux murs. Il y avait encore une Cérès d'albâtre et une étagère remplie de porcelaines et d'étranges statues de bois et de terre – sans doute rapportées par Robledo de ses nombreux voyages – et un piano français à côté duquel était posée une magnifique jarre chinoise. La pièce et ses objets semblaient caressés par la lumière douce et colorée filtrée par les vitraux en forme d'éventail qui couronnaient les hautes fenêtres donnant sur des balcons. Les volets étaient clos sur la chaleur de la rue. On passait ensuite dans une galerie meublée de fauteuils cannés en rotin qui formait un balcon au-dessus du patio, dominant le reste de la maison, dans l'ombre. Elle était décorée d'une multitude de pots de fleurs, de cages renfermant de magnifiques oiseaux colorés, dont une perruche qui répétait d'une voix rauque, en roulant les « r », « Marryse, Marrryse ». Plus d'une douzaine d'esclaves des deux sexes servaient dans la maison. Ils passaient d'une pièce à l'autre avec une grande aisance, bavardant et riant entre eux comme s'ils avaient été seuls. Excepté le cocher, dont l'extraordinaire chapeau et l'élégante livrée m'avaient étonnée, les autres étaient vêtus simplement, la tête couverte de foulards de couleur. J'appris qu'ils dormaient à l'entresol et dans les chambres donnant sur le corridor où l'on rangeait les voitures. J'avais pu voir en passant dans les rues de nombreuses maisons de cette taille et je constatai que La Havane nageait dans l'opulence.

La chambre que m'offrirent mes hôtes était cependant d'une grande simplicité, meublée d'un lit étroit avec une moustiquaire, d'une table de nuit et d'une armoire. La porte latérale donnait sur un cabinet de toilette. Là, il y avait une baignoire en marbre, remplie d'eau parfumée, et de luxueuses latrines en ébène avec des incrustations en bronze.

– Comment trouves-tu ma maison ? demanda Robledo pendant le dîner.

– Elle me plaît beaucoup.

– Et La Havane ?

– Aussi.

– Ne sois pas si diplomate. Cela sent le fumier, la morue séchée, le tabac et le *tasajo*. Et bien d'autres choses encore, dit-il en souriant.

Voyant que mon regard se dirigeait vers sa chevelure grise, il s'exclama :

– Nous sommes en famille, Henriette. En plus, tu es médecin. Je présume que tu te demandes comment se porte aujourd'hui ma tête. Tu vas voir. Je vais te la montrer avant l'arrivée de Maryse – et avec le même geste d'orgueil puéril avec lequel il exhibait autrefois sa chevelure d'Absalon, il retira sa perruque : quelques pauvres mèches blanches parsemaient son crâne ridé ; de son oreille ne subsistait qu'un trou percé dans un segment de peau qui avait l'apparence du bois.

Sans savoir que répondre, je fis un geste vague qu'il interpréta comme s'il devait déjà se recouvrir.

– Ne crois pas que je porte cette perruque par prétention. C'est juste pour épargner aux autres un spectacle désagréable. C'est une idée de Maryse.

– Qu'est-ce que le *tasajo* ? demandai-je, feignant de ne pas avoir été émue par ses cicatrices.

– De la viande séchée, en général de cheval. Nourriture d'esclave et de pauvres. Son goût est très fort. Je doute que cela te plaise, dit-il, balayant d'un geste une assiette invisible et commençant à remplir les verres disposés devant moi avec divers liquides.

Une volumineuse Noire apportait les jarres, et il précisa :

– Ce sont des jus de fruits de ce pays : ananas, tamarin, jus de coco, un excellent diurétique ; celui-là, blanc, est du jus de corossol, très désaltérant, celui-ci, de papaye, et celui-là... dit-il en désignant un liquide rosé. Goûte. Qu'est-ce que c'est ? demanda-t-il à l'esclave en espagnol.

– De la goyave, don Julian.

– De la goyave, évidemment. Comment ai-je pu oublier le nom d'un fruit que j'aime tant ? Tiens, en voici. Tu dois mélanger les jus avec la cuillère avant de les goûter. Il y a une pincée de sucre au fond du verre.

Il me fit goûter une gorgée de chaque. C'était délicieux. Maryse entra alors, sortant du bain, portant une nouvelle perruque bouclée et une blouse de coton brodée. Elle se laissa tomber sur un siège. Sa cicatrice, recouverte de plusieurs couches de poudre blanche, ne se remarquait pas, même si son œil gauche semblait plus petit et était plus maquillé que le droit. Pour le reste, personne n'aurait deviné qu'elle venait d'avoir cinquante ans.

– Pourquoi ne t'habilles-tu pas en femme, ma chérie ? Tu serais plus à ton aise. J'ai plusieurs chemises et certaines de mes robes peuvent être ajustées à ta taille.

Devant mon geste de dénégation, elle demanda :

– Qui pourrait te dénoncer ?

– Tes serviteurs.

– Ce sont des gens discrets. Aucun d'entre eux n'oserait raconter ce qui se passe dans ma maison. C'est une vieille tradition cubaine.

– Si je puis me permettre, le mieux serait que tu t'habilles en alternance l'après-midi soit en femme, soit en homme, lança Robledo après avoir allumé un cigare. Ainsi, tu serais libre de m'accompagner à mon café préféré et dans les maisons de jeu. Le lendemain, tu pourrais faire les boutiques de la rue Muralla avec Maryse et te promener en *quitrín* sur le Prado.

– Excuse-moi de te poser tant de questions, mais qu'est-ce qu'un *quitrín* ?

– Une voiture légère à un seul cheval, avec deux roues et une capote pliable. Elle est destinée aux femmes prétentieuses. Ma chérie en possède un. Pour des raisons évidentes, je préfère ma calèche.

– Vous avez deux voitures ! dis-je avec admiration.

– Nous sommes riches, ma chérie. Que puis-je y faire ? Je ne m'y suis pas encore habituée.

– Nous t'avons concocté une série de voyages et de visites. Nous ne resterons que deux ou trois semaines à La Havane ; cela est bien suffisant pour voir ce qu'il y a d'intéressant. Ensuite, nous irons à mon ancienne plantation de café à Cuzco. Nous traverserons différents villages. Tu verras comme notre campagne est belle. Tu vas passer un séjour très agréable. J'ai cru comprendre que tu aimes monter à cheval. Eh bien, tu seras fatiguée d'en faire. Maryse nous accompagnera dans nos excursions, n'est-ce pas ma chérie adorée ?

– Sur ma mule Adolfina, répondit mon amie, je peux vous accompagner partout du moment que vous allez lentement.

– Nous chasserons, nous pêcherons, et nous allons bien nous amuser, continua Robledo. Dans deux mois, la saison où on commence à moudre le sucre, nous visiterons une raffinerie. Tu verras comment on fabrique le sucre. Mais c'est dans les plantations de café que nous aurons le plus de plaisir. Nous vivons là-bas pendant la saison sèche et nous avons des voisins français et allemands. Des gens très gais, qui aiment danser et jouer. Je vous apprendrai à jouer à... *caramba*... comment s'appelle ce jeu de cartes ?

– Le baccara, mon chéri.

– Ah, oui. Nous jouons beaucoup au baccara. Et nous danserons à n'en plus pouvoir. Je vous prie de me réserver dès maintenant la première danse.

– Cela suffit, mon chéri, dit Maryse avec tendresse. Veux-tu me rendre jalouse ?

Et elle ajouta en se retournant vers moi :

– Allons, Henriette, va t'habiller en femme. Nous passerons par le Prado avant le dîner, c'est ainsi que font les Havanaises.

– D'accord, mais seulement pour cette fois. Les choses sont beaucoup moins compliquées quand je suis en homme.

*

Voyager en *quitrín* revenait à être assise avec un certain confort sur un armon d'artillerie. Le profil du véhicule était adapté au mauvais état des rues. Je constatai que les roues démesurées que je voyais tourner de chaque côté de ma tête, ainsi que les deux longs montants de bois flexible qui supportaient le cadre de cuir sur lequel reposait la caisse du véhicule, avaient pour fonction d'éviter que l'on soit éjecté du siège. Le *paseo* du Prado se trouvait en dehors des murs de la ville ; il descendait vers la mer jusqu'à l'entrée de la baie, près d'un fort dont les feux se croisaient avec ceux du château du Morro. Une multitude de *quitrín* – répliques exactes du nôtre – le parcouraient dans les deux sens, transportant des femmes avec des éventails, des fleurs au chapeau et des robes aux nombreux volants. Les cochers, peau sombre, larges chapeaux et hautes bottes noires, les conduisaient, à califourchon sur leur cheval. Il y avait aussi des cavaliers, allant souvent par deux. Maryse échangeait avec eux des saluts quasi imperceptibles, d'un geste de son éventail. La rigidité provinciale de ce spectacle me parut assez ridicule. Mais tout au long de notre promenade vers la mer, j'étais fascinée par le paysage crépusculaire, les différentes strates d'orange, de rose et de violet qui zébraient le ciel, alors que le soleil se noyait somptueusement au lointain, à gauche de la ville. Sur le chemin du retour, alors que nous étions déjà environnés d'une douce pénombre couleur lilas, Maryse me dit en me prenant la main :

– Tu es parvenue à être ce que tu voulais : un médecin diplômé. Mais je sais que chacun ne cesse de désirer autre chose que ce qu'il a ; permets-moi de te demander : que désires-tu maintenant ?

– Exactement ce que je suis en train de faire : passer un peu de temps avec toi. Tu ne peux imaginer le nombre de fois où j'ai eu envie de venir te voir. Partout, surtout dans les pires moments, tu m'accompagnais. Oh, Maryse, si tu savais comme j'ai eu besoin de toi !

– Tu as vécu, ma fille, tu as suffisamment vécu pour les années à venir. Certaines de tes lettres nous ont fait pleurer. Ah, Henriette, si la vie était représentée par des chiffres et que tu additionnais ce qu'ont vécu toutes ces créoles que tu vois prendre le frais, le total de la somme n'atteindrait pas la moitié de ce que nous avons fait toutes les deux. (Elle soupira.) Parmi elles, je n'ai aucune véritable amie. Ici, personne ne sait rien des guerres ni des révolutions, ni des voyages, ni des opéras, ni des livres, ni de rien. Elles n'ont même pas conscience de leur ennui. Elles ne se sont pas encore réveillées. L'Histoire ne les a pas appelées, pour le moment du moins. Enfin... Combien de temps comptes-tu rester ?

– Je n'en sais rien. Je sais seulement que je n'ai pas envie de rentrer. En tout cas pas maintenant.

– Cela va mal, en France, n'est-ce pas ?

– Cela ne pourrait être pire. C'est tout à fait déconcertant. Tout est sens dessus dessous. La guerre offrait à certains des moyens de s'enrichir, mais il y a maintenant de moins en moins de gens qui ont de l'argent. Même le roi est endetté. Mais le plus difficile à supporter, c'est le manque de liberté. Le moindre mot imprimé doit passer par la censure, c'est insupportable. Même les œuvres romantiques sont mal vues. Toute remise en cause du droit divin de la monarchie est considéré comme une offense faite à Dieu, qui ne peut être tolérée par l'Église. C'est comme si la République n'avait jamais existé.

– Mais elle a existé, ma chérie. Elle reviendra un jour.

– Oui, mais pas dans un futur proche, le seul qui m'importe en réalité. Tu vas être étonnée : moi qui n'ai jamais été bonapartiste, je serais prête à changer le gouvernement de Louis XVIII et de ses émigrés pour celui de Napoléon, malgré sa soif de gloire et tous ses défauts. Nous sommes tout bonnement revenus au siècle dernier.

– Bien, ma chérie. De ce point de vue, je peux te dire que Cuba est le pire cloaque qui soit. Dans la pratique, toute loi est ici conçue selon les caprices du gouverneur. L'homme qui exerce cette charge aujourd'hui, un général d'artillerie, n'est pas le pire. Mais il y a quand même des jours où j'aimerais m'envoler de cette île.

– Tu ne pensais pas faire un long voyage avec Robledo ?

– Tu viendrais avec nous ?

– Il ne songeait pas à moi.

– Nous parlerons de cela plus tard. Robledo n'est plus l'homme que tu as connu à Baden-Baden.

– Je sais. Il m'a déjà montré ses cicatrices. Mais je le trouve encore robuste pour son âge.

– Il l'est, ma chérie. Il me fait l'amour deux fois par semaine. Mais depuis quelques mois, il est devenu distrait. Au début, je pensais qu'il avait une autre femme, ou que quelque chose le préoccupait... Il perd la mémoire, Henriette. Et il y a pire, Henriette. Il entre ou sort d'un lieu sans paraître s'en rendre compte. Parfois il parle de choses qui n'ont aucun sens, même si ses phrases sont bien tournées. Un matin, je l'ai trouvé en pleurs dans le jardin... Il ne veut pas aller voir de médecin. Peut-être connais-tu un remède ?

– Je l'observerai avec plus d'attention. Cela arrive parfois, mais à des personnes plus âgées. Quel âge a-t-il ?

– Soixante-quatre ans.

– Comment fonctionne son estomac ? lui demandai-je, pensant que le traitement recommandé par Broussais pouvait peut-être être utile au stade initial de la démence sénile. Car c'était manifestement, et malheureusement, de cela que Robledo semblait souffrir.

– Il pourrait manger un bœuf.

– Je ne peux rien te dire pour l'instant, mentis-je pieusement. Peut-être que cela lui a fait beaucoup de mal de se retirer des affaires. Souviens-toi combien la production de sucre avait d'importance pour lui. Essaye de l'occuper avec quelque chose.

– J'ai déjà pensé à tout cela. Uniquement pour me plaire, il a vendu sa raffinerie, avec toutes ses terres et tous ses esclaves. Je t'ai déjà écrit à ce propos. Ce n'est pas qu'il se soit désintéressé du sucre. Il a investi une partie de son argent en Prusse, dans des usines de sucre de betterave. Il assure que ce sera bientôt un négoce d'un excellent rapport en Europe. Tu verras qu'il va se passer ceci : l'Espagne a signé un traité avec l'Angleterre pour un paquet de livres sterling. Bientôt le commerce des esclaves sera illégal. On pense que ce traité, s'il ne met pas fin au trafic d'esclaves, contribuera à en faire augmenter le prix. Le temps viendra où un homme fort vaudra plus de mille pesos, et le coût de fabrication du sucre augmentera sensiblement, donc celui de la marchandise aussi. Selon Robledo, le sucre de betterave deviendra alors compétitif. Cependant, et c'est dommage, il ne s'occupe pas de l'administration des usines. Il a investi une autre partie de son capital dans une compagnie de navigation assurant les traversées entre La Nouvelle-Orléans et La Havane. En outre, la plantation de café qu'il possède à Cuzco ne produit rien : nous nous y rendons seulement en villégiature. En réalité, il n'a rien pour s'occuper.

– Cela me paraît donc être une très bonne idée que ce voyage autour du monde. Cela maintiendrait son intérêt en éveil.

– Je suis inquiète, Henriette. Tu sais ce qu'il a fait l'autre jour ? Il est entré dans une salle de jeu, et après avoir gagné une belle somme d'argent, il est sorti par la porte du fond. Francisco, le Noir qui conduit la calèche, l'a attendu en vain pendant trois heures. Il est finalement entré dans la maison de jeu où on lui a appris qu'il était parti. Il l'a retrouvé à la nuit tombée, errant sur une place. Robledo n'a recouvré ses esprits qu'au moment du dîner. Il a alors parlé et s'est comporté de manière normale, comme si de rien n'était. Mais si cela lui arrive à La Havane, dans sa ville natale, comment cela se passera-t-il à l'étranger, où personne ne le connaît ? Là-bas, il n'y aura pas de Francisco pour arpenter les rues à sa recherche.

– Oui, tu as raison, acquiesçai-je, convaincue désormais que Robledo présentait bien un cas de démence sénile. Je vois que les esclaves de La Havane possèdent une grande liberté de mouvements. Je m'en faisais une autre idée. Tu sais : travail dur, coups de fouet, punitions, mauvaise nourriture.

– Malheureusement, tout cela existe, mais seulement dans les plantations de canne à sucre. Les esclaves domestiques ne sont en principe pas maltraités. Dans aucune maison, tu ne verras un contremaître avec un fouet. La plupart des esclaves sortent de la maison pour livrer une lettre, faire les courses ou vendre sur le marché. Les hommes travaillent en général comme laquais, et surtout comme cochers, tel Francisco. C'est le poste le plus envié. Certaines Noires travaillent à leur compte comme lavandières ou couturières et donnent au maître la plus grande partie de l'argent qu'elles gagnent. Parfois, les esclaves sont autorisés à se rendre dans leurs *cabildes*, qui sont les maisons où ils se réunissent avec les Noirs libres. Ils se regroupent selon leur pays et leur langue d'origine en Afrique. Là, ils chantent ou ils dansent. Bien sûr, cela dépend des dispositions du maître. Tout cela n'a pas cours dans les plantations. Là-bas, le travail est dur et les châtiments cruels. Quand un esclave de la maison vole le maître ou se comporte mal, il est vendu au moyen d'une annonce dans le journal ou envoyé pour quelques mois à la fabrique. C'est ce qu'ils craignent le plus. Mais même dans l'univers domestique, l'esclavage peut être la chose la plus vile et la plus horrible du monde. Rien ne peut empêcher le maître de maison, disons Robledo, et même son fils s'il en avait un, de disposer librement du corps d'une esclave, même si c'est une enfant. Ce qui s'est passé pour Claudette se répète ici aussi fréquemment, si ce n'est plus, que dans le vieux Saint-Domingue. C'est le même type de société odieuse. Ici comme là-bas, toutes les richesses proviennent de l'esclave, et c'est de son travail que tout le monde profite. Une véritable honte. Évidemment, Robledo n'a pas voulu libérer ceux qui servent à la maison : dans la pratique, cela n'aurait aucun sens de le faire. Car, quand bien même ils sont moins de vingt, il serait accusé de faire partie d'une conspiration abolitionniste et banni de La Havane, sans compter que tous ses biens pourraient être confisqués. N'oublie pas que Cuba est une colonie. Ce sont précisément les Espagnols d'ici qui s'enrichissent le plus avec la traite des Africains. Ce sont eux qui décident. L'esclavage règne sur toute l'île. Personne ne peut se soustraire à cette triste réalité. Où que tu sois, l'esclavage est là. En me mariant avec Robledo, en vivant à Cuba, je suis tombée dans un piège auquel je ne peux échapper. Bien sûr, j'aurais pu l'abandonner ; j'aurais pu retourner en France. Là-bas il y a des opéras, des théâtres, et j'aurais sûrement réussi à gagner ma vie grâce au chant ou à la comédie, au moins en province. Mais mon Dieu ! Ne lui dois-je pas la vie, et l'amour ? Ai-je aimé quelqu'un plus que lui ? Et lui ne m'aime-t-il pas comme personne ne m'a jamais aimée ? Voilà, j'en suis arrivée à être prisonnière de ma propre conscience. Je ne sais pas si je m'explique bien...

– Très bien, dis-je sans enthousiasme, lui reprochant un peu, à elle, mon héroïne préférée, de s'être accommodée des idées et des intérêts d'une colonie esclavagiste.

Je comprenais ce qu'elle disait de sa relation à Robledo. Mais la vérité était qu'elle acceptait d'être servie par des esclaves.

– N'existe-t-il pas de risque d'une grande révolte comme à Saint-Domingue, ou, sans aller si loin, comme en Amérique du Sud ? demandai-je alors.

– Ah, ma chérie. Tu as mis le doigt là où le bât blesse. Ici, tout tourne autour de ces deux questions, en tout cas de manière feutrée. Mais je ne suis pas douée pour ce genre d'analyse. Je laisserai Robledo t'expliquer la situation. C'est une question de chiffres. Quelle que soit l'opinion que tu peux avoir sur la question, on te répondra avec des chiffres, incontournables : tant d'esclaves, tant de Blancs, tant de raffineries, tant de pesos, tant de soldats espagnols... Je te le répète, c'est un piège. Le sucre, les esclaves, la politique, tout cela est un labyrinthe dont personne n'a trouvé l'issue. Qu'il arrive ce qui doit arriver... Je sais, je sais, tu penses certainement que j'ai changé, et tu dois avoir raison. Pourquoi le nier ? Quelquefois je me regarde et je ne me reconnais pas. Cela doit être les années qui ont passé et l'amour que j'ai pour Robledo. Cela plus que tout.

Pendant que nous dînions dans la galerie, je changeai d'opinion au sujet de Maryse. Elle n'avait pas autant changé que je le croyais. Ses convictions étaient restées les mêmes, seulement elle en sacrifiait une partie sur l'autel de l'amour qu'elle portait à son mari. Elle n'était pas non plus parvenue à cet extrême – que beaucoup pourraient me reprocher – d'avoir eu un fils d'un ennemi de la patrie comme cela fut mon cas. Et, en sa compagnie, je me sentais comme un poisson dans l'eau, comme si les temps du Théâtre nomade étaient revenus. En la voyant sourire, j'eus l'intuition que mon séjour à Cuba se prolongerait plus que je ne l'avais imaginé. De retour dans ma chambre, je sortis de son cylindre la toile de ma *Femme en costume de bataille* et la déroulai sur le lit pour la contempler. Sa tenue militaire s'harmonisait avec l'austérité du mobilier. Elle semblait se plaire ici autant que moi.

*

Si je restai un mois à La Havane, ce ne fut pas tant en raison des modestes attractions qu'offrait la ville (les corridas, le cirque équestre, et même la représentation du *Calife de Bagdad* par une compagnie de La Nouvelle-Orléans), qu'à cause des dîners et des bals auxquels j'étais invitée. Le premier auquel j'assistai fut naturellement organisé par Maryse. Mon introduction dans la haute société, en quelque sorte. Le simple fait d'avoir étudié à l'université de Paris m'auréolait de prestige. Les hommes se pressaient pour me serrer la main et me demander quel était le traitement de la fièvre jaune adopté dans les colonies françaises, un mal qui frappait beaucoup de voyageurs et les équipages des bateaux qui séjournaient au port. Je répondais invariablement : « Les fièvres malignes sont traitées par l'application de sangsues sur l'estomac et par la diète hydrique », ce qui les ravissait. Invitée à danser par Maryse, qui tout au long du menuet ne cessa de se moquer de moi, je fus ensuite entourée d'une guirlande de jeunes filles aux larges décolletés, aux visages et aux épaules poudrés de blanc, qui tentèrent en minaudant de m'enseigner les pas du fandango et de la contredanse. La plupart des musiciens étaient des gens de couleur. Ils jouaient, fort et bien, des pièces qui me semblaient interminables. J'étais surprise de la manière informelle avec laquelle les membres de cette société, si traditionnelle dans la plupart de ses coutumes, se comportaient ici. Comtes et marquis se gratifiaient de diminutifs plus comiques les uns que les autres, que je n'avais jamais entendus en espagnol. Ils se traitaient de Cuquito, Chichito, Tonito, Pepito, Lalita, Mimita, Cachita, Lupita, et les époux appelaient gentiment leurs femmes *chinita* (petite fille), *negrita* (petite négresse) et même *viejita* (petite vieille)... À la fin de la nuit, certains me tutoyaient déjà, d'autres étaient passés du docteur Faber au don Enrique, pour finir par le don Enriquito, popularisé immédiatement par une Maryse qui riait à n'en plus pouvoir derrière le paon royal déployé sur son éventail.

Lors d'un dîner offert par une des grandes familles, j'avais fait connaissance avec trois des notables les plus en vue de La Havane : l'intendant Ramirez, protecteur des arts et des lettres, l'évêque Espada (qui, peut-être parce qu'il était l'un des rares à avoir survécu à la fièvre jaune, était curieux de connaître mes opinions sur la santé urbaine et l'hygiène domestique) et Tomás Romay, l'éminence médicale du pays, un homme aux idées libérales et d'une grande érudition. Ceux qui assistaient aux dîners et aux bals étant presque toujours les mêmes, j'eus plus d'une fois l'occasion de m'entretenir avec Romay. Son amitié me serait d'un grand soutien quelques années plus tard, à un moment où toute cette frivole aristocratie du sucre allait me répudier. L'un de ses nombreux mérites était d'avoir introduit à La Havane le vaccin contre la variole. Il avait lui-même vacciné ses propres fils afin de convaincre ceux qui hésitaient à l'utiliser. Parmi les ouvrages qu'il avait publiés, je connaissais ses travaux sur la fièvre jaune, sur l'insalubrité des navires négriers et sur l'importance de construire les cimetières en dehors des villes.

Grâce à la franchise de Romay, je pus avoir connaissance des opinions politiques et économiques qui prévalaient chez les créoles les plus connus sur l'île.

– Tout le monde sait que le baron Humboldt a influencé la pensée indépendantiste de Simon Bolivar, me disait Romay pendant que nous nous promenions au clair de lune, enveloppés du parfum du jasmin, dans le jardin d'un homme fortuné dont j'ai oublié le nom. Mais le baron, malgré les voyages qu'il a faits à Cuba et en dépit de l'étendue de son savoir indéniable, n'a pas établi de différences politiques majeures entre Cuba et les autres colonies d'Amérique du Sud. Quel dommage que monsieur Arango soit en voyage ! Personne mieux que lui ne pourrait vous expliquer les singularités de notre île. Des centaines de familles de La Havane doivent leur richesse à sa perspicacité, au point que beaucoup comparent son génie à celui d'Aranda ou de Floridablanca. Même si j'estime qu'il vaudrait mieux le comparer aux Anglais, tant pour son sens du calcul que pour son autoritarisme.

– Je pense rester à Cuba un certain temps. J'aurai peut-être l'occasion de le connaître.

– En tout cas, lorsqu'il apprit la nouvelle du grand soulèvement de Saint-Domingue, Arango réussit à convaincre les Espagnols que La Havane pouvait combler la pénurie de sucre créée par les événements sur le marché. C'est ainsi qu'il a obtenu la libre introduction des esclaves à Cuba, et toutes sortes de bénéfices pour l'industrie sucrière, y compris le raffinement du sucre sur place et son exportation via les navires de pays amis et neutres. La multiplication des raffineries de sucre a été à l'origine d'immenses richesses et de l'essor de La Havane. L'esclavage commence à être vu par certains comme un problème. Ne vous méprenez pas : quand je dis « problème », je ne me réfère pas au caractère immoral de cette institution que je condamne sans réserve, mais à l'augmentation croissante de l'importation d'Africains, qui représente un danger semblable à celui qui a entraîné la désastreuse révolution de Saint-Domingue : c'est-à-dire un déséquilibre significatif entre les populations blanche et noire. Selon le recensement de l'année dernière, le nombre de personnes de couleur à Cuba excède déjà considérablement celui de la population blanche. Arango, qui est responsable de cet état de choses, commence d'ailleurs lui-même à défendre en privé l'idée d'attirer des Blancs à Cuba. Je suis naturellement favorable à cette idée, mais je ne me fais pas beaucoup d'illusions.

– La rumeur dit que Bolivar enverra bientôt une armée de libération à Cuba. Est-ce vrai ?

– Ce sont des mots... Cela n'arrivera jamais. Si Cuba n'était pas une île, peut-être. Mais nous sommes entourés d'eau, mon ami, et c'est sans doute la meilleure défense qu'on puisse avoir... De plus, excepté chez certains esprits irréfléchis, l'idée d'indépendance ne rencontre aucun terrain fertile à Cuba. La situation des pays d'Amérique du Sud, comme vous le disiez, est très différente de la nôtre. Ici, nous dépendons exclusivement de l'esclavage et du sucre, ce qui n'a encore jamais été le cas là-bas. Si les grands propriétaires créoles, suivant l'exemple de Bolivar, décidaient d'affranchir leurs esclaves pour qu'ils luttent contre les Espagnols, non seulement cela les ruinerait, mais les esclaves s'uniraient aux Noirs libres et feraient la guerre à tous les Blancs quels qu'ils soient, créoles et Espagnols confondus. Je ne sais pas si on vous l'a raconté, mais une dangereuse conspiration de Noirs libres a été mise au jour ici il y a quelques années ; elle comptait sur l'aide d'Haïti et bénéficiait déjà d'un important réseau dans l'île. Par chance, elle a pu être arrêtée à temps. Aussi, soyez convaincu qu'aucun propriétaire ne sera disposé à commencer une guerre qui, en plus de le plonger dans la misère, pourrait lui coûter la tête, ainsi que celles de ses parents et amis. Franchement, je ne crois pas que cela puisse arriver. En vérité, l'allié le plus sûr des producteurs de sucre est la couronne d'Espagne. Ce sont précisément les troupes espagnoles, déployées dans toutes les villes et les villages, qui empêchent toute révolte d'esclaves. Et il y en a eu ! De temps en temps, les effectifs d'une raffinerie se rebellent et trois ou quatre Blancs sont tués, mais la révolte est étouffée avant même de pouvoir s'étendre à la plantation voisine. Sans la présence des troupes, nous serions perdus. Une autre chose encore qui mérite d'être soulignée : les limites des plantations sont circulaires, et la terre qui les sépare appartient au roi. Comme on dit ici, tout le monde a le roi pour voisin ; il est aussi omniprésent que la terre elle-même. Sans compter que les grands propriétaires créoles dépendent aussi du puissant groupe constitué des négriers et des commerçants ; les premiers fournissent les bras indispensables à la récolte de la canne à sucre, du café et d'autres denrées ; les seconds dispensent les prêts nécessaires à l'importation des machines et des vivres de l'étranger. Cette dernière catégorie, composée exclusivement d'Espagnols, est crainte de tous, y compris du gouverneur et de ceux qui ont une charge d'intendant. Il est facile de voir, señor Faber, combien nous, créoles, manquons de force pour nous séparer de l'Espagne. Le roi est fermement assis sur le trône de notre île. Qu'on le veuille ou non !

– Ce tableau est vraiment désespérant. Pourtant, je pense que même ainsi, une fois que l'Amérique du Sud sera libre, il sera difficile à l'Espagne de maintenir sa domination sur Cuba.

– Vous vous trompez, mon cher et estimé ami. La solution à notre problème politique ne peut se trouver ni à Cuba ni dans l'hypothétique indépendance des colonies américaines. La solution se trouve en métropole. Il est important que les libéraux triomphent en Espagne, radicalement et définitivement. Alors ils adopteront de nouveau la Constitution de 1812, et nous pourrons obtenir l'autonomie, autrement dit un gouvernement local avec des députés permanents à la Cour, la liberté de la presse, la sécularisation de l'enseignement universitaire, la création de chemins, de canaux, de ports, d'écoles, la promulgation de nouvelles lois... Cela fait, le traité avec l'Angleterre* sera appliqué à la lettre, et l'esclavage disparaîtra peu à peu. C'est le mieux qui puisse nous arriver.

Je quittai le bon docteur avec l'impression que ses opinions politiques, issues de la société inégalitaire dans laquelle il était né, auraient du mal à le soustraire à ce fatalisme bien intentionné. Comme le suggéraient les sages paroles de Maryse, les Cubains n'avaient peut-être pas encore été appelés par l'Histoire.

*

En sortant du centre de La Havane, clos d'une muraille, nous formions un petit convoi composé de la calèche de Robledo, du *quitrín* de Maryse, auquel on avait attelé un cheval supplémentaire, de deux chevaux de selle et deux mules de charge. Tout au long du chemin de nombreux paysans nous accompagnaient, que la langue cubaine nommait subtilement, selon le lieu d'où ils venaient, *guajiros*, *monteros* ou *sitieros*. Ils étaient venus, très tôt le matin, vendre leurs produits dans les marchés de la ville et s'acheminaient avec leurs caravanes de mules vers leurs terres pour les labourer. Aucun d'entre eux n'avait de manteau. Ils portaient une chemise rayée de bleu par-dessus un pantalon du même tissu. Leurs chapeaux étaient tissés avec une fibre jaune appelée *yarey*. Ils avaient un foulard au cou et des chaussures de cuir jaune. Les hommes étaient chétifs et leurs visages tannés par le soleil. Leurs chevaux étaient petits mais vifs, marchant d'un pas rapide et court, si stable que certains de leurs cavaliers dormaient. Nous traversâmes plusieurs villages, que l'on devrait plutôt qualifier de hameaux : quelques maisons de brique autour d'une place. L'habitation prédominante était la paillote de style indien, avec un sol en terre et un toit à double pente couvert de rameaux de palmes séchés et entrecroisés. Ce modeste spectacle contrastait avec l'enchantement que procurait le paysage. Ce sentiment était en grande partie provoqué par l'incalculable

* Traité conclu entre l'Angleterre et les autres pays européens, dont l'Espagne (1835), qui prévoyait entre autres l'interdiction de la traite.

nombre de ruisseaux, les douces collines couvertes d'arbustes et le vert des palmiers, les plantations de bananiers, les champs de maïs et les denses plantations de canne à sucre qui s'étendaient des deux côtés du chemin, ponctuées par les îlots des cheminées et des toits de tuiles des raffineries.

Après avoir passé une nuit dans un village qui attirait les gens de la capitale pour ses eaux médicinales, nous arrivâmes dans un endroit nommé Caimito, du nom d'un fruit à la pulpe violette. Tandis que Maryse et les attelages continuaient par le chemin principal, Robledo et moi prîmes un sentier qui conduisait au sommet d'une montagne de pierre blanche. De cette hauteur, vers le nord, on devinait la mer, avec à droite La Havane, et à gauche une impressionnante cordillère qui étendait son bleu évanescent vers l'ouest, jusqu'à disparaître dans la brume qui semblait provenir de ses propres sommets. Étendant le bras, Robledo me montra la baie de Mariel, baignant la ville du même nom, dont on pouvait voir les nombreuses raffineries. Puis nous mîmes pied à terre et bûmes du rhum dans sa fiole d'argent, et, devant l'insistance de mon ami (à Cuba, tous les hommes fument, ainsi que de nombreuses femmes ; l'abstinence en la matière est suspecte), j'allumai un havane à la fumée forte et aromatique, que j'apprendrais peu à peu à savourer et à exhaler, au prix d'étranglements et de nausées. Nous retrouvâmes Maryse dans un village situé presque au pied de la montagne, où nous attendait une succulente *lechona* préparée à la campagnarde (du porc grillé sur un gril de branches vertes). Après avoir mangé plus que de raison, nous décidâmes de passer la nuit là.

Tôt le matin, en reprenant la marche, nous pénétrâmes dans une région luxuriante du nom de Vuelta Abajo, une terre accidentée et magnifique à la végétation vierge et sauvage ; une sorte de paradis, sillonné de profonds sentiers et de ruisseaux rocailleux sur les rives desquels poussaient le cresson, le jambosier, le bambou, qu'on appelle ici *caña brava* ; nous passions près de défilés percés de grottes, les arbustes et les plantes grimpantes naissant des parois grises de pierre lisse ; nous descendions dans des gorges cachées, tapissées de fougères, de lianes et de fleurs que je n'avais jamais vues, survolées par des papillons aux couleurs extraordinaires et des oiseaux que Robledo reconnaissait d'un coup d'œil :

«Je vois un samson, au chant large et beau, avec de nombreuses variantes... un tomeguin, qui chante aussi... Regarde ce couple de perruches, ce sont les mêmes que nous avons à La Havane... ces petits-là, nous les appelons *bijiritas* et ceux-là, noirs comme des corbeaux, sont des *toties* » ; nous entrions dans des bois, qui, contrairement à ceux d'Europe, paraissaient d'authentiques jardins botaniques car les arbustes poussaient regroupés par famille : le cèdre, le pin, le grenadier, Robledo les nommait au fur et à mesure, le *guazuma*, le *yagruma*, l'acajou, l'hibiscus, le quebracho, le fromager et les palmiers, toutes sortes de palmiers.

Nous décidâmes de passer la nuit dans l'auberge rustique d'un village perdu entre les montagnes. Maryse était ravie de vérifier que la mémoire de Robledo n'avait pas failli une seule fois depuis notre départ de La Havane.

– Ce doit être l'air de la campagne, avançai-je, pour dire quelque chose.

– Je crois que c'est à cause de son envie de te montrer son pays. Comme tu as pu le remarquer, il en est fier, dit Maryse. Ah ! s'il pouvait aller mieux ! Nous pourrions alors partir tous les trois en voyage. Cela fait des années que je rêve de faire le tour du monde : Veracruz, Acapulco, traverser l'océan, Manille, Canton, Bangkok, Singapour, Rangoon, Madras, Bombay... J'ai appris ces noms dans les livres de voyageurs. J'ai tout préparé. Je voudrais voir de près les temples bouddhistes millénaires et, bien sûr, emprunter une caravane en Arabie pour arriver jusqu'au Nil, et remonter jusqu'au Caire, contempler les pyramides, et le sphinx... Il faudrait aussi aller à Jérusalem, bien évidemment, à Damas, à Bagdad, à Istanbul et à Samarkand, tu ne trouves pas que « Samarkand » est un nom fascinant ? Sa...mar...kan...d, cela sonne comme un fruit exotique... Mais j'ai oublié la Grèce, et le Japon, et bien sûr les îles du capitaine Cook et de monsieur de Bougainville... Eh, oui, ma chérie, j'ai tout en tête. Depuis mon plus jeune âge, je rêve de voir ces endroits. Réponds-moi franchement, penses-tu que Robledo pourrait être à nouveau comme avant ?

– Personne ne peut redevenir ce qu'il a été, répondis-je prudemment. Peut-être que le mal ne progressera pas, ou plus lentement. Son état actuel n'est pas désespéré.

– Dis-moi la vérité, Henriette, exigea-t-elle. La vie m'a confrontée à des choses bien plus graves.

– La vérité, c'est qu'il souffre d'un affaiblissement du cerveau, quelque chose qui arrive à un certain âge, dis-je sans cacher mon opinion. Parfois on l'observe chez quelqu'un de son âge, rarement chez quelqu'un de plus jeune. Le mal a sans doute commencé par une fièvre inflammatoire quelconque, mais le fonctionnement du corps humain reste encore un mystère. Parfois les organes se soignent tout seuls. De toute façon, quand nous reviendrons à La Havane, je lui appliquerai des sangsues et je lui prescrirai un régime. Sa mémoire a été claire ces derniers jours. C'est bon signe. Peut-être que, comme je te l'ai dit, l'air de la campagne lui fait du bien. Cela me semble une bonne idée de séjourner un bout de temps dans sa maison de Cuzco.

Mais nous n'eûmes pas le temps d'atteindre la montagne de Cuzco, que l'on apercevait au loin. La voix inquiète de Maryse me sortit du lit à sept heures le lendemain matin. À l'aube, alors qu'elle dormait, Robledo était sorti de l'auberge. Aux dires du *guajiro* qui l'avait vu, il avait emprunté à pied le chemin même d'où nous venions. Nous partîmes tous à sa recherche. Nous le trouvâmes assis près d'un petit ruisseau, plongé dans une profonde stupeur, pieds nus dans l'eau, les poches remplies de fleurs. Il avait été piqué par des abeilles à la main droite. Il se laissa emmener à l'auberge comme un enfant. Une fois arrivé, je pris mes pinces les plus fines pour lui retirer les dards des insectes. À midi, alors que Maryse lui faisait boire une soupe, il reprit ses esprits et pleura un peu, en silence, honteux, la tête plongée entre les mains. Au bout d'un moment, reposé, il décida lui-même de notre retour à La Havane.

*

Les apothicaires ne pouvaient vendre des sangsues qu'à un médecin, et comme mon visage était inconnu à l'homme qui se trouvait derrière le comptoir, je dus retourner à la maison chercher mon diplôme.

– Le voici, dis-je en étendant le parchemin sur le comptoir.

– Je suis désolé, monsieur, mais il ne sert à rien, dit-il après l'avoir lu attentivement.

– Comment ? Mais c'est un titre de l'université de Paris ! protestai-je.

– Je n'en doute pas, mais à Cuba, les médecins étrangers n'ont pas le droit de pratiquer sans autorisation du Protomedicato.

– Le Protomedicato ?

– Oui, c'est un tribunal de médecins.

Je me rappelai que, dans les premiers documents que Maryse m'avait envoyés à Paris, figuraient des informations sur les études de médecine et sur le Protomedicato. L'apothicaire m'informa qu'il me faudrait passer deux examens, l'un de médecine, l'autre de chirurgie.

– Mais il vaut mieux que vous vérifiiez vous-même.

En me voyant revenir de mauvaise humeur et sans sangsues, Maryse devina ce qui s'était passé.

– Cela ne m'étonne pas, ma chérie. Nous nous plaignons de la bureaucratie française, mais ici c'est dix fois pire. Quelle que soit l'importance de la formalité administrative à accomplir, aussi infime soit-elle, ta demande doit passer par quatre ou cinq gratte-papier, qui mènent des enquêtes, exigent des lettres de recommandation, ou des déclarations de bonne conduite signées par tes voisins, ou bien des copies de ton acte de naissance, ou encore un inventaire de tes biens, ou un certificat de mariage... Tu viens de découvrir la ville des paperasses, des signatures et des tampons. Et il faut voir ensuite les airs que prennent ces misérables ! Ce n'est qu'une bande d'ordures ! Ne t'inquiète pas pour les sangsues, je demanderai au docteur Romay.

Je tentai de soigner Robledo pendant trois semaines. Sans succès. Il accepta la diète hydrique avec la plus grande docilité, mais je préférai la suspendre en voyant la vitesse à laquelle il perdait du poids sans que sa santé s'améliore.

– Je n'ai rien pu faire pour lui, dis-je, peinée, à Maryse. Je pense que la détérioration de son cerveau est irréversible. Parles-en donc au docteur Romay.

– Je l'ai déjà fait, dit-elle dans un soupir. Il pense que son mal est incurable. Il dit que l'asile d'aliénés renferme plusieurs cas similaires. Ah ! Henriette ! Un homme si bon et si généreux ! Qui pouvait penser qu'il sombrerait dans la folie ? Te souviens-tu, lorsque nous fîmes sa connaissance dans la salle de jeux ? dit-elle en sanglotant. Comme il était beau, avec sa chevelure noire et sa perle, tout de noir vêtu... Le numéro neuf. Je suis tombée amoureuse immédiatement. Te souviens-tu ? Un fou, mon Dieu ! Comment est-ce possible ? Dis-moi la vérité : il va mourir bientôt ?

– Non. Enfin, pas de sa folie... Son état va empirer peu à peu. J'ai vu des cas assez avancés à la Salpêtrière. Il arrive un moment où ils ne se rendent même plus compte de leur maladie. Ils ne souffrent pas, dis-je pour la consoler au moins sur un point. Ils se consument petit à petit comme une bougie. Peut-être même qu'il te survivra.

Cette nuit-là, je ne pus m'endormir. Je pensai aux paroles que Maryse avait prononcées lorsque nous nous promenions sur le Prado dans son *quitrín* : « Pourquoi certaines personnes, comme toi et moi, sont-elles destinées à perdre ceux qu'elles aiment le plus ? » Ma vie continuerait-elle sur cette voie ? Je m'étais rendue à La Havane dans l'idée d'abandonner derrière moi ma tristesse, et maintenant, au lieu d'être heureuse et en paix avec moi-même, je me sentais affligée, les nerfs à vif à cause des malheurs de Robledo et de Maryse. La tête commençait à me faire souffrir atrocement, et je fermai les yeux, m'attendant à veiller pendant de longues heures. Soudain, au-delà de mes paupières fermées, je vis le visage splendide de Fée Marraine. Elle était de nouveau auprès de son calvaire, étendue sur l'herbe, les feuilles d'automne tombant lentement autour de nous.

– Je ne peux même pas aider mes amis, Fée Marraine. Je me sens dure et amère comme une pomme verte.

– C'est pour cela que tu es là, dit-elle en s'asseyant à mes côtés.

Elle était nue et avait grandi de façon spectaculaire. Je ne l'avais jamais vue de cette taille-là. Voyant que je l'admirais, elle déplia avec coquetterie ses ailes gigantesques.

– Je ne sais pas quoi faire. Ma science ne sert à rien, et cela me tue.

– Ne parle pas ainsi. La science n'est pas mon fort, mais je sais que tu as soigné beaucoup de personnes.

– Comment le sais-tu ? Je ne me souviens pas d'avoir parlé de cela avec toi.

– En rêve, Henriette. Quand tu dors, tu me rends régulièrement visite.

– Je crois que ni moi, ni Maryse ne serons jamais heureuses. Quand nous le sommes, il se passe toujours quelque chose de terrible.

– Je sais. J'ai déjà entendu tes lamentations. Tout ce que je puis te dire, c'est que les choses sont comme elles sont. Ne les rends pas plus compliquées : elles le sont déjà bien assez.

– J'ai besoin de ton aide, Fée Marraine.

– Je te l'ai déjà donnée. Tu ne te rappelles donc pas la clé d'or ?

– Tu m'as dit que je devrais ouvrir avec elle ma propre porte.

– C'est ce que je t'ai dit.

– Et je l'ai fait ?

– Bien sûr. Grâce à cette clé, tu es allée à Paris pour étudier. Grâce à elle, tu es partie pour Cuba.

– Je ne sais plus où aller maintenant. Cela me fait peur de voir mes amis souffrir. C'est comme si je souffrais moi-même. Je n'ai pas envie de rester. Mais où aller ?

– Souffrir n'est pas aussi mauvais que tu le crois. On apprend beaucoup.

– Je suis fatiguée de souffrir, Fée Marraine.

– Eh bien, tu peux tout renverser. Tu sais, comme si tu retournais un gant.

– Que veux-tu dire ? demandai-je en la regardant dans les yeux.

Je sentis peu à peu que j'entrais au cœur du bois, comme si s'ouvrait de lui-même un sentier que j'étais seule à pouvoir emprunter.

– Je veux dire que si tu gardes toutes tes souffrances à l'intérieur de toi, c'est comme un trop-plein qui va t'être néfaste. Mais si tu fais l'inverse, la souffrance se retrouve dehors à l'extérieur de toi. C'est la même chose quand tu aimes. Tu ne te souviens déjà plus de Bousquet. Sais-tu pourquoi ? Tu as eu un trop-plein d'amour à l'aimer en secret. À l'inverse, ceux à qui tu as tout donné vivront toujours dans ton cœur. Aimer, c'est donner. Souffrir, c'est donner. Il faut inverser les forces. Sinon, tu te détruis et ton chagrin se transforme en culpabilité, et ton amour reste pure imagination.

– Tu veux insinuer que je dois rester avec mes amis et leur offrir la souffrance que je ressens pour eux ?

– Je n'insinue rien.

– Ce n'est pas toujours facile de parler avec toi, Fée Marraine.

– Je ne t'ai rien dit d'autre que ce que tu penses. Comme si tu te parlais à toi-même. Mais maintenant, laisse-moi. Il est temps que tu retournes au lit. J'ai rendez-vous avec une petite fille qui est tombée de cheval et qui est restée paralysée. Elle doit arriver d'un moment à l'autre. Elle a déjà commencé à rêver.

– Adieu, Fée Marraine. Tu ne sais pas combien je t'aime.

– Moi aussi, réussis-je à entendre, alors qu'elle disparaissait du calvaire et volait vers la lueur d'un éclair.

*

Cela fut beaucoup plus facile que je ne l'imaginais. Après m'être procuré deux bouteilles de rhum, je frappai à la porte de la grande chambre de Maryse et Robledo qui se trouvait dans l'autre aile de la maison. Ils me reçurent en chemise de nuit : je leur dis que je n'arrivais pas à dormir et que je venais boire avec eux, une proposition qu'ils acceptèrent avec un grand naturel. Dès que les verres et les bouteilles furent disposés sur la table de nuit, la « nuit du phallus » nous revint immédiatement en mémoire, celle où nous nous étions réunis dans ma chambre de l'auberge de Fulda et où j'avais bu du rhum pour la première fois, Maryse me convainquant de ne pas dénoncer Vincent, Robledo ralliant son point de vue pour m'inciter à me montrer clémente envers ceux qui n'avaient pas la chance d'être beaux, défaisant le ruban qui maintenait sa magnifique chevelure, me contant ses aventures sur les îles aux perles, et moi parlant avec une loquacité inhabituelle de mon déguisement de mamelouk, des journées d'Austerlitz et de la fulgurante campagne de Prusse, de Vienne, de Berlin et de Varsovie, sans évoquer cependant les sombres jours de Pultusk, et les verres se vidant et se remplissant de rhum, et Maryse se souvenant du grand théâtre du Palais-Royal, du salon de Talma et de la brillante conversation de monsieur Olavide, mais taisant les noms de Justine et de Portelance. Et Robledo décrivant les différents bâtiments de sa raffinerie, les étapes successives de transformation de la canne en jus, puis du jus en mélasse, et enfin de la mélasse en sucre, tout en taisant sa vie d'homme marié et la cause de la mort de sa femme, tous arborant la jubilation sur nos visages et cachant les rubans noirs de nos deuils, et les verres se remplissant et se vidant de rhum, et Maryse ne se faisant guère prier pour chanter *a cappella* une aria de Grétry, et, avec plus de réticence, les derniers airs à la mode de La Havane, *El caramelo, Tata, Ven acá*, très applaudis à l'époque sur la scène du Principal. Et alors, presque avec désinvolture, j'abordai le thème de la maladie de Robledo, la démence sénile, avec tous ses symptômes, avec tous ses signes, ce à quoi nous devions nous attendre ou ne pas nous attendre, en parlant toujours à la première personne du pluriel, comme si nous étions tous des déments séniles, et Robledo très résigné, haussant les épaules comme si cela ne le concernait pas, répondant : « Que pouvons-nous y faire ? Il faut bien mourir de quelque chose », et les verres se remplissant et se vidant de rhum, et moi : « Il n'y a pas lieu de nous affliger outre mesure, nous avons encore beaucoup de mois devant nous, je dirais même des années », et Maryse me remerciant de m'inclure dans ce « nous », avec un regard reconnaissant, et moi scellant ma promesse en les gratifiant chacun d'un baiser, et les verres se vidant et se remplissant de rhum et Robledo m'attirant à ses côtés avec Maryse, nous assurant qu'il nous mettrait au courant des affaires de sucre et du bateau à vapeur de La Nouvelle-Orléans, « de bonnes affaires », insistait-il, nous ne manquerions pas d'argent, et pensant qu'il serait peut-être bon de faire connaître sa maladie publiquement, il se sentirait ainsi plus à l'aise sans avoir à singer un état de santé qui n'était plus le sien, et Maryse répondant que le mieux était l'ennemi du bien et qu'il n'était pas question d'annoncer sa maladie dans les journaux, et moi prenant partie pour Robledo, proposant d'inviter tous ses amis à un grand dîner suivi d'un grand bal, « et à minuit, je prendrais la parole et je leur expliquerais mon état », et Maryse transigeant avec un geste de résignation, « à condition que tu ne mentionnes pas le nom de ta maladie, parce que tu n'es ni fou, ni vieux », et moi suggérant un nouveau nom, quelque chose comme « la fièvre de l'oubli », « une fièvre récurrente comme la malaria », et Maryse répondant qu'elle n'aimait pas le mot « fièvre » mais que « récurrent » sonnait bien, même si, réflexion faite, il eût mieux valu trouver une cause exotique, disons un mal à l'évolution lente attrapé en Chine ou dans les îles des mers du Sud, et Robledo se divertissait vraiment de tout cela, les verres se vidaient et se remplissaient de rhum, et je reconnaissais que j'étais encline à ne pas donner trop de détails, proposant « la maladie de Pinel », « illustre médecin de Paris s'intéressant aux dérèglements du cerveau », et Robledo commença à répéter le mot « perle », vingt fois, trente fois, se levant du fauteuil, le visage inexpressif et figé dans cette impassibilité que donne parfois la folie, et commença à errer dans la chambre à la recherche de quelque chose, quelque chose qu'il n'arrivait pas à trouver, qui n'était ni dans l'armoire, ni dans les tiroirs de la commode, ni sous le lit et encore moins sous sa perruque, ni à l'intérieur de ses chaussures. Maryse versa dans son verre ce qui restait de la dernière bouteille, et s'approchant de lui : « Voilà mon chéri », lui mit le verre dans la main, et lui fit lever le coude jusqu'à ce que le bord touche ses lèvres. Il commença à boire à petites gorgées, gardant la liqueur en bouche jusqu'à ce que je lui ordonne d'avaler. Une fois le rhum bu, il se laissa mener au lit, où nous nous jetâmes, tous saouls et enlacés, pensant que la vie pouvait continuer ainsi parce que les choses n'allaient pas si mal que cela. Mais nous nous trompions.

24

Raconter ce que fut ma vie l'année qui suivit revient ni plus ni moins à décrire La Havane, avec ses qualités et ses défauts : la cathédrale et la tombe de Christophe Colomb, le café du Lion d'or et ses rafraîchissements venus de Boston, l'université, le séminaire, l'hôpital pour femmes, l'asile d'orphelins, le jardin de l'évêque, le nouveau cimetière, la fabrique de tabac, les palais, les églises et les couvents, les places et leurs foules, les tours et les forteresses, les faubourgs hors les murs, le fleuve Almendares ou la rivière Chorrera, la ville proche de Guanabacoa, et d'autres lieux caractéristiques. Nous n'avions rien de particulier à faire, si ce n'est compatir et partager avec Robledo sa résignation – de moins en moins silencieuse. Tôt le matin, nous partions dans sa calèche et je prenais des notes sur ce qu'il avait à dire de sa ville. Il me parlait surtout de la période de l'occupation anglaise pendant son enfance, un événement qui l'obsédait et que je finis par connaître dans tous les détails. À midi, Maryse nous attendait pour déjeuner et après un café, un rhum et un cigare dont ni la fumée ni le goût ne m'avaient encore conquise, nous faisions la sieste jusqu'à cinq heures, moites et accablés de chaleur. C'était ensuite l'heure de la promenade dans le traditionnel *quitrín* : nous empruntions le *paseo* du Prado ou l'*alameda* de Paula. Venait alors le dîner en compagnie de quelques invités de confiance, personnes aimables et bien éduquées qui restaient toujours prudentes dans leurs opinions, comme si les murs avaient des oreilles. Certains critiquaient parfois le manque d'écoles ou l'absence d'une politique de santé, ou encore les fléaux qu'étaient le jeu, la paresse et la prostitution, mais ils ne s'aventuraient jamais sur les thèmes de l'indépendance ou de l'abolition de l'esclavage. Les veillées se terminaient en général avec Maryse au piano, à moins qu'elle ne se mît à pincer les cordes de sa guitare en chantant une nostalgique chanson d'amour qu'elle dédiait à Robledo.

Ainsi passaient les jours. Ma vie s'était transformée en une routine prévisible qui me rappelait mes années d'études à la Faculté. Mon séjour se dilatait indéfiniment, plus par une sorte de devoir que je me serais donné que par un véritable choix. La ville me semblait omniprésente. J'avais parfois l'impression que ses murailles m'entouraient, m'étouffaient, me retenaient prisonnière comme dans un cachot. Je sellais alors un cheval, descendais par le *paseo* du Prado et prenais le chemin de la côte jusqu'à la tour de la Chorrera, à l'embouchure du fleuve. Et le lendemain, je retournais à mon ennui habituel : de nouveau le petit déjeuner avec son chocolat, suivi immédiatement de la promenade, Robledo parlant sans arrêt, tentant désespérement de retenir La Havane dans sa mémoire nébuleuse en en nommant chaque pierre, en en parcourant chaque rue, sans se lasser. Il ne restait plus aucune porte, aucun carrefour, aucune place ni forteresse dont je ne connusse l'histoire, des temps légendaires de Tejada et Antonelli jusqu'aux comtes d'Albemarle et à la vie épique de l'évêque Morell. Avec Maryse, ce n'était guère plus palpitant. Nous étions installées dans le *quitrín* ou devant une bouteille de rhum, et je sentais notre passé se fatiguer à force d'être répété : mon enfance dans le Languedoc, la sienne à Paris, Robert et Portelance, Justine et Dunsinane, la Russie et Saint-Domingue, la mort blanche et la fièvre jaune... Quand elle se rendit compte que nous avions épuisé ce que nous pouvions raconter, elle compara nos conversations aux répétitions d'un opéra. Déjà, il n'était plus rare que nous nous promenions sans prononcer une parole, les yeux tournés vers les couleurs évanescentes du crépuscule. L'état de Robledo empira après une fièvre maligne. Il devint, physiquement, une ruine ; ses périodes de lucidité étaient de plus en plus brèves et son caractère devenait erratique : il refusait parfois de sortir de la maison ; d'autres fois, il voulait sortir tout nu dans sa calèche, nous griffant le visage quand nous essayions de stopper son caprice, en nous injuriant avec les pires insultes qu'il pouvait trouver en espagnol. Faute de la censure exercée par la lucidité, ses instincts débordaient et il courait derrière les belles Noires pour les embrasser et les toucher. Une nuit, je sentis qu'il tentait d'ouvrir ma porte. Au grand désespoir de Maryse, il devint impossible d'inviter des gens à dîner. De même, il lui sembla inopportun de continuer à accepter des invitations à des bals ou des veillées, et peu à peu elle se sentit oubliée par ses amis. Vint le moment où la porte de la maison ne s'ouvrit plus que pour le fidèle docteur Romay et un certain Nicolas Jerez, le fondé de pouvoir qui s'occupait des biens de Maryse – Robledo ayant déjà été déclaré irresponsable.

Francisco, le cocher, qui n'avait plus l'occasion de parader dans les rues et les avenues, devint désagréable et irrespectueux, humeur contagieuse qui s'étendit à tous les serviteurs.

– Retourne en France, ma chérie, me dit Maryse alors que je me plaignais de ce que la viande grillée était immangeable tant elle était salée et pimentée. Ton sacrifice me pèse. Je te remercie de toute mon âme et tu me manqueras beaucoup, mais ce n'est pas juste de te garder avec moi. Je dis « avec moi » parce que mon pauvre Robledo ne compte déjà plus.

– Je ne pourrai pas, Maryse. Je ne pourrai pas te laisser seule dans cet état. Je me le reprocherais toute ma vie. Nous devons trouver une solution.

– Il n'y a pas de solution. Je resterai avec Robledo tant qu'il est en vie.

– Je ne te propose pas autre chose. Je pense seulement que tu t'es trop enfermée dans sa maladie, et cela n'est pas bien. De mon côté, j'ai fait la même chose.

– Je fais ce que je sens, Henriette. Je vis comme je vis parce qu'il m'est impossible de faire autrement. Tu crois que je pourrais aller au théâtre ou au bal en le sachant là, cloîtré comme un reclus et à la merci des bêtises que lui font faire sa folie ? Et puis il y a encore des moments où il est lui-même, des moments où il souffre et où il a besoin de moi... Nous sommes ensemble et nous nous souvenons de certaines choses, nous rions et nous pleurons... Que sais-tu, toi, de ce qui se passe dans notre chambre ?

– Sa maladie progresse très rapidement. Dans quelques mois, il ne te reconnaîtra plus, dis-je avec une dureté délibérée. Il ne se souviendra de rien, et ne saura même plus qui tu es.

– Et comment peux-tu savoir s'il me reconnaîtra ou non, s'il aura ou non des souvenirs ? dit-elle sèchement.

– Je suis médecin, Maryse.

– Médecin ! Admirable ! Ne m'as-tu pas dit toi-même que l'organisme humain est un mystère et que les organes se soignent parfois tout seuls ?

Je gardai le silence. Cela n'avait aucun sens de continuer cette conversation désagréable. Pendant que Maryse buvait son rhum sans me regarder, un projet auquel j'avais pensé plusieurs fois me revint à l'esprit.

– Je ne te laisserai pas seule. Tu me connais bien. Tu ne peux rien dire ni faire qui me fasse changer d'avis. Cependant, j'ai un métier. Pour pouvoir le pratiquer ici, je dois solliciter le Protomedicato. J'ai hésité à le faire, sans doute par orgueil, mais je pense que si je me sens utile, mon humeur s'améliorera. Cela nous fera du bien à tous, tu ne crois pas ?

C'est ce moment que choisit Robledo, élégamment vêtu de noir, rasé de près, portant sa perruque poudrée de blanc, pour faire son entrée dans la galerie. Son aspect était digne d'un chambellan, et il me fit penser à Talleyrand prenant place dans la loge impériale du théâtre de Vienne.

– Tu es magnifique, mon chéri, dit Maryse émerveillée.

– Il était important de célébrer l'occasion, mon Aurore chérie. Voici ton cadeau d'anniversaire, dit-il en posant près de l'assiette de Maryse une petite boîte d'argent. Ouvre, ce sont des boucles d'oreilles. J'espère qu'elles te plaisent… j'ai fait monter les plus belles perles que j'aie rapportées de Tahiti.

Maryse, tout en se mordant les lèvres pour ne pas pleurer, ouvrit la boite et en sortit un peu de tabac, qu'elle étendit avec précaution sur la nappe.

– Elles te plaisent, mon Aurore chérie ?

– Elles sont adorables, dit Maryse d'une voix sans timbre.

– Tu ne m'as pas présenté à ton amie.

Incapable de rester plus longtemps témoin de cette scène pathétique, je saluai d'un geste et descendis à l'écurie.

*

Grâce aux bons offices du docteur Romay, j'obtins que les médecins du Protomedicato me fissent passer l'examen après quatre semaines, ce qui était pour eux un délai extraordinairement court. Le jour convenu, je vis avec satisfaction que l'hiver imperceptible de La Havane offrait une matinée claire et ensoleillée, qui me rappelait Paris à la fin du printemps. Je pris ce temps splendide comme un présage de bon augure et, la boue des rues s'étant asséchée et durcie, décidai de me rendre à mon rendez-vous à pied.

J'attendais depuis plus d'une heure lorsque mes deux examinateurs arrivèrent, vêtus de larges casaques et de perruques comme pour une cérémonie officielle en présence de hauts dignitaires. Ils avaient tous deux le double de mon âge ; une autre heure s'était écoulée quand ils daignèrent me recevoir dans la pénombre d'un appartement dont les murs étaient couverts de portraits de sombres prélats et de diplômes. Après un exposé de vingt ou trente minutes où je retraçai mes études et mon expérience dans les hôpitaux et sur les champs de bataille, l'un d'entre eux, le président du tribunal, me posa cette question :

– Supposons que la roue d'une voiture ait écrasé la jambe d'un passant, à quel moment pratiqueriez-vous l'amputation ?

– Le plus tôt possible, répondis-je sans hésiter. L'idéal serait de l'effectuer *in situ* ou dans une maison proche du lieu de l'accident.

– Pourquoi ?

– Pour deux raisons. D'abord parce que l'état de choc qui suit en général immédiatement l'accident insensibilise la personne, et l'opération n'est donc pas aussi douloureuse. J'ai vu des cas où le blessé ne sentait aucune douleur. Et de plus, un de mes maîtres, le baron Larrey, a observé qu'en état de choc, on saigne moins : il est alors plus facile de lier les artères.

– Très bien, docteur Faber. La réputation du baron Larrey et de ses fameuses amputations nous est parvenue jusqu'ici. Nous sommes heureux d'avoir la chance rare de connaître un de ses disciples. Continuons... Quel traitement prescririez-vous contre la dysenterie ?

– J'interdirais l'ingestion d'aliments solides. Je recommanderais une diète de liquides acidulés. Je prescrirais un astringent pour combattre la diarrhée, et j'appliquerais des sangsues sur la région abdominale pour faire diminuer l'inflammation.

– Des sangsues sur le ventre ? demanda, surpris, l'autre médecin.

– Comme je vous l'ai dit, j'ai étudié avec le professeur Broussais.

– Broussais ? Jamais entendu parler.

– Mais bien sûr, Broussais, le prophète de la médecine physiologique ! coupa son collègue, stigmatisant son ignorance d'un coup d'œil sévère (à cette époque, l'enseignement de la médecine était conforme à ce qu'on pouvait attendre d'une colonie. En l'absence d'amphithéâtre et à défaut de toute pratique de dissection, il était entièrement oral, reposant sur des traités obsolètes et dominé par l'esprit scolastique du Moyen Âge. Durant trois ans, période qui vit le rétablissement par les libéraux, en Espagne et dans ses colonies, de la Constitution de 1812, l'ordre des Dominicains perdit la direction de l'université de La Havane, ce qui marqua le début des réformes réclamées par Romay et d'autres médecins. Mais en 1823, quand la monarchie absolue fut rétablie à Madrid grâce à l'appui militaire du royaume de France, l'ancien ordre régna de nouveau. Quand je serais expulsée de Cuba, un jeune médecin du nom de Gutierrez, qui travaillait à l'hôpital de San Ambrosio, s'obstinerait cependant à introduire dans l'île les conceptions de Broussais. J'eus l'occasion de lire son *Catéchisme de la médecine physiologique*, excellente traduction de l'œuvre de mon maître).

Les questions cessèrent à midi et, de retour à la maison, je cherchai Maryse pour lui dire que j'étais sûre d'avoir réussi l'examen.

– Doña Maryse et don Julian sont sortis en calèche très tôt. Juste après que vous êtes sortie, madame, me répondit Tomasa.

Je supposai qu'ils avaient été à l'église. Dernièrement, désormais convaincue que le mal de Robledo était incurable, Maryse était retournée dans le giron de la religion, dans l'espoir d'un miracle. Mais la montre marqua une heure, puis une heure et demie, puis deux heures et, acceptant la suggestion de Tomasa, je m'assis pour déjeuner. Au moment du dessert, de violents coups de heurtoir résonnèrent à la porte. Voulant devancer Segundo, le souffreteux portier, j'abandonnai ma chaise et descendis l'escalier : c'était le courrier. Il y avait deux cartes pour moi, toutes deux provenant de Toulouse. L'une était de Françoise, l'autre portait le cachet de la firme Lebrun et Ducharme. Je me remis à table pour les lire.

En très peu de lignes, comme à son habitude, Françoise disait sa joie de m'apprendre que les choses s'étaient arrangées entre Pierre et elle, définitivement, semblait-il. Cependant, du fait de la pauvreté qui s'était abattue sur le pays, l'argent qu'elle gagnait avec son atelier de couture suffisait à peine à assurer leur nourriture. Pierre n'avait pas été inquiété en tant que déserteur, ayant pu fournir des témoignages attestant qu'il s'était réfugié dans la montagne par haine de Napoléon. Quelques mois plus tard cependant, accusé de propager des rumeurs antimonarchiques, il fut obligé de vendre sa voiture et ses chevaux pour payer l'amende qu'on lui avait infligée. « Le petit Pierre-Henri va très bien. Il ne pourrait pas avoir une meilleure santé, et je lui enseigne moi-même à lire. Je lui parle souvent de toi. Tu es pour lui "la tante Henriette". » Elle concluait en disant que comme le frère de Pierre s'était installé en Espagne, où la politique libérale semblait triompher, ils avaient décidé de s'établir là-bas. Ils m'aviseraient quand ils auraient une adresse.

J'approuvai la décision de mes amis, leur souhaitant grand succès dans leur nouvelle destination. Je bus une coupe de vin à leur santé et ouvris la seconde lettre, beaucoup plus volumineuse.

Après une page de préambule, Ducharme – sûrement déjà marié avec la fille de Lebrun – regrettait de ne pouvoir envoyer à mes banquiers de La Havane, Suazo et Martinez, le montant de mes rentes de Foix. Les fils de l'ancien propriétaire de mes terres, le vicomte de La Muraille, réclamaient l'héritage. Selon eux, Curchet n'avait jamais été propriétaire. Il n'avait fait que jouir de l'usufruit sa vie durant et la clause du testament dans laquelle il léguait les terres à tante Margot était donc dénuée de toute valeur juridique. Le vicomte, un des premiers émigrés, était mort à Baden-Baden ; sa veuve et ses fils avaient déménagé à Vienne et assuraient qu'ils ne s'étaient pas préoccupés de la propriété, présumant qu'elle ne leur serait pas rendue, d'autant qu'ils n'avaient pas l'intention de vivre en France. Mais maintenant, de retour au pays, ils réclamaient non seulement les terres mais aussi le paiement des loyers accumulés depuis la mort de Curchet, survenue en 1795, jusqu'à maintenant.

– Canailles ! criai-je en donnant un coup de poing sur la table qui fit sauter les plats. Que le diable les emporte !

– Qu'il en soit ainsi, maîtresse, dit Tomasa, troublée par mon blasphème.

Je continuai ma lecture avec indignation. Les arguments des descendants de La Muraille étaient évidemment fallacieux. « Dans les archives de monsieur Lebrun père, figure un titre qui atteste que monsieur Curchet est bien l'unique propriétaire du fonds. » Oui, mais les avocats de l'autre partie présentaient un faux. « L'affaire peut être portée devant les tribunaux, et cela sera fait si vous le désirez, mais nous devons vous faire savoir que la possibilité d'obtenir une juste sentence est très faible. Toute information sur ce sujet a mystérieusement disparu du registre de la propriété, et il nous semble que les tribunaux pencheront en faveur des héritiers d'un membre de la noblesse dont la dévotion au roi a été exemplaire. » Des cas semblables se multipliaient alors dans toute la France.

En conclusion, estimant que les fils de La Muraille acceptaient de renoncer au paiement des rentes accumulées si je renonçais en contrepartie à tous les droits que je pensais détenir sur le château et ses terres, la recommandation de Ducharme était d'accepter les demandes de l'autre partie. Dans tous les cas, les trois petites granges et les vignobles dont mon oncle Curchet avait augmenté les terres d'origine continuaient de m'appartenir, mais ils ne produisaient pas d'énormes rentes. Avant de me saluer à coups de paragraphes larmoyants et non sans m'avoir fait part de l'affliction et de « l'éternelle amitié » de Lebrun, il se permettait de me rappeler que si j'avais besoin d'argent, je pouvais vendre mes bijoux ou hypothéquer la maison de la rue du Faubourg-Saint-Honoré. En post-scriptum, il avait ajouté : « Madame Renaud, votre réponse est urgente. »

Je ne pouvais être plus furieuse, et je sortis pour passer ma mauvaise humeur. J'allai jusqu'à la place d'Armes, où je relus la lettre. Je rentrai à la maison sans avoir décidé de ce que serait ma réponse. C'était l'heure ou les Havanaises sortent se promener en *quitrín*, et j'étais sûre que Maryse et Robledo seraient là. Mais je me trompais. À tout instant, dès que j'entendais le bruit d'un attelage, je me précipitais à la porte. Peu après le coup de canon qui marquait les neuf heures, deux soldats s'arrêtèrent devant la maison. L'un d'eux descendit de cheval et vint à ma rencontre.

– Bonsoir, monsieur. Est-ce bien la maison de don Julian Robledo ?

– Il est arrivé quelque chose ?

– En vérité, je ne sais pas comment commencer, répondit le sergent. En fait, monsieur, nous sommes venus annoncer une mauvaise nouvelle à don Enrique Fabelo, une triste nouvelle.

– Faber, c'est moi-même, dis-je l'âme en suspens. Que s'est-il passé ?

– Un grand malheur... Don Julian et sa femme sont morts dans un accident. Le cocher, un Noir du nom de Francisco, nous a dit que vous étiez le seul Blanc de la maison. Nous sommes venus vous prévenir.

Muette d'émotion, j'invitai le sergent et son adjoint à entrer d'un geste vague. Je les laissai parler.

Ils étaient de faction à la garnison du Torreon de la Chorrera, à l'embouchure de l'Almendares. À trois heures de l'après-midi, Francisco s'était présenté devant l'officier de garde, disant qu'il avait peur pour la vie de ses maîtres. Jugé suspect, les fers aux poignets, il avait conduit un détachement de soldats à cheval jusqu'au site où se trouvait encore la calèche de don Julian. Selon son récit, ils se promenaient tous ensemble en voiture près du fleuve, lorsque, vers dix heures du matin, son maître eut envie de se rafraîchir les pieds dans l'eau, ce qu'il appréciait particulièrement. Doña Maryse et lui étaient descendus de la voiture et avaient emprunté un sentier qui conduisait au fleuve, qu'il leur montra.

Après deux heures d'attente, Francisco avait attaché la calèche à un arbre, et suivi le sentier. Comme il ne voyait ni l'un ni l'autre de ses patrons, il avait continué à marcher le long du fleuve. Près d'un trou profond qui avait une dangereuse réputation, il avait retrouvé l'éventail de Maryse. Au bord, l'herbe avait été piétinée et il y avait des traces fraîches dans la boue, indiquant que peu de temps auparavant, quelqu'un était descendu vers le fleuve à cet endroit précis. Voyant cela, le Noir avait couru, effrayé, jusqu'au fort.

– Mais comment savez-vous qu'ils sont morts ? demandai-je impatiente.

– Ils sont morts, monsieur. Un peu plus bas sur le fleuve, nous avons trouvé doña Maryse, dont la robe s'était accrochée aux racines d'un arbre qui dépassaient ; un peu plus loin, à près de cent pas, à moitié caché par de grandes feuilles de *malanga*, nous avons vu le corps de don Julian. Nous avons sorti les cadavres de l'eau et les avons emmenés en calèche jusqu'au fort où ils ont été examinés par notre chirurgien. Aucun d'eux ne portait de signes de violence et quand nous les avons mis sur le ventre, l'eau est sortie à flots de leur bouche et de leur nez. Il n'y a aucun doute. Ils sont tous les deux morts noyés. Selon la déclaration du cocher, don Julian était un bon nageur. Il n'a pas su dire si doña Maryse l'était aussi. Peut-être le savez-vous ?

– Je crois que doña Maryse ne savait pas nager, répondis-je.

– On nous a dit aussi que don Julian était dérangé depuis quelques mois, dit l'autre homme. Pouvez-vous nous le confirmer ?

– C'est vrai... Démence sénile... Peut-être que don Julian s'est laissé couler et que doña Maryse s'est jetée à l'eau, sans connaître la profondeur du fleuve à cet endroit, pour tenter de le sauver, dis-je avec tristesse, m'imaginant la situation.

– Le cocher affirme cependant qu'il n'a entendu aucun appel au secours, ajouta le soldat. Il me semble qu'il n'est pas sourd, et que la calèche n'était pas si loin du trou.

– Vous savez, monsieur, comment sont les Noirs, dit le sergent en s'adressant à moi pour tenter de me convaincre d'écarter toute suspicion de suicide. Quand ils se mettent à chanter leur baragouin, ils sont tellement absorbés qu'ils ne font pas attention à ce qui se passe autour d'eux. Peut-être s'est-il endormi et ne s'est-il rendu compte de rien.

– Il jure qu'il ne s'est pas endormi.

– Mon subordonné aime les romans, dit le sergent d'un ton moqueur. C'est un romantique.

– Ce que je veux dire, c'est que ce n'est pas très clair, en vérité. C'est du moins mon impression, dit-il en protestant pour défendre son avis contre celui de son supérieur.

– Il est clair qu'il s'agit d'un accident. Silence à présent, ou je vous mets de garde au lever du jour pendant un mois !

– Quand les corps arriveront-ils ? Il doit y avoir des formalités ?

– Vers minuit, répondit le sergent. Nous sommes à votre service, don Enrique. Si vous avez besoin d'aide...

Je me sentais si faible et si chancelante que je leur demandai de m'accompagner aux meilleures pompes funèbres de la ville pour choisir les cercueils.

*

Combien de fois me suis-je demandé ce qui s'était réellement passé ce jour-là sur l'Almendares ? Accident ou suicide ?

Les deux ? Certainement. Maryse n'était pas de ceux qui se déclarent vaincus devant un obstacle. Alors, en supposant que Robledo ait décidé d'en finir avec sa vie, pourquoi n'avait-elle pas demandé de l'aide plutôt que de se jeter à l'eau ?

Cette nuit, cependant, alors que je me sens encore plus fatiguée et soucieuse que d'habitude ; précisément cette nuit, alors que tout me fait souffrir, les douleurs de mes os, l'angoisse de l'insomnie, et que même l'abrupte confession de Milly ne m'a pas émue (« Madame, aidez-moi, je ne sais pas quoi faire, je suis amoureuse de Daniel, le petit-fils de monsieur Petit, et il a huit ans de moins que moi ») ; cette nuit, au cours de laquelle je sens que rien en moi ne me plaît (je n'ai même pas eu la sagesse de donner à Milly le seul conseil possible : « Ne laisse pas passer ce moment, couche avec lui ») ; cette nuit, tiède et épaisse tel un ragoût de souvenirs, où la présence de Maryse, morte dans un fleuve lointain auprès de son prince fou, me hante ; cette nuit, alors que je ne m'intéresse plus aux raisons de sa mort (que m'importent les circonstances de ce suicide ou de cet accident, lorsque la seule vraie raison de leur mort est l'amour ?) ; cette nuit, alors que mon corps me dit que je ne réussirai pas à écrire tout ce que j'ai vécu, que je dois penser à mettre un point final, un point nécessairement éloigné, nécessairement fort, afin que toi, toi dont il m'est impossible de connaître le nom, tu ne me reproches pas de t'avoir trahi ; cette nuit, plus que toute autre, alors que je sens la menace de la mort, alors que je me demande pourquoi tout doit toujours être tronqué, pourquoi rien ne possède de véritable conclusion, seulement un final arbitraire, provisoire, tiré par les cheveux, dentier ou jambe de bois, « ils furent très heureux », « la tête de l'homme disparut dans les vagues » ou « Robledo se jeta dans le fleuve et Maryse le suivit par amour » ; cette nuit-là, où, de retour dans mon cercle de champignons et de fleurs jaunes, j'ai vu Fée Marraine, ses ailes ankylosées et son visage défait, me parlant de la vitesse à laquelle les années s'étaient abattues sur elle, m'annonçant sa disparition imminente, sa lente résurrection dans les jus de mûres et de fraises sauvages, « car le temps est la mesure de Dieu, et tout être sur terre doit mourir et renaître en elle pour toujours, à jamais, jusqu'à la fin des temps » ; cette nuit-là, enfin, où rien ni personne ne me donne la réponse que je cherche... l'encre de mon écriture sera-t-elle le suc de ma résurrection ? Parce que s'il en est vraiment ainsi, j'ai peur que mes forces ne me permettent que de ressusciter à moitié. Quarante ans de ma vie sécheraient dans l'encrier. Oh, mon Dieu ! Encore tant à dire, et mes jours qui se terminent ! J'ai commencé à ouvrir une porte, la bouche suggestive d'un coquillage : mon récit n'est pas dans ces pages que tu lis mais dans celui que ma chair a écrit dans le temps, écriture engloutie, lettres d'eau et de citron, encre invisible que moi-même je ne sais révéler. Cette nuit, oui cette nuit, je viens d'entrevoir le vaste pouvoir qui décide en une seconde de la vie de quelqu'un, orgasme ou coup de feu, un oui ou un non, parole ou vide, geste ou intention, ainsi se construisent les véritables récits, les récits racines, les récits jungle, où celui qui écrit le silence ou l'action est toujours au cœur des choses, ici et là-bas, dedans et dehors, seul et en communication avec tout le réseau des récits, tissant et retissant sa toile le long du corps de Dieu ; cette nuit, finalement, cette nuit où la mémoire de Maryse m'a réveillée, je te dis que je me suis trompée, j'ai cru revivre mes heures en toi sans comprendre que je les avais déjà écrites de manière indélébile avec mes actes, seconde après seconde, minute après minute, en ce temps d'alors et non dans le tien, dans lequel je renais perpétuellement comme conséquence et comme cause à la fois, comme fille et comme mère, comme mère et comme fille, parce que les traces de mon existence ne se glissent pas seulement dans les draps nuptiaux de mes parents à Lausanne, dans l'amour de Milly et de Danny à New York, mais s'entremêlent et se confondent avec les récits ultérieurs, paradoxe de l'œuf et de la poule, et après tant de paroles, que puis-je faire de plus que de prendre l'opium que je me suis moi-même prescrit ? Ne crois pas que je pense que ce que tu lis ne mérite pas d'être lu (que pourrais-je désirer de plus que de t'intéresser à mes histoires ?), mais les heures de proximité qui nous unissent désormais m'autorisent à être franche : ce que je te raconte à mon goût et à ma manière n'est pas ma vie, seulement son infime reflet.

*

Comme le cousin de Robledo – l'unique membre de sa famille encore en vie – résidait à Trinidad, ville assez éloignée de La Havane, je dus m'occuper de l'organisation des funérailles, ce grand rituel qu'exige la tradition. Après trois jours de véritable cauchemar, je me recroquevillai dans mon lit pour pleurer Maryse. Une fois de plus, je me demandai pourquoi ceux que j'aimais le plus s'en allaient pour toujours. Dans ma douleur, j'invoquai le calvaire du bois pour raconter mes peines à Fée Marraine. Mais pour je ne sais quelle raison, mon esprit ne réussissait à dessiner rien de plus que les contours du cercle magique, qui s'évanouissait aussitôt. Une semaine plus tard, en me regardant dans le miroir, je m'attendais à être confrontée à un visage rongé par la douleur. Je me trompais. J'avais bien sûr les paupières gonflées, mais ni cheveux blancs, ni nouvelles rides. Avec un soupir de résignation, je m'écartai du miroir.

Le cousin de Robledo, don Jaime Echevarria, ne lui ressemblait en rien. Il était de petite taille, avait le teint bilieux et les épaules étroites. Il disait être ravi de me connaître enfin. Mais entre ses phrases de remerciements pour avoir pris en main une « situation délicate », je compris qu'il cherchait surtout à savoir si « doña Maryse avait de la famille proche ». Incapable de soutenir une conversation portant sur Maryse, je lui répondis un peu brutalement que je déclarerais qu'elle n'en avait pas, lui permettant ainsi de prendre possession au plus vite des biens de son cousin.

Cette même nuit, j'écrivis à Ducharme, l'autorisant à régler les choses avec les descendants de La Muraille. J'étais prête à perdre le château et ses terres, mais pas le bois (comment aurais-je pu donner à ces canailles mon calvaire, la tombe de Dunsinane et la maison de pierre où il était né ?). Au cas où ils souhaiteraient des indemnités, je pouvais leur remettre les granges et les vignobles, mais le bois n'était pas négociable et j'entendais que cela soit bien clair. Quant à la maison de la rue du Faubourg-Saint-Honoré, elle devrait être hypothéquée afin d'en remettre le crédit à mes banquiers de La Havane.

Quelques jours plus tard, une lettre du Protomedicato me parvint : « Nous, les docteurs Nicolas del Valle, médecin honoraire de la Chambre et protomédecin président du tribunal du Protomedicato de cette toujours et fidèle ville de La Havane dans l'île de Cuba, et don Lorenzo Hernandez, médecin consultant honoraire et second protomédecin ; associés de la Société patriotique de ladite cité, juges, examinateurs, visiteurs et maires majeurs de tous les médecins, chirurgiens, pharmaciens, phlébitomanes, hernistes, algébristes, ophtalmologistes, distillateurs, sages-femmes, lépreux et tout ce que comprend la Faculté médicale, etc. Ainsi, en notre audience a comparu don Enrique Faber, citoyen originaire de Suisse, sujet du roi de France, de taille cinq pieds et huit pouces, de couleur blanche, yeux bleus, petite bouche et bonne dentition, cheveux et sourcils roux, imberbe, âgé de vingt-sept ans et de religion catholique, apostolique et romaine, et nous dit avoir pratiqué la chirurgie avec des maîtres reconnus, nous a donné des informations suffisantes dans les délais autorisés par la loi et des documents authentiques vus par notre autorité. Nous avons accepté de lui faire passer l'examen ; et selon notre accord nous l'avons reçu ; nous l'avons examiné en théorie et en pratique sur ce sujet et d'autres concordants auxquels il a bien répondu, et a prêté le serment habituel de défendre autant que possible la Pure Conception de Notre-Dame la Vierge Marie, et d'utiliser bien et fidèlement sa faculté, de faire l'aumône aux pauvres dans son travail, gardant ainsi les lois et les principes licites et honnêtes de ce tribunal, abjurant tout régicide et tyrannicide. En vertu de quoi nous approuvons et créons le titre et la licence qui lui permettront d'exercer dans toutes les villes, villages et lieux ; visitant les malades, enseignant aux disciples et pratiquant tel que les chirurgiens approuvés et validés peuvent et doivent exécuter, obtenant toutes les grâces et les privilèges : exemption, immunité et prérogatives qui lui sont dus comme chirurgien, sans qu'il ne lui manque rien. En vertu de quoi nous envoyons délivrer la présente, signée de notre main et légalisée par notre huissier principal, à condition qu'il acquitte le droit d'une demi-annate sans le réquisit duquel ce titre serait sans effet. »

Dans le second document, à la rhétorique tout aussi archaïque, j'étais nommée procureur du Protomedicato de la ville de Baracoa, à l'extrême est de l'île, avec la faculté « d'examiner les candidats, de délivrer des titres, d'inspecter les hôpitaux et de veiller au meilleur développement des professions médicales dans cette ville et les villages adjacents ». Il était clair que, comme j'étais disciple de Larrey et de Broussais, on préférait m'envoyer le plus loin possible de la capitale : Baracoa se trouvait à plus de trois cents lieues. Fatiguée de La Havane et de vivre dans une maison qui n'était pas la mienne, j'acceptai le poste.

Ayant transféré mon compte à une banque de Santiago de Cuba, j'embarquai avec des valises légères, sans autre but que de gagner ma vie.

25

Étendue avec langueur sur une étroite péninsule, isolée du reste de Cuba par des chemins accidentés et une nature vierge et luxuriante, Baracoa semblait être une île dans l'île. Une humble patrie de marins, de pêcheurs et de contrebandiers qui vivaient de la mer, depuis des temps immémoriaux. Plus village que ville, Baracoa ne comptait que quatre pauvres rues où sévissaient des trafics en tout genre, notamment dans la rue des Mercaderes. Amarrés dans le modeste port, le brigantin d'un pirate colombien cohabitait avec un clipper de Baltimore, une souffreteuse goélette haïtienne avec le navire d'un armateur de Jamaïque, de Martinique ou de Curaçao. On vendait du cuir, du miel, de la cire, des bois précieux, du café et du tabac, ainsi que du pain de manioc, de la noix de coco séchée, des salaisons, du lard et des gâteaux secs pour la traversée de retour ; on achetait des tissages, de la céramique, des bibelots, des articles de ferronnerie, des livres, des épingles et du papier, des couteaux, des fusils de chasse, du rhum, du vin, et même quelques lots d'esclaves. La contrebande avait beau être interdite et sévèrement punie par décret royal, presque tous les habitants de la ville se retrouvaient d'une manière ou d'une autre impliqués dans ces trafics. Les autorités civiles et ecclésiastiques fermaient les yeux. Il n'y avait pas à proprement parler de prison, et le clergé poussait la tolérance non seulement à excuser la contrebande – motif d'excommunication en d'autres temps –, mais aussi à autoriser un culte fondé sur n'importe quel totem de bois en forme de croix planté au sommet du bocage. Sans compter que personne ne faisait rien pour arrêter la fusion du christianisme avec les superstitions amenées par les Noirs, ce qui me paraissait assez peu concevable. De toute façon, les Européens étaient ici une minorité. Sur dix habitants, trois se disaient blancs, trois étaient de couleur, et le reste des esclaves. Comme l'argent manquait, d'anciennes et de nouvelles monnaies provenant de diverses nations passaient de main en main. On faisait tomber dans une même poche un napoléon et un louis d'or, un dollar et un florin des Pays-Bas, une pièce antique, sans doute butin d'un des nombreux corsaires de Providence, ou de l'argent « coupé » du Pérou. Quant aux monnaies de cuivre, elles étaient valables, qu'elles proviennent de Mexico ou du Portugal. On parlait évidemment espagnol, un espagnol chantant saupoudré d'archaïsmes qui auraient fait les délices de Christopher. Mais on parlait aussi assez bien le français, surtout les gens âgés. Fuyant la révolution de Saint-Domingue, des milliers de colons et leurs familles avaient échoué à Baracoa. Certains avaient continué leur voyage jusqu'en Louisiane ou au Canada ; d'autres avaient décidé de rester dans la région et avaient planté du café dans les vallées les plus protégées. Comme les terrains étaient escarpés, on plantait peu de canne à sucre, et il suffisait de trois moulins branlants pour broyer ce qui poussait. On balbutiait tant bien que mal un peu d'anglais, non seulement parce que c'était utile pour le commerce, mais aussi parce que des pauvres diables avaient débarqué de Jamaïque et de Floride – déserteurs, camelots, charlatans fuyant la justice –, subsistant grâce au jeu ou aux catins clandestines qu'ils faisaient venir pour une saison de Haïti ou de Carthagène. C'est un mulâtre du nom de Wilson, originaire de Savannah, et accusé d'avoir séduit une femme blanche, qui me donna mes premières leçons d'anglais. En échange, je lui avais extrait deux cailloux de la vessie.

De l'argent, sonnant et trébuchant, je n'en gagnais guère. Ce n'était pas faute de clientèle, mais à cause de la pauvreté générale des villageois. Les charges publiques qui se vendaient à La Havane à des milliers de réaux s'obtenaient ici pour une bouchée de pain : un poste d'huissier principal coûtait dans la capitale plus de trois cent mille réaux ; à Baracoa, seulement cinq cents. Les commerçants, espagnols ou étrangers pour la plupart, ne possédaient même pas d'attelage. Et comme la plupart ne pouvaient ni acheter ni entretenir de chevaux, il n'était pas rare de voir les dames du lieu, affublées de leurs robes de gala, se promener, assises sous une ombrelle, sur les épaules des bœufs qui avaient le matin même tiré la charrue. Quoi qu'il en soit, quatre mois après avoir installé mon cabinet dans une des paillotes de la rue principale, je vivais convenablement dans un logement situé en dehors du village. Pour un loyer mensuel de quinze réaux (ou son équivalent en cuivre), je bénéficiais d'une maison en bois à laquelle deux paillotes avaient été adossées pour l'agrandir, formant deux ailes rudimentaires. Les sols étaient en terre battue et le toit en tuiles. Mes patients me payant en général les consultations en nature, j'étais déjà propriétaire d'un bruyant poulailler, d'une porcherie avec une douzaine de truies, d'un cheval médiocre, de deux chèvres et de leurs cabris, et d'un mâtin, un colosse noir et hargneux propre à décourager les chiens jivaros qui parfois, lors des nuits sans lune, descendaient de la montagne pour rapiner ce qu'ils pouvaient. Mon garde-manger était rempli de fruits, de noix de coco, de bananes plantains, d'ignames, de calebasses, de manioc et d'épis de maïs. Deux fois par mois, les deuxième et quatrième vendredis, mon cabinet était ouvert aux pauvres sans le sou... Je ne trouvais pas de motifs d'abandonner pour le moment un endroit où je me sentais nécessaire et qui était, de plus, hospitalier. J'envoyai faire un cadre pour ma *Femme en costume de bataille* et j'engageai comme domestiques une Noire appelée Felipa et sa nièce Norberta, qui, en plus de s'occuper des tâches domestiques, prenaient en charge les besoins croissants de ma basse-cour.

Ce que l'on m'avait dit en arrivant ici était vrai. Baracoa bénéficiait d'un microclimat. Lorsque la saison sèche s'abattait sur le reste de l'île, c'était la saison des pluies ici – il serait plus juste de dire la saison des orages. Comme c'était la plus malsaine, mes premiers mois furent épuisants : je soignai des douzaines de cas de fièvres de toutes sortes – même typhoïde – qui remplissaient l'hôpital et l'une des paillotes de ma maison. Le comble était qu'il n'y avait pas de sangsues. « Peut-être y en a-t-il à Guantanamo ? » suggéra Areces, l'unique pharmacien que j'avais trouvé. Mais Guantanamo était inaccessible depuis plusieurs semaines. Et même lorsque le temps était clément, les barrières érigées par la nature étaient insurmontables. Les cavaliers qui distribuaient le courrier ne s'aventuraient plus à Baracoa et il fallait envoyer ses lettres par bateau à Santiago de Cuba. Cette ville était distante d'une soixantaine de lieues, mais les parcourir par les chemins était une entreprise digne de La Condamine ou de Humboldt. En effet, il pleuvait beaucoup, la pluie tombait seulement sur le versant nord de la haute montagne, ruisselant du haut des falaises auxquelles étaient accrochés le village, les basses-cours, les lieux de travail et les plantations de café. Presque tous les nuages, bas et épais, poussés par le vent du nord, crevaient en torrents d'eau, butant contre les flancs de la montagne, et rares étaient ceux qui réussissaient à passer sur l'autre versant. Ainsi, pour voyager vers le sud (Santiago de Cuba, El Cobre, El Caney, Los Tiguabos), il fallait se tailler un chemin dans une végétation dense – la route était effacée après une semaine de pluie –, tout en escaladant des hauteurs de centaines de mètres ; ensuite il fallait encore déjouer les pics et les denses forêts de pins, les profonds précipices et les dangereuses crêtes de la sierra, pour descendre en traversant une terre désertique, défendue par des cactus et une muraille de végétation épineuse, avant de déboucher sur le bassin sec et suffocant qui annonçait Guantanamo, ou alors continuer vers l'ouest par une large vallée jusqu'à croiser la route qui passait à travers la formidable cordillère, au-delà de laquelle se trouvaient, au fond d'une sorte d'amphithéâtre de pierre, la ville et le port de Santiago de Cuba.

Ne croyez pas que cet isolement m'incommodât. J'avais décidé de rester là jusqu'au jour où je saurais comment mes avocats auraient définitivement réglé mes affaires avec les descendants du vicomte de La Muraille. En dépit de mes instructions précises, j'avais peur de perdre mon bois, ce qui en vérité représentait pour moi le plus important.

Par ailleurs, au long des années, les gens de Baracoa avaient appris à se divertir sans recourir au reste de l'île. La contredanse créole de Saint-Domingue, avec de nombreux tambours et chants de Noirs « français » (ainsi étaient nommés les esclaves provenant de cette colonie), se dansait encore à l'ancienne manière, elle avait même contribué à l'enrichissement de la musique locale. Si l'on ajoutait à cela les chansons que les marins des Caraïbes introduisaient en permanence, on mesure la grande variété de musiques et de danses pratiquées – j'ai d'ailleurs oublié les noms extravagants de la plupart des airs. Étant donné ma charge de procureur du Protomedicato et la sympathie que j'avais éveillée chez les habitants, je recevais des invitations fréquentes à de joyeuses veillées au cours desquelles on célébrait baptêmes, anniversaires, noces, ou une quelconque sainte et ses miracles. La musique se faisait simplement : en grattant les cordes, en soufflant dans des cruches, en agitant des maracas, en râpant des calebasses et en frappant des bouts de fer et des tambours en peau de chèvre. Comme je me sentais toujours étrangère au milieu de la foule, mon principal passe-temps était d'explorer cette région pittoresque. J'allais parfois vers l'ouest jusqu'aux sources d'un fleuve qui filait sous un merveilleux tunnel de feuillages entrelacés ; d'autres fois, vers l'est, je parvenais jusqu'à l'extrémité de l'île – appelée Maisí –, après avoir descendu une demi-douzaine de falaises escarpées. C'est là que j'avais vu mon premier iguane, un lézard d'aspect étrange, dont je n'ai jamais osé goûter la viande, très appréciée. Lors de mes excursions les plus fréquentes, je vagabondais à travers la forêt enchevêtrée et fraîche qui débutait au pied de la montagne, non loin de ma basse-cour. Là, poussaient les arbres que le bon Robledo m'avait montrés à Vuelta Abajo, et bien d'autres ; il y avait une abondance de fougères de toutes sortes et de plantes parasitaires, parmi lesquelles la somptueuse orchidée. Les fruits mûrissaient à portée de main, en particulier l'anone, la goyave et des anacardiers dont les délicieuses noix se mangeaient grillées. Collés aux troncs des palmiers et des cocotiers, des cèdres et des *guazuma*, on trouvait des escargots aux couleurs vives incroyables, sortes de petits jouets bariolés de vert, de bleu, de rouge, de noir, de jaune... Certains dimanches, quand je pouvais sortir tôt le matin, je grimpais assez haut sur le versant. Il y avait là les grottes qui avaient servi d'habitat aux premiers habitants de Cuba. On trouvait encore dans la terre leurs os et leurs ustensiles en terre, que je commençai assez vite à collectionner. Quand j'arrivais à la maison avec une quelconque idole ou un fragment de vase, Felipa comme Norberta commençaient à le bénir et à psalmodier d'étranges prières. Selon elles, cette partie de la montagne était ensorcelée, et il n'était pas rare de voir les âmes des Indiens, transformées en flammes bleues, trembler entre les arbres. Je raconte cela non pour me faire passer pour une naturaliste ou une exploratrice, mais pour montrer que mon séjour sur cette terre de solitude sauvage, où l'unique richesse existante était celle de la nature, fut loin d'être fastidieux. En réalité, j'avais trouvé là, de l'autre côté de l'océan, un silence et une paix semblables à ceux de mon bois. Pendant un temps, je fus sereinement heureuse, et cet état de calme intérieur, propice à l'évocation du souvenir de ma chère Maryse, aurait pu se prolonger indéfiniment. Mais lors d'une de mes excursions, alors que je mangeais une goyave sauvage, assise sous les branches d'un kapokier, je vis passer, chantant et la tête couronnée d'orchidées, la svelte silhouette de Fée Marraine. Il ne s'agissait pas – comme cela avait toujours été le cas jusque-là – d'un tour de mon imagination : c'était une Fée Marraine en chair et en os, marchant dans le monde réel d'un pas léger, diaphane, comme si elle flottait sur la mousse et les fougères ; elle avait le même corps de femme que celui avec lequel elle était venue à moi, un an auparavant, dans ma chambre de La Havane. Surprise et perplexe, je ne parvins pas sur le moment à me mettre debout et à la suivre. Le temps de réagir et de me lever, il n'était plus possible de la rattraper. Je l'appelai en vain jusqu'à la nuit tombée.

On a déjà vu combien mon tempérament pouvait être obsessionnel. Cette vision troubla ma tranquillité. Je m'occupais désormais avec impatience de mes derniers patients de l'après-midi et, sans même rentrer chez moi, je guidais mon cheval vers la pente douce de fougères et d'orchidées qu'elle avait traversée avant de disparaître dans l'épaisseur de la forêt. Une fois, à la nuit tombée, j'entendis son rire parmi les ultimes roucoulements des oiseaux. Comme une folle, écartant le feuillage dense et enchevêtré, je me précipitai à sa recherche. J'abandonnai le lieu une fois la nuit tombée, les mains et le visage égratignés par les épines, avec la crainte d'être victime d'un sortilège. Je continuai à la chercher. Cependant, les jours passaient et aucune Fée Marraine, ni imaginaire, ni réelle, ne répondait à mes appels.

À cette époque, je reçus par un navire provenant de Santiago de Cuba une rente de sept mille réaux qui représentait l'hypothèque de ma maison de Paris. Le bateau apportait aussi mes commandes de laudanum et de poudres du Pérou, ainsi que la nouvelle des morts consécutives de la reine consort María Isabel, de la reine mère Marie-Louise et du roi Carlos IV. Par souci de commodité et pour ne pas avoir à célébrer plusieurs funérailles, les autorités de Cuba décidèrent d'organiser une seule et grande cérémonie afin d'honorer les mémoires des couronnes disparues. Celle-ci comprendrait des éloges et des prières à la charge du curé et de deux presbytères, une sortie en procession de la Sainte-Croix-de-la-Parra et les discours du maire et de l'huissier sur une estrade décorée de crêpe noir. Les discours seraient suivis d'un récital de poèmes faisant l'éloge des défunts, déclamés par leurs auteurs. En tant que procureur du Protomedicato et médecin de la paroisse, je fus invitée à m'asseoir sur l'estrade à côté du *provincial* (religieux qui a autorité sur toutes les maisons et couvents de la province) de la Sainte-Hermandad. Le deuil national était déclaré jusqu'à six heures du soir et la place était entourée de camelots vendant des dizaines de souvenirs et toutes sortes de confiseries et de rafraîchissements. La place, envahie d'une foule de gens, de chevaux, de chariots, de bœufs, avait tout d'une foire. Comme je regardais la foule depuis l'estrade, je distinguai soudain clairement la silhouette gracile de Fée Marraine qui se détachait dans la multitude ; elle était assise sur une mule guidée par une de mes connaissances, un certain Chicoy, l'écrivain public le plus jeune et le plus pauvre de Baracoa. Fée Marraine arborait la couronne d'orchidées qu'elle portait dans la montagne. J'abandonnai mon tabouret d'un saut léger et me frayai un chemin dans la foule. Sans la perdre de vue, je me débrouillai pour me retrouver près d'elle. Au moment où nos regards se croisèrent, je me rendis compte que mes yeux m'avaient joué un mauvais tour. Cette mince jeune fille de quinze ans, aux yeux noirs et au teint d'ivoire, aux pieds nus et aux vêtements rapiécés, n'était pas ma Fée. Bien sûr, elle lui ressemblait. Elle lui ressemblait tant que si ma vieille amie avait eu une sœur, cela aurait pu être elle.

– Docteur Faber, me salua Chicoy, tout se déroule à merveille, n'est-ce pas ? Nous avons de la chance qu'il ne pleuve pas.

– En effet, répondis-je.

– Permettez-moi de vous offrir quelques dizains que j'ai composés pour l'occasion, dit-il en me tendant une feuille de papier. Ils ont plu, bien que je les trouve un peu trop dithyrambiques.

– Merci.

Voyant que mon regard se tournait vers la jeune fille, il me la présenta :

– Doña Juana de León, une cousine lointaine.

– Pour vous servir, monsieur. Appelez-moi Juanita, comme tout le monde, dit-elle perchée sur sa mule.

Sa voix basse et susurrante n'avait rien à voir avec celle de Fée Marraine. Cependant, l'expression de son regard changea d'un seul coup et je sentis mon corps parcouru des pieds à la tête par les yeux humides et mystérieux de la reine de la forêt. Émue et silencieuse, je lui tendis la main pour l'inviter à descendre. Elle la prit et se laissa glisser des flancs de la mule. Comme si elle me connaissait depuis toujours, elle prit immédiatement mon bras, se mit à marcher et me murmura :

– Comme tu as mis du temps à arriver ! Je rêve de toi depuis que je suis enfant. J'ai rêvé que tu étais comme tu es aujourd'hui et que tu arrivais de la mer. Depuis que je t'ai vu dans la montagne, je n'ai cessé de penser à toi. J'étais sur le point de retourner au château des Orchidées dans l'espoir de te retrouver. Si je ne l'ai pas fait, c'est d'abord parce que nous devions être présentés comme le veulent les bons usages. Qu'aurais-tu pensé de moi ?

Fascinée par ces paroles, je réussis à peine à balbutier :

– Je t'ai cherchée dans la montagne... Une fois, je t'ai entendue rire. J'ai pensé que tu étais une fée.

– Cela devait être l'âme d'un Indien. Parfois elles descendent jusqu'à l'endroit où nous étions. À Baracoa il n'y a pas de fées. Je crois qu'à Cuba non plus. Ici il y a seulement des âmes mortes, des pleureuses, les mères des sources d'eau et des *güijes.*

– Et comment connais-tu les fées ?

– Mon cousin Chicoy me prête des livres. Il est presque aussi pauvre que moi mais il est membre du cercle des poètes, et il les demande à ses amis.

– Qui sont les mères des sources d'eau et les *güijes* ?

– Mieux vaut que tu ne le saches pas.

Notre conversation avait lieu dans une ruelle près de la place où, le temps du deuil à peine terminé, les musiciens de la garnison commençaient à jouer des marches et des chansons.

– Je ne t'ai jamais vue au bal, dis-je.

– Je sors peu, répondit-elle évasivement. Maintenant je dois rentrer, mon cousin va s'inquiéter.

– Puis-je te rendre visite chez toi ? demandai-je dans l'espoir de nouer une relation.

– Non, chez moi, non. Nous nous retrouverons dans la montagne à l'endroit des orchidées. J'irai le dimanche, mais je ne peux pas te dire à quelle heure.

De nouveau, j'eus l'impression d'être observée par Fée Marraine. (Oui, je l'ai déjà dit, Fée Marraine a toujours été un pur produit de mon imagination. Sa figure et son nom proviennent d'une édition de *Cendrillon* que me lisait souvent Françoise dans le calvaire du bois. Pendant des années, j'ai cru qu'il s'agissait d'un être réel, provenant d'un monde à part. C'était mon amie la plus intime : pendant que les filles du jardinier ramassaient des mûres et des champignons, je m'allongeais dans l'herbe et je parlais avec elle sans bouger les lèvres. Jusqu'au jour de mon deuil à Foix, où je compris qu'elle représentait la frontière de moi-même.)

En serrant sa main, je la trouvai fiévreuse.

– Tu as de la fièvre.

– Ce n'est rien, dit-elle en faisant la moue.

– Tu te sens mal ?

– Ce n'est rien, répéta-t-elle avant de s'éloigner en courant.

*

Le jour suivant l'hommage rendu aux rois, le besoin d'en apprendre plus sur elle me conduisit chez Chicoy. Il habitait une cahute en ruine qui lui servait à la fois de maison et de bureau.

– Elle est orpheline. Sa mère est morte en la mettant au monde et, jusqu'à son dixième anniversaire, elle a vécu dans la montagne avec son père... un homme étrange. Il n'a jamais travaillé pour personne. Il a passé des années à chercher le trésor de Monsiú. Ensuite...

– De quel trésor s'agit-il ? interrompis-je.

– Celui d'un vieux, riche. Un Français. Il est arrivé des États-Unis quand j'étais petit, il y a une vingtaine d'années peut-être. Il avait avec lui un baril rempli de cuillères en argent. Les autorités douanières en firent l'inventaire. Il établit une plantation de café dans la montagne ; il y avait à l'époque encore des esclaves marrons vers El Toa, pas très loin d'ici, et ils l'ont tué à coups de machette sans qu'il révèle le lieu où il avait enterré ses cuillères. De quoi riez-vous ?

– Des tours que nous fait le monde, dis-je en pensant combien j'aurais aimé que Maryse soit vivante pour rire avec moi.

– Beaucoup de tours, c'est vrai, dit Chicoy, sans imaginer un seul instant que l'histoire de Monsiú pouvait ne pas m'être inconnue.

– Un beau jour, donc, ma cousine Juanita se retrouva seule dans la montagne. Par chance, elle fut recueillie par sa grand-tante, doña Asunción. Elles vivent dans la partie basse de la ville et sont très pauvres, bien plus que moi. Il m'est très difficile de les aider. Je leur apporte du sucre de temps en temps, du café, du pain de manioc, du poisson ou de la viande dont je me prive pour elles. Elles me font de la peine. Surtout Juanita. Quelquefois, le dimanche, je l'emmène à la montagne sur ma mule. Elle se sent mieux là-bas que chez elle... Parfois, elle cueille des fleurs pour les tombes de ses parents.

– Elle n'est pas en bonne santé, dis-je. Hier, elle avait de la fièvre.

– C'est vrai, elle n'est pas au mieux, convint Chicoy. Son père est mort de consomption. Je lui ai dit d'aller à votre consultation le jour des pauvres, et que je l'accompagnerais. Mais elle ne veut pas.

– Tu dois insister, dis-je comme si je n'allais pas la voir dimanche. Amène-la le plus tôt possible à mon cabinet. Ne t'inquiète pas. Je ne la ferai pas payer.

Le jour de notre rendez-vous finit par arriver. Incapable d'attendre plus longtemps, je sellai mon cheval en décidant d'éclaircir les choses. Je l'attendis toute la matinée dans le coin des orchidées. J'étais si inquiète que je n'arrivais pas à rester tranquille : je m'asseyais sur une pierre, je me levais, je marchais entre les arbres puis je retournais à mon cheval. Je commençais à me faire à l'idée qu'elle ne viendrait pas, lorsque, en regardant l'heure, je fus surprise de constater qu'il n'était même pas midi. Je l'attendis jusqu'à la tombée de la nuit. Je ne voulais rien d'elle. Je me contenterais de l'avoir près de moi, d'écouter le son grave de sa voix, de sentir son regard ensorceleur me parcourir. Puis je l'entendis chanter vers ma droite, j'allai à sa rencontre et lui pris les mains. Comme d'habitude, elle était pieds nus, et je me demandai comment elle pouvait marcher sur ce terrain dur sans se blesser.

– Je ne peux pas rester, murmura-t-elle en baissant la tête. Mon cousin m'attend au palais des Escargots et je dois rentrer immédiatement. Il dit qu'il doit recopier des papiers pour demain.

– Le palais des Escargots ?

– C'est par là, dit-elle en montrant l'endroit d'où elle était venue. Si tu observes bien, tu verras qu'il y a toujours des escargots collés aux plantes. Quand j'étais petite, j'ai donné des noms à beaucoup de lieux de la montagne. Nous vivions par ici. Si je n'étais pas si pressée, je te montrerais ce qu'il reste de ma maison. Un tas de guano, c'est tout ce qu'il en reste, dit-elle en riant. Mais cueillons des fleurs. Mon cousin doit me voir revenir avec un bouquet.

– Tu as les mains chaudes. Tu te sens bien ?

– Ce n'est rien, dit-elle en retirant ses mains des miennes.

– Tu dois venir à mon cabinet. Je voudrais t'examiner.

– Je ne veux pas que tu me prennes pour une malade, dit-elle en fronçant les sourcils.

– Tu pourrais l'être, dis-je.

Arrachant le bouton d'une orchidée, je l'introduisis dans le décolleté de sa robe.

Elle me regarda et demanda avec coquetterie :

– Suis-je jolie ?

– Très belle... Tu es belle. Tu ressembles à une fleur, dis-je en rougissant.

– Une orchidée ?

– La plus belle de toutes.

– Alors, tiens, dit-elle. Et, se mettant sur la pointe des pieds, elle me donna un baiser.

Je l'embrassai et la serrai contre moi. Nous sommes restées ainsi un moment en silence, je la sentais contre mes seins.

– C'est l'heure de m'en aller, dit-elle soudain en esquivant mes bras. Elle me lança alors furtivement son regard si particulier et se mit à courir vers les broussailles sans me dire adieu.

*

Elle était là, à ma porte, accompagnée de Chicoy, attendant avec une demi-douzaine de patients chargés de poulets et de cageots. Quand je l'invitai à passer, elle murmura : « Je devais te voir. » Je la fis asseoir, lui pris le pouls et la température ; ensuite je collai mon oreille sur son dos tiède dont le contact me fit frissonner. À peine l'eussé-je fait respirer profondément et tousser, que je sus qu'elle était victime de consomption ou « phtisie », le nouveau nom de cette longue mais inexorable maladie.

– Tu es malade, lui dis-je devant Chicoy. Tu as besoin de repos et surtout d'une bonne alimentation.

– Rien de tout cela n'est possible. Ma tante est très vieille et c'est moi qui lave, qui repasse, qui balaye et cuisine ce qu'on trouve. Elle s'occupe seulement de coudre et de repriser les vêtements que l'on nous apporte de l'extérieur. C'est de ça que nous vivons. Ce qu'elle gagne suffit à peine à nous faire manger comme deux oiseaux.

Je cherchai le regard de Chicoy dans le but de trouver une solution, mais il haussa les épaules d'un geste qui disait qu'il n'y avait rien à faire. Les cris d'un vieillard qu'on avait transporté ici en brancard m'obligèrent à leur indiquer la sortie de ma minuscule salle d'examen. « Nous verrons demain », dis-je en les congédiant.

Je me rendis compte cette nuit-là que j'étais amoureuse – cet étrange malaise qui vous fait trembler à l'intérieur et perdre toute force, ce besoin de se rappeler une fois, puis des milliers de fois, le premier baiser, la rencontre des lèvres dans tous ses détails, même les plus intimes, les petits gestes, l'inflexion de la voix, le regard... Mais comment pouvais-je aller plus loin sans lui révéler mon identité ? Ses préférences sexuelles étaient évidentes. Alors, comment lui dire que j'étais une femme comme elle ? Quelle garantie avais-je qu'elle se tairait et qu'elle garderait mon secret ? Étourdie de tant penser sans trouver de solution aux problèmes qui se posaient, je me mis à réfléchir à son état de santé. La maladie dont elle était atteinte était mortelle. Mais elle tuait à petit feu, au point que de longues périodes de rémission n'étaient pas rares. De plus, lorsque l'organisme était aidé par un traitement correct, on connaissait des exemples de lésions pulmonaires capables de cicatriser seules. Dans son cas – la fragilité de son corps, le travail physique, la mauvaise alimentation –, le dénouement ne se ferait pas attendre plus de deux ou trois ans. Ce n'étaient pas la nourriture qui me manquait, et je pouvais lui offrir tout ce qu'elle désirait manger. Quant à la maintenir en repos, le mieux était de l'inviter, sa tante et elle, à vivre un moment chez moi. Elles pourraient loger dans une des paillotes, et Felipa et Norberta prendraient soin d'elles. De plus, on respirait chez moi l'air de la montagne. Elle accueillit ma proposition avec un sourire réservé, tandis que Chicoy me remerciait d'une accolade. Ce même après-midi, sans faire attention à ceux qui attendaient devant ma porte, une vieille femme fit irruption dans mon cabinet. Elle semblait très affaiblie, et son visage était creusé de tant de rides qu'il ressemblait à une boule de papier froissé. C'était la grand-tante de Juanita, doña Asunción.

– Je viens éclaircir la situation entre nous, dit-elle d'un ton décidé en s'asseyant. Je vous remercie de vos bonnes intentions, mais vous comprenez, monsieur, que si nous emménagions chez vous, nous serions la cible des commérages de toute la ville. On dirait le pire de Juanita, et moi, je serais traitée d'entremetteuse. Notre grande misère ne doit pas vous tromper, monsieur : nous sommes pauvres mais décents. Nous n'avons jamais attiré le moindre commérage ni la moindre rumeur.

– Je n'en doute pas, cependant...

– Et ne croyez pas, monsieur, que nous soyons ignorants. Malgré tout le travail que j'ai, j'ai appris moi-même à Juanita à lire et à écrire. Je l'ai éduquée, monsieur. Quand je l'ai recueillie, elle ressemblait à un animal des montagnes. De plus, monsieur, rendez-vous bien compte que nous n'avons aucun sang noir. Mon arrière-grand-père était l'arrière-petit-fils de don Pedro de Léon, second gendarme de Baracoa, et pacificateur des Indiens. On ne vous a pas raconté l'histoire du cacique Guamá, monsieur ?

– Il me semble, mais il s'agit de la santé de votre nièce. Et même de sa vie. Croyez-moi, je n'exagère pas, dis-je prise au dépourvu par le peu de rationalité de ses jugements.

– Qu'est-ce que la mort comparée à l'honneur ? Rien, monsieur. Absolument rien. Les gens naissent et meurent, les vies vont et viennent, mais l'honneur du sang noble reste dans les mémoires, dit doña Asunción, suffoquée par la véhémence de ses propres paroles. Vous êtes étranger, monsieur, et nos coutumes vous semblent singulières. Si vous les connaissiez, vous sauriez qu'aucune femme qui se respecte dans ce pays ne s'aventurerait à vivre dans la maison d'un homme célibataire.

– Mais il y a d'autres femmes dans la maison, protestai-je.

– Deux Noires dont une, Norberta, a une assez mauvaise réputation. La mère de sa mère est arrivée de Santa Marta pour une saison, et elle a eu la chance de se mettre en ménage avec le nègre Michel, un aiguiseur de couteaux et de ciseaux qui dépensait en eau-de-vie le peu de réaux qu'il gagnait. Bien sûr, don Prudencio, le curé de l'époque, a réussi à les convaincre de se marier. Mais Nievecita, la maman de Norberta, est le fruit du concubinage. Je vous le dis, moi qui n'ai jamais calomnié personne.

Comme ces tirades que j'entendais ne semblaient pas devoir finir et que mon cabinet était rempli d'enfants souffrant de diarrhées, je tentai de clore la discussion avec une nouvelle proposition :

– Comme vous voudrez, doña Asunción. De toute façon, sachez que je suis décidé à tout entreprendre pour guérir votre nièce. Nous autres, médecins, avons aussi notre honneur, et je manquerais aux principes de mes professeurs si, pouvant sauver sa vie, je laissais mourir Juanita sans lever le petit doigt.

– Qu'insinuez-vous, monsieur ? Que vous allez nous entretenir, Juanita et moi ? Plutôt mourir toutes deux ! Personne ne nous entretient ! Qu'est-ce que vous croyez ? me cria-t-elle à la figure, vous parlez à quelqu'un de bien né !

Je la laissai partir, toute à ses émotions. Elle boitait un peu, et en la voyant par la fenêtre monter difficilement ma rue en pente, j'eus de la peine pour elle. Il semblait que les temps modernes n'étaient pas encore parvenus à Baracoa. Mais alors, que faire ?

*

Décidée à jouer franc jeu avec Chicoy, j'allai lui rendre visite dans sa cahute. Je le trouvai en manches de chemise, composant des vers.

– Pardonnez-moi de vous recevoir sans redingote, docteur Faber. Doña Asunción est justement en train de la raccommoder.

– Je viens précisément vous parler d'elle, dis-je, et je lui racontai en détail la conversation que nous avions eue.

– Ah ! docteur, soupira-t-il en écoutant mes plaintes. Ainsi va la vie, dans ces parages. Je vous comprends. Grâce à mes lectures, j'ai un peu d'instruction, et je sais que nous vivons ici comme à l'époque des croisés. Que vous dire ? Moi aussi, je me sens victime du retard et de la misère. Mon esprit n'est pas supérieur, mais il vole au moins au-dessus de beaucoup de ceux de cette ville. Et pourtant, me voici, avec une mule pour seul coursier, faisant des copies de documents qu'on me paye un liard la feuille, quand ce ne sont pas des lettres pour des analphabètes ou des rimes pour des amoureux. À en juger par le peu que je gagne, je ne pourrai jamais payer les quatre cents réaux que vaut une charge d'écrivain public, se lamenta-t-il en commençant à mordre le bout de sa plume. Là, maintenant, je ne vois pas quoi faire. Doña Asunción est têtue. Ni moi ni personne ne pourrait la faire changer d'opinion. Je suis désolé pour ma cousine Juanita, elle aussi est une martyre, même si elle ne le sait pas. Croyez-vous, monsieur, qu'elle mourra bientôt ?

– Dans un an ou deux, si les choses restent en l'état.

– Quel malheur ! Il n'y a aucun médicament qui puisse la sauver ?

– Aucun. Seul le repos et une bonne alimentation peuvent l'aider.

– Ici, des Noirs savent soigner avec les herbes.

– Pure superstition. Aucune herbe ne prolongera sa vie.

– Alors, il n'y a rien à faire, dit-il en reposant la plume dans l'encrier.

– J'ai une idée. J'ai des bêtes. Je pourrais vous faire parvenir du lait de chèvre et de la viande de porc. Et vous pourrez donner à doña Asunción ces aliments comme si c'était des cadeaux de votre part. Cela vous paraît-il faisable ? Évidemment, je vous paierai pour vos services.

Chicoy reprit sa plume et commença à la mordiller de nouveau.

– Je pourrais leur en apporter un peu. Mais très peu, car elles savent que je suis pauvre. Soyons vraiment francs. Ma cousine m'a confié qu'elle était amoureuse de vous. Ce sonnet d'amour que je suis en train de composer, c'est elle qui me l'a demandé. Si vous attendez un peu, je l'aurai terminé, il ne me manque que quatre vers.

– Pour moi ? demandai-je, émue.

– Elle imagine que son amour est peut-être réciproque. En tout cas, elle l'espère... Enfin, pardonnez-moi de m'immiscer dans vos affaires, mais supposons que Juanita ne se trompe pas sur vos sentiments, existe-t-il quelque chose qui vous empêche de la demander en mariage ? Ne me répondez pas maintenant, je vous en prie. Pensez-y bien après avoir lu notre sonnet... Je dis « notre » parce que si la métrique et la rime sont de moi, les idées sont d'elles. Je dois aussi vous avertir : quand l'heure sera venue de demander la main de ma cousine à doña Asunción, rien ne garantit qu'elle y consentira. Monsieur est étranger, français, ce qui rend la situation bien plus difficile. Naturellement, je ferai de mon mieux pour que le mariage se réalise. Mais ce ne sera pas facile de convaincre doña Asunción que vous n'êtes pas partisan du retour de Napoléon Bonaparte, qui est considéré ici comme pire que l'Antéchrist. Tout le monde sait que vous avez servi dans ses armées.

Pendant que Chicoy terminait le sonnet, je réfléchissais à sa proposition. C'était certainement le moyen le plus logique d'unir un homme et une femme qui s'aiment. Mais une femme et une femme ? J'essayai de m'imaginer mariée avec Juanita. Je pensai au bonheur de la voir chaque jour de la semaine, à celui de boire, de manger et de dormir avec elle, de se promener dans les bois pendant qu'elle me montrerait du doigt et me nommerait ses palais et ses châteaux végétaux... Chicoy soufflait sur le papier pour sécher l'encre. Je décidai de jouer le tout pour le tout. J'avouerais la vérité à Juanita. Si elle m'acceptait telle que j'étais, je la demanderais en mariage.

– Voilà, dit l'écrivain en tendant le bras d'un geste magnanime. Vous remarquerez mon admiration pour les classiques.

– Merci, mon ami, dis-je en prenant le papier. Quant au mariage, avant de donner une réponse, je dois voir votre cousine seul à seule. Vous comprendrez qu'il s'agit d'une chose importante et que nous devons en parler en privé.

– Je n'y vois aucun inconvénient. Je la conduirai demain à votre cabinet.

– Pas à mon cabinet, dis-je par pudeur professionnelle. Nous nous verrons dimanche dans la montagne. À l'endroit des orchidées.

– Comme vous voulez, monsieur. Sachez que je suis là pour vous servir.

26

Instruite selon la médecine matérialiste et positiviste de l'école française de mon époque, formée dans les salles de dissection et sur les champs de bataille, je m'étais à peine intéressée à la psychologie et encore moins aux pratiques comme le mesmérisme et la phrénologie. Je ne regrette pas mon manque d'intérêt. Je n'ai pas perdu grand-chose. Le prophète de cette discipline n'est pas encore venu ! Et nous attendons encore celui qui serait capable d'expliquer de manière convaincante le pourquoi des états dépressifs, les causes des obsessions et des peurs irrationnelles ; celui qui illuminerait de sa science les obscurs labyrinthes où naissent le crime et le plaisir, le rêve et les hallucinations, le désir et la culpabilité, et surtout, ce qui personnellement me touche le plus, celui qui déchiffrerait les énigmes de l'amour. Ah ! Comme j'aimerais pouvoir voyager dans le temps pour écouter ce maître, qui viendra sûrement un jour ; avoir l'occasion de lire ses œuvres pour en savoir plus sur moi-même ! Pourquoi ai-je pu aimer des femmes sans cesser d'être une femme, sans que cela m'empêche d'aimer des hommes avec la même ardeur et la même authenticité ? Le plus drôle dans cette histoire – la mienne –, et même en supposant que ce débordement amoureux ait été la conséquence d'une psyché anormale, c'est que je ne l'ai jamais ressenti comme une disgrâce, comme une limitation, comme une maladie ou une aberration chronique, ni même comme une source d'angoisse. Mon désir a toujours pris corps de manière naturelle, comme s'il s'agissait d'un besoin physiologique. Les genres semblaient s'effacer à tel point dans mon jugement que, comme il arrive en amitié, j'avais l'impression d'expérimenter les sentiments d'amour au niveau le plus élevé, le plus global, au niveau de l'être humain. Si je parle de cela ici, c'est pour montrer clairement que je ne suis pas tombée amoureuse de Juanita parce que je me sentais homme ou parce que je voulais qu'elle le soit. Je l'ai aimée de femme à femme, comme j'ai aimé Nadejda et Fauriel. Et je l'ai aimée aveuglément, sans me rendre compte des conséquences que pourrait avoir notre union.

*

Dois-je reproduire ici les actes de mon procès sommaire tels qu'ils ont été publiés dans les journaux de Cuba comme s'il s'agissait d'une monstruosité, comme si j'eusse été une femme à barbe, une femme araignée ou quelque autre phénomène de cirque ? Il suffirait de chercher dans mes papiers le fascicule intitulé *Enriqueta Faber. Le médecin femme devant les tribunaux*, qui s'est très bien vendu dans La Havane de l'époque, et de recopier les pages qui me paraissent les meilleures. Pourtant, je tremble. Pas parce que je donne de l'importance aux paroles de mes juges, des magistrats, des procureurs et des avocats de la défense. Mais parce que ce qui fut pour moi un calvaire – les mêmes accusations répétées de multiples fois, les mêmes interprétations arbitraires de la loi, y compris les sempiternelles justifications, les miennes et celles de mon avocat – pourrait se révéler très ennuyeux à lire. Comme l'avait demandé à maintes reprises mon défenseur en cour d'appel, l'homme de lettres Vidaurre : « Existe-t-il, et si oui, veuillez la citer, une seule loi qui interdise aux femmes de s'habiller en homme, et qui punisse expressément celles qui le font ? » Aucune loi de ce genre n'existe, bien sûr, et ce sont les préjugés de ceux qui me jugèrent et de ceux qui me condamnèrent qui remplirent ce vide juridique.

Cependant, même si je n'ai pas oublié les dates de mes comparutions devant les tribunaux, il ne m'est pas possible de dater avec précision le moment où je me suis rendu compte du piège que m'avaient tendu Juanita, Chicoy et doña Asunción. Je peux seulement dire qu'une fois mariée et devenue la femme de la maison, Juanita s'est transformée en une autre personne. La passion qu'elle disait avoir pour moi commença très vite à s'évanouir, et la nuit où elle me demanda de la laisser seule, de dormir dans une autre chambre parce que mes ronflements troublaient son sommeil, arriva relativement vite.

– Des ronflements ? Personne ne m'a jamais dit que je ronflais, avais-je répondu.

– Eh bien si, tu ronfles. Tu ne t'entends pas parce que tu dors comme une pierre. Tu ronfles si fort que je passe la nuit à veiller. Regarde comme je suis faible et fatiguée. Je ne peux déjà presque plus marcher.

Lorsque, enflammée de désir, je me glissais subrepticement dans son lit – celui qui avait été le mien – et que je commençais à la caresser, elle restait le plus souvent immobile et muette comme une statue, ou me repoussait.

– Laisse-moi tranquille, Enriqueta. J'ai mal à la tête. Mon cousin m'a dit hier que le mariage ne me réussit pas. Il me trouve plus pâle qu'autrefois et les yeux beaucoup plus cernés.

– Je pense que tu vas mieux. Tu as pris quelques kilos et tu n'as déjà presque plus de fièvre.

Comme j'étais stupide et mille fois stupide, moi qui me croyais si savante ! En dépit de tout ce que j'avais vu et vécu, il ne me venait pas à l'idée de penser que ces paysans étaient assez intelligents et habiles pour se moquer de moi.

– En fait, j'ai de la fièvre dans la journée, lorsque tu te trouves dans ton cabinet avec tes patients. Heureusement que le bon Chicoy vient me tenir compagnie et me lire des romans. S'il n'était pas là, je ne sais pas ce que je deviendrais.

Je réalisai un jour que je devenais jalouse de Chicoy, mais je dois avouer que je n'avais jamais imaginé – pas même en rêve – qu'il existait entre elle et lui d'autres sentiments que l'affection qui existe entre cousins. J'étais simplement fâchée de voir que mon épouse qui s'était mariée avec moi en sachant que j'étais une femme, et qui m'avait juré un amour éternel, semblait maintenant préférer sa compagnie à la mienne.

– Chicoy est comme un frère pour moi, me disait-elle en écoutant mes plaintes timides. Je ne sais pas pourquoi cela te gêne qu'il vienne me rendre visite. Nous avons toujours été très proches. Et si tu ne me crois pas, demande à ma tante Asunción.

Je n'aurais jamais pensé à demander quoi que ce soit à doña Asunción, qui restait maintenant plutôt à l'écart de Juanita et de notre situation conjugale. Mais après avoir hésité plusieurs fois, et pour me prouver que de tels doutes étaient indignes de moi, je m'enquis auprès de mes employées de la fréquence des visites de Chicoy à la maison.

– Deux à trois fois par semaine, me dit Felipa.

– Doña Juanita le reçoit dans sa chambre, où ils passent des heures, répondit Norberta pour me faire comprendre qu'elle n'approuvait pas la situation.

Un après-midi où la jalousie me rongeait, je fermai mon cabinet et rentrai à la maison. Avant même de l'atteindre, distinguant depuis le chemin la mule de Chicoy attachée à un de mes citronniers, mon cœur se mit à battre violemment dans ma poitrine. Mes mains tremblèrent en ouvrant la porte. Norberta vint me saluer et me demanda ce que je voulais pour dîner, mais je lui fis signe des yeux de ne pas faire de bruit. Je m'approchai de la porte de Juanita. Je supposai qu'elle avait mis le verrou et je la poussai de toutes mes forces. Les planches et les charnières se brisèrent, et je vis ce que je n'aurais jamais voulu voir : Juanita, me regardant, effrayée, la verge de Chicoy encore enfoncée dans la bouche.

Naturellement, rien de tout cela ne serait déclaré au tribunal de Santiago de Cuba. Dans l'argumentaire méprisable rédigé par son avocat – il est à présent grand temps de faire connaître certains détails de mon procès –, on pouvait lire : « En l'an 1819, un individu qui disait s'appeler Enrique Faber, docteur diplômé en chirurgie et originaire des cantons de Suisse, me sollicita en mariage. Profitant de ma situation d'orpheline et du désarroi dans lequel je me trouvais, il me réduisit à ses désirs, sans qu'il me fût possible de suspecter que les desseins de cette créature abominable visaient à profaner les sacrements et à se moquer de ma personne de la façon la plus cruelle et détestable. Il abusa de ma bonne foi, de ma candeur et de l'inexpérience dans laquelle je me trouvais à cause de mon honnêteté. Certaines particularités auxquelles la décence m'empêche de me référer m'obligèrent à espionner ses mouvements, jusqu'à ce qu'un soir, il relâche son attention, me croyant endormie, si bien que je pus vérifier sa véritable condition. Le monstre ne s'attendait pas à cette découverte, ce qui l'obligea à confesser son incapacité pour l'état conjugal. Il s'humilia jusqu'à l'extrême en me disant qu'il me laissait la liberté d'aimer autant d'hommes que je le voulais, car une séparation ne lui conviendrait pas. Trouvant cet arrangement indigne de toute personne qui possède un peu de moralité, et incapable de me prêter à des projets aussi bas et scandaleux, je rejetai ses plans. Lorsque j'avertis mon faux mari de la répulsion et de l'indignation que provoquait en moi sa tromperie, il proposa de s'enfuir immédiatement afin que personne ne connaisse sa cachette, et que le public ne puisse apprendre ma disgrâce. Il partit en effet de Baracoa sans que je puisse m'assurer de ses projets et de sa situation. Mais au lieu de s'enfuir dans un endroit éloigné pour cacher ses défauts, il alla s'établir dans le village de Tiguabos, où l'on dit maintenant que le docteur est une femme comme moi. Quand cette nouvelle parvint à ma connaissance, et considérant que les personnes qui savent ce qu'il en est pourraient être disposées à témoigner, je me suis vue dans l'obligation de solliciter la nullité de mon mariage, et d'exiger le châtiment que méritent de tels excès, afin d'en faire un exemple, et dans le but que cet individu ne sacrifie pas d'autres malheureuses, bafouant ainsi les institutions les plus sacrées de notre auguste religion et de l'ordre social ; si par pudeur j'ai gardé le silence pendant quatre ans, la divine Providence a voulu que le public prenne connaissance de ces crimes pour qu'ils ne restent pas impunis, et que mon bâtard d'époux ne rencontre pas d'autres victimes à tromper. » En entendant le juge lire cette volée de mensonges, je pensai qu'il me serait facile de les démentir. Quant à ce qui concernait mon véritable sexe, c'était sa parole contre la mienne, et j'avais pour moi l'estime publique. N'étais-je pas le procureur du Protomedicato ? Je dois ajouter que j'avais été arrêtée et conduite en prison, encore vêtue en homme. Je transcris ci-dessous les interrogatoires auxquels je fus soumise, et tels qu'ils furent publiés :

LE JUGE : Déclinez vos nom, origine, qualité et métier.

ENRIQUETA : Je m'appelle Enrique Faber. Je suis originaire de Lausanne en Suisse. J'ai trente-deux ans et je me suis marié dans la ville de Baracoa avec Juana de León. Je suis chirurgien et je possède le diplôme correspondant.

LE JUGE : Combien de temps s'est-il écoulé depuis que vous avez contracté votre mariage à Baracoa ?

ENRIQUETA : Cela fait près de quatre ans.

LE JUGE : Depuis combien de temps vous êtes-vous absenté de Baracoa, pour quel motif, et où avez-vous résidé par la suite ?

ENRIQUETA : Je suis parti de Baracoa il y a trois ans et demi. J'ai résidé quelques jours à Santiago de Cuba, en attendant le bateau pour La Havane. Je désirais parler personnellement aux recteurs du Protomedicato. Je désirais être transféré dans un autre lieu en tant que représentant de cette institution. Après avoir séjourné trois mois à La Havane, ils me nommèrent procureur à San Anselmo de Tiguabos, seul village disponible, et je partis pour mon nouveau destin. J'y arrivai au début du mois de mai 1820, en pleine célébration de la restauration du régime constitutionnel. À Tiguabos, j'ai pratiqué la médecine jusqu'à mon arrestation et ma détention dans la prison de cette même ville.

LE JUGE : Je dois vous prévenir qu'avant votre détention, ce tribunal a entendu les témoins à propos des accusations qui apparaissent dans la déclaration de doña Juana de León, dont vous venez d'entendre la lecture. Cela étant dit, je vous demande : connaissez-vous un mulâtre du nom d'Hipolito Wilson et savez-vous s'il a ou non une maison dans le village de Tiguabos ?

ENRIQUETA : Oui, monsieur, je le connais depuis Baracoa, où il a été un de mes patients. Il n'avait pas de ressources pour me payer et m'a proposé de m'apprendre la langue anglaise. Il est parti au bout de quelques mois vivre à Tiguabos.

LE JUGE : Connaissez-vous un individu nommé José Ramos ?

ENRIQUETA : Non.

LE JUGE : Pouvez-vous nous donner des explications à propos d'une conversation qui eut lieu en novembre 1822 dans la maison du dénommé Ramos. On assure que vous y avez participé. Ramos était prêt à parier une once d'or sur une affirmation qu'il a défendue avec acharnement.

ENRIQUETA : Je ne me souvenais pas de Ramos, mais maintenant je comprends de qui il s'agit, et je vois à quel épisode se réfère monsieur le juge. Voilà ce qui s'est passé. Hipolito Wilson m'avait dit qu'il y avait un jeune homme qui était prêt à parier n'importe quoi que je n'étais pas du sexe masculin, et je lui ai alors répondu que j'irais le voir avec une once d'or pour lui prouver le contraire. Je me suis rendu effectivement chez lui en compagnie d'Hipolito Wilson, mais Ramos n'a pas insisté, ni maintenu ses affirmations. Tout cela a eu lieu en présence de Wilson.

LE JUGE : Et vous, en tant que victime d'une offense, vous êtes-vous plaint au maire du village ?

ENRIQUETA : Non, monsieur, je ne me suis pas plaint, même si je m'en suis amicalement ouvert à lui.

LE JUGE : Connaissez-vous une personne originaire de la province de Vizcaya et répondant au nom de don Juan Antonio Gausardía ?

ENRIQUETA : Oui.

LE JUGE : Quelles sont vos relations avec l'individu ci-nommé ?

ENRIQUETA : Comme cet individu est propriétaire d'une gargote, j'avais l'habitude d'aller manger chez lui, en lui payant le prix correspondant. Je n'ai jamais eu à traiter d'autres choses avec lui.

LE JUGE : Vous êtes-vous trouvé en sa compagnie dans le village de Caney ?

ENRIQUETA : Un jour où j'allais en promenade dans ce village (c'était l'époque des fêtes), j'ai rencontré sur le chemin monsieur Gausardía et d'autres personnes. Nous nous sommes rendus en groupe à Caney, et une fois arrivés nous avons mangé ensemble.

LE JUGE : Est-ce que Ramos se trouvait ce jour-là parmi les convives, dans le restaurant mentionné de Caney ?

ENRIQUETA : Il était là par pur hasard.

LE JUGE : Que s'est-il passé ce jour-là, après le repas ?

ENRIQUETA : Lorsque nous avons rebroussé chemin vers Tiguabos, Ramos s'est joint au groupe. Il a alors voulu parier, de nouveau, une pièce d'or que j'étais une femme.

LE JUGE : Avez-vous entendu ces paroles ?

ENRIQUETA : Non. Je marchais devant, avec Gausardía. Ramos était derrière, avec d'autres personnes, mais j'ai appris plus tard l'existence de son pari.

LE JUGE : La séance est suspendue, nous poursuivrons plus avant ultérieurement. En attendant, je vous fais savoir que vous êtes formellement prisonnier. En vertu de l'article 300 de la Constitution, je vous fais savoir que le motif de votre incarcération est la plainte de votre épouse doña Juana de León, qui vous accuse de l'avoir séduite et trompée en l'amenant au saint sacrement du mariage, alors que vous êtes une femme comme elle et que vous vous trouvez dans l'impossibilité de remplir les devoirs conjugaux de l'époux ; circonstances qui devront être prouvées devant moi par un examen physique pratiqué par des chirurgiens, un huissier de ce tribunal devant publier les résultats de cet examen sous la foi du serment.

ENRIQUETA : Il me sera facile de me défendre et de prouver mon innocence. Je vous prie, monsieur le juge, de désigner le plus vite possible les chirurgiens qui examineront mon corps afin que cet épisode lamentable soit conclu une fois pour toutes.

Je pensais que ce coup d'audace tactique aiderait à convaincre le juge que je n'étais pas une femme. Mais je me trompais. Il entra le lendemain dans ma cellule avec l'huissier du tribunal et deux médecins. Mes suppliques ne servirent à rien, pas plus que mes tentatives de corruption. Ils m'obligèrent à me mettre nue même après que j'eus accepté de confesser ma condition. L'humiliation fut totale. Ils me prirent tout ce que j'avais de valeur, y compris ma montre et la chaîne en or qui retenait le portrait de tante Margot ; ils me dépouillèrent de mes habits et de mes bottes, me laissant une robe très usée et des chaussures grossières.

*

Mon secret avait été gardé pendant plus de dix ans. Ni Fauriel, ni Maryse, ni oncle Charles, ni madame Cavent, ni Christopher, ni Robledo, ni Pierre, ni Françoise ne l'avaient révélé. Mais tant va la cruche à l'eau qu'à la fin elle se brise. Juanita ne m'avait pas seulement trahie et bernée ; j'étais maintenant en prison à cause d'elle, et tous les efforts et les sacrifices faits pour cacher mon identité s'étaient effondrés d'un seul coup. Demain ou après-demain, selon le bon plaisir du juge, je serais citée devant le tribunal pour prêter serment et me confesser, ou me défendre des charges dont on m'accusait. Furieuse au début, je tombai peu à peu dans un abattement léthargique qui me faisait oublier la faim et la soif.

Allongée sur le sommier sale de la cellule, je passais les heures à contempler le toit et lorsque, la nuit venue, il disparaissait dans l'obscurité, je ne regardais plus rien, incapable de penser à autre chose qu'à mon malheur. Un matin, lorsque la lumière du jour entra par la lucarne qui donnait sur la cour de la prison, je vis qu'entre les barreaux de fer reposait un papier enroulé et attaché à une corde. Je le regardai longuement sans plus de curiosité. Lorsque je me rendis compte que je ne pouvais pas le quitter des yeux, je me levai, poussai le lit et, grimpant dessus, pris le papier. Je le lus sur-le-champ. C'était un message de Wilson qui me prévenait que, jetée en pâture à l'opprobre public, j'allais être promenée sur un âne, pieds nus, vêtue d'une chemise de pénitente, dans la rue principale de la ville. Je me rappelai l'anecdote de lady Godiva et je souris. Je ne donnerais pas ce plaisir à mes accusateurs, ni à mes juges, et encore moins à la population. Il y avait sur le sol une jarre en terre contenant de l'eau. Je la brisai contre la paroi et cherchai le morceau le plus effilé. Ce ne serait pas aussi efficace qu'un couteau, mais, avec un peu de persévérance, je pourrais me couper une veine. J'opérerais une saignée sur mon bras, semblable aux milliers d'autres que j'avais pratiquées dans ma vie, mais cette fois-ci, je laisserais le sang couler. Toute prête, je pris le morceau de terre, inclinant le côté effilé vers l'intérieur, mais au moment de pratiquer l'incision, ma main commença à trembler. Je tentai de me couper quatre ou cinq fois, en vain ; mes doigts avaient perdu toute force, et j'arrivai à peine à les bouger. La porte de la cellule s'ouvrit à ce moment-là.

– Allons-y, femme, ils sont venus te chercher pour que tu te confesses, dit un des geôliers.

Conduite devant le même juge, un certain Rodriguez, qui essayait de dissimuler sa calvitie sous une coiffure ridicule, je prêtai serment de dire la vérité et rien que la vérité. Après avoir répondu à quelques questions, destinées à vérifier les étapes de ma vie, l'interrogatoire prit une autre tournure.

LE JUGE : Avez-vous présente à l'esprit la déclaration faite dans cette salle le 7 de ce mois, et, dans le cas contraire, souhaitez-vous que l'on vous la lise ?

ENRIQUETA : Ce n'est pas nécessaire.

LE JUGE : Vous avez déclaré que de retour de Tiguabos, sur le chemin, Ramos avait parié que vous étiez une femme, un pari dont vous avez pris connaissance plus tard.

ENRIQUETA : C'est vrai. Alors que nous amenions les chevaux pour qu'ils s'abreuvent dans un cours d'eau, un individu dont je ne connais pas le nom s'est approché de moi et m'a touché la poitrine.

LE JUGE : Continuez votre récit.

ENRIQUETA : Cet individu affirma qu'il ne pouvait assurer si j'étais un homme ou une femme, mais il le dit avec des mots d'une vulgarité insultante que je ne puis répéter. Il ajouta que, pour cette raison, il ne payerait pas à Ramos l'once d'or qu'ils avaient pariée. Ramos proposa alors de me dévêtir, ce à quoi s'opposèrent monsieur Gausardía et d'autres personnes.

LE JUGE : Est-il vrai que vous avez donné de l'argent à Hipolito Wilson pour qu'il tue Ramos ?

ENRIQUETA : Ce n'est pas vrai. Je me suis contentée de lui dire d'essayer de le convaincre que je n'étais pas une femme.

LE JUGE : Selon les déclarations de cet individu, arrêté pour ivresse et trouble à l'ordre public dans la gargote de monsieur Gausardía, vous lui avez donné cent cinquante pesos.

ENRIQUETA : Je lui en ai donné moins. Je ne me rappelle pas combien. C'est une personne sans ressources. Une de mes connaissances.

LE JUGE : Racontez-nous la conversation que vous avez eue avec don Tomás Olivares, maire de Tiguabos, à propos de votre sexe.

ENRIQUETA : Comme Ramos ne cessait de raconter que j'étais une femme, et apprenant que d'autres personnes étaient prêtes à parier de bonne foi, je rendis visite à don Tomás une nuit. Je réussis à le convaincre que j'étais un homme.

LE JUGE : Vous l'avez trompé, reconnaissez-le. Vous avez trompé l'autorité civile.

ENRIQUETA : J'avais peur d'être découverte.

LE JUGE : Vous avez aussi trompé le curé de Baracoa, qui vous a mariée en pensant que vous étiez un homme.

ENRIQUETA : Il est vrai que j'ai commis un sacrilège et que je suis coupable d'un point de vue religieux, mais je ne crois pas l'être devant la loi civile. En France, on n'emprisonne aucune femme parce qu'elle s'est travestie en homme. J'ai toujours vécu conformément à la loi en tentant de faire le bien autour de moi.

LE JUGE : Expliquez-nous comment vous avez fait pour tromper doña Juana de León, et obtenir son consentement au mariage.

ENRIQUETA : Juana de León s'est mariée avec moi en sachant parfaitement que j'étais une femme. Je ne l'ai jamais trompée.

LE JUGE : L'accusée comprendra qu'il s'agit de sa parole contre celle de la plaignante.

ENRIQUETA : Je dis la vérité. Je ne suis pas habituée à mentir.

LE JUGE : Vous n'avez pas menti une fois mais plusieurs. En plus d'avoir menti dans votre patrie, comme vous nous l'avez confessé, vous êtes arrivée sur l'île de Cuba avec un faux passeport, trompant les éminents magistrats du Protomedicato en prétendant être un homme et en signant du nom d'Enrique Faber votre acte de mariage avec doña Juana de León, bafouant ainsi les saints sacrements de notre sainte mère l'Église. Je vous conseille de rétracter vos paroles. Vous avez juré de dire toute la vérité et le parjure est un délit.

ENRIQUETA : J'affirme sous serment que Juana de León savait que j'étais une femme avant notre mariage.

LE JUGE : Vous insinuez que la plaignante est une pervertie ?

ENRIQUETA : J'affirme seulement que c'est une menteuse.

LE JUGE : En supposant que cela soit vrai, ce que personne ne croira car elle a suffisamment donné de preuves de sa candeur et de son honnêteté, quel motif l'aurait poussée à se marier de manière sacrilège ?

ENRIQUETA : Quand j'ai connu Juana de León, elle était plongée dans la plus grande pauvreté et souffrait de phtisie. Ce mariage lui offrait une meilleure vie... De bonnes choses à manger, du repos, et surtout de l'argent à dépenser.

LE JUGE : Racontez-nous les arguments que vous avez utilisés pour la séduire et l'amener à contracter le mariage.

ENRIQUETA : J'avais besoin de compagnie et de quelqu'un qui m'aime. Mais je le répète, il n'y a jamais eu de ma part ni tromperie, ni séduction.

LE JUGE : Qu'avez-vous à dire des propositions immorales faites à la plaignante ?

ENRIQUETA : Je ne vois pas à quoi monsieur le juge fait référence.

LE JUGE : Eh bien, ne lui avez-vous pas suggéré d'aimer de manière adultère ?

ENRIQUETA : Je ne le lui ai pas suggéré. Je lui ai dit qu'elle pouvait continuer à avoir des relations avec son amant, monsieur Faustino Chicoy, ou avec qui bon lui semble. Permettez-moi de vous raconter ce qui s'est passé : un après-midi, j'ai surpris ma femme avec cet individu. Cela fut à l'origine d'une dispute entre nous, à la suite de laquelle je décidai de quitter Baracoa. Elle réagit en me menaçant de rendre public mon véritable sexe si je m'en allais. Comme cela m'aurait privé de pouvoir exercer la médecine, je lui ai alors proposé de rester formellement mariées, en lui laissant la liberté d'avoir autant d'amants qu'elle le désirait, et en lui donnant les sept mille réaux que je gardais dans mon coffre.

LE JUGE : Avez-vous en votre possession une trace écrite de ce scandaleux contrat ?

ENRIQUETA : Non. C'était un arrangement verbal. Cependant, je peux prouver son existence. Juana de León a attendu quatre ans avant de me dénoncer. Pourquoi avoir tant attendu ? Parce que, pendant ce temps, elle m'a demandé à trois reprises de lui verser cinq mille réaux, et elle aurait continué à le faire si personne n'avait soupçonné à Tiguabos que j'étais une femme. Or, à partir du moment où j'étais découverte, elle devenait complice. Elle a donc préféré se protéger, c'est-à-dire me dénoncer avant que son silence ne la compromette.

LE JUGE : Si ce que vous dites est vrai, vous avez sûrement les reçus, signés par doña Juana, correspondant à ces supposés paiements ; ou, à défaut, une lettre de ladite personne vous demandant ces sommes.

ENRIQUETA : Il n'y a eu ni reçus, ni lettres. J'ai donné, à chaque fois, l'argent à son cousin et amant Faustino Chicoy, qui venait le chercher à Tiguabos.

LE JUGE : Et vous remettiez ces importantes sommes d'argent à une tierce personne sans être sûre qu'elles parviendraient aux mains de doña Juana ?

ENRIQUETA : Chicoy me montrait des lettres qui m'étaient adressées par Juana de León, dans lesquelles elle me menaçait toujours de me dénoncer.

LE JUGE : Vous avez conservé ces lettres ?

ENRIQUETA : Non, Chicoy les gardait, conformément à ce qui était écrit dans les lettres.

LE JUGE : Vous vous considérez comme une victime de doña Juana de León ?

ENRIQUETA : Je ne l'ai jamais envisagé en ces termes. Mais si au début de nos relations, j'étais moi de bonne foi et elle non, nous avons fini par nous utiliser mutuellement afin de parvenir à nos fins.

LE JUGE : Dites-moi l'âge qu'avait doña Juana de León quand vous l'avez épousée.

ENRIQUETA : Quinze ans.

LE JUGE : Cela ne vous paraît pas étrange qu'une personne de quinze ans, presque une enfant, ait pu vous tromper, vous qui avez le double de son âge, et qui avez déjà beaucoup vécu puisque vous avez été femme mariée, veuve, étudiante en médecine à Paris, vétéran de deux guerres, et imposteur ?

ENRIQUETA : Je me le demande moi-même.

LE JUGE : Votre impudence me fatigue... Procédons maintenant à la défense... Désirez-vous vous défendre vous-même, ou préférez-vous un avocat commis d'office ?

ENRIQUETA : Je n'ai besoin de personne. Pour ma défense, je dirai seulement que les accusations de Juana de León sont fausses, et que je n'ai jamais fait de mal à personne.

LE JUGE : La séance est close, sous réserve de la suite que nous jugerons utile de lui donner quand nous le déciderons.

Une semaine passa, et la sentence tomba. Elle fut prononcée par un autre juge, un homme aux grands favoris et à la voix rauque. Je recopie le jugement du tribunal tel qu'il est exposé dans les pages rébarbatives du dossier *Enriqueta Faber*.

« Dans la ville de Santiago de Cuba, le 19 juin 1823, monsieur D. Eduardo María Ferrer, lieutenant-colonel à la retraite, maire constitutionnel et juge substitut, déclare : vu le procès criminel intenté contre doña Enriqueta Faber, originaire de Lausanne, Suisse, sur les instances de Juana de León, originaire et résidente de la ville de Baracoa, pour les horribles crimes d'avoir été, depuis son arrivée sur l'île, déguisée en homme en étant réellement et parfaitement une femme ; d'avoir contracté un mariage comme l'a présenté doña León dans sa déclaration, page 6, accompagnée de la certification du curé D. Felipe Salamé, qui accrédite la célébration du mariage ; au vu des déclarations de l'instruction, pages 14 à 17, et de la reconnaissance par les docteurs D. Bartolomé Segura et D. José Fernandez, des facultés de médecine et de chirurgie, et par le licencié José de la Caridad Ibarra, il est attesté que cette femme, doña Enriqueta, ne peut être en aucun cas ni en aucune circonstance du sexe opposé ; au vu des confessions par lesquelles elle avoue ses crimes détestables et raconte sa vie depuis l'âge de seize ans, âge auquel elle est devenue veuve d'un officier des hussards des troupes françaises nommé D. Juan Battista Roberto Renaud, jusqu'à ce qu'elle commence à utiliser son déguisement d'homme ; au vu de l'accusation formulée par le procureur, page 52, de l'arrêt de preuve de la page 55, des déclarations des témoins de l'instruction ; au vu de ce qui a été allégué par le ministère public représentant de la cause publique ; tout le nécessaire ayant été exécuté, le ministère ayant établi l'accusation, sans que doña Enriqueta se soit défendue. En conséquence, attendu que l'outrage scandaleux et diabolique intenté à la Divinité que représente la conclusion d'un mariage avec une personne du même sexe constitue un péché contre notre auguste religion, un blasphème horrible et impie, accompli sans la moindre crainte de tomber sous le coup des plus graves peines prévues par les sanctions, canoniques comme civiles, anathématisant et punissant une conduite si ignominieuse ; attendu que cet acte est une offense et un scandale menaçant tout aussi bien la République, non seulement à cause de faits délinquants mais aussi parce qu'en se déguisant en homme, ce que condamnent toutes les lois de l'Univers, elle a pu obtenir la licence du Protomedicato et le titre de procureur du Protomedicato de Baracoa, insultant et bernant ainsi le respectable Tribunal, l'excellentissime Capitaine général de l'île et toutes les autres autorités et corporations de l'île ; nous condamnons doña Enriqueta Faber à la réclusion dans le pénitencier de La Havane, pour une période de dix ans, sous la vigilance spéciale des autorités compétentes, avec la garantie qu'elle reste emprisonnée jusqu'à son expulsion vers n'importe quel territoire étranger et avec l'absolue interdiction de revenir sous aucun prétexte dans les territoires espagnols. Si elle était aperçue sur l'un d'entre eux, il lui serait imposé le double de peine de réclusion, qui s'ajouterait aux autres peines conséquentes. Cette sentence sera affichée publiquement, authentifiée par le sceau du Gouvernement afin que sa publication produise les effets conséquents sur les affaires et les personnes originaires de cette île. Nous condamnons en sus la susdite au paiement de tous les frais judiciaires, et réservons à Juana de León le droit d'être assistée contre l'accusée et de reprendre possession de ses biens quand et comme il conviendra. »

LE JUGE : La détenue a-t-elle quelque chose à ajouter ?

ENRIQUETA : Je prie Son Excellence de m'envoyer dans ma cellule l'avocat commis d'office. J'ai besoin qu'il m'indique les modalités d'appel.

*

Une fois surmonté l'abattement dans lequel j'étais plongée depuis que les médecins m'avaient examinée, je me mis à réfléchir à ma situation. Qu'avais-je perdu ? Que pouvais-je gagner ? Mes finances étaient au plus bas. Les fils de La Muraille avaient gardé mon héritage de Foix, ainsi que les propriétés environnantes que Curchet avait acquises ; une fois payés les frais de mon procès judiciaire, Juanita me dépouillerait du reste de mes économies et vendrait mes meubles, y compris ma *Femme en costume de bataille.* Recluse dans une prison pendant dix ans, je ne pourrais même pas toucher les intérêts hypothécaires de ma maison de Paris. Ma seule propriété était un bois, qui avait certes une valeur sentimentale incomparable, mais qui pour ma bourse signifiait très peu. J'avais aussi perdu la possibilité de gagner ma vie à Cuba et dans les territoires espagnols, ce qui n'était pas une grande perte si l'on considérait les choses sérieusement : Maryse morte, rien ne m'attachait à cette île malade de son sucre et de l'esclavage. Je serais éventuellement expulsée, mais ce serait plus un bienfait qu'un châtiment. Peu m'importait le lieu où ils m'enverraient. De là, je m'arrangerais pour rentrer en France, où je pourrais vivre dans ma maison en pierre, dans mon bois. Tout à coup, je me souvins de mes bijoux. Les bijoux de tante Margot valaient des millions de francs. Je ne mourrais pas de faim, à la condition de pouvoir vivre en tant que femme. Dans le cas contraire – sans doute le plus probable –, je redeviendrais Henri Faber, chirurgien militaire démobilisé pour invalidité, et j'ouvrirais mon cabinet à Paris, Bordeaux, Marseille, ou dans n'importe quelle ville en dehors du Languedoc. En effet, pour mes avocats Lebrun et Ducharme, pour mon ancien locataire d'Alencourt, et les gens de Foix et de Toulouse qui me connaissaient, je resterais toujours madame Henriette Renaud, née Faber-Cavent, une voyageuse infatigable aux mœurs légères (à défaut de preuve, personne n'avait cru sur parole que Dunsi était le fruit d'un mariage légitime), voyageuse qu'on apercevait de temps en temps, quand la nostalgie l'appelait vers son bois de l'Ariège. En plus de tout cela, je disposais d'une bonne santé et d'une vaste connaissance du monde, sans compter que mon troisième mariage était encore devant moi. Quand bien même les magistrats du tribunal de Puerto Principe accepteraient que je fisse appel, ils risquaient sans aucun doute de confirmer ma condamnation. Et les heures passaient ainsi dans ma cellule : en attendant le bateau qui devait m'emmener à la prison de La Havane, je tâchais de considérer ma lamentable situation avec optimisme, me répétant que toute cette aventure cubaine contribuait à forger mon expérience.

Au bout de dix jours de navigation par un bon vent, je revis le château du Morro, les tours des églises et les couleurs gaies des maisons de La Havane. Mon angoisse augmentait au fur et à mesure que le bateau approchait de la baie. Je me demandais ce qui s'y passerait, alors que, à mon départ de Santiago, la foule était là à m'attendre pour m'insulter et me lancer des ordures. Mes doutes furent très vite dissipés : plus d'une centaine de misérables se pressaient sur le quai. Les détails de mon procès avaient déjà été publiés par affichage officiel, et je servais maintenant de bouc émissaire afin que les mendiants et les esclaves, les estropiés, les cocus et tous les malheureux victimes d'une quelconque offense aient leur minute de triomphe à mes dépens. Lorsque je parvins à la prison des femmes, mes vêtements étaient tachés d'œufs et de tomates pourris, et un chou lancé avec une précision diabolique m'avait laissé une bosse sur la pommette droite. Même en prison, je ne cessai de recevoir des insultes, mais il ne sert à rien d'en rendre compte. Je préfère parler du beau geste de Romay qui, bien que devenant ainsi la cible de mesquines calomnies, vint me voir à deux reprises. Il me traita comme il l'avait toujours fait, et je lui suis reconnaissante de m'avoir rendu visite, ainsi que pour les fruits et les sucreries qu'il m'apporta. Un jour, à ma grande surprise comme à celle de mes geôliers, une missive arriva du tribunal, ordonnant mon transfert « dans les délais les plus brefs possibles » dans la ville de Puerto Principe. La date fixée pour la révision de mon procès était le 30 septembre.

*

Je me sentais alors aussi parfaitement étrangère qu'un plat de cassoulet dans une cuisine cubaine. Ce fut donc avec plaisir que j'appris que mon avocat ne serait pas un fils ou un voisin de Puerto Principe mais un étranger, un Péruvien. Je me réjouis encore plus d'apprendre qu'un juriste renommé, auteur d'ouvrages de jurisprudence, avait, par intérêt pour mon cas, décidé de renoncer à sa charge d'auditeur au tribunal afin de me défendre devant ses collègues. Son nom était Manuel de Vidaurre.

Dans les pages impersonnelles d'*Enriqueta Faber*, on trouve la description suivante de Vidaurre : « Son aspect était sympathique. Mince, grand, les cheveux prématurément blancs, il avait une peau fine et claire, ennoblie par le plus doux et le plus affable des regards. Son nez aquilin donnait à son visage une distinction indéniable et ses yeux bleus le rendaient particulièrement attirant. » Rien de tout cela n'était vrai. C'était un homme petit et gros, au tempérament sanguin et aux pupilles pénétrantes. Il ne dissimulait pas sa calvitie. Il vint me voir en prison dès qu'il apprit mon arrivée, et alors que je répondais à ses questions, il remplit avec diligence plusieurs pages de son cahier de notes. Du procès qui eut lieu en appel, je ne reproduirai que la plaidoirie finale de Vidaurre. Je le fais parce que ses arguements sont inédits pour l'époque ; les faire connaître aujourd'hui est mon modeste hommage à ses idées.

« Le délit est produit par le plaisir, et ainsi l'on comprend que la peine doit avoir son fondement dans la douleur. Cependant, conduire les hommes et les femmes à l'échafaud, incendier les foyers, multiplier et raffiner les tourments sont des remèdes aussi faciles qu'inefficaces pour éviter les crimes. Diriger l'esprit, gouverner le cœur, guider les passions vers le bien, profiter de la sensibilité, limiter les désirs des uns à la liberté des autres, voilà la science propre au législateur. Le délit a pour objet la possession d'un bien acquis par une nuisance causée à autrui. Les instances législatives doivent tout faire pour que chaque citoyen puisse jouir de biens sans causer de mal à autrui. En tout état de cause, il est de notre devoir de rendre impossible toute nuisance faite à autrui. Il nous faut tenter de distraire du désir de posséder le bien d'autrui, désir qui se nourrit du mal. Voilà ce que serait en premier ressort l'illustration de la compréhension d'une bonne philosophie, d'une bonne éducation de la volonté visant à l'exercice d'une morale sans préjugés... Enriqueta Faber n'est pas une criminelle. La société est plus coupable qu'elle, à partir du moment où elle prive de leurs droits civiques et politiques les femmes, les transformant en objets, en poupées dédiées au plaisir des hommes. Ma protégée a fait un choix judicieux en s'habillant d'un costume masculin, non seulement parce qu'aucune loi ne l'interdit, mais aussi parce qu'en se faisant passer pour un homme, elle a pu étudier, travailler et accomplir de bonnes œuvres en toute liberté. Quel crime commet celle qui suit son mari sous les coups de canon des grandes batailles, qui soigne les blessés, qui s'occupe gratuitement des pauvres et des désemparés, et qui se marie dans le seul but d'être un soutien pour une malheureuse orpheline malade ? Nous les hommes, nous accaparons tout. Vendre du fil et des aiguilles dans une boutique ? Ce sont les hommes qui s'en chargent. Coudre des gilets, des pantalons et des chemises ? Ce sont les hommes qui s'en chargent encore. Cuisiner ? Les grands chefs sont des hommes. Un jour viendra, si nous continuons ainsi, où nos fils, au lieu de prendre la faux pour labourer la terre ou la hache pour faire tomber les arbres, se consacreront à laver et à repasser le linge blanc, et même à couper ou à broder les robes des femmes... Voilà le problème : Enriqueta Faber avait senti depuis la mort de son époux l'appel d'une vocation, celle d'être médecin pour affronter la mort et aider son prochain. La jeune veuve, habillée en femme, pouvait-elle étudier la médecine ? Non. N'importe quelle femme, habillée en femme, pourrait-elle étudier le droit ou les techniques ? Non. Pourrait-elle être militaire ? Pas plus. Serait-ce licite qu'elle veuille être prêtre ? Encore moins. Les femmes, messieurs les magistrats, parce que les lois, les coutumes et l'égoïsme des hommes l'ont voulu ainsi, sont aujourd'hui des mineures. Le pacte social n'existe pas pour elles. Tant que les femmes ne prendront part ni à la politique ni à l'élaboration des lois, nous vivrons dans un monde injuste. "Qu'elles se marient", me direz-vous... Mais à quoi bon se marier si le mariage ne les protège pas non plus, les réduisant au contraire à devenir des machines à fabriquer des enfants entre les quatre murs de leur maison ? Laissons la plus belle moitié du genre humain aspirer aux droits élémentaires des ouvriers. Ouvrons aux femmes les ateliers et les usines. Laissons-les travailler afin qu'elles ne meurent pas comme une fleur dans un vase, pour qu'elles ne se couvrent pas de boue dans les cavernes du vice... L'impénitent juge de Santiago de Cuba qui s'est proposé d'assister à la mise à nu de ma cliente en ordonnant son examen, inutile examen, abusif examen, puisque l'accusée avait accepté de confesser son sexe, ce juge devrait être assis, ici même, sur le banc où Enriqueta est assise. On ne peut soutenir, messieurs les magistrats, qu'Enriqueta a commis un sacrilège. Elle n'a jamais eu l'intention d'offenser la Divinité, bien au contraire, elle a cherché dans le mariage dont elle a voulu qu'il fût célébré par un prêtre catholique, la tranquillité de son esprit et la paix du foyer. Le jour viendra où l'on célébrera des mariages pour tous... Et en ce qui concerne l'ordre public, Enriqueta ne l'a pas troublé, et n'a nullement tenté de se rebeller contre les institutions politiques ou civiles de l'État ; elle n'a ni tué, ni blessé, ni volé personne. Les criminels, ce sont nous, nous qui opprimons les femmes ; les coupables, ce sont les gouvernements qui ne tolèrent pas que les femmes s'assoient à nos côtés pour juger les hommes... Celle que je défends n'a pas besoin de la commisération du monde, parce qu'en accomplissant héroïquement votre justice arbitraire – la nôtre, si vous préférez –, vous la mettez en position de martyre, une position digne du plus grand respect et de la plus haute admiration. Quant à doña Juana de León, sa dite épouse, elle lui a déjà donné tout l'argent et tous les meubles qu'elle possédait. D'une phtisique quasiment incurable, elle a fait une femme robuste et visiblement saine. D'une mendiante, elle a fait une femme convenable qui bientôt se remariera... Votre nom, Enriqueta, passera dans l'histoire de Cuba et dans les annales de la médecine, vous serez reconnue comme la première chirurgienne diplômée d'une université, comme la première chirurgienne militaire en service sur le front, comme la première femme qui exerça la profession de médecin en Europe et en Amérique. Votre gloire et votre valeur sont assurées pour la postérité. Pour le reste, s'ils vous condamnent maintenant, cela est bien pire pour eux ; leurs noms seront bafoués, ils seront considérés comme des incapables et des timorés. Pour ma part, et après avoir beaucoup médité, après avoir jugé votre conscience à la lumière de la mienne, je vous absous complètement et sans réserve. »

Quatre jours plus tard, je fus emmenée dans la salle du tribunal pour écouter la lecture du jugement :

« En présence du représentant du procureur, nous condamnons Enriqueta Faber à quatre années de service à l'hôpital Paula de la ville de La Havane, au bout desquelles elle sera expulsée de l'île, sa peine étant assortie d'une expulsion à perpétuité du territoire espagnol. Nous lui retirons son titre de chirurgien et les cartes de résidence qu'elle a obtenus au nom d'Enrique Faber, et nous la condamnons à payer les coûts des procédures de l'une et de l'autre instances. À annoncer à l'excellentissime Chef supérieur politique, au Protomedicato à toutes fins utiles et à l'Agent du tribunal le plus ancien. Signé : Reboredo, Alvarez, Portilla, Gomez, Frias, Bernal et Agramonte y Recio. »

27

L'hôpital de Paula où ils m'avaient condamnée à servir ne m'était pas étranger. Il était (il est sûrement encore) situé à l'extrémité sud de l'avenue de l'Alameda sur un petit promontoire, protégé par un parapet et une guérite, qui domine la baie. Combien de fois, Maryse et moi, abandonnant le cabriolet au pied de l'un des escaliers qui menaient à l'avenue, nous étions-nous approchées des portes de l'hôpital en bavardant de choses et d'autres ? Faisant et défaisant le monde, nous nous laissions porter au gré de la brise et de nos paroles jusqu'à la romanesque façade du Théâtre principal.

Je connaissais certains des services, ainsi que l'administration. L'hôpital était depuis toujours sous la dépendance de l'évêque, qui exigeait que ses directeurs et ses chapelains fussent tous membres du clergé, nés à La Havane. Romay m'avait fait parcourir ses salles, passablement propres malgré l'affluence – il y avait, à cette époque, entre cent trente et cent quarante malades. Comme à la Salpêtrière, on soignait ici des détenues de la prison pour femmes, en général des voleuses et des prostituées, presque toutes atteintes de phtisie, de tumeurs et de maladies vénériennes. On soignait aussi les esclaves, sous réserve du versement d'une pension par leurs patrons. Une chapelle placée sous la protection de saint François de Paula avait été construite en annexe de l'édifice. On y donnait des messes les dimanches et les jours fériés. Sauf exception, la majorité des prisonnières étaient de vieilles femmes invalides, des mendiantes, des femmes de mauvaise vie, des esclaves ou des criminelles. Presque toutes de couleur.

Les ouvertures de l'édifice sur l'extérieur étaient en nombre suffisant, et regarder les navires pénétrer dans le port, se faire enregistrer, puis appareiller permettait de passer le temps. Mais la proximité de l'eau épaisse et puante des quais était source de fièvres, en particulier de la fièvre jaune. Était-ce parce que j'avais déjà respiré l'air de nombreux pays, sous tous les climats, chauds ou froids, ainsi que des émanations de corps en décomposition et autres pestilences ? Ce fléau ne représentait en tout cas pour moi qu'un ennemi lointain.

Je connus ma première déception le jour même de mon arrivée. Dans un discours sévère sur mes devoirs écrasants et mes droits plus que limités, l'administrateur insista sur le fait qu'il m'était interdit de pratiquer la médecine. J'eus beau lui montrer l'énoncé de la sentence, qui ne spécifiait nullement les services que j'avais à effectuer à l'hôpital, il me répondit :

– De toute façon, vous n'êtes plus médecin. Votre licence et votre titre de procureur du Protomedicato de Baracoa vous ont été retirés.

– Bien, soupirai-je, dites-moi alors quelles seront mes tâches ?

– Le ménage. Vous aurez à balayer le sol et à passer la serpillère. Tous les jours, sauf le dimanche évidemment.

– Dans tout l'hôpital ? demandai-je avec incrédulité.

– Vous partagerez ce travail avec deux autres femmes... Et pour finir, vous devez savoir que même si ceci n'est pas une prison, il vous est interdit de sortir dans la rue. Gardez bien cela présent à l'esprit. Toute tentative de franchir la porte sera considérée comme une fugue. Ce qui aurait pour conséquence de prolonger votre peine de un à trois ans, selon les circonstances. Avez-vous bien compris ?

– Oui, monsieur.

– C'est l'heure de déjeuner. Vous pouvez vous rendre au réfectoire. Prenez à droite en sortant de mon bureau.

Je pénétrai dans le réfectoire et m'assis au bout d'un banc ; les deux longues tables étaient remplies de prisonnières, de domestiques et de jeunes en redingote que je supposai être des étudiants en médecine. Voyant que personne ne me prêtait attention, je me levai et me présentai. En entendant mon nom, tous cessèrent de manger. Leurs regards me firent une impression à laquelle j'avais fini par m'habituer : les moins haineux m'examinaient comme si j'étais un griffon ou un monstre à deux têtes. Pour mette fin au malaise, je demandai qui pouvait me donner des instructions pour m'occuper du ménage.

Ainsi débuta ma réclusion à l'hôpital de Paula. Les jours passaient lentement, d'une monotonie qui me rappelait mon passage dans l'un de ces interminables convois de l'Intendance. Mes mains devinrent vite calleuses à force de balayer et de passer la serpillère. Je ne pouvais évidemment pas me soustraire à ma condition de médecin, et pendant que je travaillais dans les salles des malades, je m'intéressais à leur sort. Avec le temps, les médecins prirent l'habitude de me consulter sur l'administration d'un médicament ou sur un cas de chirurgie. Cela faisait rire Romay qui me rendait visite de temps à autre. « Vous voyez, Enriqueta, disait-il, votre défenseur Vidaurre avait raison. Quand on est médecin, on reste médecin, et peu importe que l'on soit habillé en homme ou en femme. »

Dans mes maigres bagages, j'avais emporté quelques livres, tous offerts par Vidaurre à son départ de Puerto Principe. Si mes geôliers me les avaient laissés, c'est parce qu'ils étaient tous œuvres de saints ou de gens pieux : sœur Jeanne-Inès de la Croix, saint Jean de la Croix, sainte Thérèse de Jésus, frère Louis de Granada. En lisant les écrits de la nonne mexicaine dont j'ignorais jusque-là l'existence, je compris où mon ardent défenseur avait trouvé son inspiration. Mon autre passe-temps était de contempler, depuis ma fenêtre, les navires qui passaient. Leurs figures de proue apparaissaient au hasard, d'un côté puis de l'autre, comme commandées par un mystérieux prestidigitateur. (Qu'es-tu devenu toi, Piet Vaalser, avec tes colombes, tes boîtes, tes foulards et ta houppelande de mage bordée de demi-lunes et de comètes ?) Souvent, les navires s'arrêtaient exactement au centre du paysage, de l'autre côté de la baie, au pied des canons de la Cabaña. Ils restaient là quelques jours, entourés de chaloupes qui déchargeaient des machineries, de lourdes caisses, des passagers, avant de disparaître du cadre de ma fenêtre. Tous les navires, un beau jour, prenaient à bord de nouveaux passagers, avant de lever l'ancre. C'étaient ces passagers que j'observais le plus, les couleurs de leurs vêtements, les ombrelles, leurs foulards blancs qu'ils agitaient pour dire adieu à des familles et à des amis qui m'étaient invisibles, qu'ils quittaient pour quelques mois ou pour toujours. Je les suivais des yeux jusqu'à la coque du navire ; je les comptais un à un pendant qu'ils grimpaient la passerelle, que l'on hissait ensuite à bord pendant que les voiles se déployaient et que le bateau levait l'ancre. Ensuite c'était l'océan, le vaste et hasardeux chemin qui conduisait à Bristol, à Brest, à Boston, à Cadix ou à Lisbonne, et moi ancrée dans ce maudit hôpital, et les semaines, et les mois, et les années qui passaient.

La vision du *Neptuno* me procurait une grande joie. C'était un navire à vapeur qui assurait la toute petite traversée La Havane-Matanzas. Il y avait aussi le navire venant de La Nouvelle-Orléans qui appartenait à la compagnie dans laquelle le pauvre Robledo avait investi, faisant sans le savoir la fortune de son cousin. Les nuits aussi fournissaient matière à distractions : s'il y avait un opéra ou un concert au Théâtre principal, je pouvais écouter la musique, y compris les voix des sopranos et des ténors d'une modeste troupe italienne qui assurait avoir fait sensation à la Scala. Accoudée au rebord de la fenêtre, suivant à la trace par leurs lumières les bateaux et les goélettes qui partaient à la pêche, je profitais du son étouffé des violons sur lequel volaient comme autant d'oiseaux d'argent les airs de flûtes et de clarinettes. Rétrospectivement, cette expérience ne fut pas si mauvaise... La guerre avait été bien pire à vivre. Pourtant, au bout de trois ans de réclusion, mes nerfs commencèrent à s'en ressentir. Je me réveillais de mauvaise humeur ; je traitais les médecins d'incapables, les étudiants de maladroits ; je me plaignais de la nourriture, ou encore j'oubliais de nettoyer certains cabinets de toilette.

Un dimanche où je ruminais mon amertume, je vis manœuvrer un magnifique navire de ligne arborant pavillon français. Il ne s'agissait pas pour moi d'un simple bateau de plus : de loin, j'étais parvenue à lire les lettres de bronze polies par les éléments. Il s'appelait *Le Languedoc.* Je passai une bonne partie de la matinée à observer l'activité à bord. Une des chaloupes ayant été mise à l'eau, je distinguai, parmi les rameurs, le bicorne empanaché du capitaine ; en voyant celui-ci disparaître à ma gauche, je fis l'hypothèse qu'ils allaient aborder sur le quai du Commandement de la marine pour remettre à la capitainerie un message d'importance. Après avoir déjeuné, je passai l'après-midi à observer le navire, échangeant de temps à autre des saluts avec les marins qui admiraient la ville, perchés en haut du gréement. La chaloupe du capitaine revint à bord à la nuit tombée. J'avais l'expérience des usages du port, et j'étais donc sûre que le navire appareillerait au lever du jour. Si le bateau avait dû rester à quai plusieurs jours, le capitaine aurait préféré loger à l'hôtel, ou être l'hôte d'un de ces nobliaux de pacotille qui, enrichis par le sucre, avaient obtenu un marquisat ou un comté en échange de quelques lingots d'or. Arrivée à ce point de mes supputations, je fus envahie par un irrépressible désir de m'enfuir. J'avais beau me raisonner en me disant qu'il ne me restait qu'un an de réclusion, que cela ne valait pas la peine de prendre un tel risque, j'étais déjà irrémédiablement décidée. Je sentais qu'il me fallait m'enfuir à tout prix. La nuit tomba. Pieds nus et légèrement vêtue, j'attendis que le soldat de la guérite s'endorme. En général, c'était toujours le même homme, prénommé Moscote, qui était de garde nocturne. C'était un individu insupportable. Les nuits de lune, lorsqu'il parvenait à me reconnaître à la fenêtre, il m'envoyait des baisers de la main, assortis de gestes indécents. De toute façon, je n'avais qu'à attendre que la lumière rouge de son éternel cigare s'éteigne : quelques minutes après, il serait invariablement en train de ronfler. Quand l'obscurité gagna son poste, je me laissai glisser de la fenêtre à une corniche qui courait entre les deux étages de l'édifice ; je marchai jusqu'à l'endroit où affleuraient les branches d'un pin et, facilement, je posai les pieds dans la rue. Me mettre à l'eau et nager jusqu'au *Languedoc* n'était pas un problème. Je devais seulement attendre que les bateaux de pêche qui venaient du fond de la baie finissent de passer. Assise sur le parapet, prête à plonger, j'attendis. J'attendis, le corps entier noué par l'anxiété. J'avais l'impression que tous les pêcheurs de La Havane avaient choisi cette nuit-là pour tenter leur chance. Pour tuer le temps, je m'imaginais en train de nager jusqu'au bateau. Je me voyais effectuer l'ultime brasse, puis toucher la chaîne de l'ancre, m'en saisir pour reprendre mon souffle avant de crier : « Vive La France ! » Je serais alors hissée à bord et conduite devant un officier de garde surpris à qui je dirais : « Je suis madame Faber-Cavent, une voyageuse française. J'ai été séquestrée par des bandits et j'ai réussi à m'échapper. Je vous remercie de toute mon âme de m'accueillir à bord. » Comme le bateau quitterait le port tôt le matin, le capitaine renoncerait à faire les vérifications. Il avait probablement servi sous Napoléon, peut-être lors du blocus de l'Angleterre, et je lui raconterais la fois où après avoir accompagné mon mari pendant la campagne de Russie... Je n'eus pas le loisir de continuer à divaguer. De grosses mains m'empoignèrent par la ceinture. Je fus soulevée de terre et posée comme un sac de marin sur une épaule musclée. « Ohé ! De l'hôpital ! », brailla Moscote. Je tentai de me dégager de l'étau de ses bras, je le suppliai de ne pas me trahir. Cela fut inutile. « Si je te laisse partir, ils me puniront. » Et il continuait à crier : « Ohé ! De l'hôpital ! La femme médecin a essayé de s'enfuir ! » Les lumières des candélabres apparurent aux fenêtres. La porte de prison s'ouvrit.

Il ne me restait que quatorze mois à servir. Ma condamnation fut majorée de trois ans. J'eus l'impression d'arriver pour la première fois à l'hôpital. Ils m'infligèrent un châtiment supplémentaire, en me coupant les cheveux à ras et me faisant revêtir les habits d'une nonne morte de la fièvre jaune.

*

Dorénavant, tout m'était égal. J'effectuais mon travail en silence, avec une complète indifférence. Je touchais à peine à la nourriture. Mon sommeil était devenu proche de la somnolence apathique et languissante que procure l'opium. Ma volonté s'évaporait, goutte à goutte, au fur et à mesure que les semaines passaient. J'avais la certitude que je mourrais avant de terminer ma peine, et je pense que je serais effectivement morte si n'était survenu un événement que je qualifierais de miracle, alors que c'est un mot qu'il me coûte toujours d'écrire.

J'étais si abattue que Romay, inquiet, obtint de l'évêque Espada qu'il intercédât en ma faveur. Je fus expulsée de Cuba sur-le-champ.

On me fit embarquer sur la goélette *Collector* du capitaine Plumet, qui appareillerait pour La Nouvelle-Orléans à la première brise de l'aube. Jusqu'au dernier moment, on ne m'avait rien dit. Je n'avais même pas un sou sur moi. Pour tout bagage, j'avais une chemise de nuit, une paire de chaussettes et un habit de nonne de rechange. J'attendais qu'ils m'appellent, assise sur le lit, mon ballot de vêtements sur les genoux. À cinq heures, le nouvel administrateur, un curé voûté et empressé, vint me chercher. Au lieu de me dire bonjour, il me lança d'un ton presque haineux : « Ne crois pas que tu es libre. Tu voyages avec un passeport de condamnée. Tu es mise à la disposition des autorités de La Nouvelle-Orléans. » Il tint à me remettre personnellement et en main propre au capitaine du bateau. L'heure était si matinale qu'il n'y avait aucun curieux à la porte. Au moins cette fois-ci personne ne m'aurait humiliée.

Nous marchâmes jusqu'au quai à la lumière d'une lanterne portée par un esclave. Je pensais que je laissais derrière moi ma *Femme en costume de bataille*. La retrouverais-je, et où ? Surtout, je laissais derrière moi, derrière moi et pour toujours, Maryse et sa tendresse toujours présente, Maryse qui ne mentait jamais et ne posait jamais de conditions. Je restais seule et brisée ; personne à qui écrire une lettre, personne à retrouver quelque part. Dans la pénombre, au loin, les contours flous de la goélette *Collector* se devinaient, masse grise sous des nuées de mouettes invisibles. Elle m'emmènerait vers une nouvelle ère, qui commençait par des jours de cendres. Alors que le curé remettait mes papiers au capitaine, les premiers rayons de soleil commencèrent à illuminer la coque du bateau, teintant de rouge et de bleu son drapeau. Un marin, pieds nus, m'aida à gravir la rampe, et en montant je renonçai à regarder la ville, dont les tours et les façades devaient être en train d'émerger des ténèbres. Comme Lot, je crus que si j'avais tourné la tête, quelque chose se serait passé qui m'aurait fait rester là pour toujours. Je n'avais bien sûr rien de bon à attendre de La Nouvelle-Orléans ; peut-être la prison, dans le meilleur des cas la réclusion dans un autre hôpital, ou dans un couvent quelconque. Et pourtant, en avançant sur le pont, en faisant les premiers pas sur ce bateau flamboyant au soleil, je compris que tout n'était pas perdu.

Je me sentais fatiguée, épuisée même, mais j'aurais tout le temps pour réfléchir à bord.

*

Je viens de me remettre de l'accès de mélancolie dans lequel m'a plongée ma dernière page. La dernière, dis-je, parce que je sais que je n'ai plus de forces pour continuer. J'ai bien sûr réussi à composer une sorte de fin, une fin aléatoire, provisoire, dois-je préciser, car je n'ai pu parler des étranges nuits vaudoues de La Nouvelle-Orléans, ni de mon association productive avec Marie Laveau, ni de comment j'ai rencontré mon troisième mari, ni de mon retour clandestin à La Havane, ni de mes retrouvailles avec Christopher à Londres ; les jours passés en Irlande et en Égypte se perdront dans le silence ; mon amitié avec Garibaldi, mes dernières nuits d'amour dans la maison enchantée de Venise... Combien donnerais-je pour raconter tout cela ! Simplement, il me faudrait encore deux ou trois ans ! Mais je ne les ai pas. Enfin, pourquoi continuer ? Et puis, même s'il m'était possible de conter le reste de ce que j'ai vécu, la conclusion de mon récit serait nécessairement ouverte, et je finirais par me lamenter de la même manière d'avoir écrit une œuvre inachevée. Peut-être ma vie représente-t-elle cela, ni plus ni moins ? Ce manque que j'ai toujours ressenti ; cette fuite sur le toit, cette fente dans la porte, à laquelle ni moi ni personne n'avons pu remédier ; cette perte incessante qui fait que chaque jour semble m'abandonner au milieu des choses, petite et en suspens comme une virgule, mais avec la détermination de continuer et de continuer encore. Qui sait ?

Note de l'auteur

Henriette Faber, née à Lausanne en 1791, se maria avec un officier de l'armée de Napoléon Bonaparte. Peu après son veuvage, elle décida de s'habiller en homme pour étudier la médecine à l'Université de Paris. Elle participa en tant que chirurgien militaire à la désastreuse campagne de Russie en 1812. Transférée en Espagne, elle fut faite prisonnière des troupes de Wellington lors de la bataille de Vitoria et servit alors comme médecin à l'hôpital de Miranda de Ebro. Après la paix de 1814, elle décida de s'établir dans les Caraïbes, d'abord en Guadeloupe puis à Cuba, où elle pratiqua la médecine dans le village de Baracoa. Là, elle se maria avec une femme, Juana de León, signant l'acte de mariage du nom d'Enrique Faber. En 1823, son véritable sexe fut découvert et elle fut l'objet d'un procès juridique retentissant. Après avoir fait appel au tribunal de Puerto Principe (aujourd'hui Camagüey), elle fut condamnée à servir quatre ans dans l'hôpital de femmes de La Havane. À cause de ses intentions de fugue, elle fut expulsée à La Nouvelle-Orléans avec l'interdiction de résider en Espagne et dans tous les territoires placés sous domination espagnole. On ne sait pas avec certitude où elle a passé le reste de sa vie.

Dans *Femme en costume de bataille*, j'ai bien sûr dramatisé certains épisodes de la vie de cette femme singulière, et mon récit, comme la plupart des personnages et des situations qu'il fait intervenir, est fictif. La bibliographie concernant Henriette (Enriqueta) Faber est peu fournie, car sa vie est pratiquement inconnue en dehors de Cuba. J'ai consulté les ouvrages suivants :

Emilio Barcadí Moreau, *Crónicas de Santiago de Cuba*, 2e édition, vol. 2, Madrid, Breogan, 1972, p. 218-219.

Francisco Calcagno, *Un casamiento misterioso*, 8e éd., Barcelone et Buenos Aires, Éd. Baucol, 1911.

Diccionario biográfico cubano, New York, Nestor Ponce de León, 1878, p. 272-273.

Maria Julia de Laura, « Laura Martínez de Carvajal y del Camino (primera graduada de medicina en Cuba) en el septuagesimo quinto aniversario de su graduación (15 de julio de 1889) », *Cuadernos de Historia de la Salud pública*, n° 28, La Havane, Ministerio de Salud pública, 1964.

Leví Marrero, « La cirujana suiza que para ejercer como tal debió hacer creer que era hombre », *Cuba : economía y sociedad*, Vol. 11, Madrid, Éd. Playor, 1988.

Emilio Roig de Leuchsenring, *Médicos y medicina en Cuba : historia, biografía, costumbrismo*, La Havana, Museo Histórico de la Ciencias Médicas, Carlos J. Finlay, 1965.

Inciano D. Toirac Escasena, *Baracoa : vicisitudes y florecimiento*, 1998, p. 91-111.

Andrès Clemente Vázquez, *Enriqueta Faber*, La Havana, La Universal, 1894.

Remerciements

Durant l'écriture de *Femme en costume de bataille*, j'ai reçu l'aide de nombreuses personnes. Je voudrais nommer ici celles qui ont le plus contribué à la rédaction finale du manuscrit et à la promotion de l'œuvre. En premier lieu, je remercie avec amour et admiration mon épouse Hilda Otano Benitez, qui a suggéré des changements cruciaux aussi bien dans la structure de certains passages que dans la création des personnages. Sans sa participation, mon roman aurait été beaucoup moins consistant. Doris Dommer, Judith Thorn et Cristina Court, en tant qu'amies, femmes et écrivains à l'œil critique, ont lu des parties de mon manuscrit et ont fait des suggestions précieuses que j'ai presque toujours acceptées. Cesar Alegre m'a écouté patiemment discuter avec moi-même du contenu idéal de chaque chapitre, m'offrant ses observations pendant de longs mois. Je dois aussi remercier mon collègue James Maraniss qui a traduit en anglais le manuscrit, de façon très originale, et en y consacrant beaucoup de son temps ; à Ilan Stavans et Jésus Diaz qui m'ont demandé des chapitres pour *Hopscotch* et *Encuentro*, les publications qu'ils dirigent respectivement ; à Roberto Gonzalez Echevarria, Julio Ortega, Caryl Phillips et Ivan de la Nuez pour avoir contribué à donner une visibilité au projet ; à Ronald Rosbottom, Beatriz Pena et au personnel de la bibliothèque Robert Frost de Amherst College pour l'information bibliographique qu'ils m'ont procurée ; à Katharina von Schutz et Leandro Soto qui m'ont fourni du matériel et des idées pour la maquette ; à Roberta Helinski qui a photocopié et transmis par courrier le manuscrit. À tous, mes sincères remerciements.

Table

DANS LA COLLECTION « AILLEURS »
AU CHERCHE MIDI

DANS LE DOMAINE ANGLO-SAXON

ANTHONY BURGESS
Le Docteur est malade
traduit de l'anglais
par Jean-Luc Piningre
Mister Raj
traduit de l'anglais
par Jean-Luc Piningre

JIM FERGUS
Mille femmes blanches
traduit de l'anglais (États-Unis)
par Jean-Luc Piningre
Prix du Premier Roman étranger
La Fille sauvage
traduit de l'anglais (États-Unis)
par Jean-Luc Piningre

TIBOR FISCHER
Ne lisez pas ce livre si vous êtes stupide
traduit de l'anglais
par Marc Amfreville
Voyage au bout de ma chambre
traduit de l'anglais
par Marc Amfreville

DONALD HARSTAD
Onze jours
traduit de l'anglais (États-Unis)
par Serge Halff

GUY DE LA VALDÈNE
Le Beau Revoir
traduit de l'anglais (États-Unis)
par Marie-Christine Loiseau

THOMAS MCGUANE
Intempéries
nouvelles traduites de l'anglais
(États-Unis) par Nicolas Richard

HAROLD NEBENZAL
Berlin Café
traduit de l'anglais (États-Unis)
par Gilles Morris-Dumoulin

KATHERINE NEVILLE
Le Huit
traduit de l'anglais (États-Unis)
par Évelyne Jouve
Le Cercle magique
traduit de l'anglais (États-Unis)
par Gilles Morris-Dumoulin
Un risque calculé
traduit de l'anglais (États-Unis)
par Gilles Morris-Dumoulin

TOM ROBBINS
Féroces infirmes
retour des pays chauds
traduit de l'anglais (États-Unis)
par Jean-Luc Piningre

THÉODORE ROSZAK
La Conspiration des Ténèbres
traduit de l'anglais (États-Unis)
par Édith Ochs

TOMI UNGERER
Acadie
traduit de l'anglais
par Édith Ochs

ROBERT JAMES WALLER
Une saison au Texas
traduit de l'anglais (États-Unis)
par Gilles Morris-Dumoulin

DANS LE DOMAINE RUSSE

NIKOLAÏ CHADRINE
Le Temps des troubles
traduit du russe par Bernard Kreise

NIKOLAÏ KONONOV
Funérailles d'une sauterelle
traduit du russe par Hélène Henry

DANS LE DOMAINE INDIEN

INDERJIT BADHWAZR
La Chambre des parfums
traduit de l'anglais (Inde)
par Gilles Morris-Dumoulin
Prix du Premier Roman étranger

INDERJIT HAZRA
Max le maudit
traduit de l'anglais (Inde)
par Marc Amfreville

Mis en pages par DV Arts Graphiques à Chartres.
Imprimé en France par Normandie Roto Impression s.a.s., 61250 Lonrai
Dépôt légal : mars 2005
N° d'édition : 352 – N° d'impression : 05-1658
ISBN 2-74910-352-0
Imprimé en France